简明中国文学史（第二版）

孙　静　　
周先慎　编著

北京大学出版社
PEKING UNIVERSITY PRESS

图书在版编目(CIP)数据

简明中国文学史/孙静,周先慎编著. —2 版. —北京:北京大学出版社,2015.1
ISBN 978-7-301-24713-6

Ⅰ.①简… Ⅱ.①孙…②周… Ⅲ.①中国文学—文学史 Ⅳ.①I209

中国版本图书馆 CIP 数据核字(2014)第 192261 号

书　　名	简明中国文学史（第二版） JIANMING ZHONGGUO WENXUE SHI
著作责任者	孙　静　周先慎　编著
责任编辑	徐　迈
标准书号	ISBN 978-7-301-24713-6
出版发行	北京大学出版社
地　　址	北京市海淀区成府路 205 号　100871
网　　址	http://www.pup.cn　新浪微博:@北京大学出版社
电子邮箱	编辑部 wsz@pup.cn　总编室 zpup@pup.cn
电　　话	邮购部 62752015　发行部 62750672　编辑部 62756467
印刷者	三河市北燕印装有限公司
经销者	新华书店
	965 毫米 × 1300 毫米　16 开本　28.25 印张　480 千字 2001 年 9 月第 1 版 2015 年 1 月第 2 版　2024 年 2 月第 5 次印刷（总第 17 次印刷）
定　　价	79.00 元

未经许可,不得以任何方式复制或抄袭本书之部分或全部内容。
版权所有，侵权必究
举报电话: 010-62752024　电子邮箱: fd@pup.cn
图书如有印装质量问题,请与出版部联系,电话: 010-62756370

引 言

我国是世界上著名的文明古国。中华民族历史悠久,中华传统文化源远流长,具有深邃丰富的内涵,它以独具的特色屹立于东方,成为东方文明的代表。在当今的世界中,它越来越显示出卓绝的不可替代的价值和作用,还将在世界发展中继续发挥其重大作用。

作为中华传统文化的重要组成,中国文学也有悠久的历史和丰富的遗产,特别是古代文学,其遗存之多,为世界之最。仅以清代乾隆年间编纂的《四库全书》为例,它共收书三千五百余种,七万几千三百余卷,其中收集文学作品的集部占有很大的分量。在中国几千余年的历史中,产生了众多的作家,作品浩如烟海,内容广泛深刻,体裁多种多样,风格丰富多彩。而且历代都不乏杰出的作家,卓立于文坛之上,有如绵亘群山的峰头,前后相望,他们创造出的精美的艺术品,具有不朽的价值,永远给人以美的享受,丰富人们的精神滋养。

我国人民长期创造的这些可贵的文学财富,是中华民族艰苦卓绝的斗争生活、崇高优美的道德情操及高度发展的创造力和智慧的结晶。它们反映了我国人民丰富的精神生活内容、对美的追求和美学观念发展的历史,并以独特的民族形式屹立于世界文学之林,为世界文化作出了卓越的贡献。它们不仅是我国人民的宝贵财富,也是世界文学宝藏中的珍品。

学习和接受这份宝贵遗产,是有重要意义的。我国文学中表现的崇高精神品质,诸如热爱劳动的吃苦耐劳精神,抗击外族侵略的爱国主义精神,反对阶级压迫的追求自由民主的精神,致力于国家和社会进步的革新创造精神,同情受侮辱受损害者的人道主义精神,以及为正义事业献身的勇敢牺牲精神,都是我国人民传统的优秀道德,对我们今天发展精神文明,仍有重要的滋育作用。它在艺术上的辉煌创造,不仅具有不朽的审美价值,而且对今天发展具有民族特色的社会主义文学,也有重大的借鉴意义。它是中国文学的根。通过我国文学的历程,了解我国文学发展的独特道路与规律,更是建设具有中国特色的文学和美学理论必不可少的。

本书将中国古代文学分为四编,即先秦、秦汉文学;魏晋南北朝、隋唐文学(孙静执笔);宋元文学;明清及近代文学(周先慎执笔)。编写的原则是:文学历史发展的轨迹和脉络,力求简明、深入,给人清晰的印象。除各编均有概说,鸟瞰各时代总貌外,各章具体叙述中,也注意文学的前后承接关系;但是史的叙述,总未免概括抽象,无法使人对文学面貌、成就有具体的感受,特别是文学的特点,其成就具体体现在艺术形象的创造中,故各时期都选取主要作家的代表作品作较具体的分析,力求对文学的创造和成就有深切的体会与把握。这样,文学历史的发展与代表性作品的具体体会两方面相配合,既可把握文学发展的历程,又可具体认识各时期文学创作的主要形态与成就。这是本书区别于一般文学史的特点。

目录

第一编　先秦、秦汉文学

概　说 /1

第一章　《诗经》/8
　　第一节　关于《诗经》/8
　　第二节　反抗压迫和奴役的诗篇/9
　　第三节　反映劳动、爱情等题材的诗歌/15
　　第四节　《诗经》的丰富内容与艺术特点/18

第二章　屈原/21
　　第一节　楚辞体的兴起与屈原的时代和生平/21
　　第二节　《离骚》/23
　　第三节　屈原的其他作品/29

第三章　先秦散文/36
　　第一节　春秋战国时期散文的兴起/36
　　第二节　历史散文/37
　　第三节　诸子散文/47

第四章　汉代的赋和散文/59
　　第一节　汉代的赋/59
　　第二节　汉代的散文/61

第五章　《史记》的史传文学/64
　　第一节　司马迁的生平与《史记》的思想性/64
　　第二节　史传文学代表作品分析/66
　　第三节　史传文学的特点及其艺术成就/74

第六章　汉乐府民歌/79
　　第一节　汉乐府民歌的采集与保存/79
　　第二节　汉乐府民歌中的社会诗/80
　　第三节　《陌上桑》及其他民歌/82

目录

第四节　汉乐府民歌与汉末五言古诗/84

第二编　魏晋南北朝隋唐五代文学

概　说/86

第一章　魏晋诗歌/90
　　第一节　建安诗歌/90
　　第二节　《焦仲卿妻》/95
　　第三节　正始、两晋诗歌/97

第二章　陶渊明/102
　　第一节　陶渊明的生平/102
　　第二节　陶渊明的诗歌/103
　　第三节　陶渊明的散文/107

第三章　南北朝民歌/110
　　第一节　南朝民歌/110
　　第二节　北朝民歌/112

第四章　南北朝文学/115
　　第一节　鲍照与二谢/115
　　第二节　庾信/118

第五章　初盛唐诗坛/122
　　第一节　初唐文学的发展趋势与陈子昂/122
　　第二节　盛唐山水田园诗派/125
　　第三节　盛唐边塞诗派/128

第六章　李白/132
　　第一节　李白的生平与思想/132
　　第二节　李白诗歌的思想内容/134
　　第三节　李白诗歌的艺术特色/141

目录

第七章 杜甫/146
第一节 杜甫的生平与思想/146
第二节 杜甫诗歌的思想内容/147
第三节 杜甫诗歌的艺术特色/156

第八章 白居易/160
第一节 白居易的生平与诗歌主张/160
第二节 白居易的讽谕诗/162
第三节 白居易的其他诗歌/166

第九章 中晚唐诗坛/170
第一节 中晚唐诗坛概貌/170
第二节 李贺/172
第三节 杜牧/175
第四节 李商隐/178

第十章 古文运动/183
第一节 古文运动的酝酿和韩愈的古文理论/183
第二节 韩愈的散文/186
第三节 柳宗元及其散文/191

第十一章 唐代传奇/198
第一节 唐代传奇的发展/198
第二节 《李娃传》/199
第三节 《柳毅传》/202

第十二章 唐五代词/204
第一节 词的兴起与词体特点/204
第二节 民间词与中唐文人词/204
第三节 花间词与温庭筠/205
第四节 南唐词与李煜/206

目录

第三编　宋元文学

概　说/209
第一章　欧阳修/213
　　第一节　欧阳修和北宋诗文革新运动/213
　　第二节　欧阳修的文学创作/216
第二章　苏　轼/226
　　第一节　苏轼的生平和思想/226
　　第二节　苏轼的诗歌/228
　　第三节　苏轼的散文/233
　　第四节　苏轼的词/239
第三章　北宋诗文词/251
　　第一节　范仲淹和王安石/251
　　第二节　北宋其他作家/257
第四章　陆　游/264
　　第一节　陆游的生平和思想/264
　　第二节　陆游的文学创作/266
第五章　辛弃疾/274
　　第一节　辛弃疾的生平和思想/274
　　第二节　辛弃疾的词/276
第六章　南宋诗词/284
　　第一节　李清照/284
　　第二节　南宋其他作家/289
第七章　宋元话本/297
　　第一节　宋元说话艺术和话本小说/297
　　第二节　《错斩崔宁》简析/300

目录

第八章 关汉卿/303
 第一节 关汉卿的生平、时代和作品/303
 第二节 《窦娥冤》/305
 第三节 关汉卿的其他剧作/310

第九章 王实甫/314
 第一节 王实甫的生平/314
 第二节 崔张故事的演变和王实甫《西厢记》的成就/315
 第三节 《西厢记·长亭送别》简析/317

第十章 元代散曲/320
 第一节 散曲的兴起和体制/320
 第二节 几首散曲代表作简析/321

第四编 明清及近代文学

概 说/326

第一章 《三国演义》/329
 第一节 《三国演义》的成书和作者/329
 第二节 《三国演义》的思想内容/330
 第三节 《三国演义》的艺术成就/332

第二章 《水浒传》/337
 第一节 《水浒传》的成书和作者/337
 第二节 《水浒传》的思想内容/338
 第三节 《水浒传》的艺术成就/341

第三章 《西游记》/347
 第一节 《西游记》的成书和作者/347
 第二节 《西游记》的思想内容和孙悟空的形象/349

目录

第三节　《三打白骨精》简析/350
第四章　明代拟话本/353
　　第一节　明代拟话本创作概况/353
　　第二节　《杜十娘怒沉百宝箱》简析/355
第五章　《牡丹亭》/358
　　第一节　传奇体制和汤显祖的生平/358
　　第二节　《牡丹亭》简析/359
第六章　明代诗文/363
　　第一节　明代诗文发展概况/363
　　第二节　明代前期诗文代表作简析/364
　　第三节　明代中后期散文代表作简析/369
第七章　《长生殿》/374
　　第一节　洪昇的生平/374
　　第二节　《长生殿》题材的演变/374
　　第三节　《长生殿》的思想内容和艺术成就/376
第八章　《桃花扇》/380
　　第一节　孔尚任的生平/380
　　第二节　《桃花扇》的思想内容和艺术成就/381
第九章　《聊斋志异》/385
　　第一节　蒲松龄的生平和创作/385
　　第二节　《聊斋志异》的思想内容和艺术成就/386
　　第三节　《聊斋志异》几篇代表作简析/389
第十章　《儒林外史》/395
　　第一节　吴敬梓的生平和创作/395
　　第二节　《儒林外史》的思想内容/397
　　第三节　从《范进中举》看《儒林外史》的讽刺艺术/401

目录

第十一章 《红楼梦》/405
    第一节 曹雪芹的家世和生平/405
    第二节 《红楼梦》的成书和版本/407
    第三节 《红楼梦》的思想内容/409
    第四节 《红楼梦》的艺术成就/413
    第五节 《宝玉挨打》简析/415

第十二章 清初至清中叶的诗文词/420
    第一节 诗　歌/420
    第二节 散　文/425
    第三节 词/429

第十三章 近代文学/431
    第一节 近代文学的社会背景和特点/431
    第二节 近代诗文/432
    第三节 近代小说/438

后　记/443
再版后记/444

第一编　先秦、秦汉文学

概　　说

先秦文学指从上古起到秦始皇统一中国前为止的文学。它的上限由于还处于口头创作时期，没有文字记载的东西流传下来，无法确定，下限则为公元前221年。这一段历史，经历的年代相当久长，可以说与中华民族的发生史相始终。即使是从传说中的中华民族的祖先黄帝、炎帝时算起，按照古史记载的传说年代，也有两千五百多年之久。秦汉文学指从秦始皇统一中国起，经历西汉到东汉末期为止的文学。它的上限接先秦文学之末，下限在公元200年左右，前后共约四百年。

把先秦与秦汉两个时期总合起来看，按文学发展的实际状况，大体可以分为三个阶段：殷商以前（约公元前11世纪以前）为第一阶段，是我国文学发展的初期。西周和春秋战国（约公元前11世纪至公元前2世纪）为第二阶段，是我国文学发展的第一个高潮时期；秦及两汉（公元前2世纪至公元2世纪）为第三阶段，是承前一时期的余势，继续创造和发展新的文学形式的时期。

殷商以前即第一阶段的文学，包括古代歌谣、神话传说和早期散文，属于《诗经》以前的文学。本书从《诗经》开始设立专章，对《诗经》以前的这段文学历史，在此作一简括介绍，以便了解我国文学的源头，并与《诗经》衔接。

殷商以前的历史，大半属于传说时代。我们的祖先和世界各地较早出现的人种一样，经历了漫长的原始公社时期。大约到了传说中的夏禹王时代（公元前21世纪左右），由于私有财产的发展，原始公社逐渐解体。所以禹死之后，他的儿子启便不再接受禅让制度（实即酋长选举制度），自己夺取了王位。传说夏朝的末代皇帝夏桀王非常暴虐，实行残酷的刑罚，随意作践人的生命,显然已经是奴隶制度了。公元前17世纪左右,商汤王伐桀,建立了商朝。从商代起,我国历史开始进入有文字可考的信史时代。商代是一个奴隶制高度发展的国家。我国最初的文学就是在上述背景中开始萌生并获得初步发展的。

最早的文学是口头创作,那时还没有发明文字。最初出现的文学大约是歌谣,它产生于原始人群的集体劳动中,是为协调动作、激励情绪而创造的,颇似后来的劳动号子。当然,这种文学形式一经产生,便不限于只在劳动过程中创造和只表现劳动生活,而逐渐运用于较广泛的生活领域。但劳动是当时人们的主要活动,所以歌谣内容仍以与劳动相关者居多。这时的歌谣又常常与舞蹈相结合,呈现为歌、舞、乐三位一体的形态。如《吕氏春秋·古乐篇》记载传说中的葛天氏的音乐说:"三人操牛尾,投足以歌八阕。"三个人手捉牛尾,踏足而歌,生动地反映了载歌载舞的情景。所唱八支曲子中,有《遂草木》《奋五谷》等,从名目上也可以看出其内容与畜牧业、农业劳动的关系。

古代歌谣因为是口头创作,很少流传下来。在较晚的文献中有一些记载,不全可信。个别的可能接近原始面貌,可以通过它们大体了解一下古代歌谣的面貌。《吴越春秋·勾践阴谋外传》中记载一首《弹歌》:"断竹,续竹;飞土,逐宍。"竹,是制造弹弓的材料;土,指弹丸;宍,即肉字,指禽兽。这首歌二言一句,音节短促,节奏感很强,很可能是制弹弓时所唱。大意是说,砍下竹子,安上弓弦,射出弹丸,攻击野兽。前两句歌咏弹弓的制作,充满劳动创造的欢乐情绪;后两句歌咏弹弓的威力,饱含对猎获的期望与祝祷。

《易经》的卦辞与爻辞,大约写成于殷末周初,其中也保存一些古代歌谣,要算是较早文献记载下来的歌谣了。如《归妹》上六爻辞:"女承筐,无实;士刲羊,无血。"这是一首优美的牧歌,展现出牧场上男男女女剪羊毛的生动场景。承筐,是捧筐接羊毛,因为羊毛很轻,感到好像没有什么东西,故曰"无实"。刲是刺或割剥之意,因为是剪羊毛,所以看上去似在刲羊,却无血。节奏轻快,语言风趣,表现出古代人民的智慧、幽默和对劳动的由衷的赞美。卦爻辞的时代已经接近《诗经》中的早期作品,形态也相近了。如《明夷》初九爻辞:"明夷于飞,垂其左翼;君子于行,三日不食。"这是一首行者之歌。他或者是一个逃亡者,或者是一个在旅程中遭遇了困难的人,总之,吃不上饭了,于是"饥者歌其食",唱出了他的痛苦。诗的形式已经完全是《诗经》的四言体。第二句中的"左"字,流传本原缺,出土的汉代帛书《易经》有此字,可见是流传中失落一字。明夷即鸣鹥,鸣叫着的鹈胡鸟。垂其左翼,是左翅受伤了。这两句显然是起兴,用以兴起下文。"兴"是《诗经》中的主要表现手法之一。从这里可以看出,《诗经》正是古代歌谣在周代的继续发展。

歌谣之外,神话传说也是早期产生的口头文学形式。神话起源于远古人们对自然现象的解释,鲁迅说:"昔者初民,见天地万物,变异不常,其诸现象,又出于人力所能以上,则自造众说以解释之,凡所解释,今谓之神话。"(《中国小说史略》)由于远古知识未开,人们往往按照人类自身的特点理解自然界,将自然界拟人化,于是自然界的事物都和人类一样变成了具有灵魂的活物。风为风神所驰,雷为雷神所发,太阳也是和人一样有生命的东西,不过在天上行走罢了。由于远古人是在同自然的激烈搏斗中求得生存发展,在对自然的解释中不能不渗透进人与自然斗争的内容。所以神话往往在幻想的形式中反映了古代人民的斗争生活,寄寓了人们征服自然的强烈愿望。

我国古代神话传说和古代歌谣一样,不少都失传了。在较晚的文献中记载下来一些,往往只保留了简单的梗概和片断,还时而掺进一些后代人的观念。尽管如此,从这些材料中,仍然可以看出我国古代神话传说是相当丰富的,反映了多方面的内容。如盘古开天辟地的神话(见《艺文类聚》引《三五历记》),是讲天地的形成的;女娲抟黄土造人的神话(见《太平御览》引《风俗通义》),是讲人类的起源的;后羿射日(见《淮南子·本经训》)、鲧禹治水(见《山海经·海内经》)等神话传说,是反映先民征服自然的;黄帝战蚩尤(见《山海经·大荒北经》)等神话传说,则是反映古代部族间的斗争的。这些神话传说表现了中华民族的祖先追索自然奥秘的浓厚兴趣、征服自然的顽强斗志和丰富的想象力。特别是其中体现的向自然斗争的磅礴气势和不屈不挠的精神,永远给人们以奋发前进的鼓舞。如精卫填海神话(见《山海经·北山经》)。炎帝少女游于东海,被溺死。于是她化为精卫鸟,每天衔西山的木石填海,对于浩瀚的大海来说,小鸟是渺小的,要填平大海是不可能的,但它有一种精神,就是绝不屈服于大海的威力。夸父逐日的神话(见《山海经·海外北经》)也表现了类似的主题。夸父追逐太阳,在接近太阳时,大约由于灼热的照射,口渴得不得了,把黄河和渭水的水全喝干了,又想北赴大泽饮水,没有到达,于半途渴死。他扔下的拄杖,化为一片树林。当时一定是太阳造成了什么灾害,诸如大旱之类,夸父才追逐太阳,想要用自己的力量征服它。他没有成功,渴死于途中,但还要掷下手杖化为树林。林木是可以遮阳和蓄贮水分的,显示了他的至死不屈的坚强意志。

古代神话传说,同拜倒在神佛脚下的宗教迷信不同。它对大自然的化身取斗争姿态,属于积极浪漫主义范畴。它哺育了人们的浪漫主义精神,也启示了人们浪漫主义的艺术表现手法,对后来浪漫主义文学的发展产生了深远的影响。

我国最早的散文,也产生于这一时期。散文以文字发明为前提,其出现较属于口头创作的歌谣和神话为晚。不过,殷墟出土的甲骨文证明,至少在殷商中后期的盘庚时代(公元前13世纪左右)已经有了相当发达的文字。甲骨文是商代人占卜的时候,刻在龟甲和兽骨上的文字,所以也称卜辞。卜辞上的文字是今天能够见到的确凿可信的较早的散文,它已经能用比较规则的语言清晰地表述思想。如其中的一片写道:"癸卯卜,今日雨,其自西来雨?其自东来雨?其自北来雨?其自南来雨?"

我国古文献中流传下来一部《尚书》,它是古代朝廷文献的汇编。时代过早的,如《尧典》《皋陶谟》等,当时还没有文字,不甚可靠。但商书中有《盘庚》三篇,甲骨文证明盘庚时文字已相当发达,当是可信的。这三篇是盘庚迁殷时对臣民告诫的文字,代表了早期散文的成就。文中对臣民威之以天命刑罚,谕之以利害道理,很有说服力。语言表达上,不仅能传出盘庚的训示口吻,而且善用比喻生动明晓地阐明问题。如形容浮言动众的危害说:"若火之燎于原,不可向迩(靠近),其犹可扑灭?"表明运用文字记述语言和讲究语言的修辞都已达到相当的水平。

可见,在殷商以前即公元前11世纪以前,我国的文学已经经历了漫长的历史,产生了优美的古代歌谣、富有想象力的神话传说、能够清晰表达思想的散文,表现了中华民族的艺术创造力。这是第一阶段的基本情况。

在第二阶段中,即西周和春秋战国时期,我国文学发展出现了第一个高潮。公元前11世纪左右,周武王灭商,建立了周朝。周朝实行封侯建国的管治体制,由天子分封诸侯国,诸侯国再分封大夫采邑,建立起层层分封的贵族等级制度。周初政治较好,出现了成王、康王时代的所谓"成康盛世",厉王以后走向衰落,至幽王遂为犬戎所灭。西周灭亡,周平王东迁洛邑(前770),史称东周,进入春秋时代。春秋时期,周天子的统治力量日渐衰弱,诸侯的势力则日益膨胀,先后出现了春秋五霸"挟天子以令诸侯"的局面。伴随卿、大夫私门势力的增长,旧的分封制以及维护它的礼制逐渐丧失约束力,开始了诸侯、卿大夫之间的篡夺与吞并。春秋将近三百年中,"弑君三十六,亡国五十二,诸侯奔走不得保其社稷者,不可胜数"(司马迁《史记·

太史公自序》)。从西周制礼作乐的盛世进入了"礼坏乐崩"的时代。经过春秋时代的激烈争夺,众多的诸侯国逐渐归并为少数几个国家。从公元前475年即周元王元年开始,进入战国时代。战国是生产关系发生质变的时期,是由封国制向集权制急遽转化的时期,也是由七国分裂割据走向统一的激烈斗争时期。经过近二百年的较量,终于在公元前221年由秦始皇统一了中国。

在上述发生重大社会变革、充满纷繁纠葛的历史背景中,我国文学有了显著的发展和飞跃。西周为维护其等级分封制度,实行礼乐之治,礼为纪纲,乐以成礼,为此,注意集聚朝廷所在地区和地方各诸侯国的乐歌。同时又"使公卿至于列士献诗"(《国语·周语》)。所以从西周至春秋前期逐渐形成了一部诗歌总集——《诗经》,它保存了这一历史阶段前后五百多年间的三百多篇诗歌。它们出于广大地域上不同阶层作者之手,反映生活内容丰富,艺术成熟,不仅是精美的艺术品,也是这一时期形象化的历史。到了战国时期,又发展出诗歌的新形式"楚辞",并出现了伟大作家屈原。屈原的楚辞作品,以较长的篇幅、深厚的历史内容、激越的感情、瑰丽奇伟的艺术风格和浪漫主义的创作方法,在我国文学史上闪耀着夺目的光辉。这一时期又是我国散文蓬勃发展的时代。这时的散文远远超出了甲骨卜辞、铜器铭文和文献汇编(《尚书》)的格局,在深刻的社会变革激起百家争鸣的基础上,出现了诸子散文。它集中阐述各家的思想体系,创造出结构完整的说理议论文。同时,适应社会生活与政治斗争日益纷繁复杂的需要,出现了历史散文。其中的《国语》《战国策》虽然仍是片断的史料汇编的形态,但已主于记事,非如《尚书》的重在记言;而《春秋》与《左传》则是编年记事的历史,尤其是后者记事具体生动。诸子散文和历史散文,在语言修辞、叙事描写、谋篇布局以及寓言等多种艺术手法的运用上,都大大超越前代,故此期为我国散文发展的黄金时代之一。

这一时期文学成为我国文学发展中的一个高潮。不仅创作空前丰收与繁荣,而且对我国后世文学的发展具有奠基的意义。后代的诗人,几乎没有不与《诗经》《楚辞》发生关系的。不仅作品成为人们学习的楷模,其所形成的被称为"诗骚"的优良传统,也成为历代进步诗人进行创作的指导精神。同样,后代的散文家,也很少不与先秦散文发生关系的。这个时期散文所体现出来的生动活泼的创造精神,哺育了后世众多的散文作家,我国散文的第二个高潮唐宋古文运动,就是以先秦两汉散文为旗帜的。

第三阶段秦及两汉文学,是承继前一阶段文学发展,继续开拓文学领域、发展文学新形式的时期。秦代立国时间很短,不过十几年,自然不可能在文学上有多大建树。但秦始皇适应历史发展的趋势,在全国范围内,将中央集权制的政体和封建地主所有制经济关系巩固下来,却给汉代的发展创造了条件。汉代立国以后,注意休养生息,发展生产,减轻剥削,缓和阶级矛盾,经过"文景之治",到武帝时代,达到了全盛时期,创造了一个强大的汉帝国。汉武帝时期,疆域广大,国势强盛,经济繁荣,文化发达,在我国历史上,汉、唐帝国先后媲美,以致中国人被称为"汉人"或"唐人"。武帝以后,汉帝国开始走下坡路,经过东汉"光武中兴",又延续二百年左右,至汉末黄巾大起义而趋于衰亡。两汉前后共历四百余年。

  汉代文学首先是直承荀卿赋与楚辞,完成了汉赋体制的创造,并获得蓬勃的发展,成为汉代具有特征性的文学。班固《汉书·艺文志》著录西汉赋家七十余人,作品九百余篇。范晔《后汉书·文苑传》所录东汉文人,其著述也都有辞赋作品。汉赋包括骚体赋、散体大赋和抒情小赋。骚体赋基本沿袭楚辞的形式,抒情小赋兴起较晚,文学意味较浓。散体大赋则代表着汉赋在形制上的独特创造。它篇幅巨大,以铺张扬厉地描写物状为其基本特色。汉代的作家利用这种文学形式充分反映了汉帝国强盛、富足、繁荣的气象,颇有磅礴的气势。其次,这一时期中,历史散文也获得了突出的成就。汉武帝时期,史家司马迁在先秦历史散文的基础上,创造出纪传体的史书,从而创造了史传文学这一独特文学样式,是历史散文的一个飞跃发展。先秦历史散文虽然也都具体记载人物言行,但《国语》《战国策》以事件为纲,所载只是人物的言行片断。《左传》记载人物言行,虽有一定的连贯性,但限于编年体制,被分割在不同的年份中,且仍是以史事为纲,缺乏人物的完整性。司马迁的纪传体则明显转为以人物为纲,每一篇集中记叙一个或相关的几个人物,使人物的事迹、性情、风貌获得完整的表现。这是一个重大的创造,不仅给我们留下一系列栩栩如生的人物形象,而且从其基本体式到主要艺术手段,都对我国后来文言短篇小说的发展产生了深远的影响。

  两汉文人诗歌不发达,承袭《诗经》的四言诗呈现衰落状态,继承楚辞体的诗歌较有佳篇,又为数极少。但汉乐府诗弥补了诗坛的空白,并在诗歌史上具有重大的意义。汉代与周朝相似,朝廷设置乐府机关,除司马相如等文人"造为诗赋"之外,还采集地方歌谣,有"代赵之讴,秦楚之风"(《汉书·艺文志》)。这些民歌真实地反映了汉代人民的生活状况与思想感情,是古代诗歌中的瑰宝。它们在音节上、体式上比《诗经》有了明显的变化。《诗经》以两音拍的四言为主,汉乐府民歌中则多三音拍的五言句,并有整首的五言诗。所以汉乐府民歌的出现,在我国诗歌史上标志着四言体诗的结束和五言体诗的兴起。一些文人向乐府学习,创作五言古诗,使这一诗体开始进入文坛。到东汉末期出现了著名的《古诗十九首》,显示了五言诗在艺术上的成熟。《诗品》评为"惊心动魄,可谓几乎一字千金"。汉乐府诗和汉末古诗开启了魏晋以后整整一个五言古诗发展的时代,从而为唐诗的高潮准备了条件。汉代作家和民间歌手以这些文学创作,丰富了我国古代文学宝藏,推动文学继续向前发展。

第一章 诗　　经

第一节　关于《诗经》

《诗经》是我国最早的一部诗歌总集。它最初结集的动因，倒不是因为诗，而是由于乐——音乐。周代用以维系等级压迫制度和等级之间尊严的纪纲是"礼"，而"乐以成礼"，以礼、乐相配合治国，所谓"制礼作乐"，因而重视音乐。朝廷设有乐官管理乐章，诗是乐章的歌辞，它依附于乐章而掌管在乐师手里。日积月累，渐渐具有了一定的规模。其间自然会有一些乐章的更迭，新的增入，旧的淘汰，但总的趋势是日渐增多，到了后来，"礼坏乐崩"，乐谱逐渐失传，只剩下了歌辞，这就是《诗经》。所以古代所称"六经"之一的《乐经》倒成了空名，只有《诗经》传下来，"六经"也只有"五经"了。

《诗经》共存三百零五篇作品，另有六篇只有篇目没有诗。《仪礼》在提到这六篇时，只言用笙演奏，而不言歌唱，很可能当初就只是笙曲，没有歌辞。《诗经》中的作品，从年代大体可考的看，最早的创作于西周初年，最晚的产生于春秋中叶，所以它包括了从公元前11世纪起到公元前6世纪止的五百年左右的诗歌。这五百年间，经历了西周的成康盛世、宣王中兴、西周末年的衰敝，以及平王东迁后春秋动荡不安的年代。所有这些，都可以在《诗经》的作品中看到它的面影。

《诗经》中的作品，分编为《风》《雅》《颂》三类，一般认为这是根据音乐性质所作的划分和编排，是比较可信的。《风》属于地方性音乐，即各诸侯国地区的乐歌，共收录了十五国风。即周南、召南、邶、鄘、卫、王、郑、齐、魏、唐、秦、陈、桧、曹、豳，其地域包括今天的陕西、山西、湖北、河南、河北、山东等省的全部或一部分。作品共一百六十篇，大部分为民歌。《雅》是西周王朝所在地区的音乐，分《大雅》《小雅》两部分，共一百零五篇，因在王朝的政治中心，以朝廷士大夫的创作居多。《颂》是宗庙祭祀的舞乐，分《周颂》《鲁颂》《商颂》三部分,共四十篇,基本上是歌颂祝祷之辞。

《诗经》中的作品,能确知其作者的,是极少数。如《大雅·崧高》说"吉甫作诵",《小雅·巷伯》说"寺人孟子,作为此诗",都是作者自道出姓名,绝大多数篇章均属无名氏作品。不过从作品内容反映出的身份看,大体不外两类人。一类是社会底层的民众,即平民与奴隶,又以平民为多。这类作品集中在十五国风中,突出的特点是"饥者歌其食,劳者歌其事",反映的社会生活比较广泛。另一类作者是贵族、士大夫,也包括乐师、王侯的侍御人员等,其作品以《雅》《颂》为主。内容有颂诗、政治讽刺诗和个人抒情诗,比较突出地反映了各时期的政治状况和统治阶级内部的矛盾与不平,以及统治阶层骄奢淫逸的生活情态。

《诗经》在先秦原只称为《诗》,有时举其成数称"诗三百",汉以后的儒家学派把它尊崇为儒家经典,才称为《诗经》。乐与诗在周代就是贵族和士子的学习内容之一,自会有对于诗义的讲解,世代相传,到了汉代,传《诗经》的有四家,即申培的《鲁诗》、辕固生的《齐诗》、韩婴的《韩诗》、毛亨和毛苌的《毛诗》,四家所传经文小有差异,对诗篇的解说则差异很大。后来,鲁、齐、韩三家陆续失传,《韩诗》仅存《外传》,只有《毛诗》完整地流传下来,即今日所见的《诗经》。由于《诗经》从汉代起便被尊崇为经,说经者为宣扬儒家的政治原则和伦理道德,往往给诗篇加上一些牵强附会的解说,并不符合作品的原意,我们今天自然应该拨去这层迷雾,按诗篇的本来面目去认识它们。

第二节 反抗压迫和奴役的诗篇

周代是贵族等级社会,贵族居于统治地位。《诗经》中首先值得注意的是反抗贵族统治者压迫和奴役的诗篇。它们深刻地揭示了统治者残酷的政治压迫、经济掠夺和繁重的徭役奴役,表现了被榨取者、被支配者的痛苦的呻吟和愤怒的抗议以及要求摆脱剥削压迫的强烈的愿望。《七月》是这类诗中的巨篇。这首诗属于十五国风中的《豳风》,豳在今陕西省彬县一带地方。据《大雅·公刘》所说,周人的先代公刘开始率人迁居此地,遂成为周民族居处地之一。诗中所写虽以豳地的社会状况为背景,由于反映得全面典型,可以看作是整个西周贵族等级社会的缩影。

对此诗首先要注意表现方法上的两个特点:第一,全诗主要是描写"农夫"一家一年到头的牛马般的劳动,按照不同季节的不同劳务分成八章,依次分叙出来,颇似后来民歌中的《四季调》《十二月调》等,但其季节、月份的排列没有后来民歌那样规则、整齐和鲜明。第二,八章诗差不多每一章都可以分为引起和本题两个部分。先以具有时序特征性的事物做引起,再比较自然地导入本题。引起部分只是作为一章的发端,和用以标明时序,本题部分才是一章要歌咏的主要内容。如第一章,"七月流火,九月授衣"二句便是引起,非本章要叙说的内容,只是借它发端,引到"一之日"。"一之日"以下九句才是本题,即本章要讲的情事:夏历十一、十二月的严冬没有衣穿,到了正月、二月便又整治农具下田了。这种方法有时也用在一章的中间,一般是在一章的内容可以分为前后两节的情况下,后一节的发端也要用引起。如第三章,前半讲修整桑树,有它自己的引起;后半转入讲纺绩,也另有自己的引起,于"八月载绩"之前,插上一句"七月鸣鵙"。不了解这种手法和结构上的特点,会感到似乎有些杂乱无章,实际不然,只是既有时序标志,又有要说的主要情事。《诗经》的基本表现手法有所谓"赋、比、兴",《七月》的这种表现手法有些类似其中的"兴",即"先言他物以引起所咏之词",但又不完全相同。因为这首诗本来是以时序为标志分章叙事,自然可以先铺陈时序事物而渐及本题。所以《毛诗》中凡属"兴"辞都予以标明,而本篇各章都不标明为"兴"。朱熹《诗集传》运用"赋、比、兴"的概念说诗,本篇各章也都标为"赋"。

  这首诗的容量相当大,反映的内容十分丰富,有如画幅中的长卷,比较完整地展现出西周贵族等级社会的全景。居于社会下层的农夫的沉重的劳动负担,受凌辱的地位,贫困的生活和悲惨的命运;居于社会上层的贵族的残酷的剥削,横霸的行径以及奢华的生活;以及当时祭享等礼俗,无不被体现在具体的形象中。男子从年初便整治农具下田,在田官的监督下劳动(第一章)。一年农事完了,粮食归了仓,还要为贵族修缮房屋。白天打草,夜里搓绳子(第七章)。冬闲时节,又要去狩猎,为贵族提供毛皮和肉食(第四章),此外还要酿酒(第六章)、凿冰藏冰(第八章),总之,贵族统治者生活所需的一切,无不出自农夫的劳动。女子呢,春天采桑养蚕(第二章),秋季纺麻织布(第三章),还随时有被贵公子胁迫去糟蹋的危险(第二章)。一家男女虽然承担着全部劳务,生活却困苦异常,寒冬腊月没有衣穿(第一章),吃的是苦菜,烧的是臭椿(第六章),住的是不遮寒气的简陋的房屋,要用泥巴涂上门窗才能勉强过冬(第五章)。贵族则是另一番景象,他们坐享其成,而奢华异常。夏秋穿的是鲜丽的织物(第三章),冬天穿的是狐狸皮袄(第四章),住的是抗风耐雨的房屋。他们饮酒食肉,祭祀燕享,祈求多福与长寿(第八章),还要随意蹂躏女奴,发泄兽欲。这是多么鲜明的对比!

这首诗在艺术上,除上文指出的两个特点之外,还有:第一,它主要是用朴实的语言叙写实际情事,靠事物素朴的真实性打动读者。但间杂一些带季节特征的诗句,便不枯燥,而且增加了咏叹意味。第二,虽属平实叙事,却常常能注意到描写的生动性与趣味性。如第二章写女子采桑,通过季节背景的衬托和人物行动的具体描写,形成一幅鲜明的画面。我们可以清晰地感受到在黄鹂歌唱的阳春佳节,女子挎着篮子,沿着一条小路向桑林走去的生动情景。写劳动过程只用两句"春日迟迟,采蘩祁祁",春天的白昼长而又长,采集的蘩叶多而又多,不言劳苦,而辛劳的感慨自在其中。再加上末句对贵公子凌辱的忧心,女奴悲惨的生活地位便充分揭示出来了。又如第三章的后半写纺绩织布,先说"载玄载黄,我朱孔阳",又是黑红色的,又是黄色的,又是鲜丽的大红色的,好不热闹,可是下面陡然一结:"为公子裳"——都是给贵公子做衣裳用。前后的猛然转折,有力地显示出女奴的辛勤劳动不过是为他人做嫁的极端不合理性。第三,由于民歌作者对生活中的事物极其熟悉,有些描写细腻动人。如第五章开端写斯螽的鸣叫,言"动股";写纺织娘的鸣叫,言"振羽",都是以其发声时的肢体特征表现其发声,生动引人。下言"七月在野,八月在宇,九月在户,十月蟋蟀入我床下",写蟋蟀随着气候趋冷的变化,一步步由田野移入室内,读来津津有味。这些如果不是对对象有细致观察、深切体验,是无从着笔的。第四,运用对比手法。可以说整首诗都处于农奴与贵族两种生活的对比中,有时也运用于具体章节里。如第六章,前半说收获果品与稻谷,酿成美酒,献给贵族宴乐,以求长寿,后半则说奴隶自己的生活却是拾麻籽,吃苦菜,烧臭椿,两相对照,给人以强烈深刻的感受。

《伐檀》和《七月》一样,是一篇反映压迫剥削的社会诗,属于十五国风中的《魏风》,魏的地域在今山西省西南部永济县一带。这首诗虽与《七月》属于同类主题,但侧重点不同,表现上也有很大差异。《七月》是农夫对自己的命运与地位的悲苦哀叹,所以将受剥削压迫的具体情事一宗宗倾诉出来,使人好像听到沉重的叹息、呜咽的哭泣。《伐檀》不同,它主要是宣泄对剥削者不劳而获的愤慨不平,对剥削者的掠夺行为进行指斥与抨击。所以它不对剥削做细琐的陈述,而只选取两种主要掠夺物——从农田上榨取的粮食和从狩猎中搜刮去的禽兽,把它醒目地陈列出来,而加以尖锐的质问:"不稼不穑,胡取禾三百廛兮?不狩不猎,胡瞻尔庭有县貆兮?"不种田,为什么拿走那么多粮食?不打猎,为什么院子里挂着兽皮?指斥得简洁有力,抵得上千言万语。从歌者一面说,理直气壮,锋芒逼人;从掠夺者一面说,被一针见血地撕下画皮,暴露出剥削本质。开端三句从伐木河边起兴,既与劳动者的身份暗相呼应,又与贵族统治者的不劳而获隐成对比,更增加了抨击的力量。篇末两句,在严峻指斥之后,继续推进一步,以尖刻的讽刺结束:"彼君子兮,不素餐兮",那君子人呵,是不白吃饭的呀!言外之意,靠掠夺他人劳动果实享乐,空口吃白饭,算什么君子!反讽之力,不在抨击之下。

  这首诗共三章,三章的诗语基本上是重复的,只变换了个别的字,这也是《诗经》作品特别是《国风》作品常用的一种形式,叫做章的重叠。变换的字有的只是意义相近的字的平列,如本诗各章第二句中的"干""侧""漘",都不外是河岸、河边之意;各章第七句中的"貆""特""鹑",不过是更换了禽兽的名目。但也有的字词的更换表示出递进的层次关系。如这首诗各章首句中的"檀""辐""轮",檀是做车轮的木料,辐是车轮中的辐条,轮则是已制成完整的车轮。三章中的三个字表现出伐木为轮的进程。这种乐章的重叠是民歌的特点之一,它既便于记忆,又有反复咏唱一唱三叹之妙。

  《魏风》中的《硕鼠》,也是表现对剥削压迫的不满,但内容侧重点又与《伐檀》不同,重在表现对不合理的现实的决绝态度和对理想世界的向往。它集中体现了古代劳动人民对摆脱剥削的渴望和对幸福美好生活的憧憬。诗的首句,硕鼠的比喻,十分贴切、形象,专门靠盗食粮食而养得肥大的大老鼠,是依靠压榨劳动者血汗而吃得脑满肠肥的剥削者的传神写照。这些剥削者不仅不劳而获,而且贪得无厌,酷虐无情。尽管劳动者为他们创造了大量的财富,他们对劳动者却丝毫没有顾惜之情,迫使劳动者简直无法存活下去。"三岁贯汝,莫我肯顾",对剥削者本质的揭露,入木三分。正是这样,此前两句发以断喝:"硕鼠硕鼠,无食我黍!"不要再吃我的粮食了!此后两句续以决绝:"逝将去汝,适彼乐土。"一定要离开你,到那乐土去。在周代,"溥天之下,莫非王土",被剥削者不可能在现实中找到容身之地,只能在想象中提出虚拟的理想国——"乐土"。"乐土"是作为现实剥削制度的对立物提出来的,它自然是个没有剥削的世界。所以尽管这只能是一种理想,歌者却在末两句中对它发出了由衷的赞美。这首诗共重叠三章,每章的末两句通过变换个别词语,对"乐土"做了尽情地讴歌。首章说:"乐土乐土,爰得我所。"乐土才是劳动者可以生存的落脚点。次章说:"乐国乐国,爰得我直。""直"是正的意思,在乐土劳动者才得到了公正的待遇,也就是说能够享有自己的劳动果实。第三章说:"乐郊乐郊,谁之永号。"在乐土自食其力,生活富足,再也没有啼饥号寒的现象了。这三章的重叠,也属于递进关系,对乐土做了层层推进的勾勒。

这首诗表现了中华民族反对黑暗、追求光明的优良传统,诗中提出的"乐土"理想,无疑是暗夜般的剥削社会中一颗闪亮的星星,也是几千年剥削统治者无法熄灭的火把,它启迪人们反抗不合理的剥削制度,追求自由解放的时代。我国历史上爆发过无数次被压迫者的起义,正是这种理想照耀下的勇敢实践。

在贵族等级社会中,除经济上的榨取之外,还有繁重的兵役、徭役负担。《左传》成公十三年载刘子语曰:"国之大事,在祀与戎。"祭祀与征伐是国家的两件大事。征伐之类的兵役徭役负担自然主要还是落在平民头上。所以,揭露这种苦难是《诗经》作品的又一重要主题。如《唐风·鸨羽》写壮劳力从役在外,不得耕田以养父母:"王事靡盬,不能艺黍稷,父母何食?"《小雅·何草不黄》写从役者常年暴身旷野,备尝苦辛,以致发出"匪兕匪虎,率彼旷野"的沉痛呼声,不是犀牛,也不是老虎,为什么整天在旷野里奔跑!《卫风·伯兮》写征役给行人与思妇带来的痛苦相思:"自伯之东,首如飞蓬。岂无膏沐,谁适为容!"《诗经》作品从多侧面反映了这一主题,《东山》是写得更为细腻的一篇。

《东山》属于《豳风》,与《七月》产生于同一地域。旧解认为这是士大夫歌颂周公东征武庚和淮夷的叛乱胜利归来而作。《诗经》的旧解常常比附史事说诗,往往出于臆想和揣测,不必拘泥,把这首诗看作是一个久征在外将归故土的士兵的抒怀之作,更符合诗的实际。

从诗中看,这次是到东方出征,而且征伐时间很长。诗中有一句说"于今三年",至少有三年之久了。古诗中往往以"三"字泛指多数,如《硕鼠》的"三岁贯汝",即多年养你。如果那样,时间就更长了。这么长的时间离别家乡和亲人,在外参加出生入死的战斗,战事总算结束,作为幸存者之一可以回到家乡与亲人会面了,自然百感交集。诗中所咏唱的,就是这位战士双脚踏上归程时,涌上心头的那种复杂的感情和心绪。

全诗共分四章,每章的前四句都是相同的:"我徂东山,慆慆不归。我来自东,零雨其濛。"反复咏叹这久征在外终得踏上归途的意思,因为正是这一点触发歌者迸发百感千绪。四章全由它领起,使每一章的内容都笼罩在浓郁的咏叹情调中。四章诗分别从不同侧面生发,将久征得归的士兵的感情抒发得淋漓尽致,深切感人。

第一章抒写渴望归家重过和平生活的心情。"我东曰归,我心西悲","悲"是思念之意。《汉书·高帝纪》载刘邦对家乡父兄说:"游子悲故乡。"

颜师古注云:"悲,谓顾念也。"这两句说从东方一踏上归程,心便飞往西方的家乡去了。那急切还乡的心境,跃然纸上。"制彼裳衣",是说到家就可以做起平居穿用的衣服,换下戎装了。"勿士行枚",是说再不用干衔枚疾走那种军事营生了。这两句诗并没有用什么喜呀憎呀之类的字眼,但歌者对和平生活的喜悦之情,对军旅生活的厌憎之感,洋溢于字里行间。这是因为两句是歌者一片真情的流露,文情到处,自然高妙。末四句写归途的行宿实况,而出以比兴手法。士兵在旷野中行军,蜷缩成一团眠宿在兵车之下,正像野蚕栖止在野桑叶上一样。诗句中特别点出"独宿"和"车下",也许是想到快要归家了,就更加突出地感受到这种生活的孤悽,便脱口而出。由于它是使歌者产生深慨的情景,也就饱蕴感情,使读者见其景而思其情,饶有余味。

第二章是悬想家园的境况。离别多年了,壮劳力被征发一空,家园也许是一片荒凉了吧?蔓生的瓜蒌爬满了屋宇,屋角潮湿处生满了土鳖,蜘蛛在门上结了网,平地上印满了野兽的足迹。往昔充满人声笑语、果木禾稼的家园,如今成为野鹿出没的场所了。夜间则燐火飘飞,不少人已为困窘生活所迫长归地下了吧?这些虽然都属悬揣之词,但一笔笔写来,荒凉的情景历历如见,是很好的白描手段。这样的景象不是很使人望而生畏么?然而末两句一转:"不可畏也,伊可怀也。"不可怕呀,那是很可怀念的地方呵!因为这毕竟是自己生活和成长的故土,即使已经荒残,也还是值得思念。这一反迭,更强有力地表现出歌者对故土旧庐的怀恋深情。

第三章想到家中孤处的妻子。"鹳鸣于垤,妇叹于室",自己久征不归,妻子又在那里怀思哀叹呢吧?前一句是后一句的起兴,用鹳鸣兴起妇叹。下文"洒扫穹窒,我征聿至",是在遥想中对妻子说的话,意思说不要再徒自叹息了,赶快打扫房子,整治罅漏,我就要从远道归来了。妻子自然是听不到的,但从征人一边说,却完全可生此情此想,所以真切感人。接下去"有敦瓜苦,烝在栗薪"两句,仍是比兴。瓜苦,即苦味的瓜,用苦瓜久系于薪柴之上喻相思的凄苦长期胶滞心头。所以下面以"自我不见,于今三年"的感叹作结,与妻子已经多年不见,彼此都受尽了相思的煎熬。

第四章紧承上章进一步生发,想到从役前新婚的情景。也许经历了久别的痛苦,对幸福的往事更加珍惜和思恋,歌者把当时结婚的场面着意描写得辉煌美好。以黄鹂飞舞,在阳光照耀下闪动翅膀起兴,送亲的队伍浩浩荡荡,有黄白色的马,有赤白色的马,新人的母亲按照当时的礼俗,亲自给女儿结上佩巾,整个婚礼仪式纷繁隆重。接着陡然一结:"其新孔嘉,其旧如之何!"当初是那样美好,如今又怎么样?一种即将再见的由衷喜悦之情,喷薄而出。姚际恒说:"如之何者,乃是胜于新之辞也。古今人情一也,作诗者亦犹人情耳。俗云'新娶不如远归',即此意。"(《诗经通论》)

这首诗没有更多描写征役之苦,着重写了战事结束后踏上归途的喜悦、对家园的深沉怀念和对家庭幸福生活的强烈思恋。在这样的描写中,反衬出征役对人们和平幸福生活的破坏,而歌者对征役的厌憎之情,也就尽在不言中了。在反映征役主题的诗中,别开生面。

第三节 反映劳动、爱情等题材的诗歌

《诗经》时代劳动者的劳动,往往是被剥削奴役的,写到劳动的作品,很少欢快的调子,因为劳动已不再是为创造幸福生活而进行的创造性的活动了。但也有个别篇章,反映了劳动的欢乐情绪,大约是一般平民家庭劳作的作品,《苤苢》是典型的一篇。《苤苢》属于十五国风中的《周南》,其地在今河南陕县东南一带地方,但也有不同的说法。苤苢即车前子,这首诗是妇女在采集车前子时所唱的歌。

诗共分三章,变化的词语很少,大半是重复同类的字句。如三章每章四句,一共十二句诗,有六句是"采采苤苢";另外六句每句四个字中,三个字是相同的,只一个字有变换。所以诗的含意是十分单纯的,它主要是通过响亮流利的音节,整齐有力的节奏,交织成一种轻快的劳动旋律,从这种独特的旋律中,传出劳动的欢快与和谐。这是这首诗的一大特点。其次,全诗虽只变换了六个词语,它们却清晰地显示着劳动的进程和劳动情绪的亢进。如第一章说"采之""有之",是开始采摘初有收获;第二章说"掇之""捋之",又是低头拣拾,又是大把捋取,已见出劳动情绪的高涨;第三章说"袺之""襭之",更是要满载而归了。先还是扯起一个衣襟角兜盛,收获越来越多,简直盛不下,索性将整个衣襟折掖在腰带里,做大口袋盛装。这种递进的描写和歌咏,就不只是浸透着欢快情绪,而且饱含着对劳动和劳动果实的深情赞美了。方玉润说:"读者试平心静气,涵咏其诗,恍听田家妇女,三三五五,于平原旷野、风和日丽中,群歌互答,余音袅袅,若远若近,忽断忽续,不知其情之何以移而神之何以旷。"(《诗经原始》)颇能捕捉到这首诗的神韵。

《诗经》中描写爱情婚姻问题的作品,占有相当的数量。它们从不同的角度反映了这一主题。有的是相悦相爱的恋歌,既有相会的欢乐,也有分离

的相思，如《桑中》《采葛》等；有的是写爱情和婚姻的悲剧，或者恋爱与结合遭到父母兄长的阻挠，或者婚后被喜新厌旧的丈夫遗弃，如《将仲子》《柏舟》《氓》《谷风》等。从这类作品中，可以看到古代青年男女对自由、纯洁、幸福的爱情与婚姻的热烈追求，听到他们对阻碍自由爱情，践踏他人感情，破坏婚姻家庭幸福的行为的谴责和抗议的呼声。《静女》是恋歌中富有代表性的篇章之一。

《静女》属于十五国风中的《邶风》，其地在今河南汤阴、安阳一带。这首诗是一个青年男子抒写其心中深切诚挚的恋情。由于它是通过一次约会的情节来表现，写得生动活泼。全诗共分三章，抒情一层深似一层。第一章写恋人约他到城角处相会，他前去赴约，却不见其人，"爱而不见"，原来恋人和他开玩笑，躲到隐蔽处去了，结果害得他"搔首踟蹰"，又是抓头皮，又是踱来踱去地张望。这一章共四句，前两句叙事，交代背景；后两句一句写恋人，一句写自己，虽各只一句，却传神尽相。"爱而不见"，把女孩子活泼顽皮的情态活画出来了，"搔首踟蹰"，也把赴约者期而不见的焦灼不安神情活现在纸上。第二章写恋人不仅来了，而且情意深长地赠给他一支"彤管"。彤管为何物，历来说法纷纭，莫衷一是。从诗意推勘，似应与下一章中的"荑"是同一东西。荑是初生的草，那么彤管当是一种红色管茎的草。因为它是恋人所赠，歌者分外觉得它的美好可爱，不禁对着它讴歌起来了："彤管有炜，说怿女美。"彤管多么鲜艳呀，真喜欢你的漂亮呵！把对赠者的一片深情感悦，通过对赠物的赞咏表现出来，曲折含蓄，隽永有味。第三章更加跌宕多姿。"自牧归荑，洵美且异"，意思说从野外馈赠给我的这株草，实在是美丽而又不寻常。郊野曰牧，他们相会赠物处在城角，地近郊野，所以说"自牧归荑"。读到这里我们才发现，第一、二两章所写，原来都是追忆，这一章写的才是当前实景。歌者是在把玩那株赠草，以寄缠绵的相思，想起了当初赠物时的甜蜜情景。章法安排上极富曲折波澜。结尾二句尤妙，刚刚还在亟口夸赞柔荑的美，却突然一转，对着它说："哪里是你有什么漂亮，只是因为你是恋人的赠予罢了！"出人意表，妙趣横生。

和《静女》相近的有《溱洧》。《溱洧》属于十五国风中的《郑风》，郑国在今河南新郑一带地方。《诗经》中的《郑风》《卫风》是被儒家斥为淫靡的"郑卫之音"的，就是因为它们描写的爱情生活大胆泼辣，很不合乎礼教的规范。刘昭补《后汉书·礼仪志》的注中引《韩诗》说："郑国之俗，三月上巳（第一个巳日），之溱、洧两水之上，招魂续魄，秉兰草，被除不祥。"这首诗就是描写在这一风俗节日男女欢会、互通情愫的情景。歌者不作为诗中的主人公,而是以一个旁观目击者的身份描写眼中所见,勾勒出的画面相当真切鲜明。

诗重叠两章,内容基本相同。溱、洧是流经郑国的两条水名,也是上巳日进行祓除风俗的地方,所以首句由此写起。涣涣是水弥漫的样子,三月里正是桃花水下来的时候,河水盛涨。诗说"溱与洧方涣涣兮",便暗示出了节气,为上巳日的修禊勾画出一个风光宜人的环境。下一句说"士与女方秉蕑兮",男男女女都手持着兰草。兰草是祓除不祥所用之物,是上巳日带有特征性的事物,在句中将它突出点出,上巳的气氛便扑面而来。这句中还特别拈出"士与女",因为诗并非泛写上巳风俗,意不在老幼,而是着眼于正当年的青年男女。如此一强调,便水到渠成地引到下面的主题。女邀呼自己所亲近的士说:"去看一看吧!"士回答说:"已经去过了。"女再劝诱士说:"再去看看吧,洧水的岸边实在宽广而又欢乐。"于是士应邀同往。男女间的亲密感情通过朴实含情的对话表现出来,女方的热情追求,男方的承情受意,都含而不露。姚际恒说:"诗中叙问答甚奇。"正是看到了这一奇妙处。善于运用对话是民歌的特点之一。如《鸡鸣》,全篇都是对答,无一叙述描写语。这首诗没有到这里结束,末尾三句再将境界推进一层,写士与女一路前往,互相笑语戏谑,互赠芍药以通情意。那一种真率自然的感情宛然如画。诗在展现出这样一幅画面,足够启示人们的想象之后,便戛然而止,余味悠然。诗的第二章首句将"方涣涣兮"改为"浏其清兮",由水的盛大写到水的清澄,次句将"方秉蕑兮"改为"殷其盈兮",特别点出士女盈路的景象。所以,诗中问答只能出自一士一女,但那问答中体现的情怀意趣却代表着士士女女。

《诗经》中写爱情婚姻不幸的,如《鄘风·柏舟》,写少女的爱情受到阻挠,她"之死矢靡它",宁死不改其志,不禁激发出呼天抢地的怨声:"母也,天只!不谅人只。"娘呵,天呵,太不体谅人的衷情了。《卫风·氓》写弃妇的悲怀。她与对方经过热恋结合,熬过困穷的日子,但男子却变心了,当她被遗弃回归娘家,走到当年出嫁时经过的淇水上,不禁发出"士也罔极,二三其德"的斥责。痛定思痛,百感交集,追怀往事,声泪俱下。从相识、结亲,到出力建设家庭,直到被遗弃,边数说,边伤叹,有追想回溯,有指斥怪怒,有自怨自艾,一片血泪的抒情,楚楚动人,成为《诗经·国风》中少见的长篇抒情诗。

《诗经》中还有一些表现人民高尚情操的诗。其中特别值得提出的是反映爱国思想的诗篇。《无衣》是这一方面的代表。《无衣》属于十五国风中的《秦风》，秦地原在陕甘边域，后渐扩大到拥有今陕西中部地带。《无衣》突出表现了同仇敌忾、保家卫国的英雄气概。这首诗虽然分为三章，基本上是同义的重叠。而每章又只有五句二十个字。要在二十个字中，勾画出奋起卫国的虎虎有生气的形象，不是很容易的。这首诗恰恰在短章中达到了这样的效果。首两句开篇便起得很妙：哪里是没有衣服，只是愿意与你同披一件战袍。这是表示亲密团结、并肩向前之意。这两句开门见山，突然而起，酿出一种猛锐之气。下两句说："王于兴师，修我戈矛。"国君发出兴兵抗敌的号令，便立刻拿起武器。国家的号令与士兵的行动接得如此紧凑，给人以一呼百应的强烈感受，使人似乎看到一声令下，万马奔腾的情景，充分展现出人民疾赴国难的崇高精神和英雄气概。章末以"与子同仇"戛然作收。"修我戈矛"做什么呢？是去攻打共同的敌人，团结一心，却敌卫国。这里以单句收篇，音韵上斩截干脆，与那种毅然赴敌的行动十分和谐，相得益彰。短诗不只选择描写的情事精妙，音节也配合得好，紧促、峭折、斩绝，吟咏起来，不禁气为之振、神为之旺。

第四节 《诗经》的丰富内容与艺术特点

　　《诗经》内容十分丰富，除上述几方面外，还有几类诗值得注意。一类是政治讽刺诗。其中有的揭露统治者的腐朽糜烂，如《鄘风·墙有茨》写统治者淫乱不堪，说："中冓之言，不可道也。所可道也？言之丑也。"意思是说，宫闱中的事情，简直不可说。还可以说说吗？说出来就太丑了。脏秽到了不可言说的地步。有的暴露政治黑暗，如《小雅·节南山》说："忧心如醒，谁秉国成？不自为政，卒劳百姓。"意思说，令人忧心忡忡，是谁在那里职掌国事？国君不亲问政事，让小人把持，政治腐败，使百姓劳瘁不堪。在尖锐的质问中，饱含怨怒。再一类是政治抒情诗，主要是反映了统治阶级内部的矛盾与不平。如《小雅·北山》中说："或燕燕居息，或尽瘁事国。或息偃在床，或不已于行。"有的人养尊处优，有的人劳累不堪。又如《大雅·瞻卬》说："人有土田，女(汝)反有之；人有民人，女覆夺之。"这当是反映生产关系大变动中财产权利再分配的情况。还有一类是史诗，如《大雅》中的《生民》《公刘》《绵》《皇矣》《大明》记述了关于周民族的产生与发展的一些传说和重要历程。如《生民》写周民族始祖后稷的事迹。关于他的诞生充满灵异的神话色彩。他是其母姜嫄踩了天帝的脚印而怀孕，虽然生产很顺利，姜嫄以为怪异，不敢养育。把他丢在狭巷里，便有牛羊来保护和哺育他。

把他丢在树林里,又有人砍伐林木。扔在寒冰上,则有鸟来遮护卵翼。总之弃而不死。从小就聪明异常,后来长大,特别擅长种植各种农作物,终于在农业发展上做出了巨大贡献。这可以说是一首用诗的形式写的神话传说。

总之,《诗经》反映的社会生活相当广泛,从西周到春秋中叶五百年间的社会状况、政治状况、统治者和底层民众的生活状况,以及当时的社会生产面貌、礼仪风习等,无不得到形象的表现。所以,它不仅是优美的艺术品,还是形象的历史、重要的社会史料。

《诗经》在艺术上也具有自己的特色:第一,运用"赋""比""兴"的手法。从现存的资料看,至少从汉代人起,就用赋、比、兴的概念解说《诗经》的作品。赋、比、兴概括了《诗经》的基本表现手法。孔颖达说:"诗文直陈其事,不比喻者,皆赋辞也。"赋就是直叙其情事,白描其物象,如《七月》中第二章写女子采桑:"春日载阳,有鸣仓庚。女执懿筐,遵彼微行,爰求柔桑。春日迟迟,采蘩祁祁。女心伤悲,殆及公子同归。"就全是赋笔。无论是对季节风物、还是女子的行动及其心理的描写,都是"直陈其事"。郑众说:"比者,比方于物,诸言如者,皆比辞也。"比就是譬喻,如《硕鼠》中把不劳而获的统治者比喻为肥大的老鼠。又如《邶风·柏舟》中说:"我心匪石,不可转也。我心匪席,不可卷也。"以不是石头可转,不是席子可卷,比喻坚贞不移的心志。朱熹说:"兴者,先言他物以引起所咏之词也。"比是以另一物为比方来说明此物,二者之间必须有类似点和意义上的关联。"兴"不同,只是从他物咏起,做引子,以引出所咏之物。不求二者性质的相类,不是以一物说明另一物。如《摽有梅》:"摽有梅,其实七兮;求我庶士,迨其吉兮。"诗的主旨是在后两句,歌咏女子求偶,却先从梅树还有七成果实咏起,二者之间不是比喻的关系。但歌者咏事,即物兴感,情与物合,所借以起兴之物往往与所咏之事有若隐若现、若有若无的关联。如《关雎》首章说:"关关雎鸠,在河之洲。窈窕淑女,君子好逑。"以河洲上和鸣的鸟兴起淑女是君子的好配偶。二者之间多少有一些意义、气氛上的关联处,接近于比。所以后来比、兴二字联用,专用以指诗有寄托之意。第二,章的复沓重叠。这主要是由于当时的诗就是歌这一根本特点决定的。歌起于民间,为口头创作,辞章复沓便于记忆歌咏和反复抒情。民歌的这种形式形成了乐章的基本格局,所以《诗经》中虽然有的不是词义相近的复沓重叠,而是较长篇幅的叙事抒情,也要分章,就是为适合于配乐歌唱。第三,《诗经》的作品,尤其是其中的民歌,风格是朴实自然的。它们都是歌者心中诗情的自然倾吐,用朴素的语言表现出来,情真景切,浑然天成,毫无吃力做作之感,绝没有后来有些文人诗那种刻意雕镂的痕迹。如《七月》之叙事,《溱洧》之描状客观景象,《无衣》之抒写激昂感情,无不如此。第四,《诗经》的风格虽然是朴实的,却绝不单调呆板,而是丰富多彩。它从表情手段、艺术构思、想象联想到体制形式,都多种多样。这是因为歌者都是实际生活的直接参与者、直接感受者,他们熟悉生活中的各种事物与情景,表情时又没有什么框框,只把心中感受最深的东西歌咏出来,所以像生活本身一样姿态万千。我们只要把《静女》和《溱洧》略一对比,就可以感受到,二者虽主题相近,却各有各的独特情景,没有丝毫雷同相似之处。《诗经》的体制形式也是灵活多变的,篇无定章,章无定句,句无定字。虽然以四言为主,有的还是完整的四言诗,但从一字至九字的句子也无所不有。不少篇章是杂言体。成伯瑜说:"三百篇造句大抵四言,而时杂二三五六七八言。意已明不病其短,旨未畅则无嫌于长。"(《毛诗指说》)是颇能说明《诗经》句式的特点的。

第二章 屈　　原

屈原是我国文学史上出现的第一个创作丰富并有极高艺术造诣的诗人,也是使"楚辞"这种新诗体继《诗经》之后屹立在我国文坛上的奠基人。从屈原以后,楚辞体成为我国古典诗歌的基本形式之一,并成为不久以后汉赋体制形成的重要来源。

第一节　楚辞体的兴起与屈原的时代和生平

楚辞原是楚地民歌的形式。我国自古便是一个多民族的国家,在历史的发展过程中不断交往融合。楚民族很早就在楚地活动,先在今湖北一带,后来发展到整个长江流域。它有自己的发展历史和文化传统,楚王熊渠就说过:"我蛮夷也,不与中国(指中原地区黄河流域的周民族国家)之号谥。"(《史记·楚世家》)所以,它虽然也不断受到中原文化的影响,但在宗教、习俗、乐舞、诗歌等方面都保有自己的特色。楚地民歌的形态与中原地区民歌不同。如《论语·微子》中所载的楚地狂人接舆所唱的歌:"凤兮,凤兮,何德之衰!"又如《孟子·离娄上》中记载孔子听到的《孺子歌》:"沧浪之水清兮,可以濯我缨;沧浪之水浊兮,可以濯我足。"根据《楚辞·渔父》篇,这首歌又为与屈原同时的渔父所歌,可见它是一首流传的民歌。从这些歌中都可以见出其独特的形制。《说苑·善说》篇所载楚国贵族鄂君子皙令人用楚民歌体翻译的一首《越人歌》,尤为明显:"今夕何夕兮,搴舟中流。今日何日兮,得与王子同舟。蒙羞被好兮,不訾诟耻;心几烦而不绝兮,知得王子!山有木兮木有枝,心悦君兮君不知!"已是很典型的楚辞体,时当屈原前一百多年。

屈原在楚地民歌的基础上,充实以丰富的社会政治内容,又接受战国时期散文发达的影响,加长句子,扩大篇幅,便奠定了楚辞这种新诗体在文坛上的牢固地位。楚辞体的主要特点,首先是作为音节停顿和抒情咏叹的语助虚词在诗句中的运用。它有时放在一句中间,如"令沅湘兮无波,使江水兮安流"(《九歌·湘君》);有时放在句尾,如"浩浩沅湘,分流汩兮。修路幽蔽,道远忽兮"(《九章·怀沙》);更多的是放在上下句之间,使两句构成一个小节,如"山峻高以蔽日兮,下幽晦以多雨。霰雪纷其无垠兮,云霏霏而承宇"(《九章·涉江》)。虚词主要是"兮"字,个别也有用"些"字的,如《招魂》:"川谷径复,流潺湲些。光风转蕙,泛崇兰些。"其次,在句式与篇幅上有明显的散文化倾向。从句式上说,一般有所加长,以五字、六字、七字句居多,尤以六字句为主。同时句式的长短有较大的伸缩自由,参差错落,如"驾青虬兮骖白螭,吾与重华游兮瑶之圃。登昆仑兮食玉英,与天地兮同寿,与日月兮齐光。哀南夷之莫我知兮,旦余济乎江湘!"(《涉江》)从篇幅上说,一般也有所增大,最长的《离骚》将近二千五百字,规模之大,足以与一篇文章相抵。

  楚辞体的奠基人屈原名平,字原,楚国人。生卒年约为公元前353年至公元前277年。一生经历了楚怀王和顷襄王两朝。这正是战国七雄并峙,斗争激烈,社会急遽向统一发展的时期。从当时各国的实力状况看,最有统一中国的资格的是三个国家,即西方的秦国、东方的齐国和南方的楚国,形成三角鼎立。其中秦、楚两国尤为强盛,苏秦说过:"从合则楚王,横成则秦帝。"(《战国策·楚策》)就是说,在当时的诸国关系中,如果合纵成功,即山东六国联合起来一致对秦,则楚国统一天下;反之,如果连衡成功,即秦国瓦解了山东六国的联合,得以各个击破,则秦国统一天下。当时合纵、连衡的斗争十分激烈。楚怀王曾经一度为"从长",联合韩、魏、赵、燕等攻打过秦国,形势是很好的,这不能不给关怀楚国命运的人以极大的鼓舞。但是另一方面,楚国的贵族势力又比较强大,守旧势力根深蒂固。秦国自秦孝公时实行商鞅变法,后来一直改革得比较彻底。楚国在楚悼王时也有吴起变法,削减贵族特权,抚养战斗之士,以强兵为目标,颇见成效。曾北上吞并了陈、蔡,打退了三晋向南的扩张,又向西进攻过秦国。但楚悼王一死,变法便遭到贵族的反扑而流产。事情就发生在屈原生前半个世纪左右。这又给楚国埋伏下衰弱的根子,为关怀楚国命运的人设置了严重障碍。

  在上述形势下,屈原对内对外都坚持正确的政策。在外交上,他主张联齐抗秦。据刘向《新序》所载,屈原曾两次出使齐国,进行联齐的活动;在内政上,他虽然也是宗室贵族,却能突破贵族利益的局限,主张"举贤而授能","循绳墨而不颇"(《离骚》),"明法度之嫌疑","国富强而法立"(《惜往日》),也就是打破贵族对政权的垄断,任用贤能,限制贵族特权,实行法治,以达到国家富强的目的,实际上是继承了吴起变法的精神。屈原的主张显然关系着楚国的进步发展和存亡命运,是符合楚国国家和人民的利益的,但却遭到楚国腐朽贵族集团的嫉恨与不满。

关于屈原的具体经历,由于史料的缺乏和记载的歧异,说法不尽相同,细节也不完全清楚。大体上是在上述形势和复杂的斗争中,经历着坎坷的命运,最后是一个悲剧的结局。他开始时曾得到楚怀王的信任,被任用为左徒,职位仅次于楚国的宰相令尹,对国家的大政方针很有些影响。他在内与怀王谋议国事,发布号令;对外则主持外交,积极联合齐国。后来由于"造为宪令",与上官大夫发生矛盾,受到上官大夫的谗毁,遂被怀王疏远。这背后隐藏的实质,大约是"宪令"的内容伤害了楚国贵族的利益。秦国为了实现其并吞山东六国的计划,很忌讳齐、楚的联合,于是派张仪至楚,收买上官大夫靳尚一流人以及怀王的内宠,谮毁屈原,并以许给商於之地六百里为钓饵,诱使怀王与齐国断交。怀王贪地,上了圈套。在这一曲折复杂的斗争过程里,屈原一度被流放到汉北。楚国与齐国绝交之后,秦并不给地,怀王大怒攻秦,结果大败,不得已,重又起用屈原出使齐国,恢复邦交。不过秦国并不肯罢手,又嫁女于楚,约怀王为蓝田之会。屈原以为秦不可信,劝阻怀王不要入秦,怀王幼子子兰则以为不可失秦国的欢心,劝怀王前往。怀王为群小包围,受其左右,遂入秦,果然被秦国拘囚。顷襄王即位,子兰为令尹,恨屈原不顺从自己意见,继续谮毁屈原,屈原遂被流放到江南。腐朽的贵族集团把持朝政,楚国的力量愈来愈弱。顷襄王二十年(前279),秦将白起率兵攻打楚国,次年攻破楚国京城郢都,楚国君臣逃避到陈。屈原在流放中走到今湖南湘阴的汨罗江时,不愿看到自己国家的灭亡,遂投江殉国。

屈原的一生是为楚国命运奋战的一生。虽然在贵族腐朽势力的排斥打击下,没有达到发展楚国和拯救楚国的目的,但是他的精神和思想感情是可贵的。他的主要作品就是抒写他在斗争历程中的感怀,我们可以从中看到诗人的进步理想、高尚的品格、坚毅的操守、对邪恶的憎恶,以及深沉的爱国思想。他一生写下很多作品,有《离骚》、《九章》(九篇)、《九歌》(十一篇)、《天问》等。有些作品的真伪存在争议,但最主要的篇章则是没有异议的。

第二节 《离骚》

《离骚》是屈原的代表作,也是我国古代最长的一首抒情诗。全诗二千四百九十字,反映了丰富的内容。它通过诗人大半生斗争历史的记叙和复杂痛苦感情的抒发,展开了楚国政治状况和政治斗争的广阔画面,表现了诗人崇高的思想情操。关于《离骚》的篇名,有种种不同的解释。一种意见认为"离"通"罹",是遭受的意思,"骚"作"忧"解,离骚就是遭遇忧愁之意;另一种意见认为"离"即离别的意思,离骚是离别的忧愁;再一种意见认为离骚是"劳商"一声之转,《楚辞·大招》中有"伏羲《驾辩》,楚《劳商》只"的话,《劳商》乃乐曲名。屈原的作品也确有以曲名名篇的,如《九歌》即是。《离骚》的写作时间也有种种不同说法。有的认为作于早期,即楚怀王疏远屈原之后;有的认为作于中期,即怀王时流放汉北之后;有的认为作于晚期,即顷襄王时流放江南之后。从篇中表现的内容和流露出来的年岁感看,视为早期或中期之作较为接近。

　　《离骚》全篇可分为三个大的段落。从开篇到"岂余心之可惩"为第一大段,以浓厚的抒情笔墨,怀着深沉的感慨,自叙大半生的斗争历史。这段可以分为七小段。前八句为第一小段,叙述诗人的世系、祖考、生辰、名字。他的家族是远古帝王颛顼氏的后代,父亲是伯庸,他诞生于寅年、寅月、寅日,父亲给他起了美好的名字。"正则"即櫽栝"平"字,"灵均"即櫽栝"原"字。

　　从第九句至"来吾导夫先路"为第二小段,叙述自己的人生态度和志怀。他的人生态度很积极,虽然已有先天的好的禀赋,所谓"内美",仍然积极进行后天的修养,所谓"修能"。诗人以芳草比喻美好的品德和才干,他朝夕采摘,汲汲不可终日。诗人为什么这样抓紧培育自己呢?就是为了献身于国家兴旺发达的事业。所以向楚王发出了呼号,为什么不趁着壮盛之年去掉污秽的东西呢?乘骏马飞奔吧,我来做马前卒!诗人对楚王的殷切期望,那献身楚国未来的一片至诚,都跃然纸上。

　　接下去至"伤灵修之数化"为第三小段,写忠心为国为君反而遭谗见疏的遭遇和悲慨。诗从这里起开始进入楚国现实政治状况的领域,所以诗人首先回溯了楚国先代贤王的盛世,由于"三后"即前代三位贤王道德纯粹,因而贤臣毕集,充满朝廷。诗中仍是以香花芳草比喻贤人,故云"众芳之所在"。"三后"应依从戴震的说法,指楚国三个贤明的先王,如熊绎、若敖、蚡冒等。因为都是楚人所熟知,故诗中只称"三后"而没有列举名字。接着又引据历史的经验教训,说明君道的正邪与国家兴亡密切相关。尧舜光明正直,治国之途大路畅通;夏桀王、殷纣王放荡不知检束,则步入小径穷途。提出这些借鉴后,再转入现实状况,指出由于党人的苟且偷安,贪图享乐,国家已被带到昏暗狭隘的险路上去。因此,自己的焦急并非为一己的安危考虑,而是担忧国家的倾覆:"恐皇舆之败绩。"下面剖白自己的心迹:过去在君主的左右辅佐,是为了使国家赶上先王的步伐,可是君主不明察此心,反听信谗言怨怒于己。诗人说,明知忠正直言会招来祸患,但不能沉默不言,完全是为了保卫君王和国家利益的缘故。最后以伤怀慨叹结束。君主与己本有成约在先,现在却撕毁变卦了。这一小段抒情十分感人。诗人对党人当权、君主昏聩、个人遭受排斥的感慨,不在一己的穷通荣辱,而在国家的安危兴亡,其中跳动着一颗火热的爱国的心。在这一小段背后,有着诗人早期受到楚王信任,而随着与腐朽贵族势力斗争的激化,遭谗见疏以致流放的身世影子。

从"余既滋兰之九畹兮"起以下八句为第四小段,写诗人精心培育人才及人才的变质。诗以香草比喻人才,诗人辛勤种兰九畹、栽蕙百亩,以待时机为国效力,"愿俟时乎吾将刈"。但叮叹的是,当政局发生变化,自己遭受摧抑而党人嚣张一时时,他们却纷纷变质了。诗人痛心地说,即使是"萎绝",被摧折而枯萎零落又有什么!可悲的是"众芳之芜秽",是它们在逆流中变节与堕落。这深沉的慨叹中,包含着诗人对人格和政治操守的高尚观念。

从"众皆竞进以贪婪兮"到"愿依彭咸之遗则"为第五小段,诗人表明自己同庸俗群小走的完全是不同的道路。群小以一己私利为核心,驰骛追逐,钻营竞进,贪得无厌,妒贤嫉能,而自己所急则在修身为国、树立美名。诗中仍以芳洁之物喻指美好品德,他朝夕不停地饮露餐菊、结茝纫蕙。诗人说,这些不是世俗人所追求和喜好的,自己走的路虽不合今人的脾胃,却愿以前代贤人为榜样,遵循古贤彭咸遗留下来的原则。相传彭咸是殷代的贤大夫,他坚持向君主谏诤,君主不听,他也不放弃自己的主张。在这一小段里,我们可以看到楚国政场中一般庸众的精神状态,也可以深切地感受到诗人纯洁的心地与灵魂。

从"长太息以掩涕兮"到"固前圣之所厚"为第六小段,感叹人生道路多艰,楚国统治集团腐朽,但自己绝不改变态度。诗人一心"好修",却遭到无谓的攻击。诗中还是以芳草喻指美好的东西,他所追求的这一切,现在都变成了罪状。虽然面对如此不合理的现实,诗人对自己的追求却无比坚定:"亦余心之所善兮,虽九死其犹未悔。"不过,君主不体察他的衷情,群小肆意造谣诽谤,他毕竟是"穷困乎此时也"。可是诗人决心宁可立刻死去或流亡,也绝不忍为小人之态。什么是小人之态呢?这就是"偭规矩而改错"

"背绳墨以追曲""竞周容以为度",也就是背离正道,苟合求宠。诗人放眼过去,感到从前代以来,就是鸷鸟不群的。方与圆是不能相合的,道不同也是不能相安的,所以诗人宁可死也要坚持清白正直,走前代圣贤嘉许的道路。在这一小段里,我们可以看到楚国现实状况的清晰的面影,君主昏聩,群小肆虐,是非颠倒,政治混浊。可以体会到诗人承受着多么巨大的压力,不能不对他那坚毅不屈的精神产生由衷的敬佩。

从"悔相道之不察兮"到"岂余心之可惩"为第七小段,写凿枘难合,诗人决心退出政场,但是绝不改变初衷。在前一小段中,诗人已经提出方圆不能相合,异道不能相安,所以本段从没有看清道路说起。屈原认为自己怀抱对楚王的一片忠心和对楚国事业发展的一片志诚踏上仕途,却遭到排斥打击,是没有认清道路的结果,即没有识透朝廷政治的腐朽,没有看清楚王昏庸、党人猖狂这种形势,所以凿枘难合。既然如此,就趁着迷途未远的时候,回车到原路上去吧!诗人只是为客观形势所迫,不得不从政场中退出来,但决不放弃自己的崇高的操守:"进不入以离尤兮,退将复修吾初服。"所谓"初服",即继续修炼自己的美好品质和情操。尽管这些是不会被君主了解的,也在所不计:"不吾知其亦已兮,苟余情其信芳。"他以芰荷为衣,芙蓉为裳,戴上高高的帽子,佩上缤纷的长佩,集美洁于一身。人生各有所好,他独以好修为常。"虽体解吾犹未变兮,岂余心之可惩!"在遭遇重大挫折之后,这斩钉截铁的宣言,有着格外感人的力量。

第一大段,揭示了楚国政治的腐朽,记述了诗人走过的艰难斗争历程,在尖锐的矛盾冲突中,展现出诗人崇高的精神境界。我们可以从中看到,诗人的理想追求是高远的,渴望楚国的腾飞,充满爱国精神;诗人的思想感情是高尚的,为君为国为民,绝不是为一己私利;诗人的道德品格是峻洁的,趋善如归,疾恶如仇,黑白分明,处污泥而不染;诗人的操守志节是坚定的,虽九死而不悔,体解而不变。整段诗中显现出来的主人公,是一个卓然挺立于卑琐脏污的政局和世俗之上的高大的形象,有如长松巨柏,耸立云霄。

《离骚》后半部分还有两大段。在第一大段里,诗人把在现实中的主要经历和遭遇叙写完毕,但由不合理的现实所激起的感情狂澜,却仍在汹涌澎湃。可以说文意虽尽而情犹未已。所以后面的两大段主要是通过幻想的情节,进一步表现激烈的思想斗争和无比沉痛的感情。

第二大段,首先是女媭的劝告。她要屈原不要违逆流俗、倔强固执以取祸,而是放弃自己的主张,改变忠言直谏的态度,与世浮沉。这虽是可以走通的道路,却是诗人不肯选择的。他在矛盾苦闷中,去向重华即舜陈词,对自古以来的历史进行了认真的回溯和检讨。事实说明,皇天无私,唯德是辅。只有英明高尚的君主才能享有天下,没有"非义""非善"而能取得民众拥护的。诗人更加坚定了自己的态度,于是开始新的探索:"路曼曼其修远兮,吾将上下而求索。"这求索实际象征着诗人再度取得楚王信任的可能性。诗人展开想象的翅膀,通过幻境描写这一新的探索历程。他来到天帝的宫门前,被守门人拒之于门外。诗人仍没有放弃与天帝相见的决心,他开始寻求可以作为媒介而与天帝通话的女子。他求高丘神女、宓妃、有娀氏的美女、有虞氏的姑娘,或者根本没有见到,或者淫佚傲慢不合理想,或者已被别人求去,或者媒人笨拙而不顶用,总之一一落了空:"闺中既以邃远兮,哲王又不寤。"说明此路是不通的。这一段通过争取再度取得楚王信任、报效国家的描写,进一步表现了诗人对理想追求的执着和从政报国的高度热情。

  第三大段,诗人通过灵氛占卜和巫咸降神,抒写另一种内心矛盾。即在对楚国完全绝望之后,是否可以到别的国家去寻求实现政治理想的道路。这在战国那个"楚材晋用"的时代,是很普通的。灵氛劝他出走:"何所独无芳草兮,尔何怀乎故宇?"巫咸则认为应该浮沉待时,等待志同道合的君主。诗人经过认真分析楚国的形势感到时不待人,遂决心出走。但正当诗人在征程中神志飞扬时,突然在朝阳的照射下,看到了自己的故乡,不仅悲伤起来,连马也眷怀故土而不肯前行了。诗人爱自己的政治理想,但更爱自己的国家,他不能将政治理想与祖国分开。终于还是中断了自己的行程,表示将效法古贤彭咸的榜样,守志不阿,表现了深挚的爱国情怀。

  《离骚》是围绕诗人遭逢不偶展开抒怀的。由于诗人的坎坷是来自楚国政治的腐朽和贵族集团统治的黑暗,来自诗人的进步政治理想与腐败现实的矛盾,其中包含兴楚还是亡楚的重大斗争,就使这首长诗不是个人不幸的哀吟,而蕴藏了深广的历史内容,成为一首伟大的政治抒情诗。其中最为感人的内容,是诗人对进步理想的执着的顽强的追求,对腐朽势力的猛烈的抨击与抗争,对自己国家的无上关怀和热爱。在这里面显示出来的抒情主人公,品格峻洁,形象高大,正如司马迁所说:"其志洁,其行廉","皭然泥而不滓",可"与日月争光"(《史记·屈原贾生列传》)。

  《离骚》在艺术上也有卓越的成就。首先是它的浪漫主义特色。诗里贯串着对理想的追求和为理想而英勇献身的精神,它对现实不做细致的描绘,而予以高度的概括,着重表现诗人对现实的主观感情和态度;而诗中滚动的感情,有如江涛海潮,汹涌澎湃。所有这些,构成了长诗内在的浪漫主义精神特质。在艺术表现上,则不局限于直接的抒情,而糅合神话故事、历史传说以及自然现象，编织幻境，创造更为广阔奇异的艺术境界，酣畅地抒写思想情怀。如第二大段以幻境表现再度争取楚王信任的努力，第三大段以幻境表现去留的激烈的思想矛盾等。

其次是比兴手法的充分发挥与广泛运用。它继承了《诗经》的比、兴手法而加以创造发展。在《诗经》中，比、兴为二物。《离骚》中则合比、兴为一。它有"比"的喻意，又具有"兴"的朦胧与不确定性，实则具有象征的意义。另外，《诗经》中的比、兴，往往限于一事一物。有时全篇是一个比喻，如《硕鼠》《鸱鸮》等，意义也还是单一的。屈原运用的比兴则往往是成系列的。如诗中将国家比喻为车子，所谓"皇舆"，便以"乘骐骥以驰骋"比喻希望楚王善择贤臣，用"来吾导夫先路"比喻自己愿意效力国家。与此相应，说尧舜把国家治得很好，则是"既遵道而得路"，桀纣败坏了国家，则是"捷径以窘步"，而斥责党人把国家推向危险境地，则是"路幽昧以险隘"，担忧国家倾覆则是"恐皇舆之败绩"，全都是围绕车、马、路同一性质事物展开。又如诗中以男女比喻君臣关系，则以美女自喻，以"众女嫉余之蛾眉"喻群小对自己的排挤，以"初既与余成言兮，后悔遁而有他"指称楚王的先信任而后又变化。再如诗中以香花芳草喻美好的品德，恶草臭物喻丑恶的本质，则以采撷前者喻人之向善，以佩用后者喻人之趋恶，以种植香草喻培养贤才，以香草之变为凡草喻好人之变质。这样，比喻各成系列，前后呼应，寓意清晰，形象鲜明。而香花恶草的运用实已带有象征意义，把比兴运用得更虚更活了。《离骚》利用神话等素材编织幻境以象征人间情事，在艺术构思上也与此一脉相通，也可以说是受比兴手法的启发，加以扩展而成。

第三，善于铺张的描写，创造浓郁的气氛，给人以强烈的印象。如诗人以佩带服用的奇异写自己的高洁："制芰荷以为衣兮，集芙蓉以为裳""高余冠之岌岌兮，长余佩之陆离""佩缤纷其繁饰兮，芳菲菲其弥章"，创造出一个异常奇伟芳洁的形象。又如写诗人在幻境中远游的情况："前望舒使先驱兮，后飞廉使奔属。鸾皇为余先戒兮，雷师告余以未具。吾令凤鸟飞腾兮，继之以日夜。飘风屯其相离兮，帅云霓而来御。纷总总其离合兮，斑陆离其上下。"充分利用神话等素材，以铺张的笔墨将其仪从队伍，描写得斑斓瑰奇。

第四，抒情诗一般只是抒写诗人的一团情绪，不具有情节。这首诗的第一大段包括了诗人大半生政治生活的经历，已带有了某种情节的因素。特别是第二、第三两大段，假托人物与编织幻境，具有了明显的情节发展。如女媭的责言、向舜的陈词、上叩帝阍、周流四方求女、灵氛占卜、巫咸降神直至西征远游等。这是抒情诗中的一个创造，为抒写复杂的思想感情开拓了广阔的艺术表现天地。这大约与战国时期诸子文章中广泛运用寓言、神话的风气有关。屈原的《九歌》《天问》等作品也证明他受到过神话的深厚熏陶。

第五，长诗在章法上波澜曲折、起伏不平。这首先是由于它奠基在尖锐的矛盾斗争和诗人激烈的思想感情冲突的基础上，处处给人以水石相激的摇漾振荡的感受。其次，激烈的思想矛盾斗争又常常形成巨大的浪峰，如从第一大段的逼至"退复修吾初服"到第二大段又翻转为追求重新取得楚王的信任，形成一个大的挫跌。第三大段从决心远逝到终于不能继续行程，又是一个大挫跌。另外篇中编织许多带有神异色彩的情节，步步推激，层出不穷，也都使人感到一波未平，一波又起。

上述这些特点综合起来就构成《离骚》独有的风格特色：事与情相结合，即围绕生平经历抒写痛苦情怀；实与虚相结合，即现实经历的实际与凭空编织的幻境相结合；朴与华相结合，即直抒衷肠与铺张描写以及广泛采撷神话传说、禽草花色等入诗的丰富的物色相结合。因而全诗波澜壮阔，气象万千，光怪陆离，瑰丽奇伟，惝恍迷离，变幻莫测。读者如同被带进一道神奇的画廊，在那里感受着诗人激情的奔流，实为我国文学史上稀有的杰作。

第三节　屈原的其他作品

《离骚》之外，屈原的作品中，《九歌》和《九章》占有重要地位。《九歌》是屈原别具风味的一组诗，它是在楚地民间祭神娱神乐歌的基础上创作而成。楚地巫风很盛，杂祭各种神祇。祭神时，由巫以歌舞降神和娱神。《九歌》就是巫祭中所唱的歌辞，屈原吸收这些歌辞而予以再创造。《九歌》的题名是乐曲名。《离骚》中就说："奏《九歌》而舞《韶》兮。"《山海经》中也说夏启三次到天上，"得《九辩》与《九歌》以下"，可见《九歌》还是神话传说中天乐的名称。所以《九歌》共十一篇，"九"字并非代表篇数。下面以《山鬼》为例，展示《九歌》作品的特色。

《山鬼》是祭山神的。篇中有一句说："采三秀兮於山间。"古代"於"与"巫"同音，於山就是巫山。楚地很早就有关于巫山神女的传说，不过这个神话传说的内容很少流传下来。《文选》李善注中引《宋玉集》说，楚国的先王游于高唐，曾梦见一个妇人，自言"我帝之季女，名曰瑶姬，未行而亡，封于巫山之台"。据此，巫山神女乃是天帝的小女儿，没有出嫁便死去，葬于巫山。《山鬼》所祭,大约就是巫山神女。篇名不称"神"而称"鬼",也许与神女的早死而葬此山有关。实质上山鬼就是指山神。由于现在流传下来的神女故事只是只言片语,并不能反映当时神话的全貌。神女很可能有一个幼年恋爱的故事,因为早亡而使美好的愿望落空。所以篇中描写的是一位年青女神独处山中的孤独幽悽之感,是她企盼意中人前来相会的焦灼情绪、疑虑不安的心境以及深沉的相思。

诗的前四句为一节,写山鬼的美丽姣好。第一句点出山鬼的所在,"若有人兮山之阿",她独处于丛山的深处。第二句写山鬼的装束,她穿着薜荔制作的衣裳,扎着女萝编织的带子,这种穿着的描写,与女神山居的环境和芳洁的品格,气氛十分相宜。第三句写山鬼的仪容情态,"既含睇兮又宜笑",写仪态之美不是从静态上呆描眉目口颊,而是从动态上刻画出生动的情态来,使山鬼的美貌更加活灵活现。短短的三句诗将我们带进一个幽僻的环境里,看到一位芳洁而又美丽多情的女神,笔墨是很传神的。第四句说:"子慕予兮善窈窕。""子"指山鬼思念的意中人,"予"是山鬼自称。山鬼深信意中人是倾心于自己的品德容貌的,说明他们之间有过亲密的往来,深切的了解。

"乘赤豹兮从文狸"以下四句为第二节,写山鬼思念意中人的行动。她从山的深处赶来,乘坐辛夷木的车子,上面插着桂枝编结的旗子,用赤豹驾车,以文狸拉边套。这种车驾的描写,不仅加浓了芳洁的气息,而且充满了神话气氛。"被石兰兮带杜衡,折芳馨兮遗所思"。今天她换上了一身新装,是石兰制作的衣服,杜衡编结的佩带,并采撷了芳香的花束,准备献给自己的意中人。在这一系列举动中,表现出她的一往情深。

从"余处幽篁兮终不见天"到"岁既晏兮孰华予"为第三节,写山鬼怀着一腔热爱而来却没有见到意中人的失意。她穿过茂密不见天日的竹林,经过艰险的山路,不得不耗去好多时光很晚才赶到这里,"路险难兮独后来"。这行动本身便显示着她的一片志诚和热烈的追求。她没有见到意中人,于是爬上高高的山顶眺望,"表独立兮山之上"。可是天气很坏,向下望去,浓云密布在脚下,白昼阴晦得如暗夜一般,东风吹来一天细雨。展现在她眼前的,只有这一片昏沉沉的景象,不禁使她格外伤感起来了,"留灵修兮憺忘归,岁既晏兮孰华予!""灵修"指山鬼的意中人,"留灵修"即为灵修而留的意思。"憺忘归"是说山鬼痴心等待,忘记了归去。虽然未见,她却迟迟不肯离去。"岁既晏"本是岁晚的意思,这里实包含青春年华徒然逝去的迟暮之感。"孰华予",犹如说待到盛年已去谁能使自己重返青春呢?这沉重的伤感叹息,在似对意中人没有前来的怨艾中,表露了与意中人同享青春欢乐的热烈期望。

"采三秀兮於山间"以下七句为第四节,写山鬼不见意中人后的复杂心境。前四句为一层,山鬼百无聊赖,在蔓草连延、山石丛错的巫山中觅采起灵芝来。她抱怨公子不来,情怀怅惘,然而她又推想,意中人不来或许不是忘记了自己,而是不得闲吧!后三句为一层,写她疑信参半的内心活动,从自己的芳洁写起,"山中人兮芳杜若,饮石泉兮荫松柏","山中人"即山鬼自指,她像杜若一样芳香,饮食居处也是高洁的,喝的是石罅中流出的清泉,居处于松柏青荫覆盖之下。如此雅洁芬芳还不足以使意中人倾心吗?从这一方面想,她对爱情充满了信心,认为对方是肯定思念自己的,所以下了"然"的判断;可是既然如此,为什么迟迟不来呢?不免又疑心重重,产生了"疑"的判断。"君思我兮然疑作",她完全陷入了疑信不定的彷徨境地。这一段,刻画山鬼在爱情纠葛中的复杂心理活动,是很细腻的。

末四句为第五节,是本篇的结束,只写出山鬼相思的愁绪,戛然而止,余味悠然。她犹疑徘徊,在那里孤独地企盼,忧思满怀,"思公子兮徒离忧"。伴随她的只有雷声、雨声、猿声、狖声、风声、树声,这一切构成一曲抑郁的交响乐,徒助神女增愁而已。

《山鬼》在描写与抒情上同《离骚》一样达到很高的艺术水平。第一,它善于用简练传神的笔墨描摹物色、刻画形象,如对山鬼的美貌与骑乘的描写,造型优美奇丽,给人以深刻的印象;第二,它善于用人物的行动含蓄而真切地表现人物的感情,如以折芳馈赠表山鬼深情,以穿越险路写其志诚,以山中采芝表其百无聊赖的心境等,同时注意到揭示人物复杂的心理,如山鬼对意中人态度的疑信参半的揣测等,这就把人物形象刻画得更为丰满;第三,用自然景物烘托主人公的心境,如第三节和末节。这样的写法往往能创造出一种浓郁的气氛,别具一种意境美。

关于《山鬼》,还有几点值得注意。第一,《九歌》中的各篇祭歌,有的是着重描写神的形象和威力,如《东君》之写日神;有的则掺杂进人神间爱慕的内容,如《少司命》写主宰生命的神,《河伯》写黄河之神,都有神与巫之间亲密关系的描写。这都与这些娱神乐歌表演的形式有关。既有扮神的巫,又有代表凡人与神交通的巫,既然是颂神、祈神祐护,表现出亲密关系是很自然的;有的则是描写神本身的爱情故事,如《湘君》《湘夫人》描写湘水的一对配偶神的相思悲欢。《山鬼》也属于这一类,描写山鬼本身的爱情遭遇。大约当时把这些都视为对神的体贴、爱戴、敬重和歌颂。第二,《九歌》

的祭神乐歌大都是由巫扮演所祭之神来演唱的。《山鬼》这一篇也是由巫扮作山鬼,代山鬼抒情的。从这一方面说,全篇应该全部作第一人称的倾诉,但是由于巫毕竟是假扮的山鬼,并不就是山鬼本身,而且既然为祭歌,又难免要有对所祭之神的颂扬、同情等,在祭祀歌舞娱神的场合又同时并存扮神的巫与祭神的巫,所以篇中又往往夹杂近似第三人称的描述的句子。如本篇的首三句就很明显,看起来这是矛盾的,实际上是由于这类乐歌的性质和特定的演唱方式决定的。古人不了解这种特点,所以觉得《九歌》"章句错杂"(王逸注语),这是《九歌》在艺术表现上不同于《楚辞》其他作品的地方。第三,从《山鬼》中可以看到,其中不少艺术表现手法是与《离骚》相通的,如山鬼以香花芳草为服饰,《离骚》则发展为以佩带香花芳草比喻修养美好的品德。又如《山鬼》的乘辛夷车、驾赤豹,《离骚》则增入更多的神话以同类方式描写乘驾仪从之盛。《山鬼》中有些描写与《九章》中的作品也有相通之处。如《山鬼》中"余处幽篁兮终不见天,路险难兮独后来"一段,与《九章·涉江》中"入溆浦余儃佪兮,迷不知吾所如"一段极为相近。《九歌》的作品是在民间祭祀娱神乐歌基础上加工而成,我们不难推论,屈原不少艺术手法是从民间文学中学来和受到民间文学启示而加以创造发展的。我国文学史上第一个伟大作家便与民间文学有着深厚的渊源。

《九章》是屈原的另一组作品,共九篇。这九篇作品最初都是像《离骚》一样单行的。司马迁《史记》中提到《九章》中的作品,都是单列篇名,不见《九章》这一合称。《九章》一名始见于刘向《九叹》,很可能是刘向编辑《楚辞》时,将《离骚》以外屈原九篇篇幅略短而内容性质相近的作品汇集在一起,标以《九章》名目。这九篇作品都是与作者政治斗争生活和身世遭遇相关的。其中《哀郢》《涉江》《怀沙》几篇尤为突出。《哀郢》写被流放离开故国的哀痛,《涉江》写由湾渚流荡到溆浦一带的心绪,《怀沙》则是自投汨罗以前之作。《哀郢》可为代表。

《哀郢》的写作时间及其背景历来有种种不同的说法,突出的有三说:一说作于顷襄王元年(前298),此前一年,楚怀王被骗入秦,因他不肯答应秦国索地的要求,本年秦国发兵攻楚,打下十六座城池,郢都震动,岌岌可危,所以诗人作《哀郢》;又一说认为作于楚顷襄王二十一年(前278),这一年秦将白起率兵攻陷楚国郢都,楚迁都于陈,诗人作此篇哀悼;再一说认为作于楚顷襄王初年,屈原被流放江南时,因哀伤离别郢都而作。细按篇中文意,似以后一说更为切近。

前两说有一个共同点,即认为本篇作于楚国命运受到严重威胁的时候。

主要是拘泥于开始四句的解释:"皇天之不纯命兮,何百姓之震愆!民离散而相失兮,方仲春而东迁。"以为是写郢都危急,人民逃亡的情况。但这与下面诗人自述离郢的情绪,衔接不顺。其实文中的"百姓""民"等字眼,不可看得过死。"百姓"在先秦本指贵族,即百官族姓。这里对上句"皇天"而言,犹如说下民。"民"即"人",《离骚》云"民生各有所乐兮",即人生各有所好。这里的"民"也是"人"之意,实为诗人自指。《离骚》:"怨灵修之浩荡兮,终不察夫民心。""民心"即"人心",作者自指其心。因为被流放,诗人要远离故国,与亲族故友、乡党邻里分手,故言"离散而相失"。所以这前四句仍是对自己不幸遭遇的慨叹。大意是说天命为什么这样无常而不纯正,使下民震动而获罪尤。正当仲春季节,使自己与亲友离散而流放东方。下面接"去故乡而就远兮,遵江夏以流亡",便顺理成章了。

全诗可分为五段。从篇首至"思蹇产而不释"为第一段,写开始踏上流放途程时对故都的无比眷恋之情。诗人为楚国的命运做了长期的斗争,换来的是一系列打击,现在又要被流放到远方去了,我们可以想见这冤情在诗人心中凝聚成的愤懑。然而此种情怀又无处可诉,所以诗以对皇天的怨艾发端。这突兀而起的呼天抢地的怨叹声,使诗人积蓄已久的无诉之情,像山洪暴发一样倾泻出来,有极大的摇撼人心的力量,为全篇奠定了哀愤的基调。在这段抒情中,着重从依恋之情和荒远之感两方面落墨。对即将离去的故都故里来说,是难舍难分。他出国门而痛苦满怀,哀见君而不再得,他望着故国那熟悉的高大的乔木而流下泪来,他行至夏水入江处,还在回望那实际已经看不见了的楚都的东门——龙门。另一方面对即将前往的偏远的流放地来说,则充满荒远无际之感。由于对故国的爱恋实在太深了,离开它一步便似远赴天涯,"春明门外即天涯",又何况离开楚都,就意味着离开了政治,丢掉了实现政治理想的条件,自然更分外感到前路茫茫。所以他"发郢都而去闾",便感到"荒忽其焉极",当他望龙门而不见时,更感到"眇不知其所蹠"。待到舟入大江,随波起伏,简直不知"翱翔之焉薄"了。这两方面的感受,彼此交错,相辅相成,把诗人的感情抒发得淋漓尽致。这段抒情的最大特点是细腻,使我们几乎看得见诗人那依依不舍、一步一回头的神情。

从"将运舟而下浮兮"到"悲江介之遗风"为第二段,写经过一段旅程之后,在途中对故国的怀思。郢在今湖北江陵西北,诗人顺江而下,经过洞庭时,他的身子虽一点点移向远方,思想却一刻也没有忘怀归去,"去终古之所居兮,今逍遥而来东。羌灵魂之欲归兮,何须臾而忘反!"当他走过夏浦,今武汉一带地方时,路程愈远思想牵系愈深,"背夏浦而西思兮,哀故都之日远"。深切的怀恋，使他弃舟登陆，踏上江边的高丘眺望。当然，他看不到故都的踪影，展现在他眼前的，是江汉一带地方平阔的沃野和人民富足安乐的生活，是历代相沿传播下来的质朴的风俗。不过，诗人想到，楚国的政治如此败坏下去，国家将日益衰弱，这一切怎么能永远保持下去呢？诗人不禁更加悲上心头，所以这两句分别冠上了"哀""悲"二字："哀州土之平乐兮，悲江介之遗风。"

从"当陵阳之焉至兮"到"塞侘傺而含慼"为第三段，紧承上段末尾对国事的忧心，当继续茫茫水程时，不禁想到国家倾覆的可怕："曾不知夏之为丘兮，孰两东门之可芜！""两东门"是用郢都东面两座城门代指郢都。真不敢想大厦之变为丘墟，怎么能让郢城变成一片荒芜呢！这种可怕的前途使诗人更加忧愁不快："心不怡之长久兮，忧与愁其相接。"难道是没有避免这种命运的道路吗？不是的，诗人就怀抱着正确的救国主张，然而郢都辽远，江水与夏水不可涉渡，因为楚王的昏庸，宵小的当政，把路堵死了："惟郢路之辽远兮，江与夏之不可涉。"诗人想到长期以来在政治上被冷落，时光流逝如此迅疾，几乎使人不敢相信，已经有九年之久了。根据《史记》与刘向《新序》的记载，楚怀王在受到秦国张仪的欺骗之后，曾再度起用屈原，恢复与齐国的联合。可是怀王禁不起群小的包围和秦国阴谋诡计的诱骗，于怀王二十四年（前305）又背齐而与秦和。可以推想，坚主联齐抗秦路线的屈原，一定又被斥退。从这时起，到顷襄王初年（公元前298年开始的一两年间）屈原被流放江南，恰为八九年时间，故诗言"至今九年而不复"，即九年中不再当位。或者以"九"为泛指多数亦可。而这期间，楚国在绝齐、和秦的错误外交策略下，上尽秦国的当，不断兵挫地削。他的失位是与楚国的日益衰落紧紧关合的，不能不使诗人感到格外的抑郁悲伤。

从"外承欢之汋约兮"到"美超远而逾迈"为第四段。诗人受爱国激情的驱使，将心中的愤懑转为对楚国黑暗政治的揭露与批判。诗人首先揭露现实的政治状况，宵小以谄媚取得君主欢心，实质上脆弱而不可依恃，对国家与君王耿耿忠心的人物，则被群小障蔽而不得亲政。继而举历史为证，像尧舜那样高行薄天的人物，尚且被逸人加以不慈之名，足见逸奸小人极端可鄙和可畏。接着把笔锋指向君王，指出君主既厌憎耿耿忠直的贤人，喜欢善于巧言伪装的宵小，结果只能是群小日进，忠良日远。这一段语言不多，但句句击中要害。

"乱曰"以下为末段。"乱"在乐章上是尾声，就文来说，则是全篇的收结。它紧紧扣住本篇的主题，集中表现了思返郢都的强烈愿望。诗人在流统治者与被统治者之间的矛盾,显然是适应变革的新形势,对旧有的道德规范作适当地修正,带有明显的改良色彩。法家则扬弃传统思想,蔑视旧有秩序,讲耕战,重功利,崇尚法治,反对贵族特权,追求富国强兵,代表了新兴地主阶级的蓬勃进取精神,是激进的改革派。道家不承认新兴势力兴起的必然性与正义性,不满意现实中的激烈争夺,指斥人们欲望的增长,并将它归罪于文化和智慧发达的结果,主张回发到往古原始人类无知无识、无欲无争的淳朴时代,是不满大变革的一种消极的应对思想。墨家讲"兼爱",主张爱无等差,又崇节俭,反对攻战;农家讲"贤者与民并耕而食",主张不分贵贱都自食其力,反对不劳而获,都代表下层劳动者的思想情绪。他如纵横家、兵法家、名家等,无不是适应列国兵争和辩难蜂起的客观形势而生。诸家思想学说的表述,都不是诗歌所能为力的,只能让位于散文。另外,过去的社会生活和政治生活,相对说来,要单纯一些。现在不同了,一国之内充满新旧势力的搏斗和不同政治派别的争辩;在国与国之间,也充满你吞我并、合纵连横、远交近攻等变化莫测的斗争。因此,政治、军事、外交等各方面的内容都空前丰富复杂起来,迫切需要及时总结经验教训和以往事为借鉴,这又构成了历史散文发展的现实基础。

散文的兴起除了上述的社会根源外,还有文化方面的条件。其中最重要的是在春秋时代发生的学术私人化的过程。周代原是"学在官府"的,文化掌握在世代相袭的少数贵族手中,民间无学,私人无学。春秋时期,随着社会变革的发展,士的阶层逐渐扩大,文化开始下移。至少到了孔子的时候,已经开始私人聚徒讲学了。相传孔子有三千弟子,而且"有教无类"。到了战国,士的阶层已经十分壮大了。《史记》记载齐国有稷下之学:"自驺衍与齐之稷下先生如淳于髡、慎到、环渊、接子、田骈、驺奭之徒,各著书言治乱之事,以干世主。"文化下移到士的阶层中,无疑为百家争鸣准备了充足的条件。此外,到本时期,我国散文已有了很长的历史,从甲骨文算起,也走过了数百年的历程,积累了相当丰富的经验,为本时期的散文提供了直接的借鉴。

第二节 历史散文

春秋战国时期的散文包括历史散文和诸子散文两类。历史散文是记载历史事实的史书,本质上不属于文学创作。它要求如实地记载真实的历史事件,不允许采取文学创作的方法进行虚构。不过我国古代史书与现代历史著作不同,它不是对历史事实进行科学分析后加以概述,而是具体地记载人物的言行,历史事件的原委,使人们好像看到活生生的历史进程,并且很注意语言修辞。因此,历史著作具有了生动性、形象性,而与文学作品有许多相通之点,具有了浓厚的文学性。我国后来历史演义小说很发达,和古代史书的这一特点密切相关。

春秋战国时期,我国史籍非常发达。《墨子》中说墨翟曾见过"百国春秋"。有时名目不同,实际都是史书。如《孟子·离娄下》说:"晋之《乘》,楚之《梼杌》,鲁之《春秋》,一也。"现存最早的一部编年史《春秋》,就是孔子根据鲁国的历史编纂而成。记事起鲁隐公元年(前722)至鲁哀公十四年(前481),共二百四十二年。不过它只是纲要性的记事,文学性不强,但遣词用语非常精练谨严。这个时期文学性较高的史书是《左传》《国语》《战国策》。

一、《左传》

《左传》原名《左氏春秋》。司马迁《史记》说它是鲁人左丘明怕孔子弟子传《春秋》大义,各执一端而失真,乃据《春秋》一书,具体补记史事而成。后人遂逐渐把它说成是解说《春秋》的著作,称为《春秋左氏传》,简称《左传》。它的记事采取《春秋》的编年,但至鲁哀公二十七年(前468)止,比《春秋》多出十余年,而二十七年条下,又载有鲁悼公四年(前463)事,其下更叙及智伯之死,已是鲁悼公十四年事。距《春秋》记事结束有二十余年之久,显然并非解说《春秋》之作,经近人考证,一般认为它出于战国初年一位熟悉春秋时代史料的人之手,是一部独立的编年史著作。它成于《春秋》之后,编纂时参考了《春秋》,甚至吸取了其中某些内容和编写的方法,都是可能的,也是很自然的。

《左传》评价史事的观点是儒家的,但它记事忠于史实,而且比《春秋》具体、丰富得多,生动地反映了春秋时代二百五十多年间错综复杂的军事、政治斗争和社会生活的发展变化,成为了解春秋时代的最可宝贵的史籍。

它在记事散文上也达到很高的成就:(一)记载头绪纷繁的历史事件,善于结构安排,有条不紊,并往往带有曲折引人的故事性。在记叙重大战事方面,尤为突出。(二)记述人物言行,善于抓住要害部分,要言不烦。人物的重要言行又往往置于矛盾冲突的场面和事件纠葛中,能清晰地显示出人物的性格风貌。(三)语言精练生动,富于表现力。它对事物不做细腻描写,但简笔传神,往往一两笔的勾勒,便神采毕现。《秦晋殽之战》一节,颇具有代表性,可以从中认识《左传》记事的特色与成就。

这段记事见于《左传》鲁僖公三十二至三十三年(前628—前627)。中心内容是写秦穆公贪得无厌,借在郑国驻军之便,兴师动众,远袭郑国。由于郑国获得情报,加强戒备,秦国师出无功,并在还军途中,遭到晋国截击,吃了一场大败仗。这段记事有如下一些特色:

第一,记事的条理性。秦、晋在殽山发生的这场战事,并非单纯由秦、晋两国矛盾引起。它的发端是秦军远袭郑国,这样就涉及秦、晋、郑三个国家。而在秦、晋、郑三个国家中又都发生过一些纠葛。如秦国兴师袭郑引起蹇叔的激烈反对,晋国兴兵邀击秦军引发了先轸(又称原轸)与栾枝的激烈争论,郑国则有爱国商人弦高首遇秦军、及时通风报信以及郑穆公毅然处置秦在郑的驻军问题,头绪纷繁,牵连的人物众多,但作者善于结构安排,叙来眉目清楚、井井有条。全篇大体分为三个大的段落。从开篇到"秦师遂东"为第一大段,主要交代秦国兴师袭郑的原委。原已驻扎在郑国的秦国大夫杞子得到了守护郑国北门的职任,便向本国报信说,如果能偷偷派兵前来,郑国可唾手而得。贪婪的秦穆公得报后,非常动心,虽有老臣蹇叔的竭力劝阻,他还是毅然命帅兴师。从"三十三年春"至"灭滑而还"为第二大段,主要写秦、郑的纠葛,袭郑的秦军行至滑国时,恰被郑国的商人弦高碰上。弦高一面机智地备办了礼品,假托郑君的名义犒劳秦军,有意造成一种郑国已知秦军行动的假象;一面赶紧派人回自己的国家报信。郑穆公得信,立即果断行动,逼走驻扎在郑国的秦军。袭郑的秦军统帅孟明知道郑国已有戒备,只好灭亡了滑国,便半途引军而还。从"晋原轸曰"至篇末为第三大段,写秦、晋的冲突及其结局。晋国内部关于是否邀击秦军的争议,最后邀击的意见占了上风,于是晋国在殽山大败秦军,俘虏了秦军的三个统帅。但是刚刚逝世的晋文公的妻子文嬴是秦穆公的女儿,她向新即位的儿子晋襄公请求释放了秦国三帅,引起晋国大夫先轸的强烈不满。篇末以秦穆公觉悟到自己的过错后,亲至郊外迎接三帅归来作结。从全篇的结构上看,作者的笔锋由晋而起,通过晋文公出殡时显灵,指示将有秦军过境,很自然地将笔锋引入秦国,叙述秦国兴兵之由。再追随秦军的行动,一路写来,经东周王都洛邑北门,至滑,继而随着遭遇郑国商人弦高将笔锋移至郑国,郑国的事情叙述完毕,再回笔至滑。然后随着由滑引还的秦军,再写至晋及晋、秦的战争。最后跟踪晋国释放的秦军三帅,收笔到秦。首尾完整,叙事错综,而脉络分明。

第二,记事的生动性与故事性。作者记述这段史事不是采取概括的叙述,而是选择了丰富的细节,将它活生生地勾勒出来,使人看到一幕幕生动的情景。诸如晋文公出殡时发生的异状,秦国老臣蹇叔的阻师与哭师,秦兵通过洛邑北门时的轻狂表现以及王孙满的评师,郑商人弦高遇秦师后的种种举措,郑穆公的处置秦国驻军,晋国关于邀击秦师发生的争议以及处理所俘秦军三帅时爆发的矛盾冲突,秦穆公的悔祸郊迎三帅等,都历历在目。记事能取得这样鲜明的效果,与作者笔墨传神分不开。有时几个字便能传出真切的情景。如郑穆公得到弦高的报告后,派人去探察秦国在郑的驻军情况,曰:"则束载、厉兵、秣马矣。"束载是捆扎好行装,厉兵是磨砺兵器,秣马是喂饱马匹。虽只六个字,驻军的紧张备战行动,准备做即将来袭的秦军内应的情景,跃然纸上。又如写秦穆公迎接败归三帅说:"秦伯素服郊次,向师而哭。"因为吃了败仗,所以穿素服;因为错在自己,所以抛下君主的尊严身份亲至郊外迎接,因为自己的失误造成巨大损失,所以向师痛哭。不着一语说明,只用几个具体的行动便活画出秦穆公衷心悔祸的形象。再如写晋国大夫先轸听说晋襄公应允母亲的请求放了秦军三帅之后,面对晋襄公,"怒曰:'武夫力而拘诸原,妇人暂而免诸国,堕军实而长寇仇,亡无日矣。'不顾而唾"。"亡无日矣"的激烈的申斥,"不顾而唾"的愤怒的表现,很能体现先轸刚直暴烈的性情。在记述人物语言上,也达到很高的水平。蹇叔阻师所讲的话,先轸与栾枝的争辩语,都能用简练的语句表达出透彻的道理,不冗漫,不支吾,特别是还常常能传达出人物的声口,具有个性色彩。如秦穆公正在一心想要兴兵的兴头上,遭到蹇叔的激烈拦阻,不禁怒火中烧。派人传语申斥蹇叔说:"尔何知?中寿,尔墓之木拱矣!"你懂得什么,如果是中等寿禄的话,你坟上的树已经合抱了。等于说,你这老不死的,很切合骂老臣的口吻。待到出师果遭惨败,心里悔恨,去郊迎三帅时,则另是一番声气了:"孤违蹇叔以辱二三子,孤之罪也。""孤之过也,大夫何罪?且吾不以一眚掩大德。"何其柔和谦抑,絮絮自责!所以金圣叹说:"读原轸语,读栾枝语,读文嬴语,读先轸怒语,读孟明谢阳处父语,读秦伯哭师语,逐段细细读,逐段如画。"文中记述行人语言、外交辞令,尤其妙不可言。如郑穆公派皇武子去驱逐秦国驻军时说的一席话,用今天的话翻译过来就是:"你们淹留在我们这里很久了,现在粮肉的供应已经光了,为了你们的将要开拔,我们郑国有一个猎苑原圃,就像贵国有一个猎苑具圃一样,你们自己去猎取些麋鹿,给我们一点歇息的机会,怎么样?"实际是说赶快滚蛋吧,我们连吃的也不会给你们了。表面的辞令却极委婉,柔中有刚。又如晋襄公反悔放了秦国三帅,派阳处父去追赶,阳处父追到河边,孟明等已经上了船。他以赠马的举动想赚孟明上岸,孟明不上钩,那一段答言也很美妙,用今天的话说就是:"承你们君主的恩惠,没有将我们宰杀衅鼓,让我们得以归国就戮。如果被我们的国君处置死,也不忘大恩;如果得到国君的宽大,免于刑杀,三年之后,我们再来拜领贵君的赏赐。"意思就是说三年之后,我们再来较量高低。

第三,记事的倾向性。作者记事忠于史实,但对事件有鲜明的是非观念与爱憎态度,使繁杂的情事中有一个基本思想贯串,多中有一,繁而不乱。这段记事围绕的中心思想就是秦师不义,必败,选材、叙事都突出这一倾向。一开始便是晋文公显灵,预兆了秦军的不祥,这当然是一种迷信传说,但作者选来记述,却造成一种天怨神怒的气氛。接着便是秦国蹇叔的阻师,通过蹇叔的口把秦国这次出师不利的形势,和盘托出。阻师不成,又继之以哭师。蹇叔哭送孟明说:"孟子!吾见师之出而不见其入也!"蹇叔的儿子也被征发在队伍里,蹇叔又哭而送之曰:"晋人御师必于殽,殽有二陵焉……必死是间,余收尔骨焉!"一片悽悽惨惨戚戚的不祥兆头。继而又是王孙满评师,揭示出秦师"轻而无礼,必败"的本质。接下去秦军在滑遇上了郑国商人弦高,弦高的爱国行动表现了受侵略国家人民同仇敌忾抗击秦军的正义性,作者是颂扬的。在记叙郑穆公得信处置秦国驻军时,字里行间也是扬郑抑秦。回笔写晋国内部关于是否邀击秦军的争论,重点也落在"秦则无理"上面。末尾以秦穆公悔祸结束,同样表明了这次军事行动的不义,而对秦伯的终于知悔,则取赞赏态度。可见《左传》记事倾向的鲜明性。这种倾向性不是通过作者的抽象议论,而是寓于叙事之中,显得更有事实的逻辑力量和隐而不显的潜移默化作用。

二、《国语》

《国语》与《左传》不同,它不是一部编年史,而是分国记载一些重要史事的国别史。其记事包括周、鲁、齐、晋、郑、楚、吴、越八个国家,所记之事,前后并不连属,都自成片断。它很像是一部史料汇编或选编,不过经过作者的整理加工和文辞润色等。《国语》记载的史事,最早的为周穆王十二年(约公元前10世纪),最迟的为周贞定王十六年(前453)。由于司马迁有"左丘失明,厥有国语"(见《史记·太史公自序》和《报任少卿书》)的话,班固《汉书·艺文志》遂著录为左丘明作。近人考证一般认为此书仍出于战国人之手,其姓名不可考。

《国语》虽然在史书的体制上与《左传》不同,但记载史事的方式则是一致的,都是通过具体载述人物的言行表现历史事件的内容。《召公谏弭谤》是其中富有代表性的一篇。

这篇属于《国语·周语上》。《国语》都是用片断文字记叙有意义的史事,并无题目,题目均系后人为称述方便所拟。这节文字是记述召公向周厉王谏净弭谤的事情。文章短小精悍,记事记言扼要传神,表现了《国语》语言简朴的特点。

全文可分为三段。从开篇到"道路以目"为第一段,交代厉王监谤、弭谤的事实。周厉王暴虐无道,引起国人的怨怒诅咒,召公向厉王报告,老百姓已不能承受暴虐的命令了。厉王的态度不是改变暴政,而是采取严厉镇压政策,用卫巫进行监视,发现有批评暴政的便杀掉。这段文字虽然不多,由于能抓住事情的主要关节,将背景勾勒得一清二楚,国人的极端怨怒,召公的关切时局国事,厉王的暴虐昏庸,都清晰可见。特别是末尾的"国人莫敢言,道路以目"一语,含蓄地形象地传达出高压的政治恐怖气氛。

从"王喜"至"其与能几何"为第二段,是本篇的核心部分。厉王对自己的做法不仅不自觉其愚蠢,反而自鸣得意,大言不惭地告诉召公说,他已经做到"弭谤",老百姓没有再敢批评议论的了。这引出召公的一篇极有力量的议论,为本篇主旨所在。召公的话共分三层说。第一层,一针见血地指出,厉王的所谓"弭谤",不过是"鄣之",即堵住人们的嘴,并非消除了人们的意见。接着以治水为喻,指出"防民之口,甚于防川"。治水如果顺着水性疏导宣泄,就能消除水患;相反,采取壅塞办法,那么,"川壅而溃,伤人必多"。这个比喻贴切有力,发人猛省,它深刻地揭示出障民之口的严重后果,从而自然地引出一个重要结论:"是故为川者,决之使导;为民者,宣之使言。"这就针锋相对地否定了厉王的做法。第二层,举出古天子听政,广采群言的范例,从正面说明"为民者宣之使言"的道理。因为要突出"宣之使言"的主旨,这段文字不厌其烦,从公卿列士献诗、瞽献曲、史献书、师箴、瞍赋、矇诵、百工谏,直到庶人传语、近臣进规、亲戚补察、瞽史教诲、耆艾修之,都一一罗列出来,通过这种铺排的笔墨,将古天子听政采言极广,人人得以尽言的气象,醒目地勾勒出来。其结果呢?是"事行而不悖",诸事得以顺利实施而没有乖谬,与"防民之口"的恶果形成鲜明的对照。经过以上正反两方面的说理,第三层,再推进一步,说明民众的言论有利而无害,也出之以生动的比喻。民众之有口,就像大地上有山川、沃野一样,山川可出产财用,沃野可出产衣食。民众的口,关系"善败",让他讲话,行其"善"者,备其"败"者,正像山川沃野之能够丰富人们财用衣食,怎么可以壅塞呢?堵其口不使出言,就得不到什么帮助了。比喻很形象,说理也十分透辟。

"王弗听"以下是第三段,说明事情的结局。厉王不肯采纳召公之言,坚持镇压政策,国人都不敢说话,"三年,乃流王于彘"。以极简捷的冷语作收,显示了作者的鲜明爱憎态度,也有力地体现出人民愤怒的程度。这对召公"防民之口,甚于防川"的话,正是最有力的印证。文章有时需以实笔求其妙,有时又可用虚笔出其神,这个结尾属于后一种,胜过千言万语。

三、《战国策》

《战国策》在史书体制上与《国语》相类,也是一种国别史,包括十二个国家,即春秋末年分化成的东、西周和秦、齐、楚、赵、魏、韩、燕、宋、卫、中山。记事上继《春秋》之后,下至秦末楚汉之争。这部书乃西汉刘向编辑而成,所据有《国策》《国事》《短长》《事语》《长书》《修书》等许多书籍,刘向见其颠倒错乱,乃重加编校,去其重复,共得三十三篇,认为其内容都是"战国时游士,辅所用之国,为立策谋"(《战国策叙录》),所以定名为《战国策》。其所据原书诸作者不可考,大约也是战国末年秦汉间人。

战国时期兼并战争很激烈,属于所谓纵横家的谋臣策士增多。他们的谋划常常关系一时的成败,有举足轻重之势,所谓"所在国重,所去国轻"(刘向《战国策叙录》)。《孟子·滕文公下》载:"景春曰:'公孙衍、张仪岂不诚大丈夫哉?一怒而诸侯惧,安居而天下熄。'"景春、公孙衍、张仪都是战国时的纵横家。这些人"皆高才秀士,度时君之所能行,出奇策异智,转危为安,运亡为存"(刘向《战国策叙录》),《战国策》的内容主要就是载录他们的言论和活动。这些谋臣策士为了使自己的主张和策谋为时君所用,自然要注意言谈游说的技巧,精心结撰。如《战国策·秦策》记苏秦说秦王失败后,"乃夜发书,陈箧数十,得太公阴符之谋,伏而诵之,简练以为揣摩。读书欲睡,引锥自刺其股,血流至足",可见他们刻苦用心的情况。而原编者为提供言谈游说的借鉴,自然也会加以润色。所以《战国策》的文章更富文采,文学意味更浓,散文风格也有明显的变化。当然,这也很自然带来某些虚夸不实之处,有的地方不尽符合史实,不可全作为历史的依据。有些甚至是学习纵横术的拟作,或是凭空造作,或者完全乖背史实。但从文学角度看,却不失为好文章。

《陈轸说昭阳毋攻齐》《唐且为安陵君劫秦王》颇能展示《战国策》的文章特点。前者属于《齐策》,中心是记载齐国的使臣陈轸说服楚国的将领昭阳罢兵,不攻打齐国。开篇用四句话极精练扼要地交代清楚背景。楚国的将领昭阳率兵攻魏,大获全胜,击溃魏军,打死魏将,占领魏国八座城池,又乘胜移兵攻齐。语句的简洁,给人一种势如破竹的强烈感受。下面便进入本题。楚兵压境,陈轸接受齐王的派遣,去游说昭阳罢兵。他不是向昭阳乞求,也不是以齐国的实力相威吓,而是从分析攻齐不攻齐对昭阳的切身利害入手。这个突破口无疑是选择得好的,最容易打动昭阳的心。尤其妙在这种利害关系并非生硬地直接地讲出来,而是使用迂回的战术,使昭阳一步步地在不知不觉中体察到并接受了其中的道理。陈轸一见昭阳,便首先祝贺他攻魏取得的胜利。顺势将话头引入获此大胜,当升何官,受何爵?使昭阳亲口答出官升上柱国,爵赐上执珪。陈轸再就势进逼一步:比这个官爵再大的,还有什么呢?迫使昭阳说出只有令尹了。令尹是楚国宰相的名称。至此,陈轸游说昭阳要讲的主要道理所需要的铺垫已经完成,下面便进入主题。陈轸对昭阳指出:令尹自然是高贵的了,但楚王不会设置两个令尹。如果继续攻齐,即使取得胜利,官职也不会再升。而战争总是有危险的,也可能不幸战死,那样,就连到手的官爵也享受不到了。这单刀直入的揭示,不能不引起昭阳的深思。为了加强说服的力量,陈轸并不就此将道理直接阐发下去,而是先举了一个画蛇添足的寓言故事。楚国有一个进行祭祀的人,祭祀之后将一杯酒赐给从事者。大家议论说,一杯酒大家分喝,谁也喝不足,如果给一个人饮,则绰绰有余。于是共同议定,在地上画蛇,先成者饮酒。有一人先画成了,拿起杯来要饮,却又矜傲地说:"我还能为蛇添上脚。"他的蛇足还未添完,另一人蛇已画成,便将杯子夺去说:"蛇本来没有脚,你怎么能为蛇添足!"于是喝掉了酒。陈轸总结说:"为蛇足者,终亡其酒。"这个寓言故事包含的寓意,与陈轸要说的道理完全一致。昭阳攻齐,既然不可能再加官晋爵,岂非蛇足,多此一举!至此,陈轸才将正意和盘托出:昭阳攻魏获胜,已使齐感到畏惧,名望已足,"官之上,非可重也"。虽然昭阳战无不胜,但如果不知道止境,终有一天会被打死,爵禄归于后来人,"犹为蛇足也"。说辞的圆满周密,真是无懈可击,不能不令人俯服。末尾以"昭阳以为然,解军而去"二语,陡然收结。看起来似乎未免轻淡,实际上正显示出陈轸一席话的说服力量,使事情的纠结,涣然冰释。

从这篇文字中我们可以看到,谋臣策士们在说服对方时,先要仔细揣摩对方的弱点,即容易打破的缺口;找到了突破口,对如何进攻,也要经过一番思考筹划;在进行说服时使用的文辞,更是精心琢磨。所有这些都增加了《战国策》文字的生动引人的力量。这一篇就很有千回百转的姿态。

《唐且为安陵君劫秦王》属于《魏策》。秦王即秦始皇,当时秦已经灭掉了韩国和魏国。安陵是魏国的一个附属小国(其地在今河南鄢陵县西北),自然更处于岌岌可危的境地。这时秦忽然提出以别处的土地更换安陵国的地盘,受到安陵君的抵制。唐且作为安陵君的使者,在这场以小抗大、以弱抗强的斗争中,出色地完成了任务。所以这一篇与前一篇不同,它不只是记述谋臣策士的说辞,更主要的是突出地刻画了唐且的智勇的形象,表现了他以一个士的身份而压倒了秦王的非凡的气概。文章写得虎虎有生气,使人惊心动魄。

全文可分为四段。从开篇到"唐且使于秦"为第一段,摆出矛盾。秦王使人向安陵君提出换地的要求,安陵君婉言谢绝,惹得秦王不高兴。于是安陵君派唐且出使秦国。这种开门见山直入主题的写法,与全文的紧张气氛是相宜的。从"秦王谓唐且曰"到"岂直五百里哉"为第二段,写唐且至秦与秦王直接打交道中矛盾进一步激化。秦王的话里充满着威胁。他提出秦灭亡韩国、魏国,所以没有消灭安陵,不过是因为安陵君忠厚,未尝措意,即只是没打算消灭它而已。今天竟敢公然相抗,难道以为秦国没有力量消灭它,而敢如此轻慢吗?唐且面对威胁,绝不示弱,大义凛然地回答说:因为受地于先王,岂止五百里,即使拿出千里的地盘也不敢换。可以说是斩钉截铁,一口回绝,显出唐且勇锐无畏的风貌。从"秦王怫然怒"到"挺剑而起"为第三段,是矛盾的高潮。这一段短兵相接,你来我往,一片刀光剑影。秦王听了唐且一口回绝的话,怫然大怒,提出"天子之怒"相威胁。所谓"伏尸百万,流血千里",也就是说他一怒便可将安陵夷为平地。唐且对此威胁表现了极度的轻蔑,针锋相对地提出"布衣之怒"。作为威使万民,看惯了人们对他叩头礼拜的秦王,听到"布衣之怒"时,自不免一番奚落,所谓"布衣之怒"也不过是摘掉帽子,甩掉鞋子,以头触地即叩头请命而已。这段奚落语很能表现出独尊无二的君主那种傲慢骄矜的神气。对此,唐且用"此庸夫之怒也,非士之怒也"一语轻轻拨落,接着以奔放的气势连举三个士之怒的例子,即专诸刺王僚,聂政刺韩傀,要离刺庆忌。他们不只不怕牺牲的勇气惊人,而且其怒气上贯于天,使天象、自然也发生变化。专诸刺王僚时,彗星扫过月室;聂政刺韩傀时,白气上贯日光;要离刺庆忌时,苍鹰飞扑于殿上。所谓"怀怒未发,休祲降于天"。这就把"士之怒"的慑人形象活画出来,为其下面的行动做了有力的衬托。然后直接接入自己,将继三人之后而为第四人,即"若士必怒,伏尸二人,流血五步,天下缟素",于是"挺剑而起"。伏尸二人,即与秦王同归于尽;只是两人短兵相接,故流血五步;死者包括秦王,他身为天子,故天下缟素。"伏尸二人,流血五步"比起"伏尸百万,流血千里"来,自是小巫见大巫,然而对秦王却更有威慑力量,因为直接关系到他的生命。唐且辞气的锋锐,行动的勇决,读来不禁令人屏息。这段文字确实写得"一步紧一步,句句骇杀人"。"秦王色挠"以下为末段。在生死关头,秦王暴露出外强中干的本相,由以天下之尊的盛气凌人变为低首下心地向唐且请过。这一行为本身突出地陪衬出唐且的逼人的威力。最后秦王的话也成为对唐且形象的有力刻画:韩、魏为大国,终以灭亡,而安陵以五十里之地仍能保存下来,只是由于有了唐且这样的人物。这番话再一次显示了唐且的力量和作用。

大体说来,《战国策》的文字有如下一些突出的特点。第一,善于分析形势,指陈利害,有极强的逻辑说服力量,所述事理使人感到切理厌心。《陈轸说昭阳勿攻齐》即为显例。第二,《战国策》很讲究献谋与游说的方式与技巧,根据对象,变化无方,往往采取迂回的战术,诱使对象不知不觉落入圈中,极富曲折的故事性,读来津津有味。如《齐策》的《邹忌讽齐王纳谏》写邹忌讽谕齐威王主动征集国人的意见,不是单刀直入地对齐威王讲说纳谏的道理,而是从自己切身经历的一件事情说起。他自觉自己的相貌不如城北的齐国美男子徐公美,可是遍问他的妻子、侍妾、宾客,却都回答说他美过徐公。他思之再三,终于悟出其中的道理,妻子违心说,是因为偏爱他;侍妾违心说,是由于害怕他;宾客违心说,是因为有求于他。他先讲这件事情,再推论齐威王作为一个国君,"宫妇左右,莫不私王;朝廷之臣,莫不畏王;四境之内,莫不有求于王",要听到真话,真是难上加难了。如此轻轻一点,齐威王便恍然大悟,立即下令重奖进谏者。说明主动纳谏的重要性,竟出以一个趣味盎然的故事。第三,《战国策》的文字很注意铺排渲染,以增强其感染力。如《楚策》之《庄辛说楚襄王》写庄辛谏说楚襄王不要一味游乐、安不知危,一步步走上亡国的道路,就一气用了蜻蛉、黄雀、黄鹄、蔡灵侯四个故事:蜻蛉即蜻蜓俯啄蚊虻,仰承甘露,不知童子正在调胶液要粘取他。然后说黄雀,亦俯啄白粒,仰栖茂树,自以为无患,与人无争,不知公子王孙正挟弹弓想射他。又再进一步说黄鹄,飘摇高翔,自以为无患,但射者正准备带绳的箭,要在百仞之上射它。然后再推到蔡灵侯,他南游高丘,北登巫山,左抱幼妾,右拥嬖女,驰骋乎高蔡之中,不以国家为事,不知楚大夫子发正受命楚宣王要攻灭他。铺陈了四个故事,然后才说到楚襄王:"蔡灵侯之事其小者也,君王之事因是以。左州侯,右夏侯……与之驰骋乎云梦之中,而不以天下国家为事;不知夫穰侯方受命乎秦王,填黾塞之内,而投己乎黾塞之外。襄王闻之,颜色变作,身体战栗。"渲染得极为有力,深刻说明了安不忘危的道理。《战国策》中不仅常常铺排故事,文字亦多铺张夸饰。如《齐策》的《苏秦说齐宣王》写到当时临淄的情况说:"临淄甚富而实,其民无不吹竽、鼓瑟、击鼓、弹琴、斗鸡、走犬、六博、蹴鞠者。临淄之途,车毂击,人肩摩,连衽成帷,举袂成幕,挥汗成雨。"这颇带夸张的描绘,使人更加真切地感到临淄的富实繁华。铺张夸饰,是《战国策》文风的一大特色。第四,《战国策》不少笔墨传神尽相,刻画的形象生动逼真。如《唐且为安陵君劫秦王》写唐且与秦王激烈对答的一段。秦王提出"天子之怒","伏尸百万,流血千里"相威胁。唐且则针锋相对地提出"布衣之怒"相抗,"若士必怒,伏尸二人,流血五步,天下缟素",于是"挺剑而起"。终于使"秦王色挠"。生动地描绘出唐且勇敢无畏猛毅慑人的形象。第五,《战国策》还善于运用寓言故事说理,不仅加强了说服力,也增强了形象性和生动性。这些寓言无论是采取历史故事、社会故事的形式,还是采用动植物拟人化的手法,都写得入情入理、曲曲动人。《陈轸说昭阳勿攻齐》中的"画蛇添足"即其一。他如"南辕北辙"(《魏策》)、"鹬蚌相争"(《燕策》)、"惊弓之鸟"(《楚策》)、"狐假虎威"(《楚策》)等,至今还常为人们引用。《战国策》整个文章风格铺排渲染、辩丽夸张、纵横捭阖,显得笔酣墨饱,与《左传》的简约谨严有明显的不同,是我国散文风格的一种发展。

第三节 诸子散文

诸子散文是表述各家思想的说理文。它们虽然意在说理,却很讲究修辞技巧,注意锤炼形象化的语言,还多运用寓言故事和史事传说等,因此具有不同程度的文学性。特别是由于它们产生时代较早,对我国后世散文的发展有深远的影响。先秦诸子散文包括《论语》《墨子》《老子》《孟子》《庄子》《荀子》《韩非子》等。《论语》为语录体,文字洗练,记言能传出人物的声口、性情、神态。《墨子》已形成逻辑谨严的文章,但不尚词采。《老子》用韵文所写,以极简括的语句表述深邃的哲理。《荀子》《韩非子》都是结构谨严、逻辑周密、文采斐然的文章。诸子中文学意味最浓的是《孟子》《庄子》,可以代表这一时期散文达到的高度。

一、《孟子》

《孟子》一书是孟子自述其主张及其门徒万章、公孙丑等记述孟子言行的著作。孟子名轲,邹(今山东邹县)人,约生于公元前370年,死于公元前289年左右。他是孔子的孙子孔伋的弟子,继承和发展了儒家学说,是战国时期儒家学派最突出的代表。《孟子》一书虽然基本上仍是记言体,但比《论语》有了明显的发展。孟子处于战国群雄角逐、游说风行、百家争鸣、辩难蜂起的时代,受当时风气的影响,他的言辞多辩难游说的色彩,不同于《论语》的迂徐雍容;文章词采铺张扬厉,不同于《论语》的简练含蓄;篇幅加长,波澜曲折,不同于《论语》的多三言两语的细碎对答。

《齐桓晋文之事章》颇能展示《孟子》散文的特色。这一章属于《孟子》中的《梁惠王上》。《孟子》一书流传下来共有七篇,东汉人赵岐作《孟子章句》,将每篇分为上下两部分,成十四卷。《孟子》各篇都是载录孟子言行的若干片断,每一片断都自具独立性,称为一章。各章都没有标题,人们习惯上取其首句以为题,这样的题目只是一章的标志,并不表明全章的基本内容和主旨,不可与一般文章的题目等量齐观。

孟子的思想核心是仁义,基本政治主张是仁政,这一篇就是记载他向齐宣王推销仁政主张的。孟子遇到的这个游说对象正好相反,心思并不在仁政,而是倾向于齐桓公、晋文公的霸业。春秋以来,王室衰微,周天子徒存名号,一些势力强大的诸侯"挟天子以令诸侯",左右着列国的政局,他们被称为霸主。齐桓公曾九合诸侯,一匡天下;晋文公曾定乱扶周,破楚救宋,都是著名的春秋五霸之一。霸主的行事不是秉德依仁,以行仁政取得天下归心,而是依势恃力,靠武力慑服其他国家,所以被儒家称为"霸道",与行仁政的"王道"相对立。齐宣王既然心在霸业,就与孟子处于尖锐对立的地位。这篇文章的妙处就在于它生动地记述了孟子是怎样说服对手的,表现了孟子游说的高度技巧和言辞的雄辩有力。

全篇大体可以分为三大段。从开篇到"王请度之"为第一大段,挑开"王""霸"的矛盾,中心则在论定齐宣王之所以未行王道仁政,并非不能做,而是不肯做,彻底剥去他不行仁政的任何托词和借口。其中又可分为三节。

从开篇至"则王乎"为第一节。只用一问一答将话题引入王道。先是齐宣王的一问:能够讲一讲齐桓公、晋文公的霸业吗?把齐宣王心在霸主的面貌端出来。接着是孟子的一答:孔门之人是不称说齐桓、晋文之事的,一定要谈谈的话,就讲讲王道吧!又把孟子主张王道的面目亮出来。这个开端很妙。本篇的中心内容就是孟子以王道说服齐宣王的倾心霸道,"王""霸"之争是本篇的根本矛盾,在开篇处便使"王""霸"二者亮了相,具有统括全局、纲领全篇的作用。同时它又使文章一开始便处于尖锐矛盾冲突之中,起势突兀,引人注目,唤起人的兴趣。而在针锋相对的一问一答中,让孟子一语拨却宣王的话题,很能显示孟子的个性。孟子不仅有自己的主张,而且对主张坚信不移。用他自己的话说,就是善养"浩然之气",这"气"又是"集义所生者","至大至刚",不可摧折,只能去折服别人,所以说起话来理直气壮、咄咄逼人。

　　从"德何如则可以王矣"到"于我心有戚戚焉"为第二小节。孟子开始有步骤地展开诱说。他先集中论定齐宣王有实行王道的根基,把他同王道牢牢地绾合在一起,使他无从逃脱,为下一节论证他未行王道是"不为"而非"不能"做好铺垫。这节文字极尽迂回曲折之能事,齐宣王不觉被牵着鼻子入其彀中。孟子先针对齐宣王"德何如则可以王"的问题,从王政的根本上着眼,提出"保民而王"。因为"以德行仁者王",王天下的关键就在行仁政施惠于民。接着针对齐宣王"若寡人者,可以保民乎哉"的问题,斩钉截铁地肯定他可以保民。但不是以一句空洞的断语了事,而是抓住宣王有"不忍"之心生发。不忍之心就是恻隐之心,"恻隐之心,仁之端也"(《孟子·公孙丑上》)。这种心就是仁德之苗,仁政之根,王道之本,所以有"是心",便"足以王矣"。关于宣王的"不忍"之心,也不是凭空派定,而是从宣王近臣胡龁所讲的一件事实中引出。宣王曾见有人牵牛从面前过,他得知"将以衅钟"后说:"舍之,吾不忍其觳觫。"不仅有事实为证,而且是宣王身历的事实,这"不忍"之心便千真万确,宣王无从躲闪掉的了。宣王既然对牛有不忍之心,便具有仁心的根苗,为什么没有成就王业呢?根本问题是没有将此心推广到对待民众上,所以未能发为仁政,做到保民。这是一个"仁术"问题,即不是没有为仁的根基,而是行仁的方法还不到家。接着,孟子就挑明这个问题,进一步向宣王进逼。不过对于这一点,他仍然不采取抽象论说,而是继续从胡龁所讲的那件事上发挥。宣王不忍见牛的觳觫,又不可以废弃衅钟之礼,便用羊换了牛,以致引起百姓的误解,以为宣王是爱财,舍不得牛而换了羊,以小易大。孟子抓住这一情节指明,百姓的怀疑有它的道理,因为从不忍之心来说,"则牛羊何择焉?"但孟子说他是"固知王之不忍"的。把问题引到宣王不过是"见牛未见羊"上来,也就是说不忍之心还没有扩及羊身上,这自然便暗蓄下一个"见畜未见人也"的结论,以便水到渠成地进入下一节文字。这一小节文字,可以说是以胡龁所讲之事为纲,就其所需之点加以发挥,讲明道理,旁证侧引,坚实有力,既有极大的说服力,而又意趣盎然。就文章要讲的道理上说,孟子的"见牛而未见羊"这点意思,是可以从故事情节本身直截了当地引出来的,不一定要牵扯上百姓的怀疑,但那样,文势便不免有些平直了,牵连上一个百姓的看法来,文局陡变,使百姓的揣度、宣王的辩白、孟子的分说,错综间杂,交相激发,文章波澜起伏,引人入胜。

从"此心之合于王者何也"到本段末,是第三节,集中剖析齐宣王未成王道,是不为,而非不能。这一节文字的动人,在善用比喻。其中又分三层。第一层先以一组妙喻有力地指出"王之不王,不为也,非不能也"。力量能够举起百钧之重之人,却说举不起一根羽毛,显然不是力不及,而是不肯用其力。眼力能够看清秋毫之末的人,却说看不见一车柴火,显然不是视力不行,而是不用他的眼力。用这样两个生动的比喻,说明恩惠能够施及禽兽,却不能及于百姓,显然不是无力去做,而是"不用恩",贴切有力。再加上全用对称排比的句式,更分外显得明透。第二层再以极难、极易之事鲜明对照的比喻,进一步阐明"不为"和"不能"的分别。挟起泰山而超越北海,说做不到,是真正不能;为老人折一枝,说做不到,便不是不能,而是不为。这一比喻也明透有力。一般说来,比喻大都是以一事物与他事物相类之点相比,比喻语往往是实际的事物。如《孙子·虚实》篇说:"兵无常势,水无常形。"以水的没有常形,随容器的形状而改变,喻用兵的没有常势,随时间、地点、条件的不同而转移。但水是实有之物,无常形是水的实有之性。孟子的这些比喻不同,并非实际存在的事物。从其凭空造说上讲,带有寓言性;从其表现手法上说,带有夸张性。但是,凭空造说而不令人觉其假,能见事理之真;极度夸张而不失情理之实,反使事理愈显。这是孟子在修辞上的一种贡献。它富有创造性,给人以出人意表的感受,新颖动人。有了前面这两层,齐宣王未行王道并非不能,实系不为,已经一清二楚,第三层便顺此理势,加以正面指引。这就是要"善推其所为","举斯心加诸彼",使恩及百姓,所以"推恩足以保四海,不推恩无以保妻子"。这一层虽只是直说,但也引《诗经》以证理,所谓有诗为证。

齐宣王为什么能而不为呢?主要原因倒不是不懂为仁的方法,而是有霸业之欲横亘在心中。不扫除这重障碍,便不能将齐宣王引到王道的路上来,这便是第二大段要解决的任务。从"抑王兴甲兵"句起至"孰能御之"句止,是第二大段,针锋相对地解析欲以霸道取天下之害。其中也分三个层次。第一步先引出齐宣王的霸业大欲来。"兴甲兵,危士臣,构怨于诸侯"三句实即行霸道之事。霸道以力征服天下,自然要兴甲兵;兴师动众,自然要危及士臣的生命;大动干戈,启土开疆,自然要结怨诸侯。此问之妙在不直言霸道,而列举其害,逼得宣王也不能不回答"吾何快于是",拿不出他的大欲来了。"笑而不言"四个字,写宣王欲霸而又理屈,躲闪孟子谈锋的情态,穷神尽相。宣王既已难言,孟子便来挑明了,不过又不径直说出,先列举肥甘、轻暖、采色、声音、便嬖等口体耳目之欲来做一顿挫。这五种欲可以说将君主的享乐生活包罗尽净,而这五种东西现在没有一样不足,那么还贪求什么呢?这才引至霸天下的大欲。这就是开拓疆土,使秦、楚都称臣来朝,君临中国而降伏四夷,即以武力征服天下。如此之文势,真是千回百转,摇曳生姿。

大欲既明,便进入第二步,危言其害。紧接摆出大欲之后,陡然一折,"以若所为,求若所欲,犹缘木而求鱼也"。不啻当头一棒,文势也如悬崖坠石,力重千钧,使得宣王也不禁惊言:"有这么严重吗?"孟子则以连珠之势进逼,不仅如此严重,而且更甚于此:缘木求鱼,不过不得鱼而已,并无后患;用武力争霸天下,霸业不成,还要惹来后灾。接着便析言其害,又出之以生动的比喻。举邹这个小国与楚这个大国争战做例子,自然是邹败楚胜。从而导出小不敌大,寡不敌众,弱不敌强的结论。立下了这个大前提,再摆出齐与天下对抗的形势。天下按方千里划分,可分为九块,齐国整个加起来,不过占其一块,以一敌八,其结果如何,自不言而喻了。孟子的文章总是这样迂回曲折,使人不知不觉地被引入圈套。先不触及主旨,让你很轻易地认可似无关碍的邹楚之争的结论,然后再拿出齐与天下争的本题,不容你不俯首就范了。

以霸道取天下之害已经摆清,第三步再夸说以王道得天下的好处,做正面引导。这段文字把王道仁政的威力铺排得淋漓尽致。你看,只要发政施仁,仕者来了,耕者来了,商贾来了,行旅来了,天下憎恨其君者也来了,恰如万道江河归大海,确实写出了一派"孰能御之"之势,不由人不对"王道"垂涎了,可以看出孟子运用语言文字的高超能力。

"王曰吾惛"以下至篇末为第三大段。经过扬仁抑霸正反两方面的说服,齐宣王束手就范,表示就教,孟子这才水到渠成地拿出他的仁政主张来。

从全篇看,前两大段是最生动的部分,但都是为这一段扫清道路的,这里才是孟子真正想说的要言妙道。又分两层讲。第一层,先概言王政的基本内容,不外教、养两大端。所谓"养",就是使民有恒产,足以使一家饱暖;所谓"教",即礼义道德的训育,二者的关系是在有"养"的基础上施"教"。"养"足,民才容易受"教";"养"不足,人没有恒心,就会做违法的事;使人民因饥寒所迫犯法而陷入刑辟,就是"网民",陷民于罪。而如果人民衣食不保,救死不暇,便无心受教,也就没有效果。这道理是讲得十分透辟的。

第二层，进一步详言仁政制度。这就是要使人民有"五亩之宅"，可以种桑养蚕，饲育禽畜，使年长的人能够衣帛食肉。又要给民"百亩之田"，并且征发徭役不妨碍农时，使一家有足够的粮食吃。再"谨庠序之教"，即进行孝悌等伦理教育，使人知道尊长敬老。这一套王道仁政模式图，仍出以排比对称句式，前言其制，后誉其利，王道之美，溢于言表。"老者衣帛食肉，黎民不饥不寒，然而不王者，未之有也"，这结论是很有力量的，表现了孟子的坚定的信念。

从全文来看，孟子并不反对齐宣王得天下，只是反对以武力即霸道取天下，而主张以仁政即王道得天下。故极言前者之害，后者之利。孟子重视民心向背，讲究仁民爱物，这种民本思想虽然反映了战国时期人民地位的提高和统治者对人民力量的震慑，但他以王道取天下的药方是不灵的。当时的历史是沿着"霸道"的方向前进的，凡是行法家主张，讲求耕战，富国强兵，便能取得胜利；而孟子这套主张是行不通的。司马迁在《史记·孟子荀卿列传》中说："当是之时，秦用商君，富国强兵。楚、魏用吴起，战胜弱敌。齐威王、宣王用孙子、田忌之徒，而诸侯东面朝齐。天下方务于合纵连横，以攻伐为贤；而孟轲乃述唐虞三代之德，是以所如者不合。"说明他与潮流相左。当时人已经认为他"迂阔而远于事情"。所以这篇文章主要不在孟子政治主张的价值，而在于他游说的技巧、文章的高妙。

从这篇文章中，我们可以体会到《孟子》散文的一些基本特点。首先是迂回曲折，对谈话的对象善于擒纵，使对方不得不上钩。如本篇是对欲霸者谈仁政，不是把主旨直接端出来，而是藏过主旨，从侧面、远处、外围入手，逐渐引向本题。本意是在讲王道仁政，却从仁心开始，为论定宣王有仁心，又从他不忍牛之觳觫入手，说明了有仁心根基之后，再一步步讲只是没有推广及民，是不为，不是不能。这样，使对方在不知不觉中就范。而文章给人的感受，有如循曲折小径探幽访胜，佳景异境不停地扑面而来，山重水复，柳暗花明，引人入胜。文势则波澜起伏，没有一点板滞的毛病。他的《有为神农之言者许行章》，本意在说明社会分工的必要，批判许行集众事于一身的做法，也是不先亮出本旨，而是从一宗宗提问许行的生活生产用品是否都是亲自制作开始，待到逼使对方说出全部自制是不可能的之后，才端出社会分工不可避免的主旨来，与此文有异曲同工之妙。

其次，逻辑谨严。本篇也好，《有为神农之言者许行章》也好，不只迂回侧转得妙，而且环环紧扣得牢，好像一副链条，一环咬着一环，一经牵连，便难解脱，其原因就在内含严密的逻辑。所以，表面看来，文章铺张扬厉，纵横恣肆,似乎散漫无纪,实际段落分明,层次井然,逻辑清晰,切理餍心。在《孟子》之前,墨子文章富有逻辑性,但表达刻板,未免质木无文。孟子文章的高处在于能把生动活泼的文笔和说辞,同严密的逻辑结合成一体。

第三,词采丰富,笔势灵活。作者善于调动多种艺术手段,以求最好的表现效果。诸如贴切而有创造性的比喻,富有感染力的铺排,牵拉故事,引经据典,考究词语,讲求句式,词则千锤百炼,句则变化无常,奇句与对称句,单语与排比语,交错使用,文有富赡生动之美。

第四,理直气壮。孟子文章技巧的运用建立在一个深厚的基础上,即作者具有广博的学识,坚定的主张,强毅的个性,高度的道德气节修养。所以谈起话来,飞辩逞辞,理足气盛,谈锋犀利,咄咄逼人。

总之,孟子的文章特别表现了雄辩的力量。孟子同时人公都子就曾说过:"外人皆称夫子(指孟子)好辩。"虽然孟子解释说他是"不得已",并非天生"好辩",也没有否定多辩的事实。所以他锻炼得很有辩才,他的辩难内足于理,旁辅以气,外助以辞,加上文无常格,使气遣词,因而其文如长江大河,滔滔滚滚,风发骏利,气势磅礴,自成一格。

二、《庄子》

庄子名周,蒙(今河南商丘东北)人,曾做过蒙的漆园吏。生于公元前360年左右,卒于公元前280年左右。大体与梁惠王、齐宣王同时。《庄子》一书分为内篇、杂篇、外篇,一般认为内篇七篇是庄子所作,外篇、杂篇则是庄子的弟子与后学记述或发挥庄子的思想而成。

庄子不满意处于变革和动乱中的现实,对名教社会采取彻底否定的态度。他是鄙世的,又是遗世的,追求一种超然物外、与道合一的精神境界。所以,他与儒家思想截然对立,而属于道家学派。他继承了道家思想创始人老子的思想,但更多从消极遗世方面做了发挥和发展。

《庄子》散文的特点是善于用生动的寓言故事表现深微奥妙的哲学思想。他的文章十之八九是寓言,往往通篇都是由寓言组成,不是如其他诸子或历史散文中偶然穿插一两个寓言小故事。他创造的寓言又大都汪洋恣肆,无涯际可寻,想落天外,出人意表。所以他的文章在先秦散文中尤其别具一格,文学意味也更浓厚。《逍遥游》即最富有代表性的一篇。

所谓"逍遥",是指做到了与道合一自然无为、无对无待时所获得的一种最高精神境界。达到这种境界便可以与物无忤,怡然自得地逍遥游放于天地之间。庄子认为"道"是万物的本体,万物都是体"道"而生,是自然而然的。庄子理想的天下，就是万物各任其自然，各顺其本性而生长活动、变化。这样，万物就各得其所，各得其生，社会大治，天下安宁，根本不需要任何外力的作用和影响，因此主张无为，提出理想的人格是"至人无己，神人无功，圣人无名"。"无己"就是不以己性为核心，要求万物适应了己，那样便会违背万物之自然，与万物处于对立地位。"无功"就是不要有为，"功"属于有为的范畴，无为自然应该无功。"无名"又是从无功中来，名是实之宾，有功才有实，有实才有名。既然顺应自然，无为而治，无功无实，自然也应该无名了。总起来说，无己、无功、无名三者，实在都是从自然无为中来，是得自然无为之道者的一种自然表现。道家所讲的作为万物本体的"道"的本身，就是自然无为的，所以做到无己、无功、无名，便能与道合一，与道同体。这样，便能超脱自身作为万物中一物的局限，不再与万物对立，从而获得最大的自由和解放，逍遥于天地之间，无往而不适。《逍遥游》的中心就在说明这样一种至高无上的精神境界，也是道家理想中得道之人才可能具有的一种高境。

全文可以分为前后两大部分。从开篇到"圣人无名"是前一部分。这一部分一般吸收旧注思想，认为是通过小大之辩，如大鹏能够高飞，斥鴳只能低飞，说明万物各有其不同的禀赋，应当各任其自然。但是细按文意，似乎并非如此。它的中心用意是在说明"小知不及大知"这个道理，也就是说识见短浅的人，囿于一得之见，是不足以了解高深的东西的。庄子看到，世俗人物局于一隅，往往不能理解道家所讲的自然无为的高境，甚至加以嗤笑，实际上不过表现了嗤笑者们的短识和无知。所以先用这一段文字对短识小智进行批判，为谈自然无为的高境扫清道路。

这一部分又以"此小大之辩也"为界，分为两段。第一段以自然事物为喻，说明"小知不及大知"的道理。大鹏就是得道家自然无为高境者的象征，它的高远奇特的行动是蜩与学鸠所不能理解和认识的。后者自足于不过一树之高的飞腾，不以大鹏之上九万里高空向南海飞行为然，是眼光狭隘的世俗人物的象征。所以庄子指斥道："之二虫，又何知！"下面用一系列生动的比喻对"小知不及大知，小年不及大年"做了有力的论证。如彭祖不过活了七百多岁，浅识的人们便认作是长寿的榜样，他们不知上古有大椿树，以八千岁为春、八千岁为秋，也就是说它以一万六千年为一岁。对照这种大年来看，人们局限于所知的追求不是很可悲了么！然后再引汤问棘的一段话作结。斥鴳把自己数仞之高的飞翔看作是"飞之至"，认为没什么必要像大鹏那样高飞远行，这就把小大之间不相及的道理讲得十分透彻了。

第二段从自然领域移到人事范围。以自然无为之道为衡量标准,从修养最低的人讲起,逐步引至道家所主张的至人、神人、圣人的高境。名教社会中的人物,以其才智和品德,或者适应一官,或者适应一乡,或者适应一君,或者适应一国,便自足于自己的作为,实在同斥鷃以数仞之高为"飞之至"没有什么差别。其次举出宋荣子。宋荣子明于内外之分,注意修养自己,不以世俗的是非毁誉为转移,超然于世俗之外,比前一种人要高一筹了,但他坚守一己的东西,仍然有己,不能做到无己而与万物冥合为一,修养还不到家。再次举出列子。列子能够御风而行,自由游行于天地万物之间,已经多少能跳出物的局限,但也没有达到极致,还需要依赖一种外物即风,仍是"有所待"者,最后提出修养至极的人物,这就是"乘天地之正,而御六气之辩"者。所谓"天地之正",就是作为万物本体的"道",也就是自然无为,"乘天地之正",也就是与道合一,完全做到自然无为。所谓"六气之辩",就是大自然本身的自然变化,"御六气之辩"也就是完全乘自然变化而行。庄子认为道生万物,但是体道而生的物如果局限于物自身,便与他物处于相对立的地位,而不能与之冥合,只有悟了道,跳出自身而返归于道,才能与万物同一,做到"乘天地之正,而御六气之辩",无所待而游于无穷,无往而不适,达到逍遥的高境。这样的人就是本段末尾所提出的无己、无功、无名的至人、神人、圣人,道家最高的理想人物。

文章的后半部分分为三层,分别说明圣人无名,神人无功,至人无己。从"尧让天下于许由"到"尸祝不越樽俎而代之矣"为第一层,以尧让天下,许由拒不接受,说明"圣人无名"。尧治天下,是尧之事,与遗世重道的许由无关。有道者的许由绝不企羡名教社会中所谓治天下、为天子的最高声名。对于守道弃世的许由来说,天下是没有什么用处的,多余的。正像鹪鹩在深林中作巢,不过占其一枝而已,其他林木则为多余之物。

从"肩吾问于连叔"至"窅然丧其天下焉"为第二层。借接舆所谈的藐姑射山的神人,说明"神人无功"。藐姑射山的神人,"吸风引露,乘云气,御飞龙,而游乎四海之外",就是一个于世无为的人物。"其神凝"就是精神专一于道,与道合一,达于自然无为之境,无为而任万物之自然,也就无为而无不为,万物皆治,所以能使万物不病而谷物丰收。这种人的道德并不"弊弊焉以天下为事",却"磅礴万物以为一世蕲乎乱",即包容万物使天下大治。因而以治天下之民著称的尧,到藐姑射山、汾水之阳见到类乎神人的人物后,也不禁神往,而忘其天下。神人既然是无为的,也就是无功的。

从"惠子谓庄子曰"到"安所困苦哉"为第三层。以五石之瓠和臃肿蜷曲的樗两种无用的东西为喻,说明"至人无己"。中心是说明不以己意以求外物之适己用,而顺应外物之用以为用。瓠可顺其性作为腰舟浮于江湖,樗也可顺其性植于遥远之地,而逍遥无为乎其下。因其无用,为人所弃,反而不遭有为戕害,得顺其天性,全其大用。

《逍遥游》颇能体现《庄子》散文的特点。首先,它的主旨虽然在阐明哲学道理,却绝不只用抽象的概念表述,而是编造寓言故事,生动地形象地说明问题。本篇就是由一连串寓言故事组成的。司马迁说庄子"著书十余万言,大抵率寓言也"。《庄子·寓言》篇也自称"寓言十九"。这就把枯燥的哲学思想讲得盎然多趣,引人入胜。如本篇的以大鹏与学鸠的故事讲小知不及大知,以尧与许由的故事讲圣人无名等。又如《知北游》篇讲"道"无所不在的道理。设为东郭子与庄子的问答,东郭子问庄子,道在什么地方?庄子答,无所不在。东郭子请庄子做些具体指示,庄子答说,在蝼蛄蚂蚁。东郭子说,"道"怎么这样卑下呢?庄子说,在稊草稗草。东郭子说,怎么更加卑下了?庄子说,在砖头瓦块。东郭子说,怎么越说越厉害了。庄子说,在粪便。通过这一番有趣的问答,把道无所不在的道理讲得十分透彻。又如《至乐》篇讲齐生死的道理,则通过庄子鼓盆而歌的故事来说明。庄子的妻子死了,惠子去吊丧,看到庄子正在那里敲着瓦盆唱歌。惠子说,你的妻子和你共同生活,为你养育了子女,现在她死了,你不哭也就罢了,还鼓盆而歌,不是太过分了吗?庄子说,不是这样的,我开始何尝不悲伤,但仔细考察一下,她开始本来没有生命;不但没有生命,连形体也没有;不但没有形体,连形体所由凝聚而成的气也没有。就是在那么恍惚无有之中,自然而然地变而有气,气变而有形,形变而有生。现在又变化回去,正像春夏秋冬四时的更替一样,她已经安然寝息于原来那恍惚无有的大房子里,我再嗷嗷哭叫,不是太不通于自然的变化了吗?所以才不哭了。齐生死的道理通过假托的有趣的问答,生动引人的讲述清楚。这就使庄子的散文具有浓厚的文学性。

其次,《庄子》中的寓言又具有独自的特色。一般的寓言虽然也属于创造,但大都接近于生活中习见的形态。如《孟子》中的"揠苗助长",《韩非子》中的"自相矛盾",《吕氏春秋》中的"刻舟求剑",《战国策》中的"画蛇添足"等,都使人感到是现实生活中可有的。即使是将动植物拟人化的寓言,如《战国策》中的"狐假虎威""鹬蚌相争"等,也不超出人们常识所能理解的范围之外。《庄子》中的寓言不同,往往异想天开,奇特怪异,不是现实生活中和人们常识中所有之物。如本篇中的鲲鹏、藐姑射山的神人,以及巨瓠、大椿等，无不带有浓厚的神话与幻想的色彩。正像《庄子·天下篇》所说的，不是"庄语"，而是"谬悠之说，荒唐之言，无端厓之词"，具有浪漫主义特色。这使《庄子》的文章形成一种奇诡异常、变幻莫测、汪洋恣肆的独特风格，雄奇壮观，摇人心目。

再次，与前一点相关联，《庄子》的文章极富想象力。如本篇中的鲲，古训中或为刚孵出的小鱼，或为尚未孵化的鱼卵，本为至小之物，文中却把它想象为身长几千里的大鱼。又如讲藐姑射山上的神人的神异，以风露为饮食，乘云驾龙，上与天齐的大水淹不了他，使金石熔化、土山焦黑的大旱也热不着他。讲他的高出名教社会之上，说他身上的尘垢糠秕就能陶铸出名教社会的最高理想人物尧舜来。又如《则阳》篇表现鄙视国与国之间的兼并战争，斥为蜗牛角上的战争："有国于蜗之左角者曰触氏，有国于蜗之右角者曰蛮氏，时相与争地而战，伏尸数万，逐北旬有五日而后反。"蜗牛本来就是很小的东西，它的两只触角就更小了，但每只角上各建立一个国家，两国发生了争夺地盘的战争，竟然伏尸数万，而且追逐败北一方达半个月之久，想象力之强令人惊叹。

最后，《庄子》的散文还善于比喻和描写。《庄子》中的比喻，联翩不绝而又贴切有力。如本篇言大鹏需积厚风以行，以水之浮物为喻："且夫水之积也不厚，则其负大舟也无力；覆杯水于坳堂之上，则芥为之舟，置杯焉则胶。"又如批评蜩与学鸠不能理解鹏之远飞行径，以旅行备粮为喻："适莽苍者，三餐而反，腹犹果然；适百里者，宿舂粮；适千里者，三月聚粮。"《庄子》对事物的描写，形象鲜明突出，笔酣墨饱，神态毕现。如本篇所写的大鹏，它是由几千里长的大鱼化成，其背脊不知有几千里长，展开翅膀有如遮蔽半边天的巨云。它的飞行是由大地最北的北冥飞往大地最南的南冥。它起飞时，要贴水面一击三千里，而后上冲九万里高空，一飞就是六个月。大鹏的庞大神异的形象，突出地展现在读者面前。其他如《徐无鬼》篇中关于匠石斫垩的描写，《养生主》中关于庖丁解牛的描写等，都见出其刻画功力。前者写郢人在鼻端涂上如蝇翼一般薄的白土，而匠石抡起大斧砍去，其速如风，只将白土砍掉，鼻子毫无损伤。郢人站在那里，也面不改色。这虽属寓言，描写的笔墨是传神的。《庄子》的文章中表现出对事物有很细致的观察，描写细腻，词采丰富。如《马蹄》篇写马之自由生活情态以及被羁勒之后的反抗情状："夫马，陆居则食草饮水，喜则交颈相靡，怒则分背相踶，马知已此矣！夫加之以衡扼，齐之以月题（系于马额头上之物），而马知介倪（不安于羁勒）、闉扼（想挣脱衡扼）、鸷曼（狂突想甩去羁勒）、诡衔（狡猾地吐弃衔橛）、窃辔（要偷偷地咬断辔头）。"笔触细腻，辞藻富赡，描写具体生动。

《庄子》散文的上述种种特点，加上哲学思想的深邃新异，就构成其独特的风格。想象丰富，奇思联翩，变幻莫测。笔势奔泻纵恣，无所拘束。整个文章使人感到汪洋恣肆，雄奇壮丽，读之如神游于奇异的天地里，出脱于琐屑的人间界限之外，开阔心胸和视野，富有浓厚的浪漫主义色彩。

先秦散文是我国散文史上第一个高峰。它的突出特点是富于创造性。内容上百家争鸣，各有各的主张和原则，互不相袭，也不照搬古人；形式上则百花齐放，各为自己寻找适宜的表现形式，面貌各异。他们没有要做文章家的想法，都只是言其所欲言，而为了使其言有高度说服力和感染力，各自做艺术上的努力，终于创造出无愧于自己时代的丰富多彩的散文。先秦散文的这种活泼泼的创造精神，成为一种优良传统为后代继承和发扬，它积累的丰富的创作经验，也为后代提供了宝贵的借鉴。

第四章　汉代的赋和散文

第一节　汉代的赋

赋是汉代富有特征性和最发达的文学形式，人们常说"汉赋、唐诗、宋词、元曲"，就是从各时代文学富有特征的方面立论的。《汉书·艺文志》著录西汉辞赋作家六十余人，作品九百余篇。从《后汉书·文苑传》的记载看，东汉文人也几乎没有不写赋的。经过汉代作家的创造，赋成为我国古代文学重要体裁之一，历代都不乏作者，而且随着时代的发展，在其他文体影响下，形制也不断有所变化，如魏晋六朝时出现俳赋，也称骈赋，唐宋时又先后出现律赋与文赋。

在汉代以前，战国末期荀卿作有《赋》篇，这是我国文学史上最早以赋名篇的。《赋》篇共包括五首小赋，分别赋礼、知、云、蚕、箴五种事物。它们在性质上都接近隐语，每篇的前一部分是描写所赋事物的形象和特点，而隐过其名称不说，很像谜语的谜面；后一部分则揭示所隐事物的名目及其蕴含的意义，近乎谜底。这种体式具有两个明显的特点：一是前面的说隐部分与后面的射隐部分，一说一解，很自然地形成一问一答的结构；一是具体的描写物象，着重在体物，而不是抒情，呈现出与诗完全不同的趋向。这两点都是后来汉赋体制的重要特点。

荀赋虽对汉赋有影响，不过它并非战国时流行的文体。战国以来流行的文体是楚辞，所以楚辞对汉赋的形成尤有不可忽视的作用。楚辞作品中蕴含了形成汉赋体制的多种因素。如问答的结构。《离骚》里即有同女嬃、巫咸、灵氛的对语，而《卜居》《渔父》则整篇为问答体。《招魂》开端也由帝与巫阳的对语引出招魂事。其次，散义化的倾向。赋是介乎诗与文之间的文体，基本趋向是跳出诗的范畴向文靠拢。楚辞属于诗体，但有明显的散文化倾向。所以《离骚》可以是两千余字的长篇，而《卜居》《渔父》在句调上更趋于散文化。如《卜居》："宁诛锄草茅，以力耕乎？将游大人，以成名乎？宁正言不讳，以危身乎？将从俗富贵，以偷生乎？"再次，铺排的描写。《离骚》写远游和上天下地的求索，已有铺排物色的倾向，《招魂》《大招》详陈四方险恶不可居和故居宫室饮食、美女音乐的富盛，更明显是以体物为基本特色，与后来赋的笔墨极相近。最后，韵散间杂。《卜居》《渔父》开端的叙语与对答，用散文，进入本文后复用韵文。这也开了后来赋的序文与对答引起部分用散文的先河。正由于汉赋与楚辞的渊源深厚，在汉人的观念中，辞和赋是不分的，楚辞也被称作赋。司马迁《史记》称屈原的《怀沙》为"《怀沙》之赋"。班固《汉书·艺文志》著录屈原作品，也总称之为"屈原赋"。所以刘勰《文心雕龙》说汉赋"拓宇于楚辞"。

汉赋有一个从楚辞中脱胎而逐步完备自己独特体制的发展过程。汉赋初期，大体是接近于楚辞形式的骚体赋，贾谊《鹏鸟赋》可为代表。它全用楚辞体句式，但采用作者与鹏鸟对答的结构，内容也不是楚辞类的抒情，而是借鹏鸟入室一事剖说自己的以老庄思想为基础的对待生死、祸福、名利的人生态度，用道家的自然主义思想排解遭受排挤、怀才不遇的苦闷。

《鹏鸟赋》在形态上反映了初期汉赋的特点。稍后的枚乘的《七发》表现了向汉代散体大赋的过渡。其结构也是采取主客问答的形式，假托楚太子有病，吴客去探视，用七件事启发太子，最后终于以"要言妙道"治愈了太子的病。赋文完全摆脱了楚辞体句式，使用散文化的对句，对句长短不等，错落相间。更重要的是大段铺写音乐饮食、骏马名骑、宫苑池观、游猎观涛等，完全以体物为主，与《楚辞·招魂》之侈陈物色一脉相承。

汉武帝以后，散体大赋开始定型，并达到全盛期。两汉大赋的代表作家与作品有司马相如《子虚赋》《上林赋》、扬雄《甘泉赋》《羽猎赋》、班固《两都赋》、张衡《二京赋》等。这些大赋的基本特点是：(一)往往采取虚设的人物对话形式结构成篇，人物夸说所赋事物的大段独白construct成赋文的主要内容。如《子虚赋》和《上林赋》由假托的楚之子虚先生、齐之乌有先生和代表天子一边的亡是公三人的对话组成。子虚先生夸说楚国云梦之大、楚王田猎之盛和乌有先生夸说齐国土地之广、物产之富构成《子虚赋》，亡是公听了二人对话，铺陈天子上林苑射猎的壮观，以压倒齐楚，构成《上林赋》。(二)以体物为基本倾向，重点在张扬物色，力求对所赋事物做详尽的铺排描写，使别人无以复加。如《子虚赋》描写楚之云梦泽，从其山、其土、其石到其东南西北各有什么，一一写到。对每一类事物的描写，也尽量加以罗列，有时同一偏旁的字一堆便是一二十个。所以司马相如说赋是"合纂组以成文"

(《西京杂记》引),因此形成大赋的基本风格:堆砌辞藻,排比故实,文字艰深,形式呆板。虽华美壮观,却缺乏文学所特有的那种生活的与情感的生命。(三)就作赋用意说,仍在进行讽喻。所以一般在赋的末尾总是归之于正。如《上林赋》归结到汉天子悔悟了"此太奢侈","乃解酒罢猎",并转尚于仁义诗书,而楚、齐之子虚、乌有先生也都拜受"以诸侯之细,而乐万乘之侈"的批评。但由于赋文绝大部分是铺陈豪侈,加上个讽喻尾巴,也只能是"劝百讽一",力量微不足道了。

汉代的散体大赋主要是描写都城、宫苑、游猎、建筑等,虽然是反映统治层的生活,娱乐统治者,但客观上也反映了汉帝国的强盛富庶及其宏伟气象。另外,它运用了丰富的词汇,锤炼辞藻,有些描写颇为生动,艺术上也有一定贡献。

由于散体大赋反映生活的局限性,从东汉中后期开始出现抒情小赋,如张衡的《归田赋》、赵壹的《刺世疾邪赋》等,其中也有用楚辞体句式的,抒情小赋又更多向诗靠拢了。

第二节 汉代的散文

散文也是汉代文学颇有成就的部门。唐代韩愈提倡古文运动就是以"三代两汉文章"为旗帜。综观汉代文章,子书类著述如《淮南子》等,虽不及先秦诸子;但历史散文如司马迁的《史记》,则比先秦有很大开拓和发展,卓立不凡;此外出现一批单篇文章,表现了相当的散文技巧。它们包括书札,如邹阳《狱中上梁王书》、司马迁《报任安书》、杨恽《报孙会宗书》等;政论,如贾谊《陈政事疏》、晁错《论贵粟疏》等;史论,如贾谊《过秦论》等。可从《过秦论》上篇以见汉代单篇散文成就之一斑。

贾谊《过秦论》分上中下三篇,都是议论秦的过失的,三篇的内容各有分工,上篇是总论秦失天下的原因,其原因就是篇末两句指出的:"仁义不施,而攻守之势异也。"作者认为秦之速亡,是由于没有认识"攻守之势异",即取天下与守天下形势之不同,从而实行政策上的转变,即从以力征天下的霸道改行施仁义的王道,以致天下怨怒,迅速崩溃。关于这一点,在中篇中有较具体的阐发。中篇说"取与守不同术",即取天下是以武力吞并诸侯,所以"并兼者高诈力";守天下是已灭诸侯,天下一统,就应当"安定者贵顺权"。所谓"顺权"即顺应新的形势而采取相应措施。什么是新的形势呢?中篇分析说自从周室衰微以后,"诸侯力政,强侵弱,众暴寡,兵革不休,士民罢敝",这种形势直到秦统一才得以结束。这时正是天下之民都"冀得安其性命","劳民之易为仁"的时候,可是秦王却"怀贪鄙之心,行自奋之智,不信功臣,不亲士民,废王道,立私权,禁文书而酷刑法,先诈力而后仁义,以暴虐为天下始",继续实行霸政,劳役不休,赋敛无度,刑罚惨重,吏治刻深,结果"百姓困穷,而主弗收恤","自君卿以下至于众庶,人怀自危之心",所以陈涉奋臂一呼,天下响应,埋葬了秦王朝。

由上可见,上篇中所指出的秦亡的原因"仁义不施,而攻守之势异"的具体道理是在中篇中阐述的。因此上篇的重点只在摆出历史事实。这历史事实就是,秦以霸政取天下,方针对头,虽对手十分强大,却节节胜利,势不可挡;既得天下之后,不适时地转变政策,所遇到的对抗力量虽远不及以前的强大,却一瞬之间冰消瓦解,这就自然地导出"攻守之势异"的结论,使人不能不信服。正是这样,文章大体上以"士不敢弯弓而报怨"为界分为前后两部分,前一部分讲取天下的历史事实,后一部分讲失天下的历史事实。

秦之强大从孝公始,所以文章也从孝公发端。孝公不只有并吞天下的雄心,而且有正确的方针,任用商鞅,实行变法,奠定了霸政的基础。其时内行富国强兵之政,外行连衡外交,结果不费吹灰之力,取得了西河之地。接着是惠文王、武王时代,按文中讲到的事情,还应包括昭襄王时期。他们继承孝公的事业和国策,进一步扩大战果,南兼汉中,西举巴蜀,东据要害之郡。这一段铺排得极有气势,这时山东各国合纵缔交,一致对秦,他们拥有九国之众,又有著名的战国四公子招揽的大量人才,有宁越等谋臣,齐越等外交家、政治家,吴起等将帅,常以大于秦国十倍之地,百万之众西向攻秦,而秦敞开函谷关,九国之兵非但不敢入,反而遁逃。结果,秦不费一箭一矢,而山东诸侯都靡费困顿不堪,合纵瓦解,纷纷割地讨好于秦。于是秦乘六国的困敝,兵征天下,无往不克。文章将八十余年中的历史加以高度地概括,风发骏利,气势磅礴;如果琐叙事件,便会啴缓乏气,没有这样的效果了。另外,虽以历史事实为本,却也有意地做了夸张和渲染,因而突出地显示出秦国正确方针的力量。下面孝文王、庄襄王则一笔带过,因为孝文王在位只有几天,庄襄王也不过首尾三年,且无大事,自不必多言,以阻滞文章的气脉。接着笔锋落到秦始皇,同样用高度概括而富有气势和渲染色彩的笔墨写出其霸政的声威。

后半部分可分三层。从"于是废先王之道"至"子孙帝王万世之业也"为第一层,表明立国之后,秦始皇政策上没有转变,只知道愚民、弱民,继续加强武力,以为关中之固,金城千里,可以子子孙孙传之万世。从文意上说这是很关键的一层意思。然后陡然转至第二层,从"秦王既没"至"山东豪杰遂并起而亡秦族矣",写秦始皇死后,虽余威还震动天下,然而陈涉一呼,山东豪俊并起,而开始亡秦事业了。在这一层里,特别强调了陈涉出身寒贱,才智不高,并不富有,崛起于下层兵伍之间,与前面秦取天下时遇到的强大的对手形成鲜明的对比,彼一何强,而不得逞其志;此一何弱,而得成其所欲。这不能不给人们留下一个极大的疑问,强烈地吸引人们去寻求答案。从"且夫天下非弱小也"至篇末为第三层,通过鲜明的对比引出结论。从秦一方说,据有天下,不比为战国群雄之一时小弱,山川关塞险要也一如既往;从陈涉一方说,其位不比山东诸国之君高,以农具为兵器不比山东诸国真兵器锋利,以戍卒为兵众也抵不上山东诸国之练卒,其智谋更赶不上山东诸国之士拥有的智慧,然而成败迥异,功业恰恰相反。过去秦以千乘之国称霸百余年,诸侯来朝,终于统一天下,如今却一夫作难,祖宗功业尽废,身死为天下笑,最后用"何也"一提,醒目地点出主旨:"仁义不施,而攻守之势异也!"这结论显得分外有力。

  这篇文章的特点是:(一)纯以摆史实作论,只于最后一句画龙点睛拈出论点。在史论文章中,构思奇特。(二)正因如此,以高度概括的笔墨铺排史事,写得赫赫有声势,有战国纵横家铺张扬厉的风貌。(三)以气运辞,重在文章气脉,高屋建瓴,一泻千里,奔腾有势。(四)文字整丽跌宕,排句不少,然长短错落,统以神理气势,不呆不板不涩。

第五章 《史记》的史传文学

司马迁的《史记》是一部历史著作,由于它开创了纪传体史书新体制,也是一部史传文学著作。在司马迁之前,我国历史著作,诸如《左传》《国语》《战国策》等也都具体记述人物言行,但或为片断,或分散于编年的史事中,都不能反映一个人物的全貌。《史记》不然,它以人物为纲,为一个个历史人物撰写全面的传记,生动地反映其生平事迹、精神品格、个性风貌,开创了传记文学这一体式。这是历史散文的一个飞跃,给我们留下一系列栩栩如生的人物画廊,为我国文学宝库增添了一笔独具特色的财富。

第一节 司马迁的生平与《史记》的思想性

司马迁,字子长,夏阳(今陕西韩城南)人。约生于公元前145年或前135年,卒于汉武帝末年。关于司马迁的生平有三点值得注意:第一,出身不高,但有深厚的学识修养。他的父亲司马谈官太史令,是一个很有学识与学术见解的史官,给了司马迁以很好的文化影响。司马迁幼年曾在家放牧和种田,从事过小民粗务。十岁左右随父亲到长安,曾从大学者董仲舒学《春秋》,从孔安国学《尚书》,打下了深厚的学识基础。第二,司马迁成年以后,做过皇帝的近侍官郎中。通过陪皇帝巡行、奉命出使以及个人漫游,走遍了大半个中国。北至九原(今内蒙古包头一带),东北至辽西(今辽宁义县一带),东至齐鲁(今山东),东南至会稽(今浙江绍兴),南至庐山(在今江西)、九疑山(在今湖南宁远),西南至巴、蜀、滇中(今四川、云南),西北至空峒(今甘肃平凉一带),以及中部的今安徽、河南、江苏等地。他每到一地,便凭吊古迹,搜求故老传闻。如游会稽时探禹穴,赴九原时观蒙恬所筑长城亭障,在丰、沛等地向故老访询汉初将相萧何、樊哙等人事迹。所以,他对历史的把握,不只限于死的文献,还有许多活的、感性的东西。这使他更容易把历史写活,并富有感情色彩。第三,遭李陵之难,受宫刑。汉武帝元封元年(前110),司马迁父亲死去。其父早有继《春秋》之后撰著史书的志向,未能实现,便将遗志交付司马迁。元封三年,司马迁继其父为太史令,读到国家丰富的藏书和大量文献档案资料,所谓"天下遗文古事,靡不毕集太史公"。不久以后,便开始《史记》的著述。不料于天汉二年(前99)惨遭李陵之祸。李陵于这一年受武帝之命出击匈奴,不幸竟遭遇数倍敌军的包围,弹尽粮绝,降于匈奴。司马迁了解李陵平素的为人,认为他的投降乃权宜之计,等待时机再报效汉庭。他讲出这些看法,触怒武帝,被逮下狱,次年受了宫刑。这个打击对司马迁来说是无比巨大的。他说:"诟莫大于宫刑,刑余之人,无所比数。"当时士大夫的刑罚可以出钱赎免,可是司马迁"家贫,货赂不足以自赎,交游莫救,左右亲近不为一言"(均见《报任少卿书》),只好束手就刑。这使他亲身体验到统治者的残酷和世态炎凉,使他对社会的观察更加深入全面。太始元年(前96),天下大赦,他得以出狱,被任为中书令,乃宦者之职。他说:"夫中才之人,事有关于宦竖,莫不伤气,而况于慷慨之士乎?"他含垢忍耻活下来,是为了完成史书著述。书成之后,即再无其事迹可寻。大约那以后不久便死去。

司马迁撰写《史记》一方面是继承父亲的遗志,另一方面也有其个人的高远的志怀。他说:"孔子知言之不用,道之不行也,是非二百四十二年之中,以为天下仪表,贬天子,退诸侯,讨大夫,以达王事而已矣。"(《太史公自序》)认为孔子所修的《春秋》是通过记述与褒贬史实,寓托帝王理天下、治万民的原则与道理。所以他撰写史书,也不是简单地整理史料,而是探求治乱兴衰之理,总结历史经验教训,以供政治借鉴。他在《报任安书》中说:"网罗天下放佚旧闻,略考其行事,综其终始,稽其成败兴坏之纪……亦欲以究天人之际,通古今之变,成一家之言。"所谓"成一家之言",即通过著史表现自己的哲学观、政治观、历史观、伦理观、人生观等等。所以《史记》是一部史料丰富而具有深刻思想性的历史著作。

第一,进步的历史观。司马迁为各种各样的人物作传,承认并突出人事方面的努力,把历史的前进主要看做是人类自己创造活动的结果,不是一味地归结为天意的支配,这就在很大程度上冲破了天命论的束缚。正因为承认人对历史的作用,其评价历史人物的地位时,主要是依据其对历史的贡献,扬弃了许多传统的成见与偏见。如他不以贵贱论人。秦末农民起义领袖陈涉,雇农出身,有首先发难亡秦之功,曾称陈王,便为之作《陈涉世家》,一样置之于王侯地位。他也不以成败论英雄。项羽在楚汉之争中为刘邦所灭，但他在亡秦事业有巨大作用，曾称西楚霸王，并一度控制天下，成为天下之主，便为之立《项羽本纪》，视同帝王。他承认经济对人民生活和社会发展的作用，认为农工商虞四者"民所衣食之原"，不鄙薄工商，为从事各种产业致富的人作《货殖列传》，肯定他们的功绩。此前的史书记政治、军事斗争较多，生产、经济领域的内容极少，以致《左传》被称为"相斫书"，此亦为《史记》的一大突破。

第二，深厚的人民性和人道主义精神。司马迁有鲜明的是非观念与爱憎感情，以对社会和人民的利害为轴心来观察和评论历史人物。他歌颂那些品格高尚，为国为民造福的政治家和将领，如不畏强暴、维护国家尊严、将国家利益放在首位、不与同列争名的蔺相如，身先士卒、与下同甘共苦的爱国将领李广等。而对那些豪横为己、只知一味争权夺利、相互倾轧的权臣，诸如依太后势力而盘踞高位的武安侯田蚡之流，则予以无情的揭露。他作《酷吏列传》揭露那些残民以逞的酷吏丑恶嘴脸，另一方面写《游侠列传》歌颂那些济人之危、排难解纷而一无所取的义侠人物，赞誉他们"私义廉洁退让，有足称者"。司马迁还为俳优滑稽人物立传，认为他们以谈笑隐语讽喻，"谈言微中，亦可以解纷"，不因其身处卑贱而使之泯灭无闻。

第三，史家的胆识，勇敢的批评精神。司马迁撰史，敢于面对事实，无所畏惧，忠实记述。班固曰："其文直，其事核，不虚美，不隐恶，故谓之实录。"（《汉书·司马迁传》）如对汉代开国之主刘邦，一方面写了他能用能臣，善纳良谋，坚忍不拔的创业活动；另一方面也不放过他的贪欲性与流氓相，如：《高祖本纪》中说刘邦"为泗水亭长，廷中吏无不狎侮，好酒及色"，在《项羽本纪》中写他为逃脱追兵，轻车加速，几次将亲生子女推下车去，在《萧相国世家》《淮阴侯列传》中斥责刘邦猜忌和诛杀功臣。对于本朝创业之主，敢于如此下笔，是很要一些勇气的。

总之，司马迁有丰富的学识、广泛的阅历、进步的历史观、悲剧的遭遇、卓越的文学才能，又对现实社会有着深刻的观察和体验，对从统治者到下层百姓各种各样的人物都有具体的把握，他对王朝历史的兴衰成败进行认真地总结，这一切凝聚成他的伟大著作《史记》。

第二节　史传文学代表作品分析

《史记》中史传文学的优秀篇章很多，《项羽本纪》中"鸿门宴"一节和《廉颇蔺相如列传》尤具有代表性。

"鸿门宴"是《项羽本纪》中的一节。《本纪》是记载历朝帝王的生平事迹、重要活动和重大政事的。所以《项羽本纪》不单是记述秦末反秦英雄项羽的事迹,还通过他的活动,记载了秦末反秦斗争和秦亡后楚(项羽)汉(刘邦)之争的历史大事。因此它比一般《列传》繁杂得多,前半写反秦斗争,后半写楚汉之争。"鸿门宴"便是楚汉斗争中的一个重要回合。

鸿门宴前的大致背景是:项羽跟从叔父项梁起兵反秦时,曾拥立楚怀王之孙为楚怀王,以号召天下。后来,楚怀王与攻秦诸将约定,谁先入关中灭秦,就由谁做关中王。当项羽在河北邯郸一带与秦军主力激战时,刘邦却在河南用张良的计谋,从武关、蓝田一路攻入秦都咸阳,接受了秦王子婴的投降,并派兵把守函谷关,不许他军进入关中。项羽消灭了秦军主力,挥师西向,至函谷关,不得入。矛盾便从这里开始。这时秦已灭亡,天下反秦的斗争已经结束,楚汉之争上升为主要矛盾。项羽力战,而刘邦巧取,这是项羽难以甘心的。

"鸿门宴"这节文字,共一千五百字左右,可分为四个段落。从"行略定秦地"至"急击勿失"为第一段,写项羽决心消灭刘邦。其中又可分为三节。从"行略定秦地"至"至于戏西"为第一节,写函谷之阻。函谷关在今河南灵宝西南,是由中原进入关中的险要关隘。项羽兵至而不得入,已是不悦之事,"又闻沛公已破咸阳",于是"项羽大怒,使当阳君(黥布封号)等击关"。项羽兵遂破关而入,进至戏西,即陕西临潼一线,向刘邦逼近。从"沛公军霸上"到"为击破沛公军"为第二节,写刘邦营垒的曹无伤暗通项羽。项羽大军压境,引起刘邦阵营中的分化。左司马曹无伤暗中向项羽报告:刘邦想做关中王,使秦降帝子婴为相,全部占有秦之珍宝。这消息不啻给项羽火上浇油,决定"旦日飨士卒,为击破沛公军"。从"当是时"到"急击勿失"为第三节,写范增之议。此时项羽拥军四十万,在新丰鸿门。新丰在临潼东,即上文所说戏水之西一带。刘邦军只有十万,在霸上。兵力悬殊,对项羽极为有利。项羽的谋臣范增献谋说:刘邦在山东,既贪财,又好色,入关以后,不取财物,不近妇女,说明志向不小。而且使人望其头上云气,成龙虎形,呈五色,有天子之瑞。必须赶快消灭他,不要错失良机。这一番分析,无疑更坚定了项羽灭刘的决心。这一大段的三节,一浪推激一浪,把项羽灭刘的决心推到最高潮,有箭在弦上不得不发之势。

从"楚左尹项伯者"起至"项王许诺"为第二段,写由于项羽营中项伯的行动使局势发生急遽的转折。其中又可分为四节。从本段开端到"不可不语"为第一节,写项伯夜入刘邦军垒。项伯是项羽的族叔,时任左尹。他和留侯张良是好朋友。张良原是韩王的司徒,因刘邦曾助韩王收复一些地盘,遂跟从在刘邦军中。项伯得知项羽要消灭刘军的决定,便偷偷潜入刘营,想劝张良出走。但张良以为自己是韩王派来送刘邦入关的,刘邦有了急难,偷偷跑掉,不义,不能不对刘邦知会一声。从"良乃入"到"吾得兄事之"为第二节,写张良入告刘邦的情况。刘邦得知这一消息,大惊失措,不知如何是好。张良问刘邦是谁出谋派兵封函谷关的。刘邦回答是听了鲰生的话。鲰生告诉他,距关毋内诸侯,则秦地可王。张良又问刘邦,估量一下,兵力能否与项羽抗衡。刘邦回答当然不能。因此张良提议由他去对项伯解说,刘邦并不敢背叛项羽。刘邦不免追问张良怎么与项伯有交。张良回答,秦时,项伯与自己交游,后来项伯杀人犯法,由他搭救而得不死。故今有急难,前来相告。刘邦问清项伯年长于张良,遂让张良把项伯叫来,要自己直接与项伯打交道,并以兄称之。从"张良出"到"沛公曰诺"为第三节,写刘邦见项伯的情况。刘邦首先是献酒为寿,接着又约为婚姻,然后表白,入关后秋毫不敢近,登记户口,封存府库,等待项羽来接收。所以派兵封函谷,是防止其他盗兵的进出,日夜盼望项羽的到来。并请项伯向项羽详达此意。项伯完全被这片花言巧语所迷惑,深信不疑。答应向项羽传言,并叮嘱刘邦次日一定要亲自来见项羽谢罪。刘邦自是满口应承。从"于是项伯复夜去"到本大段末为第四节,写项伯为刘邦传言并说服项羽。项伯连夜回到军营,把刘邦的话报告项羽。又游说说:如果不是刘邦先攻破关中,我们现在怎么能入关呢?人家立了大功而加以消灭是不义的。不如因其功而善待他们。这话恰击中了项羽的弱点。项羽虽鲁莽豪横,却耿直重义,听了项伯的话,立即许诺。这一大段细致生动地记述了造成转机的过程。前一大段中出现的一触即发的危急形势,一夜之间烟消云散,造成文章的一个大起大落的波澜,使人们绷紧的心弦又松弛下来。

　　在这段文字里,人物的个性在鲜明的对比中给人留下强烈的印象。如鲰生与张良。鲰生的浅见寡识,竟然认为派兵守关就可挡住别人,毫不计及力量的对比;而张良则远见高识,他的策谋是建立在冷静而科学的分析基础上。他不仅有谋,也有应变的能力,在燃眉之急中,为刘邦找出摆脱困境的出路,是一个胸有成竹的成熟沉着的谋臣形象。又如刘邦与项羽。张良如实地向刘邦报告了情况,并为之划策,足可信赖了,可是刘邦仍不放心追问他和项伯怎么相识,对自己一方的人与敌方有瓜葛,是绝不掉以轻心的。他也没有让张良向项伯传言,而是亲见项伯,直接与他打交道。项羽的表现则截然不同。项伯夜入敌营,既见张良,又见刘邦,事态比张良与项伯仅仅是有故要严重得多,但当项伯归来向项羽传话时,项羽对他的行径竟不闻不问。两相比照,刘邦的精细多疑,项羽的粗率无心,都活现纸上。再如项伯与刘邦。项伯诚朴善良,他重友谊,所以夜入敌营为故人送信。刘邦一片虚情假意和策略之言,他都信以为真。相反,刘邦则城府极深,步步矫情作伪,他对项伯热得像一盆火,不过是愚弄项伯做他的政治工具。他表白心迹的一席话,说得那样娓娓动听,实际没有片言只字是真。在相互映衬中展示人物的鲜明个性,是《史记》刻画人物的成功手法。

从"沛公乘百余骑来见项王"到"樊哙从良坐"为第三段,是鸿门宴正文。通过项伯的沟通,兵戎相见的局势已经消解,鸿门宴似乎可以成为一席和平宴饮了。然而刘邦通过项伯软化了项羽,却没有解决范增问题。而范增具有远见卓识绝不会轻易受骗上当,是坚主消灭刘邦的,这就仍然埋伏着深刻的危机。不过矛盾冲突不是表现为战场上的千军万马,而是体现为宴会上的明和暗斗。全段又可分为三节。从本段开端到"项王即日因留沛公与饮"为第一节,写项羽与刘邦的和好。刘邦次日果然按项伯所嘱轻骑简从来见项羽,精心结撰了一段十分得体的辞令。他特别强调与项羽协力攻秦,项战河北,他战河南,连他自己也没有料到可以先入关破秦。这自然很能满足项羽矜功自傲的虚荣心。然后再引到有小人挑拨,使项羽对自己产生嫌隙。这又把罪责推给小人,避开项羽,留下回转的余地。项羽听了,果然推诚相见。说都是左司马曹无伤的话激起的。项羽一开口就将敌方暗中修好于自己的人说了出来,真是真率到了极点。后来刘邦回营,立即将曹杀掉。项羽与刘邦谈得融洽,所以当日留刘邦在鸿门宴饮。从"项王、项伯东向坐"到"庄不得击"为第二节,写宴席上尖锐的斗争。项羽、项伯面朝东坐,亚父范增面朝南坐。刘邦面朝北坐,张良面西侍卫。把座席方位交代得一清二楚,既为项庄舞剑展示具体环境,又给人以立体感。范增的态度使和好的宴席陡起变化。他志在必除刘邦,所以激起了杀刘、纵刘、卫刘的错综复杂的斗争。范增几次递眼色给项羽,又三次举所佩玉玦示意,促项羽下决心行动,而项羽默不响应。范增遂出席召项庄,让他以敬酒为寿、舞剑助兴为名入席,刺杀刘邦。项庄一一照办。项庄拔剑起舞时,项伯看出他的用意,亦拔剑起舞,时时遮护刘邦,使项庄无从下手。表面看来,刘邦身在敌营,处于被动的地位,实际通过宴前的一系列活动,已向主动方面转化。事态完全按着刘邦主导的方向发展,而范增的意志则时时受到阻扼。这一小节,在和平的宴饮中,暗藏杀机,觥筹交错中,闪烁着刀光剑影,轻松的外表下寓藏着高度紧张的气氛,扣人心弦,形成一种奇异的美学境界。从"于是张良至军门"到本段末为第三节,写樊哙的进入使局势再趋缓解。范增的行动使矛盾达致白热化,引起刘邦阵营的紧张活动。张良离席至军门见樊哙。樊哙听到如此紧急情况,项庄舞剑,意在沛公,便表示与之"同命"。一开口便显示出不畏牺牲的英勇气概。他立即持剑拥盾入军门,两边卫士交戟阻挡,樊哙侧其盾撞之,卫士皆仆于地,显示出他的力大异常。进入帐内,揭开帷幕,面西而立,双目圆睁,以视项羽,头发上竖,一副壮士的怒像。项羽大惊,"按剑而踞(长跪)",问来者何人。张良答说是刘邦的骖乘。惺惺惜惺惺,樊哙的非凡形象引起项羽的喜爱,呼之为"壮士",并命赐酒。于是给他端来一斗酒,哙"立而饮之"。项羽又令赐彘肩,即猪前腿,樊哙把盾扣在地上做砧板,以剑为刀,切生猪腿而啖之。樊哙豪壮的风神活现纸上。当项羽再呼他壮士,问他能否再饮时,哙毅然答曰:"臣死且不避,卮酒安足辞!"无畏之气直干云霄。樊接着发出一通数落项羽的话。他从秦说起,因秦王有虎狼之心,杀人惟恐不尽,刑罚惟恐不重,结果天下背叛。接着举出怀王与诸将的约定,先破秦者王秦地,以见刘邦行为并非出格。再点出刘邦先入咸阳,一切不动,回军霸上以待项羽,遣将守关,只不过为防他盗出入。如此劳苦功高,未得封侯之赏,而项羽却听信"细说",要诛锄有功之人,实为亡秦之续,毫不足取。对于一向重义的项羽,樊哙这一席责言与刘邦的话一样击中项羽的要害,项羽听后,竟无言可对,只是请樊哙入座,于是樊哙坐于张良之侧。樊哙的责言与刘邦向项伯表白心迹之言相类,但出于不同人物之口,体现在不同的语言环境之中,便声口迥异。刘邦的话,屈抑委婉,娓娓动听,樊哙则义正词严,直言相斥,表现了《史记》记述人物语言能合人物身份、性情以及言谈场合的能力。这一段最突出的是关于樊哙形象的描写,浓墨重笔,传神尽相。如果说在第二段中,扯紧的弓弦已经放松,那么这一段便又重新绷紧起来。文章忽起忽落,情事层出不穷,动人心魄,摇人心目,有强烈的引人力量。

从"坐须臾"到"立诛杀曹无伤"为第四段,写鸿门宴的收场与结局。由于刘邦的中途逃席,事情分为两条线索发展,作者叙来却有条不紊,见出控御纷繁情事的技巧。全段可分两节。从本段开端到"公乃入"为第一节,写刘邦逃席的过程。刘邦看出形势的紧张,借口如厕,将樊哙召出。项羽也派陈平催刘邦归席。刘邦、樊哙、张良三人商议决定,刘邦轻骑简从由小路还营,留下张良和带来的礼品返席周旋。于是刘邦只带樊哙等四人抄小路逃归。从"沛公已去"至本段末为第二节,写项羽、范增对刘邦逃归的不同态度。收结杀刘、纵刘的矛盾。刘邦从小路归营,不过二十里路程,张良估计刘邦已到军中,才还席。他用一套外交辞令说明刘邦已经还归军营,并向项羽和范增献上礼物。由于刘邦已不在席,矛盾主要在项羽和范增之间表现出来。项羽对刘邦的中宴逃归,不甚介意,接过礼物,置于座上;范增则将礼物投掷于地,又拔剑砍碎,恨恨地说道:"竖子不足与谋!"表面上是斥项庄,不能以舞剑刺杀刘邦,实际上是指桑骂槐,影斥项羽的没有远见。他用发泄怒气的话指出事情的严重性:"夺项王天下者,必沛公也。吾属今为之虏矣!"反映出谋臣的卓识,后来历史的发展完全证实了他的预见。鸿门宴的结局,项羽失败,纵虎归山;刘邦胜利,终脱虎口,摆脱了眼前的危机,取得了积蓄力量的条件,后来终于在楚、汉之争中夺得了最后胜利。

《廉颇蔺相如列传》实际上是廉颇、蔺相如、赵奢、赵括、李牧五人合传。《史记》中有一传一人的,也有一传数人的。数人合传的,大都以类相从。本篇就是囊括了战国时赵国关系国家命运的几位主要将相。其中廉颇、蔺相如关系尤为密切,许多大事由二人合议而定,作合传是较省笔墨的。本篇前半部分,即到"至平邑而罢"为止,是廉颇、蔺相如合传;后半部分主要是写赵将赵奢、赵括、李牧,也包括廉、蔺后期少量的事。主要分析其前半部分。这部分突出刻画了蔺相如的形象。作者集中选取了三件事,即完璧归赵、渑池会、将相和。这三件事都是关系赵国荣誉、尊严和命运的大事。通过它们不仅表现了蔺相如的智勇,也感人至深地揭示了他的崇高的爱国精神。传文即以此三事为断,除一头一尾外,分为三个段落。

从篇首至"为赵宦者令缪贤舍人"为开头部分。因为是廉颇、蔺相如合传,所以开端也是双起,分别交代二人的身世。又由于下面正文所写之事都在赵惠文王十六年(前283)以后,廉颇于这一年伐齐大胜,拜为上卿的事,也括叙其中。这都可以看出《史记》叙事针线细密的地方。

从"赵惠文王时"起至"赵亦终不予秦璧"止为第一段,写完璧归赵。全段以"赵王于是遂遣相如奉璧西入秦"为断,分为前后两部分,前部分写蔺相如奉璧入秦前的情事,后部分写其奉璧入秦后的斗争。前半部分可分四节,第一节交代事情缘起。赵惠文王得到宝玉楚和氏璧,秦昭王得知,便遣人下书提出以十五座城池相换。第二节,写秦王这一要求在赵国引起的反响。赵国君臣很清楚,秦王名义上说换,实际上是夺。答应换,未必得城,空受其骗;不答应,将会触怒秦国,惹来兵祸。陷入举棋不定的两难状态。想找一个可以回报秦国的使臣,也没有寻出合适的人选。至此,必须决定对策并找到一个足以圆满完成使命的使者,已经呼之欲出。于是进入第三节。宦者令缪贤推荐其舍人蔺相如,他举亲身经历的一件事。缪贤曾经有罪,想逃亡燕国，因为过去有一次陪赵王会见燕王，燕王曾私下握着他的手表示愿意结交为朋友，以为燕是可以信赖的。蔺相如则透过表面现象看到事情的底蕴，指出，根本原因在于燕弱而赵强，那时缪贤受到赵王宠信，所以燕王要巴结他；如今成了赵王罪人，逃到燕，燕王为讨好赵国，一定会把他捉送回来，劝他不要逃亡，应肉袒向赵王请罪，表示诚心悔过。缪贤照着蔺相如的话做了，果然得到赵王的宽宥。缪贤的这一具体介绍，在蔺相如还没有出场之前，已经使人感受到一个有智谋的人物形象。第四节，相如出场。赵王向他询问对策，"赵王与大将军廉颇诸大臣谋"而不能定的问题，相如当场便依据形势做出决策。因为秦强而赵弱，对此要求不能不答应。不答应，则会给秦以口实；赵给玉，秦不偿城，则曲在秦。衡量二者利弊，自然使秦处于理亏地位，于赵更为有利。赵王询问谁可出使，相如自告奋勇。向赵王说："城入赵而璧留秦，城不入，臣请完璧归赵。"斩钉截铁的保证，对前景的充满把握和自信，正是一个胸有成竹、足智多谋、勇武足以济事的智勇双全之士的声口。这一部分写相如出场，经过层层铺垫，千呼万唤始出来，而一旦亮相，则一举解决了决策与出使两大难题，浓墨重笔，给人留下深刻的印象。

　　后半部分写相如入秦的斗争。从秦王受玉写起，即从富有斗争性的场面直接落笔，使文章节奏紧凑，紧紧抓住读者的心。秦王不在正式的朝堂上隆重受玉，而是在章台这种一般的台观接见相如。接玉之后，又随便地传给姬妾和左右近侍们赏玩，没有一点郑重尊重的意思。开头这短短几句，便勾勒出秦王不可一世的势派、倨傲和狂妄。接着将笔锋转向相如。相如见秦王的轻狂情态，知无偿城之意，便机智地假说玉有瑕疵，要指点给秦王看，将宝玉骗回手中。相如不过是弱国的一介之使，在强国的宫中与其君主、侍卫对峙，自然处于绝对的劣势，不过他以无畏的气势压倒对方，"相如因持璧却立，倚柱，怒发上冲冠"，这勇敢的气概也足以与帝王的尊严相抵。下面便是他的在外交辞令粉饰下对秦王义正词严地指责。指责集中在两点上，一点是赵国君臣本知秦国贪饕，不过想恃强夺玉，拟不奉璧以献，是他以为布衣之交尚不相欺，何况大国，说服了君臣，才得奉璧前来。这话不啻说，秦不予城，连布衣之交的信义都不如，国何以国！一点是赵王斋戒五日，使相如奉璧前来，对大国极表尊敬，而秦王居然见之列观，传观美人，既倨傲无礼，又存戏弄之心。总之，失体失礼，国又何以为国！他声言，如果秦王一定强行夺璧，"臣头今与璧俱碎于柱矣！"也就是说与璧同归于尽。"相如持其璧睨柱，欲以击柱"。如果说相如斥言顶多不过使秦王感到愧赧，而欲与璧俱碎的决心，却使秦王不能不气馁了。秦王放下君主之尊，表示谢罪，坚请相如不要摔璧。并立即召有司拿来地图,指定给赵的十五城。秦王由倨傲自尊变为卑躬屈服,充分显示出相如不怕牺牲的勇气和威力。

相如揣测到秦王的举动无非一时应急,便又机智地提出,和氏璧乃天下共传的宝物,赵王送璧时斋戒五日,秦王受璧亦应斋戒五日,用外交上最隆重的礼仪设九宾来接引使者献玉。对这些条件,秦王同样一一顺从。相如取得缓冲之机,便使从者带着和氏璧从小路逃归赵国。秦王斋戒五日之后,用隆重的礼仪引见时,他所得到的只是相如步步占理的一片言语:第一,秦自穆公以来,二十余君没有一个是守信义的。因此,相如怕再受欺有负于赵,已令从者持璧归国。第二,秦强赵弱,秦先将十五城予赵,只需一介之使赴赵取璧,赵岂敢不与?第三,相如自知欺秦王之罪当诛,愿就鼎镬,请秦王考虑?这真叫人无可奈何,秦国君臣只有相视苦笑而已。秦王知杀相如,亦无所得,徒失秦、赵之欢,不如就势以礼相遣。乃廷见相如,相如胜利而归。整个事件过程,贯串着相如的智和勇,将这一特点通过人物的具体言行,刻画得十分集中、突出,情节曲折引人。整段文笔简捷紧凑,营造出紧张气氛。

从"其后秦伐赵"起至"秦不敢动"止为第二段,写渑池会。秦于连续两年攻赵获胜之后,提出与赵修好,邀赵王会于渑池。胜国邀败国相会,居心叵测是不待言的。赵国对秦王这一举动深怀戒心,赴会之前,对国内做了妥善的安排。会上秦王果然以其胜国的姿态,肆意凌辱赵王,使之为秦王鼓瑟。但在相如的劫持下,秦王也终于不得不为赵王一击缶。相如以其无畏的勇气维护了国家的尊严,使弱国、败国取得了与强国、胜国对等的地位,相如的智勇得到进一步表现。这段中写相如劫秦王击缶的笔墨可与《战国策》中的《唐且为安陵君劫秦王》媲美。由于事件本身是争取两国对等地位,一来一往,文字上也有意对称,整段呈现一种对称美,与上一段明显不同。

从"既罢归国"到本部分末为第三段,写将相和,蔺相如的品格得到进一步升华。渑池会后,相如因功拜为上卿,而且位居廉颇之右。廉颇在赵惠文王十六年即拜上卿,那时蔺相如还不过是缪贤的舍人,于朝廷无位,如今竟超迁于廉颇之上,廉颇不免恼怒,宣称:必辱相如。相如则百般避让,每逢朝会便称病不出,以免在朝位上给廉颇刺激;外出路遇廉颇,则回车避开。在完璧归赵、渑池会上,蔺相如面对强有力的秦王,无所畏惧;现在既位居廉颇之上;又深得赵王宠信,势力远远压过廉颇,却一似对他不胜畏惧。这主要是由于他"先国家之急,而后私仇也"。他知道秦所以不敢侵赵,就在于赵国有他与廉颇,如果内讧,两虎相斗,必有一伤,不利于国。廉颇终于被他的大义为国的行动所感动,向他负荆请罪,二人成为刎颈之交。作者于段末写此后三年,廉颇连胜齐,第四年相如亦胜齐,隐寓其赞赏之情。这篇传刻画蔺相如智勇双全、大义灭私和崇高的爱国精神品格,深刻突出。

第三节　史传文学的特点及其艺术成就

　　史传文学首先是历史,必须受到史书撰述原则的制约。从文学角度看,不可避免地带来一系列限制。首先,历史必须是"实录",而不能虚构。其次,史书的基本任务是全面反映历史的实际状况与面貌,一些重要的史事与人物的事迹,不管对于刻画人物是否必要,对于文章是否适宜,也必须加以记载。这一点在《本纪》与《世家》中尤其显得突出。再次,作为历史人物的传记,一般自然要于开篇处介绍人物的姓名、字号、籍贯、家世出身,也难免格式上的死板与千篇一律。此外,还有《史记》本身体例带来的某些问题。如它以人物为中心反映历史,而一些重要历史事件涉及多人,难免重复。如鸿门宴就重复出现于《项羽本纪》《高祖本纪》《留侯世家》《樊郦滕灌列传》等篇中。

　　《史记》史传文学的卓越成就就在于它在历史原则的制约下,发挥了高度的文学性。这可以从以下一些方面观察。

　　第一,尽量以生活本身的形式反映历史,使历史记事形象化,向文学靠拢。如《项羽本纪》中鸿门宴一节,事情的历程,具体的场景,众多人物错综复杂的关系,每个人物的言行与性情神态,都展开具体的描写,历历如绘,使人如亲闻亲见一般。其实,如果只是作为历史事实记述下来,是可以很简括的。如《高祖本纪》即简叙此事说:"十一月中,项羽果率诸侯兵西,欲入关,关门闭,闻沛公已定关中,大怒,使黥布等攻破函谷关。十二月中,遂至戏。沛公左司马曹无伤闻项王怒,欲攻沛公,使人言项羽曰:'沛公欲王关中,令子婴为相,珍宝尽有之。'欲以求封。亚父劝项羽击沛公,方飨士,旦日合战。是时项羽兵四十万,号百万;沛公兵十万,号二十万,力不敌。会项伯欲活张良,夜往见良,因以文谕项羽,项羽乃止。沛公从百余骑驱之鸿门,见谢项羽。项羽曰:'此沛公左司马曹无伤言之,不然,籍何以至此!'沛公以樊哙、张良故,得解归。归,立诛杀曹无伤。项羽遂西屠烧咸阳秦宫室。"总共不过二百字左右,作为历史记事已经清楚了。但在《项羽本纪》中却铺写成为一千五百余字有声有色的文章,成为具有浓厚文学性的片断。

　　第二,突出人物形象。作者为人物作传,不只是一般记叙人物的事迹,而是努力写出一个活生生的人物来。为此,他总是在充分把握史料的基础上,先求得对所写人物的思想性格本色有一个总体的明确的认识,再利用对史料的剪裁取舍,穿插安置,突出其主要特点,使之成为个性鲜明的典型。如《项羽本纪》紧紧抓住项羽"力拔山兮气盖世"的霸王气质,着重表现其勇锐剽悍、所向无敌的英雄气概和率直重义而寡谋轻信的真朴性情。他的气压一世,想以力战屈服天下成为霸主的特色,贯穿在他一生的言行中。又如《廉颇蔺相如列传》对蔺相如的描写,也是着重于他的勇敢无畏、沉着机智、明大义、爱国家的本色。由于选材、用笔的集中,司马迁笔下的这些人物都以一个个血肉丰满而个性鲜明的形象矗立在读者面前。为了使人物形象突出,作者采用了多种艺术方法和手段:(一)注意选择富有表现力的细节和典型事例,无须词费,便能显示人物的主要特点。如《项羽本纪》中写了刘邦两件细事,一是彭城败逃中几次将亲生子女推堕车下,一是广武对峙项羽欲烹其父时而言"幸分我一杯羹";从对子女及父亲的态度中,有力地表现出刘邦自私残忍及其流氓相的一面。又如《酷吏列传》写酷吏张汤,特别记述了他小时因老鼠盗肉,掘洞得鼠与余肉,设立公堂,审鼠磔鼠的情节,突出了他的酷吏性情。《留侯世家》写智谋过人的张良,则着意渲染了他早年遇圯上老人黄石公授予《太公兵法》的神奇故事,分外加浓了张良计谋不凡的色彩。(二)注意选择矛盾冲突尖锐的场面,让人物在斗争中和彼此映衬中展示其鲜明的个性。如鸿门宴,在错综复杂的矛盾斗争中,展现出众多人物的不同性格。像刘邦的诡计多端,项羽的直率轻信,项伯的憨厚朴实,张良、范增的深谋远虑,樊哙的暴烈刚猛,都传神尽相。(三)锤炼个性化的语言,如秦末三个叱咤风云的起事人物陈涉、项羽、刘邦都说过表现大志的话。《陈涉世家》写陈涉曾对佣耕的同伴说:"苟富贵,无相忘!"同伴笑他一个扛活的,怎么谈得上富贵!陈涉太息说:"嗟乎,燕雀安知鸿鹄之志哉!"《项羽本纪》记项羽观秦始皇巡行时言"彼可取而代也!"《高祖本纪》记刘邦服役到咸阳,见秦始皇出行时叹息说:"嗟乎,大丈夫当如此也!"陈涉的话表现出虽身居低贱而志在高远,项羽的话大志中包含一种猛毅的霸王气质,刘邦的话则多野心贪欲之味,各具特色。它如《项羽本纪》中刘邦语言的虚矫,项羽语言的直率,无不毕肖其声口。(四)为了在一传中突出人物的某种特色,尽量舍弃或简述与之不相应的内容,必须记叙的史实则转移补叙于他传中,如项羽有"僄悍猾贼"的一面,"诸所过,无不残灭"。《项羽本纪》中虽未完全避讳这一点,但触及时都轻轻一笔带过,而在《高祖本纪》中则直揭其短。同样,刘邦在广武指责项羽的十大罪状,也写于《高祖本纪》中,

《项羽本纪》只用了"汉王数之"四个字轻轻点过,因为《项羽本纪》重在写项羽的英雄气概,不用这些冲淡其主要特点。(五)运笔的繁简详略一依刻画人物的需要为转移。如垓下之战,在《高祖本纪》中记事极简:"项羽卒闻汉军之楚歌,以为汉尽得楚地,项羽乃败而走,是以兵大败。使骑将灌婴追杀项羽东城,斩首八万,遂略定楚地。"在《项羽本纪》中则铺开描写了项羽帐中夜饮悲歌的情节和只剩二十八骑之后又猛击汉军的详细过程。前者是为了写其英雄末路的慷慨之情,后者是为了写其"天亡我也,非战之罪"的信仰力战至死不悟的霸气,不展开细致描写则不足以表现。通过上述种种手段,《史记》中刻画出的人物鲜明感人。茅坤说:"今人读《游侠传》即欲轻生,读《屈原贾谊传》即欲流涕,读《庄周》《鲁仲连传》即欲遗世,读《李广传》即欲立斗,读《石建传》即欲俯躬,读《信陵》《平原君传》即欲养士。若此者何哉?盖其物之情而肆之心也。"就是因为司马迁能把握对象的根本性情而写出栩栩如生的人物形象来。

第三,善于结构篇章,注意组织生动引人的情节。作者有驾驭纷繁史料的能力。如《项羽本纪》担负叙述由秦至汉一段历史的任务。这一时期的历史,前一段属秦末,群雄蜂起,头绪异常纷繁,后一段为楚汉之争,虽以楚汉两方为主,但也纠缠着一些诸侯时而背楚向汉,时而背汉向楚的错综复杂的矛盾。作者以项羽为主线,将材料安排得井井有条,通过顺叙、插叙、追叙,多线索交替叙述等叙事手法,将繁杂的史事叙述得眉目清晰。不仅如此,作者尤善于突出事件发展的重要关节,展开描写,形成引人入胜的故事情节和戏剧性场面。如《项羽本纪》紧紧抓住吴中起事、钜鹿之战、鸿门宴、广武对峙、垓下之围等大事,前后勾连,一幕幕展现其具体情景,读来津津有味。《廉颇蔺相如列传》写蔺相如则只择取了完璧归赵、渑池会、将相和这三个富于故事性、戏剧性的场面,意趣盎然地完成了蔺相如形象的刻画。这三件事后来都被吸取为戏曲的题材。又如《管晏列传》,对于管仲着重写了管、鲍之交的故事,对于晏婴也只写了识贤、用贤两个故事。此外,作者采取不少传闻、轶事穿插在史传中,都增加了传记的轻松活泼气息。

第四,文笔的高妙与圆熟。我国古代一个优良传统,即无论思想家、政治家还是史家都注重文笔,把著作当作文章写,追求文字的优美动人。司马迁的文笔有极高的艺术造诣,是我国古典散文的典范之一。柳宗元说:"参之太史,以著其洁。"他的文笔首先是简洁传神,善于以极少的文字勾勒出鲜明的情景。如《项羽本纪》写钜鹿之战:"项羽乃悉引兵渡河,皆沉船,破釜甑,烧庐舍,持三日粮,以示士卒必死,无一还心。于是,至,则围王离,与秦军遇,九战,绝其甬道,大破之。杀苏角,虏王离。涉间不降楚,自烧杀。当是时,楚兵冠诸侯。诸侯军救钜鹿下者十余壁,莫敢纵;及楚击秦,诸将皆从壁上观。楚战士无不一以当十,楚兵呼声动天,诸侯军无不人人惴恐。于是,已破秦军,项羽召见诸侯将,入辕门;无不膝行而前,莫敢仰视。项羽由是始为诸侯上将军,诸侯皆属焉。"一场大战,用了不到二百字的篇幅,有正面描写,有侧面烘托,将项羽军的勇锐无前、义无反顾的决心,摇天撼地、势如破竹的战斗,以及使人不能不震惊慑服的声威,都情景逼真地活现在纸上。

司马迁的笔墨还富于色调变化,适应描写各种不同的情景,传达出不同的气氛。如上引写钜鹿之战的文字,前半部分写楚军所向无敌的气势与战斗,多用短句,给人以迅疾腾挪之感,与所写内容妙合无间。后半写楚军令人景仰的声威,句式也加长,有一种迂徐唱叹的气息流溢其中。其他如《项羽本纪》中鸿门宴的紧张气氛,垓下夜歌的慷慨悲凉,《魏其武安侯列传》中灌夫骂座的盛气激昂,《留侯世家》黄石授书的神奇色彩,无不是一种情景,一副笔墨,千姿百态,"变化无方"(刘熙载《艺概》)。这种效果与他笔端饱含感情分不开。刘熙载说:"学《离骚》得其情者为太史公。"鲁迅也称《史记》为"无韵之离骚"(《汉文学史纲》)。他描写一种情景,写一个人物,都将思想感情熔铸进去。《项羽本纪》写盖世英雄,文笔也剽悍劲健,《屈原贾谊列传》写遭逢不偶的文士政治家,笔调也幽抑哀惋,《信陵君列传》歌颂礼贤下士的公子,字里行间充满敬佩之情。

战国时代一些文字已有骈化倾向,如《荀子》《韩非子》。汉初贾谊、邹阳等人文章也不例外。《史记》文字则以散为特色,是最散的文字,少至一字一句,多至十字、二十来字一句,错落有致。其中却含一种诗意美,因为内蕴感情。《史记》识深、事富、词丰、情浓,结想不凡,下笔无拘忌,高屋建瓴,大气磅礴,苏辙谓"其文疏荡,颇有奇气",在雄奇遒逸中疏荡有韵致,摇曳多姿,成为美文。

《史记》及其史传文学在我国文学史上有深远影响。首先,它成为我国古代散文典范之一。唐代韩愈提倡古文运动,以"三代两汉"文章为旗帜,其中《史记》占重要位置。特别在碑志传状类文字中,《史记》成为直接榜样。史传文学对小说影响尤为明显。我国最早有意为小说的唐人传奇,即采用传记体。由于史传是写史,历史的真实场景随时间的推移而消失,人物的心理活动则无据,所以史传多重人物的言行和事件即情节的曲折发展,背景描写简单,心理刻画几乎没有,这些也都成为我国后来小说的基本特色。

《史记》中的人物故事成为后来历史演义小说的题材。在戏曲形成以后,从元曲开始,即取《史记》中故事制戏,其内容见于《左传》等书的不算,仅以汉事说,如金仁杰《萧何追韩信》、李文蔚《圯桥进履》、高文秀《渑池会》等,不一而足。可以说,抛开《史记》,就很难理清我国文学发展的脉络。

第六章　汉乐府民歌

第一节　汉乐府民歌的采集与保存

汉代辞赋繁荣,诗思消歇。沿袭《诗经》的四言体诗,走上枯燥说教的道路,如韦孟的《讽谏诗》等,很少诗意。继承《楚辞》的骚体诗,出现了一些较好的作品,如刘邦的《大风歌》、刘彻的《秋风辞》、梁鸿的《五噫歌》等,但为数不多。在这种情况下,汉乐府民歌以它深厚的社会内容和民歌独有的风貌,填补了汉代诗坛的空白,放射出异彩。

从事理上推论,民歌应是历代不绝的。但它能被记载下来,进入文坛,却要依靠一些特殊的机缘。周代由于制礼作乐,《诗经》中集中保存下来一批民歌。此后间隔数百年之久,至汉才又集中保存下来第二批民歌。这与汉代设置乐府机关有关。汉惠帝时设有"乐府令"。不过乐府官署可以只掌管庙堂乐章,不一定采集民歌。但是到汉武帝时,则有了采集民歌的明文记载。《汉书·艺文志》说:"自孝武立乐府而采歌谣,于是有代、赵之讴,秦、楚之风。"代、赵当今山西、河北地区,秦、楚当今陕西、湖北、湖南一带。但同书中著录的还有云中陇西歌诗、齐郑歌诗、淮南歌诗、南郡歌诗等,则采诗范围还包括今甘肃、山东、河南、江苏等地区,实遍及汉代统治的中心地域。

《汉书·艺文志》著录了歌诗的篇数,没有著录歌辞。最早著录歌辞的,是南朝时沈约所撰的史书《宋书·乐志》。后来宋朝人郭茂倩的《乐府诗集》搜采最为完备,音乐分类也最合理。其中保存下来的两汉民歌约有四十首,主要在《相和歌辞》《杂曲歌辞》和《鼓吹曲辞》中。乐府诗有其曲调名目,也自有其体式特点,后人沿乐府题作诗或模拟其体式,也称为乐府诗。所以乐府为官署的名称也兼为诗体的名称。乐府体诗是我国文学史上重要的一支,唐代还演变出新乐府。

汉乐府民歌是"汉世街陌谣讴"(《宋书·乐志》),汉代社会底层人民的歌唱。它们都是"感于哀乐,缘事而发"(《汉书·艺文志》),真实地反映了汉代人民的生活状况和思想感情,既是当时社会的一面镜子,人民心灵的史诗,又是珍美的艺术品。

第二节　汉乐府民歌中的社会诗

　　汉乐府民歌中,有一部分篇章反映了社会下层民众困苦的生活状况,受压迫和被剥削奴役的地位,以及对不合理现实的愤怨与反抗。如《战城南》《东门行》《孤儿行》等。

　　《战城南》属《鼓吹曲辞》,为《汉铙歌十八曲》之一。《铙歌》歌辞都产生于西汉时期。这首诗通过对无谓牺牲的战死者的哀悼,控诉了穷兵黩武战争的罪恶。全诗分为四段,有层次地写出战场的凄惨景象和歌者心中的怨怒与哀思。

　　从篇首到"腐肉安能去子逃"为第一段,首先摆出一幅令人触目惊心的野战而死的凄惨画面。"水声激激"四句为第二段,描写战后战场的荒凉索寞气象。"梁筑室"以下五句为第三段,控诉战争徭役破坏了人们生产和生活。末四句为第四段,伤叹死者。这首诗在构思上奇特出人意料;章法上腾挪变化,转折不平;描写上情景逼真,气氛浓郁,表现了民间歌者对生活的熟悉和艺术表现上的富于创造性。

　　《东门行》属于《瑟调曲》,写一个男子被穷困逼上反抗道路的故事。诗不是从事情的缘起写起,而是截取主人公已经欲去为非的举动发端,拦腰而起,警动有势。"出东门,不顾归",他毅然走出东门不想再回来了。然而这毕竟是一条危险的道路,不能不有所犹疑。也许又想起家中那多年相伴的妻子和尚未离乳的小儿,他又转身回来了。可是一入门,悲愤又不免兜上心头,罐子里没有几口粮食了,架子上也空荡荡没有可穿的衣服。又愤然"拔剑东门去"。从开篇的出东门到这里的再拔剑而去都没有交代行动的目的,但通过主人公眼中那无衣无食的情景已把它暗示出来了,含蓄有味。主人公的出而又返、返而又往的矛盾情态,也充分展示了官逼民反的情势。下面是这对夫妻的对话,妻子见丈夫铤而走险,不免扯住他的衣服,哭哭啼啼地拦阻说,别人家想过上一点富裕的日子,我只愿意能够跟你安安稳稳地喝上一口稀粥就行了。她既背着沉重的迷信包袱,认为去做越法的事是上天所不容的,又担心丈夫的举动给全家带来更大的灾难,所以提出上看老天的份上,下看小儿的份上,不要干那可怕的事,"上用仓浪天故,下当用此黄口儿"。然而蕴藏在丈夫心中的反抗怒火实在太强烈了,他用一声"咄"斥开妻子,用一个"行"字表示了坚决行动的意志,并且说,现在走已经够晚了,贫困的日子实在没法继续下去了。诗到这里戛然而止,此后的情景与结局都留给读者自己去想象。

这首诗的特出处是通过丈夫的行动和夫妻的对话表现出二人的复杂心理。丈夫铤而走险的犹疑矛盾和妻子那近于苦苦哀求的拦阻语,说明这一对夫妇都是安分守己的良民,但丈夫终于被逼上梁山。通过这一幕情景,诗歌深刻地揭露出剥削压迫的深重和民众饥寒无以存活的境地。

《孤儿行》亦属《瑟调曲》,写孤儿受兄嫂虐待的悲惨遭遇。表面看来,似是一个家庭关系问题,实质上其中的奴役关系,正是封建剥削关系在家庭中的渗透与表现。前三句以总叹孤儿命苦引起,使伤叹孤儿不幸的气氛笼罩全篇。下面分三段具体描写孤儿的苦楚。从"父母在时"至"孤儿泪下如雨"为第一段,写被驱遣经商之苦。以父母在时的情况反跌而起。父母在时是受宠的娇子,乘高车大马。父母一死,便从天堂掉进地狱,成为兄嫂的奴仆。他被役使出外经商,南到九江,东到齐鲁,年终腊月,方得归家,不敢诉说辛苦。"头多虮虱,面目多尘土"两句,有力地表现出孤儿风尘劳顿的苦况。但当他风尘仆仆归来,迎接他的不仅不是接风洗尘,反而是劈头盖脸的一片使令声。大哥让他办饭,大嫂让他视马,他堂上堂下奔跑不迭。歌者很善于选择令人伤心处落笔,既见孤儿的苦不堪言,也见兄嫂的酷虐无情。

从"使我朝行汲"至"不如早去下从地下黄泉"为第二段,承上段"腊月来归"写冬日家务劳役之苦。朝行汲,暮得水,是一种夸张写法,极言汲水之远。寒冬腊月,冰天雪地,身上连件袜衣也没有,脚下连双草鞋也没有。手皲裂了,蒺藜扎进脚掌里。孤儿承担着最繁重最苦的差事,却连必要的生活资料也没有,连长工短工也不如。夏无单衣一句,是由上句冬无复襦连类而及,此段所写是冬日情事。

从"春气动"至"当兴计较"为第三段,承上段冬日劳役而写春夏的劳动。由时序发端,纡徐摇曳而起:"春气动,草萌芽。"在通篇紧张劳作、急促诉苦声中,插上这么悠然的两句,显得变化多姿。下面写从春到夏的农事劳作没有平均使用力量,春月蚕桑一带而过,重点放在六月收瓜;而收瓜又主要截取瓜车翻倒,瓜被人们抢吃一空这一情节,为的是逼出"愿还我蒂"四句。孤儿央告大家将瓜蒂留给他,好向兄嫂交代,至少可以说明确实收了很多瓜,不是没卖力气干活。孤儿战战兢兢的心理,透露出他常受兄嫂的计较和鞭笞。

"乱曰"以下是尾声。孤儿载着瓜蒂还家以后,遭遇如何?上段没再写下去。在"乱"中做了一个含蓄有味的交代:里中一片呶呶喊叫声。这自然是兄嫂对孤儿的大声斥骂了。孤儿的痛苦无可告诉,他很想写封信寄给地下的父母,告诉他们实在没法同兄嫂过下去,这无可奈何的愿望,更深沉地反映出孤儿所处的绝境。

这首诗在内容章法上,正如沈德潜所说:"极琐碎,极古奥,断续无端,起落无迹,泪痕血点,连缀而成。"而音节配合得尤妙。句式用杂言体,参差错落,韵脚或用仄声合口韵,或用平声合口韵,读来有一种吞声呜咽的音调,如泣如诉,内容与音调达到水乳交融的地步。

第三节　《陌上桑》及其他民歌

《陌上桑》属于《相和曲》,也称作《艳歌罗敷行》。这是汉乐府民歌中一首出色的叙事诗,讲述一个采桑女勇敢机智地反击太守调戏的故事。劳动人民通过这个故事塑造了理想的女性形象——罗敷,她美丽、勤劳、勇敢、机智、坚贞而又富于反抗精神。又通过她的行动,对荒淫无耻、横行霸道、欺压良善的丑恶官僚进行了无情的嘲弄。全诗按乐章分为三解,也恰是诗的三个段落。

从篇首到"但坐观罗敷"为第一段,引出女主人公。开端笔势悠然,手法奇妙。从东南方升起的朝阳落笔,随着朝阳的光线引出女主人公的居处——秦氏楼,由居处引出女主人公——罗敷,由罗敷引出女主人公喜好的劳作——蚕桑,由采桑引到故事发生的地点——城南隅。下面便展开对女主人公美貌的描写,为下文太守见色生心埋下伏笔。写罗敷的美貌全用侧面烘托的虚笔,先写采桑筐笼的美,次写发型、首饰、衣着的美,再写人们看见她时的倾倒:挑担子的老人放下担子捋着胡子呆看,青春少年忙着理理头巾希望能博得她一眼顾盼,耕田锄地的壮汉子完全忘掉了手中的活计。没有一句正面写罗敷容貌腰身的美,却使人感到美不胜言,全是虚笔的妙用。其中写老人、少年、耕者的举动,能抓住富有特征性的细节,切合各种人的身份、心理,传神尽相。

从"使君从南来"至"罗敷自有夫"为第二段,写故事的冲突。太守一见罗敷便想占为己有,要罗敷同他共载而归,被罗敷拒绝。事情的矛盾纠葛全是通过罗敷与"吏"及"使君"的对话表现的,既活泼生动,又使人们真切地感受到人物的性情、声口。运用对话表现事件的进程和人物的形象,是民歌的突出特色之一。

从"东方千余骑"到篇末为第三段,写罗敷用夸夫反击太守。因为不只是要压倒太守,还要对他尽情地嘲弄与奚落,所以这一段的笔墨铺张扬厉。因为夸得越凶,嘲弄得越有力,每一句都是浇在太守头上的一盆冷水。罗敷夸夫从丈夫的威势夸起,一路夸下去。千余骑,他是在前头的长官,马是好的,剑也值千金,人又聪明,宦途又顺利,十五做小史,二十做大夫,三十已是侍中郎,四十便是独当一面的地方长官了。直夸到脸是白白的,胡子也漂亮,连行步姿态也是美的,简直无一处不好。这不啻说,你要我罗敷与你共载而归吗?我丈夫比你强得多,你还不配!

《陌上桑》除了叙事描写上的高度造诣外,有三个明显的特点。第一是富于戏剧性。它的主要矛盾冲突是通过人物的直接出场表现的。第二、三两段十分明显。第一段虽无矛盾冲突,美丽的罗敷携篮采桑与行者、少年、耕者对她的倾倒,却也都能神采毕现地交织在一个画面上。第二是充满喜剧的幽默感。它不是一出正剧,而是一出喜剧。首段中写人们对罗敷的倾倒,那种捋胡子呆看,着帩头吸引,忘了手中活计的忘形,以至回家惹得夫妻为此吵架,都是喜剧性的夸张。次段罗敷对吏和使君的答言也充满喜剧幽默色彩。她回答自己的年龄说"二十尚不足,十五颇有余",有自矜自夸之意,与辛延年《羽林郎》中"胡姬年十五"那种正叙有别。她拒绝使君的三句话等于说:"你怎么这么糊涂,你有你的老婆,我有我的丈夫。"同《羽林郎》中胡姬拒绝冯子都调笑的话差别更明显。胡姬说:"贻我青铜镜,结我红罗裾。不惜红罗裂,何论轻贱躯。男儿爱后妇,女子重前夫。人生有新旧,贵贱不相逾。"后者为正辞拒绝,前者却含幽默的嘲弄。末段夸夫更全是喜剧性的嘲弄奚落。所以《陌上桑》不是罗敷的自叙,也不是一般第三人称的客观描写,而是歌者对罗敷故事加以喜剧性的创造,借罗敷的口无情地嘲弄欺压人民的官僚,以发泄人们心中的憎恨情绪。全篇体现了民间特有的那种乐观精神与幽默感。第三在创作方法上,一任感情的奔泻和主观愿望的支配,大胆夸张地创造,决不拘泥字字句句的写实。夸夫更全是空中楼阁,充满浪漫主义的色彩。从这些特点来说,《陌上桑》在汉乐府中是独一无二的,在整个古代文学作品中也是不多见的。

汉乐府民歌中也有反映劳动和爱情生活的,如《江南》《上邪》《有所思》等。《江南》属《相和曲》,写采莲人欢快的劳动。首句说可采莲,着一"可"字说明那里的莲子获得了丰收。采莲是摘莲蓬。次一句却抛开莲蓬,专夸荷叶,荷叶如此茂盛,莲蓬的长势自在言外,构想曲折有味。采莲的自然是采莲女,然而歌者又把采莲女抛开,专咏起鱼来。其实鱼就是采莲女的象征,鱼在莲叶间东西南北游动,也就是采莲船在莲丛中穿梭似的往来。妙在言鱼不言人,便含蓄有余韵。诗中没有说采莲女欢快的心境,这心境全由繁忙轻快的劳动和紧凑明快的音节体现出来。全诗呈现一种曲折表现的美。

《上邪》为《汉铙歌十八曲》之一,写少女火一般热烈、磐石一般坚贞的爱情。开始三句通过一声呼天,将心中的意愿一下子倾倒出来,她要与对方相好,而且永远不会衰竭变化。这喷薄而出的倾诉充分显露出少女心中熊熊燃烧的爱情。"长命无绝衰",文意已足,好像既是开篇,也是结句。但少女的强烈感情推动她从反面申说下去,即从"乃敢与君绝"上讲。她一口气说出五个敢绝的条件:山平了,江干了,冬天打雷,夏天下雪,天地相合恢复混沌。没有一个是可能出现的,所以敢绝就是不能绝。绕了一个弯子,为感情的抒发别辟一条蹊径,妙不可言。

汉乐府民歌反映生活十分广泛,诸如《相逢行》等写富贵人家的生活情景,《悲歌》《艳歌行》等写他乡游子的感怀,《枯鱼过河泣》为劝诫诗,《薤露》《蒿里》则为丧歌。汉乐府民歌艺术上也有其特点和成就。第一,善于叙事,出现一批叙事诗,是我国叙事诗的高峰,达到很高的成就,对后来新乐府叙事有很大影响。以叙事的基本倾向反映社会现实的问题,成为新乐府的基本路数。第二,与《诗经》民歌一样,歌者是实际生活的参加者或目击者,最熟悉生活,所以细节丰富,艺术构思多样,艺术表现富于生动活泼的创造精神。《东门行》《妇病行》《孤儿行》《上山采蘼芜》等,各有各的情事与形态。第三,表现了民歌自身的艺术表现手法。如喜欢铺排,爱用对话,富有幽默感,好袭用成句等。第四,杂言形式,诗句自由。鲁迅说:"诗之新制,亦复蔚起。骚雅遗声之外,遂有杂言,是为乐府。"(《汉文学史纲》)

第四节 汉乐府民歌与汉末五言古诗

汉乐府民歌还推动了五言诗的形成。汉代民歌虽为杂言体,但已有不少完整的五言民歌,如《相和歌辞·瑟调曲》的《饮马长城窟行》,《艳歌行》"翩翩堂前燕",《陌上桑》"日出东南隅"等。文人渐渐模拟,如班固的《咏史》,遂导致文人五言古诗的出现。至东汉末期涌现一批五言古诗。《昭明文选》收有《古诗十九首》,代表了汉末五言古诗的成就。

从这些五言古诗反映的内容看,作者大半是一些低层文士。这些人或者游宦他乡，或者是游学京国，离乡背井，寻找前程，忍受着与亲人别离的相思，经历着世态炎凉，采取这种诗歌形式抒写他们的真实情怀。有表现追求功名的积极进取精神的，如《回车驾言迈》；有表现仕途失意的苦闷与世态炎凉的感慨，如《明月皎夜光》；有由失落而消沉，由消沉转而求及时行乐，表现消极颓唐情绪的，如《生年不满百》；更多则是表现惜别相思之情。或游子的思乡怀土，或游子思妇的相思，或友朋分别的离愁别绪，如《行行重行行》《庭中有奇树》等，都写得真切动人。仅以抒写友朋离情的《良时不再至》为例："良时不再至，离别在须臾。屏营衢路侧，执手野踟蹰。仰视浮云驰，奄忽互相逾。风波一失所，各在天一隅。长当从此别，且复立斯须。欲因晨风发，送子以贱躯。"即将分手，依依不舍之情，无限惋惜之怀，流荡于朴实的字句中，缠绵深挚。浮云的比兴，晨风（鸟名）的设想，都新颖引人。

汉末五言古诗，尤其是《文选》选录的《古诗十九首》有很高的艺术成就。《诗品》评曰："文温以丽，意悲而远，惊心动魄，可谓几乎一字千金。"《文心雕龙》赞其"结体散文，直而不野，婉转附物，怊怅切情，实五言之冠冕也"。这些诗的主要特点：第一，情真，非矫情之作可比。明陈绎曾《诗谱》六："情真，景真，事真，意真。澄至清，发至情。"第二，平易亲切。陆时雍《诗镜》云："深衷浅貌，语短情长。"貌则浅，衷则深，以浅貌表深衷。明谢榛《四溟诗话》云："平平道出，且无用工字面，若秀才对朋友说家常话，略不作意。"所谓"不作意"，即非用心雕琢，而似是自然流出。第三，善用比兴与造境等手段，作形象的表现。陆时雍云："诗之妙在托。托则情性流而道不穷矣。……夫所谓托者，正之不足而旁行之，直之不能而曲致之。情动于中，郁勃莫已，而势又不能自止，或托为一意，托为一物，托为一境以出之。故其言直而不讦，曲而不泞也。"古诗深得托之妙。如"迢迢牵牛星""庭中有奇树"等。因为"托"，非但形象丰满，还有含蓄之妙。张戒《岁寒堂诗话》云："其辞婉，其意微，不迫不露，此其所以为贵也。"第四，自然浑成，非仅有一二警句者可比，有一种整体美。王士禛说："十九首之妙，如无缝天衣，后之作者，顾求之针缕襞襀之间，非愚则妄。"（《五言诗选例》）胡应麟说："随语成韵，随韵成趣；词藻气骨，略无可寻，而兴象玲珑，意致深婉，真可以泣鬼神，动天地。"（《诗薮·内篇》卷二）

从汉代民歌发展出来的五言诗，使一种新诗体扎根文坛，开启了建安以后五言古诗发展的时代。

第二编 魏晋南北朝隋唐五代文学

概　说

魏晋南北朝至隋唐五代是我国社会继两汉的统一帝国之后,经历一个较长时期的分裂,又重新走向统一的时代。魏晋南北朝是长期分裂时期,隋唐则是重新统一和发展时期。五代处本时期之末,由短暂的分裂走向宋的统一。

魏晋南北朝时期,从公元2世纪末到6世纪后期,共约四百年。在社会状况方面有如下一些特点。

第一,社会长期处于分裂状态。由汉末大乱,渐至魏、蜀、吴三国鼎立,后经西晋的短暂统一,又进入南北的长期对立。南中国经历了东晋、宋、齐、梁、陈五朝,北中国为少数民族统治者所据。经过"五胡十六国"的纷争,北魏一度统一,后又分裂为东、西魏,继而分别为北齐、北周代替,至隋统一。由于分裂割据,战乱多,社会动荡大,人民生产、生活不得安定,兵役、徭役、赋税负担都超过统一的时代,广大人民经受着更为深重的苦难。

第二,在政治上,汉末魏初中小地主势力有所抬头,但西晋以来逐渐形成士族门阀制度。少数门阀士族维持一个高贵的族姓圈子,垄断政权,形成"上品无寒门,下品无士族"的局面。门阀士族占有大量财富,过着豪华奢侈的生活,把持着高位,却以清谈玄理、不问世务为高,突出地表现了寄生性。这是统治层最少作为的时代,他们压抑寒门庶族的才华之士,束缚一切创造性的发挥,也加剧了统治阶级内部寒门与士族的矛盾。北中国由于落后于中原文化的少数民族统治者入侵,加深了民族压迫,也打断了封建文化的正常发展进程。

第三,思想领域较为自由。汉末大乱,适应现实的需要,名、法、兵、纵横诸家思想兴起,打破了汉代儒家独尊的局面。魏晋以后,以道家思想为核心的玄学发展成为思想学术的主流。同时佛教也开始盛行,不仅佛寺众多,也出现一些对佛学有很深造诣的高僧,翻译佛经,为士大夫们喜闻乐道,成为清谈玄理的内容之一。思想的松动,为文化发展创造了较好的环境与气氛。

从文学上看,魏晋南北朝时期也具有自己的特色。首先,对文学表现出更高的自觉。这一时期,文士和文学的地位都比汉代有了提高。文士增多,创作数量增大,文学还开始成为人们研讨的对象,出现一系列文学批评和文学理论著作,如曹丕《典论·论文》、挚虞《文章流别论》、陆机《文赋》、刘勰《文心雕龙》、钟嵘《诗品》等。文学观念也更趋明晰,显著的如萧统编辑《文选》将"不以能文为本"和"事异篇章"的经、子、史类排除在外,专录"事出于沉思,义归乎翰藻"的合于文章概念的作品。范晔《后汉书》则专立《文苑传》,将文人与其他人才区别开来。

其次,与重视文学本身的特性相关,个性化、抒情化成为文学发展的基本倾向。因此,诗歌是本时期成绩最显著的文学门类。在我国文学史上,这是五言古诗蓬勃发展的时代,承汉末五言古诗的发展,牢固地树立了它在文坛上的地位,并经由建安时期慷慨悲凉的歌唱,到阮籍的《咏怀》、左思的《咏史》、郭璞的《游仙》、陶渊明的田园、谢灵运的山水,纷呈异彩,创造了多种多样的风格。同时七言古诗也在本时期登上文坛,经由曹丕、鲍照的努力而定型,梁、陈时期得到发展。南北朝民歌则分别提供了五、七言古绝句的形式,为文人所吸取。南朝齐永明时期,沈约把汉语的四声运用到诗歌声律上,提出"四声八病"之说,创立了"永明体",是后来律诗、绝句等近体诗的前奏,所以本时期也是诗歌体制日趋丰富的时代。

诗歌之外,赋仍是本时期文学的大宗,其中出现一些抒情咏物小赋的名篇,如王粲《登楼赋》、鲍照《芜城赋》、江淹《别赋》、庾信《哀江南赋》等。文则向骈文方向发展。骈文讲求句式对称、辞藻华丽、用事精巧、音韵优美,是一种美文形式,也出现一些名篇,如孔稚珪《北山移文》、庾信《哀江南赋序》等。但骈文也常常表现出一种重形式轻内容的倾向。此外,本时期笔记小说盛行,分志怪、志人两类。志怪类记述神鬼怪异故事,与本时期宗教迷信思想盛行有关。其中一些民间故事传说颇为动人,代表作有干宝的《搜神记》;志人类记述人物轶事琐闻,与当时品题人物、清谈玄理的风气有关,比较集中地反映了士族生活习尚,代表作有刘义庆的《世说新语》。

最后,从本时期文学创作总体来说,艺术上的创造、发展和开拓较为突出,贡献较大,社会内容相对较为单薄,主要是由于士族文士远离社会现实,只偏重于艺术的追求。这一时期中成就较突出的是:汉末建安和魏末正始时期的文学，都反映了各自时代的现实和政治；左思、鲍照的诗歌抒写了对门阀制度的不平与抗争，陶渊明表现了对腐朽现实的鄙薄和对理想社会的憧憬，他的田园诗独开一派并达到艺术上的化境，在我国文学史上占有重要地位；谢灵运、谢朓创造了一些优美的山水诗；庾信晚期作品表现了深沉的故国乡关之思。

隋唐五代时期，从公元 6 世纪后期至 10 世纪中叶，亦将近四百年。隋代立国很短，前后只有三十多年。代隋而起的唐朝是我国封建经济高涨和社会繁荣时期，也是我国古代文学发展中的光辉灿烂时期。唐代由于接受隋末农民起义的教训，采取缓和阶级矛盾的政策，实行均田制，有力地促进了封建经济的发展。人民生活安定，物资富足，杜甫说："忆昔开元全盛日，小邑犹藏万家室。稻米流脂粟米白，公私仓廪俱丰实。"在农业发达的基础上，手工业、交通运输业、商业也得到较快发展，促使城市经济繁荣，市民阶层扩大。对外来说，国势强盛，唐代势力所及东至朝鲜半岛，北至蒙古，西至中亚，南至中印半岛。李白说"一百四十年，国容何赫然"，这给予人们极大的鼓舞，对前途充满展望。唐代由于国势强盛，疆域广大，交通发达，国内各民族和中外交流增多。当时与唐通商的有高丽、日本、天竺、大食以及东南亚、中亚等地四十多个国家，因此能广泛吸收西域及外来文化，音乐、绘画、建筑、雕塑等各种艺术都有新的发展，文化极为繁荣，对文学的发展有着良好的影响。在学术和思想领域，唐承六朝儒家思想不振之后，思想政策仍比较自由，儒、释、道三教并行不悖。唐代尊老子为玄元皇帝，设崇玄馆，生徒可以学道家经典以应贡举。唐太宗和高宗时，曾分别派玄奘和义净赴印取经多部，佛经翻译以及寺院、僧徒都有显著增加。同时也崇儒，立周公、孔子庙于国学，封孔子为先圣，使孔颖达等人撰定五经《正义》。思想领域比较自由，使作家能吸收各家思想影响创造多种多样的艺术风格。此外，唐代实行均田制的结果，培植了中小地主阶层的发展；在选举制度方面，实行科举制，也便于中下层知识分子走上政治舞台和登上文坛。门阀制度逐渐衰落了，"旧时王谢堂前燕，飞入寻常百姓家"（刘禹锡《乌衣巷》），文学由士族文士转到寒门布衣之手。后者具有一定程度的平民思想感情，为文学接近社会生活创造了条件。

唐代文学在上述有利条件下获得了辉煌的成就。诗歌达到了古典诗歌的高峰。《全唐诗》收录作者二千三百余人，录诗近五万首，不仅数量多，而且质量高。唐人在六朝人创造的基础上，完成了近体诗即格律诗的创造。至此古诗各体形式皆已完备。唐代诗人伴随唐代历史的发展，运用多种形式反映广阔的社会生活,形成各种流派,内容丰富,风格多样。经过初唐对六朝浮靡诗风的扫荡,在盛唐国势蓬勃发展的基础上,出现了以王维、孟浩然为首的山水田园诗派和以岑参、高适为首的边塞诗派。伟大的诗人李白标志了盛唐浪漫主义诗歌的高峰。玄宗后期政治的腐败与继之而来的安史之乱成为唐代历史的转折点,此后中央统治力量削弱,地方有藩镇割据,内廷有宦官专权,朝堂有朋党之争,边地则有少数民族统治者的内扰。这种客观形势为现实主义诗歌发展准备了条件,伟大的诗人杜甫成为现实主义诗歌潮流的开山,其后中唐时期有以白居易、元稹为首的新乐府运动。此外,韩愈、李贺、杜牧、李商隐等各以独特的风格为唐诗增添了光彩。

诗歌新乐府运动发展的同时,以韩愈、柳宗元为首的中唐文人倡导了古文运动。古文运动打破了骈文的统治,恢复了先秦两汉的散文传统,并于先秦两汉基本上属于子、史的散文之外,创造了多种体裁的文学性散文,掀起了我国散文的第二个发展高潮。在古文运动和市民文艺的影响下,继六朝笔记小说之后,唐代小说获得了飞跃发展,出现了传奇。唐人传奇有意为小说,标志真正意义的小说步入文坛。随着市民阶层的扩大,唐代又是通俗文学的发端时期。如说唱形式的变文和早期的话本等,直接影响到宋以后通俗文学的发展。同时一种新的音乐文学形式"词"也奠定了基础,在唐末五代时期达到了艺术上的成熟。

唐代文学的辉煌成就不仅在我国文学史上占有重要地位,而且对相邻的一些亚洲国家也有很大影响。

第一章　魏晋诗歌

魏晋时期，赋和文也有一定的成就。赋如王粲的《登楼赋》、曹植的《洛神赋》，都是脍炙人口的名篇。文如嵇康的"师心以遣论"的文章，思想新颖而富于辩难和批判锋芒。他的《与山巨源绝交书》尤其具有浓厚的文学意味。但是总体看来，仍以诗歌成就为最突出。魏晋诗歌大体上可以分为建安、正始、两晋三个时期。

第一节　建安诗歌

建安是东汉献帝的年号，从公元196年至公元220年。建安诗歌指以这一时期为中心的汉末魏初的诗歌。这一时期正是社会大动荡的时代，东汉帝国在黄巾大起义的打击下名存实亡，形成群雄割据的局面。经过一段激烈的军事斗争，逐渐由曹操统一了北方，与此同时，吴、蜀分别据有了东南和西南地区，形成三方的对峙。公元220年曹丕代汉，正式进入三国时期。

建安诗人主要是曹操父子和围绕在他们周围的文士，有"三曹""七子"和蔡琰等。他们都亲身经历了汉末的动乱，亲眼看到了社会的深重苦难，又都有重整乾坤的志怀，企盼新的统一和安宁。他们直接继承汉乐府"感于哀乐，缘事而发"的现实主义精神，在汉末思想领域比较解放的条件下，自由地抒写所见所触所感，既反映了动乱的现实，又表现了理想的追求，慷慨悲凉，具有时代精神和独特的风貌。其中地位重要成绩突出的是曹操、曹植。

曹操（155—220）字孟德，沛国谯（今安徽亳县）人。他在汉末大乱中，政治上有开创性，兴屯田以解决兵食，抑兼并以缓和阶级矛盾，唯才是举以聚集人才，不断壮大力量，统一了北方。在文学上同样富有创造精神，开辟建安诗歌新风气。他不沿袭汉代诗歌的老路，直接向汉乐府学习，作乐府诗,又不受古题古意的束缚,汲取其"感于哀乐,缘事而发"的精神,"用乐府题目自作诗","叙汉末时事"。如《薤露行》《蒿里行》本来都是挽歌,他却用来写董卓入京作乱和关东州郡起兵讨伐董卓的汉末重大政治事件。后一诗中说:"铠甲生虮虱,万姓以死亡。白骨露于野,千里无鸡鸣。生民百遗一,念之断人肠。"是汉末割据混战所造成的惨象的一面镜子。这些代表了曹操诗歌大胆反映现实的一面。

　　曹操的《短歌行》和《步出夏门行》中的《观沧海》《龟虽寿》等,则表现了他高远的志怀、坚定的信心、卓绝的毅力和雄伟的气魄。代表了抒写理想和追求的一面。《短歌行》是一首宴饮诗。全诗通过宴饮娱宾的歌咏,倾吐作者思贤、敬贤的心情和网罗天下英才、重整乾坤的雄心壮志。章法上每四句为一节,每两节构成一相对独立的单元。

　　首二节抒写忧思慷慨的心情。诗人面对娱宾的宴饮,没有沉湎在宴饮的美酒清歌中,而是触发起"人生几何"的深沉感慨。像朝露一样短暂的人生,而又"去日苦多",逝去的日子太多了,短暂的人生中又面对短暂的余生,将时光紧迫感凸显在纸上。它是一个悲叹的低调。但只是悲伤,并非颓唐,因而引发出第二节激昂的情绪,提出"慨当以慷"。《说文》段玉裁注云:"慷慨,壮士不得志于心也。"慷慨是有志之士抱负未得伸展所引发的激昂情绪。这就隐微地表明了第一节感慨人生苦短的含意,实乃是志士珍时惜逝的情怀。正是这样,诗人的忧思是很难排遣的,通过借酒浇愁的描写,使我们真切地感受到诗人忧思的深度。诗人在《秋胡行》中说:"不戚年往,忧世不治。"并非伤叹年华流逝,末日将临,而是忧虞天下还没有恢复太平,重新获得统一安宁。"慷慨"这种特定的感情正呈露出这样的内涵。因此很自然地引入下文三、四两节渴思贤才与礼遇贤才的描写。如果说第一节的伤叹是一个低调,那么第二节的慷慨则是亢扬的高调,形成一个抑扬。

　　三、四两节写渴思贤才与礼遇贤才。第三节抒发未得英才时对英才的系念,开端两句全用《诗经》成句。《诗经·郑风·子衿》:"青青子衿,悠悠我心,纵我不往,子宁不嗣音。"诗人移用前两句,不仅恰切地表现了诗人思念之怀,而且隐含《子衿》中下两句之意,企盼对方的回应,丰富了诗语的内涵。"沉吟"就是低声吟咏《子衿》诗,说"至今",大有"君"不来则沉吟不止的味道,渴思的殷切真诚充溢字里行间。第四节写已得英才后宴饮的欢乐。全部移用《诗经·小雅·鹿鸣》中的成句。《鹿鸣》本是宴饮嘉宾的乐歌,移用来颇自然和谐。这四句以鹿鸣呼朋引类兴起以笙瑟娱乐嘉宾,形象动人,感情丰满。《鹿鸣》此下四句是:"吹笙鼓簧,承筐是将。人之好我,示我周行。""示我周行"是指给我通畅的大道,这正是作者期待于英才的,诗人也显然在隐用其意,或者说希望引起人们这方面的联想。这两节一从渴思上写,一从礼遇上写,一忧一喜,又很自然地形成一个抑扬起伏。

接下去五、六两节承既得嘉宾进一步生发。第五节写英才难得。"明明如月,何时可掇?"诗人使用了一个构想奇辟的比兴,使诗如奇峰突起,新颖引人。明明之月,皎皎可爱,但什么时候能把它摘取下来呢?比喻英才虽令人景慕,却不是可以轻易得到的。所以"忧从中来,不可断绝"。这四句又是一个低抑的调子。后四句一转,然而英才竟然越陌度阡,远道屈尊而来存问,相逢叙旧,置腹谈心,胸中还回荡着旧日的交谊,喜得嘉宾之情溢于言表。这四句在情绪上又是一个高扬,与上四句自成一个开合。

诗末的七、八两节,作者端出自己的胸襟怀抱。仍分两层。第五节意在勾勒出动乱中英才四散的情景,全出以比兴,在一幅鲜明的画面中将旨意生动地体现出来。"月明星稀"以月与星的对衬写出月色的明亮。乌鹊入夜应当栖息,午夜犹飞,说明受骚扰而不得安于巢,正像动乱中英才不得安宁一样。树木是有的,但应择枝而栖,究竟何枝可依呢?所以绕树三匝,不能贸然托足。诗人在这里给英才留下一个问题:应择主而事。这一节的形象包孕着时代的典型特征,不是对时代有深刻敏锐的感受和巨大艺术概括能力是做不到的。第八节可以说是对第七节的一个回答,隐隐然就是说作者这一枝是可以托足而栖的。不过表现得很含蓄,诗人只是表示要像周公那样虚心纳士,以使天下英才倾心。开头的两个形象的比喻"山不厌高,水不厌深",大大增强了后面诗句的力量。其构思则来自《管子·形势解》的启示:"海不辞水,故能成其大;山不辞土石,故能成其高;明主不厌人,故能成其众。"诗人熔冶为诗句,更简洁明快而富于感染力。这两节隐含一问一答,章法上又自成波澜。

这首诗表意是曲折的,诗人的壮志追求寓于思宾燕饮之中。抒情是浓郁的,感情激荡,起落不平,从压抑慷慨开始,回旋到富有展望和追求结束,好像登盘山道,千折百回,终至顶端。章法则一低一昂,一开一合,抑扬有致。堪称抒情诗中的佳篇。

他的《观沧海》写于北征乌桓胜利归来的路上,融情入景,作者囊括四海、并吞八荒的博大胸襟体现在雄浑浩瀚的大海形象中。它也是我国文学史上第一首比较完整的山水诗。

曹操的诗能表现出他的个性,有政治领袖人物的胸怀与气魄。敖陶孙说:"魏武如幽燕老将,气韵沉雄。"是建安时期文学抒情化、个性化结出的硕果之一。

曹植(192—232)字子建,曹操之子,是建安文学中成就最高的作家。《诗品》称之为"建安之杰"。他前期生活顺适,二十岁即封平原侯,随父亲曹操创业,培养了强烈的功名事业心。后期则完全陷入逆境。曹操死后,曹丕代汉自立,对宗室诸王防范极严。曹植因为"以才见异",尤遭曹丕的猜忌,他的党羽被剪除,又屡遭贬爵和徙封,虽位为王侯,有同囚犯,动辄得咎。特别是被剥夺了任何从政的权力,和他的急切用世之心形成尖锐的矛盾。

曹植活动的时代,已是天下三分时期。作品中较少汉末动乱的影子,主要是抒写雄心壮志,这是建安时期追求建功立业、重新统一天下的积极精神的继续与发扬。《白马篇》是这一主题的代表作。这首诗塑造了一个勇往直前、为国献身的少年英豪形象,寄寓了作者的壮怀。诗的结构颇见匠心,形象也塑造得比较丰满。

不过他的壮心只能落空,客观形势注定他只能成为统治阶级内部矛盾的牺牲品。所以诗歌的另一重要内容是揭露统治阶级内部的矛盾。《野田黄雀行》通过少年救雀故事寄寓了自己无力保护僚友的悲慨和对迫害的反抗情绪。《赠白马王彪》在反映诗人后期境遇方面尤为突出。诗写于黄初四年(223),这一年诗人同任城王曹彰、白马王曹彪一同到京师朝见魏文帝曹丕,曹彰暴卒于京师,据《世说新语》记载实为曹丕所害。七月,诗人与曹彪同路东归,又遭监视官吏的横暴干涉,不准同行,于是愤恨地写下这首诗与曹彪告别。诗分七章,每章各有侧重的内容,七章蝉联而下,将纠结在心中的复杂的感情淋漓尽致地抒发出来。

第一章写离京的眷恋之情。这种感情通过舒徐的语调和归路的艰阻难行表现出来,使人强烈地感受到诗人那行步迟迟的神态。他的顾恋京城固然是希望母子兄弟能聚首,更重要的是希望能居处京师,立身朝廷,在政治上有所作为,他的恋京感情实包含着政治上的压抑感。第二章写陆路的艰难,是前章"怨彼东路长"的延伸,犹如眷恋哀惋的余音,袅袅绕梁。第三章是对干预同行的有司的指斥。"玄黄犹能进,我思郁以纡",与上章承接转换,巧妙自然。马病还可以继进,忧怀却不可开解,因为兄弟同行的情谊都不得展布。诗人用鸱枭揭露"有司"总是给人带来不祥,用豺狼揭露他们凶狠专横,用苍蝇揭露他们变白为黑。诗人说"谗巧令亲疏",是他们的谗言蒙蔽了曹丕,使得骨肉不能亲密,诗人的话只能说到这里,过此便超越君臣之分了。第四章写对骨肉的相思之情和离居的孤寂之感。不用直抒己怀的写法,而通过感时触物借景抒怀。秋风寒蝉,旷野黄昏,在这一片萧条空旷、黯淡凄清的景象中,归鸟投林,孤兽索群,无一不深刺作者的心,把他与骨肉同胞隔离的孤独感、相思情最有力地烘衬出来。第五章写对暴卒于京师的任城王曹彰的悼念。诗人特别渲染了曹彰之死的凄凉:"奈何念同生,一往形不归。孤魂翔故域,灵柩寄京师。"突然之间同胞兄弟便死去了,只有孤魂飞向故土,尸身还留寄京师,既表现了诗人深沉的哀悼之情,也寄寓了极其不平心绪。由曹彰的瞬即逝去联想到自身,也不禁为年在桑榆而伤叹不已。诗人本年不过三十出头,已有如此浓重的迟暮之感,可见其心境的衰飒。第六章写与白马王彪的生离之慨。本来痛苦至深,悲怀难解,却强打精神做豪言壮语的宽解:大丈夫志在四海,万里犹如比邻。只要恩爱之情不衰,虽远而情分日深,何必一定得同居共处才能展布情怀呢?因分别而忧思成疾,岂非儿女情长,英雄气短!这一番宽解可算振振有词。然而到底抹不掉心头的悲酸:"仓卒骨肉情,能不怀苦辛!"还是苦辛压倒了豪迈,骨肉情冲夸了英雄气。好像共同遭遇了伤心事,却竭力劝对方减哀,然而说着说着自己却忍不住号啕起来。陈祚明说:"人情至无聊之后,每有此强解语。强解者,其中正有不能解之至情也。"(《采菽堂古诗选》)第七章写与白马王彪的诀别。天命是可疑的,善未必即有善报;神仙之说是不可信的,虚无求仙从来没有什么结果!真实的现实是:"变故在斯须。"如任城王的暴卒。有谁能必保百年之期乎?"离别永无会,执手将何时?"这生离一似死别之怀,并非一种夸张。魏时对诸王设禁甚严,不准诸王间自由往还,是这种特定境遇所产生的特定感情。

这是一首在我国文学史上少见的独具一格的抒情长诗。首先,内容丰富,诗人对任城王暴卒敢怒而不敢言的深沉悼念,对白马王生离一似死别的骨肉至情,对监国使者苛虐对待诸王的无比愤怒,都一股脑儿倾泻在这首长诗里。其次,抒情楚楚动人。虽然拘于当时的形势和君臣的名分,叙事上隐约其事,抒情上也不能恣意纵情,但以低回哀怨之笔写出了吞声饮泣之悲。第三,以抒情为主,兼及叙事,衬以写景,三者交互映衬,彼此兴发,形象鲜明,气氛浓郁,而笔墨、场景变换多姿。第四,诗用顶真格,每章末二字与下章首二字重叠,章章蝉联,回环而下,衔接自然,有如贯珠,音节回环流转,与感情的缠绵妙合无间。

建安诗歌除曹操、曹植外,曹丕的《燕歌行》是最早的完整的七言诗,对七言诗的创立做出了贡献。王粲是"七子之冠冕",以《七哀诗》《登楼赋》著称。蔡琰的《悲愤诗》写自身的悲惨经历,反映了妇女在汉末动乱中独有的深重苦难,是文人中少有的五言叙事长篇。

建安诗歌在我国文学史上占有重要地位,它发扬汉乐府民歌的现实主义传统,深刻地反映了自己的时代,有个性化、抒情化的明显倾向,它形成了"建安风骨"的优良传统,和"诗骚"传统一样,常被后来的文学革新运动举为旗帜,在文学发展历史中起着良好的推动作用。它大量采用新兴的五言形式,为五言诗打下坚实的基础,从此开始了五言古诗蓬勃发展的时代。

第二节 《焦仲卿妻》

继汉乐府民歌杰出的叙事诗《陌上桑》之后,建安时期又出现两篇叙事杰作,一篇是蔡琰的《悲愤诗》,一篇即《焦仲卿妻》。这首诗最早见于南朝徐陵编辑的《玉台新咏》,题为《古诗为焦仲卿妻作》,作者题"无名人"。徐陵把它看作是佚名作者写的一首古诗。宋人郭茂倩编《乐府诗集》将它收入《杂曲歌辞》,题目简化为《焦仲卿妻》,则视为一首乐府诗。后人习惯取其首句为题,称《孔雀东南飞》。从文笔风格上看,它当是一首民歌而经文人的加工润色。诗前小序说诗中故事发生于"建安中","时人伤之,为诗云尔"。其初始的创作当在建安或建安稍后时期。诗写一个封建礼教摧残下的婚姻悲剧,刘兰芝嫁给庐江府小吏焦仲卿,夫妻感情很好,但不得婆婆焦母的欢心,被驱遣回娘家。夫妻二人本来商定暂避锋芒,再图长远计较,可是兰芝归家后又被兄长逼婚,断绝了复合的希望,遂双双殉情而死。

这首诗深刻地揭露了封建礼教摧残青年男女爱情婚姻幸福的罪恶。焦仲卿、刘兰芝二人情投意合,本可以恩爱美满的生活下去,却遭到粗暴的蹂躏,摧残首先来自焦母。兰芝不中婆婆的意,便犯了封建礼教中妇女的"七出"之条。《大戴礼记·本命》说:"不顺父母,去。"《礼记·内则》也说:"子甚宜其妻,父母不悦,出。"封建社会中娶妇是给公婆找媳妇,而不是为丈夫娶妻子。只要公婆不合意,媳妇便失去了在家庭中驻足的地位。兰芝终于被休弃回家。接着而来的打击是刘兄。封建婚姻,当事男女没有自主权,要凭"父母之命,媒妁之言",在封建家长制中,父死,长男便是主权的继承者。兰芝死了父亲,她的命运就握在兄长手里。兰芝归家,仲卿私下与她约定,过些时再设法接回。这前景本已很渺茫,刘兄的逼婚,却使二人立即断绝了一切希望。在仲卿、兰芝面前,不是向礼教屈服,便是牺牲自己。他们选择了后一条路,以殉情表示了对爱情的忠贞和对封建礼教的抗议。他们的行动闪烁着反抗的光芒。

这首诗共三百五十句,一千七百余字,在叙事诗中,篇幅之长不仅前无古人,后世也稀见。艺术上也取得了多方面的成就。首先,它成功地塑造了几个鲜明的人物形象,如男女主人公及焦母、刘兄等。这些人物既是一定社会类型的代表,又有独自的个性,成为有血有肉的活生生的人物。如刘兰芝与焦仲卿同处受迫害的地位,也都忠于爱情和有反抗精神,但比较起来,兰芝头脑更为清醒,对客观形势看得分明,不大存有什么幻想,性情刚毅,行动果决,反抗性更为强烈。她在焦家从切身体验中认识到"非为织作迟,君家妇难为",便主动提出"遣归"。当仲卿嘱咐她暂且归家,避过一时再来迎娶,她也不抱多大希望。她知道无过而被驱遣,"何言复来还"!当她受到兄长逼婚,深知这个"性行暴如雷"的人物是不会任自己主张的,便毅然回答:"处分适兄意,那得自任专。"兰芝是富有感情的,她对仲卿的爱,对小姑的亲热,都是最好的说明。但当不幸来临时,她看得清,拿得定主意,绝无幻想之心,犹疑之态。焦仲卿也忠于爱情,从他以死殉情来说,反抗精神也不下于兰芝。但他较多幻想,个性略为罢软,处事优柔寡断。当他听到兰芝倾诉不堪驱使的情况后,便想去说服母亲,受到母亲一顿申斥后,虽然当面表示"今若遣此妇,终老不复取",态度很坚定,但仍遵命遣妇。他劝慰兰芝暂时忍受些委屈,又把希望寄托于渺茫的未来。事实上,他的希望、期待、幻想,一个个被现实击得粉碎。总之,人物有独特性格风貌,各具一副面目。

　　诗虽长,也不同小说,篇幅毕竟有限,人物形象刻画的鲜明,除从行事的态度、举动的细节上表现外,得力于个性化的语言。它能以较少笔墨传出较分明的个性色彩。如焦母的语言,当仲卿向她申辩兰芝并无偏邪行为时,她断然驳回道:"何乃太区区!此妇无礼节,举动自专由,吾意久怀忿,汝岂得自由!"仲卿表示一定要遣归便终身不娶,她更"搥床便大怒",呵斥道:"小子无所畏,何敢助妇语。吾已失恩义,会不相从许!"那种蛮横无理、专断寡情、自尊自是的品性都从语言的声口中活现出来。

　　其次,故事情节安排得引人入胜。作者对情节做了精心的剪裁,所取情节,或者具有尖锐的矛盾冲突,或者充溢真情蜜意,或者显示情事的紧张发展,无不具有牵系人心的力量。如诗的开始在两句起兴之后,并不平铺直叙地介绍兰芝是怎样女子,她怎样嫁到焦家,如何操劳,又如何遭到婆婆嫌厌,而是从兰芝向仲卿倾诉焦家的媳妇难做,请求遣归开始,一下子就进入矛盾冲突和戏剧性场面,而上述的一切都在倾诉中简洁精粹地表现出来。全诗情节的发展,很少用枯燥叙述的笔墨,而是通过一幕幕生动场面的转接体现出来。从开篇兰芝向仲卿倾诉起,接下去仲卿向母分辩求情,仲卿与兰芝议定暂归之策,兰芝与婆母小姑辞别,仲卿相送路旁与兰芝互誓,兰芝至家生母的惊怪,县令、太守为其子求婚,刘兄的逼婚与兰芝的佯允,太守家备办喜事,仲卿闻变对兰芝的误责,二人之以死相誓,仲卿辞母,直至双双殉情,无不显现在历历如见的生动情景中。而每一关节性的情景之后,总给人留下一种悬念,诱使人们寻根觅委。所以诗虽长,并不使人感到冗沓,读来津津有味。

再次,充分体现了民间叙事诗的艺术手法特色。首先是大量使用对话,诗中的对话占篇幅的大半。这些对话使人们直接接触到人物的性情、神态、声口以及人物间的纠葛,生动活泼。其次是铺排的笔墨。如开头的自述:"十三能织素,十四学裁衣,十五弹箜篌,十六诵诗书。"实际生活中的情事不会如此次第井然,但经如此集中铺排,女主人公的手勤心巧、多才知礼的形象写得色彩更为浓烈。其他如兰芝辞别婆婆时装束打扮的一段铺排,使兰芝的美貌留给人深刻的印象。又如太守府备办迎亲一段,如果不是用铺排的笔墨,很难那样有力地传出富贵豪华的气象和红火热闹的气氛。此外,诗不避粗俗的描写,反而更真切传神。如写焦母"捶床便大怒",写刘母"阿母大拊掌"等,后来杜甫学习这一点,给他诗中有些叙事片断添加无限活趣。

最后,浪漫主义手法的运用。主要表现在诗的结尾上。二人殉情后,合葬于华山旁,所植松柏梧桐,都像得了人气,相亲相近,"枝枝相覆盖,叶叶相交通"。不仅如此,其中还出现一对鸳鸯,夜夜相向鸣叫到五更,想象丰富优美,充分表现了人们对男女主人公的同情,对他们不灭的意志的肯定,以及希望他们得到幸福的热诚愿望,并在幻境中向封建礼教示威。这使这首诗成为现实主义与浪漫主义相结合的杰作。

蔡琰《悲愤诗》与无名氏《焦仲卿妻》的出现,表明建安时代还是我国文学史上叙事诗的高潮时期。当然我国叙事诗始终没有得到长足的发展,唐以后市民文学兴起,用韵文叙事转移到说唱文学中发展去了。

第三节　正始、两晋诗歌

建安之后,正始文学在文学史上占有一定地位,被后人称之为"正始之音"或"正始风力",也曾对后世文学起过良好作用。正始的代表作家有阮籍(210—263)和嵇康(223—263)。嵇康主要成就在散文,阮籍则以八十余首《咏怀诗》著称。阮籍,字嗣宗,陈留尉氏(今河南开封)人。因做过步兵校尉,人们亦称其阮步兵。

正始是魏废帝齐王曹芳的年号（240—249），从这时开始，魏国进入后期。当时曹魏新贵族势力日趋腐朽，而旧豪门世族势力的代表司马氏则开始了激烈的争夺政权的斗争。司马氏从嘉平元年（249）发动"高平陵"之变，掌握了大权，此后每隔二三年便进行一次征伐和诛杀，摧毁曹魏势力，铲除异己，政治空气十分恐怖。

阮籍卒于司马氏篡魏的前二年，经历了易代之际的残酷斗争的全过程。他既不满意曹魏贵族的腐朽，也不满意司马氏的横暴与篡夺行径。他以狂放醉酒作为避世的手段，与司马氏维持一种表面的关系，内心是很痛苦的。他常一个人驾车出游，任其乱走，到了无路可行的地方，便痛哭而返。这种穷途之哭，反映了他深沉的苦闷。他还曾登广武，观看刘邦与项羽争战的地方，叹道："时无英雄，使竖子成名！"说明他对司马氏也不瞧在眼里。他又能做青白眼，对礼俗之士只给白眼，见志同道合的人才现青眼。说明心里是爱憎分明的。另一方面，他亲眼看到儒家的名教实际上是给权势者利用去作恶，如司马氏一面鼓吹名教，一面干篡位勾当，便更多吸取老庄思想以批判名教和礼法之士的虚伪。如在《大人先生传》中说："君立而虐兴，臣设而贼生。坐制礼法，束缚下民。欺愚诳拙，藏智自神。""假廉而成贪，内险而外仁。"阮籍把他在恐怖的政治环境中埋在心底的追求、批判、爱憎、愁苦、怨怒通过诗歌曲折地表现出来，这就是著名的八十多首《咏怀诗》。这些诗非一时所作，都是有触于现实而发，包含丰富的内容，或批判魏国后期政治的腐朽，或暴露司马氏的恐怖统治，或歌咏超群拔俗的人物借以抒发自己的高远志怀，或颂扬节义之士以寄寓对司马氏的反抗情绪，或讥刺礼法之士的虚伪，或抒写内心的孤寂苦闷；其中也有找不到出路的消极颓唐情绪以及人生无常的幻灭之感。总之，全面地反映了作者的思想感情。每首诗均有其具体内容和主旨，而不具体命题，笼统题为"咏怀"，也与恐怖政治下避人耳目有关。

《咏怀》其一"夜中不能寐"，反映了诗人在当时处境中特有的孤独苦闷的心境，在清风明月的夜晚，他不能安寝，显得那样凄凉、孤寂。只有号鸣不得安处的孤鸿、翔鸟，才与诗人的心灵相应。他徘徊寻觅，却看不到任何出路和希望。《咏怀》其三"嘉树下成蹊"，更明确地勾画出现实形势和表明诗人心志。首四句从风物写起，言自然事物有盛衰，桃李春日争艳，万物经秋凋零。写桃李的繁荣，用《史记》所引谣谚"桃李不言，下自成蹊"铸造成句。给人一种盛时熙熙攘攘、人来人往，衰时冷冷清清、索寞萧条的强烈感受。隐喻曹魏的今昔的形势，比附入微。五、六两句转入人世。和自然一样,人世也盛衰相继,昔日华堂,今日草莱。在晋魏易代之际,曹魏一方的许多贵族世家遭受屠戮摧残而衰败,二句是对这一现实的概括。"驱马"二句写诗人的态度,就是避世而去。诗中特别点出避身的地点是"西山",西山指首阳山,商末伯夷、叔齐反对武王伐纣,认为以臣伐君不义。周得天下后,他们隐身于此,采野菜充腹,不食周粟。这里暗用此典隐寓不与篡权的司马氏合作。表意隐约,是《咏怀诗》的重要特点之一。"一身"四句写出浓重的政治恐怖气氛。在司马氏的残酷屠杀下,身家性命难保。"凝霜被野草,岁暮亦云已",岁暮严霜遍盖大地,野草亦难幸免,深切地揭示出逃无可逃、避无可避的客观形势。

阮籍的诗仍然继承了建安诗歌积极干预现实的精神,反映了当时的政治;只是由于政治环境的险恶,大都写得隐晦曲折。多用比兴象征,所谓"言在耳目之内,情寄八荒之表",创造了黑暗政治下文学斗争的形式。他又引庄、骚以入诗,有骚之俶诡变幻,有庄之放逸纵恣,使其诗之独特风格色彩更加浓厚。他的这种大规模组诗的形式,也对后来文学产生了深刻的影响。如左思《咏史》、郭璞《游仙》、陶渊明《饮酒》、庾信《拟咏怀》、陈子昂《感遇》、李白《古风》等组诗,精神上都一脉相承。

正始之后,诗歌与现实关系日渐疏远。西晋诗歌繁荣时期为太康年代。有所谓三张、二陆、两潘、一左。除左思外,大都趋于追求艺术形式技巧,内容则较单薄。在当时诗坛上有显赫地位的陆机在《文赋》中提出"诗缘情而绮靡"。就"缘情"一点说,比起汉以来"诗言志"的主张,太康文学体现了建安以来诗歌抒情化的倾向,有挣脱儒家以诗说教的束缚作用。但其所谓"情",大体只限于士大夫叹老嗟卑、感时伤逝一类狭窄感情范围,不能使诗歌的领域有所开拓。相形之下,追求形式的"绮靡"即华美便显得突出了。正如《文心雕龙》评论的:"采缛于正始,力柔于建安。""绮靡"的内容包括辞藻、对偶、用事、音律等方面。辞藻讲求华美,诗如错彩镂金。对偶不只一般字句对称,讲究词性、词义相对的工巧。用事即用典,诗用典故愈来愈多。音律讲声音抑扬。《文赋》所说:"暨音声之迭代,若五色之相宣。"但离开真切充实的内容追求形式的华美,既使诗失去了内在的生命力,也造成散缓呆滞、堆砌臃肿、苍白无神诸弊端。如陆机的《长歌行》:"逝矣经天日,悲哉带地川。寸阴无停晷,尺波岂徒旋。年往迅劲矢,时来亮急弦。远期鲜克及,盈数固希全。容华夙夜零,体泽坐自捐。兹物苟难停,吾寿安得延。"无非时逝身衰一点意思,竟敷衍成六对十二句。许多句子句意相似。首二句用冯衍书中语:"日月经天,河海带地。"而为了作成诗句,竟写出"逝矣""悲哉"那样笨拙的句子。举此一例,可见一斑。

西晋时期较有成就的作家是左思、郭璞。左思以咏史抒怀,郭璞以游仙抒怀,都能突破太康文学狭窄内容的圈子,触及一定的现实矛盾。左思(约250—约305),字太冲,临淄(在今山东)人。他出身寒微,在门阀制度下仕进不得志。他用《咏史》诗的形式咏怀,表现了对门阀制度的不满与抗争,接触到当代一个重要主题。左思的《咏史》共有八首,第一、三首表现了"铅刀贵一割"的积极精神,建功立业的高远志怀。第二、五、六首集中抨击门阀贵族和门阀制度。

第二首揭露门阀制度压抑人才的本质,首四句以比兴发端。枝叶繁茂的百尺高松因为生于涧底,为长于山顶的径寸小苗遮压,非由材质而是地势所处决定命运。用以喻指门第决定一切极为贴切。次四句很自然地转入社会。世家子弟盘踞高位,英俊才人沉沦卑职,是门第即社会上的地势决定的。"地势使之然",一针见血,一语破的;"由来非一朝",将历史也囊括进来,扩展了诗的内涵。末四句以史事为证,金日䃅、张汤两家都七世为汉朝贵官,而冯唐虽很有才干,多有切中时弊的建白,却一生屈居郎官卑位。这首诗主旨在中间四句,全是直言揭露,但有了前四句的比兴和后四句的史证,全诗仍然烘托得形象鲜明。

第五首表现对门阀制度的反抗情绪。起两句喷薄有力,澄澈的晴空吐出一轮光灿灿的太阳,照耀着九州大地,境界开阔,展现一个广大背景。其次落到京城。这里高门大宅相连,高翘的檐宇如浮云直插青空,都是王侯之居。这四句写得气象峥嵘。然后落到自己,用一个猛折的反诘的问句:"自非攀龙客,何为歘来游?"这不是寒门布衣的天地,为什么跑到这里来?两种出身的人,两种世界,鲜明地呈露在纸上。于是"被褐出阊阖,高步追许由",拂袖而去。诗人要在那千仞冈头抖抖衣服,去掉肮脏的富贵软红尘;要在那万里长河中洗洗双足,冲刷净脚上沾惹的京华污泥。把同庸俗的门阀势力彻底决绝的态度,表现得气势磅礴。

左思的《咏史》勇于面对强大的门阀世族势力,敢以布衣之士蔑视世族权贵:"高眄邈四海,豪右何足陈。贵者虽自贵,视之若埃尘;贱者虽自贱,重之若千钧"(第六首),诗中洋溢着睥睨权贵的傲岸精神,为寒士吐气。在艺术上,境界恢弘,形象宏伟,笔力矫健,气魄大,气势足,有一种劲健飞动之美。《诗品》称之为"左思风力"。他的《咏史》还能打破呆咏史事的框子,甚至错综史事以咏怀,有如用典,使咏史更密切结合现实,为咏史诗奠定了优良传统,在咏史诗的发展中占有重要地位。

郭璞(276—324)字景纯,河东闻喜(今山西闻喜)人。《诗品》评其游仙诗"词多慷慨,乖远玄宗","坎壈咏怀,非列仙之趣"。他以游仙寄慨世情怀,发展了游仙诗关切现实的优良传统。如其五云"清源无增澜,安得运吞舟;珪璋虽特达,明月难暗投",正是腐朽现实压抑人才的写照。其一云:"朱门何足荣,未若托蓬莱","灵谿可潜盘,何事登云梯?"表现了对现实一种决绝的态度,故刘熙载说郭之游仙诗"假栖遁之言,而激烈悲愤自在言外"(《艺概》)。他的诗创造了一种瑰丽飘逸的风格,是对五言诗的艺术贡献。

东晋时期,由于清谈玄理的风气侵入文坛,"因谈余气,流成文体"。玄言诗兴起,有孙绰、许询等作家,诗歌内容成为玄理的疏说,艺术上则"理过其辞,淡乎寡味",成就不高。到了晋末,出现陶渊明,为诗坛放一异彩。

第二章　陶渊明

陶渊明是田园诗的开山之祖,作品有独特风格,自成一家。在我国文学史上,他与屈原、李白的浪漫主义,杜甫、白居易的现实主义鼎足而三,具有相当广泛深刻的影响。

第一节　陶渊明的生平

陶渊明(365—427),字元亮,曾更名潜,浔阳柴桑(今江西九江西南)人。祖父、父亲做过太守、县令一类的官,但他幼年便失去父亲,家道中落。陶渊明受时代思想和风气的影响,早年就有爱好自然的一面,"少无适俗韵,性本爱丘山";同时也有"大济于苍生"的想法,"猛志逸四海,骞翮思远翥"。他十九岁时,发生了历史上著名的淝水之战,东晋胜利地阻止了北方前秦的南侵,形势是鼓舞人的。可是此后不久,东晋便进入了政治极度腐朽的时代。司马道子、元显父子专权,并引起统治阶级内部一系列武装冲突。陶渊明迟迟没有出仕。后为贫穷所迫,从二十九岁到四十一岁这十三年间,断断续续做过州祭酒、参军、县令一类低微的官职。这时期,社会动荡不安,爆发了孙恩起义,王恭、殷仲堪起兵,桓玄篡位和后来代晋自立的刘裕力量的崛起。他置身在这样充满篡夺、倾轧的官场中,只感到"志意多所耻",便于四十一岁那年从彭泽令任上毅然弃官归田了。

陶渊明归田后的二十多年中,政治上是刘裕不断诛锄异己,并终于代晋自立的过程。陶渊明生活在田园里,有壮志终成泡影的苦闷与慨叹,也不断受到生活日益贫困的煎熬,"夏日长抱饥,寒夜无被眠"。另一方面亦有足以自慰之处,他亲自参加了劳动,怀有一种自食其力的自豪感,"人生归有道,衣食固其端;孰是都不营,而以求自安!"他除了结交知识层的素心人,与之谈文析义外,也与田父野老交往,饮酒谈农事,"时复墟曲中,披草共来往,相见无杂言,但道桑麻长"。生活在一种人与人之间真诚笃厚的环境里,这是他在官场中找不到的。他退居田园,保持了清操亮节,不与污浊的世俗同流合污,更感到心灵的自足。他也没有完全忘怀现实,时而对现实政治流露出"金刚怒目式"的愤怒。他在这里继续对生活进行观察和总结,思想不断得到升华,终于形成了桃花源理想。在这个理想的天地里,没有剥削压迫,也没有战乱争夺,人人参加劳动,自食其力,彼此真诚相处,亲密互助。这理想虽然有着老子小国寡民社会模式的某些影响,穿着复古的外衣,但实质上表达了当时处于社会底层的民众的愿望。

陶渊明憎恶现实的腐朽污浊,在道家思想盛行的情况下,他吸收道家思想的某些原则,批判现实的丑恶。如在人性观上,他以道家的"真"对抗现实的"伪"。《感士不遇赋序》说"自真风告逝,大伪斯兴";在社会观上,以道家的"淳"对抗现实的"薄",《桃花源诗》说"淳薄既异源,旋复还幽蔽"。他以道家的自然主义原则否定名教社会的等级压迫,有其积极作用的一面;不过从自然主义出发,采取委运任化的人生态度,企图以此消解由黑暗现实激发的内心矛盾,有其消极因素。但这种超脱的精神,形成一种独特的胸怀气质,渗透到诗人的创作中,对形成浑成的意境,又有不可忽视的作用。

第二节　陶渊明的诗歌

陶渊明的诗歌是他一生生活和思想感情的真实反映。诗人大部分时光生活在田园中,诗的田园色彩较浓,特别是直接以田园为题材的诗歌由他创始,尤其富有特色。他的田园诗往往不是单纯的描写田园风物,而是把田园作为与污浊现实相对立的生活天地来描写,其中闪烁着理想的光辉,隐含对现实批判的锋芒。所以其中寓有一种高境,是后来单纯写田园风物的田园诗所不可企及的。《归园田居》其一就是表现这一特色的代表作。

这首诗写于他四十一岁归田后的次年。经过十三年中断断续续的出仕,他对官场和现实政治状况有了深切的体验与认识。官场中那种"妙算者谓迷,直道者云妄"的是非颠倒,"雷同共誉毁"的朋比为奸,"世俗久相欺"的欺诈倾轧,他无不看在眼里,憎在心上。如今终于离开那可憎的世界,回到纯洁的田园里来了,不免怀着由衷的喜悦写下这首诗。

诗的前八句,通过对归田经历有倾向性的叙述,表现归田的欣喜之情。诗人早年虽有"性本爱丘山"和"猛志逸四海"的两面思想感情,经过实践不免对后一面心灰意冷,前一面更突出地占据了诗人的心灵,所以诗的开头两句特别强调了"少无适俗韵,性本爱丘山",大有出山入仕本非素志之谓。一种喜尚田园之情已经笼罩全诗。那么,那一段出仕的经历呢?不过是误入歧途而已:"误落尘网中,一去三十年。""三十"是"十三"的误倒。一个"误落",一个"尘网",对官场的鄙薄之情溢于言表。官场就是一张大罗网,人们在那里不仅失去了自由,还随时可能丧失性命。诗人在《感士不遇赋》中说:"密网裁而鱼骇,宏罗制而鸟惊。彼达人之善觉,乃逃禄而归耕。""尘网"二字中实包含诗人丰富的经历和体验。黑暗的现实既是一面罗网,入仕也就是做了"羁鸟"和"池鱼"。然而"羁鸟"无时不在想着往时自由飞翔的"旧林","池鱼"也无时不在怀恋过去任性浮游的"故渊"。这两句的"羁鸟""池鱼"之喻,把诗人在仕途中怀思田园的迫切心境,生动形象地表现出来了。接下去便落到归田,诗人特别点出两点:一是"开荒",说明他的归隐并非一般的闲居乡野,而是要躬耕垄亩;一是"守拙",似是谦辞,实含讽意。"拙"是与"机巧"相对的。在官场要善于机巧处世,要会圆滑周旋、逢迎巴结,即得有"适俗韵"。这一点做不来,不肯为,就只好"守拙"归田了。"守拙"正是坚持高尚操守,耿介骨鲠的表现。以上八句诗,两句言早年性之所尚,两句言误入宦途,两句言身在宦途心在田园,两句言守拙归田。层次分明。其中贯串着对"尘网"的鄙夷,对"田园"的倾倒,归田的喜悦和那种羁鸟出笼的自由解放心境洋溢纸面。

  诗的后半部分是描写美好的田园风光和田园生活气象。十多亩宅地,八九间草屋,堂前栽有桃李,房后种有榆柳,方宅草屋,绿荫环护,一所农家宅院已经活现纸上了。暮色迷茫中远人的村落,依稀可辨的缕缕炊烟,阵阵传来的深巷的犬吠和树头的鸡啼,这又是多么安谧淳朴的环境!《老子》中描写古代理想社会说,人们"甘其食,美其服,安其居,乐其俗。邻国相望,鸡犬之声相闻"。作者《桃花源诗》也说:"荒路暧交通,鸡犬互鸣吠",这里所写很有那种淳厚古朴的气象。在这种生活天地里,诗人是"户庭无尘杂,虚室有余闲"。"无尘杂"就是没有达官贵人高车大马的搅扰,抛开了心劳力拙穷于应付的世俗,自然心地安静而有余闲了。从"尘网"中摆脱出来,走进这个天地里,意味着什么呢?这就是诗末两句所说的:"久在樊笼里,复得返自然。"从樊笼的官场中回到"自然"的天地中来了。

  这里所说的"自然",不是一般所说的"大自然"的含义,而是指一种符合老庄自然主义原则的生活境界,这就是因任自然、适性自得、淳朴和谐的生活天地。其中含有一种理想社会形态的因素,这里就是一个现实的桃花源,具有与污浊的现实相对照的意义。作者冥化在这样的天地里,感到精神上的自得自足,似乎找到了人生的真正归宿。《归园田居》其三写田园中的劳动生活,诗人怀着对躬耕生活的无比喜悦,将劳动诗化了。在古代文人作品中是少见的。

陶渊明在田园中作诗,并非只写田园,而是抒写多方面思想感情。其中《饮酒》其五、《杂诗》其二、《读山海经》其十、《桃花源诗》各代表了一个方面。

《饮酒》其五抒写田园中的自由适意的生活境界。开篇说:"结庐在人境,而无车马喧。"居处人境之中,却无士大夫车马的搅扰,说明与上层社会彻底割断了联系。一个"在"字,一个"无"字,转折有势,很自然地逼出下面二句的一问一答:"问君何能尔?心远地自偏。""心远"二字写出了诗人的真正高处。庐在人境,地本不偏,只因"心远",便脱俗独立了。这绝不是那些矫情做作、自饰清高、身居江海、心存魏阙的人所可比拟的。正因为从心底里扬弃了那个充满倾轧拘羁的腐朽的现实,才有了下面描写的那种化入身心的自由、自在、自得的生活境界。"采菊东篱下,悠然见南山",虽只采菊、见山两个极寻常的动作,却浓郁地传出诗人的闲远自得之态。古人认为饮菊花酒可以长寿,诗人长日无事,便到东篱下采菊,一片优游闲逸之味;采菊之中,偶一抬头,秀逸的南山又闯入眼帘,真是悠然而又悠然。"见南山"一本作"望南山",虽只一字之别,于诗的意象却关系极大。前人对此多有讨论,以苏轼的意见最为精辟,他说:"因采菊而见山,境与意会,此句最有妙处。近岁俗本皆作'望南山',则此一篇神气都索然矣。""见"字优于"望"字,在传悠然自得之神。"见"字不自觉而相遇,与闲远之境水乳交融;"望"字则有意为之,不免有褰裳濡足之态了。闯入眼内的南山又是什么样的景色呢?"山气日夕佳,飞鸟相与还",是夕阳余晖中一片优美的朦胧暮色,倦飞之鸟结队投林归巢了。在有限的画面里,包含着深厚的意蕴。太阳在自然地运行,由朝而暮;山色在自然中变幻,由光耀到迷蒙;飞鸟在大自然的怀抱里自由地生活,晨兴而出,夕倦而返,万物都一任自然。诗人采菊东篱的生活也正是"返自然"了。所以诗人说:"此中有真意,欲辩已忘言。"庄子讲"得意忘言",诗人已经与因任自然的"真"的境界冥合了,已得其意,也无须再加以言说了。所谓"真意",即"真"之意,"真"就是"自然"。《庄子·渔父》说:"真者所以受于天也,自然不可易也,故圣人法天贵真,不拘于俗。"诗人在《连雨独饮》中说"任真无所先",在《始作镇军参军》中说"真想初在襟",在《赴假还江陵》中说"养真衡门下",都是讲的这个"真"字。诗人陶醉在返璞归真的生活境界里。这首诗艺术造诣之高,历来为人称道,主要在于富于意境。主观的意蕴与客观的物象融而为一,故言有尽而意无穷。见之为物象,味之则意蕴,意与境浑然一体。诗中所取之象并无奇异,无非采菊、望山、日夕、归鸟一类日常生活情态与习见的景物,然而一经诗人截取入诗,则此象最能尽此意,出神入化,堪称达到了艺术上的化境。

陶渊明毕竟是怀有壮志的人,迫于时势不得不守志归田,并不能完全泯灭壮志终成泡影的焦灼不安。《杂诗》其二便以整夜不安枕席的细腻描写,突出地表现了这种"日月掷人去,有志不获骋"的激动情绪。他也不能完全息心不问现实。《读山海经》其十便通过歌咏神话中的精卫与刑天,表示了对强暴势力的横眉冷对的态度、不屈的对抗精神和宿志无时可以实现的慨叹。诗的首四句分写精卫和刑天的事迹,精卫是炎帝女,在东海被水淹死,遂化为精卫鸟,每日衔西山木石以填沧海。刑天是一种兽名,因为与天帝争神,被天帝砍去头颅,他乃以乳为目,以脐为口,继续持大斧、盾牌斗争。精卫填海,见复仇之志的坚深;刑天失头仍继续战斗,猛志不衰亦撼人心魄。"同物"二句颂扬他们这种不屈斗志,虽惨遭不幸,化为异物,决不改悔初心。末两句诗人惋叹他们偿愿的良时已不可得,其中正寄寓自身以及与己同志者的无限感慨。左思通过咏史以咏怀,郭璞通过游仙以咏怀,陶渊明通过神话以咏怀,都是对艺术表现领域的拓展。

《桃花源诗》则表现了诗人心目中的理想社会。这个社会的显著特点是人人劳动,没有压迫剥削,人与人之间互助互爱,消除了倾轧、战乱等一切争夺行为,生活和平安宁。它与东晋社会现实针锋相对,可以说正是当时社会弊端激发出来的理想的投影,集中反映了民众渴望摆脱繁重剥削和频繁战乱的强烈愿望。

陶诗的基本特点是:第一,他一生主要生活在田园中,虽然写过一些直接关系时事的诗,如《述酒》《咏荆轲》、《读山海经》其十等,表现了"金刚怒目式"的一面,但更多的是以隐逸田园的诗人的面貌出现。因此,表现对现实的态度不能不别具一些特色。如多歌咏人格的清高,守志不移,表现不与腐朽现实同流合污的对抗精神,多以田园生活的纯洁,表现对丑恶现实的鄙薄。所以田园隐逸气氛较浓。在我国诗歌史上,屈原、李白发展了浪漫主义,杜甫、白居易发展了现实主义,陶渊明则独开田园诗派,别树一帜。第二,陶渊明对人格和生活、社会理想的歌咏,渗透于田园生活之中。通过田园景物体现出来,极富意境美。如上举之《归园田居》其一、《饮酒》其五皆是如此。由于作者主观世界中含有生活哲理的醒悟和理想生活境界的追求,他创造的意境往往超出一般情景交融的范围,具有深厚的理想的因素。

古人称之为"胸中之妙"或"高趣",这又使他的诗中的意境独具特色。第三,诗人在意境的创造上,达到了出神入化的境地。他最善于取象传神。如《饮酒》其五,以采菊见山的动作写其悠然自得之情,以见日夕归鸟之景表其因任自然之意,皆极少词费,而意浓境真。主要是诗人的胸中之意,确已化为诗人的血肉灵魂,以此观照客观事物,意与景适然遇合,凑泊成境,自然高妙,绝非攘取他人思想或矫情做作者所能得来。第四,风格平淡自然。形成这种风格有多方面因素。从思想内质上说,诗人理想的人格美是"真",社会美是"淳",带有浓厚的道家自然主义色彩。"真"与"淳"都通向"朴",思想上具有突出的崇朴倾向。从生活环境上说,在田园中接触的是朴素的田园风物和朴实平淡的日常生活,而他的心境又常处于恬淡安宁、任真自得的境地。从艺术表现上说,崇尚自然本色,即不假雕饰,以白描手法将生活情景与感受如实描绘出来,语言又极为自然。如"白日沦西阿,素月出东岭","微雨从东来,好风与之俱","既耕亦已种,时还读我书",无论是叙事、写景、抒情,都如小溪流水,潺潺而行,自然曲折。朱熹说:"渊明诗所以为高,正在不待安排,胸中自然流出。"他的诗歌语言不只不追求辞藻华美,而且绝不设色,除青、白、苍等素色外,几乎无一鲜艳字眼。他的独特的艺术表现手法,与他独有的意境相适应,内外一体,故其平淡自然的本色能给人以不可磨灭的印象。

第三节 陶渊明的散文

陶渊明的散文也很出色,在魏晋以来通脱自然的文章中卓有成就。宋代作家欧阳修说:"晋无文章,惟陶渊明《归去来》一篇而已。"其实,不只《归去来兮辞》,《桃花源记》《五柳先生传》等也都是好文章。

《桃花源记》是一篇寓言性文章,假借武陵渔人偶得桃源胜境,寄寓作者的社会理想。第一,它描绘了一个世外桃源的独特天地。桃源中人是由于先代避秦之乱而来此,实寓现实的反暴政之意。他的《咏荆轲》诗也以秦作为暴政象征。桃源中的物色景象与人世并无多大差别,也是土地耕作,但他们独自组织了社会,景象便大不相同。这里没有剥削,人人自食其力,生活富足,和平安宁,老少都怡然自乐。对现实的不满与批判即寓于理想生活的描绘之中。第二,奇异的色彩。本来记中所写之事并无多大奇异之处。桃源中人既是先代避秦来此,这些人自是其后代。但它能与人世隔绝,便有了不凡的性质。文章的引人处,正在于作者将它作为一件奇事来描写,处处渲染其奇异，引人入胜。武陵渔人缘溪捕鱼是日常生活中事，妙在"忘路之远近"，便不知走到什么地方去了。而"忽逢桃花林"，突现一异境，自然引起渔人的好奇，要探其究竟。桃林一直延展到溪水发源处，林与水俱尽之地，横面一山，而"山有小口，仿佛若有光"，又一奇处，渔人不能不被吸引入口探胜。而经过数十步狭路，却"豁然开朗"，现出桃源奇观。如此一路写来，曲曲折折，奇境迭生，紧紧抓住读者的心。文章后部写桃源失不再得，也惝恍迷离。渔人从原路而还，处处志之，当郡守派人随他复往，却迷不得路。高士刘子骥想往寻，又未得往而病终，终再无问津者。刘子骥，名遴之，好游山水，曾在衡山采药，深行忘归，隔涧见两奇异石囷，后拟越涧往寻，则迷失其处所。点缀刘子骥，更煞有介事一般，将奇境烘托得令人神往。第三，语言简妙传神。唐庚说："晋人工造语，而渊明其尤也。"以开篇四句为例："太元中，武陵人捕鱼为业，缘溪行，忘路之远近。"捕鱼为业，即不必再言渔人；缘溪行，即不必再言捕鱼，简妙已极。又如写桃林之盛："夹岸数百步，中无杂树，芳草鲜美，落英缤纷。"数百步，见林之广；无杂树，则一色桃林；落花缤纷，见树之多。短短数语，桃林之繁茂如见。又如写桃源中景象："土地平旷，屋舍俨然，有良田美池桑竹之属。阡陌交通，鸡犬相闻。其中往来种作，男女衣着，悉如外人。黄发垂髫，并怡然自乐。"洞天福地的生活情景，如画面一样鲜明。全文不过三百余字，而始末皆具，中间又无数曲折。

《五柳先生传》是作者的自画像。南朝人沈约、萧统都说陶渊明写《五柳先生传》是用以自况，当时人视为"实录"。它突出地刻画出一个脱尘拔俗，不与世俗同流合污，具有高风亮节的人物形象。开篇四句是对人物身份的交代。这位五柳先生不知何地人，也不知姓氏，宅旁有五棵柳树，便以五柳为号。古人既重地望，也重声名，而五柳先生既不知何地人，也不知姓氏名字，都见出他远出于流俗观念之外。这几笔便使隐姓埋名、深藏避世的"高人"之气笼罩全篇。语极平淡，味极深醇。"闲静"二句用正面叙说点出五柳先生最本质的情操，因为不为荣名利禄动心，所以能守志不阿，高出于流俗之上。"闲静少言"与"不慕荣利"互相映照。"闲静"即不尚交往，"少言"即不喜应酬，也就是与世俗社会"息交"，正是不慕荣利者才有的表现。

此下分四个方面写五柳先生在田园中守志安居的生活情态。"好读书"四句讲读书。他的读书态度很特别，"不求甚解"。只重在书中会己意、惬己心者，也就是寻求思想上的共鸣和感情上的寄托。所以"每有会意，便欣然忘食"。"性嗜酒"八句讲饮酒。好饮酒，而家贫不常有酒，所以只要亲旧招饮，一招即去，一饮即醉，一醉即退，丝毫不以去留为意。见出先生之意在酒而不在人，于酒有情，于人无意。把嗜酒之味写得十分浓足。"环堵"五句讲安贫。住的是遮不住太阳挡不住风的破房子，穿的是粗布短衣还破着窟窿，打着补丁，瓢里常常没水，碗里常常没饭，吃穿住没有一样不困弊不堪，他却"晏如也"，处之坦然。既不因贫夺志，也不因贫败意。"常著"四句是讲著文。他吟诗作文也在示志娱情。示什么志，娱什么情呢？就是本篇传记中所写的高志奇情：憎恶世俗，守志田园，借文章自乐其志，忘怀于世俗的得失，以此自终。四个方面概括起来就是：读书适意，醉酒陶情，安贫乐道，著文娱志。通过这几个方面的勾画，一个坚守节操、不随流俗的"高人"形象便立起来了，活起来了。选材极精，造语极简，意足笔止，风神宛然。

文章结尾的"赞"进一步揭示五柳先生的精神和展拓文章的境界。这段赞以"兹若人之俦乎"为界分两部分。前部分是借用黔娄之妻的话，把五柳先生的精神阐发得更为明晰。《传》文对五柳先生的精神品格加以概括，也就是"不戚戚于贫贱，不汲汲于富贵"，二句有画龙点睛之妙。后部分意在说明五柳先生"酣觞赋诗，以乐其志"，简直是葛天氏、无怀氏时代的老百姓。作者常用古史传说指称自己的理想时代、理想社会，这里等于说五柳先生过的是理想社会的生活，隐含对现实的鄙薄之意，进一步提高了文章的思想。

这篇文章具有明显的特点。第一，我国传记一类文字出现较早，但均属史传，要全面反映人物生平事迹。这篇则是我国文学史上第一篇纯文学传记，有了更大的艺术创造活动余地。它并非作者生活的全面纪实，只突出了人物精神的主要方面，但给人印象更深，这就是典型的力量。第二，文中对人物生活的描写几乎都是总结性语言，有似鉴定，却不使人感到概念化。这是因为作者提炼出来的结语，都充分情态化、形象化、诗化了，含有丰富的生活意境，并有诗一般的韵味。第三，这篇传不仅是自况，还是自许、自赞。不过赞许之意并不直接诉诸文字，而是寓于字里行间。粗粗读来，只是勾勒人物形象，转一体味，扬己傲世之意尽在其中。第四，文风与诗近似，朴素质实，纯用白描，使人几乎不觉其有文字，而直接触及到其中的事、物、情。

陶渊明的崇高的精神品格及其高超的文学创造，特别是田园诗的开辟，都对后世产生了深远的影响。

第三章　南北朝民歌

南北朝时期，我国又有一批民歌保存下来，这是继《诗经》和汉乐府中的民歌之后，第三批比较集中保存下来的民歌。由于南朝和北朝社会情况有很大的不同，南北朝民歌的面目也有很大差异。

第一节　南朝民歌

南朝民歌以《清商曲辞》中的《吴声歌曲》和《西曲歌》为主。《吴声歌曲》产生于建业（今江苏南京）一带，大体包括东晋与刘宋两代。《西曲歌》产生于荆州（今湖北江陵）一带，时代略晚，包括宋、齐、梁三代。

现存南朝民歌大都为情歌。这与产地有关。建业是都城，荆州是长江上游的重镇，都是繁华的大城市。因此与产于广大农村的民歌不同，特别是它往往是通过歌伎演唱流传下来。歌伎则是官僚富商为满足声色之娱而蓄养的，自然会偏于采摘情歌小调。

南朝民歌虽大都为情歌，内容基本是健康的。它反映了青年男女之间坚贞的热烈的爱情，同时也倾诉了婚姻不自由、男女不平等所造成的痛苦，从一个侧面揭露了封建礼教对青年男女幸福的摧残。如《读曲歌》其二用夸张的愿望表现相爱的热烈，愿意夜夜相连，一年只亮一次天。为了加强这个愿望的强烈色彩，开始两句表示要把一切召唤天明的事物除去，把司晨的鸡打死，把黎明即啼的乌白鸟赶走，构思新颖巧妙，而又合于日常生活情景，朴实动人。《子夜歌》"始欲识郎时"则表现了爱情遭遇挫折的悲伤。挫折的原因，歌中没有明言，从"两心望如一"看，大致是由于男子负心。前两句直抒衷肠，开始与郎结识时，一意盼望两人同心。后两句运用双关语巧妙地表现失望的悲伤，"理丝入残机，何悟不成匹"，以"丝"谐"思"，指相恋的情思，以布匹的"匹"谐匹偶的"匹"，指结成配偶。不料一片至情竟然落空，终于不成匹配。

南朝民歌的主要特点是:(一)形式短小,大多是五言四句。这种体制在南方兴起较早。从《世说新语·排调》篇载吴主孙皓的《尔汝歌》看,吴时即已流行了。(二)抒怀深情宛曲,多用双关隐语,如前举《子夜歌》中"丝""匹"诸字。又如以"莲子"谐"怜子",以"芙蓉"谐"夫容",以"碑"谐"悲"等,不一而足。(三)语言清新自然。大都用朴素语言抒写真情实感,词语不雕琢,表情不做作。《大子夜歌》说:"慷慨吐清音,明转出天然。"自道出语言特色。(四)采用对歌形式。即《子夜歌》所说:"郎歌妙意曲,侬亦吐芳词。"如《子夜歌》一首唱道:"落日出门前,瞻瞩见子度。冶容多姿鬓,芳香已盈路。"前两句说黄昏时在门前看见对方走过,后两句盛赞对方姿容美丽,所过之处,香气四溢。显然是男子所唱,对女方表示爱慕之情。另有一首唱道:"芳是香所为,冶容不敢当。天不夺人愿,故使侬见郎。"明显是针对前一首而发,为女方的应答。前两句以自谦的表白故作幽默,后两句则直道出得遇男方的喜悦。

南朝民歌中的《西洲曲》是一首少见的长篇抒情民歌。有些词语显得工巧,可能经过文人的润色。它的主题是抒写一个女子对外出情人的相思,但艺术构思及表现手法都较别致。它杂采女主人公一年中的相思情事,用接字、钩句等句法连结成篇。其中隐示季节的推移,表现出长年相思,意绪缠绵,声情摇曳,荡人情思。陈祚明誉为"言情之绝唱"。题名为《西洲曲》,篇中也贯串着西洲。篇首有"忆梅下西洲",篇中点"西洲在何处""鸿飞满西洲",篇末则"吹梦到西洲"。可见西洲对于女主人公是个具有特殊意义的地方,大约与情人分手前,他们就是在这里经常相会并发展了爱情。

诗的首四句是用折梅寄远表现女主人公的相思。"下"作"落"解,《楚辞》"洞庭波兮木叶下",即此意。大约梅树对女主人公也是具有纪念意义的事物,说不定她与情人就是在梅树下定情并立过盟誓的,所以一想到西洲梅花已开始凋谢,而情人尚未归来时,便折一枝梅花寄给羁留江北的情人,寄托自己的相思,也希望唤起对方的思念,早日归来。"单衫"二句所写即寄梅人,是用倒插笔点出女主人公。只从穿着与发式上落笔,让人去想象她的美貌,用笔含蓄。梅花将落,人换春装,标志冬末春初季节。"西洲"四句通过旧地重游表现情思,西洲留给女主人公许多美好难忘的记忆,当情人不能归来时,她便独游旧处咀嚼往事的甘美。从桥头渡上船去西洲,大约留恋难返,直到日暮方才归来。伯劳鸟仲夏才开始鸣叫,季节已经暗转到夏季了。"树下"四句通过待郎行动写情,她从门中向外张望,跨出门外伫立等待,情人还是没有回来,便去采莲消遣无聊的心绪。"红莲"即粉红色的荷花,荷花盛开,已是深夏季节了。"采莲"六句通过采莲子的活动写情。采莲是采莲子,次句的"莲花"非指花,乃是统称莲株。"莲"既是实际的莲,又用其谐"怜","莲子"亦即"怜子",用极细腻的笔触描写采莲,表达一往情深的爱怜之意。"莲心彻底红",正是说爱情像火一样热烈。莲子成熟已是秋季了。"忆郎"六句写由忆郎而望郎。长年思念,郎终未至,不禁把目光转向鸿雁,也许它带来了江北情人的书信吧?然而没有,它们不过空空地落脚到西洲上。于是女主人公登上青楼,凭高远眺,仍不见情人身影,不过独自尽日在栏杆之侧徘徊罢了。鸿雁南飞已是深秋季节了。"栏杆十二曲"以下至篇末,由望而转愿成梦。"栏杆十二曲",大有十二曲栏杆倚遍之味,然而入目的,无非是高天广水。一水把两人分隔在江南、江北。由于长江江面广阔,南人多有以海称江的。"摇空绿"三字极妙。天倒影于江中,江天相连,江中天与江外天连成一体,江涛摇漾,好像青天都在随波动荡。海水悠悠,直同梦境,一水之隔,两地同愁,"海水梦悠悠,君愁我亦愁",那么就请知趣的南风,吹梦到西洲吧,在那里做一次梦中的同游。

  这首民歌的基本特点是:(一)写闺人相思,通过女主人公一系列相思行动表现,形景感人,将抒情生活情态化了。(二)所叙为长年相思。却又不同于四季调一类格式,分明区划季节,重沓推进,而只是点染一些富有季节特征的事物,潜移暗转,洒脱自然,增无限风情。(三)诗中杂采一年中相思情事,其间并无内在联系,而是用接字法(上句尾字与下句首字重复)、钩句法(两句相接处用同类事物词语)等,转接成篇,似断似连,意脉活脱,暗运隐呈情事的过脉。(四)音韵流美。接字、钩句便使音节流宕,又平仄韵脚相间,换韵处即意脉转换处,分外增加了起伏抑扬之感。后来一些人专模拟此诗声调作诗,不是偶然的。总之,这首民歌代表了南朝民歌的成熟。其真挚的情怀与优美的艺术形式达到了巧妙的结合。看来杂乱无端的情事,无不是触绪而起,声情宛转动人。正如陈祚明所说:"盖缘情溢于中,不能自已,随目所接,随境所遇,无地无物非其感伤之怀。故语语相承,段段相绾,应心而出,触绪而歌,并极缠绵,俱成哀怨。"

第二节 北朝民歌

  北朝民歌主要保存在《梁鼓角横吹曲》中。它们大约在齐梁时代陆续输入南朝,由南朝保存下来。故曲名上冠以"梁"字,实际是北朝民歌。
  北朝时期,由于各少数民族统治者入据中原,北朝民歌包括了各民族的创作。有的原来即用汉语创作,有的则是译为汉语的。北方民歌反映社会生活相当广泛,同南朝民歌迥异其趣。有的反映了长期混战造成的惨重灾难,如《企喻歌》说:"男儿可怜虫,出门怀死忧。尸丧狭谷中,白骨无人收。"这是北方男子常常遭遇的命运,所以歌以总括慨叹男儿可怜起句。有的则反映了深重的压迫剥削和贫富悬殊,如《雀劳利歌》:"雨雪霏霏雀劳利,长嘴饱满短嘴饥。"虽只两句,"长嘴""短嘴"之喻简捷地揭示出掠夺者与被掠夺者两种形象。另外北方民歌表现了北方民族的风尚和北国的壮丽风光。如《折杨柳歌辞》"健儿须快马"一首,首二句以健儿、快马相互映衬,画出健儿英武之姿,后二句以驰骋黄尘之中互决高下,揭出健儿勇毅之气。四句诗有力地传出北方民族尚武的趣尚与风神。《敕勒歌》则是西北草原风光的绝唱,画面鲜明,境界引人。首二句点明敕勒川的方位,言"阴山下",便给人以平阔的川原从绵亘蜿蜒的阴山脚下向远处延展开去的强烈感受。紧接二句从天、野关合的具体形象上有力地展现出川原的广阔。天如穹庐一样笼罩在川原上,自可想见川原平展直与天接。以穹庐喻天,又添加无限民族风情。五、六两句再分从天、野两方面各做一画龙点睛之笔,天青邈无际,野旷茫无边,天之广、野之旷,交相映衬,把人带入一个苍茫浩瀚的天地里。境界之恢宏博大,雄浑壮美,是古诗中少见的。末一句云:"风吹草低见牛羊",虽只一句,草原的富足景象洋溢画面。张玉穀说:"言风吹草低始见牛羊,则水草之盛可知。"(《古诗赏析》)由水草之盛又何尝不可推见畜牧的繁盛!极尽含蓄之妙。诗只二十七字,还不到一首七言绝句的字数,却刻画出如此鲜明丰美的草原景象。

　　北朝民歌在艺术风貌上也与南朝民歌明显不同。(一)在语言上,虽然都是平实的,但是南歌清新,有时还带有清丽,北歌则质朴无华。(二)在表情上,南歌委婉细腻,北歌则粗犷率直。如同写爱情,北歌不用双关隐语,直抒胸臆:"天生男女共一处,愿得两个成翁姬。"(《捉搦歌》)与南歌的"理丝入残机,何悟不成匹",差异何等明显!(三)在风格上,南歌柔媚缠绵,北歌则刚健豪放。(四)在体制上,北歌虽亦多有五言四句的形式,但又颇多七言四句以及七言古体与杂言体等体制。

　　似乎有意与南朝长篇抒情诗《西洲曲》相比并,北朝则有长篇叙事诗《木兰诗》。《西洲曲》抒发儿女柔情,缠绵悱恻;《木兰诗》则刻画巾帼英雄,虎虎有生气,也好像在有意展示南北民歌的不同风格。《木兰诗》的写作时代、作者、本事都有争议,大体说来,它可能是后魏时期的作品,本为民歌,在流传中经过文人润色。木兰大概实有其人,但本事已不可考,而且无疑在口头流传中文学化了，典型化了。诗写木兰代父从军的故事，塑造了一个勇敢、聪慧而又品格高尚的巾帼英雄形象，展示了女子蕴藏的才干，不能不在男尊女卑的封建社会里放射异彩，为女子吐气。

作为一首叙事诗，讲述一个完整的故事，《木兰诗》篇幅不算长，但描写具体，场面生动，人物形象突出，情节推移牵动人心，音节优美，这与诗的艺术技巧之高和民歌特有的艺术手法表现力之强密不可分。第一，诗的剪裁取舍精当。木兰代父从军，女扮男装，置身行伍，历时十二年，其间可写的情事很多，诗则只截取几个紧要关节，这就能腾出篇幅做绘声绘色的描写。凡落笔之处都能给人以生动深刻的印象，引人入胜。在已选取的关节上，也不平均使用力量，根据表现主题、刻画人物的需要，有详有略。如后半归家改装、出见伙伴用繁笔，突出"同行十二载，不知木兰是女郎"的传奇性；而中间的战争过程及归来策勋，则都用简笔。第二，注意章法和用笔的跌宕多姿。如开篇不从军情紧急、可汗点兵写起，而从木兰当窗纺织，叹声不止发端。再从木兰愿代父从征中补叙出可汗点兵之事，避去了平铺直叙。一开始便能引起读者的注意与好奇心。接下去是讲木兰叹息的缘由，如果径直接到"昨夜见军帖，可汗大点兵"，于叙事情理、文章意脉都是顺畅的，并无扞格。但作者偏偏于此间添上四句衬笔。一问："问女何所思，问女何所忆？"一句："女亦无所思，女亦无所忆。"千回百转，才落到"昨夜见军帖"的事件上，文章摇曳生姿。第三，描写生动。描写的笔墨突出地运用了民歌中铺排叠句的表现手法，如写置备军装："东市买骏马，西市买鞍鞯，南市买辔头，北市买长鞭。"在实际上不会一处去买一样东西，但用如此句法，置装的紧张气氛便充溢字面，都体现在字里行间。又如写征程用一组叠句将"朝辞""暮宿""旦辞""暮至"紧凑地连在一起，使人强烈地感受到"关山度若飞"的军行的疾速。后部写爷娘姊弟迎接木兰归来的叠句，传达出全家一片热烈欢腾气氛。爷娘姊弟的行动又都切合本人的年纪、身份、心理，栩栩如生。第四，人物性格丰满，真切传神。作品虽然写的是英雄形象，却不单纯勾画英雄行为，而是扣住女中豪杰的特点，不排斥儿女情的描写。从开篇的当窗织，到征程中的忆念爷娘唤女声，到归来后"对镜贴花黄"的改装，充满浓郁的生活气息，给人以无比的真实感，写出一个活生生的巾帼英雄来。第五，音韵优美。诗除了多用叠句外，也使用接字与钩句法，如"军书十二卷，卷卷有爷名""归来见天子，天子坐明堂"等。又如"开我东阁门，坐我西阁床，脱我战时袍，着我旧时裳"，句式全同，两两对应，而连用四个"我"字，这些都增加了音韵的铿锵流美，读起来使人有珠圆玉润之感。

第四章　南北朝文学

南北朝时期,北朝文学不及南朝发达。只有郦道元的地理著作《水经注》和杨衒之记载佛寺的著作《洛阳伽蓝记》,描写山水和佛寺建筑等风物,记述一些故实,在散文上有一定成就。诗歌方面,较出名的作家,如王褒、庾信等都是由南入北的,诗风也明显带着南朝的特点。南朝文学则极为繁荣,但士族文士生活圈子狭窄,作品生活内容较为单薄,艺术形式方面的追逐则较为突出。本时期中成就较高的作家有鲍照、谢灵运、谢朓、庾信。

第一节　鲍照与二谢

鲍照(约414—466),字明远,东海(今江苏涟水北)人。出身寒微,特别感受到门阀制度的压迫,曾засtuplam叹"才之多少,不如势之多少远矣!"他以诗歌反映他的不幸遭遇和不平情绪,成为本时期思想成就最高的作家。

鲍照的诗歌有的反映追求理想、志在有所作为的积极精神(如《代出自蓟北门行》),有的反映庶族寒士的卑微地位和贫苦辛劳的生活(如《拟古》其六、《东武吟》),有的则揭示出士族"君子"与寒门"细人"的不平(如《行京口至竹里》),尤为可贵的是,他没有把胸中的不平静化和消融下去,而是向不公正的现实猛烈喷射出来,表现出强有力的对抗情绪和批判精神。这主要表现在他的代表作《拟行路难》组诗的一些篇章里。

《拟行路难》第六首,诗人写道:"对案不能食,拔剑击柱长叹息。丈夫生世会几时,安能蹀躞垂羽翼!"他对案不食,拔剑击柱,倾泻出火山爆发一般的感情,表示绝不再忍受跼局于卑位而不能有所作为的地位,对不合理的现实表现了强烈的反抗精神。第四首抒发了诗人在门阀制度重压下不可排遣的愤懑情绪。诗共分三层。前四句为第一层。首二句以泻水平地发端,兴起第三句的"人生亦有命",起势猛,气势足,意脉一贯,比喻贴切。将水倾倒在平地上,水就会向四外流散,流到东的就是东,流到西的就是西,水不能把握自己的命运。人生也是如此,落地定终身。生在名门世族家中自然高贵,生在寒门庶族家里自然卑贱,人也无法掌握自己的命运。虽然无法掀掉门阀制度的重压,不得不归之于命,诗人说:"安能行叹复坐愁!"愤愤不平之气溢于言表。现在诗人要横下一条心,把不幸委之于命,将摧人的愁叹远远抛开,这一层可算是以理排忧。既然委之于命,不再行叹坐愁,就纵酒开怀吧!很自然地过渡到第二层,只两句:"酌酒以自宽,举杯断绝歌路难。"但酌酒举杯,豪饮开怀,却又不禁把杯子放下来,又歌起《行路难》。《行路难》是乐府曲调名,传统的主题就是备言世路艰难。鲍照是很有才华的人,他与颜延之、谢灵运同为"元嘉体"代表诗人,早年就得到临川王刘义庆的赏识,只由于出身寒微,在仕途上始终得不到发展,无非是做些侍郎、县令、参军之类的小官。这切身的不平遭遇是时时横亘在心头的,不是饮酒所能消释的。末两句为第三层。陡然一个转折,"心非木石岂无感",人非木石,岂能无动于衷!这一反跌把诗人的愤懑情绪推向更高潮。可是面对强大的门阀制度、社会腐朽势力,又能怎样呢?既无可告语,也不可告语,只有"吞声踯躅"而已。"吞声踯躅不敢言",这句诗的背后有一个强大的黑暗势力的阴影,也有一个备受压抑的苦闷的灵魂。全诗起势突兀,磅礴有力,"真有天上下将军之势"。篇幅不长,而有三层转折,波澜起伏,思想内容和艺术形式得到很好的结合。

鲍照的诗一般说来气势充沛,矫健有力,"如饥鹰独出,奇矫无前",造语拗峭,险仄奇崛,抒情写景状物都非常格可限。如"腾沙郁黄雾,翻浪扬白鸥"(《上寻阳还都道中》),不仅黄雾弥天,而且飞沙走石;不只白鸥翻飞,而且一似巨浪把它抛到天上,都极具危仄不平的色调。鲍照尤以七言和杂言的乐府诗最富于艺术上的独创性。他将句句用韵的柏梁体七言诗,改为隔句用韵,完成了七言古诗的体制。此外,他的《芜城赋》与《登大雷岸与妹书》分别为赋与骈文中的名篇。

二谢的主要成就在山水诗。二谢指大谢和小谢。大谢为谢灵运(385—433),陈郡阳夏(今河南太康附近)人。谢玄之孙,袭封康乐公,世称谢康乐。他的家族为晋的重臣世家,刘宋代晋后,仕宦不得志,遂放情山水。他的山水诗往往能够真切地描绘出山水的形象来。如"白云抱幽石,绿筱媚清涟",写山幽水秀的清景;"云日相辉映,空水共澄鲜",写空水澄明的境界;"野旷沙岸净,天高秋月明",写沙岸的夜月风光;"密林含余清,远峰隐半规",写初晴的傍晚景色,无不鲜明如画,都见出作者对山水观察的细致、感受的锐敏和刻画的精妙。

《石壁精舍还湖中作》是谢灵运的名篇之一,这首诗写从石壁精舍归返湖畔之居的情景。石壁在湖外山谷之中,那里有诗人的读书斋。首四句从石壁的风色写起,因为本篇重点在还湖,所以对石壁风光只是虚写。头两句概括写石壁早晚气候变化很大,但山水清景宜人。次二句再从游子的感受角度加以烘托,清景能给人以无比的快乐,竟使诗人流连忘返了。"出谷"二句为过渡句,交代由石壁出谷而放舟入湖。"日尚早"非指早晨,而是太阳还挺高的意思。但是傍晚的太阳不比中天时节,看似还高,倏忽即落。再加山路较长,所以出谷时太阳还较高,到了进入湖中,却已只剩下一抹余晖了。写夕阳落山的情景,剀切逼真。"林壑"四句写湖上所见情景,是重点,用实笔精细刻画。前两句写远景,远林涧谷渐渐隐没在暮色之中,天边的彩霞也逐渐黯淡,为黄昏的雾气所吞没。后二句写湖上近景,芰荷交错,茂密地覆盖在湖面上,傍岸而生的蒲稗依倚相拥,在微风中摇曳。四句诗展现一幅开阔的苍茫暮色图:远山、林壑、云霞、夕雾、湖面、水草、微风、扁舟。"披拂"二句写归还湖畔居处。"趋南径"而涂抹上凉风"披拂","偃东扉"而点染上心境"愉悦",一种自得自足之怀溢于言表。末四句写在山中湖畔生活中体会到的道理。"物"指外物,这里具体指人世功名富贵。沉迷于山水之中,思怀恬淡,功名之事自然看轻了,不再为它焦心苦恼。人的生活只要能惬意,便与理相合了,也不必再有其他追求。诗人似乎达到了这样的境界,也劝告别人汲取此中的妙理。

谢灵运的诗虽然还未脱尽玄言气息,但在玄言诗盛行之后,以鲜明的山水画面为诗坛带来新的变化,是一个进步。他的诗有时未免有繁复和过于刻镂的毛病,但主要方面还是清丽自然,所以鲍照说他的诗"如初发芙蓉,自然可爱"。

小谢是谢朓(464—499),字玄晖,陈郡阳夏人。曾任宣城太守,人称谢宣城。谢朓是"永明体"的代表作家。"永明体"是诗歌的一种新体,因兴起于齐武帝永明年间,故名。王闿运《八代诗选》以之为"新体诗",以区别于此前的古体和唐以后定型的近体即律诗。永明体的基本特点是在诗歌用韵和晋宋以来讲求辞藻、对仗、用事的基础上,进一步考究全诗的声律。这时,周颙等人发现了汉语的四声,沈约等则把它运用到诗歌声律上来。汉语的四声基本可分两类,平声音悠长,自为一类,上、去、入三声,音短促,合为一类。将二者按一定规则交互搭配,可以使声调更加抑扬优美。永明体开辟了自觉运用声律的时代,意义重大,它既是律诗的开端,又渐次影响到多种文体,如后来的词曲等。谢朓的创作对推进永明体起了重要的作用。

二谢都以山水诗见长,但谢朓的山水诗往往结合从宦经历来写,更多感情色彩,与谢灵运式的游览山水不同。《晚登三山还望京邑》颇能反映这种特色。这首诗写诗人赴宣城太守任,离开京都建业时登三山的所见所感。有京邑及江上之景,也有惆怅的去国离乡之情。三山在离建业十多里的长江边上。诗的开篇用了两个古人的典实。汉末王粲由京师长安避乱赴荆州时,所作《七哀诗》有句云:"南登灞陵岸,回首望长安。"晋人潘岳在河阳任上时,有《河阳县作》诗写怀都之感,有句云:"引领望京室。"诗人将此两个故实熔铸为两句诗,喻指自己离京时"还望京邑"。确如王夫之所评:"隐然有一含情凝眺之人,呼之欲出。"用典贴切,句意丰满,使人有古人今人同慨之感。也使诗起得峭拔有势,表现了他的"善自发诗端"(《诗品》)。"白日"二句写回望中京邑之景,夕阳而言"白日",是强调其晶光散射的亮度,宫室而言"飞甍",是突出其高耸入云的腾拔之势。"白日"与"飞甍"之间连一"丽"字,赫然显出金碧辉煌的殿宇在夕阳照射下的夺目的光辉,字字都见出锤炼之精。"余霞"四句写天幕衬托下的眼前江景,尚未消尽的彩霞,散浮于远空,有如块块锦缎;澄澈的江水,安然无波,像平铺大地上的一条素绢;鸣声相应的水鸟群集于江中洲渚上,几乎将洲渚覆盖不见了;江水两岸芳草鲜美,杂花生树。这是何等鲜明的一幅春江图!其中"绮""练"的比喻,"散""静""覆""满"诸字的运用,俱见作者的艺术功力。"去矣"以下抒感。"去矣"是指离开京邑,"方滞淫"指登山还望的留恋之情。"怀哉"言对故国的怀念,"罢欢宴"写去国离乡的无绪。"佳期怅何许",怅惘不知何日再得归来,所以泪下如雨了。"有情知望乡",总括王粲、潘岳等人一起讲,如此谁能不为愁思煎熬而须发尽白呢?写情低回缠绵,催人泪下。诗中的用事、对偶、练字、声律的讲求,都见出新体诗的特点,逐步向近体格律诗靠近。所以严羽说他"已有全篇似唐人者"。

谢朓诗清新流丽,又富于精工巧思。钟嵘说他"奇章秀句,往往警遒",黄子云说他"句多清丽,韵亦悠扬"。

第二节 庾 信

庾信(513—581),字子山,南阳新野(在今河南省)人。他早年很受梁朝皇室的信任,为东宫官属,是当时盛行的宫体诗的代表诗人之一。侯景之乱时,他为建康令,兵败逃往江陵。梁元帝在江陵即位后,派他出使西魏,正在出使期间,梁元帝为西魏攻灭,从此羁留北方。这一不幸的遭遇,使他的诗风大变,取得较高的成就。杜甫说:"庾信文章老更成,凌云健笔意纵横。"

庾信后期的诗歌以《拟咏怀》二十七首为代表,深切地表现了故国乡关之思、羁身异域之痛,以及屈身仕敌的愧耻不安心境。如其七"榆关断音信"一首,写故国之思的哀情,堪称声泪俱下。三、四句说:"胡笳落泪曲,羌笛断肠歌",听笳泪下,闻笛断肠,异国之声难启欢肠,只催悲绪。身瘦了,泪干了,人也被忧思催老了,"恨心终不歇,红颜无复多"。诗末以"枯木期填海,青山望断河"二句,表现归国之志坚定不移,情深语妙。又如其二十六"萧条亭障远"一首,北方的风色,异域的塞外,与羁绊不得归返乡国的思怀,融合成凄清悲苦的境界,也感人至深。庾信的诗用典多,但往往用事恰切,造语新颖,沈德潜所谓"造句能新,使事无迹"。其诗的体制声律则更接近于律绝等近体诗的格调,启唐人之先鞭。刘熙载说其诗"为唐五绝、五律、五排所本者","不可胜数"。风格上则糅合南北文风,精工之中有一种清刚之气,如"关门临白水,城影入黄河","马有风尘气,人多关塞衣"等,都具有莽苍雄壮的色调。陈祚明所谓"运以杰气,敷为鸿文"。

庾信又是辞赋、骈文名家。他的《哀江南赋》《枯树赋》《小园赋》等都是极受后人推崇的名篇,《哀江南赋序》则是一篇精美的骈文,可以从中看到南朝骈文的特点及其取得的成就。这篇序是说明《哀江南赋》写作缘由和主旨的一段文字。但它不同于一般的序文,直言说明写作背景和动机,而是将引起作赋动机的时时萦绕心头触起悲慨的情事,予以概括的形象的表现,并出之以抒情笔墨,成为一篇独立的抒情骈文。整个看来,它好像是《哀江南赋》的一个缩影。《哀江南赋》是作者怀着亡国之痛,写梁朝一代的兴亡史;怀着伤往之情,写家世的盛衰和一己的飘零。《序》文也紧紧围绕这一中心内容展开。大体说来,全文可分为三段。

从首句至"咸能自序"为第一段,总言作赋及序的动因。文章先用十八句精粹的语言将激起作赋之意的情事,即作者遭逢的家国与身世的不幸,高度概括地撮叙出来。这十八句囊括了作者一生最大的三件恨事——侯景之叛,西魏之兵,异国之羁。首六句言侯景之叛,金陵(即建业)既破,一身逃亡,朝野也无不遭受涂炭;次六句言西魏之兵,江陵既亡,遂使自己出使无归,也使梁朝中兴之望破灭;再六句言异国之羁。身滞异方而物极不反,唯有"悲身世""念王室"之凄苦情怀而已。然后用桓谭、杜预平生"并有著书,咸能自序"两个典实落到本题。自己既然有如此撑胸牵肠的家国身世之感,自然应学桓、杜,著赋并序了。如此说明创作动因,水到渠成,自然而有力。

有了上一段总说,下面再用两段分别从身世之悲和国事之慨上具体展开,进一步分说。从"潘岳之文采"到"惟以悲哀为主"为第二段,专言身世之悲。庾氏是一个名门世家,到庾信这一代开始凋零,《赋》中所云"昔四世而无惭,今七叶而始落"。而且一落千丈,苦难重重,这自然是令人兴慨的。所以本段以潘岳作诗"述家风",陆机为赋"陈祖德"两个典实领起,继言自己中岁即遭丧乱,流离至于晚年。身失故国,远别乡关,滞羁异方,腼颜为宦,愁怀苦绪,日夜萦心,歌不能为乐,酒不能解忧。这段文字写得字字血泪,摇人情思,催人泣下。最后落到"追为此赋",而"以悲哀为主",表明赋将写家世的盛衰、一身之不幸,并以哀悼为其基调。

从"日暮途穷"到序文末尾为第三段,专言国事之慨。其中又分三节。从开端到"岂河桥之可闻"为一节,言出使西魏使命无成之憾事。庾信这次出使使命,史无明文。从《序》中用战国时毛遂说服楚王与赵定盟和春秋时楚申包胥赴秦求解楚难等典实看,他应是赴西魏约盟通好,以免除国家安全的威胁。不过他没有达到目的,西魏反而出兵破了江陵。文章先以出使西魏、有去无归六句浓重的感慨兴起,然后反用蔺相如完璧归赵和毛遂定盟的故事,言使命无成,"受连城而见欺","捧珠盘而不定"。继用钟仪被俘遭受囚禁和季孙为使受晋拘押的典实,言自己身为使节实同囚徒的不利境地。再用申包胥叩头至碎首和蔡威公泣尽继以血,表明自己哀乞救国之至诚和无力挽救国家危亡的至痛。末四句则伤叹徒然遥望乡关,再难亲接故国。使命无成,西魏兴戎,是关系梁朝兴亡的一件大事。从"孙策以天下为三分"到"将非江表王气终于三百年乎"为一节,言梁朝之最终灭亡。分两层说,前十二句为第一层,讲梁朝之覆灭。开端用孙策、项羽以少量兵力而能分割天下反迭而起,然后陡接梁朝百万义师一朝溃灭无存,侯景、西魏军队几乎如入无人之境。不仅文章波折有势,亦见梁朝败亡之惨,没有国防之可言,批评之意隐寓其中。"头会"句以下几句为第二层。讲陈霸先等乘机而起,终于篡梁统在建业自立陈朝,使梁绝统,故以王气终于三百年作结。"是知并吞六合"以下为一节,总抒梁亡之慨,落到作赋本旨。先以秦及西晋虽一统天下难免覆亡引起,继言既逢危亡之运,则难免去故之悲,更何况自己欲归无国,还乡无望,处于末路穷途,从而引到"穷者欲达其言,劳者须歌其事"。也就是说国事之慨,穷者之哀,必须一吐方休,赋文的内容与作赋的必要性自不言而喻。

这篇序文艺术造诣很高。第一,骈文要求字句两两成对,运用得好,可以高妙动人,运用不好,也会板拙无味。庾信此篇对句既精美工整,文笔又流荡自然,可以说达到了骈俪的高境。第二,骈文如果内质空虚,即使形式工巧,也会显得没有生气。这篇序文既有充实的内容,又有激越的感情,化为文章内部潜流的气势,以气运骈,以情驱偶,读来劲气奔腾,绝无呆滞之感。前人说庾信骈语"采不滞骨,隽而弥絜",正说明了这一点。第三,本篇句式的运用上也极为灵活。双句对句有四六、六四、八四、四七、七四、五四等多种,单句对句也四、七、九言等不等。长短不齐的对句,错落相间,更迭交替,又常以虚词并间杂散句以流畅文气,更使整个文章活脱流转,摇曳生姿。第四,用事的巧妙。这篇序文大半是用典故来表现的。抒情叙事要用故实一一比附说明,不仅需要丰富的学识,也需要很高的艺术功力。庾信的用事达到了高妙圆熟的境地,贴切传神。他用事很活。如毛遂定盟、蔺相如完璧归赵事都是反用。同时,他也善于灵活地选取典实的某种侧面,巧妙造语。如"并吞六合,不免轵道之灾;混一车书,无救平阳之祸"。上联取轵道,下联取平阳。轵道是秦王子婴投降之处,平阳是西晋怀帝、愍帝被俘遭害之地,成为工整的对仗。另外,其用事之造语,很注意词感的明晰,有一些高妙之句,即使不了解典实,也往往能从字面上粗明其意。总之,这篇序文的艺术成就足以代表六朝骈文达到的高度。

第五章　初盛唐诗坛

第一节　初唐文学的发展趋势与陈子昂

隋代立国很短，文学上没有什么突出的成就与特色。唐代建国以后，在一个相当长的时期里，诗歌仍然没有从宫廷中解放出来，受到梁陈宫体绮靡诗风的严重影响。太宗时的上官仪，武后时的沈佺期、宋之问，基本都是文学侍从之臣。他们的主要成绩，是在诗歌艺术形式上的推进和发展。上官仪对诗歌中的对仗有了更精细的研究，将其归纳为六对、八对等名目。沈、宋则在"永明体"长期发展的基础上，完成了律诗的定型。律诗体制的最终形成，在我国诗歌史上具有重要意义。严羽《沧浪诗话》说："风雅颂一变而为《离骚》，再变而为两汉五言，三变而为歌行杂体，四变而为沈宋律诗。"

开始表现出冲破绮靡诗风牢笼的，是初唐四杰——王勃、杨炯、卢照邻、骆宾王。他们大体活动在武后时期。杨炯曾说王勃不满意高宗时文场的"竞为雕刻"，"思革其弊"，代表了他们要求变革诗风的意向。他们的作品虽然还没有反映重大社会主题，但冲破宫廷的圈子，走向一般的人生，给诗坛带来一股清新的气息。卢照邻的《长安古意》、骆宾王的《在狱咏蝉》、杨炯的《从军行》、王勃的《送杜少府之任蜀川》都是一般公认的代表作。可以从王勃的《送杜少府之任蜀川》略窥一斑。这是一首送别诗。首两句分别点明送别之地长安和杜少府赴任之地蜀川，别意即寓其中。对于两地都从景象上落笔，将本属呆板的事物写得气韵生动。次联落到离别。前一句刚一触及离情，后一句马上接出"同是宦游人"，使离意更加浓深。第三联转为宽慰语，出人逆料。"海内存知己，天涯若比邻"，此后虽天各一方，只要是同心知己，即使远隔天涯亦犹若比邻而居。感情的豪迈，为离别诗中所少见。末联以劝慰作结，犹如说不要儿女情长，英雄气短。历来的离别诗都以依依凄苦之情为主，这首诗以开朗豪迈的情绪别开一格。在声律上，这已是一首标准的五言律诗。

和"四杰"时代相近的张若虚的《春江花月夜》,代表了初唐歌行体发展的成就。这首诗也能洗尽绮靡浓艳的富贵气、脂粉气,表现出清新流丽的风格。诗写游子、思妇的离情,它把离情的抒发安置在一个用春、江、花、月、夜交织成的清幽画面里,展开一个阔大的空间和绵远的时间背景,意蕴丰厚,画面鲜明,音韵悠扬,自成格调。闻一多先生誉为"诗中之诗,顶峰上的顶峰"。

诗每四句一换韵,形成一节,为一个小的意义单元。全诗总起来可以分为三大段。前八句为第一大段,写春、江、花、月、夜五者所形成的幽丽浑灏的画面。其中前四句由春江落笔,逐步推开。江潮连着海面,海面连着明月,明月连着万里长空,将它皎洁的光辉洒遍大地的春江上,有囊括宇宙的气魄。后四句将镜头收敛到月夜江边的景色,江水曲折安流在芳草的原野上,两岸的林花"皆似霰",空中的流霜"不觉飞",汀上的白沙"看不见",一切都被明月的清辉吞没了。这种善于攫取事物特征的刻画,将春江月夜独有的景色凸现在读者面前。而月是其中最突出的事物,很自然地过渡到下文月与人的关系。"江天"以下八句为第二大段,进入一般的人生感慨。它以永恒的事物"年年只相似"的明月,与流转不息的事物"代代无穷已"的人生相对照,便自有人世飘忽的深沉感慨流荡其中。面对澄明一色的江天和空中皎皎的孤月,诗人飞腾神思,追索到历史的源头:江畔什么人最初看见月亮?月亮又是从哪一年开始照人?这富有哲理的问题把读者带入一个绵远的时间长流里。从那遥远的初始以来,江月年年相似,而人生却送走了多少世代,不知送走了多少离人思妇的年华!将自古以来的离人别绪一起抒发了,极大地扩展了诗歌内容的含量。这段的末联中提出"不知江月待何人",又隐隐有一离人呼之欲出,从而自然地转接到下文具体的游子思妇的抒情。

"白云"以下二十句为第三大段,描写具体的离人思妇的情怀。首二句托物寓意,那悠悠飘去的一朵白云,就是漂泊江上的游子的象征。"青枫"句则糅合前人创造的意境写情。《楚辞·招魂》曰"湛湛江水兮上有枫,目极千里兮伤春心",江淹《别赋》曰"春草碧色,春水渌波。送君南浦,伤如之何!"青枫浦引起人们丰富的离愁别恨的联想。"扁舟子""明月楼"双点游子与思妇,进入具体主题。从此以下,八句写思妇,八句写游子。写思妇的前四句着重于低回缠绵的月色。它徘徊于闺楼之中,敷洒在闺中事物之上。也许月圆人不在,月色显得恼人吧,想要驱走它,却"卷不去""拂还来",写尽思妇百无聊赖的烦恼心境。后四句又生痴想,既然此时正在千里共明月,而相望不相闻,干脆乘着月光飞去吧,可是只见雁飞、鱼跃,而月华光影却是不动的,思情之深切如见。写游子的前四句渲染春将尽而人不归,后四句直吐恨怀,不知有几多离人乘月归去,自己却羁留不还。将沉的落月摇漾起满怀苦情,唯有洒向江树而已,怅恨之情,余韵悠然。这一句显然有《西洲曲》"海水摇空绿"的影子。

在初唐,显示出诗风改革的突出业绩的是陈子昂(约659—700)。他字伯玉,梓州射洪(今属四川)人。曾任右拾遗,人称陈拾遗。他生活在武后时代,性情侠义,有较进步的政治思想,认为"王政之贵,莫大于安人"。反对穷兵黩武,主张"清官人"以制止"官人贪暴"。勇于谏诤,终为权臣所害。

他提出鲜明的诗风改革主张,《修竹篇序》指出"文章道弊五百年矣","汉魏风骨,晋宋莫传",批评"齐梁间诗,彩丽竞繁,而兴寄都绝",叹息"风雅不作,以耿耿也"。明确标榜"风雅""汉魏风骨"的"兴寄"优良传统,反对晋宋以下只追求形式华美的绮靡诗风。

陈子昂最有代表性的作品是《感遇诗》三十八首,它们不是一时一地之作,反映了丰富的内容。其中属于边塞题材的,或抨击穷兵黩武(如"丁亥岁云暮"),或揭露军政腐朽(如"朝入云中郡""朔风吹海树");属于内政题材的,或批评侈费奢靡(如"圣人不利己"),或暴露武后随意屠戮大臣(如"贵人难得意");抒写一身遭遇的作品,或表现以身许国的志怀(如"本为贵公子"),或抒发怀才不遇的感慨(如"兰若生春夏"),都触及现实的政治状况。

卢藏用曾慨叹陈子昂"埋没经济才,良图竟云已"。陈子昂有经时济世才志,在当时的政治形势下,未得很好施展。《感遇诗》"兰若生春夏"运用比兴手法,通过咏香兰、杜若生动地表现了这一主题。首句点季节,春夏正是兰若盛长之时。次句状其枝叶鲜茂,勾画出充满生命力的气象。第三句赞兰若之超群,为林中花色之冠。"独",颂其质高;"幽",明其境地。质高而僻处林中,正如才人遗弃于野。这句所赞之花色,即第四句具体描写的,紫色的茎干上托出鲜红的花朵,两句倒置,显得顿挫有力。诗的后半,陡然一转,时光流逝,转眼秋风,鲜花摇落,芳意竟一无所成。兰若的品格与命运,就是诗人的品格与命运。托物咏怀,寄慨遥深。

陈子昂的《登幽州台歌》则是用直接抒怀的方式倾吐怀才不遇的感情。据卢藏用《陈氏别传》载,这首诗是他随建安郡王武攸宜征讨契丹,屡次提出重要建议不被采用,"因登蓟北楼,感昔乐生、燕昭之事"而作。蓟北楼即幽州台,当时幽州治蓟。乐生、燕昭之事指一个古代礼贤的故事。据《史记·燕召公世家》记载,燕昭王"卑身厚币,以招贤者"。他先为郭隗改筑了居室,并事以为师。结果"乐毅自魏往,邹衍自齐往,剧辛自赵往,士争赴燕"。乐生即指乐毅。歌的内容与此故事密切相关。首句言"前不见古人",是说历史上像燕昭王那样礼贤的英主未及见。次句言"后不见来者",是说将来也许还有虚己尊贤的明君出现,但人寿有限等不到其时。正是古人不及见,来者不可见,推激出第三句"念天地之悠悠"的深慨。天地是久远无限的,但人生各占百年之间,古往与方来均不可及,而所之时却无用贤之主,一种生不逢时之感像湍急的漩流旋转诗语之中,从而落到第四句"独怆然而涕下"。不仅诗人涕下,笔力之重也催人涕下。这首诗气势磅礴,境界阔大,感人至深。诗采取了富有散文句调的杂言形式,也为长久郁积的感情的喷薄倾泻提供了相宜的形式。

陈子昂的诗直承汉魏五言,发扬了建安的"慷慨以任气"和阮籍的比兴托讽以咏怀的传统,艺术线条粗放,语言朴质,意境苍莽,风格刚健,一扫六代之纤弱,在唐诗的发展上占有重要地位。如果说"四杰"从宫廷走向人生,陈子昂则进一步将诗歌引向政治与社会。胡震亨说:"子昂自以复古反正,于有唐一代诗功为大耳。正如鼢涉为王,殿屋非必沉沉,但大泽一呼,为群雄先,自不得不取冠汉史。"

第二节　盛唐山水田园诗派

随着唐代社会发展到鼎盛,继陈子昂诗风改革胜利之后,盛唐诗坛出现了百花齐放的繁荣局面,达到了唐诗的高峰。不仅有以王维、孟浩然为代表的山水田园诗派,和以高适、岑参为代表的边塞诗派,还出现了我国文学史上的双星——伟大的浪漫主义诗人李白和伟大的现实主义诗人杜甫。作品思想与艺术相结合,"文质取半,风骚两挟。言气骨则建安为传,论宫商则太康不逮"(殷璠语),六朝以来所积累的艺术,到这时才在丰实内容的基础上大放异彩。

山水田园诗派的诗人大都是开始有积极的追求,后来遭遇这样那样的挫折,发展了佛、道及隐逸思想,娱情散怀于山水田园。他们的作品描写了山水田园的自然美,艺术上有较高的造诣,思想上则往往表现闲情、遗世甚至是寂灭情绪。山水田园诗派的代表作家是王维、孟浩然。

王维(701—761)字摩诘,太原祁(今山西祁县)人。他多才多艺,通音乐，善绘画，工诗歌。二十一岁中进士，前期有"济人然后拂衣去"的进取精神，四十岁左右逢政局变动，奸相李林甫代替了贤相张九龄，遂逐渐浮沉应世，过一种亦官亦隐的生活，常常留连于终南别业的辋川别墅，晚年崇佛思想日益浓重。官至尚书右丞，故亦称王右丞。

王维前期中期曾写下一些游侠和边塞题材的诗，反映了追求建功立业和为国献身的积极精神。如《燕支行》写出"誓辞甲第金门里，身作长城玉塞中"这样激动人心的诗句。后来当作者亲身出使塞上时，还写下一些描写边塞风物的名篇。如《出塞作》云："暮云空碛时驱马，秋日平原好射雕。"传出一股浓郁的大漠气息。《使至塞上》尤富有代表性。

唐玄宗开元二十五年(737)，河西节度副使崔希逸在边事战争中取得胜利，王维奉命前往宣慰，这首诗即作于赴河西边庭途中。首联着重渲染征程的遥远，"单车欲问边"。边庭在哪里呢？于次句交代出来，"属国过居延"。居延在今甘肃额济纳旗东南，为河西至漠北的重要通道。东汉时这里是张掖郡属国都尉治所。颔联写经历塞上时的感怀。走到塞内塞外的分界处，不免更增出离中原、踏上异域之感，但表现得很含蓄。于己只言"出汉塞"，于雁只言"入胡天"，去乡赴远之感尽含其中，耐人咀嚼。颈联写塞上风光，沙漠一望无际，故云"大漠"，大漠上荒无人烟，只有孤零零的驿所亭堠，故云"孤烟"。在空无所有的大漠上，衬着广阔的天幕，一缕孤烟袅袅上升，不禁使人有独立如柱之感，诗人用一"直"字，极为传神。大河穿越沙漠，全景尽收眼底，好像从天的一端流向另一端，故云"长河"。平沙旷野，落日直贴在地平线上，得见其又大又圆的身影，故云"落日圆"。十个字勾画出大漠黄昏的鲜明画面，成为千古传诵的名句。作者既善于撷取最富有特征性的事物，又善于布景构图，形成浑然一体的完整的境界，用字则精妙传神。末联说："萧关逢候骑，都护在燕然。"在诗人面前展开一条更加广远的征路，饶有余味，其中隐含对边事的胜利和唐代疆域辽阔、声威远及的颂赞。

王维最为人称道的是山水田园诗。写雄浑壮美景色的如《终南山》《汉江临眺》，写农家田园风味的如《渭川田家》《新晴野望》，写清幽孤寂境界的如《鸟鸣涧》《竹里馆》《过香积寺》等，无不善于取材、布景、造境。画面鲜明，意境浑融，观察细微，刻画传神，不愧"诗中有画"之誉。《山居秋暝》是富有代表性的一篇。

这首诗鲜明地刻画出秋山雨后黄昏的景色和诗人陶醉的心境。首联从大背景上落笔，"空山""新雨""晚来""秋"，平平实实的几个字，使人感受到山中的寂静,雨后的清新,秋气的飒爽,黄昏的安宁,字里行间散发出一股清幽之气。颔联出现的风光,与上联秋日黄昏新雨的大背景密切相关。雨后碧空无尘,松针如洗,皎洁的月色敷洒在松林上,诗人特别用一"照"字启示人们去体会那珠水晶莹的景象。一场秋雨之后,山泉水势必增,诗人又特别用一"流"字让人们去体味玲玲淙淙的水声。清泉而云"石上流",则月光下溪水清澄见底之象可见。这一联给山中清幽之景又涂上一层明洁的色调。颈联再拓展一步,从黄昏特有的景象中写出山中浓郁的生活气息:"竹喧归浣女,莲动下渔舟。"竹林深处传来一阵嬉闹的笑语声,那是洗衣的女孩子们结伴归去;莲塘里一道纷披的痕迹,那是渔人已经收网返航。只听见竹林中的喧声而不见其人,只见到莲株的摇动而不见行舟,自可想见竹林、莲丛的茂密,人们竟是包裹在一个郁郁葱葱的绿色世界里,这是何等诱人的境界! 无怪末联要由衷地倾吐出"随意春芳歇,王孙自可留"的赞叹了。虽然春芳匆匆消歇,秋光依然迷人,"王孙"自不必离去了。《楚辞·招隐士》说:"王孙兮归来,山中兮不可以久留。"是招王孙出山,作者信笔拈来,反用其意,自成佳构,增无限趣味。作者对山中生活的迷恋,自然隐含对官场生涯的厌倦之情,不过这一层意思都隐藏在诗的背后。

王维还有一些写情小诗,情真意切,传诵人口。如《九月九日忆山东兄弟》《送沈子福归江东》《相思》等。《送元二使安西》尤其是送别诗中的绝唱。自此诗一出,被谱入乐章,成为人们送别时普遍应用的歌曲,故又称《渭城曲》《阳关三叠》。

孟浩然(689—740),襄州襄阳(今湖北襄樊)人。与王维并称"王孟"。曾隐居鹿门山,中年一度游走长安谋取仕进,没有结果,又归向隐逸和山水漫游。他的经历很单纯,思想也不深厚,但他的诗即兴写意,不假雕饰,而自然超妙。气象浑成,意境清远,韵味浓深。叶燮说:"如画家写意,墨气俱无。"《过故人庄》《宿建德江》都能表现这种特色。

《过故人庄》写到一个田庄上的老朋友家里做客。首联平实的叙事,故人相邀至田家。"具鸡黍"虽是用《论语》中典故成语,但家鸡田黍自有一股浓郁的田家气息。次联平淡的写景。小村子绿树环抱,而远处一道青山将它与城郭隔开,煞有世外桃源之味。第三联写谈宴:"开轩面场圃,把酒话桑麻"。窗外是谷场菜田,话题是桑麻蚕丝,诗人整个身心都陶醉其中了。故末联率直地提出后约:等到重阳佳节,还来赏菊,饱含依恋顾惜之情。这首诗语言平淡,叙事自然,似无甚奇处,但略一品玩,恬静的田园环境,淳朴的农家情事,真挚的友谊交情,尽在其中,大巧若拙。

《宿建德江》写漫游中的羁旅孤寂情怀。诗人选择了暮宿的一刹那抒情。黄昏来临,把旅舟停靠在夜雾笼罩的江中小洲旁边,面对日暮不禁升起旅况的新愁,"移舟泊烟渚,日暮客愁新"。也许是快入夜了,更容易逗起乡思。三、四两句全转为景语,"野旷天低树,江清月近人"。似是写景,实皆含情。前一句说,原野平旷,直伸展到天边,一眼望去,远树与天际相接,里面实含望家之意,家乡还在那远树之外;后一句说,江水清澈,明月倒影在水中,似乎就在身边,里面实含在家有亲人相伴,在外只有明月相依了。景语实皆即情语,饱含作者的孤独感。

第三节　盛唐边塞诗派

以边塞为题材的作品不始于盛唐,不过魏晋六朝时期的边塞诗,大半是沿袭乐府题目借题发挥,或用以写壮怀,或借以写离情闺思。所以居处深宫、沉迷声色的陈后主也可以写出《陇头水》那样的边塞诗:"地风冰易厚,寒深溜转清。"纯为模拟想象之词。唐兴以来,注意东北和西北地区的经营,一些士子亲身到过边塞,边塞诗的面貌有了明显变化,开始反映边塞实际生活。陈子昂是这一变化的重要代表。随着唐代国势的发展,边塞成为越来越多的文人歌咏的对象,在陈子昂开辟的道路上,继续向前推进。盛唐边塞诗人一般具有安边定远的豪情壮志。他们追求国势的强大,边地的安宁。高适说:"边庭绝刁斗,战地成渔樵。榆关夜不扃,塞口长萧萧。"(《睢阳酬畅大判官》)代表了他们的理想。同时他们也有舍身为国的豪迈的献身精神。岑参说:"万里奉王事,一身无所求。也知边塞苦,岂为妻子谋!"(《初过陇山途中呈宇文判官》)代表了他们的志尚。所以他们诗中激荡着发扬国威、巩固边防、为国立功的英雄主义气概和昂扬奋发的进取精神,带有蓬勃发展的盛唐时代气息,富于浪漫主义色彩。高适、岑参是边塞诗派的代表作家。

高适(702?—765),字达夫,祖籍渤海蓨县(今河北景县)。前期仕途不得志,曾漫游至蓟门、卢龙一带东北边地,接触到朔方节度副大使信安王祎及幽州节度使张守珪幕府,了解了一些边塞军幕的情况。后得封丘县尉之职,因不耐"鞭挞黎庶",弃官入陇右、河西节度使哥舒翰幕府。安史乱后,宦途顺利,官至散骑常侍,故亦称高常侍。高适既有壮志和功业思想,又颇关心民生疾苦。《自淇涉黄河途中作》说:"试共野人言,深觉农夫苦。""耕耘日勤劳,租税兼潟卤。"由于有这样深厚的思想基础,他的边塞诗也具有较丰富的现实内容,代表作是《燕歌行》。开元二十六年(738),有人跟从幽州节度使张守珪出塞而归,作《燕歌行》,高适写了这首诗相和。虽然是应和别人之作,诗前的序中明言"感征戍之事",显然是概括了前此到东北边地的实际观察和感受。

诗的前八句为第一段,写大将受命出征。八句诗铺排得极有声势,写出了唐帝国的国威和大丈夫的英雄气概。"男儿本自重横行",有力地展示出男儿志在四方、驰骋疆场、横行敌中的志怀。"摐金"二句写出出征队伍浩浩荡荡的行军气势。这一段笔力矫健,气魄雄伟。

"山川"以下八句为第二段,写战斗的艰苦。胡骑是剽悍的,迎头压来,有如狂风骤雨,描状塞外骑兵迅疾猛鸷之势十分传神。士兵们的战斗是英勇顽强的,虽然牺牲惨重。但是,要"力尽关山",战斗到底。诗中说"战士军前半死生,美人帐下犹歌舞",是诗中要表达的一个重要思想,揭露当时军将的腐败。在激烈的战斗中,他们仍在军幕中歌舞行乐。把军将帐中的情况与士兵战场的情况直接对比起来,就更见军将面目之可憎,增加了批判力量。这一段中很善于以背景烘托气氛,如"胡骑凭陵杂风雨"前面配上"山川萧条极边土"的广漠荒凉的背景,"孤城落日斗兵稀"前面点染上"大漠穷秋塞草腓"的肃杀秋气,都加强了诗语的感染力。整段写得艰危悲凉。

"铁衣"以下八句为第三段,写战争给戍卒与闺人带来的离别相思。后四句着重渲染边地的遥远不可度越以及战斗的频繁紧张,分外增加了相思的沉痛感。这一段哀惋凄切。末四句为第四段,遥扣第二段中对军将的批评,哀叹士兵的命运,表示对边将作风的不满。战士血战沙场,志在卫国死节,但谁来体恤他们呢?"至今犹忆李将军!"空怀古人而已。李将军指汉将李广,他带兵的最大特点就是与士兵同甘共苦,每逢军队行至"乏绝之处,见水,士卒不尽饮,广不近水;士卒不尽食,广不尝食"(《史记·李将军列传》)。与美人帐下歌舞的军将形成鲜明的对比。举出李将军,就是对当时军将的最有力的抨击。这一段感慨深沉。

这首诗的特点是:(一)作者站在保卫国家利益的立场上,对护边驱敌和将士的英雄主义精神予以颂扬,对军将的腐败行为则予以指斥,对战争给人们带来的痛苦也不讳言,反映了丰富的内容和思想感情。(二)诗的段落层次分明,笔墨色调随内容而变化,或铺张扬厉,或感慨悲凉,使人不觉其长。(三)将歌行体用于写边塞实际生活,使歌行体的风格有了进一步变化和发展。唐初歌行沿六朝余习,多以句式整饬、词采妍华为工。"四杰"中的卢照邻的《长安古意》虽然内容是批判统治层的骄奢豪华,形式上还是整饬妍华的。到了张若虚的《春江花月夜》，虽整饬而脱去妍华，表现为一种清新秀美的风格。这首诗句式仍是整饬的，但已不追求词采的华美，不少是用朴实的笔墨勾勒塞上战场苍莽悲凉的气象，其中又奔腾一股雄健之气。此外，高适的《营州歌》写北方边地民族的俗尚，是一幅传神的风情画。

岑参（715—770），南阳人。曾两度出塞。一次在天宝八年（749），赴安西任安西四镇节度使掌书记，历时三年。一次在天宝十三年，充安西北庭节度使封常清判官，亦历时三年。官终嘉州刺史，故亦称岑嘉州。

殷璠说岑参的诗"语奇体峻，意亦造奇"（《河岳英灵集》），杜甫也说"岑参兄弟皆好奇"（《美陂行》），他的边塞诗也突出地显示了"好奇"的特点，善于写西北边地为内地罕见的雄奇壮丽风光。如《热海行》写热海奇景："侧闻阴山胡儿语，西头热海水如煮。海上众鸟不敢飞，中有鲤鱼长且肥。"《火山云歌》写火山的奇观："火云满山凝未开，飞鸟千里不敢来。"岑参富有从军赴远、苦斗安边的英雄主义豪情，这种精神与奇伟瑰丽的西北风光相遇合，得到最充分的发挥，创造出许多奇伟动人的画面，情景感人至深。如《走马川行奉送封大夫出师西征》写西北险恶的风沙和奇寒。风沙之大："轮台九月风夜吼，一川碎石大如斗，随风满地石乱走。"寒气之烈："风头如刀面如割，马毛带雪汗气蒸，五花连钱旋作冰，幕中草檄砚水凝。"然而在这艰苦的环境中，却是豪迈的进军："将军金甲夜不脱，半夜军行戈相拨。"以险为豪，以苦为乐，冲艰逆险，勇往直前，读之使人激昂奋发。总之山川奇，风物奇，诗情奇，正如方东树说："奇才奇气，风发泉涌。"这使他的边塞诗与高适的风格迥异。如果拿同时代的诗人打个比喻，高适有如边塞诗中的杜甫，岑参则似边塞诗中的李白。

《白雪歌送武判官归京》更富有代表性。这是一首送别诗，由于西北边地特殊的风物，作者特有的豪情，创造了送别诗中的奇格。诗题冠以自拟的歌行名目"白雪歌"，诗中尤其突出了白雪。前十句从不同的侧面写雪。首句北风卷地而来，见出寒风的酷烈气势。白草是西北地区特有的一种坚韧的草，一般来说，风过草偃，伏而不折。草折，当为草茎冻僵之故，不仅见风之大，尤其见风之寒，成为下句写雪的极好铺垫。次句落到雪。特别点出雪飞于八月清秋，"即"字醒目，使人强烈地感受到西北特异的气候。三、四两句用比喻描写雪景壮观："忽如一夜春风来，千树万树梨花开。"比喻新颖奇妙，出人逆料。本来大风奇寒，飞雪盖地，令人瑟缩，而诗人却是如见春花盛开的心境。没有他那逆苦傲寒的浪漫豪情是产生不了这样的艺术反映的。五至八句从侧面烘托大雪的奇寒。风挟雪花袭入帐幕，罗幕全打湿了。穿着狐皮袄也不觉暖,盖着锦衾也不防寒,弓弦冻僵力控难张,铁甲奇凉不堪着体。九、十两句再从自然环境上烘托,浩瀚无边的沙漠,到处是百丈坚冰,黯淡的乌云死死地盖住万里青空。"百丈冰"的夸张,"凝"字写乌云固结的刻炼,都为诗句增添了神采。色调上于"淡"字前着一"惨"字,"云"字前嵌一"愁"字,为下面引入送别酝酿气氛。"中军"四句写别宴。饮宴的音乐不描写乐声,只点出边地民族所特有的三种乐器,大大增加了别宴的异域风味。言"暮雪"说明别宴持续之久,隐示出情意之深。营门的红旗冻得僵直,风也不能再使它招展,显出暮雪之寒。"轮台"以下四句写送行。在轮台东门之外分手,路已全被大雪吞没,目送归友直到转过山头不见,只留下一道向远处延展开去的马蹄印,诗人深情伫望的情景如见。而茫茫雪原的雄浑背景则给送别画面笼罩上一层旷放豪迈的气氛。

　　在众多的边塞诗人中,王昌龄以七言绝句擅场。因为他做过江宁县丞,人们也称他王江宁。有"诗家天子王江宁"的品题,可见其诗歌造诣之高。他的《出塞》其一感慨边无良将,以故征役不息。诗的境界开阔,运思曲折,用笔含蓄,明人李攀龙推许为唐人七绝的压卷之作。

第六章　李　　白

　　李白属于我国文学史上第一流作家的行列。他在盛唐时代将浪漫主义诗歌推上高峰，创造出不少典范的不朽作品，成为我国古代文学宝藏中的珍宝，永远闪耀不灭的光辉。

第一节　李白的生平与思想

　　李白（701—762），字太白，祖籍陇西成纪（今甘肃天水附近）。先代因罪流徙到西域，他幼年随着父亲迁居于四川彰明县（今江油）青莲乡，自号青莲居士。

　　李白早年博览群书，打下了深厚的文化基础。"五岁诵六甲，十岁观百家""十五观奇书"。开元十四年（726），二十六岁，为施展政治抱负，谋求仕途发展，开始离乡远游。曾至湖北、河南、山东、安徽、江苏、浙江等地，走了大半个中国，开阔了眼界，也初步感受到谋求发展的艰难："弹剑徒激昂，出门悲路穷。"天宝元年（742），四十二岁，由于道士吴筠的推荐，得到唐玄宗征召，奔赴长安。玄宗虽然待以殊礼，"降辇步迎，如见绮皓。以七宝床赐食，御手调羹以饭之"，但主要是赏识他的才华，让他待诏翰林，做一个文学侍从之臣。这与李白实现政治怀抱的愿望是背道而驰的。李白的才华又遭到小人的嫉妒，特别是他那不拘礼法、平视王侯、兀傲特立、不肯俯事权贵的品格，更惹来权贵们的嫉恨。宦官高力士、驸马张垍等人屡加谗毁，使李白很难再在长安驻足，于是他自请还山。玄宗也就于天宝三年将他赐金放还了："君王虽爱娥眉好，无奈宫中妒杀人。"这是他第一次从政的结局。李白在长安虽只三年，却亲自接触了上层统治集团，对现实政治状况有了具体的了解和感受，他与现实矛盾冲突的感情转为激烈，开始写出富有现实内容的诗篇。

此后,李白继续其漫游生活。在洛阳、汴州结识了杜甫、高适。又东至山东,南下金陵、越中、宣城,北游邯郸、幽州,西至襄阳,后隐于江西庐山屏风叠。就在这时,爆发了"安史之乱",时为天宝十四年,李白五十六岁。次年,永王李璘在南方长江流域主持军事,向李白发出邀请。李白为了效力于平叛斗争,参加了永王幕府。但肃宗李亨以永王为叛乱,将永王军队消灭,李白也被牵连入狱,这就是一般所说的"从璘案"。后经人搭救,得以免死,流放夜郎(今贵州桐梓一带),时为唐肃宗乾元元年(759),李白五十八岁。次年,行至巫山一带,遇赦放归。这是他第二次从政的结局。上元二年(761),他六十一岁,在当涂听说太尉李光弼追击史朝义至临淮,又奋起要求参军,走到金陵,因病折回,"天夺壮士心,长吁别吴京",次年遂死于族叔当涂县令李阳冰家。这他第三次从政,在半途便夭折了。

在唐代思想比较自由的情况下,李白从各家思想中汲取自己需要的东西。他从儒家吸收了经时济世思想,怀有高远的政治理想,志在"申管、晏之谈,谋帝王之术,奋其智能,愿为辅弼,使寰区大定,海县清一"(《代寿山答孟少府移文》),也就是要使唐代社会继续沿着繁荣强盛的道路走下去。他希望做姜尚、诸葛亮、谢安那样有作为于人世的政治家,而瞧不起"白发死章句"、不通"经济策"(《嘲鲁儒》)、无益于时的拘挛儒生。李白从墨家汲取了墨侠精神,除自己有轻财好施、解人急难的义侠行为外,尤其重视侠义之士在政治上的排难解纷、济困扶危。他在《侠客行》、《古风》其十中歌颂战国时解救赵国急难的魏国侠士朱亥和义不帝秦、功成不受赏的齐人鲁仲连。他将侠义精神运用于政治领域,形成了有功于世而不求爵赏的功成身退的政治态度:"愿一佐明主,功成还旧林。"(《留别王司马嵩》)李白从道家思想中吸取了自然主义哲学观,认为"万物兴歇皆自然""逆道违天,矫诬实多"(《日出入行》)。这使他形成一种因任自然,"不凝滞于物,与时推移。出则以平交王侯,遁则以俯视巢许"(《送烟子元演隐仙城山序》)的处世态度,又使他有与道合一、遗世独立的胸怀与气魄。所谓"吾将囊括大块,浩然与溟涬同科"(《日出入行》)。这使他超世卓立、高视人间,宇宙好像在他胸中,人世好像在他脚下,助长了他傲世、鄙世、蔑视等级权势的力量。所有这些,都有助于诗人叛逆精神的发扬。此外李白还受有道教、神仙家、隐逸等思想影响,与山水结下不解之缘:"五岳寻仙不辞远,一生好入名山游。"(《庐山谣寄卢侍御虚舟》)

正是受多方面思想影响,李白的生活好尚也不拘于一端,随其在现实中的遭遇与心境的变化,时而表现为积极追求济世功业的士子,时而表现为击剑为任侠的侠士,时而成为寻仙访道的神仙道流,时而成为脱尘离俗的高人隐士,时而又变成会友纵博、醉酒携妓、放诞不拘的名士。神仙是遗世的,隐士是避世的,侠士是不守封建法规的,名士是不拘名教礼法的,只有儒士是入世的,而他又是"功成拂衣去"的义侠态度,所以整个生活充满浪漫气息。在当时的社会里,他像一匹脱缰的野马,思想少拘束,生活也少拘束,一任己意奔腾驰骋。但其中贯穿一条主线,即追求对人世有所作为,然后功成身退,并且始终没有失去这方面的自信与热情,三次从政的努力充分证明了这一点,所以总是放射着积极浪漫主义的光辉。

第二节 李白诗歌的思想内容

　　李白处于唐代由盛转衰的时期。一方面是"一百四十年,国容何赫然"(《古风》其十)繁盛顶点;另一方面又已开始腐朽,社会中潜伏着深刻的危机。唐玄宗开元二十四年(736,李白三十六岁)张九龄罢相,标志着清明政治的结束,此后李林甫、杨国忠等奸佞当权,使各种矛盾迅速激化,终于导致安史之乱。唐代从此走上了下坡路。李白是盛唐精神哺育出来的人物,他在《上李邕》中以浮游九天的大鹏自喻:"大鹏一日同风起,扶摇直上九万里。"盛唐蓬勃发展的国势,就是把李白这只大鹏推上九天的扶摇。然而日渐转衰的现实,又无情地粉碎了他的期望。他充满幻想和展望踏入社会,却到处是碰壁,只能在漫游中消磨一生。盛唐哺育了他,却不能任其飞翔,还终于摧折下来,正像他临终前的慨叹:"大鹏飞兮振八裔,中天摧兮力不济。"这不能不使他与现实处于尖锐矛盾对立之中。李白的诗歌主要由理想与现实矛盾所激发,集中体现为充满追求与反抗激情的积极浪漫主义精神。大体可以概括为五个方面内容。

　　第一方面内容,歌咏高远的政治怀抱、积极用世精神和坚定顽强的信心。他常常通过对古代政治家的景仰抒写抱负与壮怀。他赞赏姜尚"宁羞白发照清水,逢时壮气思经纶"(《梁甫吟》);羡慕诸葛亮"鱼水三顾合,风云四海生。武侯立岷蜀,壮志吞咸京"(《读诸葛武侯传书怀》);颂扬谢安"暂因苍生起,谈笑安黎元"(《书情赠蔡舍人雄》)。他的一些歌咏游侠壮士的诗篇,也寄寓着建功立业的热情,如《白马篇》:"发愤去函谷,从军向临洮。叱咤经百战,匈奴尽奔逃。"

　　李白虽然不断遭遇挫折,却始终没有丧失信心,也没有放弃追求。他坚信"天生我材必有用"(《将进酒》),而且会有机会到来:"张公两龙剑,神物合有时。"(《梁甫吟》)从长安失败出来,他心情苦闷,纵酒狂放,但是眼睛仍然向着未来:"歌且谣,意方远,东山高卧时起来,欲济苍生未应晚。"(《梁园吟》)所以他诗里常常激荡着一股坚定、乐观、豪迈的思想精神。《行路难》其一是富有代表性的一篇诗作,写于在长安不断遭到排挤谗陷的时候。诗人怀着实现政治抱负的一腔热望来到长安,得到的却是不断射来的明枪暗箭,不能不激起满心愤懑之情。前四句就是这种感情的宣泄,很有洪水破堤之势:"金樽清酒斗十千,玉盘珍羞值万钱。停杯投箸不能食,拔剑四顾心茫然。"面对美酒佳肴,无心下箸,拔剑四顾,心绪茫然,诗人的情绪通过行为的描写表现出来,不仅传其情绪真切,还可见其被苦闷煎熬的神态。诗语都是使用夸张和强调的笔墨。金樽玉盘,斗酒十千,盘菜万钱,面对如此美盛的宴席却不能下咽,愈加反衬出愁怀之深。写不能食,连叠"停杯""投箸"两个动作;写激动之情,排比"拔剑""四顾""心茫然"三种情态,都用浓墨重笔勾勒得突出醒目,给人印象强烈。鲍照的《拟行路难》说:"对案不能食,拔剑击柱长叹息。"这四句显然受到鲍诗的启示与影响,但已带有唐人诗的流宕风华。诗从愤懑情绪发端,很有气势。五、六两句再推出情绪产生的根源,落到行路难本题。全用比兴。欲渡黄河,而坚冰塞川;将登太行,而大雪封山。世路艰难、举步皆蹶的情况,表现得形象鲜明而又贴切有力。鲍照《舞鹤赋》说:"冰塞长川,雪满群山。"此处用词造意与此有关,但鲍赋是写实景,此则用为比兴,含义自不同。七、八两句写面对艰难世路的复杂心境,诗笔又变换为暗用两个典故。"闲来垂钓碧溪上",用姜尚的典,姜尚没有遭遇文王时,曾在磻溪垂钓,这里借以表现目前被闲置的处境;"忽复乘舟梦日边",用伊尹的典,传说伊尹将被商汤王征召之前,曾梦见乘舟从日月之旁通过,这里借以表现仍然心系用世。正是这种现实与希望的矛盾,激发诗人发出了"行路难,行路难,多歧路,今安在"的呼喊。岔路口就在面前,向哪里走呢?诗人没有由徘徊而颓唐,由苦闷而消沉,而是展望前程,放声唱出了充满信心的响亮的诗句:"长风破浪会有时,直挂云帆济沧海!"终有一天会乘长风,破万里浪,高张云帆,直越大海。诗句如疾电闪射,展示出诗人的自信和力量。南朝宗悫叙其志向说:"愿乘长风破万里浪",诗人移来冶铸成诗句,并加以推衍,创造出豪迈直前的鲜明形象。整首诗是一股感情奔泻的激流,随矛盾感情的推激自然地形成起伏波澜。愤懑的激动,苦闷的彷徨,昂扬的乐观,交替而出,转折振荡,撼人心魂,表现了诗人歌行的一般特色。

第二方面内容,李白从其政治理想出发,对阻碍唐代社会发展的种种腐朽事物,予以大胆的抨击。在安史乱前,目标重在现实政治的腐朽,《古风》五十九首反映得最突出。如第三十四"羽檄如流星"一首,指斥统治集团穷兵黩武把大量的不习战阵的平民百姓送上死路:"困兽当猛虎,穷鱼饵奔鲸。千去不一回,投躯岂全生!"第五十一首借历史上的昏君揭露现实政治的黑暗:"殷后乱天纪,楚怀亦已昏。夷羊满中野,菉葹盈高门。比干谏而死,屈平窜湘源。"殷后指殷纣王,他坏乱纲纪,将直言谏诤的比干剖心,相传其国将亡时,有夷羊在京郊出现。楚怀指战国时的楚怀王,他疏远斥逐坚持正确主张的屈原,信用谗奸小人。屈原《离骚》中以恶草喻指小人充斥说"薋菉葹以盈室兮",诗即用其语。天宝年间,唐玄宗信用李林甫,杀戮贤良,李邕、裴敦复惨遭杀害,左相李适之也被排斥贬官而自杀。诗所言是有现实背景的。

《古风》二十四具体勾勒出宵小得志的画面。诗中选了两种人:一种是中贵人,有权势的宦官;一种是斗鸡者,靠侍候帝王玩好而宠耀一时的人物。宦官不过是皇帝的家奴,斗鸡者小有游艺的伎艺。他们的际遇如何,往往可视为政治状况的晴雨表。诗的前四句写中贵人。首先截取一个尘头高扬的镜头:"大车扬飞尘,亭午暗阡陌。"正午时分,路都变得昏暗起来,其出行时的仪从之盛,奔驰时的跋扈骄横,都在这尘头背后显示出来了,明快而有味。次两句再补足他们的富有与奢华:"中贵多黄金,连云开甲宅。""连云"既有高意,又有多意。从纵向看,高耸入云,从横向看,云连雾结。《新唐书·宦者传》载:"甲舍、名园、上腴之田,为中人所名者,半京畿。"是这一现实的形象表现。中四句写斗鸡者,落笔点有意与前者差别,前两句从冠服车盖上着眼:"路逢斗鸡者,冠盖何辉赫。"辉赫就是车服华艳得光彩照人。封建时代,车服是有严格等级规定的。斗鸡者的车服越制,显示了皇帝的特殊恩宠。后两句着重写其盛气凌人:"鼻息干虹霓,行人皆怵惕。"我们似乎可以看到那不可一世的骄矜神态。诗在揭露了两种人的荣宠骄横之后,末两句冷然作收:"世无洗耳翁,谁知尧与跖!"这不啻说,现实是一个污浊的泥塘,没有一个清高出俗的人,还有谁来分辨贤愚邪正呢!愤愤之情,溢于言表。

安史之乱爆发以后,李白的笔锋转向平叛定乱,抨击安史叛军,抒写忧国的深思和平叛的志怀。《永王东巡歌》其十一说:"试借君王玉马鞭,指挥戎虏坐琼筵。南风一扫胡尘静,西入长安到日边。"献身平叛事业的热情,对自己才力的自信,重新澄清天下的壮怀,交织成感人的诗句。《书怀赠江夏韦太守良宰》说"中夜四五叹,常为大国忧","安得羿善射,一箭落旄头",表现了高度的爱国思想。

第三方面内容,抒写壮志受挫后,理想与现实矛盾迸发的激愤的感情,或者为愤怒的指斥与抨击,或者为受压抑的痛苦的呼号,或者为愤懑的狂放,或者为傲岸的决绝,激情喷涌,富有冲击与对抗的力量。形式则以歌行体为主,最能反映李白感情奔放的浪漫主义诗歌的独特风格。

《答王十二寒夜独酌有怀》表现了愤怒的指斥与抨击,不啻狂风暴雨,震雷惊电。对"狸膏金距学斗鸡"的小人和"西屠石堡取紫袍"的将领,极端鄙夷。贤愚颠倒、谤言喧腾的丑恶现实给予猛烈抨击:"骅骝拳局不能食,蹇驴得志鸣春风。"激愤的感情使诗人不禁戟指斥骂:"孔圣犹闻伤凤麟,董龙更是何鸡狗!"前秦宰相王堕刚肠疾恶,每逢朝会,不与奸佞起家的右仆射董荣(龙为小字)接言。有人劝王堕敷衍一下,王说:"董龙是何鸡狗,而令国士与之言乎?"诗人笔锋显然直指当朝权奸。

《行路难》其二表现了诗人备受压抑的痛苦的呼号。他"曳裾王门不称情",插足朝廷,又"汉朝公卿忌贾生",这无地可以容身的现实,逼使诗人喊出"大道如青天,我独不得出"这样震撼人心的诗句。在《梁甫吟》中,诗人也悲愤的吟唱道:"长啸梁甫吟,何时见阳春?"诗人虽一生都期望着阳春,却始终没有等来阳春。

《将进酒》突出地表现了愤懑的狂放感情。这首诗作于天宝十一年。当时李白与岑勋一起到嵩山友人元丹丘处聚会,诗就是三人对酒时所歌。《将进酒》是汉乐府曲名,古辞也大多是写饮酒放歌的内容。李白这篇有个人特定的思想感情,艺术上也是独创的形象。前四句怀着深慨写年华流逝的疾速。首二句,诗人给年华虚度在胸中激起巨大的感情漩涡,找到了最好的表现形象和最适宜的放歌节奏:"黄河之水天上来,奔流到海不复回!"《论语》中载孔子曾指着河水说:"逝者如斯夫,不舍昼夜。"诗以雄浑博大的形象将此意表现得更为强烈有力,显示出富有艺术个性的创造。嵩山为中岳,雄峙中原,其地距黄河不算太远,居高远眺,也许能看到黄河一点形迹,但顶多也不过是"黄河如丝天际来",不会感受到那浊浪排空、滚滚奔流之势,诗人完全是寓目生心,驰骋想象,自由创造酣畅抒情的形象。下面很自然地过渡到人生倏忽易老:"君不见高堂明镜悲白发,朝如青丝暮成雪。"朝发夕白在现实生活中是不可能的,然而这艺术的夸张,最真切地传达出青春易逝,朝暮之间的倏忽转折,与黄水奔流的形象妙合无间。四句诗组成一组排句,各以"君不见"三字喝起,增加慷慨放歌的气势。年光如流,人生短促,对于志士是多么可怕和可悲!李白于长安出来,至此已经八年了,仍在漫游中消磨岁月,这无可奈何的现实激发出"人生"以下六句。既然客观形势无从改变,朋友聚首,总算人生一大畅意之事,就应该痛饮极欢:"人生得意须尽欢,莫使金樽空对月。"后一句自然是说饮酒,但点染上"对月"二字,便有莫负佳景良辰之意。至于那个总是使人心多烦忧的将来呢?且将它抛过一边,"天生我材必有用",天既生材,必定会给他安排用场,听其自然好了。在无可奈何中有开朗乐观,在前程渺茫中有坚定自信,似乎拨云见月,将胸中愁绪一扫而空,自然可以开怀畅饮了。"烹牛宰羊且为乐,会须一饮三百杯",大家来酣饮大嚼吧! 诗人的感情由开篇的抑郁深慨一变而为恣肆狂放。"岑夫子"以下六句(一本或为五句),以宴席劝酒为过渡,转到"与君歌一曲"上。下面六句便以歌抒怀。"钟鼓馔玉"指富贵生活,这里实隐含功名、事业、地位,这一切都"不足贵",不如狂饮适意,长醉不醒。看看古往今来的历史吧:为圣为贤,都枯槁当年,寂寞后世,倒是饮者名传千古。谓余不信,有史为证:"陈王昔时宴平乐,斗酒十千恣欢谑",其形景不是至今仍传诵人口吗? 陈王即曹植,作有《名都篇》写贵公子豪华放诞的生活,其中有"斗鸡东郊道,走马长楸间""归来宴平乐,美酒斗十千"之句。李白是有强烈的功名事业心和从政热情的,这里所言显然是备受摧折压抑而迸发出来的愤激语。它反映了诗人心中长期积郁的苦闷,话语的表面是颓唐,实际背后饱蕴着热与愤。"热"是对实现抱负有始终不渝的期望与追求,"愤"是终于没有得到一展怀抱的机会与环境。正是这样,诗人的情绪在这里由狂放转为愤激。既然世事如此,那就痛饮豪酌吧!"主人何为言少钱,径须沽取对君酌。五花马,千金裘,呼儿将出换美酒",说什么钱不足了,我这里还有五花马、千金裘,只管拿出去换酒,"与尔同销万古愁"! 经过愤激的浪头,诗人的狂放也达到了顶点,裘马换酒的豪举把狂态刻画得淋漓尽致。但是归根结底,狂放纵酒还是为了销愁。为什么是"万古愁"呢? 因为"古来圣贤皆寂寞",自古以来就是志士不遇,所以要把这千古不平都用豪饮销掉。从这里我们可以体会到作者的苦痛多么深广,纵诞狂放中实噙着泪水。

《梦游天姥吟留别》表现了傲岸的决绝的态度。这首诗作于天宝四年。前一年,诗人被排挤出长安,经梁、宋,到达齐、鲁。当他由东鲁又要南下吴、越时,写了这首诗留别在山东的朋友,所以诗题一作《别东鲁诸公》。题目云"留别",点明此为赠别之作;云"梦游天姥吟",是就诗中所写内容自造一乐府歌行名目。留别而出之以梦游天姥,在赠别诗中独创一格。《一统志》载:"天姥峰,在台州天台县(在今浙江)西北,与天台相对,其峰孤峭,下临剡县,仰望如在天表。"其山是诱人的。梦游虽非实游,仍表现了心向往之。

李白在南陵接到征召诏书时,曾写诗说:"仰天大笑出门去,我辈岂是蓬蒿人!"并非甘居乡野山林的人物。曾几何时,又转向了山水。为什么如此呢?就在于仕途失意,理想受挫,"昭王白骨萦蔓草,谁人更扫黄金台!行路难,归去来!"(《行路难》其二)所以留别诗要写成梦游天姥。因为意不在别情的缠绵,而是借以抒发政治感慨,表示政治态度。政治主题通过梦游名山、神入幻境表现出来,惝恍迷离,奇异多采,更充分地发挥了诗人浪漫主义的艺术特色,成为李白的一篇代表作。

从战国以来就相传东海中有三神山,战国时燕、齐之主和秦始皇还曾派人入海探求,自然都没有结果,因为它本来是不存在的东西。诗人把它拉来作陪衬,创造了一个跌宕有致的对举的开端。"海客谈瀛洲",是虚幻的传言,所以"烟涛微茫信难求";"越人语天姥",是人间的实语,所以"云霞明灭或可睹",是可以攀登到云霞行处而一览真颜的。经过"瀛洲"的反跌,天姥更突出出来了。接下去四句盛赞天姥。"天姥连天向天横",天姥不仅高与天齐,所谓"连天";而且还很有与天比长争高的架势,所谓"向天横",情豪笔劲,把山写得龙腾虎跃。中国最有名的大山,莫过于五岳了,天姥却势拔五岳之上,区区亦城山自然只能掩盖其下了。两句已经写出天姥巍峨雄拔之势。接着两句再以天台山烘托。对天台先扬一笔,"四万八千丈",可见绝非区区小山,但在天姥面前,也不过是倾侧俯伏其下的一个小丘罢了。如此雄奇无双的山水还不足以令人神往吗?所以诗人在梦中飞去了。"我欲"以下进入梦游的境界。梦是虚境,山是实境,诗人使虚实相交,似虚似实,似幻似真,逐次展现出一种迷离引人的境界。他一夜之间,在月光下,飞越了镜湖。镜湖在今浙江绍兴,是从山东到天姥必经之路,所以过镜湖是真,而一夜飞度则是幻。月光把他的身影投射到镜湖里,就飞行说是幻,而飞行空中影投于地,又合情理之真。于是月亮把他送到剡溪。剡溪即曹娥江上游,剡县即在水滨,过剡为实,湖月相送则为幻。"谢公宿处今尚在,渌水荡漾清猿啼。脚着谢公屐,身登青云梯。"谢公指谢灵运,他喜游山水,游天姥山时,曾在剡溪投宿。他的《登临海峤初发疆中作》诗说:"暝投剡中宿,明登天姥岑。"他游山时,有专用的木屐,上山去其前齿,下山去其后齿,便于山行。谢公宿处为历史实有,是实,脚着谢屐,则为幻。于是诗人登山了。把登山说成"身登青云梯",极写山路的陡峭高峻。这一段写梦行至天姥,配以月夜的背景,点染历史的故实,画面优美,真幻交织,奇趣横生,引人入胜。"半壁"以下写登山所见之景。因是梦游,仍然蒙上一层迷离惝恍的色彩。半山腰处已经看到大海日出,又传来天鸡的啼声,将神话组织入诗,更添神异气氛。山路曲曲折折,"千岩万转路不定,迷花倚石忽已暝"。一路上或迷赏名花,或倚石休憩,不觉之间已到夜幕降临的时刻了。由山路之遥反衬出山势之高。当诗人登上高处,只听见深邃的峡谷中岩泉咆哮,林木茂密,黑黝黝不见边际,使人不禁感到战栗惊恐。向下望去,云在脚下,青青含雨欲落,岩泉瀑水笼罩在夜雾中。这境界神秘奇伟,为下文陡开奇境,酝酿了气氛。

  从梦游天姥的题目看,诗至此已经意完神足,游山已毕,但下面忽又别开幻境。一阵电闪雷鸣,山崩峦颓,两扇石门訇然启张,露出一个洞天福地来:青空辽阔,日月光辉,金装银裹的亭台建筑,光耀夺目,云中的仙人以虹霓为衣,飘风为马,纷纷降落碧台瑶宫。仙人林立,虎为鼓瑟,鸾为拉车,奇境迷人。从开篇到这里,境界不断转换,从雄拔奇伟,到优美清丽,到幽僻震怖,到神异奇妙,画面丰富多彩,充分显示了诗人的艺术创造力。正当诗人进入梦游的高潮的时候,忽然魂悸魄动,一觉醒来,方才的烟霞洞天全都烟消云散,只有入睡的枕席在侧。从二十六岁出蜀经历了二十年社会阅历的李白,不禁由此进入深邃的思索。世间一切富贵行乐,不也都像一场春梦吗?千古往事不都像东流逝水一样消逝得无影无踪了吗?这里面包含着他翰林待诏三年已成陈迹的影子。这种人生如梦的思想是消极的,不过其中也含有对世间所重的那种庸俗富贵的轻蔑。正是这样,坚定了诗人离去的意志。"别君去兮何时还?""何时还?"这是两可之间的问题。也许还。也许不再还,所以不做答。而眼下则是要立即去访名山。骑白鹿,行青崖,是仙人的形象,表示追步神仙。李白本是"五岳寻仙不辞远,一生好入名山游"的,现在他经历过人生的周折,带着对腐朽现实的憎恶与鄙视,又要回到这个畅意适情的自由天地里来了,所以喊出那高亢的决绝的声音:"安能摧眉折腰事权贵,使我不得开心颜!"陶渊明不为五斗米"折腰",罢官归去,诗人也绝不低眉曲躬谄事权贵,宁可放浪山水之间,突出表现了诗人的傲岸与高洁。他的敢于蔑视权贵的气魄与精神,给人以巨大鼓舞。

  第四方面内容,表现不受等级名分等名教礼法羁绊的自由放逸精神。李白较多地接受了古代富有民主因素的思想影响,诸如先秦士子平交诸侯的传统,道家蔑弃名教、高视人间的思想,魏晋名士放诞无拘的风流等,所以思想比较解放,适情任性而行,表现出个性自由恣肆的品格。他像一个漫游社会中的方外之人,他把方外的精神推衍到社会政治关系中,所谓"戏万乘如僚友,视俦列如草芥"。这作为一种精神气质,贯串在他的作品中。封建社会奉为权威的事物,他都敢于亵渎。"尧舜之事不足惊,自余嚣嚣直可轻"(《怀仙歌》),儒家推崇为典范的圣帝明王尧舜也没有什么了不起;"我本楚狂人,凤歌笑孔丘"(《庐山谣》),圣人也不在眼内;"醉月频中圣,迷花不事君"(《赠孟浩然》),君主也不在话下。他平视一切,"王侯皆是平交人"(《少年行》),"五侯七贵同杯酒"(《流夜郎赠辛判官》),没有布衣、贵官的界限。有时甚至还带点轻蔑,"一醉累月轻王侯"(同前),"谑浪赤墀青琐贤"(《玉壶吟》)。杜甫《饮中八仙歌》中所写的李白,最能传李白放浪形骸之外、冲破礼法束缚之神:"李白一斗诗百篇,长安市上酒家眠。天子呼来不上船,自称臣是酒中仙。"天子的呼唤也不在乎,这是很需要一点独特的气质和魄力的。

第五方面内容,写山水、友谊、爱情、妇女等题材的作品,也多有出类拔萃之作。他笔下的山水,富有个性色彩,雄奇壮美。如《望庐山瀑布》其二写庐山香炉峰瀑布。香炉峰峰头尖而圆,高插云霄,常烟云缭绕,有如香炉吐烟。首句"日照香炉生紫烟",即就此构思,写出香炉峰在阳光照射下烟霞环浮的景象,为瀑布置下雄浑的背景。"生"字用得有神,真似香炉中燃起香篆,香雾袅袅而出。次句落到瀑布,"遥望瀑布挂前川",遥望才能见其全景,全景才能显其雄浑,故从遥望上落笔。一个"挂"字,隐见山崖峭立、瀑水直下之势,但妙在微露端倪。第三句境界顿开,"飞流直下三千尺",好像俯伏蹲时的雄狮,一跃而起,显露雄姿,全面展现出瀑布由数千尺悬崖腾跃而下的雄奇飞动的形象。"飞流""直下",字字用得有力。末句以一个富有渲染力的妙喻作收,"疑是银河落九天"。不是瀑布,简直是横亘九天的银河落下来了,人们自可在这个比喻里慢慢咀嚼回味瀑布的壮观。他如《望天门山》《横江词》等无不具有这样的特色。李白写友谊爱情的诗,真挚感人。如《闻王昌龄左迁龙标遥有此寄》云"我寄愁心与明月,随君直到夜郎西",《赠汪伦》云"桃花潭水深千尺,不及汪伦送我情",都是为人传诵的深情绵邈的诗句。

第三节　李白诗歌的艺术特色

李白诗歌所创造的雄奇壮丽的形象,可以说使人惊倒。他自己说"兴酣落笔摇五岳"(《江上吟》),其笔墨有摇撼五岳的力量。杜甫也说他的诗"笔落惊风雨,诗成泣鬼神"(《寄李白二十韵》),可以惊风雨,泣鬼神。这是李白浪漫主义艺术的威力,也是他浪漫主义的魅力。我们读他的诗真如"黄河之水天上来,奔流到海不复回",忽然而来,腾跃而去,云龙天矫,变化莫测。这主要是诗人善于运用丰富的想象,大胆的夸张,无拘的形式,尽情地抒发他奔腾澎湃的感情,创造出壮浪纵恣、雄伟瑰奇的形象。

第一,雄奇壮丽、高远博大的形象体系。李白在当时的社会里,高视阔步,有如巨人。他笔下的形象很少委琐局促的东西,总是气势磅礴,开阔壮观的。《蜀道难》将这一点表现得最为充分。孟棨《本事诗》载,贺知章见此篇惊呼李白为"谪仙",确实表现了非凡的笔力。所创造的山水奇伟形象,极为罕见。关于本诗的主题,有种种说法,迄今没有定论。从诗中具体表现的内容看,说它是在长安时送友人入蜀之作,是比较切合的。诗通过劝阻友人入蜀,铺张描写出蜀道的艰险。《蜀道难》本为乐府旧题,古辞"备言铜梁、玉垒之险"(《乐府古题要解》),故借以名篇。开篇四句以惊叹喝起。首句连叠三个感叹词,不禁使人推想那被惊叹事物的奇异不凡。接着点出惊叹之处在于险危与高峻,这是后文描写蜀道难行的两个主要方面,有纲领全篇的作用。然后再收以一个夸张的比喻:"蜀难之难,难于上青天。"四句虽基本属于虚写,因为用惊叹句调,夸张比喻,不禁引起人们的好奇心。之后,逐次展开具体描写。

"蚕丛"以下八句从蜀道开辟的历史写起,糅合古老的神话传说入诗,先给蜀道蒙上一层神异的色彩。远古的蜀王蚕丛和鱼凫创建蜀国,四万余年不与中原交通。可见其僻远及秦、蜀之间隔绝着多么艰危难越的地段。从长安西侧的太白峰到蜀地的峨眉山,只有飞鸟可以"横绝"。后来有路勾连了,那是神异的力量造成的。《华阳国志》载,秦惠王许嫁五个美女给蜀王,蜀王派五个力士迎娶,归途走至梓潼,见一大蛇钻入山中。五个力士拉住蛇尾想把它拖出来,结果"山崩",将五力士与五女等全都压死,"而山分为五岭",其间的通路还是"天梯石栈",即巉险高盘的栈道。这一段神奇的历史,大大加浓了蜀道艰险的气氛。

"上有"以下进入蜀道的具体描写。前四句总写山势的险峻。高的峰头使太阳绕路,深邃的涧谷,急流奔腾。山势之高,一举千里的黄鹤也难飞越;峭壁之陡,最善腾跳的猿猱也愁攀援。这四句有实描,有烘托,形象鲜明,印象强烈。"青泥"二句特写青泥岭。盘道曲折,萦岩绕峦,百步之间便有九折。高峰连延,上与天接,伸手可以摸到星辰。青天似乎就压在胸上,使人屏气不敢呼吸。行人至此,只有抚胸长叹而已。夸张的笔墨,把蜀道写得雄伟非凡。"问君"以下九句写蜀道的荒僻、冷寂、凄清,以"问君西游何时还"领起,在那畏途巉岩之间,只有飞鸟追逐,子规哀啼,它那"不如归去"的啼声,更添人羁愁。如此蜀道,岂可行走,它会使人们的青春容颜变为衰老的。"连峰"以下七句继续写绵长蜀道中的险危之景。高峰连亘,上与天齐,峭壁陡立,枯松倒挂其上。涧谷中急流汇合悬瀑,撞击岩石,万壑雷鸣。艰险如此,远道之人为什么要到这里来呢?"剑阁"以下专写剑阁之险。剑阁在四川剑阁县北,有大、小剑山,"连山绝崄,飞阁通衢",只有狭窄通道。西晋张载《剑阁铭》说:"一夫荷戟,万夫趑趄。形胜之地,匪亲勿居。"诗人用其语意写道,"一夫当关,万夫莫开。所守或匪亲,化为狼与豺",任用不得其人,就会变为豺狼割据,人民生命也要受到严重威胁。如此可忧,所以"锦城虽云乐,不如早还家"。写蜀地有割据之患,既是烘托蜀道之险要,又多少反映了诗人对政治形势的敏感。安史乱后,蜀地常有军阀造成的不安宁。诗的末尾三句仍以咏叹作收,与开端遥相呼应。

这首诗充分利用夸张的笔墨,发挥高度的想象力,组织进神话传说、历史素材,创造出蜀道艰危雄奇的形象,是一幅罕见的壮美的山水画卷。其次,诗以咏叹的笔调进行描写,通过对行人的劝说忠告,和"蜀道难,难于上青天"的反复惊叹,几开几合,几起几落,诗笔酣畅淋漓,章法有一唱三叹之妙。再次,形式上,多采用散文化句式,杂言间错,在古体中也是更为自由解放的,便于描写奇诡的画面和表现诗人奔放的感情。

所以李白的诗不是涓涓细流,而是长江大河。"一百四十年。国容何赫然"(《古风》四十六),两句诗囊括了唐代百余年的历史及其成就。《关山月》"明月出天山,苍茫云海间。长风几万里,吹度玉门关。"境象何其开阔!即使一些比较静谧褊狭的境界,到了诗人笔下,也往往能小中见大,狭中见广。如写宜春苑的春柳莺声:"上有好鸟相和鸣,间关早得春风情;春风卷入碧云去,千门万户皆春声。"宜春苑中的杨柳莺声,竟能写出如此阔大的境界。总之,李白胸罗万象,气魄宏伟,"黄河落天走东海,万里写入胸怀间"(《赠裴十四》),遣词吐语,自是不凡。

第二,强烈的主观色彩。李白写诗一任激情奔泻,胡震亨说他"以才情相胜,以宣泄见长"(《李诗通》),所以主观色彩极浓。诗歌的构思不受客观生活逻辑的限制,"鞭挞海岳,驱走风霆",往往出常情之外,给人以奇异纵逸之感。如他说饮酒,"忆昔洛阳董糟丘,为余天津桥南造酒楼"(《忆旧游寄谯郡元参军》),洛阳有名的酒家竟是专为他创建和开办的。他面对良宵美景,愁释心开,便"雁引愁心去,山衔好月来"(《与夏十二登岳阳楼》),雁把他的愁心带走,山特为他送上一轮佳月。他登上太白绝顶,忽生奇想,"愿乘泠风去",便出现了奇迹:"太白与我语,为我开天关。"(《登太白峰》)金星同他说起话来,并给他打开天门。总之一切事物都听诗人呼唤,为诗人服务。

由于感情激动,主观色彩强,下笔便趋极端,似乎不如此便不足以抒其情,状其景。他写愁,"白发三千丈,缘愁似个长"(《秋浦歌》);写雪,"燕山雪花大如席"(《北风行》);写言诺之重,"三杯吐言诺,五岳倒为轻"(《侠客行》);写求取交谊,"金高南山买君顾"(《赠裴十四》);写饮酒,"百年三万六千日,一日须倾三百杯"(《襄阳歌》)。

第三,形式章法变化无常。李白的诗是一种感情流,其形式章法全由感情奔泻决定,而非章构句结组织起来。沈德潜说:"太白七古,想落天外。局自变生,大江无风,波浪自涌,白云从空,随风变灭。"黄庭坚也说李白诗"如黄帝张乐于洞庭之野,无首无尾,不主故常"(《题李白诗草后》),总之随情抒写,变化无方。如《行路难》、《将进酒》、《梦游天姥吟留别》等无不如此。《宣州谢朓楼饯别校书叔云》也是这一方面最好的例证。

这首诗写于天宝十三年李白重游宣城期间。谢朓楼是南朝著名诗人谢朓做宣城太守时所建,也称谢公楼或北楼。按照上面的诗题,这首诗是为饯别秘书省校书郎李云所作,但诗题一作《陪侍御叔华登楼歌》,则是陪李华登楼抒怀的作品。从诗的内容看,后一题更为切合,诗中并无饯别之意,而是放歌抒怀。一开篇,作者就将积郁在心中的苦闷,尽情地倾泻出来。四句诗组成鲜明对照的排句,将"昨日之日"和"今日之日"突出出来。昨日之日已经弃我而去,不可挽留,句里不知含有多少珍时惜逝之意和年华虚度之慨。那么"今日之日"如何呢?情况仍没有变化,还会遭到无数个"昨日之日"的同样的命运,所以"乱我心者,今日之日多烦忧"。然而眼下登在谢朓楼上,纵目远眺,"长风万里送秋雁",晴空万里,金风送爽,雁阵惊寒,多么清明开阔的境界,心绪不禁为之一展,确实"对此可以酣高楼"了。把扰乱心境的烦绪暂且推开,情绪由忧郁而转为开朗。因是登谢朓楼,因楼而及人,想到文学的事业。蓬莱为海中仙山名,传说仙家典籍都收藏在这里。汉代藏书处东观,被东汉学者称为"道家蓬莱山"。"蓬莱文章"即指汉代文章。"建安骨"指汉末建安时期三曹、七子刚健有骨的作品。李华是著名的散文家,唐代古文运动前驱者之一,"蓬莱文章建安骨"即隐指并誉赞李华。谢朓为南朝山水名家,诗则以清丽见长。李白对谢朓是十分倾倒的,诗中常吐露倾慕之情,如《金陵城西楼月下吟》说:"解道'澄江净如练',令人长忆谢玄晖(谢朓字玄晖)。"所以"中间小谢又清发",隐约有以谢朓自比之意。也许想到两个人都是优秀文学传统的继承者发扬者吧,不禁逸兴勃起,壮思飞腾,高情远意竟想登上青天去摘下月亮。天真奇妙的想象鲜明有力地表现出意兴的高昂,心志的高远。诗情至此又由开朗转为豪逸。然而诗人毕竟是志在济世的,不能自足于以文学终其一生。况且"吟诗作赋北窗里,万言不值一杯水"。所以诗人又从飘然逸兴中回到报国无路、功业无成、年华虚度的残酷现实中来,愁思深沉,郁怀难展,"抽刀断水水更流,举杯浇愁愁更愁"。抽刀断水的比喻不仅新颖贴切,而且见出作者情绪的激昂。于是激出诗末两句:"人生在世不称意,明朝散发弄扁舟。"诗情又由豪逸急转直下而为愤激了。诗的发展,完全以情绪为转移,转折腾挪,自成波澜,变化莫测,令人难以捉摸,而激情喷射,别具一种感人力量。

第四,李白诗歌的语言清新自然。他在《流夜郎忆旧游书怀》中称誉别人的作品"清水出芙蓉,天然去雕饰",正好用来说明诗人自己的语言风格。李白吸收了六朝民歌语言的清新自然,而将它运用到广泛的社会政治题材方面,去其柔媚,加以劲健,构成清雄奔放的风格。但遣词造语不雕琢,不做作,则是完全一致的。如:"君不见晋朝羊公一片石,龟头剥落生莓苔。泪亦不能为之堕,心亦不能为之哀,清风朗月不用一钱买,玉山自倒非人推。舒州杓,力士铛,李白与尔同死生。"(《襄阳歌》)"有似山开万里云,四望青天解人闷。人闷还心闷,苦辛长苦辛。愁来饮酒二千石,寒灰重暖生阳春。"(《江夏赠韦南陵冰》)尤其语言通俗清新,表情真挚自然。

第七章 杜　　甫

盛唐社会蕴藏的危机,为现实主义诗歌潮流的兴起准备了社会条件。安史之乱的爆发,社会矛盾、民族矛盾和统治阶级内部矛盾的表面化,有力地刺激现实主义诗歌潮流向纵深发展。在这个潮流中,杜甫以他深邃的思想和卓越的艺术才能,攀上现实主义诗歌艺术的高峰,成为和李白并立的伟大诗人。

第一节　杜甫的生平与思想

杜甫(712—770),字子美,祖籍湖北襄阳,从曾祖一代迁于河南巩县。祖父杜审言是武后、中宗朝的诗人。杜甫曾在诗中自称"少陵野老",又曾为检校工部员外郎,所以世又称他为杜少陵或杜工部。他的一生经历了玄宗、肃宗、代宗三朝,即唐代由盛而衰的全过程。

杜甫在三十四岁以前,即从出生到天宝四年,是读书游历时期。"群书万卷常暗诵",他读书广博,并先后游历了吴、越、齐、赵等广大地区。天宝三年在洛阳与李白相遇。读书和游历增长了见识和阅历,培植了壮怀,所以他在《望岳》诗中吟出了"会当凌绝顶,一览众山小"的诗句。

三十五岁到四十四岁,即天宝五年至十四年是他十年困守长安的时期。天宝六年,玄宗诏令凡有一艺之长的都可以到长安应试,杜甫参加了考试。奸相李林甫为了表明在他治理下野无遗贤,一个也没有录取。杜甫沦落到追随贵游以求口食的生活境地:"朝叩富儿门,暮随肥马尘。残杯与冷炙,到处潜悲辛。"这种遭遇促使作者的眼光转向现实,思考现实,"朱门任倾夺,赤族迭罗殃。国马竭粟豆,宫鸡输稻粱。举隅见烦费,引古惜兴亡",开始留意到兴亡问题了。他看到统治集团日趋腐败,宰相贪饕专横,边将穷兵黩武,帝王荒淫享乐,社会上贫富对立悬绝,写下一批现实主义杰作,如《自京赴奉先县咏怀五百字》《兵车行》《丽人行》等。天宝十年,唐玄宗举行祭玄元皇帝、太庙及天地三大盛典,他献三大礼赋,得到玄宗的赞赏,辗转得到一个右卫率府参军的微官。

四十五岁到四十八岁,即唐肃宗至德元年至乾元二年(756—759),是他生活中又一个重要时期。安史之乱爆发,长安沦陷,唐肃宗在灵武即位。当时杜甫正避乱鄜州,在赶往灵武的途中为安史叛军所俘,送往长安。半年之后逃至肃宗的行在凤翔,授左拾遗。长安收复后,外调为华州司功参军。这时期他"上感九庙焚,下悯万民疮",对动乱中苦难人民的悲悯,和系心灭贼复国的爱国激情,使他又写下一批现实主义杰作。如《北征》《悲陈陶》"三吏""三别"等。

四十九岁辞官去秦州,年底到成都,开始了漂泊西南的生活。曾定居成都西郊草堂。严武在蜀期间,表举他为检校工部员外郎。后来,他出蜀,经过夔州,最后到湖南,死在一条漂泊的破船里。在这一时期,作者始终没有忘怀国家的安危和人民的疾苦,多以近体诗的形式抒写伤时感事、忧国忧民的感情。在诗歌艺术与格律的锤炼上,更为圆熟。

杜甫主要是接受了儒家思想。《壮游》诗说:"七龄思即壮,开口咏凤凰。"凤凰是瑞鸟,传说周成王时,国泰民康,凤凰翔舞,成王作《凤凰来仪》曲,说明他早年即受儒家政治理想的影响,与李白的咏大鹏异趣。杜甫从儒家继承了顽强的济世精神和从政热情,"许身一何愚,窃比稷与契"(《自京赴奉先县咏怀五百字》),以舜的贤臣稷与契自期许。他的政治目标是"致君尧舜上,再使风俗淳"(《奉赠韦左丞丈》),他发扬了儒家仁民爱物思想,关怀人民疾苦:"穷年忧黎元,叹息肠内热"(《自京赴奉先县咏怀五百字》),希望官吏们恪守仁道,统治者能知道俭朴,爱惜民力,减轻剥削,免得把人民推上铤而走险的道路:"莫取金汤固,长令宇宙新。不过行俭德,盗贼本王臣。"(《有感》五首)他不仅有爱国爱民的心肠,也有为国杀身、为民请命的勇气:"济时敢爱死?寂寞壮心惊。"(《岁暮》)而且疾恶如仇:"性豪业嗜酒,嫉恶怀刚肠。"(《壮游》)不过他的忠君思想比较严重,自比如葵花之向太阳,给了他的思想以很大的束缚。总的来说,忠君、忧国、爱民、嫉恶,渗透在一起。

第二节　杜甫诗歌的思想内容

杜甫诗歌的突出表现是深刻的现实主义。他很少陷入浪漫的幻想,而是实实在在地关注现实,解剖现实弊端。所以他的诗"善陈时事","世号诗史"(《新唐书·杜甫传》)。他的喜怒哀乐紧紧围绕现实的政治,浦起龙说:"少陵之诗,一人之性情,而三朝(指玄宗、肃宗、代宗)之事会寄焉者也。"(《读杜心解》)在杜诗中,诗人的生活和内心的表述与时代的和社会的写真交织在一起,个人的命运、遭遇与国家、人民的命运、遭遇交织在一起,"慨世还是慨身"。因此他的诗结合个人思想感情的抒发展现了广阔的生活画面,是唐代社会的形象的历史,具有丰富的历史的社会的内容。大体有三个方面。

第一方面,深刻地反映了从天宝到大历年间唐代的政治状况、社会矛盾和民族矛盾。首先,安史之乱前,当社会还蒙在繁荣昌盛的盛唐面纱下的时候,杜甫就透过表面现象,看到它日趋腐朽的实质,从多方面清晰地揭示出社会政治蕴藏的严重危机。包括依恃积蓄的国力,穷兵黩武。《资治通鉴》载天宝八年,玄宗命陇右节度使哥舒翰攻吐蕃石堡城,"唐士卒死者数万"。天宝十年,剑南节度使鲜于仲通讨南诏,"士卒死者六万人"。同年,范阳、平卢节度使安禄山讨契丹,唐兵被"杀伤殆尽"。杜甫在《前出塞》中尖锐地指斥:"君已富土境,开边一何多!"

《兵车行》尤具有代表性,形象地揭露了穷兵黩武给人民带来的深重灾难,表示了强烈的抗议。诗共分三大段。前六句为第一段,从送行的场面写起。征行士卒之多,生离死别之惨,都在一个鲜明的画面中展现出来。"车辚辚,马萧萧,行人弓箭各在腰",兵车隆隆,战马号鸣,壮士全副武装,庞大的队伍在向前走去。打仗就担着生命危险,生离很可能就是永别,所以一家老小——爷、娘、妻、子都来送别。"走"字传神,随着队伍的行进奔跑着相送。人众马杂,尘头高起,咸阳桥都埋没在尘雾中了。"牵衣顿足拦道哭",一句四个动作,刻画入微。虽知势在必行,还揪着挡着不让走;痛苦已极,不免跺着脚号啕起来,所以"哭声直上干云霄",情景之惨,撕人心肺。《唐宋诗醇》评此数句说:"写得行色匆匆,笔势汹涌,如风潮骤至,不可逼视。"

从"道旁过者问行人"到"租税从何出"为第二段,由一般场面转入个别征夫。通过具体典型深入揭发征役的灾难。形式上采取乐府诗中常见的问答体,由过路人即作者的提问,引出征夫的诉答,通过诉答语表现丰富的内容,章法活脱,也增强了真切感。征夫满腹凄怨的诉语有层次地一步步推开。首先是"点行频",即官府征发频繁。有的人从十五岁起被征发北去防河,到四十岁归来又被征发到西部边地营田戍守,"去时里正与裹头,归来头白还戍边"。为什么有如此繁重的负担呢?诗一针见血地揭出根源:"边庭流血成海水,武皇开边意未已。"就是因为皇帝开疆拓土之心有增无已。武皇指汉武帝,这里是假借汉家名色以讽刺时事。"君不闻"四句诉说壮丁被大量征发给生产带来的严重破坏,场面阔大,山东指华山以东地区,这一带唐时行政区划设七个道,辖二百余州,诗语全部囊括进来,"千村万落生荆杞",到处是田园荒芜景象,即使家有壮妇勉强把地种上,也是"禾生垅亩无东西",歪歪扭扭,不成行列。大片土地的荒废反衬出壮丁征发之多,壮丁征发之多又正反扣上文"开边意未已"。意脉回环关锁,相互映发,意浓味足。"君不闻""君不见"等是乐府诗中习见词语,用得妥帖,常有凭空喝起之势,增加长篇歌行的波澜顿挫,避免平衍呆板。下面再由"山东"广大地区的壮丁命运引向役夫所在地区"秦兵"的特殊命运,由于"秦兵耐苦战",征发尤为繁重,"被驱不异犬与鸡",犬与鸡的比喻,入俗、生动、有力,家鸡户犬是主人可以随意驱东逐西的。悲惨的命运,自然使人满心怨苦,可是"长者虽有问,役夫敢申恨?"哪里敢发一声怨言!封建专制下的极度压抑感都在这欲吐还吞的语调中表现出来了。下面再推进一层,役夫继续诉说道:今冬"关西卒"并未按时休戍。关西,指函谷关以西,关西卒即"秦兵"。壮丁虽未归还,田地无人耕种,官家却急着追索租粮,粮食从哪里来呢?役夫的话到此戛然而止,似乎还有许多涌到嘴边的话没有说完,就留给读者去想象了,不尽之中饱含无穷。这一段役夫的话,平平实实地叙来,朴质真切,使人隐约感受到役夫的声情神态,见出一个活生生的"秦兵"形象,显示了现实主义艺术描写的力量。

"信知"以下至篇末为第三段,通过作者的感慨深化主题。封建社会里,普遍的观念是重男轻女,但是频繁战争的结果,男子大量死亡,女子倒还可能出嫁成家。北朝民歌所唱:"男儿可怜虫,出门怀死忧。尸丧狭谷中,白骨无人收。"面对这种残酷的现实,诗人不禁愤激地说出:"信知生男恶,反是生女好;生女犹得嫁比邻,生男埋没随百草。"一反通常的观念,分外显出诗语的沉痛。陈琳《饮马长城窟行》控诉徭役繁重,吸取民谣入诗云:"生男慎莫举,生女哺用脯。君独不见长城下,死人骸骨相撑拄?"这里杜诗的构思显然受到它的影响,但词语不同,感情色彩更浓。紧接着推出的是凄惨的战场镜头。青海边是唐代经常发生战争的处所,说"古来白骨无人收",把境界进一步扩大,自古以来已不知有多少人在这里做了无谓的牺牲。所以新鬼、旧鬼相续。旷野茫茫,白骨纵横,天悲雨泣,鬼怨魂号,黯淡的色调,凄厉的悲声,阴森的景象,构成极其悲惨的画面,成为对黩武战争最有力的控诉。方东树说:"收段精神震荡。"

其次揭露统治集团的腐朽。唐玄宗晚年沉迷声色，远贤亲佞，先后用李林甫、杨国忠为相。杨国忠是靠杨贵妃的裙带关系飞黄腾达的。杨家兄妹的娇宠一时，是天宝年间统治集团腐朽的一个重要表征。杜甫的《丽人行》揭露了这一真实面目。诗作于天宝末期，抓住三月三日曲水游春这一富有特征的场面来写。古代风俗，三月三日为上巳节，人们在这一天要到水边去祓除不祥，后来遂演变成到水边游春宴饮的习俗。曲江是长安东南郊的风景区，长安人在上巳日多在这里游春宴饮。游春宴饮无疑最容易集中展示杨家兄妹骄奢淫逸的生活情态，诗是很善于选择题材和描写角度的。

全诗分为三段。前十句为第一段，从一般的游春落笔，视点聚焦在贵族妇女身上，所谓"丽人"。"三月三日天气新"，一个"新"字，传达出春光明媚的浓郁气息。从第三句开始具体描写"丽人"的形象。"态浓意远淑且真"，写丽人风姿动人，姿色艳丽，神态不俗，性情和美，举动自然，字字着实，见出作者炼字刻画的功力。"肌理细腻骨肉匀"，写丽人形体优美，皮肤细嫩光洁，胖瘦适度。王嗣奭说"状姿色曰骨肉匀"，"可谓善于形容"。以下写穿着打扮，罗制的衣裳上，绣着金线的孔雀，银线的麒麟，鬓边的花饰，以翡翠为叶，称身的腰衱，嵌缀着珍珠，铺排出富丽豪华的气象，尤妙在汲取乐府民歌句法，以设问句式表现，诗语跌宕有致，醒目提神。设问句法在汉乐府中习见，如《陇西行》："天上何所有？历历种白榆。"

"就中"以下十句为第二段，从一般的"丽人"转向杨家姊妹，进入诗的主题。云幕，画有云气图案的帐幕，汉成帝时曾设云幕于甘泉紫殿，这里借以指杨家姊妹在曲水边所设的行帐。汉代未央宫有椒房殿，为后妃所居，故用"椒房"指杨贵妃。从水边的"云幕"推出杨家姊妹，出场便显出不凡。杨贵妃的三个姊妹都封为国夫人，大姨封韩国夫人，三姨封虢国夫人，八姨封秦国夫人，诗句中只点出"虢与秦"是受句式字数的限制。不按长幼之序，抛开居长的韩国，首出虢国，则是因她与杨国忠有暧昧关系，有意加以突出以为下文伏笔。"紫驼"四句写馔食的精美和杨家姊妹的骄狂，菜肴则紫驼、素鳞，器皿则翡翠釜、水精盘。"鸾刀缕切"指精工细作。如此珍贵的食品，如此高妙的烹调，竟"犀箸厌饫久未下"，全都吃腻了。钟惺说："写骄贵暴珍入骨。""黄门"以下写她们的贵宠无比。太监飞马络绎不绝地送来皇家御厨制作的各种珍味，音乐之妙可动鬼神，宾从之多塞满要路。豪华、排场、声威、地位，都活现在纸上。

"后来"以下为第三段，由杨家姊妹连及其从兄弟杨国忠，突出其与虢国夫人的暧昧关系。"后来鞍马何逡巡！当轩下马入锦茵"，杨国忠与宴来了。仇兆鳌说:"鞍马逡巡,见宾从侍候之多;当轩下马,见旁若无人之象。"从前一句可以看到前呼后拥的情景,从后一句可以看到大模大样的神态。"杨花"二句写暧昧关系,妙在也用两个迷离惝恍的典实。古人认为杨花入水化为浮萍,蘋就是大的萍,所以杨花与白蘋同源,隐示兄妹的不正当关系。杨花又关合北魏胡太后的淫乱事。胡太后与杨白华私通,后来杨惧祸南逃,胡太后作《杨白华歌》寄相思之情,其中有句云"杨花飘荡入南家""愿衔杨花入窠里",因此杨花有更强的暗示作用。青鸟为神话传说中的西王母使者,《汉武故事》说,西王母降临汉宫,与汉武帝见面,"有二青鸟,夹侍母旁"。后常用以指暗传消息。红巾为妇女所用之手帕,古代常有以赠巾帕定情的。这句是说暗里交通。曲江两岸本多垂杨,鸟雀也是暮春习见之物,二句虽都暗有所指,表面上又不离当前景物,在全诗意境中没一点支离之感。二句之妙正在亦实亦虚,若隐若现。所以浦起龙说:"隐语秀绝,妙不伤雅。"末两句写杨国忠煊赫逼人的权势与气焰。形容权势之大,云"炙手可热",使人可触可感;状其气焰之盛,用一劝阻语,"慎莫近前",浅淡语,眼前事,传神尽相。这首诗只一味客观地描绘情景,感情态度深藏背后,让形象本身说话,"无一刺讥语,描摹处,语语刺讥;无一慨叹声,点逗处,声声慨叹"(浦起龙语)。全篇通过场面的推移,步步深入,将杨氏兄妹的淫逸生活、显赫声势,刻画得淋漓尽致。

天宝十四年十一月,杜甫从长安去奉先探家,写下了《自京赴奉先县咏怀五百字》这一名篇,包含了更为深广的内容。诗中写唐玄宗君臣在骊山华清宫寻欢作乐,玄宗将宫中贵重的器皿赏赐给外戚家,即杨国忠兄妹,而内宠杨贵妃。把玄宗晚年的沉迷声色,宠信奸佞直接披露出来。诗中还尖锐地指出,朝廷一切恩赏奢华的耗费,都是从平民百姓那里搜括而来:"彤庭所分帛,本自寒女出。鞭挞其夫家,聚敛贡城阙。"正是这样,诗人能够进一步观察到社会上贫富的悬殊对立,写出"朱门酒肉臭,路有冻死骨"这样震撼人心的诗句。这高度概括的诗句背后呈露的典型形象,正是封建社会阶级对立的本质表现。

安史之乱爆发以后,杜甫的诗歌广泛反映了这场使唐代社会一蹶不振的大动乱。我们可以从他诗中清晰地看到这场动乱的真实面影,以及它给国家带来的巨大破坏,给人民造成的深重苦难。唐肃宗至德元年十月,房琯率军与安史叛军战于咸阳县东之陈涛斜,大败,士卒死亡四万余人。杜甫写下《悲陈陶》对官军表示哀悼。次年,他从凤翔归鄜州探家,在《北征》这一名篇中描写路途所见:"靡靡逾阡陌,人烟渺萧瑟。所遇多被伤,呻吟更流血。""夜深经战场,寒月照白骨。潼关百万师,往者散何卒!遂令半秦民,残害为异物!"诗中所说的"潼关百万师"指天宝十五年(756)哥舒翰的潼关之败,丧师二十万。反映安史之乱最突出的篇章是"三吏""三别",即《新安吏》《潼关吏》《石壕吏》《新婚别》《垂老别》《无家别》。唐肃宗乾元二年杜甫任华州司功参军,有事至洛阳,六首诗都写于返回华州的路上,以亲身闻见的事实为基础而创作。当时与安史叛军对峙的局势仍很严重,人民无法摆脱沉重的负担和重大的牺牲,六首诗通过不同具体人物的命运遭遇,反映出人民苦难的深重,其中交织着诗人既爱国又爱民的复杂矛盾感情,真实深切,感人至深。《新安吏》写新安县已无成丁可以征发,只能征中男入伍,突出地表现了诗人又是哀悯又是劝励的复杂感情。

  《石壕吏》尤为典型。石壕指石壕镇,在今河南陕县东。全诗可分三节。前四句为第一节,简洁的叙事:诗人于傍晚投宿到石壕村一家人家,夜里吏人来捉壮丁。大约这种情况经常发生,老翁警觉很高,立刻跳墙逃跑,由老妇出来应答。诗从暮夜投宿斩截而起,然后一句一事,急转直下,没一点拖泥带水,紧促的节奏与"有吏夜捉人"的情事水乳交融,给人以分外紧张之感,笔墨高妙。从"吏呼一何怒"到"犹得备晨炊"为第二节,通过老妇对吏人的苦诉展示这一家遭遇之悲惨。吏人是来捉壮丁的,结果连个男人影儿也没瞧见,只碰上一个女人,还是个老妇,自然怒不可遏地连声追问,所以"吏呼一何怒",一句诗活画出吏人的专横与火气。老妇满腹伤心事与苦情,不免哭哭啼啼诉说起来了,所以"妇啼一何苦"。她哭诉了令人触目惊心的情况:三个儿子全被征发去戍守邺城,一个儿子捎来信说,其他两个都于最近战死。家里实在没有什么人了,只还有一个没有断奶的婴儿,"有孙母未去",为奶孩子妈妈没有改嫁,可是她"出入无完裙",没一件完整衣服可以出来见人。我这老妇虽然力气不大了,还可以烧火做饭,就由我随你去应役吧!最后四句为第三节,再回到叙事,"夜久语声绝",说明老妇与吏人的对话是很长的,不知有多少追问和解说。"如闻泣幽咽",这无疑是那位奶孩子妈妈的抽泣声了。"天明登前途,独与老翁别",说明老妇已随吏人应役去了。

  这首诗展示了安史之乱中一个家庭的遭遇,两个儿子牺牲了,一个儿子仍处在随时可以牺牲的火线上。虽然没有男丁了,还是免不掉要出人应役,连老妇也上了前线。没有男丁,就没有了劳力,断了生活来源,所以穷得奶孩子的妈妈衣不蔽体,我们可以体会到"存者且偷生"诗句的分量。写的虽只一家,却是千家万户的写照。

"三别"也突出反映了征役的沉重负担。《新婚别》写"暮婚晨告别",刚举行了婚礼便应役去了。《垂老别》写一个"子孙阵亡尽"的老人也被征役,又与老妻作生离死别。《无家别》写一个败阵归来而"家乡既荡尽"的人,复被征发,既已无家,到何处去也无所谓了。卢元昌评云:"先王以六族安万民。今《新安》无丁,《石壕》遣妪,《新婚》怨旷,《垂老》诀绝,至败归者又不免,几于靡有孑遗矣。"

安史之乱以后,朝廷中宦官专权,朝纲不振;地方藩镇割据,争战不已;边域少数民族统治者内侵,国土不宁;赋敛搜括加剧,民不聊生。这种种残酷的现实,也都鲜明地反映在杜诗中。如《严氏溪放歌行》说:"剑南岁月不可度,边头公卿仍独骄",揭露了地方军将的跋扈。《大麦行》写党项、奴刺的侵扰:"大麦干枯小麦黄,妇女行泣夫走藏。"《光禄坂行》写出社会的不安宁:"马惊不忧深谷坠,草动只怕长弓射。安得更似开元中,道路即今多壅隔。"《白帝》写出人民在繁重剥削下难以存活的情况:"戎马不如归马逸,千家今有百家存。哀哀寡妇诛求尽,恸哭秋原何处村?"

总之,杜甫所经历的时期,从安史乱前,经安史之乱,到安史乱后,唐代历史的脚步都深印在他的诗里,李白诗不能给我们这么丰富的社会画面,这是杜甫现实主义诗歌不同于李白浪漫主义诗歌的显著特点。

第二方面,抒写忧国忧民的伟大情怀,爱国主义和人道主义的崇高精神。像杜甫那样,一生里自始至终把自己的思想感情和国家的命运、人民的命运紧密地联系在一起,是不多的;像他的感情那样深沉、执着、始终不渝,尤为少见;至于又能用完美的艺术形式把它体现出来,就更为稀有了。杜甫早在安史之乱前就密切关注国家的命运,安史之乱爆发后,他的爱国精神达到了顶峰,深沉地悲悼国家所遭受的摧残。《春望》最具有代表性。诗人在叛军占领下的长安,徘徊旧物,触目伤怀,国破之感和家离之恨交织在一起,把感时、恨别的感情抒发得那么深沉,见花流泪,闻鸟惊心:"感时花溅泪,恨别鸟惊心";把愁怀苦绪表现得那么充分,不仅愁使发白,而且愁摧发落,连簪子也插不住了:"白头搔更短,浑欲不胜簪"。作者这一年为四十六岁,这些不只是艺术夸张,而是在真情实感基础上的艺术创造。花鸟的造语,不是没有实际感受的人可以凭空悬拟的。这首诗在艺术上充分显示了显露与含蓄的辩证关系,可以说它是显露与含蓄的巧妙结合。国破、城春、感时、恨别、烽火、家书、白头、不胜簪,无不是直接道破,不能算含蓄,但全诗读来又极尽含蓄之妙,耐人深思。这是因为平直道出的词语背后都隐有深意与深情。"国破山河在",司马光说"明无余物矣",未免说得过分,但至少说明唯有山河依旧,国已破败,在"山河在"的背面,隐含换了天下之意。"城春草木深",司马光说"明无人迹矣",近似,在"草木深"的背后,呈露出经过战火洗劫和敌人铁蹄蹂躏,繁华的长安已经一片荒芜。花本娱人,而见花流泪,鸟可传书,而闻鸟惊心,都寓有感时、恨别的深愁重恨。"烽火连三月",见战火之久,连延至今不息,"家书抵万金",见荒乱阻隔,信息传送之难。"搔更短""不胜簪",同样都隐有忧能伤人、摧人欲老之意。所以整首诗都是以直言隐深意,词语浅直,情意幽深。

在整个安史之乱中,诗人的心紧紧系在平叛定国事业上。在"三吏""三别"中,诗人虽然怀着人民苦难深重的感情重压,还是忍痛鼓舞人民参加抗敌事业。在《新安吏》中他向中男解说形势,并安慰中男与送行者。在《新婚别》中也通过新娘子的口说出:"勿为新婚念,努力事戎行。"他的感情随着军事上的胜败而浮动,如陈涛斜之败,他悲痛地写下《悲陈陶》。后来在梓州听到官军收复两河地区,又欣喜若狂地写下《闻官军收河南河北》,浦起龙说它是杜甫"生平第一快诗"。

这首诗作于代宗广德元年(763),安史之乱至此已八年,杜甫仍漂泊在梓州(今四川三台)。他在洛阳有田园,但无法归去,现在敌人起事的老巢也收复了,回乡在望,怎能不欢腾雀跃呢? 这是一首七律,共八句,除首句叙事外,其余七句全是写情。首句说:"剑外忽传收蓟北。"虽然无日不在盼望胜利,胜利毕竟未成现实,如今真的实现了,虽在期待之中,仍不免意外之感。"忽闻"二字饱含惊喜之情。下面七句是一连串狂喜的动作和心期,一气贯注,其疾如风,字字都跳动着欣喜之怀。乍闻捷报,喜泪不禁夺眶而出。苦难中期望已久的东西一旦变成现实,不能不悲喜交集而热泪泉涌了。过度的兴奋与激动,不觉生出一系列忘情的举动来。"却看妻子愁何在? 漫卷诗书喜欲狂"。回头看看老伴,脸上还那么愁眉不展吗? 书也读不下去了,随便一卷推到一边。"白日放歌须纵酒,青春作伴好还乡",光灿灿的白昼,应该痛饮狂歌庆祝胜利;明媚的春光,正好结伴还乡。诗人的眼前好像已经展现出整个还乡的路线,"即从巴峡穿巫峡,便下襄阳向洛阳",那还乡的急切与喜悦之情即寓于还乡路线的铺排中。这首诗写得如此动人,就在于情真,是一片奔腾的狂喜。方东树说:"从肺腑流出,故与流利轻滑者不同。"其深情又是通过描写一系列狂喜之态表现出来,从狂态的动作,到狂态的愿望,到狂态的悬想,无不逼真如见。王嗣奭说:"说喜者云喜跃,此诗无一字非喜,无一字不跃。"使人只见其激情狂态,几乎不觉其字法、句法之迹。末二句用排列四个地名写还乡,亦绝无呆滞之感,只觉得归心似箭,行程迅疾,大有"千里江陵一日还"之势。

杜甫尤为可贵之处,是将爱国与爱民统一起来。他的诗中贯串着深厚的爱民情怀与人道主义精神。"三吏""三别"中即充分显示了对人民疾苦的关切和不幸遭遇的同情。所以吴闿生说其中"多椎心刻骨之词,使人不忍卒读"。看到人民受沉重的徭役、租税摧残时,诗人总是站在人民一边。在《枯棕》里,他将人民比做常被剥去棕毛的枯棕,悲慨其被盘剥的命运:"伤时苦军乏,一物官尽取。嗟尔江汉人,生成复何有?有同枯棕木,使我沉叹久。死者即已休,生者何自守?"他对官吏总是劝诫他们关心民众疾苦,一则曰"多士盈朝廷,仁者宜战栗"(《自京赴奉先县咏怀五百字》),再则曰"众僚宜洁白,万役但平均"(《送陵州路使君赴任》)。杜甫总是把人民装在自己的胸怀里,在《自京赴奉先县咏怀五百字》中,当他回到家里得知小儿已经饿死,当此撕心裂肺的伤痛之际,也没有仅仅沉溺于自己的不幸中,而是想到自己是"生常免租税,名不隶征伐",尚使幼子"无食致夭折",那么那些辗转在租税、徭役压榨下的人们情况又会如何呢?不禁忧与山齐了:"默思失业徒,因念远戍卒。忧端齐终南,澒洞不可掇。"在著名的《茅屋为秋风所破歌》中,当诗人的屋顶被风掀掉,处于风雨袭击中时,诗人唱出的歌声是:"安得广厦千万间,大庇天下寒士俱欢颜,风雨不动安如山?呜呼!何时眼前突兀见此屋,吾庐独破受冻死亦足。"多么伟大的感情!先天下之忧而忧,关心天下人的命运胜过关心自己。

《又呈吴郎》尤其能表现出诗人对贫苦人民体贴入微的关怀。这首诗写于夔州,当时诗人迁居东屯,将原住的瀼西草堂让给亲戚吴郎居住。这座草堂的西邻住着一个孤身的寡妇,诗人在草堂居住时,一向任她随便来堂前打枣子吃,"堂前扑枣任西邻,无食无儿一妇人"。诗人想到的是如果不是为贫困所迫,她是不会来打别人家的枣子的,为了不使她产生恐惧心理,应对她分外表示出亲近。"不为困穷宁有此?只缘恐惧转须亲。"可是吴郎居住以后,却插上了篱笆。诗人以为这样是不相宜的,所以在诗里对吴郎说:"即防远客虽多事,便插疏篱却甚真。"如果那个无儿的妇人因此对你这个"远客"产生了戒惧心理,虽然是她多心,但明明白白增加了篱笆,也难怪她有想法。意思说,你插篱笆虽不是为防她打枣,却会引起她的揣测的。杜甫对这位贫妇体贴得多么入微!末两句说:"已诉征求贫到骨,正思戎马泪盈巾。"由这位贫妇更联想到广大贫苦人民,已被官府的"征求"刮剥见骨,可是战乱仍未止息,老百姓的日子怎么过下去呢?不禁泪落盈巾了。这是同情人民疾苦的泪水,是诗人人道主义精神的崇高表现。

第三方面,诗歌题材范围广泛,不只限于政治诗。他描写自然山水,农村风物,念友怀乡,题图写画,交游酬赠,咏史吊古等诗,都能将丰富的生活内容,真挚的感情,优美的景观,铸造为不可磨灭的形象,给人们以美的享受,纯洁人们的情操。仅以《春夜喜雨》为例。这首诗的中心是写欣喜春雨的应时,所以诗里着力表现的并不是春天夜雨的美景,而是春雨来得得力,重在颂扬春雨的美好品格。这是一首五言律诗,首联云:"好雨知时节,当春乃发生。"春天万物萌生,正需要雨水滋润,它果然就来催生了。诗人不由得打心眼里感到高兴,开口便赞它是"好雨"。两句平平淡淡的语言,已经把春雨写得异常着人喜爱。次联云:"随风潜入夜,润物细无声。"它好像是随风偷偷地钻进夜幕中来,见出是微风细雨,它在滋润着万物,却悄无声息。做了好事,却不骄矜,不张扬,把好雨的品格写到十成上了。无怪古时有人把这两句附会到相业上,做宰相就应如此。这两句也充分反映出作者观察事物的细致入微,刻画物态的穷神尽相,把春天的微风细雨的神态活现在纸上。同时,把春雨的形象写得充满活泼的生机、深沉的情意。这雨实在太喜人了,竟把诗人引出了屋子,向远处望去。田野中的小路消失在茫茫细雨里,雨连天,天满云,一片黑漆漆,只有江上船家的灯火闪着星星一点亮光,"野径云俱黑,江船火独明"。二句互相映照,画面色彩更为鲜明强烈。雨不只是知时节的润物的好雨,看起来还很有下头。诗人不禁兴奋地驰骋起想象:"晓看红湿处,花重锦官城。"等到破晓时再看看吧,锦城的花色将面貌一新。"重"字极妙,是鲜花经雨缀露之重,是得雨滋润增高长肥之重,是鲜花怒放色彩深浓之重,一个字展布出多么丰富的境界!春雨及时润物的品格,诗人那对春雨润物的喜悦,又何尝不展示着诗人崇高的情操!

第三节　杜甫诗歌的艺术特色

杜诗的最主要艺术特色和成就是现实主义。诗人既有高尚的思想,密切关注现实的精神和丰富的社会阅历,又有高超的艺术技巧。他文化修养深厚,"读书破万卷,下笔如有神"(《奉赠韦左丞丈》);对诗歌艺术精益求精,"为人性僻耽佳句,语不惊人死不休"(《江上值水如海势聊短述》);同时又能广泛吸收前人的成就,"别裁伪体亲风雅,转益多师是汝师"(《六绝句》),因此他能在前人创造的基础上将现实主义艺术推向高峰。

第一,杜甫的诗歌无论是记叙重大历史事件,还是反映丰富的社会生活,以至描写自然风光、抒发一己感情,也就是叙事、写景、抒情各个方面,都画面鲜明,情景逼真,传神尽相。陈衍说:"任是如何景象,俱写得字字逼真者,惟有老杜。其余则如时手写真,肖得六、七分,已欢喜过望矣。"如《石壕吏》仅仅一百三十个字,诗人投宿那一夜的情景,那一家三代七口的命运、遭遇、状况,都如触如见,历历在目。杜诗刻画情景之逼真,常常是力透纸背,如《羌村三首》写大动乱中,消息隔绝,诗人千里归家时的情景:"妻孥怪我在,惊定还拭泪。世乱遭飘荡,生还偶然遂。"妻子乍一见,不免惊怪,居然还活着,待到惊神初定,果然是真,不免又喜极而悲,抹起眼泪来了。写大乱中侥幸得以生还的初见之景,的确是千古传神之笔。又如《喜达行在所三首》中说:"生还今日事,间道暂时人。"由敌人占领的长安从小路偷逃至凤翔,再回想路上情景,不免自伤自怜。今日是生还了,在路上却随时都可能丧命。又说:"死去凭谁报?归来始自怜。"如果路上出事了,有谁给报个消息呢?平安到达后才深切感到那路上命运的极度可怜,写痛定思痛感情,是入木三分的。

第二,能雅能俗,大大开拓了现实主义艺术领域。诗有体格,故有雅俗,一些诗人死守雅的规范,排斥许多东西不能入诗,形成一种艺术上的保守。杜甫大胆接受和推进民歌的传统,不仅能雅,而且敢俗,表现了极大的艺术胆量和勇气,大大丰富了现实主义艺术的表现力,给他的诗带来充满生活气息和生动的画面。如《述怀》说:"麻鞋见天子,衣袖露两肘。"脚着麻鞋,身穿露着两个臂肘的破衣,去朝见天子,这在有的人看来也许是大不敬,未免伤雅,不肯沾染诗笔的;杜甫摄入诗中来,留下了从敌占区艰难逃归的臣僚的最真切形象。又如《北征》写诗人到家后所见妻儿子女们的琐细生活情景:"平生所娇儿,颜色白胜雪。见耶背面啼,垢腻脚不袜。床前两小女,补绽才过膝。"待他打开包裹,拿出衾裯脂粉,"瘦妻面复光,痴女头自栉,学母无不为,晓妆随手抹。移时施朱铅,狼藉画眉阔"。又说小儿女们"问事竞挽须,谁能即嗔喝!"这些不登大雅之堂的东西,写入诗作都极尽生活之真。《遭田父泥饮美严中丞》写田父有同样之妙:"回头指大男,渠是弓弩手。""今年大作社,拾遗能住否?""叫妇开大瓶,盆中为吾取。""高声索果栗,欲起时被肘。指挥过无礼,未觉村野丑。月出遮我留,仍嗔问升斗。"将村俗的声口举动无忌讳地写进诗来,活画出田父粗直坦率、热情诚挚的形象。宋代西昆体诗人领袖杨亿不能理解这一点,称杜甫为"村夫子",其实这正是杜甫的高明处与伟大处。

第三,真实地表现错综复杂的感情,而不简单化。《新安吏》是一个很突出的例证。悲悯人民的遭遇与抗敌爱国的至情交织在一起。从同情人民疾苦一边说,他对选中男充役是不以为然的。"中男绝短小,何以守王城"?他伤叹"眼枯即见骨,天地终无情"。但从定乱复国一边说,又必须鼓励人民承受沉重的负担,劝慰他们上路。"况乃王师顺,抚养甚分明",他把这种复杂矛盾的感情如实地反映在诗里。不因为英雄主义而抹杀痛苦的负担,也不因为痛苦的负担而抛弃爱国主义。肩担着重大的苦难与牺牲捍卫着国家,人们无可逃脱地要为统治集团腐朽招致的恶果付出巨大的代价。这就是当时历史的真实,人民生活的真实。它的艺术效果使人们更深切地了解和憎恶那罪恶的根源。

第四,杜甫的抒情诗也具有真切地刻画感情的现实主义特色。如《春望》《闻官军收河南河北》等。又如《秋兴八首》将忧国伤时、感慨身世的感情,描画得非常真切。如第一首,首联写衰飒的秋色,次联写阴晦的江天,三联写漂泊思乡之情,末联以到处是刀尺砧声、更加牵动客怀苦绪作结,景与情都历历在目。

第五,杜甫诗的总体风格是"沉郁顿挫",这是他在《进雕赋表》中的自称语,也为人们所公认。所谓沉郁,首先是由于内容的博大精深,没有深厚的内容便沉郁不起来。如他的《自京赴奉先县咏怀五百字》从自述怀抱到路途见闻,直到归家的感慨,读之使人如入密林,只觉郁郁苍苍。其次是诗人识见和感情的独特反应方式。诗人对现实有极深邃的认识,主观上有浓挚的感情,但识见和感情的反映不是叫嚣呐张,而是沉着冷静。《新安吏》中的"莫自使眼枯,收汝泪纵横;眼枯即见骨,天地终无情",《石壕吏》中的"夜久语声绝,如闻泣幽咽。天明登前途,独与老翁别"。《赴奉先咏怀》中的"入门闻号咷,幼子饥已卒。吾宁舍一哀,里巷亦呜咽。所愧为人父,无食致夭折",都是面对残酷的现实,怀着激越的感情,而抒写表现出来的形态则是深挚沉痛,换成李白,面对此情此景,则会激昂咆哮了。再次,是语言的高度凝练。杜诗的语言不奇僻,也不率易,而是锤炼普通的字眼,达到字重思深。如"星垂平野阔,月涌大江流"(《旅夜书怀》),一"垂"字,极见原野平阔之象,一"涌"字,极见明月腾掷而起之形。"万姓疮痍合,群凶嗜欲肥",一"合"字见出遍体鳞伤之惨,一"肥"字见出搜括掠夺之巨,都是字重千钧的。

所谓顿挫。首先是诗富开合摇漾情致,长篇富有波澜变化,短篇也有深微曲折。其次是音韵抑扬,古体、近体无不注意这一点。如《兵车行》全篇八换韵,平韵仄韵相间,给人以强烈的起伏节奏感。再次是句法的讲求。"细草微风岸,危樯独夜舟"(《旅夜书怀》),两句竟无一个动词,坚卓有力;

"露从今夜白,月是故乡明"(《月夜忆舍弟》),第二字用虚字;"永夜角声悲自语,中天月色好谁看"(《宿府》),以第五字为顿,而六、七两字又各为主谓结构;"香稻啄余鹦鹉粒,碧梧栖老凤凰枝"(《秋兴》其八),有意将词语倒装安排。所有这种种句法的运用,都加强了诗的顿挫峭折。

第八章 白居易

杜甫之后,唐代宗大历年间,有所谓"大历十才子"。虽也有一定成就,一般说来,诗风比较平庸,缺乏鲜明独特的风格。"十才子"中成就较突出者为李益。大历以还真正继承了杜甫现实主义精神,并加以推衍和创造,在诗坛上独树一帜的,是以白居易、元稹为首的新乐府运动。

唐代的乐府诗,随着现实主义诗歌潮流的兴起,逐渐改变了"沿袭古题,唱和重复"的局面,而"寓意古题,刺美见事"。杜甫的许多篇章,如"三吏""三别"等,更进一步脱去古题,"皆因时事,自出主意立题,略不更踏前人陈迹"(《蔡宽夫诗话》),实际上已是新题乐府。与元、白同时的李绅有《乐府新题》二十首,首标新乐府之目。这些诗虽然没有流传下来,但从元稹的和作来看,大体都是有关时政弊端的。元稹和了李绅《新题乐府》十二首,白居易更加以扩大,作《新乐府》五十首,新乐府运动遂成为一个重要诗歌潮流,涌流在中唐诗坛上。

元白的新乐府运动与同时的韩愈、柳宗元倡导的古文运动互相呼应,它们都是在唐德宗、宪宗时期唐代社会有一定程度中兴的形势下产生的。其核心都是要求文学密切联系现实,为政治服务,推进唐代的中兴,不过一个在散文领域,一个在诗歌领域而已。

第一节 白居易的生平与诗歌主张

白居易(772—846),字乐天,祖籍太原,后迁下邽(今陕西渭南)。晚年居洛阳香山,自号香山居士,又曾为太子少傅,所以人们亦称为白香山、白太傅,或简称白傅。他年轻时,因藩镇叛乱,曾有过一段流离吴越的生活,"衣食不充,冻馁并至",接触一些民间疾苦。他自称因为"家贫多故,二十七岁方从乡试"。二十九岁举进士,随后又以"拔萃"登科,三十二岁为秘书省校书郎。从这时起至唐宪宗元和十年(815)即四十四岁止,是他仕途较为顺利的时期。曾先后为翰林学士、左拾遗等官。他本来"志在兼济,行在独善"(《与元九书》),伴随仕途的发展,表现出很高的"兼济"热情,不只积极研究时政问题,"每与人言,多询时务,每读书史,多求理道"(同前),而且有猛锐的论政勇气,"正色摧强御,刚肠嫉喔咿。常憎持禄位,不拟保妻儿。养勇期除恶,输忠在灭私"(《代书诗一百韵寄微之》)。元和元年为准备策科考试,他与元稹"揣摩当代之事",共拟策目七十五门,他写成《策林》七十五篇,都是围绕各方面时政,提出兴革意见。在做左拾遗期间,也是"有阙必规,有违必谏。朝廷得失无不察,天下利害无不言"。又主动运用诗歌这一武器,"救济人病,裨补时阙",写下《新乐府》《秦中吟》等富有战斗性的讽谕诗。

元和十年,藩镇吴元济勾结宦官,刺杀宰相武元衡。白居易上疏坚请捕捉刺客,惹怒执政,被贬官为江州司马。受此打击,他的政治态度开始趋于消极,"世事从今口不言"。此后他或在地方,或在中央,曾为忠州、杭州、苏州刺史、知制诰、刑部侍郎等官。晚期以太子宾客分司东都,大体都在独善其身,崇尚佛教的思想越来越重。不过他在做地方官时,还是尽量做些好事,解除人民疾苦,心里也没有忘记人民:"心中为念农桑苦,耳里如闻饥冻声。"(《新制绫袄成感而有咏》)

白居易的诗歌主张集中反映了新乐府运动的指导思想,是新乐府运动的纲领。主要内容是:第一,在诗歌的目的性上,提出为政治、教化服务。所谓为政治服务,就是要使诗歌起到"救济人病,裨补时阙"的作用(《与元九书》),也就是要求以诗歌反映现实问题,推动改革时政弊端。所谓为教化服务,就是要使诗歌起广泛教育作用。他赞誉张籍的乐府诗,可以"讽放佚君""诲贪暴臣""感悍妇""劝薄夫",所以"上可裨教化,舒之济万民;下可理情性,卷之善一身"(《读张籍古乐府》)。

第二,基于上述目的,在诗歌的内容上,提出必须密切联系实际,反映现实,反对形式主义,要"为君、为臣、为民、为物、为事而作,不为文而作"(《新乐府序》)。他颂扬唐衢的乐府诗:"非求宫律高,不务文字奇;惟歌生民病,愿得天子知。"(《寄唐生》)他自己也奉行"歌诗合为事而作"(《与元九书》)的原则,自言其《秦中吟》就是贞元、元和之际,他在长安,"闻见之间,有足悲者,因直歌其事"(《秦中吟序》)。因此,他能提出内容与形式统一的诗歌理论,"诗者:根情,苗言,华声,实义"(《与元九书》),拿植物作比喻,诗歌应以情为根,以言为苗,以声为花,以义为果实。也就是说,诗歌以言辞、声律表情,而归根不脱《诗经》六义的比兴讽喻作用。

第三,从诗歌的功用出发,在诗歌的形式上,提出创造能充分发挥诗歌效能的相宜的形式,不墨守成规。他自言其《新乐府》就是"篇无定句,句无定字;系于意,不系于文";"其辞质而径,欲见之者易谕也;其言直而切,欲闻之者深诫也;其事核而实,使采之者传信也;其体顺而肆,可以播于乐章歌曲也"。完全根据发挥作用的需要,规定其创作和表现形式的原则。他的乐府诗通俗易晓。

第二节　白居易的讽谕诗

白居易诗歌的题材比较广泛,他自己曾分为四类,即讽谕诗,"凡所适所感,关于美刺兴比者";闲适诗,"知足保和,吟玩性情者";感伤诗,"事物牵于外,情理动于内,随感遇而形于叹咏者";杂律诗,"诱于一时一物,发于一吟一笑,率然成章,非平生所尚者"。其中价值最大、自视最重的,是讽谕诗,他自称这类诗是"兼济之志也"(以上均见《与元九书》)。这类诗以《新乐府》五十首和《秦中吟》十首为主,还包括一些与新乐府精神相通的诗作,如《观刈麦》《宿紫阁山北村》《采地黄者》等,是他新乐府运动诗歌理论的实践,反映的社会政治内容极为丰富。

第一,充分反映了社会底层各类人物的悲惨命运和深重苦难。如《杜陵叟》写杜陵的一位老农种一顷多薄田,春秋连遭灾害,官吏却不报灾,而"急征暴敛求考课",逼得这位老农只好"典桑卖地纳官租"。《观刈麦》写一个贫妇被盘剥得靠拾田里的遗穗过活:"家田输税尽,拾此充饥肠。"《缭绫》写女工之劳。缭绫是向朝廷供奉的精美丝织品,极费织工,"丝细缲多女手疼,扎扎千声不盈尺"。《新丰折臂翁》写一位年青时为逃避兵役用大石槌折一臂的八十八岁的老翁,"此臂折来六十年,一肢虽废一身全。至今风雨阴寒夜,直到天明痛不眠。"《缚戎人》写西北一个边民被掳入吐蕃四十年,冒死逃归,却被腐朽边将死认作吐蕃人,发配江南,"自古此冤应未有,汉心汉语吐蕃身"。《上阳白发人》写宫女的凄苦命运,从十六岁入宫到六十岁尚未出宫,"莺归燕去长悄然,春往秋来不记年。唯向深宫望明月,东西四五百回圆"。她的美妙青春和一生年华都成了帝王的牺牲品。《卖炭翁》深刻地揭示了手工工人卖炭老翁的艰辛困苦生活,并有力地控诉了"宫市"的罪恶,是白居易新乐府诗中思想和艺术结合完美的代表作。

首四句勾画老翁艰辛劳苦的形象。南山即长安南郊的终南山,老翁终年劳作在这座深山里。"伐薪烧炭"四个字包含了艰苦的劳动过程,他登山入林,砍下薪材,拖到窑地,烧制成炭。长年累月,烟熏火燎,所以"满面尘灰烟火色,两鬓苍苍十指黑"。那烟尘的脸色,那斑斑的鬓发,那黑乌乌的十指,都是艰辛劳动的印迹。这个形象已足够引起人们的怜惜与同情了。"卖炭得钱何所营?身上衣裳口中食。"卖炭换钱是老人唯一的生活来源,足见炭对老人的价值。接下去六句写老人为穷困所逼的复杂心理和载炭赴市的艰辛。"可怜身上衣正单,心忧炭贱愿天寒。"虽然季节严寒,身上还穿着单衣,为了炭能卖个好价钱,还祈望着天再冷一些。可见老人被贫困摧残到何等境地了。他这个凄苦的愿望实现了,"夜来城外一尺雪",一尺深的雪,炭价不会贱了,不免在凄苦的心境里涌起一股兴致,一大早便赶车载炭上市了,"晓驾炭车辗冰辙"。山路遥遥,赶着装载千余斤炭的牛车,在一尺深的雪路上行走,到了长安市场的南门外,已经太阳老高了。"牛困人饥日已高",牛也困乏不堪,人也饿得不行了。早上出来还是大雪遍地,经过日晒,雪已融化,歇脚在泥水中,"市南门外泥中歇"。老翁这时满心的希望,是遇卜一个好买主,将炭变卖成钱,吃上一顿饱饭,再置办点生活必需品。正当他眼巴巴盼着的时候,不料迎来的却是一场噩运。"翩翩两骑来是谁?黄衣使者白衫儿。"皇宫中的采办来了。他们有特殊的服色,黄衣白衫;也有特别的权力,只要他们看上的,便分说不得,因为他们是给皇家买货的。"翩翩两骑",言语不多,已经透露出那骄矜自得的神气。果然厉害异常,"手把文书口称敕,回车叱牛牵向北"。这时牛困也顾不得,人饥也管不得了,"一车炭,千余斤,宫使驱将惜不得"。结果如何呢?忍着牛困人饥将炭送到宫里,却是"半匹红纱一丈绫,系向牛头充炭直"。千余斤炭,只换得半匹纱一丈绫。"系向牛头",极传神,不管你肯与不肯,要与不要,摔在牛角上,就是它了。那一种蛮横无理、盛气凌人的神气,都在四个字后面隐现出来。这就是当时病民的恶政之一"宫市"。韩愈《顺宗实录》载,过去宫中需买外物,令官吏负责采办,按市价购置。后来不再通过官吏,宦官"置白望数百人于两市(长安东西两市),并要闹坊,阅人所卖物,但称宫市,即敛手付与"。白居易所写的卖炭翁,不过其中的一事。这首诗反映的内容真实,描写刻画传神,烧炭老翁的艰辛穷苦形象,以及他的心理活动,都历历如见。诗的前半着力突出卖炭翁劳苦和以炭值为命的境地,更加反衬出"宫使"的行径、宫市的掠夺的可恶,增强了对宫市的控诉力量。

第二,揭露统治层骄奢淫逸生活及朝廷病民的弊政。白居易在《策林》中曾指出"官吏之纵欲""君上之不能节俭"是人民穷困的重要原因,他的讽谕诗不少是指斥统治层的奢华。《歌舞》揭露公侯贵官"所营唯第宅,所务在追游"。《买花》写富贵人家以重价购置和莳养牡丹的习俗,"上张幄幕庇,旁织巴篱护",诗人通过田舍翁的口批评道:"一丛深色花,十户中人赋!"李肇《唐国史补》说:"京城贵游,尚牡丹三十余年矣。每春暮,车马若狂,以不耽玩为耻","一本有值数万者",可见其奢靡耗费。

《轻肥》矛头指向宦官。中唐以来,宦官专权,他们由皇帝的家奴一变而为势要人物,控制着军政大权,骄奢豪横,不可一世。诗截取他们去赴"军中宴"这一片断来写,所说的"军"是指天子的禁军神策军,由宦官统领。诗没有从交代赴宴开始,避免了平铺直叙,而是摄取一个宦官在路上的镜头,一开篇便风神饱满。"意气骄满路,鞍马光照尘。"前一句把盛气骄横的味儿写得十足,后一句从鞍马上写其富贵豪奢。鞍马的光华可以照尘,自可想见鞍上华丽的金银珠翠装饰和马身毛色的光泽。那么这是一些什么样的人物呢?诗人用一设问句,醒目地点出,此即"内臣",也就是宦官。宦官不过是宫中的奴仆,怎么如此豪横骄奢起来了?原来今非昔比,他们都已成为高官贵人,"朱绂皆大夫,紫绶悉将军"了。到了这里诗人才交代出他们是去赴宴:"夸赴军中宴,走马去如云。"一个"夸"字,显出其自得炫耀之态;一个"云"字,写出其成帮结伙之多。以上八句诗,经过诗人匠心结构,波澜起伏,振荡有势。接下去六句写"宴",以四句铺排其饮食的精美,九酿之酒,海陆之珍,洞庭之橘,天池之鳞;以两句状其兴高采烈之态,"食饱心自若,酒酣气益振",珍味饱食,志满意得,酒酣兴浓,盛气高扬。接着诗人的笔锋陡然一转:"是岁江南旱,衢州人食人!"一方面是山珍海味,一方面是人食人,诗人把二者鲜明地摆在那里,让读者自己去体味其中的意义。在文章的脉理上,这末二句又形成一个突起的浪峰,不仅结得有力,也增加了全篇的波澜。

统治阶层为维持其奢华的生活,必然加重对人民的掠夺,而生出种种病民的弊政,白居易的讽谕诗广泛接触了这一主题。《文献通考》载:"德宗既平朱泚之后,属意聚敛,藩镇常赋之外,进奉不已。剑南西川节度使韦皋有'日进',江西观察李兼有'月进',他如杜亚、刘赞、王纬、李锜,皆徼射恩泽,以常赋入贡,名为'羡余'。""日进"也好,"月进"也好,"羡余"也好,都要从百姓的头上搜括来,在税外加码。白居易的《重赋》以农民的口气控诉说:"浚我以求宠,敛索无冬春。织绢未成匹,缲丝未盈斤。里胥迫我纳,不许暂逡巡。""号为羡余物,随月献至尊。夺我身上暖,买尔眼前恩。"《宿紫阁山北村》写神策军"暴卒"横暴地闯入民宅,不由分说地将庭中生长三十年的"奇树"砍去,主人只能任其所为。《红线毯》揭露宣州太守进贡开样加丝毯,对这种用心不在民事而在进奉的行径,诗人怒喝道:"宣州太守知不知,一丈毯,千两丝。地不知寒人要暖,少夺人衣作地衣!"

第三,讽谕诗广泛涉及形形色色的人物和社会风尚习俗。如《官牛》讽刺执政宰相,《黑龙潭》指斥贪官污吏,《西凉伎》指责边将忘仇:"缘边空屯十万卒,饱食温衣闲过日。遗民肠断在凉州,将卒相看无意收。"其中表现了爱国思想。此外《海漫漫》戒求仙,《两朱阁》刺佛寺之有增无已,《草茫茫》惩厚葬,《天可度》恶诈人,所讥刺批评的都是诗人视为不好的风气。

白居易的讽谕诗继承了乐府诗和杜甫诗歌的现实主义精神,依据现实斗争的需要,加以自己的创造与发展。从内容到形式都有独自的特色。第一,有意识地采集事实,比较全面地、系统地反映各种社会问题和时政弊端。他自言:"身是谏官,月请谏纸,启奏之外,有可以救济人病,裨补时阙,而难于指言者,辄咏歌之,欲稍稍递进闻于上。"(《与元九书》)自觉地把诗歌作为改革政治的辅助手段。在古代诗人中,创作的目的如此明确,反映的社会、政事问题如此广泛,是不多的。

第二,反映问题的基本方式,是选择有代表性的事实,加以艺术创造,使之典型化。白居易自言这些诗"其事核而实",总是有事实根据。但又不只是事实的简单照录,而是进行艺术描写,成为具有形象性的典型。大体上一个典型便反映某一类问题,如《卖炭翁》反映"宫市"问题,《重赋》反映税外勒索的"羡余"问题等。

第三,战斗性强。一方面事事都有现实的针对性,不是无的放矢,另一方面诗人发挥"养勇期除恶,输忠在灭私"的勇敢精神,无所讳忌。所以"其言直而切",既有锋芒,又能击中要害。诗人自己曾说:"闻《秦中吟》,则权豪贵近者相目变色矣","闻《宿紫阁村》诗,则握军要者切齿矣"。

第四,诗的表现手法是现实主义的,按事物本真的面目给以形象的具体的描绘,情景真切。如《卖炭翁》写卖炭老人,《红线毯》写毯的精工华美,都淋漓尽相。

第五,由于诗人以诗为改革政治的武器,常常在诗的叙事中夹杂议论。如《重赋》为说明进奉羡余的不合理,先讲了一段道理:"厚地植桑麻,所要济生民。生民理布帛,所求活一身。身外充征赋,上以奉君亲。国家定两税,本意在爱人。厥初防其淫,明敕内外臣:税外加一物,皆以枉法论。奈何岁月久,贪吏得因循?"

第六,语言通俗。诗人自言"其辞质而径,欲见之者易喻也",所谓

"质",即朴实,所谓"径",即直露。要使人很容易明白其旨意所在。惠洪《冷斋夜话》载:"白乐天每作诗,令老妪解之。问曰:解否?妪曰解,则录之,不解,则易之。"

白居易讽谕诗在艺术上也有一些明显的缺陷。首先是一部分题材不是亲身的经历感受,只是客观上通过各种渠道搜集来的,虽对其事富有同情心,但缺乏像杜甫"三吏""三别"中那种身历亲见的血肉感情。其次太尽太露,语无余蕴,有时流于抽象的议论。这一点他自己也有觉察,在《和答诗十首序》中说他与元稹"同笔砚,每下笔时辄相顾,共患其意太切而理太周。故理太周则辞繁,意太切则言激;然与足下为文,所长在于此,所病亦在于此"。意切言激则常出面说教指斥,理周辞繁则欲说之意之言一泄无余。他也表示有一天或可"稍删其繁而晦其义"。

第三节 白居易的其他诗歌

除讽谕诗外,白居易的闲适诗、感伤诗、杂律诗也都不乏优秀的篇章。如《自河南经乱关内阻饥兄弟离散》,在一首七律中囊括了时难年荒、家业凋零、骨肉流离的丰富内容,表现了深挚的手足之情。平浅的字句锤炼得意蕴浓深,对句流宕不板。白居易年轻时写的《赋得古原草送别》尤其脍炙人口,"野火烧不尽,春风吹又生"成为千古流传的名句。白居易尤为著名的是属于感伤诗的两篇长篇歌行,即《长恨歌》与《琵琶行》,"童子解吟《长恨》曲,胡儿能唱《琵琶》篇"。《长恨歌》是假托汉皇的名色写唐明皇与杨贵妃的爱情悲剧。从诗的整体构思看,前半部分写明皇重色、迷恋杨妃、荒废政事,是因;后半部分写招致祸乱、与妃永诀、长恨绵绵,是果。寓有讽谏劝惩之意是明显的。不过篇中写得最感人的部分是两情生死不移的系念。如写明皇思贵妃之情:"蜀江水碧蜀山青,圣主朝朝暮暮情。行宫见月伤心色,夜雨闻铃肠断声。"写贵妃思明皇之情:"玉容寂寞泪阑干,梨花一枝春带雨","但教心似金钿坚,天上人间会相见"。作者也许想以这些充分表现"长恨",在艺术效果上却成为爱情专一的颂歌。整首诗在艺术上也是以写情的低回宛转、缠绵悱恻见长。

《琵琶行》写于元和十一年(816)贬官江州司马期间。全篇是写诗人在浔阳江边送客时,遇到一个从京城流落此处的善弹琵琶的倡女,诗人听她弹琵琶感伤身世,也引起自身的贬谪之感。诗人与琵琶女虽有官、妓的悬别,遭遇却有类似点。他们都曾在京师,都曾有过盛时,又都经历了天涯沦落,

"同是天涯沦落人,相逢何必曾相识",所以写来楚楚动人。

诗可以分为四段。从开篇到"犹抱琵琶半遮面"为第一段。开篇便单刀直入点明浔阳江边送客,妙在次句环境的烘托。夜里,又是一片瑟瑟秋风,枫叶荻花在风中摇曳,沙沙作响,色调黯淡,气象萧索,有力地衬托出主客凄凉伤别的情绪。而当主人下了马,客人登上船,正欲饮一杯别酒时,却连助兴的音乐也没有,"举酒欲饮无管弦"。没有音乐,所以"醉不成欢",只有惨凄的别离,空望那一片朦胧的月色笼罩在茫茫的江面上。这四句突出渲染乏乐寡欢,为下文闻音乐而追寻做铺垫,所以"忽闻水上琵琶声",便"主人忘归客不发"了。于是共同的"寻声暗问弹者谁?""寻声暗问",因为是黑夜,互相望不见,只能顺着声音来的方向,探索地喊一声:什么人在弹琵琶呀?听到喊问,琵琶停了下来,但"欲语迟",欲吐还吞,欲应未应。主客于是"移船相近邀相见,添酒回灯重开宴",虽然是重新张灯整宴,热心地盛情地邀请,对方却"千呼万唤始出来",而出来之后,"犹抱琵琶半遮面"。到这里为止,我们看到的琵琶女,是她夜里在江船中独弄琵琶,是听到呼唤声而欲应还休,是受到邀请时千呼万唤才出来,出来还以琵琶半遮起面孔。她本是"长安倡女",为什么如此扭捏作态起来了呢?原来今非昔比了,过去在长安是"妆成每被秋娘妒","五陵年少争缠头",如今是"年长色衰,委身为贾人妇","飘泊憔悴,转徙于江湖间"。所以羞于见人,懒于抛头露面了。在这些情态背后,隐藏着琵琶女盛衰升沉的复杂的心绪,耐人寻味。至此,我们也就可以明白,诗人为什么无一语及其衣着相貌,而专着意在情态上,正是为写琵琶女的沦落身世酿造气氛。这一段笔墨藏头露尾,引人入胜。从"夜送客"引到"无管弦",从"无管弦"引到"琵琶声",从"琵琶声"引出千呼万唤始出来的琵琶女,读来津津有味。

从"转轴拨弦三两声"至"唯见江心秋月白"为第二段,写琵琶女受邀弹奏琵琶,但非泛写弹技的高超、曲调的美妙,而是围绕本篇的主题,紧扣琵琶女感伤身世的心绪展开描写。所以,才拨出"三两声",便"未成曲调先有情"。声声忧郁哀思,"似诉平生不得志",低眉信手弹来,"说尽心中不平事"。从文学描写上说。物象有形象,较易落笔;音乐抽象,最难描摹。诗人却以生花的妙笔,将感受的音声化为鲜明的形象传达给读者。诗人的主要手段,是采用各种人们常经验的事物为比喻,使人对那复杂多样而又变化多端的音声可触可感。大弦嘈嘈,有如急风骤雨;小弦切切,有如喁喁私语;大弦小弦交错纠葛时,则有如大大小小的珠子一齐掷抛在玉盘里,各发出力度不同的响声,而交织成一片。声音悠然圆润时,好像黄莺鸣声穿花而出;

曲调幽抑呜咽时，有如水行冰下，滞碍难通。正如人伤心到极点，抽噎哭不出声来，哀弦幽咽，也如冰下水泉由冷涩而凝绝，进入无声。但音乐在人们心头卷起的哀伤却继续旋转荡漾，让人们在无声中咀嚼，另有一番滋味，"别有幽情暗恨生，此时无声胜有声"，后一句由于道出了富有哲理的境界，常被人们引用于各种相类的场合。经过如此一个低回、压抑，感情又猛然涨至高潮。乐声突发，如银瓶忽然爆裂，水浆四溅而出，如铁骑驰突、刀枪齐鸣。最后，一个四弦并发的声音，琵琶戛然而止。此时，一切都静悄悄："东船西舫悄无言，唯见江心秋月白。"其实江心秋月早就存在，第六句就说"别时茫茫江浸月"，不过方才都被带入音乐的境界里，一切都不在视野之内了。乐声一停，如梦初醒，才又感到置身于秋江月色之中，写音乐迷人的情景，十分传神。

从"沉吟放拨插弦中"至"梦啼妆泪红阑干"为第三段。由托曲宣情过渡到琵琶女直言身世。"沉吟"二字隐现出她受到询问却犹疑是否倾诉的神情，"整顿衣裳起敛容"，说明决心向客人敬诉心曲了。她本是京城女，早年便学得一手好琵琶，色绝艺高，五陵年少为之倾倒，"一曲红绡不知数"。酒宴欢乐，以珍贵的首饰击节，鲜艳的罗裙洒满酒迹，两句诗，酣饮狂欢的情态如画。然而就在"今年欢笑复明年"中，"暮去朝来颜色故"。结果"门前冷落鞍马稀，老大嫁作商人妇"。商人是重利而轻别离的，抛下她在江口守空船。夜里忽然梦见少年时的情景，不禁泪湿枕席。至此我们才明白，那开篇处的"水上琵琶声"正是琵琶女梦感之后，独起抚弄琵琶抒怀。

琵琶女昔盛今衰的身世与诗人贬官谪降的遭遇何其相类，怎能不引起诗人"迁谪意"呢？第四段即末段乃转入抒写本身贬官失意之情。两相比照，诗人写下了那感慨深沉、动人心弦的名句"同是天涯沦落人，相逢何必曾相识！"同病相怜的心境，使诗人自写失意这一段，并没有去详陈贬官的不幸遭际，而是着重于"浔阳地僻无音乐"，他希望再听一次琵琶女那能打动他身世之感的乐声，而琵琶女得知诗人身世之后，再弹奏出的乐声，也"凄凄不似向前声"，大约更多了一层诗人的身世之悲吧！诗人也更如醉如痴："座中泣下谁最多，江州司马青衫湿。"

本篇的动人处首先在于作者的迁谪之感是通过惋叹一个歌女的身世表现的，歌女的身世又是先通过琵琶的弹奏表现的，千回百转，曲折中又有曲折。其次，正因为如此构思，于是由送客引出琵琶声，由琵琶声引出琵琶女，由琵琶女引出琵琶的弹奏与弹者的身世，再由琵琶女的沦落引到自身的贬谪，展开丰富的情节和画面，把抒怀高度形象化了。再次，琵琶女的身世以琵琶的曲调烘托,作者的遭遇又以琵琶女的身世烘托,琵琶的声调、歌女的今昔、作者的经历,交织成一片,互相映发,气氛浓郁,动人心弦。

新乐府运动是中唐诗坛上的重要诗歌潮流,除白居易外,还有元稹(779—831),字微之,河南人。他与白居易同为新乐府运动的倡导者,与白齐名,时称"元白"。他的诗歌主张与创作实践的倾向,基本与白一致,不过其诗风不像白居易的平易畅达,较为僻涩整炼。此外还有张籍(约767—约830)、王建(生卒年不详),他们的乐府诗仍常袭用旧题,在诗体上不如元、白之解放,但其诗都具有丰富的社会内容,与新乐府精神是一致的。白居易推重张籍的作品说:"风雅比兴外,未尝著空文。"张籍诗的文词也很平易而不艰深,但构思则略深曲。如《野老歌》,每两句一转折,层层深入,见出作者作诗的琢炼,所以张戒说他"思深而语精"。新乐府诗歌运动的精神一直影响到晚唐,如皮日休、聂夷中、杜荀鹤等都创作一些富有现实主义精神的诗歌,反映了晚唐的社会现实。聂夷中的《伤田家》写出了"二月卖新丝,五月粜新谷,医得眼前疮,剜却心头肉"的名句。杜荀鹤以近体诗的形式反映深刻的社会内容,别具一格。如七律《山中寡妇》、七绝《再经胡城县》等。

第九章 中晚唐诗坛

第一节 中晚唐诗坛概貌

就诗歌的风格流派来说,中晚唐诗坛与盛唐诗坛一样丰富多彩,是百花争艳的唐诗的重要组成部分。只是由于唐代国势的日趋衰落,气度较狭,没有盛唐那样恢宏博大;感情较多伤感衰飒,不似盛唐的昂扬奋发;艺术上则偏于琢炼,与盛唐的自然高妙异趣。

元、白倡导的新乐府运动流派,在中唐占有显著地位,不属于新乐府运动流派,而诗风也走平淡一路的,有刘禹锡、柳宗元等。刘禹锡(772—842),字梦得,洛阳人。晚年官太子宾客,人称刘宾客。前期与柳宗元交谊密切,二人并称"刘柳",后期多与白居易唱和,时称"刘白"。他是进步的思想家和政治家,思想上有朴素唯物论倾向,政治上参与了"永贞革新"。革新失败后被贬官,为同时被贬的"八司马"之一。他的诗一是富有斗争性,如《戏赠看花诸君子》《再游玄都观》讥讽执政,对政治上所受的摧抑表现一种倔强不屈的精神。其次,他学习民歌,写了一些《竹枝词》,平易近人,充满民歌风调情致。如"杨柳青青江水平"一首写一个处于初恋中的少女的心理。春光明媚,杨柳青青,春水盛涨,江面平满,这时她听到自己钟情的人的歌声。大约那歌的词意颇为含蓄难以捉摸,说他无情又似有情,说他有意又不甚分明,于是用民歌常用的双关语手法唱出自己猜疑不定的心曲:"东边日出西边雨,道是无晴却有晴。"以"晴"谐"情"。再次,刘禹锡又以咏史诗著称,如《西塞山怀古》《金陵五题》等都颇为人传诵。《石头城》即《金陵五题》之一,石头城旧址在今南京市内清凉山,最早为楚国之金陵城,三国时孙权改名为石头城,此后一直为东晋、南朝的都城。唐初这里为扬州治所,不久州治移于江都,石头城遂被废弃。六朝时,江水紧临城北山麓,城南则为秦淮河口。这首诗抒写吊古感情,主要表现手法是以自然的比较永恒的事物衬托人事的流逝消沉。笔笔所写都在前者,句句所寓之感都在后者。首句谓青山依然,次句谓潮水依然,三、四两句谓秦淮明月依然,一切自然景物依旧,只是人事迁移了。每句中一两个字给人以人事变迁的强烈暗示,首句中"国"曰"故国",次句中"城"曰"空城","潮"归而曰"寂寞回",三句"月"曰"旧时月",四句月过女墙曰"还过",无不给人以昔时曾伴繁华市,今日空依古城墟之感。诗人这样的写法使抒感含蓄深沉,而画面鲜明。至于诗人伤感的人事迁移的内容,诗中没有点明,留给读者自己去品味。人们不难想到六朝的繁华终成过眼烟云及其中所含的深刻历史教训。

柳宗元在思想与政治上与刘禹锡一致。也为"八司马"之一。他以文著称,其诗清幽隽峭,与他有坚定的政治操守而长期贬谪僻地有关。诗风与其山水游记一致,如《江雪》:"千山鸟飞绝,万径人踪灭。孤舟蓑笠翁,独钓寒江雪。"渔翁不惧孤寂与清寒,有诗人孤独而傲岸的影子。

赵翼说:"中唐诗以韩、孟、元、白为最。韩、孟尚奇警,务言人所不敢言;元、白尚坦易,务言人所共欲言。"指出中唐艺术上明显异趣的两个诗派。以白居易为代表的向平处浅处走的平易派和以韩愈为代表的向深处险处走的险怪派。韩愈的诗追求创辟,是诗格的一大变化,对后来宋诗影响极大,苏轼说:"诗之美者莫如韩退之,然诗格之变自退之始。"前一句从宋人口味出发,未免偏爱过誉,后一句则如实指出其变创的特点和作用。

韩愈才富学博,他以文为诗,驱驾气势,追求奇崛险怪,创大篇,用奇字,押险韵,别为一格。如《南山诗》《陆浑山火》等,均为其代表作。《南山诗》共一百零二韵,一千余字,用写文作赋的笔势描状终南山。除开头、结尾之外,有综观之景、四时晨昏不同之景、山之方位脉理、登山细观之景等,中间用五十一个"或"字利用丰富的比喻刻写山势山形,还连用十四句叠字句,而如此巨篇又一韵到底。气势磅礴,诘屈奇僻。张戒说:"退之诗,大抵才气有余,故能擒能纵,颠倒奇崛,无施不可。"他的《山石》文字较为平易,也很能表现以文为诗的特色。这是一篇游山寺的纪游之作。一般游览诗都是截取一些景物片断,即景抒怀,这首诗却写了游览的全过程,从黄昏到寺,到坐阶观景,到夜深静卧,直至天明独去,以写文的路数写诗,但仍保有诗的特色,糅合诗文为一,自成一格。

孟郊(751—874),字东野,一生困穷不得志,善写表现寒苦生活感情的诗,有"郊寒"的品目。在创作上,与韩愈一样追求新奇创辟。他的《寒地百姓吟》中,诸如"炙地眠""立号""冷箭""棘针""霜吹"等,都见出作者遣词造语追求奇僻和刻意锤炼形象的用心,努力创造一种瘦硬奇警的风格。

除了上述诗人流派外,中晚唐能自树一帜,成就卓越的诗人是李贺、杜牧、李商隐。

第二节 李 贺

李贺(790—816),字长吉,福昌(今河南宜阳)人。族望陇西,为唐宗室之后。家居昌谷(在宜阳),后世也称他李昌谷。他才华横溢,十五岁左右已有诗名,也有雄心与追求,曾说:"少年心事当拏云。"但因父名晋肃,"晋"与进士的"进"同音,犯讳,不能应进士考试,阻塞了科名道路,心境凄苦,"我当二十不得意,一心愁谢如枯兰"。后来做了奉礼郎,是管宗庙祭祀赞礼的小官,"臣妾气态间",跟仆妾差不多。诗人不能不愤呼"天眼何时开,古剑庸一吼",可是天眼并未睁开,古剑也终没得一吼。任职不到三年,只好带着多病的身体告病归乡了。后又到过潞州,谋事无成,死于家中。

李贺只活了二十七岁,足迹所至很有限,短暂的生命和简单的阅历不能不给他的视野带来很大局限,限制了诗歌内容的广阔性。但他有用世怀抱,关心现实,所以其诗也具有相当的思想内容,并非只追求艺术表现的形式主义诗人。他的诗接触到现实的一些重要矛盾,如《苦昼短》《秦宫诗》《猛虎行》《吕将军歌》等,讽刺和抨击君主迷妄、权势骄淫、宦官专权、藩镇跋扈。《老夫采玉歌》《感讽五首》其一揭露了封建的压榨与掠夺。

《老夫采玉歌》写采玉民工的悲惨处境,艺术上也很能反映诗人独有的风格特色。"老夫"指采玉老工人,以老工人为描写对象,更容易显示出人民苦难的深度。诗中所言"蓝溪",在今陕西蓝田县西蓝田山中,"其水北流出玉"。诗的前两句从玉的用途写起,玉是被用来制作步摇之类的妇女首饰的,以玉为首饰的自然是贵妇人。贵妇人所用自然须上等好玉,所以"须水碧"。"水碧"一名出《山海经》即指碧玉,蓝溪之玉色泽俱佳,世称蓝田碧,故以水碧相称。为了统治层的奢侈,一些人世世代代陷入冒着生命危险采玉的境地,不过为贵族妇女增添姿容之美而已,所谓"徒好色"。一个"徒"字表现了诗人愤愤不平之气。诗的这样开端,把人民的苦难与富贵阶层骄奢的生活紧紧关合起来,揭出事物的本质,大大增强了思想性。

"老夫"以下四句写老夫采玉时的饥寒苦况。比李贺时代略早的韦应物写过《采玉行》,也是写蓝溪采玉之事。诗说:"官府征白丁,言采蓝溪玉。绝岭夜无家,深榛雨中宿。独妇饷粮还,哀哀舍南哭。"可见在蓝溪采玉是进入蓝田山的深山绝岭之中,那里没有房屋,只能歇宿在茂密的榛丛中以避风雨。不过韦应物写的是壮丁采玉,家里还有一个独妇给他送饭;李贺写的却是老夫,从诗的下文看,他记挂着家中的"娇婴",似乎只有这么一老一小,连送饭的人也没有了,情况自然更为凄苦。"老夫饥寒龙为愁",他孤独地在冈头上又饿又冷,惹得蓝溪里的龙都怜悯他而发愁了,那蓝溪水面上笼罩的清白不分的雾气就是龙的愁气所凝。以"龙为愁"写老夫饥寒的惨状,构想已经很创辟,将水面黯淡的夜雾设想为龙的愁气就更出人意料了。夜雨饥寒,无物果腹,只有拿野果榛子充饥了,他怎能不为自己悲惨的命运血泪交流呢!"杜鹃口血老夫泪",相传杜鹃为古蜀国的帝王望帝的魂魄所化,鸣声凄苦,每啼不至流血不止。所以这一句不只是说老夫泣尽继之以血,即血泪,还有心境凄苦至极之意,即苦泪。

末六句写老夫下溪采玉及其复杂的心理。"蓝溪之水厌生人","厌"可作"厌憎"解,也可通"餍",做饱食讲,不论是厌憎活人,还是饱食活人,都是吞噬人的生命即溺死人的意思。不知多少采玉工人丧生溪中。"身死千年恨溪水",丧生者千年不解仇恨之心,揭示出采玉工人心中积郁的深重的怨毒。说"恨溪水",不直说恨官府、恨贫穷逼迫,将对官府和社会的控诉表现得比较含蓄,这是诗人在艺术构思上喜欢追求深一层、曲一层的表现。接下去二句写入水情景,紧承上二句专就能显示生命危殆处落笔,倾斜的山坡上,柏树摇撼,风吼雨啸,在泉脚处拴上绳索,另一端系在腰间。这风雨中袅袅摇荡的一线就系着采玉老人的生命。当他靠向溪水时,看见了古台石级上的悬肠草。悬肠草,一名思子蔓,不禁勾起对贫寒村屋中娇儿的怜念。诗中没有具体点明怜念的内容,不过上文中已强烈地暗示出来,这就是自己一旦不幸,那弱小的娇儿又怎么生活下去呢?

这是一首反映社会主题的诗,但艺术表现上很别致。它通过许多夸张的渲染,如溪龙为愁,杜鹃口血,水厌生人,风雨如啸等等,造成十分浓郁的气氛,将采玉老夫的凄苦命运以强烈的色彩揭示出来,给人极深刻的印象,有很强的艺术感染力。其次,诗中许多描写想象奇特,如龙为愁的构想,溪雾与愁气、杜鹃口血与老夫泪、悬肠草与白屋娇婴的联想,厌生人与恨溪水的构想,都给人以新颖奇僻的感受,构成其艺术表现的奇异一面。再次,诗的辞藻富于色彩感,但并非堆砌华丽的字眼,而是字字精实,所以不是富艳,而是瑰丽。所有这些都显示出李贺诗的特有风格。

李贺诗的另一重要内容是抒写壮怀和壮怀受挫的压抑的心境。《雁门太守行》是表现其壮怀的代表作之一。《雁门太守行》是乐府旧题,属《相和歌·瑟调曲》。古雁门郡在今山西北部,因属北部边地,诗人多有借此题写征戍之事的。李贺此诗写易水左近的战争,易水在今河北北部。河北是安史乱后常发生藩镇叛乱的地方,诗中所写可能以朝廷与藩镇的战争为背景,通过歌颂英勇作战、不惜为国捐躯的精神,寄寓自己追求建功立业的壮怀。他在《南园》诗中曾说:"男儿何不带吴钩,收取关山五十州。"首句"黑云压城城欲摧",《晋书》说:"凡坚城之上有黑云如屋,名曰军精。"军队的精气可以映发为黑云,这是一种荒诞迷信的说法。不过李贺写诗,作意好奇,他将这一说法引入艺术构思,酿造成这一名句,以富有象征意义的形象有力地刻画出敌人大军压境的汹汹气势,和危城欲破的紧急情境。次句写城中抗敌的一方出阵应战,"甲光向日金鳞开",盔甲在日光的照射下,闪烁着鳞鳞金光。一个"开"字,见出战阵井然有序地次第排开,衬托出面临强敌而无畏无惧、斗志昂扬的精神面貌。二句都得力于诗句中酿造的气氛,具有更强烈地展示事物本质的力量,"黑云压城"以状敌人逼来之势,"甲光向日"以传抗敌英勇之神,都在可以感受而不可尽言之间,意象的内涵极为丰富。而在这"黑云""金鳞"的鲜明的色彩对比中,自见诗人的爱憎之情。三、四两句写激战,艺术的构思也超出常格。对这场敌人势重难当、战士坚卓不屈的拼死的厮杀,一语不及兵刃交加的情景,只用秋色里角声满天暗示出来。"角声满天"不就是催战的鼓角齐鸣、声震天地么!然后再用一句血流遍地的结果,即牺牲之重大,烘托出战斗的激烈。《古今注》载:"秦筑长城,土色皆紫,故曰紫塞。"诗人拈来表示血色的凝结,"塞上燕脂凝夜紫",构思新巧,而形象鲜明。从"向日"到"夜紫"还自然地表现出从白天鏖战到深夜。"半卷"二句继写战斗的艰苦。从夜寒的自然环境上落笔。以军旗不展、鼓声不振表现夜寒气象,含蓄有味。此二句进一步映衬出斗志的坚强。为末二句以死报效国家,创造了浓郁的气氛:"报君黄金台上意,提携玉龙为君死。"以死战报答国家的恩遇。这里浸透着作者一旦被知遇将为之献身的志意。由于作者实际遭遇的不偶,他的表现雄心的诗句往往蒙上一层悲慨的色调。

  李贺被压抑的境遇和凄苦的心境,使他追求自我解脱的天上幻境和与心灵相印的幽冷的鬼魂境界,成为他的诗歌的又一重要内容。由于这类诗给人的艺术感受强烈,以致诗人被称为"鬼才""鬼仙"。写天上幻境的如《梦天》《天上谣》等,写阴森幽冷境界的如《苏小小墓》《南山田中行》等。《梦天》写梦入月宫,在桂花飘香的路上遇到鸾佩叮咚的仙女,再下视人间,只见"黄尘清水三山下,更变千年如走马。遥望齐州九点烟,一泓海水杯中泻"。这种把人世看作倏忽渺小的思想,正是诗人在现实中的追求幻灭后一种愤激感情的体现。《苏小小墓》写苏小小鬼魂于西陵风雨的夜中,倚油壁车痴望知心人,"幽兰露,如啼眼,无物结同心,烟花不堪剪","冷翠烛,劳光彩,西陵下,风吹雨"。境界极幽冷。王思任说李贺"以其哀激之思变为晦涩之调,喜用鬼字,泣字,死字,血字"。其实不只是变为晦涩之调,更是变为凄戾幽冷之境,以寄其"恨血千年土中碧"的深愁重恨。

　　李贺在艺术上独树一帜。就其追求新创奇僻这一点说,他走的是韩愈一路,他也深得韩愈赏识。但具体艺术表现上,却与韩愈的以文为诗、驱驾气势、铺排篇章、喜用僻字险韵不同,有自己独特的蹊径和创造。贯穿在他整个艺术创造中的是想象力惊人的丰富奇特,往往近于奇诡,脱尽常规,出人逆料,新奇引人。这一特点广泛表现在选材谋篇、描写造境、遣词用字各方面。在选材谋篇上追求新异不俗,如《金铜仙人辞汉歌》取汉神明台上捧持承露盘的铜铸仙人被魏明帝搬迁的故事,写金铜仙人出宫的依恋哀伤感情,将金铜仙人写得栩栩如生。苏小小是钱塘名妓,咏者甚多,诗人的作品则非一般吊墓之作,而是描画凄风苦雨中苏小小的鬼魂及其心境,角度境界自是不同。在描写造境上,运思深曲,形象意境奇诡超常。写箜篌声云"女娲炼石补天处,石破天惊逗秋雨",以雨声写箜篌声,而与女娲的故事联在一起。《天上谣》说:"天河夜转漂回星,银浦流云学水声。"银河中漂浮万点繁星,似流云浮荡,而且可以听到潺潺水声。从真景到幻视,由幻视又转为幻听,构思极曲极深。在遣词用字上,追求不经人道语。如《梦天》云"老兔寒蟾泣天色",化用月中有蟾蜍与兔的神话传说,说一天清冷的月光,是蟾、兔哭泣所成,奇美动人。此外,他的诗语善于设色,瑰丽异常,与上述特点相结合,构成瑰奇的风格。总之,李贺诗歌艺术上的独创确实有"石破天惊"之妙,而达到了"笔补造化天无功"(《高轩过》)的境地。

第三节　杜　　牧

　　杜牧(803—853),字牧之,京兆万年(今陕西西安)人。他是做过宰相又著有《通典》的杜佑之孙。杜牧继承了祖父经邦济世的精神,喜谈政论兵。在晚唐具体政治形势下,他主张对内削平藩镇,对外制止吐蕃的侵扰,以使人民得以安居乐业:"平生五色线,愿补舜衣裳。弦歌教燕赵(即清除河北藩镇),兰芷浴河湟(即赶走侵占河西、陇右的吐蕃)","生人但眠食,寿域富农桑"(《郡斋独酌》)。他的刚直敢言,招来排挤,又处牛、李党争时期,受党争影响。二十六岁举进士,在地方做了十年节度使府的幕僚,进入朝廷后,不久又被外放为黄州、湖州等地刺史,官终中书舍人。在仕宦不得志的郁闷中,不免放情声色,"十年一觉扬州梦,赢得青楼薄倖名"(《遣怀》),被人视为轻薄放荡,其实并非他的全部。

杜牧颇看重诗的思想内容,认为文章应当"以意为主,以气为辅,以辞采章句为兵卫"(《答庄充书》)。在艺术上也有自己的追求,"苦心为诗,本求高绝,不务奇丽,不涉习俗"(《献诗启》)。他追求一种高绝的境界,出脱于李贺奇丽与元白习俗之外。他的诗果能俊朗自立,独成格调。从诗的体制上看,五言古诗也有相当的成就,但最突出的是七言律诗和绝句,尤以七绝最为人称道。

杜牧的《早雁》诗,以雁喻指边地人民,通过比兴手法,写出边地人民在回纥侵掠下的流离苦况和诗人的系念与同情。"金河秋半虏弦开,云外惊飞四散哀","莫厌潇湘少人处,水多菰米岸莓苔",深厚的思想内容,用七律形式表现,写得流宕自然,毫无格律拘束之感。他的咏史诗很著名,往往有所指而发,含政治讽喻意义。如《过华清宫三绝句》批评唐玄宗荒娱误国,也是为晚唐帝王的荒淫立鉴戒。这些诗的特色都能跳出呆板的陈述史实和抽象议论的陈套,而选择史实的某一片断,寓讽意于形象描写之中,短小生动,隽永有味。如《过华清宫》第一首,选择供奉杨妃鲜荔枝这一典型事例,将它场面化,形象地揭露唐玄宗与杨贵妃的骄奢生活。首句诗人从长安回望的角度写,远远望去,骊山上的华清宫重楼叠殿,彩色斑斓,"绣成堆"三个字,鲜明刻画出建筑群的规模与光华。诗人立足于长安,有意与骊山拉开一段距离,是为"一骑红尘"预留空间。次句"山顶千门次第开",一重重宫门打开,为迎接送荔枝者进入。荔枝贵在鲜,所以贵在运送之快,它从南方靠驿传飞马送来,谢仿得说:"明皇天宝间,涪州(治所在今四川涪陵)贡荔枝,到长安,色香不变,贵妃乃喜。州县以邮传疾走称上意,人马僵毙,相望于道。"重重宫门"次第开",见出分秒必争的紧急情势。但只勾画情景,并未点出荔枝,给人们留下一个问号。第三句又是两个镜头。"一骑红尘",一骑飞驰,红尘高扬,笔墨仍在状其疾速;"妃子笑",贵妃笑逐颜开了。将"一骑红尘"与"妃子笑"联系在一起,妙在诗人仍不点明,把问号继续延宕下去。直至末句才以画龙点睛之笔一语破的:"无人知是荔枝来。"将荔枝烘托得十分突出,读者至此再回过头去回味前面所写的情景,不禁忍俊不置,如此紧张的活动,无非为一偿贵妃的口味,而贵妃的骄奢,明皇的宠重贵妃,都在这一片荒唐的情景中显示出来,不着一语议论,而讽意自显。

《泊秦淮》与上一首有异曲同工之妙。这是诗人夜泊秦淮河感史抒怀。秦淮河在建康（今南京），为六朝都城的繁华之地。南朝小朝廷一个个亡灭在这里，荒淫误国，前车可鉴。但诗人并不直接进入主题，开始先勾画秦淮夜色，水面蒙上一层迷蒙的夜雾，月光照出岸边的白沙，就在这轻盈柔和的夜色中，诗人的船进入秦淮河，穿过雾气，向岸边酒家靠近。"近酒家"三字为下文做了铺垫，很自然地引出"商女"的歌声，再转入诗人的感慨。歌女唱的是《后庭花》。《后庭花》即《玉树后庭花》，是南朝陈后主为声色之娱所制。《隋书·乐志》说陈后主制《玉树后庭花》等曲，"与幸臣等制其歌辞，绮艳相高，极于轻荡"。同书《五行志》还说："后主作新歌，辞甚哀怨，令后宫美人习而歌之，其辞曰：'玉树后庭花，花开不复久。'时人以歌谶，此其不久兆也。"所以此曲被视为亡国之音。诗人说："商女不知亡国恨，隔江犹唱后庭花。"歌女是卖唱的，她不知国家兴亡之事，仍唱着这靡靡之音。问题是在那些听歌者，他们自然是贵族官僚等上层人物，却仍然如此醉生梦死，沉湎在亡国之音中，丝毫不记取惨痛的历史教训，对统治阶层荒淫腐朽的批评以及自身对国事的忧心，非常婉曲地表现出来。由于作者颇有史识，常在咏史诗中发表一些迥异常人的议论，如《赤壁》说"东风不与周郎便，铜雀春深锁二乔"，《乌江亭》说项羽如果能够认识胜败乃兵家之常，而包羞忍耻还江东，则"江东子弟多才俊，卷土重来未可知"。议论创辟，启人深思，所以胡仔说"牧之题咏，好异于人"。

杜牧的写景绝句，画面鲜活。如《江南春绝句》《清明》《寄扬州韩绰判官》等。他的《山行》写山行所见之景，尤为突出。首句"远上寒山石径斜"，"远上"见出山路的高远，"寒山"暗点秋光，"石径"是人工铺治的栈道，为下文的"人家"作了铺垫。次句"白云生处有人家"，白云生处正是山之深处，几户人家便生活在那云遮雾掩的僻静地方。这对一个官场不甚得意的人来说，无疑已具有很大的吸引力。然而更为引人的景色还在后面："停车坐爱枫林晚，霜叶红于二月花。"秋日枫林，红叶覆山，又在晚霞辉耀之下，分外红润光泽，所以赛过二月鲜艳的红花了。这秋景不仅没有一点衰飒气氛，而且是一片红火热烈的景象。无怪诗人要停车驻足细细地品玩了。

刘熙载说杜牧诗"雄姿英发"，他的诗确有一股俊爽之气。他的《长安秋望》诗说："南山与秋色，气势两相高。"可以用来评其风格。他的诗流丽中有劲骨，悱恻中有气势，韵致天然却拗峭而不柔弱。

第四节　李商隐

李商隐（约813—约858），字义山，怀州河内（今河南沁阳）人。幼年习业王屋山，有文云"故山峨峨，玉豀在中"，故号玉谿生。他早年受牛党的天平节度使令狐楚赏识，入其幕府。二十五岁举进士后，为李党的泾川节度使王茂元辟入幕府，并将女儿嫁给他，受到牛党嫉恨。李商隐本无意于牛、李党争，却终于不免成为党争的牺牲品。此后牛党当权，他一直受到压抑，潦倒于幕僚生活。李商隐本有济世怀抱，"欲回天地入扁舟"（《安定城楼》），想要干一番旋转乾坤的事业，然后泛舟五湖。他在《行次西郊一百韵》中总结了开元以来的治乱兴衰经验，指出国家治乱"系人不系天"。不过他始终没有得到施展抱负的机会。他面对的是：唐朝日益衰颓的国势，"夕阳无限好，只是近黄昏"（《乐游原》）；一己潦倒的身世，"薄宦梗犹泛，故园芜欲平"（《蝉》）；一种不可能实现的绝望的爱情的折磨，"嫦娥应悔偷灵药，碧海青天夜夜心"（《嫦娥》）。所有这些都给他的诗作染上一层浓重的感伤情调。

李商隐的诗涉及现实政治内容有相当广度。《有感二首》和《重有感》是唐文宗大和末年"甘露事变"的反响，矛头指向宦官。《隋师东》《寿安公主出降》等针对藩镇割据而发。他的不少咏史诗都是借古讽今，批评当代帝王的荒淫，如《陈后宫》《南朝》《隋宫二首》等。《行次西郊一百韵》，具有诗史的规模，尖锐地批评当时执政："疮痍几十载，不敢抉其根。国蹙赋更重，人稀役弥繁。"并深刻地揭示出农村经济凋敝、人民困苦的现实："高田长檞枥，下田长荆榛。农具弃道旁，饥牛死空墩。依依过村落，十室无一存。"《安定城楼》则是一首抒写身世怀抱之作，这是诗人于唐文宗开成三年（838），应宏词科考试不中，在泾原节度使幕中，登安定郡治（在今甘肃泾川北）城楼而作。

首二句以登楼远眺发端。在迢递高城之上又踏上百尺楼头，自然可穷千里目了，所以越过绿杨林直望到泾水的沙岸与洲渚。这两句展现的高远开阔的境界给下面抒写壮怀提供了协调的背景和气氛。这是一首七律，七律中间的两联要求对仗，不一定用典，这首诗却是用典故来表现的。次联首句用汉代贾谊的典故。贾谊关怀国事，向汉文帝上疏陈政事，开头云"臣窃惟今之事势，可为痛哭者一，可为流涕者二"，所以诗云"垂涕"，这里以贾谊自喻，表示自己系心时事，因应博学宏词考试被摈弃，故用一"虚"字，感慨徒有其心,而无其路。次句用汉末王粲的典故。王粲避董卓之乱,从长安赴荆州依刘表,他作有《登楼赋》抒写异乡流落之感,作者在泾州依人为幕僚,与王粲身世相类,故借以抒写漂泊他乡之慨。二句用两个典故,对仗工整,指喻贴切,见出作者锤炼近体诗句的功力。李商隐本工骈体文,给他律诗的对仗打下很好的基础。第三联仍是用典,但又有变化。上一联是明用,这一联是暗用。上一联是每句一典,两两相对,这一联是一典单用,而巧妙的出以对偶的双句。句中用的是春秋时越国范蠡的典故。他辅佐越王勾践,打败吴王夫差,洗雪了败困会稽之耻,便乘扁舟泛五湖而去。因是暗用,便有很大的活动余地,用得很虚,装进了自己功成身去的壮怀内容。前一句说"永忆江湖归白发",是说时刻记着终要归隐江湖,说明现在要投身世路并非为功名富贵,显示了诗人高尚的情操;后一句说"欲回天地入扁舟",是说归隐要待干一番事业、于时局有所补救之后,表明了志怀的具体内容。诗人持有如此光明磊落的怀抱,却遭到无非盯着功名利禄的党争者的猜忌排摈。所以有末联的指斥与抨击:"不知腐鼠成滋味,猜意鹓雏竟未休!"这又是用典,与上联一样一典而化为两句。不过上联暗用,所以虚而活,装进自己的壮怀内容,这联是明用,直而实,故借重其比喻之意。典出《庄子·秋水篇》。内容是惠施在梁国做宰相,庄子到梁国去,有人对惠施说庄子此来是要夺你的相位,于是惠施在国内大搜三昼夜。庄子见到惠施,讲了一个寓言故事。高洁的鹓雏从南海飞往北海,一路上不是梧桐不落脚,不是竹实不吃,不是醴泉不饮。有一只鸱鸮得到一只腐烂的老鼠,看见鹓雏从头上飞过,便仰头斥喝,怕夺去它的腐鼠。这个典故用得很有力量,被功名利禄弄昏头脑的人不过是以腐鼠为滋味,竟猜忌非竹实不食的鹓雏,岂非荒唐可笑而又可怜!

李商隐的爱情诗尤为著名,特别是一些《无题诗》,脍炙人口。他大概遭遇过一种在当时不可能实现的爱情,感情深挚,追求热烈,却没有希望。所以凄清伤感,引人同情。又由于这些诗写得情思婉转,意象迷离,造语精美,有很高美学价值,就更引起人们的注目。《无题》"相见时难别亦难"一首就是其中的代表篇章之一。

为了了解这首诗所抒写的特定爱情背景中特有的感情,我们可以先从末联看起。末联首句说"蓬山此去无多路","无多路"即"无他路",意为无路可通;"蓬山"是传说中海上三神山之一,即蓬莱,从来是一个可望而不可即的地方,说明对方处于难得相见的处所,所以只能使"青鸟殷勤为探看"。青鸟是神话传说中西王母的使者,可以自由传递消息的,诗人的感情只能在幻想中靠它略为表达了。显见此诗是抒写一种绝望的生死不渝的爱情,全诗以看不到前景和出路的低沉情绪为基调。首句"相见时难别亦难",前四字可以有两种解释,一是相见很难,即很少有相见的机会;一是由于所处的环境地位的限制,虽相见亦难通情愫。作者另一首《无题》说:"扇裁月魄羞难掩,车走雷声语未通。"也是写虽相逢而不能交言。后三字说"别亦难",是说不见而分别,为相思熬煎,同样难处,非说相见后分别的难舍难分。这句诗是概括地讲见、别两境,相逢时也好,不见时也好,都极难处。次句说就在这难耐的情境里又一个美好春光逝去了,"东风无力百花残"。以东风之有力无力表现春去春来,造语、构思新妙生动。东风催春,百花盛开;东风力微,百花凋残。这东风又何尝不象征着人的青春,那百花残又何尝不象征着人的日趋衰老。一岁春光之慨中,包含更多年华消逝之叹,良辰美景虚度之恨。正是韵致宛然的形象中包蕴丰富的情思,使它成为名句。次联写至死方休的刻骨相思与始终不渝的爱情。感情抒写得分外深挚感人,在于使用了两个绝妙的比喻:"春蚕到死丝方尽,蜡炬成灰泪始干。"春蚕吐丝,直至丝尽茧成,身化为蛹而止;蜡烛燃烧,直至蜡油流尽,蜡捻成灰而终。二者无不付出最后的牺牲,以之喻情之深挚,深刻有力!粗粗看来,两句似乎是一个意思,其实大同之下,又有小异。前一句重在说相思,扣在"丝"上,后一句重在说哀,扣在"泪"上。二句互相映发,情浓意足。第三联由己而推想到对方,揣想其愁思无绪的情景。清晓梳妆对镜,会因青春虚度云鬟日改而愁绪重重;夜不安席,对月沉吟,应当感到环境的孤寂、心境的凄凉。"改"字、"寒"字都下得极妙。云鬟虽非一日而白,却日日在变,一个"改"字,对方那珍视青春、苦熬岁月的情景如见;一个"寒"字,岂止夜气清凉,还隐隐可见孤凄心绪之"寒"。李商隐学诗的路径是跟从杜甫,杜甫《月夜》写思念在鄜州的妻子,第三联设想妻子于月夜中思念自己的情景说:"香雾云鬟湿,清辉玉臂寒。"此联的艺术构思与之相关,但绝非依样葫芦,而是脱胎换骨,自成新境。诗人可以思念对方,揣想对方,却不得见对方,于是有末联的寄意于青鸟。这首诗抒情的浓挚,意象的幽美,造语的创辟,对仗的工致,都表现了诗人高超的艺术技巧。他的《无题》诗中颇多妙语,如"身无彩凤双飞翼,心有灵犀一点通","春心莫共花争发,一寸相思一寸灰",都是历来为人传诵的。

　　李商隐的诗具有鲜明的独特风格。他做诗喜欢婉转曲折地表现情意。落笔时总是避实就虚,充分发挥想象力和艺术创造力,将情思反复推勘,酿造成富有象征意义的朦胧的意象。又喜用丽辞藻彩,装点成一个斑斓的外表,故而秾丽迷离,情深意远。正如冯浩所说:"总因不肯吐一平直之语,幽咽迷离,或彼或此,忽断忽续,所谓善于埋没意绪者。"《锦瑟》可以说是最典型的代表。王士禛说:"一篇《锦瑟》解人难。"这篇诗的含义,一直存在很大争议。众说纷纭,莫衷一是。较有代表性的有三种,一种认为是悼亡之作,悼念妻子;一种认为是怀思失恋的爱情遭际,"别有所欢,中有所限,故追忆之而作";一种认为是诗人回顾生平政治道路的小结。三说都可以讲得通,正反映出此诗意象的空灵。

诗以首句前二字名篇,这本是古人写无题诗常用的方式。但本诗"锦瑟"二字与"华年"往事相牵连,与一般取首二字不可同日而语,而有象征美好事物或壮盛年华之意。首句说:"锦瑟无端五十弦。"《汉书·郊祀志》载:"泰帝使素女鼓五十弦瑟,悲,帝禁不止,故破其瑟为二十五弦。"无端,犹如说无缘无故,没来由。这句承上述神话传说说,泰帝已破瑟为二十五弦,你这个锦瑟为什么还偏偏要五十弦呢?一定要弄到悲不自胜的境地吗?这是用怪怨的方式表现自己心藏最深重的哀思。果然,次句云"一弦一柱思华年",每一弦的哀音都集注在华年往事上。这也就是白居易《琵琶行》"弦弦掩抑声声思,似诉平生不得志"的境界了。只不过"不得志"的内容,悲感哀思所指不同罢了。第三句说"庄生晓梦迷蝴蝶",用《庄子·齐物论》中的寓言故事:"昔者庄周梦为蝴蝶,栩栩然蝴蝶也。……俄而觉,则蘧蘧然周也。不知周之梦为蝴蝶欤,蝴蝶之梦为周欤?"庄子是用这个故事宣传其绝对相对论的齐物思想,诗人则只取其梦为蝴蝶的情节,着一"迷"字,表明自己曾经沉迷在一个美好的梦幻境界中。但是境界虽好,终归只是一种理想,只能在想象中编织,有如梦幻一般,非可实得。那热切的期望、追求、心愿,只能寄之于哀吟而已,也就是寓情的诗作。所以有了第四句:"望帝春心托杜鹃。"《华阳国志·蜀志》记载蜀地的历史传说说,蜀有王名杜宇,"杜宇称帝,号曰望帝。"后来"禅位于开明。帝升西山隐焉。时适二月,子鹃鸟鸣,故蜀人悲子鹃鸟鸣也。"后遂有杜鹃为望帝魂魄所化的传说,并与杜鹃啼血联系在一起,表其悲苦。这里借以表示自己永不衰竭的心愿只能如望帝那样将哀思托之于杜鹃啼鸣而已。这一联两句用典与对仗之妙,可与《无题》中"春蚕""蜡炬"一联媲美,不过那两句真切,这两句迷离。第五句写泪,抒写其至痛之情怀。珠为蚌所产,传说蚌每向月开壳,吸收月之精华,滋育其珠。又《文选·吴都赋》李善注引神话传说,南海中鲛人,织绡卖与人家,临去时泣而出珠,赠与主人。诗人糅合此类内容熔铸成美丽的诗句:"沧海月明珠有泪。"大海、明月、珍珠、泪水,四者相映相衬,泪晶莹如珠,珠晶莹似泪,明月似大珠,沧海则大水,融汇成的凄清的境界,使泪具有异常的哀伤的色调。《世说新语·言语》载顾恺之言其哭状"声如震雷破山,泪如倾河注海",虽极尽号哭之相,但就给人以哀感来说,比之李句,实相去千里。第六句说:"蓝田日暖玉生烟。"司空图曾引戴叔伦的话说:"诗家美景,如蓝田日暖,良玉生烟,可望而不可置于眉睫之前也。"(《与极浦书》)戴叔伦比李商隐早八十年,再往前有西晋陆机《文赋》中语:"石蕴玉而山辉。"可见古人认为产玉之地,其上有光气的说法,由来已久。诗人又熔铸成这一优美诗句。玉是实有的,但深藏地下,只能见其光气,可望而不可即,以喻理想境界、美好事物,终难身亲其处。这一联意象之美妙,又胜过前一联。末联说此种情景岂待成为追忆之时,方才幻如烟云,就是在当时,已经是梦幻一般惝恍令人无限怅惘了。从这首诗中可以体会到李商隐诗意象之空灵优美,扑朔迷离,在古人中实为稀见。正是这种独特的艺术创造,使他屹立在唐诗百花园中,永不衰败。当然他的诗用典过多,甚至有时表现出堆砌典故的倾向,意象的象征性也有过于缥缈使人难以捉摸者,不免带来一些晦涩的缺点,正如元好问所言:"诗家总爱西昆好,独恨无人作郑笺。"(元好问《论诗绝句》)

第十章　古文运动

唐代韩愈、柳宗元在散文领域取得了卓绝的成就。由他们鼓吹和推进的古文运动，直接影响到宋代，出现了唐宋八大家，形成我国散文史上第二个高潮。

第一节　古文运动的酝酿和韩愈的古文理论

"古文"是对"骈文"而言。骈文讲究字句对称，发展过程中，又追求辞藻华美，排比故实，直至要求声律；古文则奇句单行，恢复先秦那样自由抒写的文章形式。先秦文章中虽亦间杂偶句，但不刻意划一，可以说奇其所奇，骈其所骈，行其所当行。东汉以后，文字渐趋整饬，文格有明显变化。刘师培有一段清楚的论述："东京以降，论辩诸作，往往以单行之语运俳偶之词。而奇偶相生，致文体迥殊于西汉。建安之世，七子继兴，偶有撰著，悉以排偶易单行。即有非韵之文，亦用偶文之体，而华靡之作，遂开四六之先。"到南朝，骈文极盛，渐染至一切文体，形式也更趋精致。隋唐以来，沿袭不变。生活于初盛唐之交的刘知几说："对语俪辞，盛行于俗。"（《史通·杂说下》）初唐"四杰"的名篇，如王勃的《滕王阁序》、骆宾王的《讨武曌檄》，都是骈文。

骈文作为文学体裁之一，无可非议。一些骈文名篇至今仍给我们以美学享受。但骈文占领一切文字领域，排斥掉散文，其末流至于只追求形式的华美，表现出严重的形式主义倾向。因此，从隋以来便开始有人出来批评浮华轻艳的文风。如李谔有《上隋高帝革文华书》，指斥当时文章"遗理存异，寻虚逐微，竞一韵之奇，争一字之巧。连篇累牍，不出月露之形；积案盈箱，唯是风云之状。"反对形式主义，要求文章有益世用，但未涉及文章的骈体形式，这封书本身就是用骈文写的。

初唐陈子昂既反对绮靡诗风,在文章领域也有力地冲击了形式主义。他的文章关切政教大议,如《谏政理书》等。从文章风格上说,其"论事书疏之类,实疏朴近古"(《四库全书总目提要》)。到了盛唐,萧颖士自称"平生属文,格不近俗。凡所拟议,必希古文"(《赠韦司业书》)。提出"古文"名目,并明确表示唾弃骈体。此外尚有同时的李华及后来的独孤及、元结、韩愈的长兄韩会、梁肃、柳冕等,都有类似的鼓吹。元结已实际用古文写作,其山水园亭游记,朴淡幽隽。柳冕则提出"君子之文,必有其道","文而不知道,亦非君子之儒"(《答衢州郑使君论文书》),成为古文运动中文以载道说的直接前驱。

从上述历程可以看出,在韩柳之前,古文运动已有一个长期酝酿过程。其中心是反对形式主义,在内容上,要求文章与政治、教化相关,在形式上,则由反对浮华文风,渐次及于反对骈体。要求跳出"时文"、"俗下文字"的圈子,另为古文。不过他们势单力薄,号召力和影响不大,特别是缺少成功的古文创作实践,不能动摇骈文的统治地位。至韩、柳而形势大变,古文开始蔚为风气,成为文坛上一股有力的新潮流。

韩愈(768—824),字退之,河阳(今河南孟县)人。自称郡望昌黎,所以世亦称为韩昌黎。又官至吏部侍郎,亦称韩吏部。死后谥文,也称韩文公。父、兄早亡,靠嫂嫂郑氏抚育成人。二十五岁举进士,二十九岁参加宣武节度使董晋幕府,开始从政。此后曾任汴州观察推官、四门博士、监察御史等职。因关中遭灾,上疏论朝政,被贬官为阳山(在今广东)令。元和元年,三十九岁,宪宗继位后,回朝廷任国子监博士。元和十二年,五十岁,跟随裴度平藩镇吴元济有功,升刑部侍郎。两年后,因谏阻宪宗迎佛骨,被贬为潮州(州治在今广东潮安)刺史。次年,穆宗即位,召回朝廷,为国子监祭酒、兵部侍郎,官终吏部侍郎。韩愈为官刚直敢言,也能注意民生疾苦,但维护封建等级制度的思想也异常鲜明。

韩愈是贞元、元和间倡导古文运动的领袖人物。他为古文的志向很坚定,魄力很大,勇于逆流俗而号呼,又不怕世俗的笑侮,"收召后学","抗颜而为师"(柳宗元《答韦中立论师道书》),团聚了一批人,成为一支有相当势力的队伍。如当时著名古文家李翱、皇甫湜、李汉等,都是韩门弟子。更为重要的是他提出了更为系统和明确的古文理论和进行了成功的古文创作实践,因而能打开局面,使古文复兴于文坛。

韩愈的古文理论主张,概括起来,主要有四点:第一,文以载道。韩愈的倡导古文首先是为明道,所谓道即儒道,所以是紧紧围绕复兴儒道这一目标的。《原道》即其复兴儒道的宣言。从《原道》所讲的儒道的内容看,有其现实意义的一面。文中强调君臣名分;"君者出令者也,臣者行君之令而致之民者也"。实有维护大一统,反对藩镇割据的意义。藩镇独霸一方,自行其令,是违反"君臣之大义"的。《原道》又排斥佛、道二教,这是因为二教的发展,加重了人民经济负担:"古之为民者四,今之为民者六","农之家一,而食粟之家六……奈之何民不穷且盗也"。文章又大力提倡仁义,强调"博爱之谓仁",是要达到"爱而公","鳏寡孤独废疾者有养",减轻剥削,以缓和阶级矛盾。其所谓道的现实意义,是明显的。当然,其所谓的道中,也有严格维护封建等级压迫和专制主义制度的一面,是其历史的局限。韩愈为了提高儒道的地位,提出道统说。鼓吹这个道从尧舜开始,之后禹、汤、文王、武王、周公、孔子、孟轲,历圣相传,而"轲之死,不得其传焉"。他以继承和恢复道统自任。所以他之提倡古文,是要用作明道、传道的工具。他说:"愈之所志于古者,不惟其辞之好,好其道焉尔。"(《答李秀才书》)非只好其文,而是要解决文与道的关系,文章与政治、世教的关系。道为目的,文为手段。

第二,提出不平则鸣。这是韩愈古文理论中富有现实主义精神和战斗性的主张。社会不是完美无缺的,国家有盛衰,时政有邪正,人的遭遇有幸与不幸,因此提出"大凡物不得其平则鸣"(《送孟东野序》)。在《荆潭唱和诗序》中,他又说:"夫和平之音淡薄,而愁思之声要眇,欢愉之辞难工,而穷苦之言易好也。是故文章之作,恒发于羁旅草野。"承认反映不平的愁苦之声更为感人。这种主张为古文开拓了现实主义的宽广道路。

第三,提出作家的修养与文气说,实质是解决内容与形式的关系问题,提倡以内容为主的内容与形式的统一。韩愈强调作家要有思想修养的根底,认为作者"不可以不养也。行之乎仁义之途,游之乎诗书之源"。有养就能做到有"气",他发挥了孟子"吾善养吾浩然之气"的说法,由"养"而生"气",由"气"而运言,将形式奠定在内容的基础上。他以水与浮物为喻说明"气"与"言"的关系:"气,水也;言,浮物也;水大而物之浮者大小毕浮,气之与言犹是也,气盛则言之短长与声之高下皆宜。"主张"养其根而俟其实"。(《答李翊书》)

第四,提出了新的散文标准。他的旗帜是复古的,自称"非三代两汉之书不敢观",实际并非简单模拟先秦两汉古文。他对先秦两汉之文主张广收博采,"上规姚姒,浑浑无涯,周诰殷盘,佶屈聱牙,春秋谨严,左氏浮夸,易奇而法,诗正而葩,下逮庄骚,太史所录,子云相如,异曲同工"。在广泛吸收的基础上,加以熔冶创造,要"师其意,不师其辞"(《答刘正夫书》),并明确提出"惟陈言之务去"(《答李翊书》),"词必己出"(《南阳樊绍述墓志铭》),要求自铸伟词,突出创造性。他实际是要求在接受先秦两汉散文优良传统的基础上,吸收当代语言,创造出一种较通俗的富有表现力的中古散文。他提出的"文从字顺各识职"(同上),也就是合于当代的语言规律。他的散文创造了具有独自特色的中古文,为唐宋文的发展奠定了坚实的基础。

第二节　韩愈的散文

韩愈的文章内容丰富,众体兼备,几乎每种体裁中都有佳篇。他的论说文大都有现实的针对性,往往提出一些创辟的见解,并有理直气壮的特点。文章格局严整,层次分明,具有逻辑说服力量。如辟佛老、阐明道统的《原道》、挖掘毁谤根源的《原毁》等。提倡师道的《师说》可作为代表。柳宗元在《答韦中立论师道书》中说:"由魏晋氏以下,人益不事师。今之世不闻有师,有辄哗笑之,以为狂人。"韩愈不仅抗颜为人师,而且作《师说》阐发其道理,表现了敢于逆流俗的气魄。

全文可以分为三段。从开篇到"其皆出于此乎"为第一段,论述师道之重要。其中又分三层。到"其为惑也终不解矣"为第一层,说明师的意义和作用。开篇便引古做一断案:"古之学者必有师。"斩钉截铁,不容置辩,因为这是铁的事实,力重千钧。接下去从正反两方面申说"必有师"的道理。从正面说,师能"传道、受业、解惑";从反面说,人非生知,不能无惑,惑不从师,则终身陷于惑中。一反一正,把从师的必要性说得十分透彻。对师的作用只用六个字概括,简练分明。接下去到"师之所存也"为第二层。师的作用分而言之,是传道、授业、解惑,其核心却是"道"。授业是传授儒家经典,乃道之所藏;解惑是解授业中之惑,也就是道之惑。所以这一层中点明从师的意义在于"师道",从而提出一个重要的结论:"道之所存,师之所存也。"所以"无贵无贱,无少无长",闻道在先,即从而师之。长者、贵者有道,固然要师;幼者、贱者有道,同样要师。这在当时贵尊贱卑、长尊幼卑的等级社会风气里,是一个具有民主性精华的思想,也是一个大胆的议论。以下至本段末为第三层。从师道不传的严重后果上讲,那就是都成为愚者。但文字写得跌宕多姿,先是一句总的慨叹:"嗟乎!师道之不传也久矣!欲人之无惑也难矣!"从这里直接接到导致的结论,人人怀惑,无人不愚,完全顺理成章。不过这样一来,文章未免显得单调乏力。所以作者并不单线直入,而是酝酿成复线双行,把古之圣人与今之众人对比起来讲,文章立即增色生神。

古之圣人远出常人之上,尚且从师,今之众人远不及圣人,而耻从师,"是故圣益圣,愚益愚",加强了结论的力量,文章也姿态横生。

从"爱其子"至"其可怪也欤"为第二段,批评士大夫遗弃师道之惑。又分两层,每一层各举一种人与士大夫对比讲。第一层与童子对比,对于童子,都要择师而教,对于自己,却耻于从师,岂非大惑!但文章并不蜻蜓点水似的一点即止,而是继续生发开来。童子所习,不过句逗诵读之事,乃是学之小者;士大夫所当习者,则是传道解惑之事,乃是学之大者。小者汲汲从师,大者却弃之如遗,"小学而大遗",能说是明于事理吗?这种笔法,抓住事物欠理之处,猛攻下去,尖锐有力,不容人不退却。第二层与巫医等人对比,在封建社会里,"巫医乐师百工之人",被视为贱者,他们却师弟子相传,"不耻相师",士大夫之流,是所谓贵者,却耻于相师,岂非荒唐?士大夫之聪明智慧竟出于贱者之下,岂不可怪!这批评与前一层有异曲同工之妙。在这层文字中,又择取士大夫耻于相师的代表性思想予以罗列,或者认为年岁相当,学问相近;或者耻于向官位低于己者求教;或者担心向官位高于己者求教,被视为阿谀。这就使批评更有针对性,文章也更为丰满。韩愈的文章,往往篇幅虽小,却不单薄,就在于捕捉情况具体,揣摸事理周详,而出之以简括之语言。这两层都在对比中讲,使文章起伏摇漾,不板不平。

"圣人无常师"以下为第三段。第一段讲明了从师的重要性,第二段批评了不从师之惑,这一段则着重正面阐发从师的原则:"圣人无常师。""闻道有先后,术业有专攻",有长于自己的东西,即可相师,所以"弟子不必不如师,师不必贤于弟子"。这些光采的思想,既与耻于相师的思想针锋相对,又与前文之"道之所存,师之所存"遥相呼应。这一段特别举圣人孔子的无常师,加强了文章的力量,圣人如此,众人自应从归如流了。"李氏子蟠"最末一小节,是关于作此文的缘起的交代。突出李蟠两点,一是不随流俗,"好古文";一是打破耻从师之风,而以韩愈为师。这两点都是"能行古道",故作《师说》相赠,这种先以主要篇幅讲明要说的意见或想记述的事实,至末尾点明缘由的格式,为后来许多文章所继承。

这篇文章从内容上说,讲出一些精辟深刻的道理。诸如"无贵无贱,无长无少,道之所存,师之所存","弟子不必不如师,师不必贤于弟子"等。由于这些见解符合事理的本然,所以有强大的生命力,直至今天仍有借鉴的意义,这是文章吸引人的根本所在,是论说文的生命和灵魂。另外,论说文不仅道理要深刻精辟,还要将道理说得透彻,使之具有强大的说服力。这篇文章正面的论说,深切著明;反面的驳议,也能抓住要害,据理剖判,穷揭其短,使对方无腾挪躲闪的余地。

　　这篇文章在艺术上也有鲜明的特色,它虽是一篇论说文字,却绝无平板枯燥之感,而是活脱生动、摇曳多姿,读来有如观江阅海,只见风波荡漾。这主要是由如下一些因素造成的。第一,论说手段多种多样,不单调。有时正说,有时反说;有时单线一意通贯下去,有时复线在对比中剖析;有时径直的逻辑推衍,有时引古人古事以为断案,交错穿插,变化多端。第二,主题集中,中心突出,但剖理细腻,层次众多。全篇不过五百字左右,却有三段七个层次,每一层次又都有其独特的内容,层层相接,累累如贯珠。只见其丰富,不觉其单一。在层次的转接之间,注意造语的峭拔有势,配合其各层的深邃内容,使人有群峰起伏绵亘不绝之感。所以刘大櫆说:"教子(指'爱其子'一段)、百工(指'巫医乐师百工之人'一段)、圣人(指'圣人无常师'一段)斗起,三峰插天。"第三,善用对比的笔墨,如古今圣愚的对比,教子与持身的对比,巫医百工与士大夫之族的对比,给文章增添无限活气。第四,遣词造句波折多变。以第一小段为例,首句言"古之学者必有师",是一句斩截的断案语。次句按常语说即师能传道授业解惑,文却唾弃常格,将"师"字独挑出来,用"所以"为转折,成为"师者,所以传道受业解惑也",便振荡不平。第三句如果平叙即人非生知不能无惑,文则使用反问句,"人非生而知之者,孰能无惑?"不仅比正叙有力,而且笔势一扬,也为下文的续接语增色。第四句句意是,有惑而不从师则惑不得解,文也跳出笔墨常径,将"惑"字突出出来,成为"惑而不从师,其为惑也,终不解矣!"便有波翻浪涌之势。韩愈这些文笔的妙处,是一个丰富的宝藏。

　　韩愈还有一类杂文小品式的论说文,短小精悍,意趣横生,庄言而出以巧言妙构。如《获麟解》《杂说》等。《杂说》中的"千里马"篇足以代表这类文章的特点与成就。文章主题是讲人才埋没问题,但通篇出以比喻。全文只有一百五十一字,道理讲得透彻分明,形象鲜明生动,文势波澜曲折,确有尺幅千里之势。

　　韩愈的叙事文继承《史记》等记事的优良传统,善于选材,工于描写,能生动地刻画人物形象,还往往熔议论、叙事、抒情于一炉,增强思想性和感人力量。如《张中丞传后叙》只是对李翰所作原传做些补充,却能用张巡、许远、南霁云三人死守睢阳抗击安史叛军的遗闻轶事,组织成优美的文章。其中对无理责难许远的批驳,理正辞严,对张、许、南三人形象的描写也虎虎有生气。南霁云向贺兰进明乞师一段尤为精彩,南霁云大义凛然,疾恶如仇,刚烈勇锐的形象,活现纸上。又如《画记》生动地记叙画面上的人与物,《柳子厚墓志铭》写柳宗元的为人与其文学业绩,都是叙事佳篇。

韩愈抒情文的成就,《祭十二郎文》可为代表。文章为奠祭侄子韩老成而作,专择能触动悲感的家常琐事以抒骨肉至情之悲,文笔平实素朴而楚楚感人,有吞声呜咽之态。其中叙"两世一身,形单影只"之况,追述嫂言之悲,以及絮语申说生前未能厮守的遗恨,都有催人泣下的力量。储同人说:"有泣,有呼,有踊,有絮语,有放声长号。此文而外,惟柳河东太夫人墓表(即柳宗元《泷冈阡表》),同其惨烈。"

韩愈的应用文,书信赠序之作,往往不拘一格,借题发挥,表现其思想态度。如《送董邵南游河北序》在对董之不遇的深切同情中,隐含对藩镇割据的批评。《送李愿归盘谷序》着意描写遇于时的大丈夫的声威烜赫、富贵豪奢,而不遇于时的大丈夫的洁身自爱、取适安贫,字里行间流荡着不遇的牢骚。并指斥了"伺候于公卿之门"的人物的卑下猥琐,表现了有操守之士的骨鲠品格。《送孟东野序》借赠序以写其"物不得其平则鸣"的文学主张。全篇连用三十八个"鸣"字,不使人感到冗絮重复,只觉得一气贯注,文势奔腾,论说的内容出之以如此生动的风格,实为罕见,只有《庄子》的寓言文风可以与之媲美。

他的文章在运用自如、不拘常套方面,《应科目时与人书》很富有代表性。这篇文章一本题为《与韦舍人书》。是唐德宗贞元九年(793)作者应博学宏词科考试前上书韦舍人,请求他给以援拔荐举。作者并不像一般书信那样将意旨原原本本、平平实实地道出,而是出以寓言比喻,迥出于书信常格之外,可见其恣肆为文的创造性。

文章可分为三段。从开篇到"盖十八九矣"为第一段。写一个非凡的"怪物",如得水便可以兴风作雨上下于天,现在却因失水而困,反为獱獭等水族常流所笑。从"如有力者"到"固不可知也"为第二段,讲有力的人,如果哀其困顿,很容易把它送进水中,但因此"怪物"不肯摇尾乞怜,所以"有力者"对它都熟视无睹,因而生死不可知。从"今又有有力者当其前矣"以下为第三段,写现在又碰到了"有力者",它便仰首一鸣,心期或许"有力者"会把它致之于水;至于"有力者"肯不肯哀怜而伸手,只能委之于命了。

这篇书信短文在艺术上特点是:第一,善于构思造意,想象丰富奇特,不同凡响,而比喻贴切。从文章构思上看显然受了《庄子·外物》篇"涸辙之鲋"寓言的启示,又吸取了《庄子·逍遥游》中关于鲲鹏的寓言描写,但都不是依样葫芦,而是发挥想象,重新创造,刻画出新的形象,推衍出新的情节,贴切地表现自身的遭遇、处境。文中以非凡的怪物表现对才学的自负,以

"不及水"显示当前的困境,以不肯摇尾乞怜写骨鲠的品格,以有力者之熟视无睹概括了以往的经历,以当前仰首一鸣表现其向韦舍人呼吁援助,笔笔在写"怪物",又笔笔是写自己,妙合无间。第二,善于谋篇布局,文虽短,却起落无端,行文多波澜曲折。开篇先点出"怪物"。然后其得水如何,一转;其不及水状况如何,又一转;有力者救之不难,而不肯摇尾乞怜,故不得救,又一转;今试一鸣,得不得援不知,又一转。所以过商侯说:"一意到底,却接连四五个转换,波兴浪作,笔无停滞。"沈德潜说:"韩文善转,故涛头蹴涌,人比之于潮。"也正是指此种地方。第三,善于以夸张的笔墨铺排描写,形象鲜明突出。如写"怪物",先烘托以产地,"天池之滨,大江之濆",再指出其"非常鳞凡介之品汇匹俦",再写其非凡的神威,"其得水,变化风雨,上下于天不难也"。又如写"怪物"离水之近,"盖寻常尺寸之间耳,无高山大陵旷涂绝险为之关隔也",寻常尺寸之间,自然不会有高山大陵旷涂绝险,但不嫌如此重出,就在于渲染作势,表现得更有力量。再如说有力者援助之易,只是"一举手一投足之劳",都夸张得极有声色。第四,善于造语造句,新颖创辟,错落有致。文中许多绝妙词语,至今仍活在人们口头上。如举手投足之劳、俯首帖耳、摇尾乞怜、熟视无睹等。句式也变化多端,最短的二字一句,长的可达二十六字一句,如"庸讵知有力者不哀其穷而忘一举手一投足之劳而转之清波乎?"类似的句式有意变化使之不同。如"非常鳞凡介之品汇匹俦也"和"无高山大陵旷涂绝险为之关隔也"二句,句式相类,造句却不尽同。按前者句式,后者亦可说为"无高山大陵旷涂绝险之关隔也",但于"之"字之前加一"为"字,便与前句不同而不显其单调了。又如下面一小节:"然是物也,负其异于众也,且曰烂死于沙泥,吾宁乐之,若俯首帖耳、摇尾而乞怜者,非我之志也。"括其意不过是谓"然是物负其异,宁烂死泥沙而不肯摇尾乞怜"。而作者将句子化碎,抑扬唱叹,顿挫有致。第五,以气运辞,奔放流转。全文既多波澜转折,却又一气贯注,有破竹之势。

韩愈还有一类文章杂以嘲谑,有更浓厚的文学风味。如《进学解》本是发居官久不升迁的牢骚,设为与国子监诸生的对答,怨怼不平的话都托之于诸生之口,自己则正言宏论,自咎自责,实际也是正言若反,将牢骚以有趣的形式发泄得淋漓尽致。形式上是学汉东方朔《答客难》,内容、文字则独出机杼。《送穷文》也是在形式上学扬雄的《逐贫赋》,内容则是发自己困顿的牢骚。通过智穷、学穷、文穷、命穷、交穷五鬼之为患,正言反说,刻画出自己学富性直、心淳情挚的形象,并揭示出自己困穷不遇的命运。《毛颖传》把毛笔拟人化,学《史记》的传记笔墨为毛笔作传,以有关笔墨纸砚的故事传说为素材,写出一篇妙趣横生的文字,而中藏讽喻。

  韩愈的文章内容丰富,体裁众多,各有其特点。总的说来,他的文章富于创造精神,造意造语都不拘于流俗或常格。在《送穷文》中他说自己的文章"不专一能,怪怪奇奇,不可时施,只以自嬉"。他不怕人家的惊笑非难,在《答刘正夫书》中说,"若皆与世沉浮,不自树立,虽不为当时所怪,亦必无后世之传也"。他要写能自树立、足传后世的文章。他的文章特点概括起来说,就是:(一)以气运辞,气势充沛。(二)章法纵横开阖,多波澜曲折,不平不板。(三)想象、联想丰富,构思巧妙多样,常常出人逆料,打破常格,引人入胜。(四)善于描写,传神尽相,也善使比喻,有时连用数喻,如《送石处士序》说:"若河决下流而东注,若驷马驾轻车、就熟路而王良造父为之先后也,若烛照数计而龟卜也。"(五)自铸伟词,词汇丰富,运用自如。韩愈对古人语言善于推陈出新,对当时的口语善于提炼,他创造了相当多的精辟语句至今作为成语流传人口。《应科目时与人书》中的词语已见上举,又如《进学解》中"爬罗剔抉""刮垢磨光""贪多务得""细大不捐""旁搜远绍""同工异曲""跋前踬后""动辄得咎""各得其宜""俱收并蓄"等,《送穷文》中的"去故就新""面目可憎""蝇营狗苟""垂头丧气"等,任举一篇,都有其独创而行之久远的词语。柳宗元说韩愈"猖狂恣睢,肆意有所作"(《答韦珩示韩愈相推以文墨事书》),说出了他恣意为文、无所拘忌的写作态度。苏洵说韩文"如长江大河,浑浩流转,鱼鼋蛟龙,万怪惶惑"(《上欧阳内翰书》),说出了韩文丰富、生动、奇特、有气势等特点构成的总的风貌,都是关于韩文特色的确评。

第三节 柳宗元及其散文

  柳宗元(773—819),字子厚,河东解(今山西运城县解州镇)人,故世亦称柳河东,又官终柳州刺史,亦称柳柳州。二十一岁中进士,二十六岁考取博学宏词科,此后做过集贤殿正字、蓝田县尉、监察御史里行。贞元二十一年(805),他三十三岁,顺宗即位,迁礼部员外郎,参与王叔文为首的政治改革。所行措施都是有利于国计民生的,但遭到宦官、藩镇、大官僚的反对,很快失败,参预者皆被贬官。柳宗元贬为永州(今湖南零陵)司马,十年后改柳州刺史,四年后病死柳州。他在柳州为人民做了许多好事,柳州人民在罗池为之立庙纪念。

  柳宗元在古文理论上也主张"文者以明道"(《答韦中立论师道书》),

不过由于他的思想具有朴素唯物论倾向,他的"道"也包含更为进步的内容。他认为历史的发展决定于客观形成的"势",不在"圣人之意"(《封建论》),社会治乱安危在人而不在天,"受命不于天,于其人"(《贞符》),重视民心向背的作用,所以他的道更强调其济世拯溺的意义。他说:"道之及,及乎物而已矣。"(《报崔黯秀才论为文书》)在《与杨诲之书》中提出"以生人为己任"。与此相应,他强调文学的社会功能,主张文须"有益于世"(《读韩愈所著毛颖传后题》),反对那种"苟为炳炳烺烺,务采色,夸声音而以为能"(《答韦中立论师道书》)的无益之文。在有用的前提下,他强调重视艺术性,《答吴武陵论非国语书》说:"言而不文则泥。"在《杨评事文集后序》中也说:"虽其言鄙野足以备于用,然而阙其文采,固不足耸动时听,夸示后学,立言不朽,君子不由也。"

柳宗元的著名文章大都写在元和以后贬官期间。当时"衡湘以南,为进士者,皆以子厚为师"(韩愈《柳子厚墓志铭》)。他一方面热心指导后学,一方面创作出许多杰出的篇章,对唐代古文运动的成功与发展,贡献很大,地位仅次于韩愈。

柳宗元的散文大体可以分为论说、寓言、传记、山水游记几类。他的论说文思理细密、论证有力而笔锋犀利。突出的如《封建论》,从社会发展形势的必然,论封建诸侯制度的兴衰历程,历举从古代至唐的史实予以具体的剖析,说明从秦以后封建制决不能再兴之理,并一一批驳各种谬论,理明证足,论辩雄俊,使人不敢撄其锋。

柳宗元的传记文,又大抵可以分为两类,一类是传写人物事迹,如《段太尉逸事状》写段秀实制暴护民的英伟事迹,卓异动人,人们比之于韩愈的《张中丞传后叙》。《童区寄传》记叙一个智勇的少童,是古代较少反映儿童事迹的作品。另一类是借为人物立传而发挥政理,所取都是市井乡野的下层人物,但着眼点是他们的品格、技能足以发挥治道的内容。如《梓人传》通过梓人杨潜的善于指挥群工营造,发挥相道,即做宰相的原则。《种树郭橐驼传》通过郭橐驼的善于种树,发挥治民的道理,以郭橐驼的善顺树木自然生长之性,反对政令烦苛,吏胥扰民。《宋清传》通过卖药者宋清,不汲汲于利,指斥官府士大夫尽为市道交。

柳宗元的《捕蛇者说》本属论说类,但通过捕蛇者之事发挥反苛政道理,又与上述诸传有类似处。在艺术上也颇能表现出此类柳文之特色。全文基本由叙说、蒋氏语、作者之感慨三部分组成。《礼记·檀弓》篇记载一个泰山妇的故事说:"孔子过泰山侧,有妇人哭于墓者而哀。夫子式而听之,使子路问之曰:'子之哭也,壹似重有忧者。'而曰:'然,昔者吾舅死于虎,吾夫又死焉,今吾子又死焉。'夫子曰:'何为不去也。'曰:'无苛政。'夫子曰:'小子识之,苛政猛于虎也。'"这篇文章显然受到这个故事的启发,不过由于作者亲接其事,能做具体生动的描绘,创作出一篇独具特色的文字。

文章开篇先以一段叙说交代捕蛇事的缘起,分两层意思说。由于文章主旨在说明苛政猛于蛇,第一层先渲染蛇。永州所产的这种蛇不是一般的蛇,故称"异蛇",其毒性之大,蛇所过处,草木皆死,人被咬着,也无药可解。然而用它做药,却有奇效,能治好多种恶疾。这一层中突出蛇之毒性,既为后文捕蛇者牺牲之众做铺垫,也是苛政的有力衬托。第二层交代朝廷因其有奇功疗效,每年征集两次,以当春秋两税,交蛇者即可免交租赋,因此永州之人都争着抢着做这件事。捕蛇的缘起交代清楚,从"有蒋氏者"以下便进入蒋氏语部分,为文章的主要内容所在。这位蒋姓人既然"专其利三世矣",应当欣喜特甚,然而问之,其貌却"若甚戚者"。因为他的祖父死于蛇,父亲死于蛇,他接着干了十二年,又多次几乎死于蛇。可是当作者怜悯他的遭遇,提出请求主事者改去捕蛇之役恢复赋税时,"蒋氏大戚,汪然出涕",其悲远甚于前问。因为对于蒋氏来说,"斯役之不幸,未若复吾赋不幸之甚也"。文章的妙处,在于善于蓄势。如果从"专其利三世矣"之下,便由蒋氏直接出来诉说赋税之重,故虽冒生命危险亦甘承捕蛇之役,便平直寡味了。先出蒋氏对捕蛇之役"若甚戚者",再出作者想为其更役而蒋氏大悲,便墨饱神足,不仅文势跌宕多姿,对赋税之重的鞭挞也分外增加一层力量。

下文主要是通过蒋氏之口诉说赋税之害甚于捕蛇。但并不简单地将二者对比,做枯燥的分析说明,而是具体描绘蒋氏如果过去"不为斯役,则久已病"的情景。其中又分两层说,一层说赋敛之害,一层说吏胥之扰。赋敛之害以蒋氏三代居此乡六十年所经历的情事做说明。六十年中百姓的生活一天比一天困顿,"殚其地之出,竭其庐之入",不足以抵租税,于是只好号呼逃亡,或者饥渴倒毙,或者不胜风雨、寒暑、瘴气而死。这一节给我们留下了一幅中世纪赋敛压迫下的凄惨的流民图。由于民不聊生,与祖辈同居者,十不存一;与父辈同居者,十无二三;而与蒋氏同代者,也十无四五了。非死即徙,死徙殆尽,而蒋氏则"以捕蛇独存"。这一层结末虽只冷冷一言,而赋税之害甚于捕蛇之情景,却赫然纸上。第二层讲吏胥之扰。吏上加一"悍"字便见其猛鸷可畏。下面对吏胥行为的素描,着墨不多,却能传其悍厉之神:"叫嚣乎东西,隳突乎南北,哗然而骇者,虽鸡狗不得宁焉。"叫嚣是呼喝斥骂,隳突是冲门闯室,不只人不得安,鸡犬亦不得宁。这里是一片惶骇,而捕蛇者呢？却安然无事。对其安然之态,通过蒋氏之口特做刻意描画,以形成鲜明对比:"吾恂恂而起,视其缶,而吾蛇尚存,则弛然而卧。"只要小心饲养,至其时而献,得免租税,则安食土地所出,以终天年。一年之中,冒死者不过两次,"其余则熙熙而乐,岂若吾乡邻之旦旦有是哉!""旦旦有是",说明悍吏几乎天天来追租索赋。蒋氏末尾的话说,即使现在不幸为蛇毒死,已经比乡邻为重赋累死在后了,怎么敢怨毒捕蛇之役呢! 语虽平实,情极沉痛。

篇末结以作者的慨叹。点出孔子之言苛政猛于虎,而云曾疑其说,今亲见蒋氏之事始信,使文章多顿挫之态,而且直接逼出尾句:"呜呼! 孰知赋敛之毒,有甚是蛇者乎!"蛇毒伤人,犹可侥幸获免,赋敛之毒逼人,却无所逃避。所以赋敛之毒甚于蛇毒。全篇将赋敛之毒置于与蛇毒对比中,既对赋役之酷揭露得有力,又使文章有引人的趣味。

柳宗元的寓言小品继承先秦诸子寓言的传统而有所发展,不再是文章中的个别组成部分,而单独成篇,成为一种独立的文体。这些寓言都是针对社会中某种现象,构想成文,寓深刻的教训或讽刺意义,形象鲜明生动而富于战斗锋芒。如《蝜蝂传》《罴说》《三戒》等。《蝜蝂传》借喜负小虫的特点讽刺贪得无厌的人物,意趣盎然,辛辣有力。文中描写其形象说:"行遇物,则持取,仰其首负之。背愈重,虽困剧不止也。其背甚涩,物积因不散,卒踬仆不能起。人或怜之,为去其负,苟能行,又持取如故。又好上高,极其力不已,至坠地死。"贪心不足的人物总是不至死不止的,虽败亦思再起。《罴说》写"不善内而恃外者",终因内无实力而遭惨败。

《三戒》尤为有名。《三戒》包括三篇作品,即《临江之麋》《黔之驴》《永某氏之鼠》,这三者都是"不知推己之本,而乘物以逞",也就是说没有自知之明,不自量力,借外力庇护以恣意所为,一旦失去条件便都遭遇悲惨的结果。三者除了这一共性之外,又各有其具体的不同的表现形态,所以每篇各有其侧重点。《临江之麋》是写"依势以干非其类"。麋与犬非同类,只是因主人护庇,犬才与之虚与委蛇,一旦与外犬相遇,尚不自省,终为外犬吞食。《黔之驴》写"出技以怒强"。驴本不能敌虎,但由于黔无驴,虎见其庞然大物,不敢贸然侵犯,不过驴偏要现出其看家本领,而实不过"蹄之"。虎知其底,遂食之。《永某氏之鼠》写"窃时以肆暴",只是因为屋主迷信,以自己生于鼠年,故放纵老鼠任其所为,待到换了主人,鼠仍为态如故,结果只能招来杀身之祸。

这几篇寓言在艺术表现上有一些共同特点。第一,将物状情事尽量形象化,情景如见。如《临江之麋》写主人抱幼麋归家,一入门"群犬垂涎,扬尾皆来",八个字活画出群犬一拥而上,亟欲啖食之态。下文写麋与犬狎戏,"犬畏主人,与之俯仰甚善,然时啖其舌",犬畏主人,一面与麋周旋,一面垂涎三尺,十分传神。《永某氏之鼠》写在主人放纵下群鼠猖獗之状:"某氏室无完器,椸无完衣。饮食大率鼠之余也。昼累累与人兼行,夜则窃啮斗暴,其声万状,不可以寝",可谓淋漓尽致,穷形尽相。第二,虽属寓言,假托情事,但叙来入情入理。见出作者体味物情之细,文字叙述之工。如《临江之麋》写麋与犬习熟之过程,开始入门,是群犬垂涎,所以主人叱吓。之后,主人天天抱麋与犬接近,由使犬不加害,到可以与犬戏耍。进一步写麋渐大,因已与犬习熟,随意戏闹,竟忘己之为麋。这个发展过程是完全合乎情理的。《黔之驴》中对虎的心理揣摸也极为细腻逼真。开始"虎见之,庞然大物也,以为神。蔽林间窥之",次后"稍出近之,慭慭然莫相知",下面写初听驴鸣,乃大骇远遁,以为驴要吃自己。及至往来观察,终觉其似乎没有什么特别本事。于是做各种动作试探,一笔笔写来,煞有介事,使人不觉其为空中楼阁。这是这些寓言动人处的重要一点。第三,寓意很深,但对讽喻之意不作详尽语,耐人玩味。《临江之麋》末只一句收束,"麋至死不悟",冷峻深沉。《永某氏之鼠》尾云:"呜呼!彼以其饱食无祸为可恒也哉!"也是意味深长,启人深思。《黔之驴》比较说得透一点,不过结语中言"形之庞也类有德,声之宏也类有能",实有增加本篇含义的作用。

  柳宗元最为人称道而使其获得极高文名的是山水游记。在柳宗元之前,元结的《右溪记》已是山水游记体裁,写右溪泉石幽眇的境界,亦颇可观,但影响还不大。柳之山水游记出,这一体裁遂在文坛上确立其巩固地位。其代表作是《永州八记》。此外还有《游黄溪记》等,亦各有特色,但都不能越八记之上。

  《永州八记》写永州之山水,共八篇。为《始得西山宴游记》《钴鉧潭记》《钴鉧潭西小丘记》《至小丘西小石潭记》《袁家渴记》《石渠记》《石涧记》《小石城山记》。柳宗元参与进步的政治改革而被贬官永州,心情抑郁,他"时到幽树好石,暂得一笑",山水成为他审美畅怀的对象。所以这些游记特点之一,是能描绘出永州山水的奇景胜境。也许正因为作者对他们倾注了爱,所以写得分外幽美动人。作者是带着寻胜、发掘胜、赏胜的心境来写这些文字的,所以笔下的八景各有其特异之处,面目绝不雷同。如《始得西山宴游记》着重西山之高耸特立,故立其顶"凡数州之土壤,皆在衽席之下"。《钴鉧潭西小丘记》则突出其石之奇,"其嵚然相累而下者,若牛马之饮于溪,其冲然角列而上者,若熊罴之登于山"。特点之二,是渗透着诗人的思想感情与情操。作者虽然在山水佳胜之地,暂得一笑,然而"已复不乐,何者?譬如囚拘圜土,一遇和景出,负墙搔摩,伸展肢体,当此之时,亦以为适。然顾地窥天,不过寻丈,终不得出,岂复能久为舒畅哉?"(《与李翰林建书》)因此他不能不把自己不幸贬谪的身世遭遇所激发的感慨情怀融合于自然风物描写之中,如《始得西山宴游记》写"西山之怪特",其中云"然后知是山之特立,不与培塿为类。悠悠乎与颢气俱,而莫得其涯;洋洋乎与造物者游,而不知其所穷","心凝形释,与万化冥合",显然是与西山心心相印,将西山视为知音,借其形貌以歌咏自己志高品峻的情操。《小石城山记》说:"怪其不为之中州,而列是夷狄,更千百年不得一售其技。"又显然是以山水之被埋没而寄寓自身被弃置之慨。这些也就是茅坤所谓"吐胸中之气"(《唐大家柳柳州文钞》)。

　　《至小丘西小石潭记》,篇幅不长,颇能显现柳之山水游记的特色。这是作者于钴鉧潭西得小丘后,又于丘西得小石潭而作。突出写一种幽僻清冷的境界。

　　全文可分四段。从开篇至"参差披拂"为第一段,写小石潭之情状。因是游记,从得潭写起,从小丘往西走百余步,"隔篁竹,闻水声,如鸣珮环",未见其形,先闻其声,说明潭在一片竹林背后的幽僻处;如鸣珮环,水声叮咚,已为石潭传一虚神,如系泥沙为底,水声将另是一样。伐竹开路,果然奇景立现。因为石为底,故水"清",因在绿荫环护之中,故水"冽","清冽"二字写出此地此水特有的风神。潭尤奇,以整块石头为底,至近岸之处,石底则翻卷挺出水面,呈现为坻、屿、嵁、巖诸种形状。青青树木丛生,翠色蔓生植物蒙络其上,或垂挂枝条之间,在微风中摇漾不定。水洁、潭奇、林幽交织成一种清幽异常的境界,足以见出作者对自然风物感受的敏锐,善于选材与造境。

　　"潭中鱼"以下八句为第二段,特写潭中之景。由于"全石以为底",没有水草杂生,潭中景一览无余。故"鱼可百许头",皆若游于空中无所依附,日光照射下来,影子投布于石上。写潭水之清若无物,可谓绝笔。写鱼之态,有时"怡然不动",或忽有所惊,则"俶尔远逝",亦生动传神。言己之心情,不说人之观乐,而说鱼"似与游者相乐",曲折有味。鱼之态,人之情,交关于一语之中。

　　"潭西南"以下五句为第三段,写潭水之源。水源从西南来,曲曲弯弯延伸开去,如斗星之曲折,如蛇行之蜿蜒,所以时隐时现。源水两岸则宽狭参差,犬牙交错,故不可尽见其源。露其端而不穷其委,给人以有余不尽之感。

"坐潭上"以下八句为第四段,写在潭上的感受。竹树环合,寂寥无人,坐清潭绿荫中,一股孤清之气逼人,故"凄神寒骨,悄怆幽邃",这是自然境界给人的感受,但又何尝不触动那人世遭逢所给予诗人的感受!作者《渔翁》诗说:"千山鸟飞绝,万径人踪灭。孤舟蓑笠翁,独钓寒江雪。"除了江上与潭上的不同之外,二者之境界感受何其相似!这不能不使作者感到"以其境过清,不可久居,乃记之而去"。反映出作者贬谪后常被孤清心境煎熬的创伤,非常含蓄隐微地表达了作者谪居生活中的心绪。

"同游者"以下为结尾,列举同游之人以志纪念。林纾说柳宗元的"山水诸记,穷桂海之殊相,直前无古人,后无来者,昌黎偶记山水,亦不能与之追逐。古人避短推长,昌黎于此固让柳州出一头地矣",对柳之游记给予了充分的评价。

柳宗元在《答韦中立论师道书》中自言:"参之穀梁氏以厉其气,参之孟荀以畅其支,参之庄老以肆其端,参之国语以博其趣,参之离骚以致其幽,参之太史以著其洁,此吾所以旁推交通而以为之文也。"他广泛向前人学习优点,他的文章一般说来,严谨而有锋芒,平实而有劲气,清隽而曼妙多姿,词简而韵味渊深。亦时有太露太尽之病。

韩柳之后,古文运动出现两种倾向:一是以李翱为代表的偏于阐道,反映现实的范围窄了,一是皇甫湜、孙樵等的"趋怪走奇",文章晦涩怪僻,语不晓畅。这两种倾向都给古文运动带来不利的影响。至晚唐,出现皮日休、陆龟蒙、罗隐等人的小品文,为晚唐文坛增添了光辉。这些文章短小精悍,笔锋犀利,战斗性很强。如皮日休在《鹿门隐书》中斥官吏为盗贼:"古之置吏也,将以逐盗;今之置吏也,将以为盗。"在《六箴序》中斥昏君不配掌天下:"帝身且不德,能帝天下乎?能主国家乎?"《原道》中更倡言昏君可杀:"呜呼!尧舜,大圣也,民且谤之;后之王天下者,有不为尧舜之行者,则民扼其吭,捽其首,辱而逐之,折而族之,不为甚矣!"所以鲁迅先生称赞这些文章在晚唐衰世中,是"一塌胡涂泥塘里的光采与锋芒"(《小品文的危机》)。

第十一章 唐代传奇

第一节 唐代传奇的发展

传奇是唐代文人短篇小说的名称。据唐末陈翰《异闻集》载录,元稹之《莺莺传》即原名《传奇》,唐裴铏也以《传奇》名其短篇小说集,后人遂以此名概称唐人小说。

从我国小说发展的历程看,远古神话传说,其具有故事性的内质,虽与小说相通,但属于民间口头创作,也是产生于一定历史阶段上的独立的文学体裁。晋时发现的《穆天子传》仍为神话传说之流。汉代的《吴越春秋》《越绝书》等,虽有小说意味,实为野史类,属于史之支流。作为小说类出现于文坛上的,是魏晋南北朝时期的笔记小说。大别有两类:一类是记载神鬼怪异之事的,称志怪小说,其优秀篇章如《搜神记》中的《干将莫邪》等,已有一定的故事情节,和最简洁的描写;另一类是记载人物轶事的,称志人小说或轶事小说,基本是截取人物的片断言行。如《世说新语》中"王子猷居山阴",写名士追求意兴的风流。总体来说,都是把所闻之事当做事实,概略地记叙其梗概,不离"丛残小语"的规模,所以称之为笔记小说。唐代传奇则是我国小说史上的一个飞跃,它比六朝的笔记小说有了显著的发展。首先,它不再是笔记某种情事,而是"有意为小说"(鲁迅《中国小说史略》),正如明人胡应麟所说:"尽幻设语","作意好奇,假小说以寄笔端"(《少室山房笔丛》)。其次,与此相关,它不再是"粗陈梗概",而是重视"文采与意想"(鲁迅语),恰如宋人洪迈所说,"小小情事,凄婉欲绝"(《容斋随笔》),具备了小说的构思与描写的本色。

唐代传奇的兴盛固然是六朝笔记小说的进一步发展,还与唐代社会生活的变化、新的文艺种类的兴起等有密切关系。随着唐代城市经济的发展、以工商业者为主体的市民阶层扩大,市民通俗文学渐次兴起。当时已产生市民文艺的"市人小说"（见段成式《酉阳杂俎》），敦煌文献中有唐人的话本，如《韩擒虎话本》等。白行简的传奇作品《李娃传》即据市民中演说的《一枝花话》写成。另外，古文运动的兴起与成功，为传奇提供了富有表现力的散文形式。有些传奇作者即古文家或深受古文家影响的人，如著名传奇作者沈亚之为韩愈门徒，沈既济受萧颖士影响。科举考试中的行卷风气也对传奇创作有推动作用。赵彦卫《云麓漫钞》载，裴铏《传奇》等都是于考前投献给主考官使之了解自己文笔的作品，"盖此等文备众体，可见史才、诗笔、议论"。

唐代传奇的发展大体可以分为三期。初盛唐时代为前期，这时还没有完全脱离志怪小说的影响，不过已开始显示出传奇的特色和向创新发展的趋向。如王度《古镜记》记古镜十来件灵异故事，虽仍属志怪，已是用一古镜为主线串连一系列故事。无名氏《补江总白猿传》也是记白猿异事，但已有比较曲折的情节。中唐时期为中期，是传奇的全盛时期，许多传奇名家和名作都产生在这一时期里。其中既有幻异类的作品，也有纯世情的作品。即使前者也与人世生活息息相通。内容或批判功名利禄的虚荣，或表现爱情的悲欢离合，或写当代历史人物故事，题材广泛，艺术丰满。如沈既济《枕中记》、李公佐《南柯太守传》、李朝威《柳毅传》、白行简《李娃传》、元稹《莺莺传》、蒋防《霍小玉传》、陈鸿《长恨歌传》等。晚唐为后期，这时大量出现传奇专集，小说篇幅变短，描写功力不及中期，另一方面则突出了豪士侠客的内容。著名作品如袁郊《红线传》、裴铏《聂隐娘》《昆仑奴》、杜光庭《虬髯客传》等。唐人传奇产生不少优秀作品，可以从《李娃传》《柳毅传》见其特点与艺术成就。

第二节 《李娃传》

《李娃传》的作者白行简，字知退，白居易之弟。唐德宗贞元末年进士，曾任左拾遗、司门员外郎等职。《李娃传》取材于市人说话《一枝花》，故事内容讲世家大族荥阳公之子迷恋上妓女李娃，财产荡尽为娃母所弃，流落为乞儿，后于困顿中再遇李娃，娃遂抗母救生，助其恢复健康，成就功名，娃亦得封汧国夫人。唐代，婚姻讲究门第的观念仍很严重，一般士子功名上追求进士及第，婚姻上以娶世家女子为荣。蒋防之传奇《霍小玉传》写李益对霍小玉始乱终弃，别与甲族卢氏女结合就是这种观念的反映，也是这种观念所造成的一幕悲剧。至于妓女贱民的婚姻，尤有严格的阶级限制。《唐六典》

载:"凡官户奴婢,男女成人,先以本色媲偶。"即只能在贱民范围内结合。本篇中当李娃帮助荥阳生取得了功名官职后,对生说:"君当结媛鼎族,以奉蒸尝,中外婚媾,无自黩也。勉思自爱,某从此去矣。"也就是说应与高门结亲,不要因为自己玷污了生的身份,也还是这种观念在李娃心灵上投下的阴影。这篇传奇热情歌颂了荥阳生和李娃的忠贞爱情与结合,无疑是对腐朽门第观念的有力冲击,是以士子的才子佳人的自由爱情理想对抗门当户对以及父母之命、媒妁之言的没有爱情的腐朽婚姻关系。当然它的大团圆结局,荥阳生飞黄腾达,李娃封汧国夫人,并没有超出封建意识的范围,这是历史的局限。作品能让妓女与士子正式结合,并跻入国夫人行列,这一点就足够大胆有力的了。

　　这篇作品艺术上也取得很高成就。第一,它已完全是以人世现实生活为对象,其中所描写的生活内容、人物形象、思想观念都是现实生活真实情景的艺术概括,富有鲜明的现实主义精神。第二,情节丰富曲折,引人入胜。荥阳生本为科考赴京,无意中与李娃相遇,一见钟情,不惜荡尽资财以求与李娃相处。李娃也热恋生,但阳荥生财尽之后,却为娃母所厌,经过周密设置圈套,将生遗弃,形成小说的一大波澜。荥阳生被弃后,病笃于邸店中,被徙弃于凶肆,得肆中人的怜悯救助,得以存活,遂为凶肆挽郎。因有自身悲惨遭遇,其哀歌非常动人,竟于东西二肆佣凶器者的比赛争胜中获冠。而不幸适为其父入京述职所发现,以为有辱门第,将其带至僻静处鞭之至死。形成小说的又一大波澜。幸而尚存微息,为其师所救。但鞭伤溃烂,遭同辈嫌厌,终弃于路,靠过路人哀悯得食,遂沦为乞丐。一日大雪,饥冻特甚,乞呼声惨不忍闻,适过李娃之宅,娃闻声奔出,救回阁内,并抗母救生,形成小说的又一波澜。此后,助生恢复身体,成就学业功名,终得成都府参军之职,李娃乃决意辞归养母,而生不肯,李娃也固辞不变,形成新的矛盾。恰好生之父迁升成都尹,与生得以相见,重新相认父子,闻知此事,乃为生明媒正娶李娃为妻。一路写来,波澜起伏。第三,描写的笔触细腻,曲曲传情,形象鲜明生动。如写荥阳生与李娃初见相慕之状。生一见李娃,"不觉停骖久之,徘徊不能去。乃诈坠鞭于地,候其从者,救取之。累眄于娃。娃回眸凝睇,情甚相慕,竟不敢措辞而去"。到了生再一次来访,李娃侍儿启门见生,"侍儿不答,驰走大呼曰:'前时遗策郎也!'娃大悦曰:'尔姑止之,吾当整妆易服而出'"。则李娃之日盼生之至,俱于侍儿大呼中表现出来。又如传中写娃在其母压迫下,设计甩掉荥阳生,圈套布置细致周密,入情入理,无隙可击。特别是关于东西二肆赛会的描写,绘声绘色。这场盛会空前,四方趋赴,众至数万,"巷无居人"。为了突出荥阳生之技,极善铺垫。东肆车舆等皆无敌,唯哀挽不及西肆。于是暗中将生弄到手,又精心培育,秘而不宣。赛会从早上进行到正午,二肆"历举辇舆威仪之具",西肆都在下风,"师有惭色"。于是西肆将拿出哀挽这一固有特长,以压倒东肆。小说对此加意描写,西肆长"乃置层榻于南隅,有长髯者,拥铎而进,翊卫数人。于是奋髯扬眉,扼腕顿颡而登,乃歌《白马》之词,恃其夙胜,顾眄左右,旁若无人,齐声赞扬之,自以为独步一时,不可得而屈也",将其傲气写足,以为绝胜在握;然后再将笔锋转至东肆的荥阳生。"有顷,东肆长于北隅上设连榻。有乌巾少年,左右五六人,秉翣而至,即生也。整衣服,俯仰甚徐,申喉发调,容若不胜。乃歌《薤露》之章,举声清越,响振林木。曲度未终,闻者歔欷掩泣。西肆长为众所诮,益惭耻,密置所输之直于前,乃潜遁焉。四坐愕眙,莫之测也。"通过前面的铺垫,后文的烘托渲染,将生哀挽技艺之高写到十成,是极善用笔的。第四,通过曲折的情节,生动的描写,成功地刻画一些人物形象,如荥阳生之一往情深。其始,求之亟切,功名置之度外,继而不惜荡尽资财,后被遗弃,三度几乎丧生,后来见娃,虽"愤懑绝倒",仍丝毫不及旧怨。当功名成就之后,娃请离去,他泣曰:"子若弃我,当自刭以就死。"旧时士子对一妓女情深至此,实为难得。以之与《霍小玉传》中之李益,《莺莺传》中之张生相比,不啻天壤之别。李娃亦钟情于生,后依母意甩掉荥阳生,传文中虽未明言,从其前后对生的态度不难推知实为迫于母命,身不由己。当她在阁中闻生呼乞声,对侍儿说:"此必生也,我辨其音矣。"连步而出,时生"枯瘠疥厉,殆非人状",而娃"前抱其颈,以绣襦拥而归于西厢",失声痛哭,竟至"绝而复苏",足见其情之深挚。李娃不只具有爱情,还富于一般人类的同情心。当姥让其再度丢弃生时,她说:"不然。此良家子也。当昔驱高车,持金装,至某之室,不逾期而荡尽,且互设诡计,舍而逐之,殆非人。"并说"欺天负人,鬼神不祐",都显出她精神品格上的光辉。为了恢复生之身躯功名,不沉溺于恩爱私情,协助生完就学业,又见出其胸襟毅力。直到荥阳生功名成就之后,主动请离去,尤见其肯为他人牺牲的精神。这确实是一个平凡而又崇高的动人形象。塑造上不靠虚夸,只以其平实的性行心志使人赞佩,是刻画得十分成功的。其他如小说中娃母之贪财狠毒无人性,郑父之为门第尊严而惨酷无情,着墨不多,都能突出其主要方面。传后部荥阳公态度之急转直下,竟至主张为生明媒正娶李娃,虽有感恩之意,前后也难以找出一贯的内在的联系,写法不能说是成功的。

第三节 《柳毅传》

《柳毅传》的作者李朝威,陇西人,生平不详。内容是写一个人神间的爱情故事,充满神话色彩。很可能是先有神话故事流传,作者加以润色而成。作品写洞庭龙君之女嫁给泾川龙王次子为妻,丈夫荒乐无度,遭到厌弃。她多次向公婆诉告,又惹恼公婆,罚令于泾川牧羊,困苦不堪。适有家居湘滨的书生柳毅,进京应举落第,至泾阳访友,与龙女相遇。龙女托其带书给洞庭君,柳毅激于义愤,遂受托传书于洞庭龙宫。洞庭君之弟钱塘君得知此情,赴泾川杀死泾川龙子,将龙女救回。钱塘君意欲将龙女嫁于柳毅,但由于以粗暴态度向柳毅逼婚,遭到柳毅严词拒绝。龙女父母欲嫁女与濯锦江龙君之子,龙女心怀报恩之念,心在柳毅,未肯从命。恰好柳毅两娶,妻均亡,龙女终于至人间托为卢氏女,得与柳毅成亲。后柳毅亦得随龙女成仙。

作品的显著特点是:第一,它与《李娃传》虽然都是写爱情故事,也都是美满的结局,但由于是神话故事,同《李娃传》的现实主义描写恰恰相反,是一篇浪漫主义杰作。所以想象丰富、神异奇特、色彩绚烂,与《李娃传》风貌迥异。第二,它虽然是神话故事,许多情节与人物行动都非人间的形式,但其中反映的生活情景与人物性情本质则与世情切合。如龙女的遭受丈夫厌弃、公婆虐待,正是封建社会中一般女子常有的遭遇。又如钱塘君的义烈,龙女的知恩图报,也都充满世情味。第三,小说写神话情节的部分尽量与自然现象的特征关合,大大增强了真实感和艺术形象的感染力。如传说中龙职行雨之事,所以龙女于泾川所牧之羊,乃雨工,而实非羊。柳毅问龙女"何为雨工",答曰:"雷霆之类也。"柳毅再细视羊,果然不同,虽大小毛角与羊无别,却"皆矫顾怒步,饮龁甚异"。又如洞庭湖水浩瀚,洞庭君之性情也雍容大度,沉稳有节,"含纳大直"。钱塘江潮如万马奔腾,钱塘君之性情也暴烈异常,"迅速磊落"。其他如洞庭龙宫中之殿阁名,诸如凝光殿、凝碧宫、清光阁、潜景殿,以及赠送礼品的开水犀、照夜玑,也无不与水下之景物传说相宜。第四,小说成功地塑造了柳毅、龙女、钱塘君几个人神形象。柳毅虽是一介儒生,却有义侠血性,他同情龙女的不幸遭遇,毅然承诺为之传书。当钱塘君以生死相胁逼婚,他对此无理举动,无惧无畏,断然拒绝,不肯为杀其婿而据其妻的行径,表现出他的正义品操。同时他又是个多情的人物,当龙宫辞行,见龙女依依不舍之状,亦颇动情。后龙女来到人间,托为卢氏女,他在不知情之下与之结合,两情谐洽,终成美眷。龙女则温柔善良多情,知恩必报。她既因柳毅的义侠行为而倾心于柳,便断然拒绝为濯锦江龙子之妻。追逐到人间,终与柳毅结合。她与柳毅的婚姻还超出了一般才子佳人一见钟情的范围,在互相了解对方品德后而产生爱情,有更深厚的基础。钱塘君性情刚直暴烈,疾恶如仇,并颇有叛逆精神,凭义侠气节行事,不怕违犯天条。但他又很正直,知错则改,他向柳毅逼婚,被柳毅正辞驳斥后,立即谢过。这些人神的性情品德,都被刻画得栩栩如生。第五,小说的描写笔墨,异常传神,能勾勒出各种情境中的不同气氛。如写龙女遇柳毅诉说被摧残牧羊情景,"蛾脸不舒,巾袖无光,凝听翔立,若有所伺",答毅问时,"始楚而谢,终泣而对","言讫,歔欷流涕,悲不自胜。又曰:'洞庭于兹,相远不知其几多也,长天茫茫,信耗莫通。心目断尽,无所知哀'"。一片楚楚怨情,笼罩纸上。又如写钱塘君盛怒飞去复仇之状,"语未毕,而大声忽发,天坼地裂,宫殿摆簸,云烟沸涌。俄有赤龙长千余尺,电目血舌,朱鳞火鬣,项掣金锁,锁牵玉柱,千雷万霆,激绕其身,霰雪雨雹,一时皆下。乃擘青天而飞去",真有天崩地裂之势。而当龙女被救归来时,则完全是另一番景象:"俄而祥风庆云,融融怡怡,幢节玲珑,箫韶以随。红妆千万,笑语熙熙。后有一人,自然蛾眉,明珰满身,绡縠参差,迫而视之,乃前寄辞者。然若喜若悲,零泪如丝。须臾,红烟蔽其左,紫气舒其右,香气环旋,入于宫中。"一片雍容和美的风光。再如写洞庭君问钱塘君在泾阳战况的一段对答,洞庭君曰:"所杀几何?"曰:"六十万。"又问曰:"伤稼乎?"曰:"八百里"。再问曰:"无情郎安在?"曰:"食之矣!"钱塘君之对答简单有力,活现出其刚暴之性情。这些具有不同气氛与色调的生动画面交错于篇中,给人以丰富的美学享受。

唐代传奇在创作方法上,谋篇布局上,人物塑造上,场景描写上,以及语言运用上,都取得相当高的成就,对后世小说的发展产生深远的影响。它的许多故事,被后来的戏曲采为内容题材,如元人石君宝的杂剧《李亚仙花酒曲江池》、明人薛近兖的南戏《绣襦记》都是搬演《李娃传》的故事。《柳毅传》的故事为后人采取的更多,如元人尚仲贤的杂剧《洞庭湖柳毅传书》、明人黄说仲的传奇《龙箫记》、许自昌的传奇《桔浦记》、清人李渔的《蜃中楼》,直至近代的《龙女牧羊》等。

唐代除传奇外,还有说唱文学形式的变文,由讲唱佛经的宗教文学衍变而来。除演说神变故事外,也演说历史故事、民间传说等。变文总体来看,往往情节曲折,描写淋漓尽致,想象丰富,语言通俗,不过一般说来,缺乏传神的细节描写,展示人物内心世界不够。此外还有词文、话本,都开宋代通俗文学的先声。

第十二章　唐五代词

第一节　词的兴起与词体特点

词是一种音乐文学,按曲调写作,所以也叫作依声填词。适应曲谱的需要,其基本形式是长短句,即句式长短参差不齐。每一首词,都有词牌,实即曲调之名。每一曲牌之下,句数、字数、韵脚、平仄都是固定的,适合于同一曲调的演唱。一般分为上下两片,也称阕。也有少数小令不分片,或长词而分三片的。

词到唐代兴起并盛行,和音乐的情况密切相关。中国的音乐,西周到春秋时代为雅乐,汉至南北朝时期为清乐,隋唐时期为燕乐,其中包括西域等处传入的音乐和唐时民间乐曲。《旧唐书·音乐志》说:"自开元以来,歌者杂用胡夷里巷之曲。"所谓"胡夷之曲",即西域等边地民族的乐曲,如《菩萨蛮》等。所谓"里巷之曲",即当时民间的曲调,如《竹枝词》《杨柳词》《浪淘沙》《调笑》《欸乃曲》等,其中有的后来也还作为词牌;唐肃宗宝应元年(787)崔令钦撰《教坊记》总结开元、天宝间燕乐盛况,录曲名、大曲名三百二十四,其中许多曲调是配长短句的。所以唐之燕乐演唱促进了填词这种文学形式的渐次兴起和发展。

第二节　民间词与中唐文人词

我国许多文学新形式起于民间。今存敦煌曲子词,其中有的作品产生于八世纪中叶,即盛唐。所以词很可能也是先起于民间,后来文人拟作,诞生了文人词。所谓敦煌曲子词,指敦煌石室所藏唐人写本《云谣集杂曲子》,共三十首,主要是民间词。其作品如《望江南》:"莫攀我,攀我大(同太)心偏(痴心)。我是曲江(唐人游览风景名胜处)临池柳,者(这)人折去那人攀,恩爱一时间。"反映妓女的不幸命运及其凄苦心境。又如《菩萨蛮》:"枕前发尽千般愿,要休且待青山烂。水面上秤锤浮,直待黄河彻底枯。白日参辰现,北斗回南面。休即未能休,且待三更出日头。"通过一些不可能的事物作誓言,表现坚贞的爱情,颇似汉乐府的《上邪》。

中唐以后陆续出现文人所作长短句的填词。如张志和(约730—810)的《渔歌子》(亦题《渔父》)。词大约作于唐宪宗年间,写隐逸生活:"西塞山前白鹭飞,桃花流水鳜鱼肥。青箬笠,绿蓑衣,斜风细雨不须归。"韦应物的《调笑令》写草原辽阔景象:"胡马,胡马,远放燕支山下。跑沙跑雪独嘶,东望西望路迷。迷路,迷路,边草无穷日暮。"从马着笔,颇为别致。另外刘禹锡有《竹枝》《浪淘沙》,白居易有《竹枝》《望江南》等。如白居易的《望江南》其一:"江南好,风景旧曾谙。日出江花红胜火,春来江水绿如蓝,能不忆江南。"以一句赞语开篇,三、四两句写江南美丽的春日风光,花红水绿,鲜艳引人。中唐词的明显特色:一是题材广阔,隐逸、边塞、思情、风光,色色均有,不局限在一个狭小的圈子里;二是语言清新,还有一定的诗的迹象。这大约是因为诗人写词的缘故,不大受歌女演唱多缠绵感情这一词的传统的约束。故况周颐说:"唐贤为词,往往丽而不流,与其诗不甚相远也。"(《餐樱庑词话》)所谓"丽而不流",就是不绮靡缠绵。

第三节　花间词与温庭筠

词到晚唐五代,有了极大的发展,出现以词名家的作者。不过词的内容也不似中唐的广阔,逐渐局限于绮艳风情,离愁别绪,大半是君主、士大夫选声征色、浅斟低唱生活的产物,成为舞榭歌台、樽前花下的娱乐消遣品。五代十国时期有两个地区是比较安定的,一是西南地方的蜀,一是江南的南唐。这也是词集中发展的两个地区。

蜀地词人群体被称为"花间派",因五代时蜀国赵崇祚所编《花间集》而得名,共收作者十八人中,蜀地人居多,词约五百首。欧阳炯《花间集序》曰:"绮筵公子,绣幌佳人,递叶叶之花笺,文抽丽锦;举纤纤之玉指,拍按香檀。不无清艳之词,用助娇娆之态。"从这里可以清晰地看出其基本创作倾向。

花间词中最著名的是温庭筠(约812—约870)与韦庄,尤以温庭筠为代表。温庭筠原名歧,字飞卿,太原(今在山西)人。他也是晚唐著名诗人之一,诗风绮艳,与李商隐齐名,并称"温李",词风亦绮艳。其词镂金错彩,以缛丽见长,意不出闺闱,而乏兴寄。如《菩萨蛮》的一首写少女情怀,先以慵起梳妆写无绪情态:"小山重叠金明灭,鬓云欲度香腮雪。懒起画蛾眉,弄妆梳洗迟。"朝阳照在床头屏风的图案上,闪烁光点,鬓发散乱在腮旁,写晨睡形景如画。接着的两句以懒于起床画眉,梳洗动作迟缓,写其无情无绪情态,也形象传神。少女真正心思如何,至此仍然藏而不露。下片开始两句说"照花前后镜,花面交相映",也只写到看见镜子里的自己貌美如花,便戛然而止。下两句说"新帖(通贴,一种贴金工艺)绣罗襦,双双金鹧鸪",至此才图穷匕见,以罗襦上绣着一对鹧鸪,表现出少女的成双成对的心期。原来她的无情无绪,是还没有得到美满的婚姻。此词极尽蕴藉之妙,而辞藻华美、色彩秾丽,很能显现温词的风格。温庭筠也有写得情意深挚而文笔较为清新的作品。韦庄(836—910)字端己,因被收入《花间集》也属花间派,其实其词风迥异温庭筠,常是笔墨清淡,情景逼真,表情深挚感人。如《女冠子·四月十七》《菩萨蛮·人人尽说江南好》等。

第四节　　南唐词与李煜

　　蜀地偏安于西南,南唐偏安于东南,在金陵、扬州一带。帝王、大臣皆好词。陈世修的《阳春集序》说:"金陵盛时,内外无事,朋僚亲旧,或当宴集,多运藻思为乐府新词,俾歌者倚丝竹歌之,所以娱宾而遣兴也。"大体表现了南唐词创作的环境与内容。

　　南唐著名词人有冯延巳(904—960)、南唐中主李璟(916—961)和后主李煜(937—978)。其中,以李后主成就最高。李后主名煜,字重光,多才多艺,工书画,通音律,能诗词文赋。他是帝族,早年过着富裕优游的生活。后继帝位,条件更好,不过面对着宋朝大兵压境,形势不容乐观。他主要的对策是内安定而外低头,维持一个偏安的局面。此外则聚集文士游苑赏花,醉酒酣歌,习书作画。过了十五年帝王生活,终于成为宋朝的俘虏,四十二岁被毒杀。李后主早期作品主要反映宫廷享乐生活。中期逐渐感受到国势衰颓的压力,又遭遇家庭变故,与其感情深挚的周后病亡,孩子夭折,词情渐渐变得沉痛。写亲情、爱情、国情,无不如此。后期词作最值得注意,李后主亡国被俘,主要写亡国之恨和囚房之悲,追怀故国往事,一往情深。如《浪淘沙》上片:"帘外雨潺潺,春意阑珊。罗衾不耐五更寒。梦里不知身是客,一晌贪欢。""客"指被俘往北方,只有做梦时忘掉这种身份,回到过去,贪一会欢乐;说得楚楚可怜,引人动心。这反衬出清醒的时候,没有一点欢乐,含意丰富。下片前三句说:"独自莫(或作'暮')凭栏,无限江山,别时容易见时难。""无限江山"等于说大好河山,身为俘虏,身不由己,匆匆而去再难相见了,亡国深慨,尽在其中。结尾两句尤妙:"流水落花春去也,天上人间。"花落春归,花瓣随水漂去,这意象岂止是花,是春,也是南唐,也是过去那些美好的生活,含意浓深。末尾用一个问句结束,春到哪里去了?去了天上?人间是没有了。无限盛事难再、美好时光一去不返之慨,滚动其中。整首词,感情真挚深切,无半点做作。自然叙来,取材无不精妙,笔墨精练含蓄。又如《虞美人》上片:"春花秋月何时了,往事知多少。小楼昨夜又东风,故国不堪回首月明中。"时间无尽,值得怀恋的往事实在太多,东风又送春来了,但故国已不堪回首。"往事""故国""不堪回首",简单的词语却能说足亡国之沉痛,其艺术高妙正表现在这些地方。下片首两句说"雕栏玉砌应犹在,只是朱颜改","朱颜"指画栏之彩绘,也隐有人之朱颜之意。一个"改"字,总使人感到换了天下。末两句写愁,愁怀有多重,"问君能有几多愁,恰似一江春水向东流",愁本是抽象的感情,作者把它具象化了,又是用"一江春水",滔滔滚滚,无尽无休,表现深哀剧痛,堪称绝笔。王国维《人间词话》说:"词至李后主,而眼界始大,感慨遂深,遂变伶工之词而为士大夫之词。"就是说,词不再是那些樽前花下、浅斟低唱、男欢女爱、亲昵缠绵的内容;而是抒写士大夫的情怀了,又特别是抒写一个亡国之君的心绪。

李煜词的动人处在,虽为帝王,表现的却是人生的真情实感。其主要特点是:第一,真情坦白。王国维说:"词人者,不失其赤子之心者也。故生于深宫之中,长于妇人之手,是后主为人君短处,亦即为词人长处。"就是说他具有赤子一般的心,一本真情自然抒泄,没有框框,开创一种新词风。周济说:"李后主词如生马驹,不受控捉。"即没有任何模式约束,一任真情驰骋。第二,纯用赋笔白描,情景真切。吴梅《词学通论》曰:"二主词,中主能哀而不伤,后主则近于伤矣,然其用赋体不用比兴,后人亦无能学者也。"所谓"用赋体"就是白描,如实写景,如实抒情。总体上如清水芙蓉,行云流水。第三,抒情手段丰富,既善于将情思具象化,又善于以景烘情。如"问君能有几多愁"二句。又如《渔父》:"浪花有意千重雪,桃李无言一队春。一壶酒,一竿身,世上如侬有几人。"千重雪,一队春,写"浪花"与"桃李",都极尽形象化之能事。李词又颇善于情景烘衬。如《浪淘沙》:"往事只堪哀,对景难排。秋风庭院藓侵苔。"前两句直述心绪,后一句之景,加深了前两句之情。又如《捣练子令》:"深院静,小庭空,断续寒砧断续风。无奈夜长人不寐,数声和月到帘栊。"寂静孤独的庭院环境,断断续续的砧声,无不加浓了长夜不寐的愁人的凄苦的愁绪。第四,李词语言浅淡、精练、自然。如《相见欢》:"无言独上西楼,月如钩。寂寞梧桐深院锁清秋。剪不断,理还乱,是离愁。别是一番滋味在心头。"全词语言自然,不雕琢,不堆垛,不求句法的生新,用字平易,而无长语,文字流畅而富于形象的表现力,虚词的运用也灵活自然,是语言的高境。

总的说来,李词是自然而富神韵。所以周济说:"毛嫱、西施,天下美妇人也,严妆佳,淡妆亦佳,粗服乱头,不掩国色。飞卿(温庭筠),严妆也;端己(韦庄),淡妆也;后主则粗头乱服矣。"李煜的词是"粗服乱头",最为本色。王国维说:"温飞卿之词,句秀也;韦端己之词,骨秀也;李重光之词,神秀也。"都能说出李煜词的特色与造诣。

第三编　宋元文学

概　　说

　　中国古典文学,在宋以前主要的形式是正统诗文,在唐代虽然出现了成熟的小说形式传奇,并产生许多优秀作品,但在当时并不为人所重视。唐代是中国古典诗歌创作的极盛时期,不仅艺术形式臻于成熟、完备,而且有数量众多的优秀作家作品,呈现出群星灿烂的局面。唐代古文复兴,出现了韩愈、柳宗元这样的古文大家。宋元时期的文学在前代文学的基础上发展,产生新的因素和文学现象,呈现出不同的时代风貌。宋代正统诗文继承唐人取得的成就而继续发展,不仅数量可观,而且具有不同于唐人的气象和面貌,显示了自己的时代特色。来自民间的词,在宋代发展成熟并得到空前繁荣,产生许多大家,使词成为一代文学的标志。宋代产生了虽然不够成熟却已粗具规模的戏剧形式。宋代出现的话本小说,更是中国文学发展中的一件大事,它标志着中国古典小说的发展进入了一个新的阶段,为明清两代古典小说创作繁荣局面的到来打下了重要基础。元代正统诗文虽然仍有不少作家进行创作,也有可读的作品,但从一个时代来看,成就不高,趋于衰落。而经过长期的酝酿,在这个时期却产生了成熟的戏剧形式——杂剧,涌现出了众多的杰出作家和优秀作品。杂剧和散曲显示了元代文学的独特成就和时代风貌,以至与"唐诗""宋词"相并,有"元曲"的专称。

　　中国封建社会经过长期的发展,到宋代已开始走下坡路。北宋的建立虽然结束了晚唐五代长期混乱纷争的局面,经济得到一定的恢复和发展,但国力声威已远远赶不上历史上的汉唐时代。两宋三百多年,一直是阶级矛盾、民族矛盾和统治阶级内部矛盾交互发展,文学受到这些矛盾的制约和影响,并反映这些矛盾。宋代一些优秀的作家,都在他们的作品中不同程度地反映了阶级矛盾,以同情的笔调描写了劳动人民被压迫剥削的痛苦生活。

在北方少数民族建立的贵族政权辽、西夏和金,不断对宋王朝进行掠夺侵扰。在民族矛盾尖锐化和人民爱国热情普遍高涨的基础上,产生了宋代文学爱国主义的基调。发展到南宋,出现了伟大的爱国诗人陆游和伟大的爱国词人辛弃疾,唱出了激越高昂的时代最强音。为了缓和社会危机,北宋先后出现两次政治上的革新运动,这就是著名的范仲淹的"庆历新政"和王安石的"熙宁变法",因此而引起的长期的党争,使统治阶级内部矛盾趋于尖锐化。政治上的革新精神扩展到文学领域,促进了文学的革新。北宋诗文革新运动的领导者和参加者,多是政治上的革新派,如欧阳修、王安石等。由王安石变法引起的新旧党争,对杰出的作家苏轼的生活和创作都有极大的影响。宋代古文家多写作政论文,长于议论,文章带有鲜明的政治色彩并富于战斗性,也与此有关。宋代理学对文学也产生不可忽视的影响,一部分作家重道轻文,使文学的形象特征受到削弱。

  宋诗学唐诗而不为唐诗所束缚,有自己的开拓和特点。宋诗描摹客观事物更趋于细密深入。跟唐诗的蕴蓄浑成和重意兴情韵不同,宋诗明畅刻露却又含寓着某种发人思索的理趣。宋诗表现出一种明显的散文化、议论化和以学问为诗的倾向;这是宋诗的特色,也是宋诗的流弊。宋代诗文经过欧阳修领导的诗文革新运动,才克服形式主义倾向,走上健康发展的道路。在两宋诗坛上成就最高的诗人,是相继辉映的苏轼和陆游,在他们前后比较重要的诗人还有王安石、黄庭坚以及范成大、杨万里等。宋末出现了一批爱国诗人,杰出的代表是文天祥。

  宋代散文名家辈出。著名的"唐宋八大家",宋代占了六家,他们是:欧阳修、苏洵、苏轼、苏辙、王安石和曾巩。平易晓畅是宋代散文的基本倾向和特色。宋文长于议论,内容充实,逻辑性强,富于战斗性。宋代的叙事散文和抒情散文也取得了很高的成就。

  宋词比宋诗更富于独创性。"诗庄词媚"是宋人的普遍看法。这使宋词在艺术上比宋诗显得精妙而富有情韵。因为不那么庄重,就较少顾忌拘束,自由抒写便显出了作家的真性情、真面目。宋词在题材、风格、手法的扩大演变上经历了一个发展过程。宋词至柳永而一变,至苏轼而再变。苏轼是词中大作手,也是词体文学的革新家,他将词变成一种能表现丰富的生活内容和复杂的思想感情,并不再依附于音乐的一种新诗体。他还创造了多种多样的艺术风格。苏轼词的创作直接开辟了南宋词家辛弃疾等人的豪放一派。在两宋词坛上,比较重要的词人还有晏殊、秦观、周邦彦和李清照、陆游、姜夔等人,他们各有自己的创造和成就。

在城市经济繁荣和市民阶层兴起的基础上,宋代产生了新的通俗文学形式话本。小说话本就是古代的白话短篇小说,它在所反映的生活内容以及运用的语言工具、艺术形式、表现手法等方面,都具有不同于六朝小说和唐代传奇的新的特点。

元代杂剧是综合了唱、念、做、打,形成了完整表演体系的一种成熟的古典戏曲形式,是在北宋杂剧和金院本的基础上产生的。宋杂剧就是宋代的歌舞戏,表演中吸收歌舞,能演述比较复杂的故事,在南宋城市市民娱乐场所"瓦舍""勾栏"中,是最受群众欢迎的伎艺之一。金院本是北方行院艺人演出的脚本,是在宋杂剧的基础上发展起来的。在载歌载舞的宋杂剧和金院本的基础上,吸取了宋金时期在民间流传的说唱诸宫调丰富多样的曲调组合,便产生了元杂剧。

元杂剧的体制,一般是一本四折加上一个楔子,少数也有一本五折、六折或多本连演的。一折大致相当于一幕。折是故事发展的段落,也是曲调组织的单元。一折用同一宫调的一套曲子。楔子一般用在开头,介绍故事的由来或发端,相当于"序幕";也有放在折与折之间的,作为承前启后的"过场"。楔子不用套曲,只用一支或两支单曲。

元杂剧的剧本主要由曲词和宾白两部分组成。曲词是韵文,用以抒情,表现主人公的思想感情;宾白为散体,用以刻画人物并介绍故事情节。此外还有科范,也简称科,是说明动作表情和舞台效果的。

元杂剧的角色,主要有末、旦、净、丑四类(也有人认为丑是明代人加入的)。末是男角,还有正末、副末、冲末、外末等等之分;旦是女角,又有正旦、副旦、贴旦、外旦等等之分;净演刚强或凶恶人物,丑演滑稽人物,一般演男角,有时也演女角。此外还有孤(官员)、孛老(老头儿)、卜儿(老妇人)、俫儿(小孩儿)等名目。一本四折一般由一个角色独唱到底,其他角色只有说白。由正末(男主角)主唱的叫"末本",由正旦(女主角)主唱的叫"旦本"。

元杂剧的作家作品很多。仅据元人钟嗣成《录鬼簿》的记载,当时著名的元曲作家就有一百五十二人,除散曲作家外,杂剧作家有九十多人,共有杂剧四百五十多本。今天保存下来的元杂剧剧本,收集在臧晋叔编的《元曲选》和隋树森编的《元曲选外编》中的,合计一百六十二种(其中有少数是明代人作品)。

元杂剧的发展可分为前后两期。前期从金末到元成宗贞元、大德前后,约一百年,是元杂剧的鼎盛时期。活动中心在大都(今北京)。代表作家有关汉卿、王实甫、杨显之、白朴、高文秀等。后期从大德以后到元亡六十多年,杂剧创作逐渐衰落,活动中心转到南方的杭州,代表作家有郑光祖、乔吉、宫天挺、秦简夫等。

除杂剧外,元代散曲也取得了杰出的成就。散曲分为小令和套数两类。代表作家有关汉卿、马致远、张可久、睢景臣等。

第一章 欧阳修

第一节 欧阳修和北宋诗文革新运动

宋初的文坛,沿袭晚唐五代轻艳浮靡的文风发展。韩柳的古文传统中断,文人多写作讲求对偶、辞藻、声律和用典的骈体文。诗歌创作则主要模仿唐人,先后出现"白体""昆体"和"晚唐体"等流派。"白体"诗是学白居易的,向浅近通俗一面发展,但他们丢掉了白诗反映民生疾苦的现实主义传统,只一味摹习白诗中"吟玩情性"的"杂律诗"和友朋赠答的"唱酬诗"。代表人物是由五代入宋的官僚文人李昉、徐铉等。王禹偁学白体而转向现实,是宋初最有成就的诗人。当时士大夫文人中唱和之风极盛,大多是无病呻吟,有的甚至成为无聊的文字游戏。以"唱酬诗"为主的"白体"风靡宋初诗坛约半个世纪。"白体"诗人中,除王禹偁等个别人的作品反映现实,成就较高外,绝大部分都是酬唱赠答、吟玩性情的无病呻吟之作。"昆体"跟倾向浅近通俗的"白体"不同,特别注重艺术技巧,尤其讲求音律、对偶、辞藻和用典,以"雕章丽句"为特色。"昆体"学晚唐李商隐,以当时的馆阁重臣杨亿、刘筠、钱惟演等人为代表,因杨亿所编《西昆酬唱集》一书而得名。"昆体"中不能说没有一首好诗,但多数既无现实内容,又无真情实感,是一些堆砌辞藻典故之作。"昆体"诗人还喜欢写作骈文,也是以工丽华艳、讲求对仗为特色。刘、杨唱和,锤炼技巧,在前人"遗编"中挹取"芳润",这种创作风气,由于《西昆酬唱集》的编定(时在宋真宗大中祥符元年,即公元1008年)而风靡天下达数十年之久。"晚唐体"是学习晚唐贾岛、姚合的,以林逋、魏野和一些和尚为代表。诗风平淡清丽,讲究构思;但多写闲居隐逸生活,境界狭小,思想不高,在当时成就和影响都不大。

宋代的诗文经过一场诗文革新运动,才逐渐走上健康发展的道路,表现出时代的特色。这是一个漫长的过程,是经过许多人的共同努力才得以最后完成的。而欧阳修，则是这次诗文革新运动的倡导者和领袖人物。

宋初最早起来以复古旗号反对五代宋初浮艳卑弱文风的是柳开（947—1000）。范仲淹说："五代文风薄弱，皇朝柳仲涂（柳开字仲涂）起而麾之。"（《尹师鲁集序》）柳开以恢复韩愈柳宗元的古文传统为己任，主张作文以"明道"，提倡质朴的古文，而反对"深僻难晓"的文风。他所说的"道"是古人之道，亦即儒家之道。柳开主张文道合一，实际是以道为主，不是主张反映现实，局限性很大，又缺乏创作实践，因而影响不大。

与柳开同时而稍晚，在诗文革新运动中既有理论又有创作实践，影响较大的是王禹偁（954—1001）。王禹偁称自己是"本与乐天为后进，敢期子美是前身"。他早年学习白居易的晚期诗风，以唱和为主，成就不高；后来转而学习白居易的早期诗风，继承"惟歌生民病"的现实主义精神，又进一步转而学习杜甫，写了不少反映社会现实的诗篇。他论文主张"传道而明心"，传古人之道，同时又表达自己的思想感情；反对奥昧迂艰的文风，提出作文要"使句之易道，义之易晓"，就是要写得平易、浅近、流畅。他发扬韩愈"文从字顺"、平易畅达的一面，而舍其险怪生涩的一面，对宋代散文向平易畅达方向发展起了积极的作用，为后来的欧阳修和曾巩等人的散文创作开辟了道路。

后来又有穆修（979？—1032）、苏舜钦（1008—1048）和尹洙（1002—1047）等人提倡韩柳古文，以矫正西昆派的"刻词镂意""破碎大雅"之病。反西昆体最激烈的是石介（1005—1045）。他是一位道学家，主要是从维护道统的角度反对西昆的。强调道统，以致重道而轻文，产生流弊，对宋代散文的发展产生消极的影响。

真正使北宋诗文革新运动形成高潮，取得决定性胜利的是范仲淹（989—1052）、梅尧臣（1002—1060）、欧阳修（1007—1072）等人。

范仲淹是一位有理想有抱负的政治家，以天下国家为己任。仁宗庆历三年（1043），他任参知政事时进行政治革新，就是著名的"庆历新政"。他是站在政治家的立场上反对西昆体的，主张文章要有利于风俗教化，有现实内容，对当世的政治起积极作用。这比柳开、石介等人只把古文当作明道、传道的工具，要切实有用得多。

欧阳修在政治上坚决支持范仲淹的新政，他将政治上的革新精神带进文学领域，成为诗文革新运动的领袖。明道、尊韩是欧阳修论文的基本主张。他认为道决定文，说："道胜者文不难而自至也。"（《答吴充秀才书》）又说："道纯则充于中者实，中充实则发为文者辉光。"（《答祖择之书》）反对离开道去追求文章的丽和工,认为"勤一世以尽心于文字间者,皆可悲也"(《送徐无党南归序》)。但他跟石介等道学家不同:虽然强调道,但不轻视文,主张文道统一;他讲的道也不完全指的是儒家道统,而是跟"关心百事"和"中于时病"相结合,具有现实生活的内容。他提倡学习韩愈,认为韩愈文章乃古文之极致。他亲自补缀校订韩愈文集,作为人们学习的楷模。经他倡导,"韩文遂行于世",以至出现"学者非韩不学"的盛况(欧阳修《六一题跋》)。但他学韩而有分析,不是生硬模仿,着重发展韩愈"文从字顺"的一面,克服他奇崛艰涩的缺点。他以自己出色的散文创作,为宋代散文建立一种平易流畅、委曲婉转的风格打下了基础。

昆体流行四十多年,经过复古派的大力倡导,到仁宗庆历末,那种工丽华艳的骈体文已走向衰竭而为古文所代替。但古文家中同样以复古为旗号,情况却很不相同。欧阳修是借复古之名行革新之实,促使文章为现实政治服务;而道学家石介等人则是为了恢复儒家的道统,让古文为僵死的封建教条服务。在古文运动内部发展了一种深僻险怪的倾向,这种倾向特别突出地表现在当时科举考试的文章中,称为"太学体"。欧阳修为了促使古文运动沿着健康的道路发展,又致力于反对和纠正这种险怪奇涩文风的斗争。仁宗嘉祐二年(1057),欧阳修权知贡举(代理礼部考试的主考官),以非凡的魄力,通过科举考试来提倡平易浅近的文风,而排抑打击险怪奇涩的"太学体"。对那些写作"太学体"的士子他一概黜落不选,而专取那些词义古质、平易通达的文章。就在这一次,"生于草野,不学时文(即'太学体'),词语甚朴,无所藻饰"(苏轼《上梅龙图书》)的苏轼、苏辙的文章,得到欧阳修的赞赏,被拔为上等,兄弟双双进士及第。欧阳修称赞苏轼"他日文章必独步天下"(杨万里《诚斋诗话》)。欧阳修的这一果断措施,在当时引起尖锐的斗争,据说发榜之后,士子哗然,落选者甚至在大街上聚众闹事,连欧阳修的马也不能前进了。欧阳修反对、排抑"太学体"的斗争,对纠正古文运动中险怪奇涩的不良倾向,促进平易流畅、委曲婉转健康文风的建立,并培养和提携文才,形成骨干力量,保证诗文革新运动取得最后胜利,具有重大意义。古文家王安石和曾巩都曾受到欧阳修的积极影响。曾巩曾向王安石转达过欧阳修对他"勿用造语及模拟前人"的批评意见,指出"孟、韩文虽高,不必似之也,取其自然耳"。三苏、王安石和曾巩,团结在欧阳修周围,形成唐宋八大散文家中的六家,以辉煌的创作实绩,显示了宋代散文的杰出成就和明白晓畅、通俗平易的艺术风格。当时文士多赞誉欧阳修为"今之韩愈",足见他在北宋诗文革新运动中的重要地位和杰出贡献。

第二节　欧阳修的文学创作

欧阳修,字永叔,号醉翁,晚年又号六一居士,庐陵(今江西吉安)人。他四岁丧父,家境贫寒,母亲郑氏教他以荻画地学书。他刻苦好学,于仁宗天圣八年(1030)以优异成绩进士及第。先后在中央和地方做官。他对当时的政治有比较清醒的认识,在"庆历新政"时期,坚决支持范仲淹的革新而反对保守派吕夷简,并因此而被贬官。他的散文名作《答高司谏书》和《朋党论》,就是在这次斗争中写成的。他关心国事,同情人民疾苦,在封建社会里是一个有理想而又比较正派的知识分子。他的仕途并不顺利,曾几次遭贬,又几次升擢。他曾担任馆阁校勘和翰林学士,奉命修纂《唐书》(即《新唐书》),又自撰《五代史记》(即《新五代史》)。后来官至枢密副使和参知政事,政治立场转向保守,反对王安石变法。死后谥号文忠,世称欧阳文忠公。

欧阳修诗、文、词都有创作,主要文学成就在散文方面。他的散文,议论、叙事、写景、抒情都很好,议论文字说理透辟,叙事写景文字带有浓厚的抒情气息,总的特色是平易畅达。他的各体文章都有充实的内容,文笔简练流畅,深入浅出,而又纡徐唱叹,富有情致和艺术感染力。

欧文传世名篇很多,除上面提到的《与高司谏书》和《朋党论》外,其他如《醉翁亭记》《苏氏文集序》《五代史伶官传序》《秋声赋》《泷冈阡表》等,也都是历来为人传诵的佳作。下面我们对《五代史伶官传序》和《醉翁亭记》两篇,作一些简要的分析。

《伶官传序》是从欧阳修编著的《新五代史》中选下来的,所以一般的古文选本就直题为《五代史伶官传序》。宋初薛居正曾奉诏撰写了一部《五代史》,后来欧阳修又独立撰写了一部,题为《五代史记》。为了跟薛著区别,后人称之为《新五代史》。《伶官传》是《新五代史》中的一篇多人合传。后唐庄宗李存勖喜欢俳优音律,一些伶人(乐工、艺人)因此受到宠幸,做了高官。这篇《伶官传》就是记述庄宗幸臣伶官敬新磨、景进、史彦琼和郭从谦等人的事迹的。这篇文章是放在《伶官传》前面的序论,对传中写到的历史事实发表评论,着眼于总结历史经验,为统治者提供借鉴戒。

全文可以分为四段。第一段开门见山,提出文章总的论点:"盛衰之理,虽曰天命,岂非人事哉!"说明本文所要总结的是国家盛衰的大道理,而问题的关键不在天命,而在人事——人的思想和行为。这样的开头,不局限在某种具体的历史事实上,高屋建瓴,旗帜鲜明,显得很有气势魄力,一开始就给人鲜明的印象。"原庄宗之所以得天下,与其所以失之者,可以知之矣。"这一句是承上启下,提示我们,下文就要以后唐庄宗的事例来说明这个道理。值得注意的是"得"和"失"两个字,正与上文"盛衰之理"的"盛"和"衰"两个字相照应,这就规定了下文引用历史事实的重点和范围。突出重点,围绕中心,而不致繁冗琐屑,漫无边际。短短三十六个字,提纲挈领,振起全篇,一开头就使我们感到这位散文大家的认识之高和概括能力之强。

第二段便紧承上段引述史实,主要写晋王李克用临终时赐庄宗三矢和他的遗言,以及庄宗李存勖不忘父志,执行晋王遗言的情况。这一段写得既简括而又具体形象,概括了丰富的历史事实。晋王的一段话,不仅交代了有关的历史事实,而且传达了人物的感情语气,为下文写报仇雪恨、发愤图强张本;庄宗用兵,没有写具体的过程,而主要写负矢出征的情况,写得具体形象,突出他实践父亲遗训,十分庄重严肃。从表面上看,这段文章并没有触及到上文提出的"得"和"失"的问题,显得笔势舒宕,从容不迫;而实际上,却是寓思想于叙述描写之中,是通过事实来具体写"所以得天下"的道理,而且又是文章最末一段中"忧劳可以兴国"结论的历史根据。行文从容舒缓,前后关联照应,显得十分严密。

第三段以高度精练之笔,极概括地写庄宗由盛而衰的得失成败之迹。前面写晋王有三件遗恨之事,这里写庄宗的武功之盛,只以"系燕父子以组,函梁君臣之首入于太庙"两件事来交代照应,以实带虚,不求件件落实,剪裁得当。写庄宗的败亡,虽然非常简括,却渲染出浓重的气氛,使人从字里行间可以具体地感受到由盛转衰的急速和败亡时狼狈不堪的情景。写盛和衰两个方面,但是略盛而详衰,这是为了便于下文总结教训,得出结论,突出中心思想。

第四段是总结全文,得出结论:"忧劳可以兴国,逸豫可以亡身,自然之理也。"剀切,肯定,很有力量。上一段写庄宗败亡,只摆出事实,没有揭示原因,这里在结论中点出"逸豫"两个字,并补叙一笔:"数十伶人困之,而身死国灭,为天下笑。"在兴亡两方面中,就更加突出了作者的意思在于强调亡的一面;点出"伶人",也照应到《伶官传》的题目。但是,作者总结历史教训,从庄宗宠幸伶官出发,却又不局限在这一点上,在文章的最后概括出了更为普遍的意义:"夫祸患常积于忽微,而智勇多困于所溺,岂独伶人也哉!"这就使文章能发人深省,更有启发性。

这篇文章写得精练流畅,篇幅很短,思想却很深刻。强调盛衰之理在于人事,文章立意很高,符合历史发展的客观规律。作者从庄宗宠幸伶官而导致败亡的历史事实中总结出历史教训:"忧劳可以兴国,逸豫可以亡身";"祸患常积于忽微,而智勇多困于所溺",具有普遍意义。这不仅对当时统治阶级治理天下足以引为鉴戒,就是对我们今天从政做人,也还不失其一定的启发意义。

文章在艺术表现上也很有特色。作者观点十分鲜明,结论肯定明确,毫不含糊,但表达上却是从容婉转,纡徐含蓄,重在给人启发,让读者通过自己的思考自然地接受他的观点。如作者明明肯定盛衰之理在于人事,而且文章所论析的也仅仅是人事,而开头却说:"盛衰之理,虽曰天命,岂非人事哉!"这样写,显然是考虑到读者对象的。用婉曲的方式,和缓商讨的语气,就不至于损害自诩"受命于天"的皇帝的威严,而便于他们接受。又如通过李存勖由盛而衰的鲜明对照,本意就在于阐发盛衰取决于人事的观点,但却不直接说出来,而有意采用含蓄委婉的方式来表达:"岂得之难而失之易欤?抑本其成败之迹,而皆出自于人欤?"这样就显得语重心长,发人深省。

这篇文章虽然是议论文,却写得富于感情色彩,全篇充满浓厚的抒情气氛。引古为了鉴今,作者总结历史教训是为了现实,在对后唐败亡历史的充满痛惜之情的描述里,处处流露出作者对宋王朝国事的忧虑和关切。这种充沛的感情,表现在形式上,就是使用感叹词、感叹句特别多。全文从"呜呼"起笔,到"岂独伶人也哉"收束,以感叹始,以感叹终,中间无论叙事、议论,都充满深长的感慨,造成一种一唱三叹、低昂吞吐的风致,使议论文字增加了抒情色彩。适应于内容上盛衰、成败、得失的对比,篇中多采用对句,形成鲜明的比照;又多用四字句,一气排出,造成强烈的节奏感,使文章显得更有力量和气势。

欧阳修是一个历史学家,又是一个文学家。在这篇文章里,历史学家的识见和文学家的激情很好地结合在一起,加上他纯熟的表现技巧,使文章既有深刻的思想,又有强烈的艺术感染力。表现了欧文精练含蓄,深入浅出,平易畅达中又含抑扬顿挫的独特风格。

《醉翁亭记》是欧阳修写景抒情散文的名篇。作者因上疏替主张革新的范仲淹辩诬,于宋仁宗庆历五年(1045)贬官到滁州(今安徽滁县)任太守。这篇文章作于到滁州的第二年。

欧阳修主张散文要写得言简意深,《醉翁亭记》就是言简意深的典范作品。全文只有四百多字,内容却丰富深厚,创造出一种诗的意境,读后使人受到作者思想感情的强烈感染,得到一种艺术的美的享受。

这是一篇优美的散文诗,作者借景抒情,融情入景。文中所写的滁州优美的景色,不是毫无选择的客观记述,而是建立在作者独特感受基础上的艺术再创造,带有鲜明的感情色彩。我们从这篇文章中看到的滁州景色,是作者的眼中之景、心中之景,景中处处渗透着作者的思想感情。他写山、写水、写亭,不是目的,目的是写出一个醉翁,抒发醉翁内心的思想感情。而醉翁之情,归结到一个字上就是"乐":放情山水之乐,欢宴之乐,与民同乐之乐。

　　怎样认识和评价欧阳修在这篇文章中所抒发的思想感情呢？作者是在政治斗争中,为了坚持进步的政治主张而遭受排挤打击被贬官到滁州来的,他内心的悲愤和苦闷可以想见。但他在文章中没有表现出消极颓废和凄楚悲戚的情绪,而是寄情于山水和酒,开朗旷达,自得其乐,这在封建时代已经是难能可贵的了。欧阳修肯定和追求"与民同乐",表现出封建社会里比较正直的士大夫关心人民生活的政治理想和美好品质,在当时是具有进步意义,值得肯定的。由于他坚持自己的政治主张,不肯同流合污,在滁州这样偏僻的地方,小邦为政,乐有所成,对山水、对人民充满感情,才能将自然景色写得那样优美动人,读后能激起我们对生活和祖国河山的热爱。

　　这篇文章构思精巧,结构严谨。全篇围绕一个"乐"字,一层接一层,自然流畅,有条不紊,写得从容婉曲,千回百转,艺术手法十分高妙。全文共分为四段。第一段,从亭所在的山水形势之美,写出"醉翁亭"命名的用意,点出"乐"字。第二段,承上文着重写山水之乐,从醉翁亭周围朝暮和四时变化不同的优美景色,归结到无穷之乐。感情的表达显得更强烈更深入。第三段,从景转到人,写人民的生活情状和醉翁亭中的宴饮。在具体鲜明的画面中,传达出滁州游人之乐和太守与众宾的宴酣之乐。第四段,写从亭上归来时的欢愉情景,收束全文。上面充分地写出了滁州人民的游山之乐和太守与众宾的宴酣之乐,但人民之乐和太守之乐还是分开来写的。而到了最后一段,则景色和人,人民之乐和太守之乐,融合到了一起,达到了一种新的境界。亭上归来,欢愉无比,从禽鸟之乐、山林之乐、游人之乐,层层逼近,最后写出太守的"乐其乐"——与民同乐的中心思想。从头到尾写景,亦是从头到尾抒情,情景交融,笔酣墨饱,写得纡徐有致,而又畅快淋漓。

　　各段自身内部的层次思路,也很有讲究。例如第一段。文章题目是《醉翁亭记》,但落笔不先写亭;"环滁皆山也",先从大景写起。接下去,却如电影镜头的推摇,从"西南诸峰"到"蔚然而深秀"的"琅琊山",到"水声潺潺"的"酿泉",再经"峰回路转",才写出"临于泉上"的醉翁亭。由远及近,由大而小,由虚而实,最后推出一个特写镜头,就显得格外醒目耀眼。

苏洵论欧阳修的散文,赞美它"条达疏畅","容与闲易,无艰难劳苦之态"(《上欧阳内翰书》)。意思是,欧文写得明晰流畅,轻快从容,显出毫不费力的样子。这篇《醉翁亭记》正是这样,作者经过精心构思,却以平易出之,像是信笔写来,毫不经意,真是意到笔随、自然、轻快、流畅。

文章的语言,经作者着意锤炼,精练、形象,十分传神。例如用"翼然"二字形容醉翁亭,就写出一种凌空飞动之势,生动地概括了作者对亭的独特感受。又如第二段写山景朝暮的晦明变化:"日出而林霏开,云归而岩穴暝",出、开、归、暝这四个字都是表变化的,放在一起,就使静境变为动境,使客观景象显出跳荡变幻的形态,表现出活跃的生命力。

此外,文中多用判断句,一篇短短的文章连用二十一个虚词"也"字,不但没有给人累赘板滞之感,反而显得生动活泼,层次分明(一个"也"字构成一个判断,表达一层意思)。在相同的语言形式中,表现出内容上的差异和变化,造成一种跌宕顿挫、回环往复的韵调,加强了文章的抒情气氛。在句式上运骈入散,骈散杂用,既有极整齐的对偶句子,又有长短不齐、富于变化的散句,读起来显得音调铿锵,错落有致,兼具整齐与参差之美。《古文观止》的编者评论说:"似散非散,似排非排,文家之创调也。"这些特点,从不同方面显示了这篇散文独特的艺术风格。

他为现实政治斗争服务的政论文,有充实的内容,议论透辟,有强烈的战斗性。如上面提到的《与高司谏书》。这篇文章是为支持范仲淹而写的。当时范仲淹上书言事,触犯宰相吕夷简,获罪被贬,朝廷大臣多为论救,而任左司谏(掌规谏讽喻)的高若讷却落井下石,力主罢黜。欧阳修写这封信进行谴责,写得婉转而尖锐,很有气势。《朋党论》是为回答有人攻击他和杜衍、范仲淹等人结为朋党而作。文章说明朋党有邪正,君子"以同道为朋","小人以同利为朋"。他不是从个人的利害得失立论,而是从天下国家的兴亡治乱立论,眼光高远,胸襟开阔,充分地表现出一个正直的政治家的胸怀。通篇以事实立论,引证史实,从正反两方面申说,文章写得义正词严,理直气壮,高屋建瓴,有很强的说服力。

欧阳修的诗词虽不及他散文的成就高,但也有自己的特点,在宋代诗词中占有不容忽视的地位。他的诗受李白和韩愈的影响,不为形式格律所束缚,能够自然流畅地抒发自己的感情,初步表现出宋诗散文化、议论化的倾向。有的诗说理过多,缺乏形象和艺术感染力;但一般还是表现为一种清新流畅的风格,对宋诗的影响积极方面是主要的。

欧诗的主要内容是抒写个人的生活感受和亲朋间的赠答,现实性不是很强。作为一个正直的政治家,他有一部分诗作表现了对民生疾苦的关心,《食糟民》是这方面的代表作之一。这首诗,通过酿酒这一典型事例,运用对比的手法,揭露出统治阶级对劳动人民的惨重剥削,表现了社会的不平。一面是做官的人"日饮官酒诚可乐";另一面是种稻的人"釜无糜粥度冬春"。作者那套儒家的仁义道德观念,在这种尖锐的现实矛盾面前感到无能为力,于是陷入了深深的惭愧与自责:"我饮酒,尔食糟,尔虽不我责,我责何由逃!"这是一首政治家的诗,表现了一个具有进步思想的正直士大夫勤政爱民的理想和对国事民生的关心。这是一首古体诗,在表现形式上七言五言杂用,韵律节奏富于变化,叙事和言理相结合,正表现出散文化、议论化的倾向和畅所欲言、自由挥写的风格特色。

这一类的诗还有《边户》,揭露统治阶级的享乐生活是建立在对劳动人民的残酷剥削基础之上的事实;《答杨子静两长句》,赞颂边境上的人民勇敢抗击入侵者的战斗精神,同时又同情他们的不幸遭遇。

但欧诗的主要内容是抒写个人的生活感受和亲朋间的赠答。代表作是《戏答元珍》,这首诗是诗人贬官到峡州夷陵(今湖北宜昌市)做县令时所作。元珍是丁宝臣的字,丁宝臣当时任峡州判官。这首诗抒发了作者贬官以后孤寂苦闷的心情。诗描写的是冬去春来早春时节的景象和诗人的感受。

首二句即写出期待着春天,而春天迟迟不来的思想感情:"春风疑不到天涯,二月山城未见花。""天涯"就是边远之地,指的是作者的贬所夷陵。称"天涯",就透露出遭贬远离朝廷的冷落之意。"未见花"就是春天还没有到山城。花是春天的象征,写花就是具体地写春天的景象。早春二月,山城未见花开,这本来是很自然的事,但"疑"字和下面的"未见"相呼应,就表现出作者的期待和失望,便流露出一种抑郁的心情。这当然是同他被贬官分不开的。

三、四两句写早春的景象,写得很生动,很有特点:"残雪压枝犹有桔,冻雷惊笋欲抽芽。"雪是"残雪",雷是"冻雷",这既写出春的气息,又写出早春特有的寒意。但从枝头上挂着的桔和春雷中正要抽芽的竹笋,又使我们感到春天跃动的生命力。

诗人的思想感情是复杂的,五、六两句从客观的景象转到抒发内心的忧愁和感叹:"夜闻归雁生乡思,病入新年感物华。"夜里听到归雁的鸣叫就引动了思乡的愁绪(这又是同被贬相关的);思乡已使人难耐了,更加又在病中,因而新年到来,草木万物复苏的春的气息,反而更牵惹出一种说不清道不明的思绪。这里婉曲而又含蓄地透露出内心的孤寂和苦闷。

末二句是自己劝慰自己:"曾是洛阳花下客,野芳虽晚不须嗟。"诗的构思很精巧,这两句是照应到开头"二月山城未见花"的,说自己从前曾经在洛阳做过官,充分地领略过洛阳牡丹万紫千红的绚丽春色,现在二月不见山城的野花开放也用不着嗟叹了。这是自我宽解之语,却是更深一层地写出了内心的愁苦。"不须嗟",意思是用不着嗟叹,实际上这是对内心最深沉、最难于排解的苦闷所发出的感叹。

这首诗的好处是不直露,不浮浅,迂徐婉曲,含蓄地写出了内心复杂的思想感情。

《晚泊岳阳》写于《戏答元珍》的前一年,是贬官夷陵,途经湖南岳阳时停舟城外所作。这是一首写景诗,意境虽然凄清,却不见消沉,而见出一种盎然生意。

"卧闻岳阳城里钟,系舟岳阳城下树。"首二句从听觉入题,点出时间、地点。行舟经过岳阳城外,听见从城里传来的钟声,知道已经时近黄昏,便停舟于城下。用钟声来交代时间(黄昏)、地点(岳阳城外),已初步表现出一种幽寂的意境。

三、四两句写景:"正见空江明月来,云水苍茫失江路。"这是从大处写,写开阔的境界,寥远、迷茫,正表现出诗人的心境和胸怀。月亮出来了,水月相映,江上一片空旷迷茫。"江路"指江上的航道和津渡,江船停泊,江上空旷,月色迷蒙,自然看不清江路了。诗人写对眼前景色的感受,写得很真切。但仔细体味诗意,这种"云水苍茫"的境界,确又跟诗人被贬外迁的心情有关。

后面四句继续写景,但是由写月转而写人:"夜深江月弄清辉,水上人歌月下归;一阕声长听不尽,轻舟短楫去如飞。"前一句写目见,后三句写耳闻。这是夜深的景色,空旷的江上洒满了月亮的清辉,那月色显得分外的清幽,好像是在向人间炫耀它的清朗、皎洁。"弄"字是拟人的用法,写的是月亮似乎有感情,实际上表现的是诗人对月亮很有感情。这是极静之境,可是接下去就从相反的一面,即歌声和行船两方面写。由静入动,而由动却反显出(反衬出)更深一层的静来。

因此,就诗的意境来说,在静和动的转换和映照中,诗人为我们创造了一种清幽、静谧的艺术境界;同时,就像那江上"声长听不尽"的歌声一样,诗歌也给我们留下了一种悠远的、品味不尽的诗的韵味。所以我们在作品选的提示中说:"这首诗在清幽静谧的境界中传达出一种盎然的生意。"诗人在贬官途中,虽然不免感到清寂,但他的情绪是开朗的,积极向上的,这一点不难从这首小诗的意境中体会出来。在形式上,这首诗虽然是八句,但却是一首古体诗,而不是一首律诗。前四句用仄声韵(树、路),后四句改用平声韵(辉、归、飞),且完全符合近体诗的格律,切割开来就是一首优美的七绝。

欧阳修的词数量不少,今存二百多首。主要内容是写男女爱情和离愁别绪,受南唐冯延巳的影响。在北宋前期词坛上,他和晏殊都是接受南唐词风的影响而又多写小令,历来晏欧并称。清人刘熙载说:"冯延巳词,晏同叔(晏殊)得其俊,欧阳永叔(欧阳修)得其深。"(《艺概》)所谓"深",主要表现在他改变了晚唐五代浮艳的词风,脱掉了那种脂粉气息,而使之变得清丽雅健。《踏莎行》是他的代表作。这首词,写的是游子思妇的离愁别绪。上片,写羁旅在外的游子的愁思:"候馆梅残,溪桥柳细,草薰风暖摇征辔。离愁渐远渐无穷,迢迢不断如春水。"梅残、柳细、草薰、风暖,点染出美好的春光;而候馆、溪桥、征辔,却点明主人公是行旅在外。两方面放在一起,时令转换,春色迷人,就更能引动游子离家不归的愁思。所以接下去就写:"离愁渐远渐无穷,迢迢不断如春水。"无穷无尽的春水是游子所见的眼前景物,用它来比喻离愁的绵远深沉,是最恰切而富于感染力的。下片,写家中思妇的别绪,出自游子心中的推想,这推想又反过来进一步衬托出游子思归的急切和强烈。"寸寸柔肠,盈盈粉泪",把抽象的思绪化为可感的形象,不说愁而愁自见。盼离人归来,登高远望自是常情,可是这里写"楼高莫近危阑倚",自己劝慰自己别去倚阑痴望,就更翻进一层,从失望中更表现出思念之深和想往之切。由此再逼出最后两句:"平芜尽处是春山,行人更在春山外。"因失望而不敢去登楼了,却又因盼望离人归来的心切还是去登楼,这才有极目之处是一片烟笼雾锁春山之所见;平芜尽处的春山已经够远了,而自己想念的人却更在春山之外。望眼欲穿,却是渺无所见,这情景该是多么的失望、凄苦! 这首词,形象鲜明,色调清丽,感情真挚,意境深远,有强烈的艺术感染力,表现了欧阳修词的艺术特色。

《蝶恋花》(庭院深深深几许)怀人而兼伤春,写一个贵族妇女内心的怨恨和悲愁。上阕写抒情主人公对深闺生活和外出不归的丈夫的不满。"庭院深深深几许? 杨柳堆烟,帘幕无重数。"开头三句先写出这位贵族妇女封闭式的深闺生活,以及由此生活引起的孤寂之感和不满情绪。连用三个

"深"字,是言其与世隔绝;问"深几许",就自然地流露出不满情绪。接着用烟笼雾锁的杨柳和无重数的帘幕加以点染,具体形象地写出庭院之深。接下去就写出与封闭生活相关的另一面:"玉勒雕鞍游冶处,楼高不见章台路。"妻子在家孤寂如此,丈夫却可以到繁华热闹的歌楼妓馆去游冶享乐,久出不归。闺中人切盼他回来,想念他,可登上高楼也看不到他的去处。这两句,写出了旧时代家庭中男女的不平等,同时也就揭示出闺中少妇内心孤寂苦闷产生的原因。两种生活形成对比:封闭的和孤寂的,自由的和欢乐的。词中没有言愁,但在对比中愁闷之情自然可见。

  下阕写伤春。愁闷的情怀是从上阕连贯下来的。"雨横风狂三月暮,门掩黄昏,无计留春住。"因为深闺中的孤寂生活,才更感到春去难留之可伤。"三月暮"是指时令,已是暮春,美好的春天已无情地逝去。"雨横风狂"点出春去无情,"门掩黄昏",渲染孤寂难耐,这样就逼出"无计留春住"的苦闷。末二句"泪眼问花花不语,乱红飞过秋千去",以无法排解的悲苦之情作结。但这种感情是借助于具体的形象来表现的。"泪眼问花"是极度悲愁、无以排解的表现;"花不语"本来是一种极正常的自然现象,但这里写出的却是抒情主人公独特的内心感受。她问花,是期待其有语,亦相信其有语的,这就更加表现出她的孤寂,孤寂到只有同花对话;同时又极依恋春天,深怕这唯一能陪伴自己、给自己以一丝慰藉的春色逝去。末句给人以无限惆怅空寂之感。园中的秋千,想必在欢乐之时曾经去荡过,现在却空寂无人,只有无数零落的花瓣飘落过去。主人公该是一种什么样的心情呢?词中没有写,也不必写,都包含在鲜明生动的客观景象之中了。这首词的风格是清丽深婉的,把人物的思想感情写得很充分,也很具体,结处又有有余不尽的韵味。

  他还有一部分描绘自然景色和抒写自己生活感受的词,题材比较广泛,并吸取了五、七言诗的一些表现手法,风格也较清丽洒脱。如《朝中措》(平山堂)。这首词是词人送他的朋友刘敞知扬州而作。从前欧阳修曾任扬州知州,并建平山堂,凭高望远,江南秀丽的景色尽收眼底。这首词不仅生动地写出了"平山栏槛倚晴空,山色有无中"的自然景色,而且极写刘敞的才学、胸襟:"文章太守,挥毫万字,一饮千钟。"字面上是写刘敞,实际上是夫子自道,表现的是欧阳修本人的胸襟和豪情,活画出一个极富才学、性格豪放的醉翁形象。这跟后来苏轼一些词的格调已经很接近了。

  又如《采桑子》(共十首)是写颍州西湖(在今安徽太和县)风景的。如

"群芳过后西湖好"一首,写暮春景色,比较清淡,没有一般写暮春之作的那种感伤情调;虽然也不无惆怅之感,但从全词看,还是欢快而开朗的。

冯煦在《宋六十家词选例言》中说,欧阳修词"疏隽开子瞻,深婉开少游"。所以,欧词虽然基本上承袭五代词风,但在内容和风格上已透露出一些演变的消息。欧阳修的词主要收在《六一词》和《醉翁琴趣外篇》中。

第二章　苏　　轼

苏轼在北宋中叶欧阳修领导的诗文革新运动取得胜利的条件下,进一步将这一运动的精神扩大、发展,在诗、文、词诸方面都取得了杰出的成就。

第一节　苏轼的生平和思想

苏轼(1037—1101)字子瞻,号东坡居士,眉州(今四川眉山)人。他出身于一个有良好文化教养的中小地主家庭。父亲苏洵和弟弟苏辙,在当时都极负文名,历史上合称"三苏"。母亲程氏也是一位很有文化教养的妇女。苏轼十岁时就随母亲读《后汉书·范滂传》,表示愿做一个跟范滂一样敢于反对宦官专权而至死不屈的人,得到了母亲的赞许。他少年时即刻苦读书,涉猎极广。嘉祐二年,二十一岁的苏轼进士及第,得到主考官欧阳修的热情赞赏。以后四十多年,大部分时间在地方和中央做官。但他的仕途坎坷不平,曾几次遭贬,还被下过狱,在政治上是很失意的。

苏轼一生经历了仁宗、英宗、神宗、哲宗、徽宗五朝,升降浮沉,跟由王安石变法引起的新旧党争有密切的关系。苏轼在政治思想上受儒家传统影响很大,主要表现为浓厚的忠君观念和德治仁政的政治理想。忠君、报国、便民,是他一生遵守的政治信条。他在《上神宗皇帝书》中对皇帝表示:"惟当披露腹心,捐弃肝脑,尽力所至,不知其他。"他从这种政治理想出发,在年轻时即以清醒的头脑和敏锐的眼光,提出了一系列政治改良主张。这些主张,主要反映在他于嘉祐六年考"制科"时所写的二十五篇《进策》和嘉祐八年所写的《思治论》中。他针对当时北宋社会"财之不丰,兵之不强,吏之不择"等情况,在土地、财经、政治、军事等方面提出了一些富国强兵的改革方案。其目的如他后来在《辩试馆职策问劄子》中所说的,是要"励精庶政,督察百官,果断而力行"。但当神宗熙宁二年(1069)王安石任宰相推行新法时,苏轼却起而反对变法。不过,苏轼反对新法,跟以司马光为首的大地主阶级政治代表的保守势力不同:他对新法中限制贵族特权和加强国防力量的措施是赞同的;在改革方式和进度上,他反对激进而求稳健,提倡所谓"法相因则事易成,事有渐则民不惊",因而希望神宗不要"求治太速,进人太锐,听言太广";在对造成当时社会危机根源的认识上,他认为不在"立法之弊"而在"任人之失"。在苏轼的政治思想中,既有主张改革、在精神上与王安石变法相通的一面,也有偏于保守,与王安石变法相对立的一面。

由于跟王安石政见不合,苏轼主动请调地方做官,于熙宁四年调任杭州通判。后又转调密州(今山东诸城)、徐州(今江苏徐州)、湖州(今浙江吴兴)等地任刺史。在熙宁九年王安石第二次罢相以后,由变法引起的新旧党争开始变质,由不同政治路线的严肃斗争,变成不同政治集团之间争权夺利的宗派斗争,苏轼因此遭到很大的打击。神宗元丰二年(1079),谏官李定、舒亶等人弹劾苏轼写诗文反对新法,因而被捕入狱,这就是历史上著名的"乌台诗案"。出狱后被贬为黄州(今湖北黄冈)团练副使。这次变故,对苏轼的生活、思想和创作都有很大的影响。他在黄州筑室东坡,自号东坡居士,"与田父野老时时相从",对人民的生活和思想感情有较多的体察和感受。因为在政治上遭受挫折,内心苦闷而力求排解,后期便更多地接受佛教和道家思想的影响,放情山水,随缘自适,在佛老思想和大自然中寻求解脱。他的许多名篇多是在贬官黄州以后写成的,便较多地表现出这种思想特点。

元丰八年哲宗即位,高太后当政,起用旧党,他被召回首都任礼部郎中、翰林学士、知制诰等高职。这时司马光任宰相,全面废除新法,苏轼却又维护新法中他认为有利于国计民生的某些内容,批评司马光"其意专欲变熙宁之法,不复较量利害,参用所长"的错误做法。他因此又遭受旧党的排挤打击,离开中央,到杭州、颍州(今安徽阜阳)、扬州、定州(今河北定县)等地任地方官。元祐八年(1093),哲宗亲政,再度起用新党。这时五十七岁的苏轼遭到了更严重的打击,被贬官到岭南惠州(今广东惠阳),又由惠州再贬到琼州昌化(今海南儋县),等于被流放。在那边远偏僻之地,他过着一种"饱吃惠州饭,细和渊明诗"的闲静孤寂生活。元符三年(1100)徽宗即位,苏轼遇赦北归,次年病逝于江苏常州。卒年六十五岁。

苏轼一生由于政治思想上的矛盾,在新旧党争中屡遭打击,饱经忧患。但他在尖锐复杂的政治斗争中光明磊落,刚正不阿,是一个"大节极可观"的政治家。他反对王安石和司马光都从自己的政治观点出发,都是在他们身任宰相、权高势重的时候,他并未为了谋求自身的飞黄腾达,出于趋附心理而改变自己的立场和主张。他这样做,都是"此心耿耿,归于忧国"(苏轼《与滕达道书》)他在《与杨元素书》中说:"昔之君子唯荆(王安石)是师,今之君子唯温(司马光)是随,所随不同,其为随一也。老弟与温相知至深,始终无间,然多不随耳。"苏辙在《东坡先生墓志铭》中称苏轼"临事必以正,不能俯仰随俗"。在政治斗争中随波逐流,或望风转舵,是为苏轼鄙弃和不齿的。这种立朝从政的高尚品质,在今天也是值得我们学习继承的。

苏轼从儒家德治仁政的思想出发,为官注意体恤民情,关心民生疾苦,在封建社会是一个清正廉洁的难得的好官。他做地方官时,所在之处都留下了勤政爱民的实绩,为人民所称道和怀念。如在密州,他伸张正义,惩办了以捕盗为名闯入百姓家里杀人的暴虐的官兵;在徐州,黄河决口,他亲自率领军民筑堤抗灾,安定了民心,保护了人民的财产与安全;在杭州,他疏浚西湖,灌田千顷,筑成了贯通西湖南北的著名的"苏堤"。为人民做了好事的人,人民是不会忘记他的。据说,在他去世以后,"吴越之民,相与哭于市"。

苏轼的世界观是比较复杂的。他出入儒、佛、道三家,兼收并蓄,融会贯通,形成了自己独特的政治态度和生活态度。大体说来,在政治上以儒家思想为主,积极从政,宽简爱民,但也受到道家任乎自然、不为而为等思想的影响。而在人生态度上,虽然终其一生都未曾放弃过报国、事君、爱民的理想,但由于政治上迭遭挫折和不幸,愈到晚年,便愈多地接受佛家和道家思想的影响,形成一种安时处顺、随缘自适、恬淡寡欲、旷达潇洒的性格。佛老思想成为苏轼在艰险环境中的一种精神支柱,成为排解矛盾和苦闷的一种自我解脱的手段。因此,他在任何险恶的境遇中都能表现出豁达开朗的情怀,而不悲观失望。他贬居黄州,乃至后来远谪荒僻的海南,所至之处,都能得人情之美,览江山之胜,从精神上找到寄托和满足,而很少发出怨苦之音。他在海南的名句:"九死南荒吾不恨,兹游奇绝冠平生。"(《六月二十日夜渡海》)确实是很感动人的。

这种随缘自娱、旷达潇洒的思想性格和人生态度,在他的许多作品中都有鲜明的表现。歌颂个性自由、反抗黑暗现实,以及超然物外、清静无为两方面矛盾而又统一的思想内容,表现在艺术上,就形成了与此相适应的清新洒脱和豪迈奔放的带有浓厚浪漫主义色彩的风格。

第二节　苏轼的诗歌

苏轼是开拓宋诗新的境界,赋予宋诗新的生命的一位诗人。苏诗是宋诗最杰出的代表。严羽《沧浪诗话》说："至东坡山谷，始自出己意以为诗，唐人之风变矣。"他学唐诗，但不是单纯的模仿，而是经过熔铸创造，写出了自己的面目和特色。

　　苏轼写诗的时间最长，从早年到晚年，一直坚持不懈。现存诗二千七百多首。1982年中华书局出版了由孔凡礼点校的清人王文诰辑注的《苏轼诗集》，可供参考。他学诗不宗一家，兼取李、杜、韩、白之长，晚年又酷爱陶诗，集子中有《和陶诗》四卷。苏轼曾比较自觉地重视诗歌的社会作用，在《乞郡劄子》一文中，他曾说："乃作为诗文，寓物托讽，庶几流传上达，感悟圣意。"在这种思想指导下，他写过一些政治诗，揭露社会矛盾，表达了对人民痛苦生活的同情和改良政治的愿望。《吴中田妇叹》即是其中代表作之一。

　　这首诗是针对王安石变法和宋神宗的边疆政策而发的，具有讽谏意义和鲜明的政治色彩。但作者不是通过抽象的说教来表现自己的政治思想，而是描绘出一幅具体鲜明的生活画面，从中寄托自己的思想感情。王安石变法以后，官府收税要钱不要米，加上当时宋神宗为了对付西夏而花费大量的银钱去"招抚"边境上的羌人部落，以至造成钱荒米贱，给农民带来了巨大的灾难。苏轼这首诗确实反映了王安石变法中的某些流弊，但这首诗的主要价值并不在此，而在于表现了作者对人民生活的关心和同情，并由此而产生的敢于尖锐地触及时政的勇敢精神和现实主义态度。

　　这首诗是假拟吴中田妇的口吻来写的，语气和感情都极真切。诗人和诗中所拟的主人公的思想感情是融会在一起的。开头四句，写这一年农村的客观景象：先是粳稻迟熟，好容易盼来了收割季节，却又是秋雨如泻。"杷头出菌镰生衣"，是从细处着笔，以农具的发霉生锈表现秋雨的连绵不绝。这样写，与田妇的身份感情切合，具体形象，富于生活气息。在客观景象的描绘中，已初步透露了主人公的思想感情——因失望而产生的愁苦。首句出一"苦"字，带出以下的具体描写，使这首诗从一开头就将主观的思想感情和客观的物态景象，紧密地结合在一起。接下去两句："眼枯泪尽雨不尽，忍见黄穗卧青泥！"便直接抒发在无尽的秋雨面前田妇内心的悲苦，也是将主观和客观结合起来写的。黄色的稻穗躺倒在青泥之中，这是连绵的秋雨带来的严重后果，是一种客观景象；但这不是一般的景象，而是无限失望的田妇眼中的景象。所以说"忍见"，"忍见"就是不忍见。无休止的秋雨使失望的田妇流泪，而眼泪流尽秋雨却仍然不尽，只有眼巴巴地看着稻穗躺在泥水里。这两句可说是一字一泪。下面两句写收割之苦，写得很概括，也很具体。我们由此可以想象出,在久雨中等待晴天的农民,抢割稻子时那种繁忙、紧张和艰苦的情状。以上八句,循着时序的变化发展,一层层充分地写出了农民的忧愁和劳苦。这八句的极尽形容,是为了映衬下面作者着意要表现的因米贱钱荒给农民带来的深重灾难。从叙写上看,"天晴获稻随车归"这一句,是对上半篇诗意的收束和小结。没有直接写收获的喜悦,却暗含了喜悦的情绪。从字里行间不难体会出这样的意思:多少个日日夜夜,忧愁焦虑,勤劳辛苦,好不容易总算收获到家了。可是接下去笔锋一转,希望立即变成泡影,短暂的喜悦顷刻化为更大的悲哀:颗颗饱含着农民血汗与眼泪的稻米,价钱却贱如糠秕!"汗流肩赪载入市,价贱乞与如糠秕!"这两句诗,以平淡沉稳的语气道出一个简单冷酷的事实,每个字都凝聚着一种难言的痛苦、失望和悲愤的感情。全诗经过上面的铺垫、衬托和叙写,感情的表达已十分饱满有力,接下去便以农民悲苦的生活境况,对当朝统治者提出直接的控诉和谴责:"卖牛纳税拆屋炊,虑浅不及明年饥。"这种伤心惨目的景象,是必须走到生活绝境的人才会如此的。作者于是毫不含糊地揭露出造成这种惨境的原因在于朝廷的政策,并对那些带给人民灾难却又以好官自诩的权贵们投以尖刻的嘲讽与抨击:"龚黄满朝人更苦,不如却作河伯妇!"这首诗在一定程度上反映了当时的历史真实,表现了诗人对人民的深切同情和对现实政治的关心,不能因为它是讽刺新法的,就贬低它的价值和进步意义。

《荔支叹》是他揭露政治黑暗、同情人民疾苦的另一首代表作。

这首诗作于哲宗绍圣二年(1095),时作者年六十岁。值得注意的是,这是经过"乌台诗案"贬官黄州,又远贬到岭南以后的作品。因而这不仅表现了他对黑暗政治的强烈愤恨,而且还表现出他反抗黑暗政治的巨大勇气。尤其难能可贵的是,他揭露批判的矛头不只是指向汉唐时期的和帝和唐玄宗、杨贵妃等历史人物,对他们将享乐生活建筑在劳动人民血泪之上的罪行作了愤怒的控诉和谴责,而且还直截了当地点名指斥那些"争新买宠"的当代权贵,如贡茶贡花的丁谓、蔡襄、钱惟演等人,把他们比作臭名昭著的权奸李林甫。这说明,即使在屡遭坎坷、迫害,远离朝廷的情况下,诗人仍然十分关切人民的生活,大胆地指斥时政,并没有真正超然物外,忘掉现实。在艺术上,这首诗虽然重议论,但却富有激情;诗意大胆直露,略无含蓄,表现出尖锐的讽刺锋芒。

其他反映社会政治、同情人民的诗歌,还有《许州西湖》《李氏园》(揭露那些奢侈享乐、荒淫骄横,不顾人民死活的封建官僚)、《陈季常所蓄朱陈嫁娶图》(题画诗而写出政治内容,足见诗人感触很深)、《山村》(五绝之三)(反对王安石变法中的弊端)、《赠王庆源》(歌颂赞美关心人民的清官)、《石炭》(反映了他想人民之所想,急人民之所急的思想感情:在徐州发现石炭时的欣喜心情,溢于言表)。还有一些作品表现了他和人民之间的美好关系,如《东坡》(八首)、《河复》《答吕仲梁屯田》等。

苏诗中政治诗只占很小一部分,绝大部分是生活诗,内容大多为咏物、写景、怀人、酬答、唱和、感怀、评论文艺等等。题材广泛,内容丰富,几乎无事不可入诗。这些诗往往能生动地写出诗人的生活感受,表现出他的思想性格和美学趣味,富于个性和鲜明的艺术风格。其中,有的写得清丽精美,富有情致;有的寓哲理于形象之中,表现出一种耐人寻味的理趣。

《饮湖上初晴后雨》是写西湖的名篇。全诗只有四句,却极生动地写出了西湖的情韵风貌,传唱千古,西湖也因此而获得西子湖的美名。这首诗,抓住特点,在形象生动的描绘中又融进议论,有景、有情、有理,意境优美而又耐人寻味,使人在思索和联想中去具体领会诗人对西湖景色的独特感受。写西湖,不是写它的一般景象,而是写"初晴后雨"特定条件下的景象。开头两句即扣住这一特点,上句写晴,下句写雨。景象很阔大,没有笔势局促的小家子气,却又不流于浮泛空疏。具体形象,写貌传神。写晴,用"水光潋滟"四个字:俯视水面,见阳光洒在开阔的西湖上,闪动着片片波光,着重表现她的明丽。写雨,用"山色空濛"四个字:仰观远山,见群峰笼罩在雨雾里,朦朦胧胧现出绰约风姿,着重表现她的秀美。同是写西湖,晴雨两种景象,一写水光,一写山色,从不同角度,写不同特色,一近一远,一高一低,显得错落变幻,多彩多姿。这样就为下面两句精妙的比喻和议论提供了艺术形象的依据。大家都说这首诗好,好在把西湖比作古代的美女西施,淡妆浓抹,无不相宜;但设若没有开头这两句十分精彩的描绘,我们也不大容易体会出这个比喻的妙处来。苏诗的理趣,总是跟情和景相结合,都是植根于诗人对客观事物的独特感受和独特发现之中,因而总是带着鲜明的感性形象的特点。这首诗就是一个很好的例子。因此我们可以说,"淡妆浓抹总相宜"这一句议论,不但是照应着开头两句,而且简直是从开头两句生发出来的。但是,反过来,最后两句的比喻议论,又起着启发读者的思索和想象,从而更好地去品味前两句的形象描绘,进入到诗人为我们所创造的艺术境界中去的作用。

《题西林壁》一首是写庐山的绝唱。也是以在独特生活感受的基础上,通过杰出的艺术创造,构成一种精妙隽永的理趣而征服读者的。"不识庐山真面目",流传至今,在口语里竟变成了人们习用的成语俗谚。苏轼是一个诗人,又是一个哲学家,他的这类诗是诗人和哲学家结合的产物。生活里的各种景象,他目遇神接,在不断思考中常常得到某种领悟,再用诗的形式,通过诗的意境创造,加以熔铸概括,便写出这种充满哲理意味、在思想和艺术上令人耳目一新的杰出诗篇来。这首诗写得好,也是因为寓理于生动的情景之中。它以精练的诗句,出色地描绘出庐山那种侧峰横岭、参差交错、气象万千的景象;同时也写出了诗人那种不局限于一隅、眼界开阔的不凡气度与胸襟。跟上一首一样,前两句是形象的描绘,是后两句议论的基础和依据;后两句则是前面形象描绘在思想上的深化和发挥。我们读这首诗,不仅认识到庐山的真面目——领会到它那丰富深邃、难以穷究的大自然之美,而且还得到一种哲学上的启发:一个人,如果只局限于个人的狭小范围,没有从各个角度统观全局,缺乏高瞻远瞩的胸怀和眼光,就不可能全面正确地认识客观事物,探索到它的奥秘。

　　苏轼富于理趣的诗作,还有一首为人传诵的名篇《和子由渑池怀旧》。这首诗写于他的早年,还不到三十岁,却概括了能引起许多人共鸣的人生阅历和人生体验,表现出一种耐人寻味的人生哲理。前面四句:"人生到处知何似?应似飞鸿踏雪泥。泥上偶然留指爪,鸿飞那复计东西。"用一个新奇的比喻,就概括出一种既独特而又具有普遍意义的人生体验,含蓄地表达出人生漂泊无定,而又对于往事不必过于介怀的一种感受和襟怀。由于比喻的精巧以及它所概括的富于哲理意味的人生体验,引起了许多人的共鸣,以至在广泛传诵中凝固成了一个人们常常引用的成语"雪泥鸿爪"。后面四句:"老僧已死成新塔,坏壁无由见旧题。往日崎岖还记否?路长人困蹇驴嘶。"是描写他们兄弟二人一段具体的生活经历的,但其中所包含的思想感情和人生感慨,也是具有普遍意义的。那种对于岁月易逝的感慨和对亲人的怀念之情,都是人们共同体验过的,所以读起来会感到特别亲切有味。

　　又如《六月二十七日望湖楼醉书》之一。全诗也只有四句:"黑云翻墨未遮山,白雨跳珠乱入船。卷地风来忽吹散,望湖楼下水连天。"这首诗写西湖夏天阵雨前后,风云突变的奇特景象。特点是写出了倏忽间的变幻,是动景不是静景。他着眼于颜色,黑云和白雨构成鲜明的对比。又着力于写动:用"翻墨"作比喻,见出黑云快速涌动的情景。"未遮山"也是写云的涌动,夏天浓重的黑云,只有涌动才不会把山完全遮住。下一句的"跳"字,也是写动的,雨点如珍珠般跳动,就极其生动地写出了急雨打到船上的情状。后两句中的"卷地""吹散",也是写动的,但写出的却是另一番开阔明净的情景。前后对比,就使我们感受到了夏天阵雨前后西湖的独特气象和魅力。这气象是开阔的,而且是跳动的,充满生气的,因而能给人强烈的感染。

苏轼这些描写个人生活感受、抒写个人胸襟情怀的诗歌,极富于思想和艺术个性。往往信手拈来,随笔写出,不见雕琢痕迹,却写得诗意盎然,极富情致。读来引人入胜,有一种明朗舒畅、触处生春的感觉。这类诗的共同特点是:写得广(内容广泛丰富),深(有独特的感受,能自出新意,不蹈袭前人),活(灵活自由,挥洒自如)。清人赵翼在《瓯北诗话》中说:"(苏轼)大概才思横溢,触处生春。胸中书卷繁富,又足以供其左旋右抽,无不如意。其尤不可及者,天生健笔一支,爽如哀梨,快如并剪,有必达之隐,无难显之情。"大体上概括出了苏诗的艺术特色。

第三节 苏轼的散文

苏轼的散文沿着欧阳修开辟的平易畅达、文从字顺的方向发展,体现了宋代散文平易婉转的共同特色;同时又有他自己鲜明的个性,表现出一种纵横恣肆、挥洒自如的艺术风格。

苏文可以分为非文学性散文和文学性散文两大类。非文学性散文主要指政论文,包括时论和史论。这类文章继承和发扬了汉代贾谊和唐代陆贽的传统,多为针对现实而发,立论精辟,切中时弊,引古证今,具有丰富的内容和强烈的现实意义。艺术上汪洋恣肆,说理透辟,有庄子和战国纵横家的论辩特色。

《教战守策》是苏轼政论文的代表作之一,既显示了一个政治家审察时势的远见卓识,又表现出一个散文家雄辩服人的说理艺术。

这篇文章写于作者二十五岁时,是他为参加"制科"(皇帝为招揽人才而下诏特设的一种考试科目)考试而向宋仁宗进献的《进论》和《进策》中的一篇。《进论》和《进策》各二十五篇。《进论》主要论历史,但针对现实而发,史论而兼有政论的色彩;《进策》主要议时政,但也联系历史,政论而兼有史论的成分。《进策》二十五篇分为三个部分:《策略》五篇是总纲,对当时的政治形势作出基本分析,并提出总的方针;《策别》十七篇是分论,属于专题性质,讲具体问题、具体措施;《策断》三篇是结论,讲根本决策。《教战守策》是《策别》中的第十一篇。

这篇文章的主要内容是讲一个战备问题,提倡在承平时期就要重视并抓紧教官民讲武,加强军事训练,以应付随时可能发生的不测之变。居安思危,有备无患,这是苏轼对当时的政治形势作了深刻的分析以后提出的一项积极的政治主张。对于北宋时期的社会现实,可以说是切中要害。

北宋统治阶级为了防范武将割据和农民起义,一方面以文官充任州郡长官,并将财权和军权集中于中央,同时削弱武将兵权,加强士兵与将官的更换调动,使"兵无常将,将无常帅";另一方面实行一种"守内虚外"的错误政策,集中兵力对付所谓"内患"。结果造成边防空虚,地主阶级与农民的矛盾也趋于激化。北宋自建国以来,一直受到西夏和辽的威胁,北宋统治者每年都要向外输送大量的银钱绢帛,以求苟安。苏轼对这种形势十分不满,非常忧虑。他认为在内忧外患中,外患是主要矛盾。这与当时最高统治者"守内虚外"的政策是针锋相对的。《教战守策》就是针对当时的这种情况而发,尖锐地批评了北宋王朝软弱苟安和士大夫绝不言兵的危险倾向,并结合北宋与辽和西夏间战争不可避免的形势,阐明了教民讲武的重要意义。

全文六个自然段,可以划分为四个部分。

第一部分是文章的开头。第一句就提出文章的中心论点,笼罩全篇:"夫当今生民之患,果安在哉?在于知安而不知危,能逸而不能劳。"简捷、鲜明、开门见山。然后说:"此其患不见于今,而将见于他日。今不为之计,其后将有不可救者。"不仅强调了问题的严重性,提醒读者注意,而且在写作上开启下文,使后面的申说论证承接自然,顺理成章。

第二部分是文章的主体,包括二、三、四三个自然段。承接上文所说祸患"不见于今,而将见于他日",也就是隐而未显的意思,抉隐发微,说明为什么"知安而不知危,能逸而不能劳"是"生民之大患"的道理。第二段从历史的角度进行分析,以古鉴今,总结历史经验,着重申说"知安而不知危"一面,从正反两方面进行论证。先提出先王"知兵之不可去",在和平安定时期没有忘记教民习武,重视军事训练,所以当突然发生"盗贼之变"时,百姓能从容应付,不至于惊溃。然后说后世用迂儒之议,"以去兵为王者之盛节"(即认为放弃军备是统治者的最好措施),结果武器被毁坏,人民习于安乐,一旦出现事变,百姓便恐惧惊惶而互相传播谣言,以至不战而逃。最后举出唐代安史之乱的史实,证明上述论断的正确性。这样,便从虚到实,由远及近,有理有据,层次分明地阐明了问题。第三段以日常生活中的养身之道作比喻,用王公贵人生活安逸容易招致疾病,而农夫小民经岁勤苦却身体刚健为例,着重申说"能逸而不能劳"一面。最后归结到社会问题,指出"天下之人骄惰脆弱"和"士大夫未尝言兵",就好像养身者"畏之太甚而养之太过",是经不起寒暑侵袭的。第四段分析当时形势,说明战争不可避免,指出如果人民习于安乐而缺少军事训练,丧失警惕,就必然产生不测之患,使国家人民遭受重大损失。并尖锐地指出,隐伏着的战争危机,实际上是由朝廷"奉西北之虏者,岁以百万计"的屈辱苟安政策造成的。这个批评,要言不烦,一语中的。这段对形势的分析,表现了作者强烈的爱国主义思想和政治上的远见卓识,是他写作这篇文章的基本出发点。至此,三段文章,从人们主观的认识和情状,也就是"知安而不知危,能逸而不能劳",到客观的政治形势,也就是"天下固有意外之患","其势必至于战",步步推进,层层深入,如水到渠成,合乎逻辑地得出结论:"故曰:天下之民,知安而不知危,能逸而不能劳,此臣所谓大患也。"不是夸大其词,耸人听闻,而是一种切合实际的扎扎实实的分析,充满令人信服的逻辑力量。

第三部分是文章的第五自然段。根据上文所揭示出的矛盾和危险形势,提出解决问题的具体措施,就是:在承平时期,就抓紧对人民进行军事训练,做好战备。并分别对士大夫、庶人之在官者和役民之司盗者三种人,提出不同的训练内容及方法步骤。在此基础上,又论证了进行军事训练,表面上好像是"无故而动民",实际上使民不习于安乐才是安民的最好办法。苏轼能从表面上的承平安定看出潜伏着的战争危险,又敢于提出从困扰劳顿中去求得真正的安宁,这表明他在考察形势、处理问题时有朴素的辩证思想,能透过现象看到本质,眼力确乎过人一等。这是这篇文章认识深刻、说理透辟,能见人之所未见、道人之所未道,具有很强的说服力的根本原因。

第四部分是全文的结尾。指出教战守还能解决另一个社会问题,即可以破除地方驻兵的奸谋和摧折他们的骄气,搬掉一块压在老百姓头上的石头。这跟上文的论点有密切的关系,是教战守"所以安民"的一个必要的补充。

这篇文章在艺术表现上采用了设问、驳难、对比等多种手法。文章的开头,作者不直说"当今生民之患,在于知安而不知危,能逸而不能劳",而是先设问:"夫当今生民之患,果安在哉?"再以回答问题的形式,提出自己的论断,这就比直接陈述更能给人以一种斩钉截铁、确定无疑之感。第三段论析安逸易使人致病而劳苦反使身体刚健的道理,也是先摆出王公贵人和农夫小民截然相反的情况,然后设问:"此其何故也?"以引起下文的分析论证。这样写,不仅能唤起读者的注意,而且能引人思索,使读者更易于接受自己的观点。第五段,作者在正面提出教官民习武的具体措施以后,为了强调这些措施的必要性和正确性,故意虚拟出一个反对者,以设难的形式将问题引向深入:"然议者必以为无故而扰民,又挠以军法,则民将不安。"在辩驳中进一步阐述了自己的观点,说明所谓"无故而动民"却正是安民的道理。这样写,避免了说理的平板单直,显得议论风生,跌宕有致。最后一段,先讲屯聚之兵的骄豪多怨、凌下欺上,然后以"何故"一问提起下文,在解释中自然地从另一个侧面阐明了教民讲武的好处,收到了同样的效果。第二部分采用对比的方法十分成功。第二段论"知安而不知危",引古事证今事,以"昔者"和"后世"作对比;第三段论"能逸而不能劳",取养身作比方,将王公贵人跟农夫小民作对比。都是正论反论,从两方面进行分析,议论纵横,鞭辟入里。

前后呼应,脉络分明,结构严谨,也是这篇文章的一个显著特点。第二部分,经过层层分析,在第四段末尾得出结论:"故曰:天下之民,知安而不知危,能逸而不能劳,此臣所谓大患也。"这对文章开头提出的论点不是简单地重复,而是有意回复照应,以突出中心论点。第一段末尾说:"今不为之计,其后将有所不可救者。"第五段讲教战守的具体措施,正是作者提出的挽救他日之危的今日之计。前有伏笔,后有呼应,文章前后的逻辑联系十分清晰。第三段的开头说:"天下之势,譬如一身。"一句领起,下文便挥洒笔墨展开关于养身之道的论析;末了用"夫民亦然"一句收住,使文章又回到有关社会政治问题上来。一前一后,简短两句话,一领起,一收束,此呼彼应,能放能收,文章奇纵变化而又不失于散漫。

另一类是文学性散文,即叙事文、写景文、抒情文,包括书札、杂记、杂说、序跋、小赋等。从总体看,这一类作品的现实性、思想性不及上一类强,但艺术成就较高。总的特色是:感情真挚,挥洒自如,如行云流水,姿态横生。

《前赤壁赋》是苏轼抒情写景散文的名篇,也是宋代散文赋的代表作。所谓散文赋,即既保留了传统赋体那种诗的特质与情韵,同时又吸取了散文的笔调和手法,打破了赋在句式、声律、对偶等方面束缚的一种形式。

《前赤壁赋》是一首意境优美的抒情诗,也是一首探索人生哲理的哲理诗。

全文分为五个自然段。第一段,写苏子与客在秋天夜游赤壁,泛舟江上,江水与月光景色十分优美,于是产生一种飘飘欲仙的感觉。这一段着重写景,抓住清风、明月、江水三个方面,不仅有利于表现具体环境的特点和突出作者的主要感受,而且用它们贯穿首尾,成为构成全篇艺术意境的主要物象,并为后文议论人生的主客问答提供了取譬的依据,关系到全篇的艺术构思。

第二段,由上文的重点写景,转而重点写情。通过饮酒唱歌,表现了感情由乐而悲的变化过程。歌词的内容,客人呜咽的箫声,都传达出浓重的幽怨凄清的情调。这一段在结构上起到过渡的作用,引起下文主客问答的议论。

第三段,开始进入文章的主体,借主客问答的形式,写对人生的思索和感叹。客人从眼前的明月、江水、山川,想到曹操的诗,再联想到赤壁之战时的英雄人物早已风流云散,因而发出人生短促的哀叹。

第四段,写苏子的回答,照应文章开头的写景,以明月江水作比喻,说明世界万物和人生既是变化的,又是不变的,用不着感叹长江的无穷,也用不着哀叹人生的短促,而应该到大自然中去,尽情享受清风明月之美。作者想在大自然中去寻求人生的寄托,其实是一种不得已的自我排解的方法,从中透露出作者内心的矛盾和苦闷。苏轼受到庄子齐物论和相对主义哲学思想的影响,在政治上遭到打击时,常常表现为安时处顺、随缘自适,而不陷入消极颓废和悲观失望之中。这种人生态度,在他被贬官黄州以后表现得特别鲜明,这里所写的正是这种人生态度。

第五段,写主客二人转悲为喜,以开怀畅饮、兴尽酣睡结束全文。

苏轼在这篇《前赤壁赋》中,灵活地运用了传统赋体中主客问答的形式,生动形象地表现了他的思想矛盾、对人生的思考以及由悲转喜的感情变化过程。从这篇赋里,我们看到了封建社会中一个不得志的知识分子内心的苦闷,以及用来排解这种苦闷的方法与过程。这对我们认识封建社会的历史和历史人物,都是有意义的。作者在文章中描绘并赞美祖国的江山风景,追慕历史上的英雄人物,表现了对生活的热爱,也是值得肯定的。

这篇赋在艺术表现上很有特色。写景、抒情、议论紧密结合,情景交融,情理相生,创造出一种情、理、景相结合,充满诗情画意而又含寓着人生哲理的独特的艺术境界。善于取譬,特别是写箫声的幽咽哀怨,通过比喻,将抽象而不易捉摸的声、情,写得具体可感,诉诸读者的视觉和听觉。另外,语言优美,辞采绚丽,句式整齐,骈散相间,节奏鲜明,声韵和美,也是这篇赋能给人以美感的重要原因。

《日喻》是一篇说理的文章,但不是一般的说理文,而是一篇形象的说理文,因此也可以归入文学性散文一类。全文意在说明求道是不容易的,切忌主观性和片面性。强调求道的关键在于学,学即实践,"君子学以致其道",表现了一种朴素唯物论的思想,认识相当深刻。文章的突出特点在于很讲究构思。他不是平实地将这一道理讲出来,而是以形象化的故事入题,设喻成篇,使比喻的事与被比喻的理融合为一,非常自然。文章将深刻的道理讲得十分浅显生动,既具有吸引人的力量,又富有启发意义。这篇文章读起来很亲切,似乎并不是作者为了向我们讲述某种道理在那里巧为设喻,倒像是作者跟读者一起从那生动的故事中共同悟出了深刻的道理。作者讲道理讲得一点不费力,读者接受这道理也一点不勉强。这篇文章的构思,体现了一种以易为工的特色,即在平易自然中见出工巧,而又不露一点人工斧凿的痕迹。

苏轼的记体散文也有很多传世的名篇,而且很富于创造性。最著名的是《石钟山记》。记是中国古典散文中的一体,这种文体发展到宋代常常和议论相结合,在感性的叙述描写中表现出作者对生活的态度和理性思考。这一特点在欧阳修、王安石等人的作品中已经表现出来,而到了苏轼则有了进一步的开拓和创造。他常常将诗情和哲理结合起来,在记体散文中渗透进思辨的成分,表现出一种启人灵智的理趣。这篇《石钟山记》,与王安石的《游褒禅山记》同出一机杼,都是一篇风格特异的山水游记,又是一篇发人深思的说理文,是古代游记散文中的别格。文章提倡不迷信,不盲从,重实地调查,勇于探求真理,反对主观臆断的思想,在今天看来也是很可贵的。中间一段写亲身于月夜探访石钟山,是全文的主体。写景极为出色,使人有亲临其境之感。既有直接的描摹,有生动的比喻,又有宿鸟惊飞的点染,写出了一种令人毛骨悚然的气氛。中间一段更穿插进人物的心理活动,景与情融为一体,不单能使读者如见月下的种种奇特景象,听到山下种种奇特的声音,而且还能感受到作者在这个特定环境中的心境及其变化,从而体会到作者那种探索幽微、追求真理的勇敢精神。最后一段议论是前文必然引出的结论,是作品的主旨所在。但用语却并不多,因为有前两段作基础,道理很容易明白,不用多说。首句将结论以问句形式("事不目见耳闻,而臆断其有无,可乎?")带出,更能收到发人深省的效果。接着以几种不同人物的不同情况加以对比、评论,不仅写出作记的缘由,而且更加突出了目见耳闻、亲自做实地调查的重要意义。

《记承天寺夜游》是一篇脍炙人口的抒情小品。全文不足百字,寥寥数行,以极精练的文字,绘形、绘影、绘色,描写出承天寺月下的优美景色,表现了浓郁的诗情。这篇文章的妙处在于将月色当作水来写,将月下的竹柏之影当作水中藻荇来写,前者突出其"空明"之色,后者突出其"交横"之态。作者虽然用了一个"如"字,但它不是一个简单的比喻,而是写一种对于特定物境的近于错觉的独特感受。惟其近于错觉,反而格外显得真切而且富于诗情,读后能唤起我们近似的生活体验,因而也进入到作者所创造的艺术意境之中去。

苏轼曾说:"江山风月,本无常主,闲者便是主人。"(《东坡志林·临皋闲题》)在这篇文章的末尾作者写道:"何夜无月?何处无竹柏?但少闲人如吾两人耳。"文章通过写景所表现的,便是这"闲人"的"闲趣":闲散无拘的性格和冲和淡泊的心境。正因为这样,他才那样陶醉于大自然的景色,有独特的感受和发现,融主观与客观为一体;眼中所见,笔下所写,才能那样自然而又微妙地传达出月下夜景的真趣,创造出一种闲静淡远、空灵静谧的诗的意境。

这一类的小品文还很多,例如《记游定惠院》是一篇记游小品,叙写二三子出游定惠院的情景,写法又有所不同,是依时间的发展,随兴而游,随事而记。我们读时像是随着作者的履迹,见景色,见人情,更重要的还能见出作者的胸怀、性格。又如《书上元夜》,也是信手拈来之作,很像是写给自己看的日记,以通俗明畅的语言记人叙事,写所见所感,却语浅意深,表现了作者的思想性格和气质,写得清新自然、意味隽永。这类文字最为明末提倡"独抒性灵"的"公安派"作家所推重,袁宏道曾说:"坡公之可爱者,多其小文小说(指短小的笔记杂说之类),使尽去之,而独存高文大册,岂复有坡公哉!"(《苏长公合作》引)

第四节 苏轼的词

苏轼把诗文革新运动的精神扩大到词的领域,取得了出色的成果。无论在词的题材、内容、手法、风格各方面,他都有很大的开拓,提高了词的意境和表现力,使词从音律的束缚中解放出来,成为一种便于抒情写志的独立的新诗体。前人说他"以诗为词",即凡能写到诗里的题材内容,他都能毫无顾忌地写到词里去。这是他的贡献。苏词今存三百多首,内容除传统的男女爱情和离愁别绪之外,还有写景、咏物、悼亡、怀人、咏史、怀古等等,总之抒怀写志,十分丰富。艺术风格也多种多样,有的写得缠绵深婉,有的写得明丽清新,有的写得飘逸洒脱,有的写得雄健豪放。特别是他的豪放词,数量虽然不多,但在婉约正宗之外别立一派,为南宋辛弃疾等人豪迈的爱国主义歌唱打下了基础。

《江城子》(十年生死两茫茫)是一首感情真挚深沉的悼亡词,是为追念他已经逝去十年的亡妻王弗而作的。

上片写死别之痛和相思之苦。据小序,词作于宋神宗熙宁八年(即乙卯,公元1075年),距王弗去世(英宗治平二年,公元1065年)整整十年。死别十年,相思而不得相见,所以首句"十年生死两茫茫"就从内心迸发出长久郁结于心的深长的悲叹,为全词定下了凄伤哀婉的基调。"茫茫"二字,传达出一种莫可名状的空寂凄清之感。"两茫茫",加上一个"两"字,就不单是指诗人自己,而是概括了生者和死者两方面说的。"不思量,自难忘",是说不去想它,却怎么样也忘不掉。以最质朴自然的语言,表达出内心真实的思想感情,读来十分动人。

"千里孤坟,无处话凄凉。"这两句也是概指生者和死者两方面说的。死别十年,又千里相隔,各自都有满腹凄凉要向对方诉说,然而无处诉说,也无法诉说。"孤坟"的"孤"字,传达出诗人对亡妻深情的体贴。

"纵使相逢应不识,尘满面,鬓如霜。"揣度语气,这三句便是诗人向亡妻"话凄凉"了。他说:纵然是我们真能相见,你看见我这风尘满面,两鬓如霜,疲惫垂老的样子,也一定会认不出来了。这三句是刻画自己的外部形象,却隐含着诗人深沉的身世感慨在内。妻子亡故后的十年,他因反对王安石变法而在朝中遭到排挤打击,请求离京到杭州、密州(今山东诸城)等地任地方官。仕途坎坷,遭遇不幸,转徙外地,艰辛备尝,种种痛苦难言的经历和感情,都概括到这六个字的生动描画之中。生死幽隔,是不可能重逢的。不得重逢而切盼能重逢,设想其重逢,所以用了"纵使"两个字,就是"姑且设想"的意思;但相逢而不相识,比不能相逢就更加使人难堪了。所以这三句包含着丰富复杂的感情,可以说是一字一泪。

下片写梦。"夜来幽梦忽还乡",笔意一折,因思生梦,便自然地转入梦境。"幽梦"的"幽"字,见出梦中景象的缥缈朦胧。回乡以后看见了什么?"小轩窗,正梳妆。"这是梦境记实,也是年轻的恩爱夫妻平居生活的生动写照。

"相顾无言,唯有泪千行。"经历了十年死别和无限思念之苦,一旦相见,该有千种哀愁、万种凄凉要向对方倾诉,然而竟是你看着我、我看着你,连一句话也说不出来。无言胜过有言,千言万语尽在两两相对的目光之中。

"料得年年肠断处,明月夜,短松冈。"这三句总束全词,是感情发展的高潮。"短松冈"承上片"千里孤坟",指亡妻的坟墓。"料得"虽是推测之词,语气却十分肯定。这里跟首句"十年生死两茫茫"遥相呼应,写梦醒之后,重又陷入了"千里孤坟,无处话凄凉"的悲哀。"年年",是年复一年的意思,既指过去漫长的十年,也指未来无尽的岁月。从梦境回到现实,则又是冷月清光,洒满亡人长眠的松冈。此情此景,不能不使人肝肠寸断。

这首词,不以锻炼词句和使事用典取胜,完全以平常用语写出来,感情深挚,质朴自然,表现出一种缠绵深婉的风致,具有强烈的艺术感染力。

另一首婉约风格的名作,是他咏杨花的《水龙吟》(次韵章质夫杨花词)。这首词的作年,过去多沿用清代王文诰的猜测,次为元祐二年(1087),后经人考证,应该是作于元丰四年(1081)春天谪居黄州时。当时章质夫写了一首咏杨花的词寄给苏轼,词由咏杨花而写到思妇,写杨花写得很传神,写思妇的哀伤也写得很真切。苏轼读后回了一封信,同时作了这首和词。和词同原词的作意相近,也是从咏杨花而写到思妇的。词中的思妇有所指。当时章质夫在"柳花飞时出巡",苏轼想到章的妻子一定非常思念他,因而拟想并代她抒发心中的愁绪,当然也同时寄托了自己因政治上的失意而产生的苦闷和忧愁。不过,这首词所写的杨花和思妇都不局限于个别,不局限于具体所指,而具有高度的概括性和典型意义。它表现了一种普遍的人生感受,一种人人都经历过、都感受过的离愁。因此,从它产生以来,曾引起过无数读者的共鸣。

这首词的突出特点,是把杨花当作有生命、有感情的东西来写,在词中杨花和思妇是融合到一起的,我们简直分不清哪是写的思妇,哪是写的杨花。开始入题就于平常语中见神奇。"似花还似非花",这是大实话,春天漫天飞舞的杨花,确确实实是又像花,又不像花。但从这最平实的语言中,却是最传神地概括出了杨花的特点。而全词正是从这一特点来发挥的。第二句"也无人惜从教坠",也写出了人们对杨花的普遍态度和感受。正因为它又像花又不像花,所以在繁花似锦的春天,人们并不十分看重它,珍惜它,因而随它到处飞舞、飘落。"抛家傍路,思量却是,无情有思。""抛家傍路"是对满天飞舞的杨花的客观描绘,却很传神,而且暗中关合着"离情"。接着就点出杨花是有生命、有感情的。"有思"的"思"字,在这里作名词用,是"情思"的意思。韩愈《春晚》诗:"杨花榆荚无才思,惟解漫天作雪飞。"章质夫的原词里也说:"轻飞乱舞,点画青林,全无才思。"苏轼这样写,就不落陈套,而翻出了新意。强调杨花有"思",就赋予了杨花以人的感情,就把花和人联系起来了。因此,下面的几句:"萦损柔肠,困酣娇眼,欲开还闭。梦随风万里,寻郎去处,又还被莺呼起。"就既是写的人,又是写的杨花。有人说,"柔肠""娇眼",是指柳枝、柳叶,古人确有将初生柳叶称为柳眼的。但柳枝、柳叶又都同杨花分不开,所以目的还是写杨花,而最终还是写人。后面三句是化用唐代金昌绪的《春怨》诗:"打起黄莺儿,莫教枝上啼。啼时惊妾梦,不得到辽西。"这离愁是思妇的,也是杨花的,妙在花和人融合在一起,不能分割,也无法分割。

下片一开始,又好像完全是写花:"不恨此花飞尽,恨西园、落红难缀。"还是照应到上片的意思,"抛家傍路"的杨花是不被人怜惜的,人们伤春,也只是由"落红难缀"引发;春归了,杨花飞尽了,人们也不会产生什么怨恨。可是下面一转,作者却与一般人不同,他特别关注那"飞尽"了的杨花到底到什么地方去了。执着之情使他禁不住去追寻杨花的遗踪:"晓来雨过,遗踪何在? 一池萍碎。"这里作者自注:"杨花落水为浮萍,验之信然。"按苏轼的自注并不可信。他所据的是三国时魏张揖的《广雅》"杨花落水化萍"之说。当然我们是在解诗,不必拘泥于这个说法的科学性,作者用典的目的,意在表现杨花的多情,也表现杨花的生命力。"春色三分,二分尘土,一分流水。"这里把春色具象化,数量化,说它三分之二化成了尘土,三分之一化成了流水。这种写法好像很笨,好像跟诗不相干,实际上却是写得非常巧妙,非常聪明,也是很富于诗意的。它表现了诗人对春天的热爱,对杨花的执着和一片深情。下片到此为止,都是写花,可是末二句一收束却又归结到人上来:"细看来,不是杨花,点点是离人泪。"这真是精妙之极的神来之笔:原来,写杨花就是写思妇,就是写离情,花和人浑然化为一体。在作者的笔下,不论是浮萍、尘土、流水,都是杨花化来的;而最后竟看出来,这由杨花化来的浮萍、尘土、流水,又都变成了离人的眼泪。咏物词而能写出如此深婉缠绵的感情内涵,实在是很少见的。苏轼将赋物之作写成言情之作,一反过去许多诗人咏物之作多堆砌辞藻典故的弊病,构思巧妙,想象丰富,语言清丽,深婉含蓄,极富韵致。王国维《人间词话》评云:"东坡《水龙吟》杨花和韵而似原唱,章质夫词原唱而似和韵,才之不可强也如是。"又说:"咏物之词,自以东坡《水龙吟》为最工。"这是苏轼婉约词的代表作,但又不同于传统的婉约词,清而不艳,柔而不媚,是其特色。

另外如《贺新郎》(乳燕飞华屋),以香草美人喻自己高洁的志行品格,采用的是古典诗歌中托物写志的手法。上片写美人,下片写榴花,而高洁的榴花正是诗人的自我形象。《卜算子》(缺月挂疏桐),以凄苦之词写寂寞之感,创造出一种清寒幽深的意境,正是诗人孤寂忧伤的内心世界的真实表现。

总之,苏轼的写情词,风格近于婉约,却又不完全同于婉约,有传统婉约派词的深婉细腻,而没有常见的那种柔弱和纤艳。可以说是温婉清新,柔而不媚,洗尽了"绮罗香泽之态"。

《水调歌头》(明月几时有)的风格特色则是飘逸洒脱,与上面几首完全不同。词的小序说:"丙辰中秋,欢饮达旦,大醉,作此篇兼怀子由。"丙辰即宋神宗熙宁九年,公元1076年。当时苏轼在密州做官。

这首词是咏月而兼怀人的。全词紧紧扣住明月,上片写对人生的思索,下片写离情。

"明月几时有?把酒问青天。"起笔突兀奇崛,显出诗人浪漫的性格和超旷的胸怀。诗人面对优美的月色,开怀畅饮,不禁突发奇想:如此美好的月亮是从什么时候开始有的呢?于是举杯望月,向辽阔无垠的青天提出这个问题。这一问,从赏月的欣喜中,透露出一位哲人对宇宙人生的思索。

"不知天上宫阙,今夕是何年?"这两句承上启下,把作者的思索更推进一层:明月不知几时产生,又不知经过多长时间的发展变化,今晚到了哪一年,月色竟是如此清润皎洁?这就十分自然地引起下面关于飞入月宫的奇想。

"我欲乘风归去,惟恐琼楼玉宇,高处不胜寒。"苏轼在欣赏大自然时,常常陶醉于其中,进入一种物我化而为一的境界,产生飘飘欲仙的感觉。在《前赤壁赋》中,他就写道:"飘飘乎如遗世独立,羽化而登仙。""挟飞仙以遨游,抱明月而长终。"在苏轼心中,自己本来是仙界中人,所以受到美好月色的引发,便产生了"乘风归去"的想法。这里面隐约地蕴藏着身世感叹在内,不过深曲委婉,不容易体察出来。然而他心里又有矛盾,怕天宇太高,经受不住那琼楼玉宇的寒冷。

"起舞弄清影,何似在人间!"既然怕天宫里太冷,不愿乘风归去,于是便在月下起舞,月光投射在地上的自身的"清影",随着舞姿跟自己相伴嬉戏,因而更感到月宫里的生活,哪能跟人间相比呢!上面由现实而进入幻想,这里又由天上回到人间,表现了诗人内心复杂矛盾的思绪及其起伏变化的过程。

下片写对弟弟子由的怀念。"转朱阁,低绮户,照无眠。"月光缓缓地转过红色的楼阁,又低低地照进雕花的门窗,落在长夜无眠的人身上。由月写到人,由月光的转移映衬出人的思绪。不言离情,而从月下不能入睡的人身上已使我们体会到离情的煎熬。

"不应有恨,何事长向别时圆?"天空的一轮满月,使地上经受着离别之苦的诗人联想到亲人不能团圆,于是禁不住发出了对月亮的埋怨:明月无知,不该有什么怨恨,可是为什么老是在人们离别的时候那么圆呢?

"人有悲欢离合,月有阴晴圆缺,此事古难全。"诗人在深沉的思索中对上面的问题提出了一种带有哲理意味的解答。在他看来,天上人间的一切事物都不可能是完美无缺、尽如人意的:跟人间有悲欢离合一样,天上的月亮也有阴晴圆缺,而且自古以来就是这样。这是对好似跟人们作对,"偏向别时圆"的月亮的谅解,也是诗人对自己和一切经受离别之苦的人们的劝慰。

"但愿人长久,千里共婵娟。"既然悲欢离合,自古难全,相亲相爱的人不可能永远厮守在一起,那么跟亲人的离别也就用不着那样忧愁哀怨了;只要永远身体健康,能在千里之外共赏明月,也就得情意相通了。苏轼写这首词时,他的弟弟苏辙(字子由)在齐州(今山东济南)做官,已有七年不能团聚。这两句是对自己和远离自己的弟弟的宽慰,也是对世间一切离人的美好祝愿。

整个下片,既写了离别之苦,又写了对这种苦闷的排解,最后上升到一种格调很高而又十分超脱的美好祝愿。几层意思,转折写出,愈转愈深,充分地表现出诗人洒脱的性格和旷达的情怀。

这首词,充满了浪漫主义色彩,境界开阔,想象新奇,既有飘逸邈远的意境,又有耐人寻味的理趣;语言自然生动,如行云流水;词中多处活用前人诗句,浑化无迹,如从诗人胸臆间流出。因此,历来被认为是中秋词的绝唱。

表现词人超旷人生态度的词还有《定风波》(莫听穿林打叶声)。作于元丰五年(1082),时作者四十七岁,在黄州,路上遇雨,这是一般诗人不屑于写到词里来的题材,而作者却写得那么富于生活情趣,写得那么活泼优美。诗人的思想性格,以及用来表现这思想性格的生活画面都是独特的。"一蓑烟雨任平生",可以看作是他对于生活里的挫折和打击所取的一种超然物外、旷达开朗的态度。他与世无争,满不在乎,自得其乐。这种以无争表示抗争的处世哲学,当然受到道家和佛家思想的影响;但也同时表现了他热爱生活、追求生活中美好事物的愿望。在艺术上,是以眼前景曲笔抒写胸臆,通过具体形象的刻画,性格、情绪、气象等等都在形象之中。

还有一首著名的《临江仙·夜归临皋》(夜饮东坡醒复醉):

夜饮东坡醒复醉,归来仿佛三更。家童鼻息已雷鸣,敲门都不应,倚杖听江声。 长恨此身非我有,何时忘却营营?夜阑风静縠纹平。小舟从此逝,江海寄馀生。

他在黄州雪堂饮酒,醉归临皋时作。醉归敲门,伫听江水之声,简直像是一幅生活的素描。简淡的几笔,明白如画,就勾勒出鲜明的形象。词中诗人的性格是超旷洒脱的,不过仔细体会,作者的内心还是充满难于排解的苦闷。真正的超脱实际上是做不到的。正因为不可能超脱,才在词中反复地表现要超脱。就词中所表现的来看,正因为不能"忘却",所以才呼喊"何时忘却"。过去写出世和入世矛盾的作品,实际上都不可能真正解决矛盾,苏轼当然也不例外。但他的好处并不在这种超脱出世的思想本身,而在词中所表现的诗人的那种鲜明的个性,他确实是比较自由潇洒,不大在乎名利得失。关于这首词,还有一个有趣的传闻。据叶梦得《避暑录话》载:"翌日,喧传子瞻夜作此词,挂冠服江边,拏舟长啸去矣。郡守徐君猷闻之,惊且惧,以为州失罪人,急命驾往谒,则子瞻鼻鼾如雷,犹未兴也。"很能见出他的生活态度和精神面貌。

《念奴娇·赤壁怀古》是苏轼豪放词的代表作,作于贬官黄州时期。这首词借怀古以抒怀抱,通过对祖国壮丽山川的出色描绘,传达出对古代英雄人物的无限倾慕与向往;而联想到当时自己的政治处境,吊古伤今,又流露出一种远大的抱负不得实现的深沉苦闷。

上片着重写江山,带出历史人物,从赞叹中抒写自己的豪情壮志。

"大江东去,浪淘尽、千古风流人物。"长江浩浩汤汤向东流去,历千古而不息;而随着时间的流逝,历史上有多少杰出的英雄人物被淘洗一尽。开头三句,即居高临下、俯仰千古,表现出一种奔腾豪迈的气势,直笼罩全篇。

"故垒西边,人道是、三国周郎赤壁。"这是写眼前景,点出赤壁,并带出自己仰慕的历史人物周瑜。三国时赤壁之战的赤壁,在今湖北省赤壁市长江南岸,不是黄州赤壁。作者填词,意在借景抒情,并不拘泥于史迹。所以用了"人道是"三个字,就是"据传说"的意思,语气并不确定。

"乱石穿空,惊涛拍岸,卷起千堆雪。"三句写赤壁景象,一派奇峭雄峻的气势。岸上峭壁耸立,直入云霄;江中巨浪拍岸,激起无数如雪堆似的浪花。写山,见出峭拔险峻;写江,见出奔腾汹涌。这里是写景,同时也是抒情,从他笔下的气象境界中,表现了诗人恢宏的气度和落拓不羁的思想性格。

"江山如画,一时多少豪杰!"面对赤壁壮丽的景色,诗人不禁发出感叹。由江山转到英雄人物上,十分自然,既收束上片,又引起下片。

下片着重刻画历史人物,借以进一步抒发自己的理想和情怀;而从历史回到现实,又因壮志难伸而发出无限的感慨。

"遥想公瑾当年,小乔初嫁了,雄姿英发。""遥想"二字,承上启下,总领下面六句,具体刻画周瑜的英雄形象。"小乔"二句写他年轻英俊,谈吐气度,卓绝不凡。

"羽扇纶巾,谈笑间、樯橹灰飞烟灭。"三句写他的雄才大略。指挥战争,身着便服,仪态从容,凭着他过人的胆略智慧,轻而易举地便克敌制胜。谈笑之间,曹军的一片战船在大火中化为灰烬。作者写周瑜,抓住年轻儒将的特点,着重写他的从容闲雅;写赤壁之战,抓住火攻的特点,着重点染灰飞烟灭的气氛。写得具体生动而又具有很高的概括性,启发读者,同时又留下充分想象的空间。

"故国神游,多情应笑我,早生华发。"这三句从历史转到现实,从英雄人物联想到自己。"故国"一句,是总括前面因游赤壁而对历史和历史人物的追忆向往;"多情"的含义比较丰富,既指对历史上英雄人物的深情倾慕,也指对祖国河山的热爱以及对建功立业的积极追求。"多情应笑我",就是"应笑我多情"。这样的倾慕、热爱和追求,为什么要说"应笑"呢?这里面包含着人生遭遇的感叹在内,下一句就直接抒发出来了。"早生华发",与前面描写周瑜的"雄姿英发"四字遥相映照,暗指自己虽然跟周瑜有同样的胸襟怀抱,但周瑜年轻时即建立了不朽的勋业,而自己贬官黄州,头发已经花白却仍然事功未成。这样,由理想与现实的矛盾构成的诗人内心的苦闷,便被充分地揭示出来。

"人间如梦,一樽还酹江月。"最后以无限的感叹总束全词。人生如梦的思想当然是消极的,但诗人的感叹里蕴涵着热爱祖国、热爱人生、对事业的积极追求,以及因理想不能实现而产生的愤懑不平等种种交织在一起的复杂的思想情绪。这是由诗人生活的时代条件和他的切身遭遇造成的。从全词来看,意境恢宏,气势雄迈,风格豪放,基调还是积极开朗的,读后使人感受到有一种引人奋发向上的鼓舞力量。

另一首豪放词的代表作,是写打猎的《江城子·密州出猎》(一题作《猎词》)。

这首词作于熙宁八年(1075,时年四十岁),与前面那首悼亡词作于同一年。同一年以同一词调写词,内容和风格却迥不相同。这是这年的冬天,苏轼任密州(今山东诸城)知州,因天旱求雨,得雨后到常山去祭神谢雨,归来时与同官梅户曹会猎于铁沟作。同时又有诗《祭常山回小猎》记其事,可参考。

这首词表现了词人关心国家命运,热切地盼望到疆场杀敌,报国立功的雄心壮志和爱国感情。气势宏大,情绪激昂,思想和风格都极为豪迈奔放。在此前的词作中是很少见的。

上片写出猎,既是叙事,又是抒情。写出了意气风发的一腔豪情壮志,刻画出一个性格豪放、威武雄壮的太守形象,为下片抒写爱国感情和杀敌报国的雄心壮志打下基础。首句"老夫聊发少年狂",是年苏轼四十岁,古人以为四十即入老境,故自称"老夫"。"聊"是"聊且"之意,意思是打猎本来是青年人的事,年届四十原该没有这样的豪兴了,这次却像年轻人一样发发这样的豪兴和狂情。下两句具体写打猎的形象、情景,"左牵黄,右擎苍",左手牵着猎狗,右臂擎着苍鹰。这不仅是记实,同时更重要的是借此以抒写自己的豪情壮志,是承上句的"狂"字来写的,从具体的形象中表现了词人出猎时的狂放和豪迈。"锦帽貂裘,千骑卷平冈。"锦帽貂裘是汉代羽林军的装束,这里用来写太守出猎时的随从,以状其威武。"千骑卷平冈"写围猎的情景,用了夸张的笔墨进行渲染。但也有记实的一面,因为在《祭常山回小猎》诗中曾写道:"青盖前头点皂旗,黄茅冈下出长围。"看来他带的人是不少,围猎时确实很有气势,十分壮观。"为报倾城随太守,亲射虎,看孙郎。"这是兴之所至,发豪言壮语,以抒豪情壮志。意思是,为了报答全城的百姓们都跟随来看我出猎,我一定要像三国时的孙权那样亲自射虎(《三国志·孙权传》中记载,孙权曾经亲自射虎)。打猎人人都可以,射虎却不简单,非英雄壮夫不能。这里是承接并落实首句"少年狂"的"狂"字,以收束上片。因此,上片主要是叙写词人出猎的情景,以抒发他像年轻人那样的豪情壮志。

但是写出猎只是起兴,只是铺垫,下片在此基础上抒发自己杀敌报国的雄心壮志和爱国感情,才是全词的主旨。"酒酣胸胆尚开张",是说畅饮一醉之后(饮酒本身也能见出词人的豪迈性格),更加意气风发了,胸襟更加阔大,胆气也更旺盛了。"鬓微霜,又何妨!"年纪虽大,却仍然具有年轻人的雄心壮志和英雄胆气。"又何妨!"是不承认自己已老,也不服老,还有为国建功立业的雄心。"持节云中,何日遣冯唐?"这一句用了一个典故,从中曲折地表现了作者强烈的期望和深沉的感叹。汉文帝时,魏尚为云中太守,抵抗匈奴的入侵,立下战功,仅仅因为报功时多报杀了六个敌人,便不公平地被坐罪削职;后来冯唐为他辩白,汉文帝便令冯唐持节(使者所持以作为凭信的节符)赦免魏尚,恢复他云中太守的职位。苏轼在这里用了这个典故,是用得十分准确、贴切,而且含义是非常丰富的。因为当时苏轼离开朝廷到外地做官,是因为遭到排斥打击,政治上是失意的,这一点与魏尚蒙冤获罪有相似之处;同时更重要的是,在抵御外侮、杀敌报国这一点上,苏轼以魏尚自许,表现了他强烈的爱国感情。然而不同的是,至今并没有像魏尚那样被赦罪复职,重新受到信任与重用的好运气。"何日"二字是发问,既表现了他强烈的期待、向往,又表现了他内心的不满和感叹。"会挽雕弓如满月,西北望,射天狼。"正面直接地抒发自己为国杀敌立功的雄心壮志,在一个高昂的音调上结束全词。值得注意的是,他的一腔爱国激情和建功立业的壮志,不是以抽象、空泛的语言表达出来的,而是通过刻画具体的形象来表现的。读完这首词,一位热情洋溢、豪迈英武、正在挽弓射敌的英雄形象栩栩如生地出现在我们的面前。

苏轼是有意识地追求一种豪放词风的。他在《与鲜于子骏书》中说:"近颇作小词,虽无柳七郎(永)风味,亦自是一家,呵呵。数日前猎于郊外,所获颇多,作得一阕,令东州(即密州)壮士抵掌顿足而歌之,吹笛击鼓以为节,颇壮观也。写呈取笑。"这是苏轼抒发豪情壮志的"壮词",其风格豪迈雄放,确实是需要"壮士"吹笛击鼓而歌的。这样的词前所未有,确实使人奋发向上、一新耳目,对宋词发展的影响是不能低估的。

《浣溪沙》(照日深红暖见鱼)写农村生活。一组共五首,这是其中的第一首。用词描绘农村生活,既写自然景色,亦写风物人情,也是苏轼开创的。

这一组词,有一篇总的小序,云:"徐门石潭谢雨,道上作五首。潭在城东二十里,常与泗水增减,清浊相应。"词写于元丰元年(1078),当时作者在徐州任知州。这年春天,徐州发生严重的旱灾,苏轼曾到徐州东面二十里的石潭去求雨。这并不完全出于一州太守的例行公事,苏轼是一个勤政爱民的好官,他是带着感情去的。得雨后他又亲赴石潭去谢雨。如题序所示,这组词即作于谢雨道上。

这首词,像一幅色彩明丽的农村风景画,写得爽朗明快,清新喜人,风格特色跟关西大汉执铁板所唱"大江东去"又大异其趣。全词所写,紧切"谢雨"二字。起笔使用明朗的色调,绘出一派生机勃勃的喜人景象:"照日深红暖见鱼,连村绿暗晚藏乌。"晴空丽日,红艳艳的阳光照射着清澈见底的河水,鱼儿在自由欢快地游动,给人一种温暖的感觉;一村连着一村的绿树,枝繁叶茂,一片深碧,晚来可以藏乌。这完全是一派朗朗晴天景象,表面上看好像跟雨没有关系。但实际上这两句正是写雨:不是正在下着的雨,也不是刚刚下完的雨,而是已经渗透到地下,滋润着万物,使干渴的世界得以复苏,再现出盎然生意的那场喜雨。这场雨早已过去,但通过作者巧妙的构思和描绘,我们还能从水中欢快的游鱼、从连村碧绿的树叶中感受到雨水带来的生机。很明显,没有那场已经过去的雨,便没有眼前这清心悦目的晴天景象。以晴写雨,巧妙含蓄,富有情致。谢雨的意思和作者欢悦的心情,都充分地表现出来了。

第三句"黄童白叟聚睢盱"是写人。太守到石潭去谢雨,村里的百姓一时都拥出来观看。"聚"字表明人很多。说"黄童""白叟",一则是标举代表,以概其余;更重要的是从色彩着笔,与上两句中的"红""绿"映照,意在表现诗人眼中所见,写得十分真切。"睢盱"是喜悦的样子。前面两句所描绘的景象使村民们感到喜悦,太守到石潭去谢雨这件事也使他们感到喜悦。这两个字所表现的人物的意态情绪,与作者的思想感情,以及全词的意境,都是十分和谐统一的。

下片开头两句:"麋鹿逢人虽未惯,猿猱闻鼓不须呼。"有的学者把麋鹿和猿猱解释为指围观太守的村民,是不符合实际的。石潭在山间,麋鹿和猿猱都是山中特有之景。这里换一个角度写,与上片不重复。两种动物,写得各具性格,神态逼真:麋鹿性情温驯而胆小,远望着人群,一副怯生生的样子;猿猱机敏而富有灵性,惯于和人接触,谢雨祭神有供品可食,所以不用呼唤,一听到鼓乐之声,便勇敢地走上前来。在作者的笔下,麋鹿和猿猱似乎也通解人意,为太守石潭谢雨所惊动和招引,走进画面,点染着这富有生气的山村美好风光和欢乐的气氛。

"归来说与采桑姑",结句不再写景,转而写内心的感受,但又极含蓄。所见所感,谢雨道上太守的愉悦心情很想向人诉说。说与谁呢?说与采桑姑。因为她是一个能够理解并且也愿意知道太守欢愉心情的一个人:一场甘雨给她带来期待已久的丰足的桑叶,对这场甘雨和为求雨而奔波的太守,她该是多么感谢,又该是多么喜悦!诉说什么,词里没有写出来,凭读者自己去体会和想象,根据前面所写读者是可以体会和想象的。这样写,比直泻无余见得更含蓄有味。

以景写情,融情入景,是这首词在艺术表现上的特色。全词六句,除结句外,一句一景。景包括自然景色和人,呈现出各种形态和颜色,显得丰富而不单调,明丽爽朗,使人觉得字里行间跳动着生命的活力。通篇未着一"雨"字,而一切景象都是由一场及时雨所带来。写万物勃发的生机,就是表现谢雨的人——包括太守和百姓的心情。因此,情在景中,不明言"欢乐"而字字句句都洋溢着欢乐。

第二首(旋抹浓妆看使君),则是全首着眼于人物活动。前三句写一群农村姑娘争看太守的情景,"旋抹"二字,生动地表现出人物的神态、心理。突然传来太守去谢雨祭神要经过这里,来不及打扮但还是要赶快打扮。由此可以见出她们的纯朴,也可以见出她们对太守的热爱。为了争看太守,你拥我挤，竟然把红色裙子都踏破了。气氛之热烈，心情之兴奋，本来是极难描摹的，但作者用寥寥数语，略加点染，其景其情便栩栩如生，如在眼前。后三句写农村丰收赛神时人们的欢乐。第一句是全景，"老幼扶携"表现老老少少都出来了，给人以一种熙熙攘攘，十分热闹的感受。后两句是特写镜头，前一句由"乌鸢"点染出供品的丰盛，后一句则由"醉叟"点染出人们的喜悦和满足。而作为一个太守，他能够看到这些，感受到这些，在所见的许许多多景象中抬出这些典型特征来描写，又都表现了他跟人民的亲切关系和美好感情。

第四首（簌簌衣巾落枣花），是写他行走在村中的所见所闻，以及同老百姓的自然亲切的关系。第一句写的是农村中极寻常的景象，但却是一种极美好的景象。诗人走在农村的路上，道边的枣花簌簌地落到衣巾上。文字上没有刻意的锻炼，似乎是随口而出，却极自然地写出了他的亲切感受。这里我们不仅看见了枣花飘落，而且似乎还闻到了枣花扑鼻的香味。第二句写所闻。"村南村北响缲车"，是与第一首的"归来说与采桑姑"相呼应的。见出雨后桑叶繁茂，蚕姑们的喜悦和劳动的繁忙。第三句写所见。这也是农村中常见的景象，同样写得很亲切。"牛衣"一作"半依"，似更合理。后三句写他行路中口渴了，敲门去向老百姓讨茶喝。没有州长官的架子和派头，就像一个普通百姓，那样平易随和，这在封建时代是难能可贵的。所以第四首中有"使君原是此中人"的话，这应该是发自内心的话，而不是装腔作势的一种表白。

总之，这组农村词写得生动活泼，清新喜人。写人写景，有声有色，见形象，见心境，见感情，充满浓郁的生活气息。用苏轼评王维诗的话"诗中有画"来评论这组词，也是很贴切的。但这词中的画不是静止的画，而是动态的画，是充满生气的画。这样的词，在苏轼以前的文人创作中也是没有见过的。

第三章　北宋诗文词

第一节　范仲淹和王安石

在北宋作家中,范仲淹和王安石都是政治家兼文学家,同时在诗、文、词三方面都取得了一定的创作成就,对北宋诗文革新运动起到开辟或推动的作用。

一、范仲淹

范仲淹字希文,吴县(今江苏苏州)人。北宋时著名的政治家、军事家和文学家,官至枢密副使、参知政事,是一位文臣武将集于一身的人物。仁宗庆历时提出革新主张,得到欧阳修的支持和敬重,但也招来保守派的反对和打击。他曾戍守西北边疆,遏止了西夏的侵扰,声名卓著。西夏人称他"胸中自有数万甲兵"。明代人李贽在《藏书》中将他列入"武臣传"大将一类。

范仲淹一生并未专力从事文学创作,但诗、文、词都有名篇传世。最著名的是散文《岳阳楼记》。

这篇文章写于仁宗庆历六年。这时,他因为主张革新而被贬官到邓州(今河南邓县)。他的朋友滕子京这时也贬官到岳州(今湖南岳阳),在那里重修了岳阳楼,请他写这篇记。范仲淹借题发挥,即景抒情,以生动的文学语言和富于形象特征的文学手段,表现出一种忧国爱民、"以天下为己任"的伟大政治抱负和崇高道德情操。

这篇文章所以能传诵千古、脍炙人口,不单因为它写景很出色,主要在于它表现了一种"先天下之忧而忧,后天下之乐而乐"的崇高的思想境界。这是对我国古代无数仁人志士所共有的思想品德的高度概括集中。作为一种宝贵的精神遗产,在社会主义时代的今天,仍然值得我们继承和发扬。

但如果单是孤零零的这样两句抽象的话,说得再好也不可能产生巨大的感人力量。这一崇高思想是通过生动的艺术描写表现出来的。这篇文章在艺术表现上有以下几个特点。

第一,情与景的融合,思想境界与艺术境界的融合。文章写景、抒情、议论相结合,作者的思想融进他所创造的艺术境界之中。作者如何选择他描写的内容和描写的角度,都取决于他的思想和胸襟,同时也体现他的思想和胸襟。他写《岳阳楼记》,却并不着眼于岳阳楼本身,详细地去写它的历史变迁、刻石碑文等,而是着重写登楼所见。写所见,也不是写看到的一切景象,囊括无余,而是突出辽阔浩渺的洞庭湖。洞庭湖雄伟阔大的气象,适足以表现作者那种"以天下为己任"的政治家的胸怀。写洞庭湖,作者突出它"衔远山,吞长江,浩浩汤汤,横无际涯"的浩瀚气势,创造出一种宏伟开阔的艺术境界,也就是作者所说的"岳阳楼之大观"。这种艺术境界,正是作者作为一个有理想抱负的政治家的思想和眼光,借客观物境的一种生动表现。

第二,中心突出,结构严谨,层次清晰。全篇的中心思想是"先天下之忧而忧,后天下之乐而乐"。为了突出这一点,文章作了一系列的布置和铺垫。第二段,先写洞庭湖的"大观",在气象、境界上为写出这两句话作准备。三、四两段,以景写情,情景结合:以阴雨晦暗、满目萧然之景写悲,以春和景明、心旷神怡之景写喜。一方面,继续以洞庭湖的阔大气象映衬下文;另一方面,更重要的是以一般"迁客骚人"的悲和喜,引出并反衬下面仁人志士的忧和乐。第五段以"嗟夫"感叹开头,在情感和语气上便显出总结上文的意味。接着写道:"予尝求古仁人之心,或异二者之为。"一个"异"字,由反入正,把笔墨从上两段文字转到相反的仁人志士一面来。"不以物喜,不以己悲",这八个字肯定和赞美了仁人志士思想胸怀的博大高远,同时也就含蓄地批评了迁人骚客眼光气度的短浅狭隘。在充分地写出了仁人志士思想的基础上,才以极精练概括的语言,写出那两句千古传诵的名句:"先天下之忧而忧,后天下之乐而乐。"鲜明突出,力透纸背。

第三,骈散结合的句式,整齐中又有变化,既有明快的节奏、和谐的音调,又表现出一种深婉含蓄、耐人寻味的韵致。文中多用四言偶句,读起来朗朗上口、明快有力。但骈散结合,整齐而不板滞,生动活泼,富于变化。一问一答,变换句式,使文意跌宕曲折,一步步更加深入。作者不说自己有这样的思想,而说"求古仁人之心";不直说他们怎样说,而是用"其必曰"推测他们必然会这么说;不说自己就是这样的人,而说"微斯人,吾谁与归",只表示自己愿意宗仰和学习这样的人。这样写,就收到了委婉含蓄、发人深思的艺术效果。

总之,《岳阳楼记》是一篇政治家的散文,叙述、描写、抒情、议论相结合,熔情、景、理于一炉,既能使人受到思想教育,又能使人得到艺术享受。

范仲淹的词流传下来的只有几首,却开始打破词专写儿女之情和离愁别绪的狭小范围,并初步改变柔媚纤细的风格特点,写出了较开阔深沉的意境和苍凉悲壮的格调,在词的发展上值得重视。《渔家傲》(塞下秋来风景异)是他的代表作。

这首词是描写边塞风光和边防将士的戍守生活的。范仲淹于仁宗康定元年(1040)任陕西经略副使兼知延州(今陕西延安),与名将韩琦共同戍边四年,功绩卓著。边地民谣说:"军中有一韩,西贼闻之心骨寒;军中有一范,西贼闻之惊破胆。"这首词就作于这一时期。

词的内容是写一个戍守边疆的将军,在边塞秋日的所见所闻和所思所感。上片以写景为主,景中有情。通过边塞的秋色与秋声,写出边塞秋日黄昏时的一片悲凉景象,含蓄深沉地抒写了思念家乡的思想感情。

"塞下秋来风景异,衡阳雁去无留意。""异"字领起全篇,下面就具体地描绘边塞秋日的独特风光。"衡阳雁去"写所见,是典型的北方边关秋日的景象。既是写景,也是抒情。南归的大雁寄托了作者思归的情绪,透露出一种惆怅凄哀的色调和心境。

"四面边声连角起。"是秋声,写所闻。边声,指边塞防卫之地的各种声音,如胡笳、牧马、朔风等发出的声音,而以军中号角之声为主。在边塞荒旷的原野上,听到这种悲凉的号角声,只能唤起一种惆怅的思绪。

"千嶂里,长烟落日孤城闭。"这句又是写景,写所见。写得苍凉悲壮,带有浓重的感情色彩。千嶂、长烟、落日、孤城,四种景物,和谐地组合在一起,构成一种浑然一体的艺术境界。

以上所写都是边地特有的声音、景象,字面上没有出现"悲凉"两个字,但悲凉之感弥漫于字里行间。而气象境界是那样的开阔、雄浑,给人的感受不是悲哀,而是悲壮。

下片着重抒情,抒情中也穿插写景。所抒发的感情,既有承上片而来的深沉的乡思,也有想要为国建功立业的豪情壮志。

"浊酒一杯家万里,燕然未勒归无计。"离家万里,久戍不归,只好借一杯浊酒来浇愁。可是下一句忽又振起,写出跟思念家乡相矛盾而并存于心中的另一种思想感情:杀敌报国、巩固边防的任务没有完成,是不可以解甲归乡的。

"羌管悠悠霜满地。"抒情中又插入一句写景:"羌管悠悠"写秋声,"霜满地"写秋色。从这秋声秋色的描绘中,可以使人体会到词人联翩的思绪。

"人不寐,将军白发征夫泪。"事功未成,归乡不得,心潮起伏,思绪万千,自然夜不能寐而老泪纵横了。这里的"人",是词人自指,也概括了当时跟词人一起戍边而长期不得归乡的广大将士在内。这两句词意承前面之句而来,但感情更加强烈,概括了种种复杂的思绪,成了全词的总结。

二、王安石

王安石(1021—1086),字介甫,号半山,抚州临川(今江西临川)人。少年时喜欢读书,年轻时即有矫世变俗的志向。神宗熙宁二年(1069),他任参知政事,次年任同中书门下平章事,在神宗支持下实行变法,遭到保守势力的代表司马光等人的激烈反对。变法引起了新旧两党的尖锐斗争,王安石曾被两次罢相,晚年退居江宁。他曾被封为荆国公,所以人们称他为王荆公。

王安石的散文以政论文为主,立意超卓,语言简练朴素,具有较强的概括力和逻辑性。《答司马谏议书》是他的代表作。这篇文章写于熙宁三年,是为答复司马光对新法的攻击而写给他的一封信。

这篇文章是政治斗争的产物,而它本身又是政治斗争的武器,因而它不同于那种装腔作势、无病呻吟、为作文而作文的文章。它的特色是有战斗性,是战斗的文章,表现出战斗的风格。作为一篇论辩性的政论散文,《答司马谏议书》的战斗性表现在以下几个方面。

第一,在思想内容上,表现了坚持原则的精神,即所谓"度义而后动"。也就是经过审慎的考虑,认为一件事合乎道理,合乎客观规律,就决定去做。同时又表现了坚强的自信心,即所谓"不为怨者故改其度","不见可悔"。这种坚持原则的精神和由此决定的坚强的自信心,表现了作者在尖锐的政治斗争中,由于坚信自己是站在正义的一边,临众敌而无所畏惧的巨大勇气。这样的眼光、气度、识见、魄力,使得这篇文章具有一种严正刚毅之气,有气势、有骨力。

第二,立论明确,旗帜鲜明。作者阐明自己的观点,是就是是,非就是非,不虚伪应付,不含糊其辞,不吞吞吐吐。这是一个正派的政治家应有的风度,也是一篇论辩性的政论散文应有的风格。因而文章显得简劲有力,富于战斗性。例如,信的开头没有一般习用的应酬套语,直截了当地指出两人

"议事每不合,所操之术多异故也"。鲜明地揭出一个"异"字——他和司马光在政治立场和政治主张上的尖锐对立。这个"异"字是全篇文章立论的根本。这封信不是求同存异,在两人相同处去敷衍调和;而是立足于异,在对立处去辩驳发挥。文章显得明快锐利,根本原因就在这里。

第三,在具体论辩中,作者目标明确,能抓住要害。因而做到有的放矢,针锋相对;要言不烦,一语中的。例如第二段前半部分,目的在辩明名实而弄清是非,作者便抓住对方的责难概括为四个问题,即所谓"侵官""生事""征利""拒谏",进行答辩,一一驳斥,最后又归结为对方所说的"天下怨谤"上。这种写法,真是刀光剑影,不避锋芒。

第四,文章的战斗性主要还在于内在的思想力量和逻辑力量,而不在表面上的剑拔弩张或破口大骂。虽然司马光在来信中气势汹汹,对新法进行全面的攻击和否定,而且还歪曲地描画了王安石的性格和为人,但王安石的这封答信,态度却相当克制,完全是摆事实、讲道理,而不是大动肝火、以牙还牙。理足而气盛,有了真理,论战者就立于不败之地,即使心平气和、委婉含蓄,文章也是很有力量的。这篇文章由于多处运用了婉曲的表达方法,反而更见锋芒与气势,根本原因就在于此。

《游褒禅山记》是一篇记游散文,但是记游而发议论,主旨不在写景,而在言理。文章叙议结合,借游山以抒发感想,说明探求真理和学习应取的态度。主要说明两点:一是游山如做学问,"非常之观,常在于险远",所以只有有志者才能达到。二是古书不存,学者研究学问,必须"深思而慎取"。提倡做学问要有志、有力而又不随以止,坚持努力才能达到目的。

王安石的诗歌比他的散文成就更高。他的诗学韩愈和杜甫,尤其推崇杜诗。他认为杜诗内容丰富、包罗万象,写得浑成自然,同时十分赞扬杜甫同情人民的精神。作为一个政治家,王安石的诗也富于政治色彩,明显地表现出散文化、议论化的倾向。早年的诗,因年少气盛,直露而少含蓄。某些诗成套地发表政治主张,以议论为主,缺少形象和诗味,例如《省兵》,简直就是一篇以诗的形式写成的裁兵意见书,毫无诗味。他有不少同情人民,揭露弊政,提倡改革的诗歌,表现了他进步的政治理想,如《河北民》《兼并》等。他还有一些咏史怀古的作品,是借古人古事发挥他的政治理想,实际上也是富于现实意义的政治诗。王安石晚年退居南京,放情山水,主要创作一些抒情写景的小诗。语言精练含蓄,形象鲜明,意境新颖,显得工丽精巧,更富于诗的特质。因此受到了人们广泛的欣赏和喜爱,有"荆公绝句妙天下"的赞叹。《泊船瓜州》是这类小诗中最著名的一首:"京口瓜洲一水间,钟山只隔数重山。春风又绿江南岸,明月何时照我还。"

　　写作这首小诗时,诗人正行船在长江上,暂时停泊在瓜州。瓜州在长江北岸,和长江南岸的京口(今江苏镇江)隔江相望。当时诗人家住在南京的钟山(即紫金山),虽然离瓜州并不很远,但因为调任汴京,一时不能回去,所以很想念,便写了这首诗。首二句说,现在泊船的瓜州跟南岸的京口仅一水之隔,而京口和住家的钟山都在长江的南岸,相距也只有几重山。这两句写得很平实,好像只是交代有关地方的距离位置,却已经暗含了思家的情意,并都与下两句有关。因为相距不远却不能回家,所以才有下面"明月何时照我还"之句;因为京口和钟山都在江的南岸,所以才有"春风又绿江南岸"之句。感情的抒写是极自然流畅的。想家的感情没有去着力渲染,却显得含蓄深婉而富有情致。其中"春风又绿江南岸"一句尤为人所赞赏。据说句中的"绿"字原作"到"字,后改为"过"字,再改为"入"字、"满"字等,经过十多次修改,最后才选定这个"绿"字。"绿"字好在什么地方呢?它不仅借助颜色把本来看不见也极难捕捉的春风化为视觉形象,而且使人从中感受到一种浑然一片、生机勃勃的江南春天的气息。"绿"字点染出长江南岸喜人的青翠,暗寓了想归家的理由。而"又绿"与"何时"相呼应,又表现了冬去春来,时令已改,加倍思家的心情。所以一个"绿"字在写景传情上起到很好的作用,使全诗大为生色。

　　《明妃曲》(二首选一),这首诗有它的特点,同情王昭君的遭遇,却又劝慰她,从妇女的历史地位着眼,有历史的眼光,不局限于个人;还批评了汉元帝,而不是像过去许多人那样只批评画工毛延寿。其间包含了一种皇帝应该善于识人,感叹人才之不易为君王所重的意思。这就拓展了内容,且富于新意。在表现上,有形象,有议论,但以具体的描绘为基础,充满诗的想象和真挚的感情。

　　《书湖阴先生壁》(二首选一)是作者于熙宁九年退居金陵时作。诗是书赠湖阴先生的,表面上写的是湖阴先生,而实际抒发的却是自己的怀抱。这首诗完全是写景,前面两句写院内,后面两句写院外。整个画面和境界是清淡的,没有绚丽的色彩,写出一种秀丽、幽雅的自然景色,表现出一种田园生活的情趣。这首诗的特点是,写景而能于景中见人,见出人的性格、气质、精神风貌。从前两句可以见出,湖阴先生是朴素而勤俭的;而后面两句则采用拟人化的手法,将大自然写成有感情、有灵性的,实际则是人的主观感受。借景以写人,而写人又是借他人的性情以写自己的怀抱。我们从诗中所写的自然景色中,感受到一种淡泊的情怀、高雅的情趣、超脱的胸襟,而这些既是湖阴先生的,也是作者本人的。在写景上,是动静结合,动中有静,静中有动。

第二节　北宋其他作家

这一节,我们将向大家介绍北宋其他几位比较重要作家的几首诗词作品。

一、晏　殊

晏殊(991—1055),字同叔,抚州(今江西临川)人。自小即有文才,被荐入朝后历任显职,官至宰相。死后谥号元献。他能文工诗,闲雅有情致,但以词著称于世。他是北宋前期影响较大的一位词家,有词集《珠玉词》。

晏殊是一位生活优裕的大官僚,平日的生活内容不外是歌舞宴会,赋诗饮酒。作为这种生活和贵族思想感情的反映,晏殊词带有浓重的富贵气和脂粉气。在他的词集中,祝寿、歌颂升平、咏物和描写男女爱情的不少。晏殊很喜欢冯延巳的词,词风也受到他的影响。他脱去了花间派词的华艳与雕琢,写得比较自然,主要风格特色是和婉闲雅,明丽清俊。《浣溪沙》(一曲新词酒一杯)是他为人传唱的代表作。

这是一首惜春和伤春的作品,抒发的是一个贵族官僚的富贵闲愁。上片感叹光阴易逝。"一曲新词酒一杯",这是写他以曲佐酒的歌舞宴饮生活。"去年天气旧亭台",这一句追忆去年的宴饮生活。天气是跟去年一样的天气,亭台还是旧日的亭台。这里包含着一种没有写出来的意思:年华似水,一年的时间又匆匆过去了。"夕阳西下几时回?"第三句从眼前景写出内心的感慨。夕阳是无限美好的,但眼看就要西下了,它什么时候才能再回来呢?联系到前一句,不难体会到诗人寄寓其中的流光易逝、不可追回的喟叹。

下片写伤春、惜春。"无可奈何花落去,似曾相识燕归来。"花落燕归,写的是一片暮春景象。"无可奈何"四个字,表现出一种惜春而又无法留住春天的感伤情绪。最后一句"小园香径独徘徊",刻画的是诗人不忍春天离去的自我形象。他独自一人在花园里落红满地的小径上漫步徘徊,环境是凄清幽静的,诗人的心情是孤独感伤的。这里只写了人在特定的环境里的活动,没有直接抒发感情,但客观的物境与主观的心境相融合,情感就包含在形象之中了。

这首词没有用典,没有冷词僻字,语言明白如话,写得自然而不造作,清丽而不秾艳,在艺术上有它的特色。

二、柳　永

柳永(987?—1053?),原名三变,字耆卿,崇安(今福建崇安)人。他原本是一个很热衷于功名富贵的人,但考试很不顺利,怀才不遇,这才愤而专力写词。他自称是"才子词人""白衣卿相",说是"忍把浮名,换了浅斟低唱"。他满腹牢骚,十分自负。他长期与下层乐工歌女交朋友,过一种"偎红倚翠"的风流浪漫生活。他说自己有些"狂情怪胆",常用一种玩世不恭的态度表现他对社会的不满和愤慨。他五十多岁时,改名柳永,才考上了进士,官至屯田员外郎,故世称柳屯田。他精通音律,常为乐工歌女的演唱需要而填词。有词集《乐章集》。

写羁旅行役是柳词的重要内容。描写妓女生活的词也不少,常常表现出庸俗低级的趣味;一部分对下层妇女的痛苦和不幸命运表示同情的作品,较有意义。还有一些词描写都市的繁荣和奢侈享乐生活,是过去的词家很少接触的。柳永扩大了词的题材,词作的内容比较丰富。

适应于题材内容的扩大,柳词在体制、手法、语言及艺术风格上都有显著变化。他大量写作慢词,并创制新调。柳永多采用市井通俗语言入词,于雅词外,别创俚俗一格。在表现手法上,他少用比兴而多铺叙,率直刻露而不大讲求含蓄蕴藉。柳永词在民间有广泛的影响,有"凡有井水饮处,即能歌柳词"的传说。柳词对苏轼、秦观和周邦彦等人都产生过影响。

《望海潮》(东南形胜)是柳永年轻时的作品,是投赠给当时的两浙转运使孙何的。虽为投赠之作,却没有阿谀吹捧的庸俗习气。描写杭州湖山的优美和都市的繁荣,写出一片承平气象和欢乐的感情。

开首三句从地理形势着笔:"东南形胜,三吴都会,钱塘自古繁华。"从东南到三吴,再落到钱塘(杭州)上,东南形势优越,三吴都市繁华,但最繁华的要数钱塘。这是写大景,由大到小,由远及近,一下笔就笔势铺陈,很有气势。这是总括的写法,接着拈出"繁华"两字,从风景优美,人烟稠集两方面写:"烟柳画桥,风帘翠幕,参差十万人家。"这已经写得比较具体了,但仍是从大处写,写开阔的景象。"参差"是指城市的建筑物高低错落,写都市繁荣景象,如在眼前。下面三句,抓住杭州景物的特点,写钱塘江:"云树绕堤沙,怒涛卷霜雪,天堑无涯。"第一句写江岸,第二句写江潮,归结到自然形胜,显出钱塘江的秀美雄伟和险要。然后写都市生活的奢华富庶:"市列珠玑,户盈罗绮,竞豪奢。"这是词的上片,从自然景物和社会人事方面写杭州的繁盛气象。

下片继续写景,归结到投赠之意:"重湖叠巘清嘉,有三秋桂子,十里荷花。"这是写杭州景物的另一特色——西湖之美,一是湖山的秀丽,一是西湖特有的景物:桂花和荷花。桂花和荷花是不会同时开放的,词人放在一起来写是概括的写法,把西湖美的特点集中在他笔下。这在艺术中是允许的,读者只觉其美,不感到这是荒诞不合理的。以下转入写人的活动:"羌管弄晴,菱歌泛夜,嬉嬉钓叟莲娃。""羌管弄晴",是说笛声在晴空中飘荡,指白天。"弄"字表现出一种欢乐的感情和荡漾的意味。"菱歌泛夜"两句,讲的是夜晚,是说采莲的姑娘们在湖里泛舟歌唱,歌声在夜空中飘荡,还有湖边垂钓的老人,也都十分欢乐。下面几句是写投赠之意:"千骑拥高牙,乘醉听箫鼓,吟赏烟霞。"形容孙何出行时之声威气势,并及其潇洒豪放的精神风貌(乘醉出行,吟诗赏景)。末二句:"异日图将好景,归去凤池夸。"以祝愿恭维之意结束全词。这首词出色地描写了西湖景色的秀美,钱塘江景色的雄奇以及杭州都市生活的繁华,铺张中流露了词人对统治阶级享乐生活的赞美和艳羡之情。我们从此词可以看出,柳永的长调,一是用铺叙手法,能展开写,画面一个接一个,不拘谨。二是境界阔大,感情奔放。不是传统词作含蓄婉约一路,而是写得酣畅痛快。陈振孙《直斋书录解题》评柳词云:"音律谐婉,语意妥帖,承平气象,形容曲尽。"很能概括出他描写羁旅行役和都市生活词作的特点。

《雨霖铃》(寒蝉凄切)是柳词的代表作。这是一首送别词,是抒写离愁别绪的。大概是词人离汴京南去,与情人话别时所写。这首词以秋景渲染衬托别情,情景交融,感情真挚,具有较强的艺术感染力。

上片写离别,着重渲染恋恋不舍的缠绵意绪。

"寒蝉凄切,对长亭晚,骤雨初歇。"开头三句写凄清的秋景,不仅点出时间、地点,而且通过对环境的描写烘托出浓重的凄凉气氛。"骤雨初歇"说明马上就要启行,自然地引出下面对离情的抒写。

"都门帐饮无绪,留恋处、兰舟催发。"写临别时矛盾痛苦的心情。设帐钱别,却没有心思饮酒;正留恋难舍,兰舟无情,却要催人出发。

"执手相看泪眼,竟无语凝噎。"这两句写握手言别的苦况。马上就要分离了,手拉着手,千言万语涌上心头,却一句也说不出来,闪着泪花的眼睛你看着我,我看着你。在这"无语"的感人场面中,让人听到了一对离人痛苦的心声。

"念去去、千里烟波，暮霭沉沉楚天阔。"这两句是推想别后行舟途中情景。出发以后，行程遥远，楚天辽阔，烟波无际，难舍难分的恋人就要被浓重的雾气所阻隔而不得相见了。这是想象中的景象，因情而生景，景中又寓情。上片写离别，有一个时间过程，而离人的思想感情也是流动发展的；到此已达高潮，因而这三句既收束前文，同时又引出下片。

下片写离别之后的孤寂伤感。

"多情自古伤离别，更那堪、冷落清秋节！"这两句说，从古以来多情的人在和亲人离别的时候都是最痛苦的，如今相别又在冷落凄清的秋天，这情景就更加使人难以忍受了。这里从个人的离别之苦而推及一般的离人，俯仰古今，使感情的表达更加沉重有力。

"今宵酒醒何处？杨柳岸、晓风残月。"这三句被称为"古今俊语"，最为人所赞赏。这三句妙在不写情而写景，景又不是眼前所见的实景，而是推想之中的虚景。但是，景中寓情，虚中见实，使感情的表达显得更加含蓄深沉。作者不言寂寞孤凄，而他所设想的客观景象中便已包含了这种感情，而且比之直接表现出来的更加富于艺术感染力。

"此去经年，应是良辰好景虚设。"这也是设想将来，所以用了一个"应"字，但语气、情感都是确定无疑的，"应"在这里是"必然如此"的意思。与心爱的人长期离别，一切良辰好景都没有心思去欣赏领受了。

"便纵有千种风情，更与何人说？"这两句与上片"执手相看泪眼"二句相照应：离别时是千言万语说不出，离别后是千种风情无处说。这就在对比中把离愁别恨表达得更加充分，于感情发展的高潮中收束了全词。

这首词以秋景写离情，情景交融。在表现上，以时间发展为序，虚实相生，层层递进，一气呵成；语言自然明畅，不尚雕琢，以白描取胜，确实表现了一种"清和朗畅""意致绵密"（黄蓼园语）和"秀淡幽艳"（周济语）的风格特色。

三、黄庭坚

黄庭坚（1045—1105）字鲁直，号山谷道人，又号涪翁，分宁（今江西修水）人。他与晁补之、秦观、张耒合称"苏门四学士"。他的诗词在当时都极负盛名，尤以诗名为高，与苏轼并称"苏黄"，所作号为"元祐体"；词则以"秦七（秦观）黄九"并称。他又是北宋四大书法家之一，与苏轼、米芾、蔡襄齐名。诗学杜甫，但不专注于杜诗的现实主义精神，而较多地在形式技巧上下功夫。主张读书融古，规摹前人，在学问中求诗。他提倡所谓"点铁成金"

和"夺胎换骨"的方法,在前人辞句或意思的基础上点化发挥。他学诗重法度规矩,却又求新求变。他的诗构思奇峭,又爱押险韵,作拗律,表现出一种生新奇峭的风格,在艺术上富于创造性。但由于过分着力于形式技巧上的锻炼,诗风有时显得生硬晦涩而不够通达流畅。因为他是江西人,在他的影响下形成的"江西诗派",在创作上表现出一种形式主义的倾向。

《赠黄几复》是他写得较好的一首诗,为怀念他的朋友黄几复而作。黄几复名介,南昌(今江西南昌)人,与黄庭坚少年交游。熙宁九年两人同科出身,曾在京城欢会,此后一别十年。作此诗时,黄庭坚在德州(今山东德州)做官,黄几复在四会(今广东四会)做官,一北一南,相距甚远。

诗中表达了对相隔万里、音讯难通的朋友的深沉思念,并追忆十年前两人在京城相聚饮酒时的欢乐,深情地赞扬了黄几复为官的清正廉洁和政绩卓著,对朋友晚境的孤寂凄哀充满了同情、惋惜与不平,其中也隐然寄寓着作者自己身世遭遇的感慨。诗中使用了对照映衬的手法,又善于点染气氛,因而感情的表达既深沉而又强烈。如三、四两句,追忆十年前两人京城相聚的欢乐,反衬出别后相思的深切。以"桃李春风"的阳春景象烘托出当年对饮时的融和欢乐情绪,以"江湖夜雨"的漂泊生涯点染出别后十年孤凄落寞的心境。此诗用典很多,这是诗人追求"无一字无来处"的表现,但基本上脱化而不露痕迹。三、四两句全部排用名词性结构,不用一个动词,句法很特殊;五、六句平仄不叶,有意使用拗句。这些都表现了黄庭坚诗歌瘦硬奇峭的风格特色。但从通体看,此诗在黄诗中语言还算比较明白晓畅的,没有晦涩生硬之感。

黄诗中也有一些写得比较自然明畅的,如《登快阁》。这首诗是作者在江西太和县任知县时所作,抒发了在政治上不得志、不为人所理解的内心苦闷,写登上快阁时的所见所感:所见是清秋晚晴的明净广远景象,所感则是孤寂的心情和归隐的意向。三四两句"落木千山天远大,澄江一道月分明",写秋山月夜景象,写出一种开阔明净的境界,十分精巧而又自然生动。

又如《题竹石牧牛》,是一首题画诗,却写成了一幅具有浓厚生活气息的农村风俗画。特点是,所写本是画中物,作者却当作实物来写,融进了作者的生活体验,既写出了画中物象(人和竹、石、牛等)的生命,也写出了自己的爱惜之情。没有一个字言及画工之妙,对画的赞美却溢于言外。其中"物吾甚爱之"是散文化的句法。其他如《雨中登岳阳楼望君山》二首,写他登上岳阳楼,远望君山,描绘出洞庭湖优美的湖山景色,并寄托身世感慨。在放归的欣喜心情中,又暗含着沉痛和倔强,也是很有特色的。

黄庭坚的诗虽然现实性不强,但他讲究诗法,求新求奇,创造了一种奇峭瘦硬的艺术风格,使宋诗的发展产生一种新的变化,改变了以前那种平易流畅的特点。因此他的诗歌产生很大的影响,有很多人宗法他。

四、秦　观

秦观(1049—1100),字少游,又字太虚,自号淮海居士,扬州高邮(今江苏高邮)人。《宋史·文苑传》说他"少豪隽慷慨,溢于文词"。他的文学才能得到苏轼的赏识。哲宗元祐初,旧党当政,由苏轼推荐,他入朝任秘书省正字、兼国史院编修官等职。绍圣初新党章惇当政,排斥打击元祐党人,他先后被贬官处州、郴州、横州、雷州等地,后死于藤州。秦观一生穷愁潦倒,是一个生活凄苦的失意文人。他兼工诗词,以词更为出色,在当时颇负盛誉。有词集《淮海词》。

秦观词内容狭窄,主要写男女爱情和失意文人的愁与恨。但艺术成就较高,无论长调小令,大多有鲜明的艺术形象、浓厚的抒情色彩、较强的艺术感染力。小令受"花间"南唐词家的影响,慢词受柳永的影响,但又不是简单的模拟,而能融数家于一体,自成风格,有很大的创造性。爱情词摆脱了一般艳词的轻浮调笑习气,表现出对纯洁真挚爱情的追求和向往,思想格调较高。由于他身世凄凉,遭遇不幸,词中带有浓厚的感伤情绪。王国维称"少游词境最凄婉"(见《人间词话》)。秀丽含蓄而又纤巧无力,是秦观词的风格特色。

《踏莎行》作于宋哲宗绍圣四年(1097),当时秦观被贬官在郴州(今湖南郴县)。这首词运用比兴手法,通过写景,抒发了他在政治上遭到打击以后孤寂苦闷的心情。

上片着重写景,景中有情。从雾气弥漫、月色朦胧的凄迷的意境中,透露出词人归路茫茫的内心悲哀。能够寄托理想的世外桃源也无处寻找,而只有经受在春寒料峭中独居客馆的悲哀了。客观的景象(包括物象、声音和气氛)是清冷寂寞的,词人的心境也是清冷寂寞的,情和景的融合,便构成了具有浓厚感情色彩的艺术意境,使词具有很强的艺术感染力。

下片着重写情,情中见景。朋友从远方寄赠梅花、传来书信,不但没有带来慰藉和温暖,反而增添了数不尽的怨恨和愁苦。面对奔流不息的郴江,词人不禁发出这样的疑问:郴江本来是围绕着郴山流的,为什么要流到潇湘去呢?言外之意是:连郴江都不耐寂寞而要流向远方了,而自己却只能留在这里独自忍受这难堪的孤寂。这首词,以凄迷的景色表现感伤情绪,写景又能抓住特点,形象生动,创造出一种情景交融的诗的意境;语言流畅清新,平易中表现出深婉的情韵。这些都反映了秦观词艺术风格的特色。

五、周邦彦

周邦彦(1056—1121),字美成,号清真居士,钱塘(今浙江杭州)人。年轻时在汴京太学读书,因献《汴京赋》得到神宗赏识,选拔为太学正,后又做地方官。徽宗时,他由于精通音律,做了大晟府(管理音乐的机关)提举。他为统治阶级整理和创制乐曲,以满足他们声色娱乐的需要,自然受到统治者的赏识。他是一个典型的宫廷御用词人。他生活放浪,喜欢狎妓。因此他的词不但有柳永那样的浪子习气,而且有御用词人特有的帮闲意味。有《清真集》(一名《片玉集》)。

周词讲究音律,善于铺叙,在严整中常有曲折变化;又好用事,喜欢融前人诗句入词。总之周词写得典丽而又富艳精工,但思想内容比较贫乏,词集中多为描写眠花宿柳的艳词,或咏物写景之作。他在词的音律和词调的创制整理上有一定的贡献,但追求声律辞藻的形式主义倾向,对南宋姜夔、吴文英等人产生过消极的影响。

《六丑·蔷薇谢后作》是周邦彦咏物词的代表作。通过咏凋谢了的蔷薇来表达他的惜春之情,并隐约透露出一种迟暮落寞之感。

上片以花为春的踪迹,由春归写到蔷薇的凋谢,从中表现出一种远客他乡的苦闷和惆怅。他希望春天能暂留,但春天如展翅的飞鸟,连一点痕迹也没有留下;他怜惜落花,而落花却被夜来无情的风雨所葬送。这都表现出他内心落寞惆怅的感情。接着从花谢、花飞又引出蜂和蝶来,花已落尽,作为"媒"和"使"的蜂蝶,也感到冷落孤凄了。

下片从人与花之间的关系进一步渲染、抒写惜花和伤春的感情,写得曲折而精细。不仅写了人惜花,而且写了花恋人,这就进了一层;写花恋人,不仅写了枝条牵衣,似不忍人离去,而且写它"待话",希望人对它诉说点什么,这就又进了一层。不是平铺直叙,而是从两面着笔,回环曲折,一唱三叹。因为把花也写成是有感情有生命的,因而更能渲染出一种缠绵的情致。结句又从断红联想到红叶题诗的故事,寄托人的相思之情。

惜花伤春是古代词人写烂了的题材,周邦彦却能撇除陈词滥调,翻出一点新意,虽然表现的不过是落寞空虚的富贵闲愁,但在写作技巧上确有可取之处。

第四章 陆　　游

北宋末年,北方女真族建立的贵族政权金逐渐强大,终于在靖康元年(1126)攻陷了北宋的首都汴梁(今河南开封)。第二年,徽、钦二宗被金人掳去,钦宗的弟弟康王赵构在南京(今河南商丘)即帝位,是为高宗。这就是历史上著名的"靖康之变",标志着北宋的灭亡,南宋的建立。宋高宗对金人的入侵采取妥协投降的政策,放弃中原,向南方逃跑,经过几年的逃难生活,终于在绍兴二年(1132)定都临安(今浙江杭州),维持半壁江山,过一种屈辱苟安的生活。

整个南宋时期,民族矛盾十分尖锐。北方广大沦陷区人民在女真贵族的统治下生活于水深火热之中;而在金统治者不断南侵的威胁面前,南宋统治集团却一味屈膝投降,称臣纳贡,把从人民那里搜刮来的大量金银绢帛奉献给侵略者。广大人民的抗金情绪和爱国主义激情不断高涨,士大夫中的爱国之士也继承和发扬了中华民族反抗民族压迫的优良传统,积极主张抗击金人,收复中原。因此,民族压迫和反民族压迫,投降和反投降,就成为南宋时代生活的中心内容。在这一历史条件下,爱国主义成了这一时期进步文学的中心主题和基调。适应于文学主题和内容的变化,诗风和词风也发生了相应的变化:诗突破了江西诗派形式主义的束缚,从书本走向生活,产生了许多现实主义和爱国主义的杰出作品;词则从周邦彦等大晟词人的形式主义的格律中解脱出来,沿着苏轼开拓的豪放风格发展,写出了许多雄健有力、激越高昂的爱国词篇。在南宋爱国主义文学中,陆游和辛弃疾是两位伟大的代表,在诗词创作上各树一面旗帜。

第一节　陆游的生平和思想

陆游(1125—1210),字务观,号放翁,越州山阴(今浙江绍兴)人。他出身于一个有文化教养和爱国传统的官僚家庭。祖父陆佃能诗,是王安石的学生。父亲陆宰官至直秘阁,是一位藏书家兼学者。陆游从小好读书,他在诗里说:"我生学语即耽书,万卷纵横眼欲枯。"(《解嘲》)跟父亲交往的,多是当时主张抗金的爱国之士,他们在一起谈论国事时那种"裂眦嚼齿""流涕痛哭"的情景和"人人自期以杀身翊戴王室"的决心(《跋傅给事帖》),给少年陆游以很深的影响。在陆游二十岁时,主战派重要人物李光被罢职归乡,常到陆家与陆宰"剧谈终日",谈到投降派时,"每愤切慷慨,形于色辞"(《跋李庄简公家书》)。陆游出生于北宋沦亡的前两年,儿时即身历乱离:"我生学步逢丧乱,家在中原厌奔窜。"(《三山杜门作歌》)陆游强烈的爱国思想,就是产生在这样的时代环境、生活实践和家庭教养之中。他在二十岁时就立下了"上马击狂胡,下马草军书"(《观大散关图有感》)的雄心壮志。

陆游前后做官近三十年,但由于投降派的排挤打击,曾四次遭到罢黜,抗敌复国的雄心壮志一直未得实现。他在被荐入朝任职期间,曾向皇帝提出不少励精图治的建议,因此遭到当权派的憎恶,被罢职还乡。宋孝宗即位以后,起用抗战派,陆游被赐进士出身,任圣政所检讨官,又积极提出一系列抗金复国的政治和军事主张。但不久即被排斥,先后调任镇江府(今江苏镇江)、隆兴府(今江西南昌)通判。因积极支持张浚抗金,北伐失败后,主和派得势,又于1166年以"交结台谏,鼓唱是非,力说张浚用兵"的罪名被罢黜还乡。家居五年,生活十分困难。在"贫不自支,食粥已逾数月"的情况下,才给了他一个夔州(今四川奉节)通判的职务。

1170年陆游入蜀,赴夔州任。他沿长江而上,经江苏、安徽、江西、湖北,穿三峡而进入蜀境,历时六个月。一路游历山川名胜,接触民俗民情,开阔了眼界,激发了诗情。但这是一个为糊口而得的闲职,并不能实现他抗金复国的理想。

1172年,他被四川宣抚使王炎辟为幕僚,任干办公事兼检法官,襄赞军务,于是到南郑(今陕西汉中一带)边防前线过了一段"铁衣卧枕戈,睡觉身满霜"(《鹅湖夜坐抒怀》)的军中生活。这段火热的斗争生活,对他爱国主义的诗歌创作起了很重要的作用,他自己说是使他得到了"诗家三昧"。但仅半年时间,王炎便调离川陕,陆游也随之改任成都安抚司参议官。他怀着壮志难伸的满腔悲愤,离开南郑前线到成都赴任。以后相继在四川的蜀州(今崇州)、嘉州(今乐山)、荣州(今荣县)等地供职。

1175年,范成大帅蜀,陆游应邀任参议官。他虽为范成大的僚属,但两位诗人"以文字交",友情很深。陆游常"脱巾漉酒,挂笏看山",放浪不羁,被人讥笑为"不拘礼法,恃酒颓放"。他因此自号放翁,以表示他对这种攻击的蔑视。他虽然以诗酒度日,却从未忘怀过国事。

1178年,宋孝宗召他还朝,诗人于是离蜀东归。以后在福建、江西等地任地方官。1180年因在江西赈济灾民而以"擅权"的罪名被罢职,家居山阴。1186年复被起用为严州(今浙江建德)知府。在任上他将历年所作诗严加删汰,编为诗稿二十卷,为纪念蜀中生活,题为《剑南诗稿》。以后又曾短期调入朝中做官,但终因坚持抗金而遭到投降派的嫉恨,借"嘲咏风月"的罪名于1189年将他免职。

从1190年退居山阴,至1210年去世,二十年间基本上都是在家乡的农村闲居度日。他栽花、种地、饮酒、读书、赋诗、闲游,过着一种恬淡闲适的田园生活,他"身杂老农间",跟劳动人民结下了深挚的情谊。他生活穷困,常常"炊米不继",但却安于贫贱,足迹不到权门。而在贫病衰老的困境中,他仍忧国忧民,时时关怀着祖国的统一。晚年仍创作了不少感人至深的爱国诗篇。

纵观陆游的一生,政治道路坎坷不平,屡遭打击罢黜;但他立场坚定,气节崇高,始终忧国忧民,爱国主义精神贯穿一生。陆游是中华民族优秀人物的杰出代表,他的爱国诗篇是值得我们珍视的一笔文学遗产和精神遗产。

第二节 陆游的文学创作

陆游是中国文学史上一位罕见的高龄作家和多产作家。一生创作繁富,有《剑南诗稿》八十五卷,《逸稿》二卷,《渭南文集》五十卷,存诗近万首,词一百多首。陆游诗、文、词兼擅,以诗的成就最杰出,诗名也最显。

陆游的诗歌创作,可以分为三个时期。

第一个时期,从少年时期至1170年入蜀以前。早年的诗歌受江西诗派的影响,多在文字技巧上下工夫,以"穷极工巧"为特色,缺乏丰富充实的现实内容,但也有不少爱国主义的歌唱。诗人后来对早期的创作很不满意,因而对1166年以前的诗作在自编诗稿时大半删汰,保存下来的很少。

第二个时期,从1170年入蜀到1190年罢归故里,二十年间是陆游诗歌创作取得辉煌成就的时期,反映了充实丰富的现实内容,表现了激越高昂的爱国精神,风格也转为豪迈宏肆。他自编的《剑南诗稿》中大部分是这一时期的作品。

第三个时期,从1190年罢归山阴到1210年去世,这二十年间由于生活环境和思想感情的变化,诗歌在题材上以反映农村生活为主,风格也趋于平淡,但也有不少反映民生疾苦和爱国思想的诗篇。

与陆游曲折的生活道路相适应,他的诗风凡历三变:由早期的工巧,一变为中期的宏肆,再变为晚期的平淡。但在多样化的艺术风格中,以豪迈奔放为主要特色。

爱国主义是陆游诗歌最突出的内容和最中心的主题。一方面是抒写他渴望横戈跃马、杀敌报国的雄心壮志,一方面是表现他由于投降派的排挤打击而壮志难酬的悲愤。有时也在诗中对投降派进行揭露和谴责,或通过凭吊古代英雄及歌颂当代著名的抗金将领,以寄托爱国热情。除爱国诗篇外,陆游的诗歌还有广泛丰富的内容,有的反映了人民的疾苦,有的揭露了统治阶级的罪恶,有的歌颂祖国壮丽的河山,有的赞美生活中的美好事物,等等。

陆游的诗歌继承和发扬了杜甫的现实主义精神,全面深刻地反映了时代的生活和思想,因此前人认为"剑南集可称诗史"。一部分诗歌带有浓厚的浪漫主义色彩,表现出奇丽的想象、飞动的气势和狂放的个性,很接近李白,在当时就有"小李白"之称。在诗歌形式上,陆游兼擅众体,尤以七律见长,对仗工稳,使事熨帖,为后人所称道。

陆游在词的创作上用力不多,但也取得了相当高的成就。一部分抒写爱国思想和壮志难伸的悲愤心情,与诗歌的主调相通;另一部分抒写个人的生活与情怀,包括爱情、离愁别绪、孤高自傲的品格等。词风不主一格,有的写得缠绵深婉,接近秦观;有的写得雄健超迈,又接近苏、辛。

陆游的散文学韩愈和曾巩。以结构整饬,语言洗练,平易晓畅为特色。他用日记体写的《入蜀记》,文情并茂,议论风生,有不少写景抒情的优美小品。

下面我们简析几篇陆游诗词的代表作。

一、《游山西村》

这首诗写于宋孝宗乾道三年(1167)。这时陆游因支持张浚北伐而被罢官在故乡山阴闲居,诗中表现了诗人身处逆境而不消极悲观,热爱生活、热爱人民、热爱大自然的思想感情。

陆游当时住在离山阴城不远的镜湖三山。春日里的一天,诗人信步走到三山西边的一个村子里去,受到了村里农民的盛情款待,这首诗便记下了这次愉快的游历中的所见、所闻、所感。

首二句写诗人受到热情好客的主人的丰盛款待。纯朴的农民朋友,用丰年所能拿出的最好的东西——自家酿造的浑浊的腊酒、自养的鸡和猪来款待客人。"莫笑"的意思,是说别看这都是些平常食物,对于农家来说这已是十分丰盛了,它表现了好客的主人的一片盛情。这两个字蕴含着诗人内心的喜悦,也传达出对主人的真诚的感谢。

三四句是写山西村的自然景色。诗人行进在一条不太熟悉的路径上,他是通过自己的眼睛和内心的感受来描写所见的景色,因而带着浓厚的主观感情色彩。既写出了山重水复的幽深曲折,柳暗花明的繁丽明媚,也写出了诗人在发现和欣赏山西村的大自然之美时的迷惑与惊喜。情景交融,既优美悦目,又跳荡着轻快欢愉的情绪。

五六两句是由自然风景转而写人,写民俗、民风、民情。"箫鼓"句写所闻,"衣冠"句写所见。与开头两句丰年情景照应,这两句表现了农民们丰收的欢乐和希望,也表现了令人喜爱的古朴的民风。

最后两句是诗人临别时对主人的深情的告语。意思是说:今后如果允许我在闲暇时踏着月色再来你们村子的话,我将随时像不速之客那样在夜里叩门相访。诗人说的不是感谢一类的客套话,却表现了诗人对纯朴热情的农民的十分深厚和亲切的感情。他依恋不舍,愿意再来,希望再来,而且相信殷勤好客的主人会像接待老朋友那样接待他,这样复杂丰富的感情,都凝聚在这朴实平常的两句诗之中了。

这首诗,感情真挚,描写生动,对仗工稳,语言明畅,自然景色与民风民情以及诗人的主观感受浑然融为一体,创造出一种欢乐融和而又十分优美的艺术意境,具有强烈的艺术感染力。

二、《剑门道中遇微雨》

这首诗作于乾道八年(1172)。正当陆游在南郑边防前线,准备大展宏图,实现杀敌报国、恢复中原的雄心壮志时,王炎突然被调回临安,陆游也调任成都府参议官。就在这年初冬一个细雨蒙蒙的日子,诗人怀着抑郁愤懑的心情,由陕入蜀,在经过剑门山的途中写下了这首绝句。

诗只有四句,含意却十分丰富。开头就从细处着笔,写得具体、形象,好像一位潦倒狂放、风尘仆仆的诗人向我们迎面走来。第二句包含着诗人深沉的感叹。"消魂"两个字所概括的感情是很复杂的,是喜悦?惆怅?愤懑?很值得我们仔细体味。眼前剑门山雄奇壮美的风光,是令人精神振奋、充满喜悦的;可诗人是从火热的边防前线撤退下来,携带着琴剑,入剑门关,要到风景如画的锦官城去做一个闲官了,而这是使他感到十分悲愤的。三四两句在这一句的基础上,将内心的不满和悲愤表现得更加充分。意思是:我现在骑着驴在细雨中进入剑门关,大概是合该只能做一个诗人的吧?陆游一生志在沙场,连做梦也在跃马横戈,杀敌报国。他渴望做一个战士,而不甘心仅仅做一个诗人。前代诗人有不少骑驴赋诗的逸事,此时自己正在微雨中骑驴山行,因而念及自己只能做诗人而不能做战士的命运,情不自禁地发出了这样深沉的感叹。

这首小诗,看似自喜,实则自嘲,寓沉痛悲愤于幽默之中,写得婉曲而富于机趣,读来耐人寻味。

三、《关山月》

这首诗是淳熙四年(1177)春天在成都写的。诗人从南郑前线调任成都,本来就十分不满,入蜀后又迭遭打击,因而内心十分苦闷。强烈的爱和恨,发而为诗,使诗人唱出了更加激越高昂的爱国主义调子。

《关山月》本为汉乐府旧题,属西域军乐的横吹曲,情调悲凉哀怨。陆游运用来抒发爱国愤世的思想感情,悲壮激越,十分感人。

全诗十二句,可以分为三段。前四句为第一段,从大的方面写统治阶级屈膝投降的政策所带来的严重后果,以对比的手法,对屈辱苟安只图自己享乐而不顾国家危亡和人民痛苦的投降派提出了愤怒的谴责。诗人鲜明地指出一切严重的后果都由皇帝下"和戎诏"而来,问题提得十分尖锐。戍守边疆的将军没有机会参加保卫国家的战斗,醉生梦死的投降派们在高楼深院里歌舞作乐,而战马却因不战而肥死,弓箭因不用而朽坏。这是令每一个爱国者十分沉痛的景象。

中间四句为第二段。紧紧扣住诗题"关山月",写边塞疆场上戍边战士的景况。戍楼里传出刁斗的悲凉之声,一次又一次催促着月亮西沉;战士们由壮年入伍,如今已是白发苍颜;然而他们既不能为国家建功立业,也不能回乡跟家人团聚。这样的苦闷和悲愤,无处可以诉说,只能从悲凉的笛声里传达出来,可是又有谁能真正理解呢?为国捐躯的战士们的白骨,在清冷的月光下依然横陈在沙场上。这一段与上一段形成鲜明对比,写得十分沉痛,一字一句都是对投降派提出的愤怒控诉。

最后四句为第三段。诗人又将视野扩大到沦陷区的中原大地,写出了苦难中人民悲痛的感情和盼望恢复的殷切期待,同时又从历史发展的角度表达了收复失地的坚强信念和对入侵者的强烈仇恨。

这首诗内容丰富深厚,爱憎鲜明强烈,声情苍凉激越,风格沉郁悲壮,最能代表陆游爱国诗篇的思想和艺术风貌。

四、《秋夜将晓出篱门迎凉有感》

这首诗写于绍熙三年(1192),诗人闲居在家乡山阴。陆游虽然退休在家,但爱国感情不但没有淡漠,反而变得更加深沉执着了。这首诗就是这种爱国感情的集中表现。

开头两句气势磅礴,借对祖国壮伟河山形象的摹写和歌颂,表达出对祖国强烈的爱,并寄托对国土沦丧的痛惜之情。河指黄河,岳指五岳,是中华民族的象征,用它们概括祖国的形象。从长和高两方面烘染出祖国宏伟高大的形象,给人一种巍然不可侵犯的感觉。三四句笔锋一转,感情由昂扬变为沉痛:沦陷区的人民,在敌人的蹂躏下,经受了无数的苦难,日夜盼望着南宋的军队去解救他们,但是望穿泪眼,却仍不见来。在对沦陷区人民的深切同情中,包含了对享乐苟安的投降派的强烈愤恨。

诗很短,写得凝练集中,深沉有力,蕴含着诗人爱国爱民的热烈感情。

五、《十一月四日风雨大作》

这首诗的写作时间,是写上一首诗同一年的冬天。一二两句是明志,但却先从他当时的境况写起,使他至老不衰的雄心壮志,具有更加强烈的感人力量。陆游以垂暮之年,闲居乡里,在一个寒冬的风雨之夜,独卧孤村,照一般人的情形是会感到孤寂凄哀的;但一生忧国忧民的老诗人,却不以个人的悲哀为念,也不顾已是六十八岁的高龄,年迈力衰,仍热切地向往去为祖国戍守西北边疆。这种精神实在是十分感人的。

三四两句写梦中北征情景。陆游不止一次写梦中出征,为国杀敌,这是时代造成的悲剧。是报国无路,而爱国激情又十分强烈才产生的一种幻想。寒夜里的急风骤雨,不但没有引起老人的悲哀和畏惧,反而触发了他爱国忧民、渴求战斗的壮志豪情,这声音竟幻化成战马奔腾、冰河震响、追击敌人的杀伐之音。这两句,意气风发,斗志昂扬,写得很有气势。但"卧听"二字又传达出报国无门的悲哀,暗含着难言的愤慨。这首诗豪迈和沉郁相统一,十分悲壮感人。

六、《示儿》

这是陆游的绝笔诗。写于宋宁宗嘉定二年十二月二十九日,即1210年1月26日,诗人辞世之前。这是一份诗的遗嘱,但不只是写给儿子的,也是写给世代代无数炎黄子孙的。这首小诗在我们的面前展现了一颗伟大的灵魂。诗人活了八十五岁的高龄，在寿终正寝之前，向自己的亲人诉说了自己内心的真实感情。"死去原知万事空，但悲不见九州同。"人死了，原是一种彻底的解脱，什么事都变得跟自己毫不相干；唯有一件事情生前没有看见，是最大的悲哀和遗憾，是死了也放不下的，那就是祖国的统一。陆游的爱国感情是多么的深挚、强烈、执着！怎样弥补这一终生遗憾呢？他说："王师北定中原日，家祭无忘告乃翁。"诗人不仅不能忘怀祖国的统一，而且坚定地相信祖国终有一天能够实现统一，因此才对儿子留下这一殷切的嘱咐。人死了就是生命的结束。但陆游的爱国精神不死，他的生命附丽在无数热爱祖国的后代子孙的身上，永远不会结束。我们今天学习陆游的诗歌，就要像他那样热爱自己的祖国，为祖国的繁荣富强和实现统一而献身。

七、《钗头凤》

这首《钗头凤》是陆游词中婉约风格的代表作，是历来为人传诵的名篇。内容是写他的爱情婚姻悲剧的，有真情实感，写得十分沉痛，一字一泪，十分感人。

陆游年轻时跟一个姓唐的姑娘结婚（有人说名叫唐琬，但不能确定），婚后夫妻感情甚笃。唐氏侍奉公婆亦颇孝顺，但陆游的母亲却不喜欢她，以致强迫他们离婚。后来唐氏改嫁，陆游也另娶，但两人深挚的感情无法割断，彼此都思念难舍。陆游一次春日出游，在绍兴禹迹寺南的沈园与唐氏相遇。唐氏送酒给陆游以致情意，陆游深为感动，回忆起昔日的感情，十分伤感，便在沈园的墙壁上写下了这首《钗头凤》词。

这首写于沈园壁上为怀念唐氏而作的《钗头凤》，不仅在陆游本人的诗作中可以得到印证，而且在南宋人所写的笔记中也有记载。陈鹄《耆旧续闻》卷一〇中说："余弱冠客会稽，游许氏园，见壁间有陆放翁题词（即此《钗头凤》，原文略），笔势飘逸，书于沈氏园，辛未（绍兴二十一年）三月题。"又周密《齐东野语》卷一亦载其事，唯记题词时间是在己亥岁（绍兴二十五年）。据此，这首凄婉的写情词是为唐氏而作，是毫无疑义的。但近些年来有一些治宋词的学者对这一本事提出颠覆性的质疑，认为这首词是陆游在蜀中时的赠妓之作。但仅仅是猜想、推断和质疑，并无令人信服的确凿证据，因此不足采信。

据说在两人相遇后不久，唐氏即因爱情的不幸郁闷而死。陆游对唐氏的感情十分真挚，对于他们的不幸离异以及唐氏的亡故，一直非常悲痛，难以忘怀。在六十八岁、七十五岁和八十一岁时,三次写诗表示对唐氏的怀念和哀悼,尤其是七十五岁时所写的《沈园》二首,写得十分悲怆动人。对唐氏,对由封建礼教造成的他们的爱情婚姻悲剧,对记述这悲剧和两人真挚爱情的这首《钗头凤》,陆游是终生未能忘怀的。于此,我们能体会到这首词所表现的爱情婚姻悲剧的社会意义。

这首词作于何年不能确考,大概是作于词人二十八岁到三十一岁的年轻时期。

上片由追忆昔日的生活,再联想到当前,对被迫离散表示出深沉含蓄的怨恨。

开头三句是回忆离异以前夫妻二人春日相携宴游的欢乐情景。"红酥手"是以局部代全体,写唐氏的美貌,从诗人的主观感受中写出,自然传达出对唐氏的爱悦之情。"黄縢酒",指一种黄纸封口的官酒,不只点明是出游宴饮,而且"黄"字跟上一句"红"字对举相映,从色彩上也显示出令人欢愉的气氛。"满城春色宫墙柳",是写宴游的地点和环境。从大处点染,使整个色调气氛都显得明丽欢快。

"东风恶,欢情薄,一怀愁绪,几年离索。"由远及近,从过去说到眼前。"东风"隐指拆散他们夫妻的一种力量,即陆游的母亲;"恶"是指她的无情残忍,同时也概括了词人的感情倾向。在封建伦理道德观念统治人们头脑的旧时代,陆游能用这样的字眼来隐指他无情寡义的母亲,说明了他的大胆,同时也见出他强烈的痛苦与怨恨。从语气和语意的发展上看,这三个字统领了下面三句,一气流转而下:由于这"东风恶",才造成"欢情薄",以至于"一怀愁绪",以至于"几年离索"。

接下去,在感情已经表达得十分强烈的基础上,用叠字"错!错!错!"收束上片。这三个字所包含的思想感情非常复杂:有对无情的东风的怨恨,有对自己软弱屈从的痛悔,也有夫妻间对被迫离散的共同的深情的惋惜,等等。重叠的形式,将内心沉痛怨愤的感情,表现得十分鲜明、强烈。

下片着重抒写离别之痛。在对唐氏深切的爱怜同情中,进一步抒发内心的怨恨。

"春如旧,人空瘦,泪痕红浥鲛绡透。"这三句是写此次重遇,从陆游的眼里写出唐氏的憔悴悲苦情态。"春如旧"跟上片"满城春色宫墙柳"相呼应比照,是说春天一如过去那样美丽,而人却因欢情淡薄和几年离索而面貌全非了。"人空瘦"的"空"字,含寓着词人丰富深厚的感情。因离别而痛苦,因相思而愁闷,人是明显的瘦了。但为失去的爱情而折磨自己又有什用呢？所以说是"空瘦"。在无可奈何中表现了对唐氏无限的爱怜和慰藉，同时也透露出自己无力改变这种现实，甚至连内心的悲苦也无处可以倾诉的深沉的怨恨。"泪痕红浥鲛绡透"，是说流不尽的眼泪把一张张手绢都湿透了。这是用有形之物来写无形的感情。由此我们可以想象出这位无辜的女子在封建礼教的迫害下，与丈夫分离后那种以泪洗面的日子是多么的悲苦。

"桃花落，闲池阁。山盟虽在，锦书难托。"这四句是进一步申说物是人非的惆怅和离别的痛苦。"桃花落"，可能是眼前景象，是写实；但联系到上片"东风恶"的句意，则具有明显的象征意义，是说艳丽可爱的桃花在无情的东风的摧残下已经凋落了。其中，既包含着对东风的怨恨，又包含着对桃花的同情。"闲池阁"也跟昔日宴游的欢愉形成对照，意思是：眼前池阁依旧，却无心再去欣赏了。着一"闲"字，便以池阁的冷寂来表现出内心的孤苦悲哀。

"山盟虽在，锦书难托"两句，是说两人对爱情都是忠贞不渝的，但这又有什么用呢？相亲相爱而不得不分离，分离之后不但难于见面，就连互通音讯也十分困难。这反映了在封建礼教和宗法制度的压迫下，缺乏反抗精神的青年男女的艰难处境和无可奈何的痛苦心情。这在封建时代是具有普遍意义的。

"莫！莫！莫！"这三个字跟上片结尾的"错！错！错！"三个字相呼应，以叠字句收束全词，所表达的思想感情也是丰富、强烈而又隽永的。"莫！莫！莫！"就是"罢！罢！罢！"的意思，它强化了前面所表现的无可奈何的痛苦心情，而包含的内容却是十分复杂的。"算了吧！"这是指什么呢？难道是词人向唐氏提出一切都就此了结了吗？双方爱情专一，情意难舍，要从此一刀两断是不可能的。那么，是劝慰对方、也劝慰自己从此不要再怨恨、不要再痛悔了吗？这些意思，可以说又是，又都不是。包含在这三个字中的思想感情充满复杂的矛盾，恐怕连作者自己也是很难说清的。

这首词，感情真挚，写得情词悽恻，深婉缠绵，语言明畅精练而意蕴丰厚，要反复吟咏才能体会出文字之外的种种感情。它的强烈的艺术感染力，不在于尽意发挥、淋漓尽致，而在于欲说还休、不能尽吐的哽咽难言。近人吴梅评这首词是："有千言万语锁住舌尖头。"（《霜崖三剧》）

第五章 辛弃疾

第一节 辛弃疾的生平和思想

辛弃疾(1140—1207),字幼安,号稼轩。他出生于金人统治的沦陷区济南,生活在民族矛盾十分尖锐的年代。一方面,金贵族统治者对汉族人民政治上歧视、侮辱、迫害,经济上残酷剥削,使广大人民(尤其是北方沦陷区的人民)生活于水深火热之中;另一方面,南宋统治者偏安江南,不图恢复,对金人奴颜婢膝,纳币称臣,继续执行妥协投降的屈辱政策。因此,反对金人的入侵和掠夺,反对妥协投降,就成为这一时代的主要斗争潮流。辛弃疾投身于时代的斗争潮流之中,既受到这一潮流的激荡,同时又以他政治和军事斗争的实践及其杰出的文学创作,推动了这一潮流的发展。

辛弃疾出身在一个世代仕宦的家庭。父亲辛文郁早死,祖父辛赞被迫降金,曾做过金朝的地方官。但他具有爱国思想,曾引辛弃疾"登高远望,指画山河",以舒国愤。这使辛弃疾从小就受到爱国思想的教育。加上北方人民的苦难生活和抗金斗争,都给了少年辛弃疾以极大的感染和熏陶。因此,辛弃疾很早就立下了杀敌报国、恢复中原的雄心壮志。他为此而积极准备,一方面习兵法,一方面受祖父之命,以到燕京参加科举考试之名先后两次到燕山观察形势。

绍兴三十一年(1161),金主完颜亮率大军南侵,给北方人民带来更加深重的灾难,激起了北方人民抗金斗争的高涨。济南农民耿京起事,很快发展到二十多万人。当时只有二十二岁的辛弃疾,率两千多人投奔耿京,为掌书记。完颜亮南侵失败,宋金议和,耿京决定率义军南归宋朝。次年,在辛弃疾被派往南宋联系期间,叛徒张安国杀害了耿京,率领部分义军投降了金人。辛弃疾于北归途中听到了这一消息,当即率五十骑兵,直入五万人的敌营之中,活捉叛将张安国,并带领一万多叛离的旧部反正,一起投奔南宋。

这真是一次惊天动地的壮举。洪迈《稼轩记》称颂他的英雄业绩说："壮声英概,儒士为之兴起。"

辛弃疾具有杰出的才干、谋略,这主要表现在用兵、理财、安民三个方面。二十六岁时,辛弃疾出于爱国激情,不顾自己官小位卑,向皇帝进献了十篇有关抗敌复国的论文,这就是有名的《美芹十论》(又名《御戎十论》)。《十论》分为两大部分,前三论分析"女真虚弱不足畏",后七论批驳当时所谓"南北有定势,吴楚之脆弱,不足以争衡于中原"的妥协谬论,分析了能够取胜的有利条件,并提出具体的作战部署和自治图强的一整套办法。但遗憾的是,对这样抗敌复国的良策,南宋统治者竟弃置不用。三十一岁时,宋孝宗赵昚接见他。他在皇帝面前纵论南北形势及三国、晋、汉人才,"持论劲直,不为迎合"(《宋史本传》)。当时虞允文任宰相,辛弃疾又将自己的恢复大计写成论文九篇,总题《九议》,进献朝廷。同样不被采用。三十二岁时,辛弃疾调淮南滁州任知州。滁州处于两淮之间,为南北必争之地,辛弃疾十分重视。他的《美芹十论》的第五篇即题为《守淮》。滁州惨遭战祸,人民流落在外,田园荒芜。辛弃疾到任后,招抚流亡,恢复生产,豁免租税,教练民兵,使滁州很快得到恢复和发展,表现了他安民理政的实际才能。

辛弃疾三十六岁时出任江西提点刑狱,节制诸军,镇压了以赖文政为首的茶商起义军,这是辛弃疾一生政治上的污点。不过,辛弃疾对农民起义问题的认识是很值得我们注意的。四十岁时,他曾给皇帝奏呈《论盗贼劄子》,在论及农民起义的原因时,他一面强调百姓生活之苦,一面指陈政治上的种种弊端,说:"田野之民,郡以聚敛害之,县以科率害之,吏以取乞害之,豪民大姓以兼并害之,盗贼以剽夺害之,民不为盗,去将安之?"从而劝谏宋孝宗要"深思致盗之由,讲求弭盗之术,无恃其平盗之兵"。这种对被压迫起义的人民表示同情,并反对一味用武力镇压的主张,表现了辛弃疾安民舒困的政治卓见和"不胜忧国之心"的胸怀。

辛弃疾还善于治军。四十一岁时在湖南任安抚使,他置飞虎军,统一指挥,加强教阅。此后"垂四十年……北虏颇知畏惮,号'虎儿军'"。飞虎军在抗金斗争中发挥了显著的作用。

跟陆游的遭遇相似,辛弃疾虽然具有杰出的政治军事才能,一片赤诚的杀敌报国之心,但由于投降派的排挤打击,壮志难伸,内心十分苦闷。他从二十三岁南归到六十八岁去世的四十多年中,大半时间被废置不用,用时也只是担任一些不能充分施展政治军事才干、实现抗金复国雄心壮志的小官;即使在显示了杰出的才干谋略并经人力荐的情况下,也不过在江西、湖北、湖南等地任知府、安抚使一类地方官。而且浮沉变化,不断调动,几乎一年一调,多时甚至一年数调,根本无法施展才智和宏图。加上在统治集团内部和战两派的斗争中,由于他力主抗金而屡遭主和派的排挤打击,政治上备受冷落和压抑。这种孤危的处境,造成了辛弃疾内心极大的悲愤和苦闷,对他词作的内容和艺术风格都有明显的影响。

由于长期落落不得志,又不断遭到排挤打击,辛弃疾逐渐产生了一种退居的思想。四十二岁时,他在江西信州上饶郡城外购地建园筑室,称带湖新居。他认为"人生在勤,当以力田为先",因此以"稼"名轩,并自号稼轩。他从这年被罢官到五十三岁被重新起用,十一年的时间都在上饶带湖新居过一种闲散的生活。重新起用后,在福建等地做官,仍不得志,并屡遭罢黜。五十七岁时,因带湖新居失火,便迁入铅山瓢泉新居。此后一直到去世,除短暂时间到浙江、镇江等地任职外,都住在这里。大约二十多年的时间,辛弃疾在农村中闲居度日。作为一个有远大政治理想的爱国的军事家和政治家,他的心情是可以想见的。

第二节　辛弃疾的词

辛弃疾一生致力于词的创作,今存词六百多首,在两宋词人中是创作最宏富的。辛词题材广泛,内容丰富多彩。其中以抒写爱国主义精神为主调的词数量最多,思想艺术成就也最高,调子激越高昂,最能代表辛弃疾词的特色。下面我们选读他的几首代表作。

一、《破阵子·为陈同甫赋壮词以寄之》

这首词是辛弃疾写给他的朋友陈亮的。陈亮(1143—1194),字同甫,南宋时著名的进步思想家和爱国词人。他坚决主张抗金和恢复中原,曾向朝廷上《中兴五论》,意见跟辛弃疾的《美芹十论》很相近,但同样不被采纳,反而遭到排挤打击。思想上的一致和遭遇的相同,使两人成为政治上声息相通、志同道合的好友。淳熙十五年(1188)冬,辛弃疾住在铅山瓢泉,正患小病,陈亮从浙江东阳来看他。两人在瓢泉附近的鹅湖寺纵谈十日,"长歌相答,极论时事"。别后两人以《贺新郎》调作词唱和,共抒爱国情怀,互相激励。这就是南宋词坛上传为美谈的"鹅湖之会"。这首《破阵子》的作年不能确考,大约写于"鹅湖之会"互相唱和以后。作为挚友,辛弃疾对陈亮十分敬重,对他寄予了很高的期望,所以写了这首"壮词"来送给他,以表示对他的激励,同时也激励自己。

　　这首词描写了意气豪壮的抗金战斗生活,抒发了渴望杀敌报国的雄心壮志以及壮志难伸而年事渐高的深沉苦闷。

　　上片主要写战地秋天早晨点兵的情景和气氛,是对昔日火热的战斗生活的追忆和概括。

　　"醉里挑灯看剑,梦回吹角连营。"这是写主人公在大醉之后,拨亮军营里的油灯,抽出剑来仔细地抚摩、观看;而早晨醒来,听到营地此起彼应一片嘹亮的军号声。前一句写晚上,后一句写早晨,时间是流动的。这里虽只是用淡淡的两笔写到动作和所见所闻,但却渲染出了浓厚的战斗气氛,主人公杀敌报国的雄心壮志,也就在形象与气氛中表现出来了。

　　"八百里分麾下炙,五十弦翻塞外声,沙场秋点兵。"这三句是写军中用餐、演奏军乐和检阅军队的情景。"八百里"是指牛,八百里炙就是烤牛肉;但"八百里"在字面上显示出一种开阔的景象气势,适足以表现出作者豪迈的情怀。这三句的意思是说:在一座接一座辽阔的军营里,战士们都分到了烤牛肉吃;军乐队演奏起令人振奋的悲壮的乐曲;在肃杀的秋天,战场上正在检阅军队。意境开阔悲壮,字里行间,表现出词人杀敌报国的战斗意志和昂奋精神。

　　下片写紧张激烈的战斗场面,而以报国无门的深长的感叹作结。

　　"马作的卢飞快,弓如霹雳弦惊。"战场上,战马如同历史上记载的曾经载着刘备飞越檀溪的"的卢"快马那样奔驰,射箭的弓弦发出的声响如雷鸣般令人吃惊。战马奔驰诉诸视觉,弓弦震响诉诸听觉,从形象和声音两方面,抓住特点,极概括而又极生动地写出战斗的激烈紧张;而其间又洋溢着驰骋沙场的战士的战斗激情,情绪是高昂而又轻快的。

　　"了却君王天下事,赢得生前身后名。"这两句是以一种欣慰的心情写出的。意思是说,击败了金兵,完成了收复中原的大业,也就赢得生前死后的崇高声誉了。然而出人意料,末句"可怜白发生"一转笔,整首词的意境情绪便发生了巨大的变化,从想象追忆回到眼前的现实,从激昂豪壮的情绪跌落为深沉痛苦的悲叹。原来,一切都只不过是追忆、怀想、期望,而岁华易逝,白发早生,杀敌报国无门,功名一无成就,不能不令人感到悲愤。

　　这首词在结构上有它的独特之处。传统的词分为上下两片的,一般是上片写景,下片抒情,过变(即第二片的开头)转折。而这首词由于作者的感情激越昂奋,汹涌奔腾,不可遏止,所以一气而下,上下片内容密不可分,浑然一体,一直酣畅淋漓地发挥到极致,到最后一句才出现转折。这样,全词前九句是一层,末一句为一层,在感情上形成一个大的跌宕起落,显得异常矫健有力。这种结构形式,与词的内容相适应,很好地表现了理想和现实的矛盾,希望和失望的矛盾,在豪情壮志中透露出沉痛和悲愤。

二、《鹧鸪天·有客慨然谈功名,因追念少年时事,戏作》

这首词的作年也不详,从词意看,大概作于退居农村的晚年。思想内容和艺术风格跟上一首近似,在对年轻时战斗生活的追忆中,表现词人热烈的爱国感情,而壮志未酬,抚今追昔,又不免发出深沉的怨恨和感叹。

上片追忆昔日率义军南归时驰骋沙场的战斗生活,充满意气风发的豪情壮志。

"壮岁旌旗拥万夫,锦檐突骑渡江初。"这两句写他二十二岁时,率五十骑突入金营,活捉叛将张安国,然后回归南宋的一段经历。精练,概括,刻画出一个栩栩如生的青年英雄的形象。

"燕兵夜娖银胡䩮,汉箭朝飞金仆姑。""燕兵"指作者所率领的北方抗金义军。这两句意思是:战士们连夜整理好行装,准备好武器,天明即万箭齐发,飞向敌人。这两句对一场紧张激烈的战斗作了生动具体的描述。

下片转而写眼前境况,发出无限沉痛的感叹。

"追往事,叹今吾,春风不染白髭须。"追忆往事,再看看眼前,不能不使人发出无限的感慨。壮志未酬,年岁已老,即使是能使万物甦生的春风,也不能让自己须发变黑,青春再来。年轻时代意气豪壮的战斗生活是一去不复返了。

"却将万字平戎策,换得东家种树书。"这是词人对自己失意一生的沉痛概括。从前怀着满腔爱国激情写下的平戎复国的宏伟计划,因投降派的排挤打击而不得实现,而今罢职闲居农村,只能向邻家老农学习栽花种树了。

这首词通过今昔的对比,抒发了内心深沉的悲愤,但整个情绪并不消极,感慨中透出积极昂扬的战斗精神。

三、《水龙吟·登建康赏心亭》

这首词也是辛弃疾爱国词篇的代表作,着重抒写的是壮志难伸、报国无门的深广的忧愤。大约作于淳熙元年(1174),当时作者在建康(今江苏南京)任江东安抚使参议官。他登临建康的赏心亭,凭栏远望祖国的壮丽河山,感到壮志难酬,一片爱国之心没有人能够理解,于是写下这首词,抒发自己孤寂悲愤的心情。

上片从登亭所见,写到自己一片报国之心无人理解,表现出胸中难言的悲愤。

"楚天千里清秋,水随天去秋无际。"登上赏心亭,极目所见是这样一种景象:江南的天空无比辽阔,秋色无际,长江流水浩荡无涯,奔腾流向天的尽头。宏阔的景象表现出词人心怀祖国的博大胸襟。

"遥岑远目,献愁供恨,玉簪螺髻。"这三句是写山。远远望去,山峦层层叠叠,起伏连绵,有的像是美人头上的玉簪,有的像是螺形的发髻,不禁引起词人心中无限的愁和恨。这是满怀怨恨悲愁的词人眼中所见,因此这些本来没有生命和感情的山,也似乎是在以自己的愁和恨向词人诉说。这样写,感情的表达显得深婉含蓄。

"落日楼头,断鸿声里,江南游子。"这三句从客观的景象写到词人自身。"落日楼头"写所见,"断鸿声里"写所闻。所见所闻都给人一种冷落飘零、孤凄寂寞之感。在这样的环境氛围之中,点出"江南游子"四字,人物的心情就很好地表现出来了。

"把吴钩看了,栏杆拍遍,无人会,登临意!"这四句通过词人自我形象的刻画,表现出内心难以言传的苦闷和忧愤。看看身边佩带的宝剑,用手遍拍亭上的栏杆,然而杀敌报国的志向却无人理解,表现出一种令人无法忍受的孤寂悲凉的感情。

下片承上片词意,着重抒写那"无人会"的"登临意"。将长期郁积于心中的愤激之情,充分地、淋漓尽致地表现出来。

"休说鲈鱼堪脍,尽西风,季鹰归未?"这里反用西晋时张翰见秋风起而思家辞官的故事,意思是:自己登临远望,并不像张季鹰那样思乡欲归,而是为了实现抗金复国的雄心壮志,坚持任职而不回家。

"求田问舍,怕应羞见,刘郎才气。"这三句用了三国时许汜的典故,意思是:像许汜那样不关心国家的兴亡,而只是热衷于个人买田置屋的人,在具有雄才大略的英雄人物刘备面前,是应该感到羞愧的。这里暗寓了对妥协苟安的投降派人物的鄙视。

"可惜流年,忧愁风雨,树犹如此!"这三句用了晋朝桓温的典故,意思是:可惜宝贵的时光如流水一样过去,人已经衰老,而祖国仍处在风雨飘摇的危局之下,自己杀敌复国的壮志不能实现,不能不使人像桓温那样感慨万端,老泪纵横。

"倩何人唤取,红巾翠袖,揾英雄泪!""倩"是请的意思。"红巾翠袖"

是以服饰代人,这里指歌儿舞女。这三句意思是:能请谁替我唤来歌儿舞女,为我擦干忧国伤时、壮志难伸的悲痛之泪呢?

全词就登临所见发挥,由写景进而抒情,情和景融合无间,将内心的感情写得既含蓄而又淋漓尽致。虽然出语沉痛悲愤,但整首词的基调还是激昂慷慨的,表现出辛词豪放的风格特色。

四、《永遇乐·京口北固亭怀古》

这首词作于开禧元年(1205),距上一首的写作已经过了三十多年,此时作者六十六岁,在江苏镇江任知府。词人虽已年迈,但杀敌报国的雄心壮志不减当年。词里表达了作者对国事的深切忧虑,尤其是对当时韩侂胄没有做好准备就轻率北伐十分担忧,于是借历史教训来提出警告。在词里不仅抒情言志,而且直陈时事,发表政治见解。这在辛词以前是极少见的。

上片追怀与京口有关的历史人物。

"千古江山,英雄无觅,孙仲谋处。"这三句写三国时期的孙权。意思是:祖国的江山千古不废,可是,曾经在这里据长江之险,抗拒了曹操数十万大军,干出了一番轰轰烈烈事业的英雄人物孙仲谋,却早已成为过去,再也找不到了。表面上写历史人物,实际上暗寓当时南宋统治集团中连雄踞江左的孙权这样的人物也无处寻觅。

"舞榭歌台,风流总被,雨打风吹去。"这三句是说,六朝时江南一带歌舞繁华的生活,孙权等英雄事业的流风余韵,都因风雨的常年吹打而消逝了。

"斜阳草树,寻常巷陌,人道寄奴曾住。"这三句写南朝宋武帝刘裕。意思是:南朝的刘裕也是一个曾经在京口这地方建功立业的英雄人物,在斜阳照射着的草树之中,在普普通通的街巷里,人们还能指点出他曾经居住过的地方。

"想当年,金戈铁马,气吞万里如虎。"这三句承上,具体地追怀和赞美刘裕北伐,消灭南燕、后秦,收复洛阳时的战斗业绩和英雄气概。大意是:追想当年,刘裕率军北伐,马壮兵强,军威赫赫,真有席卷万里,如猛虎那样的气势呢!

上片是借追怀古人以抒写自己的怀抱,表现自己虽已年迈,仍不忘建功立业的理想;下片则是借古喻今,通过历史人物、历史事件发表对时政的看法。主要是针对当时韩侂胄为了一己浮名,以及巩固自己的地位,急于事功,没有做好充分准备就想贸然兴师北伐的情况而发。

"元嘉草草,封狼居胥,赢得仓皇北顾。"这里用了宋文帝刘义隆因草率北伐而致大败的历史事实。大意说:元嘉年间,刘义隆轻率举兵北伐,盲目追求汉代霍去病在狼居胥山筑坛祭天那样的功业,结果吃了败仗,张皇失色,狼狈不堪。

　　"四十三年,望中犹记,烽火扬州路。""四十三年",指词人从1162年南归到作这首词的1205年。四个字,寄寓了年华虚掷,事功无成的深沉感慨。"望中"两句,是记他在南归以前在北方参加抗金义军的战斗生活。作者登楼北望,自然地想起当年烽火遍地的抗金战斗情景。

　　"可堪回首,佛狸祠下,一片神鸦社鼓。""可堪"就是哪堪,不堪。这三句是说,往事不堪回首,那瓜步山上的佛狸祠本是异族首领南侵的遗迹,可现在人们却在那里击鼓祭神,连半点恢复北方的战斗迹象和气氛都看不到了。

　　"凭谁问:廉颇老矣,尚能饭否?"这三句是全词的总结,同时也是感情发展的高峰。作者在这里以战国时赵国名将廉颇自比,意思是说:现在能依凭哪个人来问问我;廉颇已经老了,食量还很好吗？这里包含了两层意思:一是自己虽然年纪大了,但壮心不已,仍然热切地期待着有杀敌报国的机会;二是空怀壮志,长期被弃置不用,甚至像当年去询问观察廉颇的人都没有一个。

　　这首词表现了词人对祖国的爱,对战斗的向往,充满豪情壮志;而对统治者的妥协投降、轻率出兵,又表现了深沉的忧愤。用典使事,自然贴切,意蕴深厚,风格沉郁悲壮。

五、《摸鱼儿·淳熙己亥,自湖北漕移湖南,同官王正之置酒小山亭,为赋》

　　这是一首采用比兴手法,含蓄婉曲地寄托词人身世之感和爱国情怀的作品。在表现手法和艺术风格上,与上面几首又有所不同。

　　这首词作于淳熙六年(1179)。表面上是写惜春、伤春,实际上是抒发家国身世之感,表现了对祖国命运的关切和对投降派的憎恨。

　　上片写惜春而留春,留春不住而怨春的感情,借以引起下片抒发壮志难酬的苦闷和怨恨。

　　"更能消几番风雨,匆匆春又归去。"这两句意思是:再也经受不住几番风雨了,春天又已匆匆地归去。字面上是写花残的暮春,实际上暗寓了南宋当时面临的风雨飘摇的危殆局面。

"惜春长怕花开早,何况落红无数。"这是说,因为珍惜春天,不愿它很快离去,所以总怕花开得太早;何况现在不是花开,而是已经凋谢零落了,这就使人更加感到惋惜惆怅。

"春且住,见说道、天涯芳草无归路。"这两句是诗人向春天发语,要想留住它的脚步:春天啊,你暂且留住吧,听说天边已长满了芳草,你的归路已经被堵塞了。

"怨春不语,算只有殷勤,画檐蛛网,尽日惹飞絮。"向春天说话,可是春天沉默不答,竟自悄悄地走了,词人心中便充满了怨恨。于是又通过一种客观的景象,进一步表现自己惜春留春的心情:看来只有画檐下的蜘蛛网,整天沾惹住无数漫天飞舞的柳絮,像是殷勤地在挽留春天一样。

下片借用古人古事来诉说自己的遭遇,并抒发爱憎,将上片隐微曲折不易捉摸的寄托,比较明白显豁地表现了出来。

"长门事,准拟佳期又误。蛾眉曾有人妒。"这是用汉武帝和陈皇后的故事,以美人遭妒来喻指政治上品德高尚的人常常遭到谗害。"千金纵买相如赋,脉脉此情谁诉?"承上面三句,意思是说:纵然是用千金买来司马相如的一篇《长门赋》,也是无济于事的;遭谗畏讥,满腔怨恨,又能向谁去诉说呢?这几句,写出了词人在政治上得不到信任,遭到排挤打击的孤危处境。

"君莫舞,君不见、玉环飞燕皆尘土。"这是借历史故事,向那些妒恨谗害别人的人发出警告:你们也别太得意了,难道没有看见历史上的杨玉环和赵飞燕吗?她们都曾烜赫一时,不久也都命丧黄泉、化为尘土了!

"闲愁最苦,休去倚危栏,斜阳正在,烟柳断肠处。""闲愁"二字,概括了全词抒发的主要思想感情,即因报国之愿不能实现反而遭到嫉恨打击而产生的满腔怨愤,所以说是"最苦"。而眼下的景象是,残阳正照着烟柳,满目凄哀,真令人柔肠寸断,伤心到了极点。于是词人怀着难言之苦,自己劝慰自己,再不要去凭栏远望了。

这首词继承了中国古典诗歌中借香草美人以寄托政治理想和满腔幽愤的传统,言在此而意在彼,引古喻今,寓意是很深的。

六、《西江月·夜行黄沙道中》

这是一首描写农村的词,在题材内容和艺术风格上与上面两类作品又有所不同。这首词的作年不能确考。黄沙岭在江西上饶境内,因此可能作于1182年至1191年闲居上饶带湖时期。这首词写作者在夏夜行走在黄沙道上的所见所感。

　　这首词虽然分片,但前后浑然一体,连续不断地将他于道中所见所闻摄入笔底。

　　"明月别枝惊鹊,清风半夜鸣蝉。"夏夜里,清风徐徐吹来,如水的月光洒在大地上,斜伸出的树枝上鹊鸟被惊醒过来,不时地听到蝉鸣的声音。词人抓住夏夜景物的特点,从所见所闻着笔,有动有静,有声有色,一下子就勾画出一种清幽宜人的境界。

　　"稻花香里说丰年,听取蛙声一片。""听取"在这里不仅是听见的意思,而且有欣赏、享受的意思。作者走在田野上,不时闻到阵阵飘来的稻花清香,又欣喜地听到一片热闹的蛙声,好像是在向人报告今年是一个丰收的年景。"说丰年",是谁在说?作者没有交代。从上下两句的词意看,是指"蛙声"。词人为即将到来的丰收而高兴,他所听到的大自然的声音也充满了喜悦;在他的感受中,欢快的蛙声像是在说出词人和农民们丰收在望的欢乐。

　　下片接着写所见所闻。"七八个星天外,两三点雨山前。"这两句对仗工稳自然,用疏星、淡雨略一点染,把清幽的夏夜景象描写得更加迷人。

　　"旧时茅店社林边,路转溪桥忽见。"这条路词人过去是曾经走过的,记得有一个小小的茅店,就在土地庙边树林的附近,这次怎么不见了呢?正在疑惑之际,转了一个弯,走过溪上的小桥,茅店突然出现在眼前——啊,原来是在这里!作者平实写来,未作渲染,但惊喜之情,跃然纸上。

　　这首词通篇写景,生动活泼,情景交融,格调轻快明丽。在优美的景色中传达出词人无限喜悦的心情。不用典使事,纯用口语和白描手法,质朴自然、素淡清新。

　　辛弃疾在晚年还写了不少闲适词。一部分曲折地表现出他的身世之感和心中的怨愤,一部分则表现了知足常乐等消极思想。

　　辛词在题材内容上是十分广阔的,继苏词之后对词的表现领域有了进一步的开拓。他继承和发展了苏轼开创的豪放风格,词的主调是雄劲豪迈和悲壮沉郁相结合,对南宋爱国词的创作和豪放词派的形成起了积极的作用。辛词的形式体裁也多种多样,不主一格,既写长调,也写小令,运用自如,各得其宜,做到形式与内容相统一。苏轼"以诗为词",到辛弃疾则"以文为词"。这不仅指词的题材内容的扩大,艺术手法的灵活多样,也指他喜欢在词中使用典故,"搜罗万象"、"驰骋百家"。用得好的,贴切自然,精练含蓄,提高了词的艺术概括力;但用得太多,有时也不免艰涩难懂,流于"掉书袋"的堆砌浅率之弊。

第六章　南宋诗词

下面对陆游、辛弃疾以外的南宋著名诗词作家的代表作品作一些简要的分析。

第一节　李清照

李清照(1084—1155?)，号易安居士，山东济南人。她生活于南渡前后时期，是中国文学史上一位富有艺术才能的杰出的女词人。她生长在一个具有文化传统的士大夫家庭，父亲李格非是一个散文家和学者，母亲王氏也有文学修养。她十八岁时跟太学生赵明诚结婚。两个人都喜欢读书，酷爱金石书画，婚后生活十分美满。1127年靖康之难，给李清照的家庭生活带来极大的不幸。赵明诚病死，国破家亡，从此她只身一人在杭州、越州（今浙江绍兴）、金华一带过着孤苦飘零的生活。

李清照多才多艺，能书善画，文学上也诗、词、散文兼擅，而以词为最有名。她有词集《易安词》（一名《漱玉词》），早佚，今人搜集得八十首左右（有一部分是否是她所作尚有疑问，学界一般认为比较可信的仅四十余首）。

李清照的词，由于生活遭遇和思想感情的变化，以南渡为界限，可以明显地划分为前后两期。前期词的内容比较狭窄，主要写贵族少女和少妇的生活，表现她对爱情的追求和对大自然的热爱，刻画了一个天真、活泼、娇贵而又有些羞涩的贵族妇女的形象，基调是开朗乐观的，有时也表现出贵族妇女常有的闲愁和哀怨感伤。有的词生动地描写了贵族少女无忧无虑的游乐生活，或惜花饮酒的清闲幽雅的生活。李清照婚后不久，丈夫赵明诚即出外求学，因而表现真挚的爱情和对丈夫的思念，是这时期词作的一个重要内容。有的写离别相思之苦，缠绵凄婉，真挚动人。后期的词主要写亡国之痛和身世之感，悲哀和愁苦是主要内容，带有浓厚的感伤情绪。下面从前后期各选出两首加以介绍。

《醉花阴》(薄雾浓云愁永昼)。这首词是在九月九日重阳节词人写来寄给她的丈夫赵明诚的。词中描写了她孤寂凄清的处境和对丈夫的深沉思念。

"薄雾浓云愁永昼,瑞脑消金兽。"开头就点出一个"愁"字,为全词定下了基调。室内香烟缭绕,如薄雾浓云,眼见着香炉里的香料就要燃尽了。这是悠闲无事的人才能发现的一种景象,而从这种景象与气氛中便写出了女主人公寂寞的心境。因为闲愁难遣,就感觉时间过得特别慢,所以说"愁永昼"。

"佳节又重阳,玉枕纱厨,半夜凉初透。"词里没有明写女主人公为什么愁,这里写到重阳佳节,我们便可以推想到,在这一天她孤寂一人,当是倍加思念离家在外的丈夫。这层意思作者并没有直接说出,但蕴含在字里行间,仔细吟咏就可以体会出来。"玉枕"两句,加重了冷寂凄清的感觉和气氛,并透露给我们女主人公辗转反侧、不能成眠的情景。

下片进一步描写和渲染悲愁情绪。

"东篱把酒黄昏后,有暗香盈袖。"这是写饮酒赏菊,照应上片的"佳节又重阳"。把酒观花,连襟袖间也充满了芳香,这该是一种多么美好的情景。然而,"黄昏后"乃是引动离人愁绪的时刻,点出时间,不言愁就愁绪自见了。不用说,此时此刻原本应该是两人对饮的,而现在亲人不在身边,花越是香,酒越是美,就越能引动人的相思愁绪。

"莫道不消魂,帘卷西风,人比黄花瘦。"离愁别恨压在心中实在是太沉重了,不能不把它表达出来,但又不肯直说,于是面对眼前的菊花,即景抒情,把人与花做个比方,满腔深沉的离愁便巧妙而又充分地表现出来了。不要说离愁别恨不会使人伤神,你看西风起处,秋菊凋零,而人比菊花还要憔悴呢!

这首词感情真挚,写得含蓄深婉,景物描写与主观感情的表现结合在一起,创造了抒情主人公鲜明的自我形象。最末三句以黄花瘦来比喻相思中人的憔悴,尤为人所赞赏。

《如梦令》(昨夜雨疏风骤),表现了贵族妇女惜花饮酒生活中的闲愁。"昨夜雨疏风骤,浓睡不消残酒。"这两句在自然气候中写出词人清闲慵懒的生活。在一个雨疏风骤的夜晚,她美美地喝了许多酒,在美美地睡了一觉以后,残酒仍未完全消掉。"试问卷帘人,却道'海棠依旧'。"这两句隐含着两个人物的对话。早晨起来,问身边的侍女:经过一夜的风雨,院子里的海棠花怎么样了？但这问话没有直接写出来,而是通过下面的回答,我们体会出来的。回答中的那个"却"字,很值得玩味。我们可以体会到,女主人公在一夜风雨之后担心并且相信,院子里的海棠花已经凋谢了,问话中自然包含了她惜春和惜花的感情。那位聪明的侍女一定是体会到了女主人的这种心情,所以不假思索地就回答她"海棠依旧",这样说是不希望引起她的感伤。"却道"二字就表现出女主人的不满,意思是说,你本来应该如实地告诉我海棠花已经凋零了的,可是你反而骗我说是"依旧"。这里不仅有人物形象,而且还表现出了人物的思想感情。"知否？知否？应是绿肥红瘦。"这是女主人公纠正她的话,亲切中透出一点俏皮。在一般的情况下,用形容人的肥和瘦来形容花,是有一点煞风景的,但李清照的这句词却成了脍炙人口的名句,原因是它在奇巧中表现出一种独特的情趣。这首词抒写惜花的感情,在表现上十分新颖,它不是写目所亲见,以抒写感伤,而是从揣想中来表现女主人公对花的关切和怜惜。词很短,却有形象,有对话,写得含蓄婉曲,富有情致。

《声声慢》(寻寻觅觅),是李清照后期词的代表作,也是她最著名的作品。这首词十分生动形象地表现了一个身历国破家亡的孤苦的妇女,在一个秋日黄昏时分真实的生活感受。全词就抒写一个"愁"字,从不同的角度,反复描写、渲染,充分地表现出词人复杂的思想感情,读后使人感觉哀愁满纸。

"寻寻觅觅,冷冷清清,凄凄惨惨戚戚。"三句连用七对叠字,如玉滚珠流,渲染出词人内心极度的孤独、凄凉和感伤。冷清的环境和词人孤寂悽惶的心境融为一体。

"乍暖还寒时候,最难将息。"秋日天气冷暖无定,身体瘦弱,就更难将养调息了。从天气、体质,含蓄地透露出词人所经受的愁苦和煎熬。

"三杯两盏淡酒,怎敌他、晚来风急。"瘦弱的身体,恼人的天气,更加上夜来凉气袭人的寒风,就使人更加不能忍受了。说淡酒不能抵敌晚风,不是从取暖御寒的意义上说的,而是暗含了借酒浇愁愁更愁的意思。

"雁过也,正伤心,却是旧时相识。"三句以眼前景写怀乡之思。南来的飞雁,引动起词人的乡愁。说雁是"旧时相识",因为它们一年一度南来,又因为它们来自北方的家乡,这就更能表现出一种背井离乡的凄苦之情。

下片开头借落花进一步抒发哀怨的愁怀："满地黄花堆积,憔悴损,如今有谁堪摘。""憔悴"是关合花与人两个方面。从花的零落自然使人联想到人的憔悴;而更令人伤心的是,如今再没有人像从前那样跟自己一起采花了。

"守着窗儿,独自怎生得黑!"这两句完全是大白话,而且平直地说出来,不求含蓄蕴藉。也许正因为出于率真,就格外感人。

"梧桐更兼细雨,到黄昏、点点滴滴。"一连写到三种景象和事物:梧桐、细雨、黄昏,都是使人倍增凄凉的;"点点滴滴"明写雨,暗写愁,给人一种连绵不绝之感。

"这次第,怎一个愁字了得。"最后点出"愁"字,对全词作了一个总结。全篇都写愁,末了却说:这情景,用一个"愁"字怎么能说得尽呢?这就更进了一层,使感情的表达更加强烈,也更加深沉。

这首词典型地概括了李清照南渡以后飘零的生活、凄苦的处境和充满哀愁的内心世界。作者善于运用叠字,与内容相结合,充分地表现出词人的思想感情。同时以口语入词,不尚词采,而能于平浅中见深沉。运用铺叙手法,通过一系列景象和事物的描写刻画,将抽象的感情化为具体可感的形象,收到了很好的艺术效果。

《永遇乐》(落日熔金),这首词也是写孤苦悲愁心绪的,但题材、手法、风格又和上一首不完全相同。《声声慢》是以凄景、苦景写悲情,时间是秋日的黄昏,采用的是渲染烘托的手法;而这首词则是以喜景、乐景写悲情,时间是最为热闹的元宵佳节,采用的是对比、映衬的手法。上片写家破人亡的悲戚之感,却是从乐景落笔。"落日熔金,暮云合璧。""熔金"和"合璧"都是形容黄昏时天边的灿烂美好景象的,而且境界很开阔,开头就与《声声慢》很不相同。可是接下去一问:"人在何处?"马上就从乐景中化出悲情。"人"或解释为自己,或解释为她的丈夫赵明诚,或者两者兼指。总之是在本来美好的黄昏时分,不禁想起了自己孤苦飘零的身世和处境。"染柳烟浓,吹梅笛怨,春意知几许!"这三句也是从乐景中化出悲情的:浓烟染柳,是春天动人的景象,但同时又听到长笛吹出的凄楚哀怨的《梅花曲》,所以发一句感叹:"春意知几许?"知几许就是不知几许,传达出一种不关心时令、更无心欣赏春景的心情。"元宵佳节,融和天气,次第岂无风雨?"更进一层写客观景象与内心感情的矛盾。到了传统的元宵佳节,天气又那么好,可是她想到的却是转眼就可能有风雨袭来。这风雨指自然界的风雨,但也暗含了南宋偏安一隅的政治风雨。"来相召,香车宝马,谢他酒朋诗侣。"由于前面所传达出的心情和感受到的时代和个人的处境,所以朋友来邀请她去观赏元宵灯会的时候,她才谢绝了她们。这里"酒朋诗侣"这四个字很值得注意,因为酒和诗都是李清照非常喜爱的,而且朋友们还准备了华美的车马,但她却没有一点心绪去欣赏领受这份欢乐。

下片写昔日在汴京时元宵佳节的欢乐生活情景:"中州盛日,闺门多暇,记得偏重三五。""铺翠冠儿,捻金雪柳,簇带争济楚。"从妇女们精心的妆饰打扮来烘托出当时欢乐的心情。可是下文一转,回到了眼前的现实:"如今憔悴,风鬟雾鬓,怕见夜间出去。"这三句恰同上面三句形成鲜明的对比,这就揭示了上片谢绝朋友相邀的原因。"不如向帘儿底下,听人笑语。"传达出一种无可奈何的心情。以别人的笑语来衬托自己寂寞的心情,比直接写自己如何孤寂悲苦更加感人。这首词在表现上的特点,是采用今昔对比的手法,上片写今,下片忆昔,却又归结到今。写今写昔,都是以乐映悲。越是写出春日融和的天气,美好的景象,从前的热闹和欢乐,就越能表现出眼前内心难言的悲苦和孤寂。

李清照是婉约派的代表词人,但她的词风实际上也不主一格。不仅后期的深沉缠绵,与前期的开朗清婉不同;就是同属后期的作品,像《声声慢》和《永遇乐》也有显著的差别。她另外还有少数意境开阔、想象奇丽、充满浪漫主义特色,风格近于豪放的作品。如《渔家傲》(风接云涛连晓雾)。这首词是记梦的。通过写梦,创造出一种雄奇壮阔的意境,表现了作者欲展翅奋飞的豪情壮志和对理想的执着追求,以及道路漫长、理想难于实现的嗟叹和苦闷,写得雄健奔放。

李清照的词主要抒发个人的不幸和痛苦,但由于她个人的遭遇与国家民族的命运分不开,凄凉的身世中包含着家国之痛,所以带有一定的典型意义,能引起异时异地的人们的共鸣。另外她的词在艺术上有很高的成就。第一,抒情性是她的词的最大特色。她的每一首词都是有感而发的,在真切的生活感受基础上提炼而成,又不加雕琢,往往肆口而成,是内心感情的自然流露。第二,在艺术表现上,又多采用白描手法,朴素自然,也很少使用华丽的词句,就能真实地表现出她的思想感情。第三,无论写人写物,都能刻画出鲜明生动的形象,而且具有很高的概括性。第四,她在口语的基础上提炼出精练流畅的艺术语言,流转自然,明白如话,没有一点雕琢的痕迹。她很少用典使事,而是根据内容的需要,从表现生活出发,自铸新词,表现出很高的创造性。第五,她还很重视词的音律,词的节奏鲜明、音调和美。

李清照也是一位杰出的诗人,可惜保存下来的诗歌非常少。由于她囿于传统的偏见,认为"词别是一家",因而在词中主要表现离愁别绪,格调柔婉,爱国思想主要表现在诗中,诗的风格也相应变得刚健豪迈。《夏日绝句》写于南渡以后,却一扫词中悲愁凄苦情调,表现了她崇高的爱国思想和大无畏的英雄气概。诗中肯定并歌颂了项羽不愿忍辱偷生的行为,是针对南宋的现实而发,对偏安江南的统治者进行了尖锐的批判。

第二节 南宋其他作家

一、张元幹

张元幹(1091—1175?),字仲宗,自号芦川居士,长乐(今福建闽侯)人。他是南宋前期爱国词人的杰出代表,词作以"长于悲愤"为特色。有词集《芦川词》。他有两首《贺新郎》词在当时和后世都非常著名,一首是写给抗金名臣李纲的,一首是写给跟投降派进行坚决斗争的刚毅之士胡铨的。内容都是支持主战派,反对投降派,抒写爱国感情。

下面介绍《贺新郎·送胡邦衡谪新州》。

绍兴八年(1138)秦桧任宰相,派遣王伦为计议使,赴金国签订屈辱投降的和约。当时任枢密院编修官的胡铨(字邦衡),愤然上书皇帝,指斥卖国投降行为,请斩王伦、秦桧、孙近三人。他因此获罪,一再被贬官,先是调任福州签判,以后又将他除名押往新州(今广东新兴),由地方官管束,实际等于流放。这时张元幹在福州,怀着十分悲愤的心情,写了这首《贺新郎》为他送行。

在这首词里,作者对胡铨的支持和同情,对投降派的愤慨和谴责,对金人侵者的强烈仇恨,以及杀敌报国的雄心壮志,交织在一起。

"梦绕神州路",是说连做梦也怀念那被金人占领的中原地区。"绕"字写出对沦丧国土的深切的热爱和思念之情:梦魂缠绕,难解难分。

"怅秋风,连营画角,故宫离黍。"在使人惆怅悲哀的秋风之中,从一个连一个的兵营里传出悲凉的画角之声;在沦入敌手的汴京城里,昔日豪华壮丽的宫殿已经变得一片荒凉了。这是从眼前景象写对中原的无限怀念,抒发亡国之痛。

"底事昆仑倾砥柱,九地黄流乱注?"词人发问:为什么高高的昆仑山和黄河中流的砥柱山会一下子倾塌,以致黄河之水遍地流注,给人民带来巨大的灾难?这是借天灾以言人祸,谴责北宋王朝屈膝投降,像高山倒塌一样,不能挡住像洪水那样凶猛的敌人入侵,使得中原沦陷,敌骑横行。

"聚万落千村狐兔。""狐兔"比喻金人,这句是说大片的国土被侵略者盘踞着。"天意从来高难问,况人情老易悲难诉。""天意"暗指皇帝。这两句大意是:至高无上的皇帝,他的意思是很难揣测的;而自己已经衰老,内心实在悲痛难言。

"更南浦,送君去。"点出送行之意。国家残破,这本来就够令人悲痛愤慨的了,再加上你被斥逐到新州编管,我到南浦为你送行,那就更加令人难以忍受了。

上片抒发亡国之痛和对投降派的谴责,下片则着重表现对胡铨的深情厚谊,这种情谊是建立在上片所表现的那种共同的爱国思想基础之上的。

"凉生岸柳催残暑。"这句是就南浦送行的眼前景写时令。秋天已经到来,岸边的柳树已透出凉意,使残暑很快退尽。时令景物,传达出一种悲凉之感。

"耿斜河,疏星淡月,断云微度。"明亮的天河已经斜转,夜已很深了。看那淡淡的月色,稀疏的星光,片片残云轻轻飘过。以景写情,情在景中。在这疏星淡月、凉生岸柳的秋夜,为一位遭受投降派打击迫害的爱国志士送行,那心情该是多么的悲愤啊!这感情没有直接说出,就包含在词人描写的客观景象中。

"万里江山知何处,回首对床夜语。"离别以后,关山阻隔,那就很难见面,也很难互通音讯了;那时候,就只能回忆起对床夜语时的亲切情景。

"雁不到,书成谁与?"大雁南飞,到衡阳而止,它是不会飞到新州的;我即使把信写好了,又有谁可以替我送给你呢?这是抒写别后音讯难通的悲苦。

"目尽青天怀今古,肯儿曹恩怨相尔汝。"放眼天下,怀想古今,我关心的是国家兴亡的大事,怎么肯像小儿女们那样只计较个人之间的恩怨私情呢!这两句表现了词人很高的精神境界。是互勉之词,同时也表明了他的悲愤惜别之情并非出于朋友间的私谊。

"举大白,听《金缕》。"举起酒杯来让我们干杯吧,请听我唱这首送别的《贺新郎》。与上片末二句"更南浦,送君去"相呼应,再致送别之意,结束全词。

《四库提要》以这首词和另一首送李纲的《贺新郎》为《芦川词》的压卷之作,并评论说:"其词慷慨悲凉,数百年后,尚想其抑塞磊落之气。"我们今天读起来,确实感到豪放中透出苍凉悲壮,爱国精神表现得既高昂而又深沉。

二、岳 飞

岳飞(1103—1141),字鹏举,相州汤阴(今河南汤阴)人。南宋时著名的抗金将领和民族英雄。他率领的岳家军曾使金入侵者闻风丧胆。后被投降派头子秦桧阴谋害死。岳飞今存词仅三首。他的《满江红》词表现了热烈的爱国感情和崇高的民族气节,写得慷慨激昂,成为千古传唱的杰作。

"怒发冲冠,凭栏处、潇潇雨歇。"这三句按语意顺序应该是:潇潇雨歇,凭栏处,怒发冲冠。潇潇是下雨的声音。雨停了,登高凭栏远望,因心怀激愤而怒发上指。这是用夸张的语言表现强烈的感情。

"抬望眼,仰天长啸,壮怀激烈。"抬头远望,压抑不住内心的愤怒,不禁对天发出长声呼喊。这几句,已使我们眼前出现了一位充满豪情壮志的英雄形象。

"三十功名尘与土,八千里路云和月。"岳飞作这首词时已三十多岁,他转战南北数千里,风霜雨露,披星戴月,斗争是很艰苦的。但在他看来,一般人追求的功名富贵不过跟尘土一样微不足道,而自己所追求的却是为国建功立业,取得抗金斗争的彻底胜利。

"莫等闲、白了少年头,空悲切。"这是岳飞的自勉之词,也是他实现远大理想的决心。意思是:不要随随便便地打发日子,否则虚度年华,等到头发白了的时候,就会徒然地感到悲切。

下片具体地进一步表现对侵略者的刻骨仇恨和杀敌报国的雄心壮志。"靖康耻,犹未雪。臣子恨,何时灭!"国耻未雪,仇恨难消,这是民族英雄的胸怀气概。

"驾长车、踏破贺兰山缺。"贺兰山在今宁夏回族自治区境内,有的同志因此句与抗金的地理位置不合,便怀疑这首词不是岳飞所作。其实这里的贺兰山是泛指、虚指金人统治的地区,不能也不必坐实。这两句表现了词人一往无前、所向披靡的决心和气势。

"壮志饥餐胡虏肉,笑谈渴饮匈奴血。"这两句是夸张之词,极言对敌人的强烈仇恨。"待从头、收拾旧山河,朝天阙。"最后以彻底打败侵略者,恢复祖国大好河山的坚强决心,收束全词。

陈廷焯《白雨斋词话》评论这首词说:"何等气概!何等志向!千载下读之,凛凛有生气焉。"的确,词中气吞山河的英雄气概,热爱祖国的耿耿丹心,至今读来仍能给我们以巨大的鼓舞和深刻的教育。在艺术表现上,与"壮怀激烈"的思想内容相适应,主要特点是直和快:直是直抒胸臆,一气呵成;快是痛快淋漓,略无含蓄。全词节奏鲜明,音调激越,充分表现了一位抗金英雄的伟大胸怀和豪迈的气魄。

三、范成大

范成大和杨万里、尤袤、陆游在南宋并称为"中兴四大诗人"。四人中陆游成就最高,尤袤作品很少流传,文学史上影响不大,范成大和杨万里各具面目,各有特色,在南宋诗坛上算是取得了较高成就的诗人。

范成大(1126—1193),字致能,晚年退居石湖,自号石湖居士,平江吴郡(今江苏苏州)人。他自幼饱尝流离丧乱之苦。二十九岁进士及第后,经历了三十年左右的仕宦生活。他担任的官职之多和地位之显达,在南宋诗人中是少有的。

他是一位关心人民而又有爱国思想的作家。孝宗乾道六年(1170),他出使金国,行前做好了"不戮则执"的思想准备,安排好家事后毅然赴命。在金统治者面前大义凛然,终于不辱使命,全节而归,受到了朝野的赞扬。范成大诗、文、词兼擅,诗名尤盛。他初学江西诗派,以后广泛学习从陶渊明到唐宋诸大家,博采众家之长而加以融汇创造,表现了鲜明的现实主义倾向。有《石湖诗集》。

他的一部分诗歌揭露了统治阶级对人民的残酷剥削,表现出对人民痛苦生活的同情。例如《后催租行》。诗里写一位老农,因秋雨造成水灾,替人当雇工也无力交纳租税。朝廷下命令豁免,却是一纸空文,将衣服卖尽以后不得不忍痛出卖自己的女儿。"去年衣尽到家口,大女临歧两分首。今年次女已行媒,亦复驱将换升斗。家中更有第三女,明年不怕催租苦!"大女儿卖了,又卖行将出嫁的二女儿,然后说明年再也不怕官府来催租了,因为家中还有一个三女儿。最悲愤沉痛的感情,却以一种自我宽解的话说出来,而这宽慰之处正是使人肝肠寸断之处,写得真是一字一泪!

表现爱国思想和民族气节的诗歌,以出使金国时所作的七十二首绝句为代表。《州桥》即是其中的一首,是作者使金在汴京时所作。这首诗,集中地表现了沦陷区人民殷切盼望南宋统治者恢复中原的心情和失望时的悲愤:"忍泪失声询使者:'几时真有六军来?'"作者以使者的身份,用诗歌的形式传达了人民痛苦的心声,其中含寓着对统治阶级妥协苟安政策的批评。作为一个地位较高的官僚,能表现出对苦难人民这样深切的同情,是难能可贵的。

作者虽然长期做官,却并不贪恋富贵,曾多次上章请求辞官退里。淳熙九年(1182),终于因病力辞归隐石湖,过了十年闲居的田园生活。这段时间他写了不少描写田园生活的诗篇,以《四时田园杂兴》绝句六十首和《腊月村田乐府》十首为代表作。这些诗,将白居易等人新乐府的现实主义精神融入田园诗的创作之中,在描绘田园风光和劳动场面的同时,不忘时时揭露剥削者的罪恶,处处渗透着被压迫农民的血和泪。

"新筑场泥镜面平"一首,是《四时田园杂兴》中的第四十四首,是一幅充满欢乐情绪的农村丰收图。秋收时节,农民精心筑场,趁着天气晴朗,家家紧张地在场上打稻,夜里也不休息。连枷打稻的声音,如轻雷般鸣响。全诗在轻快的韵律中,传达出农民丰收的喜悦。

四、杨万里

杨万里(1127—1206),字廷秀,号诚斋,吉州吉水(今江西吉水)人。二十八岁进士及第,初做地方官,后入朝为东宫侍读,官至宝谟阁直学士。他关心国事,敢于直言指摘朝政,因此得罪权相韩侂胄,被罢官家居十五年,忧愤而死。

他的诗,初学江西诗派;中年以后弃江西诗派而改学唐人和宋代的王安石、陈师道;以后又兼取众家之长而另辟蹊径,创造了一种具有独特风格和面貌的"杨诚斋体"。他向大自然吸取诗情,往往即兴而发,抒写真情实感,不事雕琢,意境新颖。"诚斋体"的特点是活泼、清新、明畅,灵活圆转,新鲜而富有诗味,有《诚斋集》。

《初入淮河》原作共四首,这是其中的第一首。诗人对国家残破的局面以及造成这种局面的统治者的投降政策,表现出极大的愤慨和不满,写得十分沉痛。开头两句说,从江苏的洪泽湖出发北上,进入淮河便意识到出了国境,内心感到十分悲痛。三四句意思是,从前要渡过桑乾河才到边远的塞北,如今刚进入淮河中流就已跨入了金人的占领区。近在咫尺的国土,已变成远在天涯的异域,真使人悲愤难言。不依靠渲染和夸张,只是真实地记下当时的切身感受,因为写得真切,便具有一种强烈的感人力量。

《戏笔》一诗具有"诚斋体"所特有的奇趣。在一种幽默感中,写出诗人对自然景象的独特感受,抒发出对生活的一种小小的不满和牢骚。野菊和荒苔,是自然界中两种不被人注意的细小植物,诗人别出奇想,将它们比作是用黄色的金和绿色的铜铸成的钱。以物喻钱,似乎趣味不高。可三四句笔锋一转,写出这样比喻的根由和目的:这钱是老天爷特意支付给我的,但不是给我买田置地,而是专供我买清愁用的。这样一来,全诗便顿时奇趣横生、诗意盎然了。

《晓出净慈送林子方》是写西湖的。作者从荷花来写夏日西湖的风光,就抓住了西湖的特点,既写出了西湖的秀丽,也写出了西湖的开阔,而且展现出西湖夏季特有的风貌。写得色彩明丽,新鲜活泼而富有诗趣。

五、姜　夔

姜夔(1155?—1221?),字尧章,号白石道人,饶州鄱县(今江西鄱阳)人。早岁孤贫,生活比较艰苦。没有出仕,以布衣终身。早年流寓于长江下游及江淮间;后来接交官宦,依人为生,居住在吴兴、杭州、苏州一带。他与当时著名的词人诗客如辛弃疾、范成大、杨万里等人都有交往。他的词缺乏现实内容,以纪游咏物和描写爱情为主要内容,也有少数篇章寄寓了家国之感。他精通音乐,能自度曲,词作有较强的音乐性。姜词讲究章法结构,注意音韵和美,雕琢辞藻,意境和风格清幽峭拔,咏物与抒情往往得到较好的结合,在艺术上有一定的特色。他上承周邦彦,下开吴文英、张炎等人,在南宋词坛上形成格律一派,有词集《白石词》。

《扬州慢》是姜夔感叹国事,抒发"黍离之悲"的名作。淳熙三年(1176)的冬至,姜夔经过扬州,夜雪初停,城里城外一片荒凉景象。词人不禁追忆昔日扬州的繁华,情不能已,便自创曲调,写下了这首《扬州慢》。这首词着眼于今昔对比,抒发了家国残破的悲哀,寄慨很深。

词的上片纪行写景,下片志感抒情。但又不能截然分开,情中有景,景中有情,是融合在一起的。

"淮左名都,竹西佳处,解鞍少驻初程。"为了写今天扬州的荒凉,先写昔日扬州的繁盛。没有作具体刻画描写,仅仅以"名都""佳处"四个字概括出扬州原是一个令人向往的繁华胜地,同时也就自然地交代了"解鞍少驻"的原因。

"过春风十里,尽荠麦青青。"笔墨由昔日转到今天,写眼前景象。唐代诗人杜牧描写过的"春风十里扬州路",如今是荠菜野麦丛生,荒芜不堪了。这两句的意思,一直勾连下片,引发出"杜郎俊赏"以后的深沉感叹。

"自胡马窥江去后,废池乔木,犹厌言兵。"这三句点出造成扬州残破景象的原因是入侵者铁蹄的践踏,并借无生命的池塘树木,抒写家国之恨。"废池乔木"尚且不愿和不忍言兵,遭受浩劫的人民对侵略战争的痛恨就自不待言了。

"渐黄昏,清角吹寒,都在空城。"与上三句相呼应,"废池乔木"写所见,

"清角吹寒"写所闻,进一步渲染描写今日扬州的荒凉凄哀景象。黄昏时分,阵阵悲凉的号角声,使人感到寒意袭人,整个扬州城更显得空寂冷清了。上片结在"都在空城"四个字上,就揭示了词人哀伤怨愤产生的原因和具体内容。

下片开始借杜牧以比况、抒怀:"杜郎俊赏,算而今、重到须惊。"杜牧曾以他出众的才情多次描写过扬州的繁盛,这两句说:风流俊逸有如杜牧者,推想他如果重到扬州,看到今天这样的荒凉破败景象,他一定会大吃一惊的。

"纵豆蔻词工,青楼梦好,难赋深情。"杜牧在《赠别》中有"娉娉袅袅十三余,豆蔻梢头二月初"的诗句;在《遣怀》中有"十年一觉扬州梦,赢得青楼薄倖名"的诗句。这三句意思是:纵然有像杜牧写出过那样美妙诗句的才华,也很难表达得出我目下悲怆的深情。

"二十四桥仍在,波心荡、冷月无声。"再次通过眼前景象,抚今追昔,抒发物是人非的伤悼之情。二十四桥作为扬州的胜景虽然依旧存在,但人事沧桑,却是今非昔比了。再看那桥下水波摇荡,天上的月亮倒映在水中,使人感到格外的空寂清冷。

"念桥边红药,年年知为谁生?"词人进而推想桥边扬州著名的芍药花,还会跟往年一样当春怒放的,可是谁还有心思来欣赏呢!"红药"是点染繁盛景象的,但越是写出往日的繁盛,便越是反衬出今日的荒凉冷落。

这首词写得抑郁低回,凄凉幽怨,将景与情很好地结合起来,婉曲深沉,饶有情韵。今昔对比时又注意了虚实结合。写昔日的繁华多用虚点,化用前人诗句或意境,以引起读者的联想;写今日的荒凉多用实写,通过具体的描绘与渲染,使读者有身临其境之感。

六、文天祥

文天祥(1236—1283),字履善,又字宋瑞,号文山,庐陵(今江西吉安)人。1156年举进士第一,以后在湖南、江西等地做官。德祐二年(1276),元军包围临安,文天祥任右丞相兼枢密使,出使元军谈判被拘留。后逃脱,起兵转战东南,图谋恢复。景炎三年(1278)兵败被俘,押解大都(今北京)囚禁四年。狱中坚强不屈,表现了崇高的民族气节,后从容就义。作品诗、文、词都有,以诗为上,有《文山先生全集》。

文天祥是一位民族英雄,他的诗文是他崇高的民族气节和热烈的爱国感情的集中表现。《过零丁洋》是他兵败被俘后的作品,以诗明志,表示将以死来殉自己的爱国理想,坚贞的民族气节十分感人。

"辛苦遭逢起一经,干戈寥落四周星。"这两句回顾他的身世,说在辛苦中依靠精通一经而得到朝廷的选拔任用,而从事抗元复国的斗争已经整整四年。"山河破碎风抛絮,身世浮沉雨打萍。"这是说,国家的命运和个人的遭遇,都如风吹柳絮和雨打浮萍那样,零落飘浮而无法挽救。"惶恐滩头说惶恐,零丁洋里叹零丁。"这两句是诗人感叹处境之艰危。前一句是追忆从前因兵败经惶恐滩退却时的情景,因为形势危急,所以说"说惶恐";后一句是就目前孤危的处境发出的感叹,因为只身被俘,所以说"叹零丁"。这两句属对工巧,语含双关,绾合了地名和遭遇心情两个方面。"人生自古谁无死,留取丹心照汗青。"这两句以昂扬的音调,表现了诗人以死殉国的一片丹心和视死如归的浩然正气,结束全诗。

这首诗是民族英雄文天祥一腔堂堂正气的自然喷发、不假雕饰,却写得激昂慷慨、沉痛悲壮、感人至深。

第七章　宋元话本

第一节　宋元说话艺术和话本小说

话本是宋元时期出现的一种新的文学形式。话本来自民间,产生于口头文学的说话艺术。"话"就是故事,"说话"就是讲故事,话本就是在说话艺人讲说的基础上经文人记录和整理出来的故事文本。

宋代在城市经济繁荣的基础上,市民阶层逐渐发展壮大。他们的生活和思想感情要求在文学中得到反映,适应这种要求并满足他们文化娱乐生活的需要,各种演唱伎艺便在城市中发展起来。据有关资料记载,两宋时期在首都汴京(今河南开封)和临安(今浙江杭州),都有许多供这些伎艺演出的娱乐场所,叫"瓦舍"(又称"瓦肆"或"瓦子"),"瓦舍"中又设若干演出点,称为"勾栏"。据《东京梦华录》的记载,北宋时汴京有的"瓦舍"包括大小"勾栏"多达五十余座,大的可容数千人。由此可以想见当时城市伎艺演出的规模和盛况。

"说话"是这些伎艺演出中受到市民群众广泛欢迎的一种。当时有数量可观的职业"说话人",他们还有专门的组织,称为"书会"或"雄辩社",研习传授技艺,整理编写话本,以提高说话水平。讲故事和听故事的人大都属于市民阶层,说话艺术从思想内容到语言和表现形式,都为市民阶层所熟悉和喜闻乐见。

宋元时期的"说话"主要分为四家:小说、讲史、说经和合生。小说是讲短篇故事,多取材于现实生活,一般是一次讲完。因为跟听众的生活接近,又能当时知道结局,所以最受欢迎。讲史是讲述历史故事,取材于史书,亦兼采民间传说。讲史有说有评,故又称为评话(一般写作平话)。讲史故事较长,要连续多次才能说完。明清时代的历史演义小说,就是在讲史的基础上发展起来的。每说一次叫一回,这就是长篇章回小说分回的来源。当时讲史"说话人"的分工很细,有专说五代史的,有专说三分(三国故事)的。说经是讲宗教故事,由唐代的俗讲、变文发展而来。有的穿插讲笑话或滑稽故事,称为说诨经。合生是一种比较特殊的形式,可能是两人演出,对答式指物歌咏,一人指物为题,另一人应命题咏。可能带些讽刺性质,但不一定有故事。在"说话"四家中,以小说和讲史两家最受欢迎,尤其是小说。

因此,话本小说是宋元时代产生的通俗文学,与正统的诗文面貌完全不同。话本小说包括短篇的小说话本和长篇的讲史话本,后者一般称为平话。短篇的小说话本,用接近当时的口语写成,通俗易懂;长篇的平话主要采自史书,用浅近的文言,也夹杂一些口语。除了语言,话本小说在艺术形式上还有以下一些特点:

第一,散韵结合。无论短篇的小说话本还是长篇的讲史话本,都由散文和韵文两部分组成。小说有说有唱,散文部分供说,主要是叙述故事;韵文部分供唱,主要是描写景物、刻画心理、渲染气氛,有时也在结构上起一种承上启下、转换情节的作用。后期话本由于散文部分的描写成分增加,韵文部分的描写作用便相对减弱。讲史只说不唱,韵文部分常用来概括故事内容,并加以评赞,正面表示说话人的观点。

第二,小说话本的开头常常有一段"入话"。"入话"就是进入正文故事的意思,主要作用是等候听众和静场。形式常用诗词、议论、或一段小故事;内容或与正文故事相近,或与正文故事相反,也有的与正文故事没有什么联系。"入话"用小故事的,又称"头回"或"得胜头回",就是"冒头一回"的意思。结尾处一般以诗词收束全篇故事,并由说话人加以评论,点出劝惩目的。

第三,讲史话本要分多次说完,为了吸引听众下次再来听讲,说话人故意在故事发展的紧要关头戛然而止,留下悬念。这一特点影响到后来章回小说的情节和结构形式。

短篇小说话本的数量,在宋元时代相当可观。仅据宋末罗烨的《醉翁谈录》的记载,就有一百零七种之多,可惜多数已经亡佚。在《京本通俗小说》(此书经多位学者考订疑为清末民初人缪荃荪的伪托,但所收的作品是宋元话本则是可靠的)、明嘉靖时洪楩编刻的《清平山堂话本》残编,以及明末冯梦龙编刻的《喻世明言》《警世通言》《醒世恒言》中收录保存了一部分,但确切的篇数和篇目很难准确考订。

关于小说话本的题材内容,《醉翁谈录·小说开辟》里分为以下八类:灵怪、烟粉、传奇、公案、朴刀、杆棒、神仙、妖术。灵怪主要讲精怪故事;烟粉主要讲关于妇女的故事,大多与鬼魂有关;传奇讲男女爱情故事;公案讲断狱判案故事;朴刀、杆棒讲英雄好汉故事;神仙、妖术讲神仙妖怪的故事。此外,在《都城纪胜》和《梦粱录》等书中,还提到"发迹变泰"和"说铁骑儿"故事,前者主要讲历史人物取得功名富贵,后者则主要是讲打仗的。由此可见,小说话本的思想内容是十分丰富广阔的,较有意义的是反映现实生活的部分,尤其是烟粉和公案两类,其中有不少作品真实地反映了市民阶层的生活和思想感情。

反映妇女生活和爱情婚姻题材的话本,比较著名的有《碾玉观音》《快嘴李翠莲记》《闹樊楼多情周胜仙》《志诚张主管》等。这些作品中的女主人公,大多具有大胆反抗封建礼教和封建压迫的斗争精神,表现出刚强不屈的性格。这种闪耀着思想光辉的正面妇女形象在小说话本中成批出现,在中国文学史上具有重要意义。公案题材的作品,如《错斩崔宁》和《简帖和尚》等,从封建官吏的昏庸糊涂、草菅人命的角度,揭露了封建官僚制度的腐败和政治的黑暗,同时反映了封建时代妇女的悲惨命运,都具有积极的社会意义。

宋元小说话本主要从当时的现实生活中吸取题材,以市民阶层为主体,多方面地反映了社会生活,具有强烈的现实性和浓厚的生活气息。作品善于在提炼生活的基础上组织矛盾冲突,故事性强,情节曲折生动,在说话的基础上形成了中国古典小说传统的艺术特色。在人物刻画上,较少孤立的静止的心理描写,而多在矛盾冲突和情节发展中展示人物性格。特别着重于人物行动和对话的描写,偶尔也穿插一些人物内心活动的刻画。虽然还显得比较粗糙,但已经有了一些富有典型特征的细节描写。语言采用接近当时口语的白话,质朴自然,通俗生动,具有较强的表现力。短篇小说话本多方面的艺术创造,使中国古典小说的现实主义艺术更加走向成熟,为明清两代古典小说的繁荣发展,打下了重要的基础。

现存的讲史话本主要有:元代至治年间(1321—1323)建安(福建建瓯)虞氏刊刻的《全相平话》五种,即《武王伐纣平话》、《乐毅图齐七国春秋平话》(后集)、《秦并六国平话》、《前汉书平话》(续集)、《三国志平话》。上图下文,显然是供人阅读的本子,但简单粗糙,艺术水平不高。另外还有一部"近讲史而非口谈,似小说而无捏合"(鲁迅语)的《大宋宣和遗事》,大概是一本杂抄旧籍而成的资料书,其中关于梁山泊的故事用的是白话,可能采自话本或民间传说。《大唐三藏取经诗话》是说经话本。这些话本虽然艺术上远不如短篇小说话本那样成熟,但它们是我国古代长篇小说的雏形,在题材内容、表现形式、创作经验等方面为《三国演义》《水浒传》《西游记》《封神演义》等长篇小说的产生准备了重要条件。

第二节 《错斩崔宁》简析

这篇小说话本的故事梗概是：刘贵经商亏了本，他的岳父借给他十五贯钱，回家时因喝醉了酒，和小娘子陈二姐开了个玩笑，说这十五贯钱是把她典给别人得来的。陈二姐信以为真，趁刘贵酒醉熟睡之时悄悄开门出去，想先回娘家将此事告诉爹娘。路上遇到一个卖丝的青年崔宁，两个人便结伴同行。谁知在她走后，强盗窜入家中，杀了刘贵，偷走了十五贯钱。案发后邻居们追上了陈二姐，见二人同行，便误以为是因奸情而谋害丈夫，同时在崔宁身上又正巧搜出了十五贯钱。于是被扭送官府，屈打成招，问成死罪。

小说通过善良无辜的陈二姐和崔宁被冤屈处死，以及最后得到昭雪的过程，揭露了封建社会官吏滥施刑罚、胡乱判案、草菅人命的罪行。作者对无辜善良的受害者表现出深切的同情，对昏庸残暴的官吏投以愤怒的谴责。在小说中，作者出于强烈的义愤，禁不住直接出面发表议论说："这段冤枉，仔细可以推详出来。谁想问官糊涂，只图了事，不想捶楚之下，何求不得？"他对昏官率意断狱、任情用刑作了揭露和批判，而期望有"公平明允"的清官出来为人民主持正义。这反映了封建社会里处于无权地位的被压迫人民的愿望和要求。但作者过分着眼于问官个人的贤明与昏庸，而没有把冤案的产生归结到封建制度的黑暗和腐败，因而在故事的结尾，便写由于"换了一个新任府尹"，陈二姐和崔宁的冤案便得到了昭雪，公理便得到了伸张。这是将社会矛盾的解决建立在偶然性的因素上。但尽管如此，这个故事使我们看到了封建吏治的黑暗，也看到在这种黑暗统治下下层人民遭受摧残迫害的深重苦难，作者的爱憎感情又是十分鲜明强烈的，因而直到今天仍有它的积极的认识意义和思想教育意义。

不过作者又将这个社会悲剧的产生归结为"戏言酿祸"，通过这个故事奉劝世人不可随意乱开玩笑。这种认识削弱了小说在思想上的批判力量。这是市民阶层的思想意识和心理特征在话本创作中的表现。在"世路窄狭，人心叵测"的黑暗社会里，处于社会下层的市民群众，随时可能遭到从天而降的不测之灾。他们为了"持家养身"，从自己狭隘的生活经验出发，往往将社会灾祸解释为个人命运不好，或由生活中某种偶然性因素酿成。说话人反映甚至是迎合市民听众的这种思想和心理，通过讲故事来帮助他们总结经验教训,以避祸得福,是十分自然的事。但以这种狭隘的思想眼光来解释小说所写的社会悲剧,则不免显得失于肤浅。小说批判昏官草菅人命的倾向值得肯定,但"戏言酿祸"的思想则不足取。

作为宋代走向成熟的话本小说的代表作,《错斩崔宁》在叙事艺术上有很多值得我们注意的地方。主要有以下几个方面:

第一,周详细密的艺术构思。小说从一开始介绍人物的身世和人物关系,就跟全篇的思想和整个故事情节的发展相关。故事怎样发生,又怎样发展、结局,说话人在开讲前就已作了通盘的考虑。因为全局在胸,讲说时便能做到闲闲叙来、从容不迫,讲前面时即顾及全篇,处处注意设伏布置,前因后果脉络分明。例如十五贯钱是小说情节发展的关键,陈二姐被出卖的戏言,刘贵的遭窃被杀,崔宁的被牵累蒙冤,无一不与十五贯钱相关。因此,小说开头介绍刘贵,写他家道中落,时乖命蹇,半路出家不会做生意,以致消折了本钱等等,就都不是随便写的。目的非常明确,都是为后文写丈人资助他十五贯钱以开设米店预作布置。开篇作者特意交代陈二姐小妾的身份,是为了后文写刘贵出卖她的戏言,跟整个故事情节的发展密切相关。又如交代刘贵和妻妾三人之间和睦相处的关系,便一开始就将陈二姐的清白无辜暗示给读者。这些地方看来无关紧要,实际上都与整篇故事的发生发展密切相关,表明小说在艺术构思上是十分精细周到的。

第二,在情节结构上,采用双线发展,分合有致,转接自然。全篇的情节,以刘贵的被杀分为前后两大部分。前后两部分都是双线发展,但又略有不同。前面部分,一条线是刘贵的活动,一条线是陈二姐的活动,两条线交错发展、时合时分。后面部分,一条线写王员外、大娘子、众邻里,一条线写陈二姐和崔宁,也是两条线交错发展、时合时分。篇中多处以"放下一头""不题""闲话休题"等,轻巧裕如地完成情节的转换衔接和穿插分合。因此,情节虽然曲折,却显得繁而不乱、井井有条。

第三,善于利用偶然性因素,巧妙地组织和发展情节,于偶然中寓必然,因而虽然情节发展多处出于巧合,但有生活依据,所以仍然合情合理,令人信服。例如刘贵对陈二姐开玩笑,说是十五贯钱将她卖了,这在小说的情节发展中是一种偶然性因素。但刘贵的话以及陈二姐听了以后便信以为真,都反映了封建社会里在夫权统治下妇女没有独立人格,甚至丧失人身自由的悲惨处境,偶然中包含着必然。刘贵醉后开这样的玩笑是可能的,也是可信的。又如,陈二姐和崔宁结伴同行,对于众邻里的误会和昏官的误判来说,也是一种偶然性因素。但昏官的误判,根本原因在于封建礼教的作用,因为在当时男女同行被认为非奸即盗,因偶然同行而造成冤案,也包含着某种社会的必然。

第四,作者注意剪裁,并对情节进行提炼,因而详略得当、重点突出。小说的主旨在揭露和批判问官的糊涂,但审案的过程却写得十分简略,而对刘贵的被杀以及陈二姐借宿邻居、夜里出走在路上遇到崔宁等种种情节,则不仅详加叙写,而且通过不同人物之口,多次重复,不断加以强调。把死者的善良无辜写得越充分,其为蒙冤被杀在读者的心中也就越清楚,揭露和批判问官昏庸糊涂的意思,自然无须多写就有力地表现出来了。

第八章 关汉卿

第一节 关汉卿的生平、时代和作品

关汉卿是中国文学史上一位伟大的戏剧家,是元代杂剧作家中最优秀的代表。

关于这位戏剧家的生平,现存的材料不多。据《录鬼簿》的记载,他是"大都人,太医院尹,号已斋叟"。大都就是今天的北京。元代没有"太医院尹"这个官职,而《录鬼簿》的不同版本多数作"太医院户"。元代户籍中有一种"医户",属太医院管辖。医生的亲属虽然并不是医生,因为出身于这样的家庭,也可以称为"医户"。因此,他本人可能是一个普通的医生,也可能并不会行医。关于他的籍贯,清乾隆二十年修订的《祁州志》有"关汉卿故里"条,说他是"祁之伍仁村人"。祁州即今河北省安国县。据说安国地方流传许多关汉卿的传说,很可能安国是他的原籍。

关汉卿的生卒年也难于确切考订。从元代朱经的《青楼集》,知道他大约生于金末,由金入元。《录鬼簿》将他列为"前辈已死名公才人",《录鬼簿》成书于1330年;关汉卿本人曾作过《大德歌》,其中有"吹一个,弹一个,唱新行大德歌"的句子,大德是元成宗年号(1297—1307),说明他在大德初年仍然在世。据此推断,他卒于1300年左右。他大约是一位高龄的作家,生活的年代约在1210年至1300年前后的八九十年间。

关汉卿活动的主要地区是大都,但也曾到过汴梁,元灭南宋以后还到过临安。他是一位生活落拓而不肯仕进的知识分子,是一位性格刚强而又多才多艺的艺术家。他在套曲〔南吕·一枝花〕《不伏老》里这样描述自己:"我是个普天下郎君领袖,盖世界浪子班头。……我是个锦阵花营都帅头,曾玩府游州。""我是个蒸不烂煮不熟捶不扁炒不爆响珰珰一粒铜豌豆……也会吟诗,会篆籀;会弹丝,会品竹;我也会唱鹧鸪,舞垂手;会打围,会蹴鞠;

会围棋,会双陆。你便是落了我牙,歪了我口,瘸了我腿,折了我手,天赐与我这几般儿歹症候,尚兀自不肯休。"他不愿意为封建统治阶级服务,却将自己的一生献给了杂剧艺术事业;他不愿跟贵族官僚结交,却乐于和下层的歌伎艺人做朋友;他本人不仅是一个作家,也是一个有舞台实践经验的艺人。他将他的生命献给了杂剧艺术,也献给了处于生活底层的倡优艺人。因此,他在杂剧艺术上取得了杰出的成就,被人们尊为"梨园领袖""编修帅首""杂剧班头"。他跟元代前期著名杂剧作家杨显之、纪君祥、康进之和散曲家王和卿等都是朋友,杨显之跟他更是莫逆之交,两人互相讨论作品,切磋伎艺;他跟当时著名的杂剧演员珠帘秀也有交往。关汉卿在当时的杂剧界有极崇高的威望和巨大的影响,跟他同时的杰出的杂剧作家高文秀就被人称为"小汉卿"。

关汉卿的时代,是中国历史上民族矛盾和阶级矛盾十分尖锐的时代。他经历了蒙古贵族以军事力量统一中国的过程。13世纪初,蒙古贵族在北方兴起,1234年灭金,1279年灭南宋。这段时期,封建经济遭到严重破坏,各族人民深受战祸之苦。蒙古贵族统治者在统一全国后,实行民族歧视和民族压迫政策,各族人民尤其是汉族人民遭到极为沉重的压迫和剥削,不少农民和手工业者沦为奴隶。政治黑暗,官吏昏庸无能,贪污腐化。广大人民在高压统治下不甘屈服,不断地滋长着反抗情绪,爆发出一次又一次的反抗斗争。生活于下层群众中的关汉卿,感受着时代的脉搏和人民的思想感情,通过杂剧深刻地反映了这个时代社会政治的黑暗,尖锐地揭露了统治阶级的罪恶,同时又热情地歌颂了被压迫人民不屈不挠的斗争精神。关汉卿的杂剧是斗争的武器,也是反映那个苦难时代的一面镜子。

关汉卿是一位多产的作家,一生创作了六十六种杂剧,今存十八种,其中五种是否为关汉卿作还有争论。关汉卿的杂剧,有一部分直接取材于当时的现实生活,但多数还是对传统题材的改编或重新创作,也有写历史故事的。但不论何种题材,关汉卿都在剧本中融进了他对当时社会的深切感受,反映了时代的精神和人民的情绪,有很强的现实性。反映社会黑暗、歌颂人民反抗斗争精神的作品有《窦娥冤》《鲁斋郎》《蝴蝶梦》;反映妇女的悲惨命运并热情歌颂她们勇敢机智的性格和美好品德的作品有《救风尘》《望江亭》《拜月亭》《调风月》《金钱池》等;采用历史题材,借描写历史事件、刻画历史人物以表现作者对现实社会的感受和认识的作品有《单刀会》《西蜀梦》《哭存孝》等。这些作品中,不仅有悲剧,也有喜剧;不仅有暴露,也有歌颂;不仅有令人憎恶的反面形象,也有令人喜爱的正面形象。这些都显示了关汉卿杂剧所取得的高度成就。

除杂剧外,关汉卿也写散曲,今存小令五十七首,套曲十四套,成就在杂剧之下。

在分析具体作品之前,有必要对元杂剧的形成和体制特点作一个简单的介绍。元杂剧是中国古代成熟的戏曲形式,是集音乐、舞蹈、表演于一体的综合艺术。剧本是元杂剧繁冗的基础。元杂剧是在宋杂剧、金院本和宋金时期在民间流行的诸宫调的基础上产生的,载歌载舞、曲白结合和丰富多彩的曲调结合是其突出的特点。

元杂剧的结构,一般是一本四折加上一个楔子,少数也有一本五折或六折的,更有特殊的多本连演,如王实甫的《西厢记》就是五本二十一折。一折大体上相当于现代话剧中的一幕,楔子一般放在剧本的开头,类似"序幕",也有放在折与折之间的。

在音乐上,元杂剧要求每一折必须用同一个宫调的一套曲子。楔子则不用套曲,只用一支或两支单调。剧本由韵文(唱词)和散体(说白)组成,一般由一个角色主唱到底,一本四折都没有改变。由正旦(女主角)主唱的剧本成为"旦本",由正末(男主角)主唱的剧本称为"末本"。

第二节 《窦娥冤》

《窦娥冤》的全名是《感天动地窦娥冤》,是关汉卿的代表作,也是元杂剧中一出著名的悲剧。这部剧作无论在思想和艺术上都最能反映出关汉卿杂剧所取得的杰出成就。

《窦娥冤》的题材来源是长期在民间流传的"东海孝妇"的故事,但关汉卿却进行了彻底的改造,融进了现实内容,写出了新的时代特色和深刻的社会意义。《汉书·于定国传》最早记载了这个故事:东海郡有一个年轻的寡妇,对婆婆非常孝顺,婆婆想让她改嫁,她坚决不肯。后来被诬告杀死了她的婆婆,昏庸的太守冤判她为死刑。当时在东海郡任狱吏的于公(于定国的父亲),力争不得,孝妇终于被处斩。因孝妇蒙冤屈死,东海郡竟大旱了三年。后来新郡守听了于公的话,东海孝妇的沉冤才得以昭雪。这个故事的主要思想,一是表彰孝妇对婆婆的孝道,二是颂扬于公的阴德。关汉卿在《窦娥冤》中,不仅写进了大量元代的社会生活内容,而且根本改变了故事的主题思想,着重揭露了当时社会的黑暗腐败,特别对官吏的昏庸贪暴予以尖锐的抨击,同时热情地歌颂了被压迫妇女的反抗斗争精神。

如剧本的"正名""感天动地窦娥冤"所显示的,剧作者所着力描写的是一个善良无辜的被压迫妇女窦娥被冤屈处死的悲剧,其冤之深足以感动天地。剧本在广阔的背景上,细致而又真实地描写了窦娥悲剧酿成的全过程,并深刻地揭示出酿成这一悲剧的社会根源,从而广泛地反映了元代社会生活的复杂矛盾及其基本面貌。

在"楔子"里,作者简要地交代了窦娥的身世:她是一个穷书生的女儿,三岁丧母,七岁时就因父亲借了蔡婆婆的高利贷无力偿还而被抵债做了童养媳。她的父亲窦天章的穷困潦倒,反映了元代一般知识分子的悲苦命运。高利贷剥削,是造成窦娥悲惨遭遇的最初种因。"楔子"是这出大悲剧的序幕,作者不仅向我们初步介绍了人物,而且一开始就将悲剧的根源指向当时罪恶的社会。窦天章与女儿惨别时的几句嘱咐,预示了等待着女主人公的将是充满血和泪的生活。

在第一折里,作者很快就将他的笔触扩展到更广大的社会生活面,表现社会恶势力对蔡婆婆一家这个虽说小有财产却十分孤弱的家庭的残害、凌辱和侵吞。一开始由蔡婆婆的道白,交代时间已经过了十三年,窦娥十七岁成婚,不久就死了丈夫,成了年轻的寡妇。婆媳两代寡妇支撑一个家庭,由此便招来种种横逆,这正是黑暗社会中常有的现象。先是赛卢医为了赖债,将蔡婆婆骗到荒郊野外,企图用绳子将她勒死。这时幸亏有人救她而免于一死。可救她的两个人张驴儿父子则是一对流氓泼皮,借此闯入她们的家庭,要霸占婆媳二人为妻。接踵而来的迫害欺凌,反映了当时社会上罪恶势力的猖獗,同时也反映了法制纲纪的松弛。而普遍的恃强凌弱,正是政治黑暗和社会腐败的显著特征。

作者在社会冲突中组织进人物的性格冲突,这样便丰富多彩地构成戏剧冲突的内容,推动戏剧情节向更高的思想高度发展。性格冲突主要在婆媳二人之间展开。在恶人的威逼面前,蔡婆婆就想忍辱含羞答应下来;而窦娥则表现得勇敢刚强,坚决反抗,不仅大胆地顶撞了张驴儿父子,而且还尖锐地批评奚落婆婆的软弱屈从。这个一向善良纯厚、温顺柔弱的年轻寡妇,在反压迫的斗争中,初步表现出她那"气性最不好惹的"另一面的性格特征来。

性格冲突的发展,又促进了社会冲突的激化和发展。第二折的戏剧冲突,就是在窦娥"坚执不从"的条件下展开的。张驴儿因窦娥不肯顺从他,便生出毒计,想毒死蔡婆婆,然后霸占窦娥。结果误将自己的父亲毒死,他便乘机以"药死公公"的罪名来胁迫窦娥顺从,窦娥仍不屈,于是告到官府。

这样,在第二折里,戏剧冲突便由善良百姓跟流氓泼皮间的矛盾,发展到被压迫人民与官府的矛盾。通过判案过程的描写,揭露了桃杌太守的贪鄙残暴和昏庸愚蠢,同时也进一步表现了窦娥的善良性格。

第三折写窦娥被斩,是整个戏剧冲突发展的高潮。窦娥的三桩誓愿,是被压迫者负屈含冤的痛苦呼喊,也是对黑暗社会的血泪控诉和特殊的反抗形式。通过这一折的戏剧冲突的发展,作者在广泛地揭露社会矛盾的基础上,将批判的矛头集中在黑暗的吏治上。窦娥的悲惨命运是由整个黑暗的社会造成的,但她被冤屈处死的悲剧却由昏庸贪暴的官吏一手造成。

第四折写窦娥的冤案得到昭雪,是矛盾冲突的最后解决。冤案能得到昭雪,不仅因为恰巧有窦天章重行审理,更重要的是窦娥死后冤魂不屈,进行顽强斗争的结果。魂旦上场是一种特殊的形式,但由此却将窦娥的反抗性格表现得更加鲜明突出。剧本写窦天章几次翻到窦娥案情的文案,却几次放下,而窦娥则几次将灯弄暗,并几次将窦天章压下的文卷翻到上面来,都是为了表现窦娥顽强不屈的复仇意志和斗争精神。鬼魂上台跟张驴儿对质,迫使杀人的凶手无言以对,在澄清事实使得冤情大白中起到了关键性的作用。真正感天动地的,不仅是窦娥的冤死,而且是冤死后仍不忘复仇的不屈不挠的斗争精神。

《窦娥冤》对黑暗社会和封建官府的深刻揭露,以及对被压迫人民反抗斗争精神的热情肯定和歌颂,标志着关汉卿的杂剧创作所达到的思想高度。

《窦娥冤》在艺术上也取得了杰出的成就。下面分几点来谈。

第一,剧本情节集中,戏剧冲突紧凑,结构严谨。作者在提炼生活的基础上组织戏剧冲突,矛盾的发展一环紧扣一环,层层递进,一直发展到高潮。整个戏剧情节的发展一气贯注,不枝不蔓,重点突出。

作者将剧中人物所代表的广泛的社会矛盾,成功地组织到杂剧艺术四折一楔子的结构框架里,使戏剧冲突的构成和情节的发展,既丰富而又不松散零乱。全剧以女主人公窦娥为中心,紧紧围绕着她的悲剧命运来组织和发展戏剧情节。蔡婆婆与窦娥的悲剧命运的发展相始终,关系最为密切,所以最先出场。由于她放高利贷,才使得穷秀才窦天章因无力还债而将女儿窦娥卖给她家做童养媳。这是窦娥悲剧命运的开始。此后窦娥悲剧命运的发展,无不与蔡婆婆相关。由她的放债引出向她借债的赛卢医,而赛卢医的赖债行凶又引出张驴儿父子。这两个人物闯入窦娥的生活中,大大地促进了戏剧冲突的发展,影响着窦娥的命运。张驴儿为了毒杀蔡婆婆而误将其父毒死,使戏剧矛盾由民间扩大到官府。在公庭上,窦娥由原来的苦打不招转变为后来的不打而招,关键就在为了不连累婆婆、保护婆婆。第二折写被冤判问斩,窦娥的悲剧实际上已经完成。第三折写行刑、诉冤,将整场戏让给了女主角一个人,通过一系列的道白和唱腔,尤其是三桩誓愿,表现她感天动地的沉冤和不屈不挠的反抗精神。第四折中窦娥已死,但鬼魂的形象继续在戏剧冲突的发展和解决中起主导作用。剧本始终以窦娥为中心,以窦娥的悲剧命运为线索来组织和发展戏剧矛盾,因而使得情节集中、结构严谨。

第二,成功地塑造了窦娥这一典型的艺术形象。这个人物写得好,因为性格比较丰满,不简单化,既写出了她善良的一面,又写出了她刚强的一面,这两方面又是完全统一的。她尽心侍奉并心疼体贴婆婆,但并不是不问是非、百依百顺。对婆婆的软弱、妥协,她不赞同,还敢于顶撞,并投以尖锐的批评和嘲笑。正因为心地善良,就更容不得恶势力的肆意横行,因而温驯纯朴中已含孕着反抗的因素。对窦娥反抗性格的描写,极有层次,始终与她生活遭遇的变化紧密结合,是在迫害和反迫害的斗争中加以展示的,因而写出了她思想觉醒和性格发展的过程。与张驴儿父子的斗争得到初步表现,在与官府的斗争中有了进一步的发展,而蒙冤被刑时发下的三桩誓愿和三桩誓愿的实现,则使她的反抗性格在尖锐的矛盾冲突中得到升华。而在整个戏剧情节的发展中,善良的一面和刚强不屈的一面始终结合在一起,交错表现,互相映衬。三桩誓愿及其实现和鬼魂诉冤,是用特殊的幻想形式来表现窦娥的反抗精神。这种幻想性的描写,是特殊的社会历史条件下的产物,有其现实的依据。因为官府的黑暗和问官的昏庸,窦娥无法申诉和证明自己是无辜受冤,只有用这种形式才能解决这一矛盾。同时,由于作者有根有据地写出窦娥的反抗性格怎样在现实的矛盾斗争中一步步形成和发展,因而通过这种浪漫主义的幻想形式表现的人物性格内容,不仅仍然是充满现实生活的血肉,而且使人物形象因此更加鲜明,思想性格也更富于理想的光彩。窦娥艺术形象的塑造,充分地表现了《窦娥冤》现实主义和浪漫主义相结合的艺术特色。

除窦娥外,其他人物虽然着墨不多,但也都各有自己的性格特点,刻画得栩栩如生。如蔡婆婆的善良和软弱,张驴儿的强横和无耻,桃杌太守的贪鄙和凶残等。在刻画人物性格时,作者善于运用对比映衬和虚实相兼的艺术表现手法。在对待张驴儿的态度上,作者将蔡婆婆的软弱和窦娥的刚强进行了对比描写,互相映衬,相得益彰。对窦娥平居寡妇生活的凄苦,剧本采用虚写的手法,通过几段唱词加以概括和渲染,而对促成她思想变化和最能突出她性格特点的几次尖锐冲突(跟张驴儿的斗争、跟桃杌太守的斗争和冤魂向窦天章申诉),则作了正面的细致描写。对桃杌太守贪鄙的一面,运用戏曲艺术的特殊手段,让他上场时用几句道白来一番自我暴露,三言两语带过,是虚写;对他凶残的一面,则通过审案过程中对窦娥的无情毒打,加以淋漓尽致的揭露,是实写。这样虚实结合,详略得当,使得情节简练而人物形象鲜明突出。

第三,《窦娥冤》的语言本色、当行,表现了关汉卿杂剧语言艺术的共同特色。所谓本色,是指质朴自然、不尚雕琢,在群众口语的基础上进行提炼,保有浓厚的生活气息和生动活泼的特色。所谓当行,是指用语言来刻画人物,无不切合人物的身份地位和思想性格。《窦娥冤》的语言在这两方面都取得了很高的成就,不论曲词或宾白都是如此。例如窦娥表达三桩誓愿的三段曲词:

〔耍孩儿〕不是我窦娥罚下这等无头愿,委实的冤情不浅;若没些儿灵圣与世人传,也不见得湛湛青天。我不要半星热血红尘洒,都只在八尺旗枪素练悬。等他四下里皆瞧见,这就是咱苌弘化碧,望帝啼鹃。

〔二煞〕你道是暑气暄,不是那下雪天;岂不闻飞雪六月因邹衍?若果有一腔怨气喷如火,定要感的六出冰花滚似绵,免着我尸骸现;要什么素车白马,断送出古陌荒阡。

〔一煞〕你道是天公不可期,人心不可怜,不知皇天也可从人愿。做什么三年不见甘霖降,也只为东海曾经孝妇冤,如今轮到你山阳县。这都是官吏每无心正法,使百姓有口难言。

其中也化用了历史典故,但基本上还是经过锤炼的口语,通俗易懂,质朴自然,简练明净,充分表现出主人公内心汹涌澎湃的思想感情。以俗为雅,浅中见深,使戏剧语言达到了诗化的境界。这三首曲词简直就是三首动人心魂的抒情诗。

宾白则更加口语化、性格化。例如第一折里,张驴儿父子听说蔡婆婆婆媳两人守寡度日时的一段对话:

(张驴儿云)爹,你听的他说么?他家还有个媳妇哩。救了他性命,他少不得要谢我;不若你要这婆子,我要他媳妇儿,何等两便?你和他说去。(孛老云)兀那婆婆,你无丈夫,我无浑家,你肯与我做个老婆,意下如何?

七百多年前写的这些话,跟我们今天的口语相去也并不太远。简单几句话,声口毕肖,活画出流氓泼皮的心理神态。王国维在《宋元戏曲考》中称:"关汉卿一空倚傍,自铸伟词,而其言曲尽人情,字字本色,故当为元人第一。"这评价是并不过分的,而《窦娥冤》又是关剧中的典范之作。

第三节　关汉卿的其他剧作

下面介绍关汉卿《窦娥冤》以外的三部重要剧作。

一、《救风尘》

长期生活于被压迫下层人民中的关汉卿不是一个悲观主义者,他在黑暗的社会里,不只看到人民的苦难和统治阶级的罪恶,同时也看到被压迫者的美好品德和斗争精神。《窦娥冤》写出了一个惊天动地的大悲剧,而窦娥那种虽死而不可摧毁的斗争意志却给读者以巨大的鼓舞,读后一点也没有给人悲观消沉的感觉。作家这种对生活的信心和乐观主义情绪,更加鲜明集中地表现在他的喜剧创作上,《救风尘》便是最优秀的代表。

这本戏的全名是《赵盼儿风月救风尘》。赵盼儿是剧中的女主人公,她以风月场中卖笑调情的手段,把沦落于风尘之中的姊妹宋引章救出了火坑。剧情梗概是这样的:富商周舍是周同知的儿子,他"酒肉场中三十载,花星整照二十年",是个风月场中的老手。年轻幼稚的歌妓宋引章,经不起他花言巧语的诱骗,答应嫁给他。赵盼儿知道后对宋引章诚恳相劝,告诉她周舍是一个虚伪凶狠的家伙,嫁给他后不过半载周年就定会被抛弃,但宋引章不听。果然是"不信好人言,必有栖惶事",刚过门就被周舍打了五十杀威棒。以后朝打暮骂,备受凌辱摧残。在将被折磨致死的情况下,宋引章不得已写信给曾经好心劝告自己而被严词拒绝的姐姐赵盼儿求救。赵盼儿闻讯急人之急,立即设计救援宋引章。她利用这个花花公子贪财好色的本性,"以其人之道还治其人之身",施展出风月场中的手段,把自己打扮得花枝招展,又带上定亲需要的美酒、肥羊、花红等财物,到郑州找到周舍,以休了宋引章为条件,一心一意要嫁给他。喜新厌旧的恶棍周舍终于落入赵盼儿精心安排的圈套,写休书放了宋引章,却又走了赵盼儿,弄得个"尖担两头脱"。最后在清官李公弼辨明是非的情况下,全剧以喜剧结局告终。

剧本成功地塑造了赵盼儿这一勇敢机智的下层妇女的形象。作者不只是一般地表现她的善良性格和对落难姊妹的深切同情,而且是热情地歌颂她的侠肝义胆。她是不顾自身的安危,冒着很大的风险去救宋引章的。她只是一个地位低贱的妓女,面对的却是有钱有势、诡计多端的富家公子,但她老练沉着,无所畏惧,凭借着自己丰富的阅历和过人的胆识智慧,巧作安排,终于迫使对手陷入狼狈的境地。

赵盼儿的形象带有浓厚的理想色彩,但整个戏剧冲突却是深深地植根于现实的土壤之中,人物的思想性格有充分的现实依据。她对苦难姊妹的深挚的关切与同情,对玩弄摧残女性的流氓恶棍的强烈憎恨,以及从这种爱和恨中焕发出的智慧的光芒,都是从她长期的风尘生活经历中产生出来的。第一折里,作者即连续用几支曲词,让女主人公唱出她在长期被污辱被损害的生活中郁积于心的辛酸与悲愤。例如在〔天下乐〕这支曲子中她唱道:

> 我想这先嫁的还不曾过几日,早折的容也波仪、瘦似鬼,只教你难分说、难告诉、泪空垂!我看了些觅前程俏女娘,见了些铁心肠男子辈,便一生里孤眠,我也直甚颓!

她对宋引章的命运那样深切关怀,对周舍的奸险狠毒本性有那样清醒的认识,她在救援宋引章与周舍周旋时是那样精细沉着,这一切都产生于这种切身的生活体验之中。

在赵盼儿形象的塑造上,同样体现了关汉卿杂剧现实主义和浪漫主义相结合的艺术特色。这个形象,一方面是关汉卿对现实生活中无数下层妇女优秀品质的集中和概括,同时又寄托了作家美好的理想,是进行了很大的加工和提高的。通过赵盼儿这一形象的塑造,关汉卿热情地肯定和歌颂了被压迫的弱者完全能够依靠自己的智慧和力量去战胜狡猾凶狠的强大的压迫者。这个敢于斗争又善于斗争的下层妇女赵盼儿,给被压迫者以巨大的信心和鼓舞力量。

这是一出以被压迫者的胜利告终的喜剧,但戏剧情节却渗透着悲剧的色调。戏剧冲突是在下层妇女被欺骗、被污辱、被残害的悲惨命运的基础上展开的。在喜剧性的情节和结局中,人们在欢笑和快意的同时会发现作者的泪水,从而更深地去感受作者的爱和恨,去思考生活的美和丑。

二、《望江亭》

《望江亭》的全名是《望江亭中秋切鲙》。这也是一本歌颂被压迫妇女的智慧胆识、斗争精神,并以压迫者的失败而告终的喜剧。

谭记儿死了丈夫以后,权豪势要杨衙内听说她长得漂亮,就妄图霸占为妾。但罪恶的意图未及实现,谭记儿就嫁给了在潭州为官的白士中,婚后夫妻相爱,过着美满幸福的生活。但号称"花花太岁为第一,浪子丧门世无对"的杨衙内却不肯就此罢休,依仗他的权势,在皇帝面前谎奏白士中"贪花恋酒",讨来势剑金牌、尚方文书,前去潭州取白士中的首级,以此达到夺占谭记儿的罪恶目的。谭记儿得知此事后,十分气愤,但却从容镇定,一方面劝慰鼓励丈夫,一方面巧设战胜敌人的计策。她于中秋节之夜,妆扮成渔妇来到望江亭,向杨衙内献鱼切鲙,佐酒助欢,以酒色为手段,制伏对手,趁机盗走了势剑金牌和尚方文书,使杨衙内杀人夺妻的阴谋成为一枕黄粱,成功地保卫了丈夫、保卫了自己、保卫了幸福的生活。

第三折正面写谭记儿跟杨衙内的斗争,是戏剧情节发展的高潮。在这之前,剧本就表现了谭记儿的"聪明智慧,事事精通",为写这场斗争作铺垫。高潮一折,在轻快活泼的戏剧情节中,完成了对这个大智大勇的妇女形象的塑造。剧本在对权豪势要的无情揭露和对被压迫妇女的热情歌颂方面,跟《救风尘》是基本上一致的。但由于谭记儿的身份地位跟赵盼儿有所不同,剧本所反映的具体生活内容有所不同,《望江亭》的喜剧色彩显得更为浓烈。

三、《单刀会》

《单刀会》的全名是《关大王独赴单刀会》。这是关汉卿历史剧的代表作。剧本写的是三国时期的历史故事:鲁肃为了索还荆州,约请关羽过江赴会。他设下三步计策:先是以礼索取;不成则拘留关羽,胁迫献还;再不成,则出伏兵擒住关羽,以武力攻取荆州。鲁肃跟关羽的矛盾,实际上是东吴跟蜀汉的矛盾,因此关羽单刀赴会不但关系到个人的生死,而且关系到国家的安危。戏剧冲突包含着丰富的历史内容,具有激动人心的力量。关羽明知过江是置身于"千丈虎狼穴",但为了蜀汉的利益,置个人生死于不顾,以大无畏的精神,单刀赴会。席间他以非凡的英雄气概,拒绝交出荆州,并喝退伏兵,在关平的接应下安然回到了荆州。

剧本用虚实结合的手法,突出地刻画和歌颂了关羽的智慧、勇敢和忠心,完成了英雄主义主题的表现。在第一、二折里,剧本写鲁肃定下计策后征求乔公和司马徽的意见,两人都不同意,在申说理由时都极力夸赞和渲染关羽的勇武过人。这样,通过人物之口,在关羽出场前,他的英雄气概和威武形象,就已开始出现在我们的面前。这两段虚写,为后文正面刻画关羽的英雄形象起到了很好的映衬作用。第三折写鲁肃派黄文下书,着重表现关羽的机智。他一下就看穿了鲁肃的阴谋诡计:"那里有凤凰杯满捧琼花酿,他安排着巴豆砒霜!玳筵前摆列着英雄将!"他看出了杀机,却又不避危难愤然前往,这就充分地表现出这位英雄人物的智勇和气胆,以及对蜀汉的一片忠心。基于这一系列成功的铺垫,读者对关羽单刀赴会而又能胜利归来便充满了信心。等到第四折高潮到来,正面描写跟鲁肃的冲突时,作者便不费多少笔墨和力气,举重若轻地就写出了一个光彩照人的英雄人物。

这本戏是以正末主唱的"末本"戏,与前面介绍的三出都是"旦本"戏不同。角色虽有别,具体的题材内容也有所不同,但所歌颂的都是大无畏的英雄主义这一点却是相通的。关汉卿写历史故事,却仍然着眼于现实,他显然从他生活的那个时代的现实社会中吸取了营养,把人民群众的英雄主义和乐观主义的精神风貌概括、熔铸到了关羽这个历史人物的身上。因此,关羽的形象,包含了历史的和现实的内容。反过来说,《救风尘》中的赵盼儿和《望江亭》中的谭记儿身上所表现的大智大勇的精神品格,也可以看作是关大王单刀赴会的精神在现实人物身上的表现。这些剧本的题材和主题尽管有所不同,但它们的基本精神却有相通之处,它们所共同表现的英雄主义和乐观主义,都能给当时广大的被压迫人民以力量和鼓舞。

第九章 王实甫

第一节 王实甫的生平

关于王实甫生平事迹的资料非常少。据《录鬼簿》和《续录鬼簿》等书,知道他名德信,大都人。跟关汉卿很相似,是一位生活于城市的"勾栏""瓦舍"之中,和下层的歌妓艺人有密切交往的知识分子。他聪明过人,才华出众,是一位驰骋于城市下层艺坛、跟演员妓女们合作得很好的"书会才人"中的大作手。他的杂剧创作,辞章华美,富有风韵,在当时极负盛誉,而尤以《西厢记》为出类拔萃。有人指出元代名臣王结的父亲也名德信,但此人在四十岁以前一直做官,且颇有政声,与剧作家王实甫未必是同一个人。

王实甫的杂剧,存目共十四种。完整地保存下来的有三种:《崔莺莺待月西厢记》《四丞相歌舞丽堂春》《吕蒙正风雪破窑记》;仅存残曲的有两种:《苏小卿月夜贩茶船》《韩彩云丝竹芙蓉亭》。其他九种全部亡佚。

《丽堂春》写金代右丞相完颜乐善的故事,第四折结尾《太平令》曲词写道:"早先声把烟尘扫荡,从今后四方、八荒、万邦,齐仰贺当今皇上。"热烈地歌颂了金代的皇帝。王国维据此推断他是由金入元的作家,大约与关汉卿同时而略晚。但生卒年已无法考知。他的戏剧活动的主要年代,大概在元成宗元贞、大德年间(1295—1307),名作《西厢记》大约就创作于这个时期。

《西厢记》的作者一般都认为是王实甫。但也有认为是王实甫作前四本,关汉卿续作第五本的;也有人认为是关汉卿所作,或者是关作王续的。这些看法都缺乏根据。

第二节 崔张故事的演变和王实甫《西厢记》的成就

《西厢记》所演述的崔莺莺和张生的爱情故事,经历了一个长期的流传演变过程。

最早写崔张故事的,是唐代元稹(779—831)的传奇小说《莺莺传》。故事写唐代贞元年间,张生游于蒲州,寄居在普救寺,爱上了路过这里暂住在寺里的崔氏女莺莺,与她订下了"终始之盟"。但后来张生却背弃盟誓,抛弃了崔莺莺。小说有积极的思想意义,但也表现了浓厚的封建意识。崔莺莺是一个大家闺秀,能不顾封建礼教的束缚跟张生相爱,表现了对爱情和自由幸福的追求。但她比较软弱,缺乏反抗精神。小说的作者污蔑莺莺是个"尤物",为张生"始乱终弃"的背义行为辩护,称颂他"为善补过者"。

北宋时著名文人秦观和毛滂,各以《调笑转踏》的曲调写了《莺莺传》的故事。《调笑转踏》是一种歌舞曲,以八句七言的引诗和一首《调笑令》来歌咏古代一个美人的故事,合八个故事成为一套。由于形式的限制,这两支曲调所咏的崔张故事都不够完整,思想内容也没有超出《莺莺传》的范围。

宋代的赵德麟(令畤)用《蝶恋花鼓子词》这种民间说唱文学的形式演唱了崔张故事。内容比秦、毛的《调笑转踏》要完整充实。虽然基本的故事情节仍出于《莺莺传》,但思想倾向却出现了值得注意的变化。在第一首里这样写:"密意浓欢方有便,不奈浮名,旋遣轻分散。最是多才情太浅,等闲不念离人怨。"在最后一首里又写道:"弃掷前欢俱未忍,岂料盟言,陡顿无凭准。地久天长终有尽,绵绵不似无穷恨。"对张生的用情不专、薄情寡义,由原传的回护变成了批评,而对被抛弃的崔莺莺则寄予了深切的同情。崔张故事在宋代,已由文人士大夫流传至勾栏瓦舍中的倡优女子,这可能是促成故事思想倾向发生演变的重要原因。

宋金至元,勾栏瓦舍中的通俗文艺演述崔张故事的不少,可惜大都失传。现存最完整也是最重要的是金代董解元的《西厢记诸宫调》。"董西厢"在崔张故事长期流传演变的基础上,在思想上发生了质的变化。这个变化主要表现在:张生由背信弃义的负心郎,变成了一个对爱情专一的有情有义的正面人物;在《莺莺传》中本来并不重要的老夫人,变成了阻碍崔张爱情结合的封建势力的代表,作为崔张二人共同的对立面构成了新的戏剧冲突内容;另一个在原传中同样并不重要的人物红娘,表现出泼辣、机智、善良的美好性格,成为故事中一个十分活跃的角色。这些人物性格的改变和人物形象的成功塑造,以及故事的结局由"始乱终弃"的悲剧改变为大团圆的喜剧,便赋予了崔张故事以新的反封建的思想主题,为王实甫《西厢记》的创作打下了重要的基础。

王实甫在崔张故事长期流传的基础上,特别在董解元《西厢记诸宫调》的基础上,进行了带总结性的思想艺术创造,完成了杂剧《西厢记》的创作,使这一传统题材以新的面貌出现在戏曲舞台上。

《西厢记》规模宏大,由五本二十一套曲子组成,这在元杂剧的戏剧结构中是仅见的。第一本《张君瑞闹道场》,写张生和崔莺莺在普救寺里一见钟情,是爱情的产生。第二本《崔莺莺夜听琴》,写爱情的发展和跟老夫人的冲突。孙飞虎兵围普救寺,老夫人宣称谁有退兵之策,就将莺莺嫁他为妻。待张生请白马将军杜确解围之后,老夫人却翻脸悔婚,在设宴酬张时只让莺莺拜张生为兄。但崔张二人不顾老夫人的阻挠,在丫头红娘的帮助下,互通心意,进一步发展了爱情。第三本《张君瑞害相思》,戏剧冲突在莺莺、张生和红娘三人之间展开。崔张二人在红娘的帮助下,传书递简,大胆地表白爱情,相约幽会。可是由于崔莺莺相国小姐的身份和特殊处境,她既要克服自身由于封建思想的影响造成的内心矛盾,又要防范老夫人派来"行监坐守"的红娘,因而在爱情的表露和行为上,便反反复复、真真假假、虚虚实实,致使热恋中的张生相思病害得越发严重。经过一番曲折,莺莺才以送药方之名,二次约张生幽会。第四本《草桥店梦莺莺》,写在红娘的帮助下,崔张二人私下结合。事情被老夫人发觉,在拷问红娘时,勇敢机智的红娘主动向老夫人进攻,指责她失信赖婚,并抓住她害怕"辱没相国家谱"的心理,迫使老夫人不得不同意将莺莺许配张生。却又提出条件,要张生进京赴考,得官后方能成亲。老夫人的无理要求又使崔张二人经受了分离的痛苦。第五本《张君瑞庆团圞》,写张生考中状元,做了河中府尹,归来后与莺莺成亲,矛盾冲突在大团圆中得到最后解决。

王实甫《西厢记》比"董西厢"又有进一步提高。人物形象更加鲜明突出,戏剧情节更加凝练集中,主题思想也得到了进一步的深化。

老夫人在剧中成为一个有血有肉性格鲜明的人物形象,作为崔张争取爱情斗争的对立面,构成贯穿全剧的戏剧冲突。《赖婚》一折着重刻画她的背信弃义,《拷红》一折着重刻画她的冷酷和虚弱。而整个性格刻画都注意突出了她维护封建礼教和门第家声的思想本质。她的戏并不多,但读者从人物性格冲突的折射中处处感觉到她的存在,即使她没有出场,戏剧矛盾的发展也都受到她的影响。老夫人的形象及其在全剧戏剧冲突中地位的加强,使得《西厢记》反封建的主题思想得到了更加鲜明的体现。

女主人公崔莺莺的形象,比"董西厢"塑造得更加突出,也更富于思想光彩。剧作者在她跟封建礼教和老夫人的矛盾中,表现她的叛逆思想和反抗精神,表现她对爱情的追求和对自由幸福生活的向往。剧本有意淡化她性格中羞怯、软弱的一面,写她对爱情的追求更大胆、更热情、更自觉;但也没有脱离她的社会地位和生活环境将她的性格简单化,而是写出了她复杂矛盾的内心世界。她对张生一见钟情,但爱情的发展和表达,却经过吟诗、听琴、通简、赖简等漫长曲折的过程,其中既有对张生的观察和考验,也有对自身封建礼教和伦理观念影响的克服。莺莺性格的真实性,是这个形象艺术生命力的基础。

张生是一个爱情专一的至诚情种。他家境清贫却敢于爱慕相国小姐;在功名利禄和爱情追求之间,他毫不犹豫地舍弃前者而选择后者。这些都显示出这个人物的不俗之处。他以他的至诚和专一赢得了莺莺的爱情,也赢得了爱情的最后胜利。在《寺警》一折中,白马解围,又表现出他性格中热情有为和富于正义感的一面。张生被塑造成一个令人喜爱的形象,就使得他和崔莺莺的爱情能博得读者更深的同情,有利于表现作者"愿天下有情人都成了眷属"的美好理想。

红娘的形象是王实甫杰出的艺术创造。她在"董西厢"中还只是一个次要人物,而在杂剧中却成为一个十分重要的角色,在整个戏剧冲突的发展中起到一种举足轻重的作用。她热情而富于正义感,纯朴善良,聪明机智,勇敢泼辣,不仅促成崔张二人的结合,而且是对老夫人进行斗争并取得胜利的重要力量。剧本生动地表现并热情地歌颂了一个被压迫妇女的美好品质和斗争精神,表现了王实甫进步的民主思想。

《西厢记》善于组织戏剧冲突,使情节集中而又富于起伏变化。戏剧冲突的发展和情节的演进,始终突出反封建的主题。围绕着主要矛盾,又多方面地组织和展开次要矛盾,戏剧情节主次分明,丰富而不单调。

抒情性是《西厢记》语言的显著特色。不少曲词既生动地刻画了人物性格,又成功地渲染出一种诗的气氛,创造出诗的意境。《西厢记》是一部古典抒情诗剧的杰作。

第三节 《西厢记·长亭送别》简析

《长亭送别》见于《西厢记》第四本第三折,历来脍炙人口。张生在老夫人的逼迫下,进京赶考,以获取功名作为跟莺莺美满结合的条件。这折戏的内容就是写莺莺、红娘和老夫人到十里长亭为进京的张生送别。整折戏由莺莺一人主唱。唱词充分地表现了一对恋人被迫分离时内心的痛苦和怨恨。戏剧冲突由人物内心独白的形式得到表现。"离人伤感",加上"暮秋天气",使十里长亭送别倍增凄凉。而在凄凉的气氛和痛苦的内心独白中表现了两种不同思想的对立,戏剧冲突在一种独特的形式中巧妙地得到发展。老夫人是要张生挣一个状元回来,以使这门婚事能门第相当,不辱相国家声。而莺莺则把两人的美满结合即"得个并头莲"看得比状元及第更重要,并对因被迫去追求功名利禄而"拆鸳鸯在两下里"发出怨恨的呼声。因而,莺莺一声声内心痛苦的抒发,都是对阻挠、摧残他们爱情的封建思想的控诉和反抗;通过这些抒情性的唱词,有力地加强了剧本的反封建主题。

在这折戏中,人物的思想性格也得到了进一步的刻画。莺莺的唱词,在怨恨中处处闪现出抗争的锋芒,她敢于针锋相对地提出跟母亲完全不同的认识,反抗是相当大胆的。但作为一个相国小姐,她的反抗和怨恨又表现为一种含蓄深沉的特点,她不仅不能有越礼的行为,同时在情人离别时因有母亲在身边也不能畅抒情怀,这就显示出她性格中温顺柔弱的另一面。

莺莺的唱词,深刻地揭示了女主人公的内心矛盾,反映出封建社会妇女的地位和命运。她的痛苦中,不仅有离愁别恨,而且包含着怕将来被遗弃的隐忧。她一方面盼望张生一去就功成名遂,这样才能实现他们的美满结合;另一方面又怕张生地位变化后在异乡别有所爱,"停妻再娶妻",内心充满了深刻的矛盾。这种矛盾是封建社会无数现实悲剧在莺莺心理上的投影,因而它包含着值得我们重视的社会历史内容。

《长亭送别》充分地表现出《西厢记》作为一部抒情诗剧的艺术特色。开头〔端正好〕一曲,化用范仲淹《苏幕遮》词的词句和意境,运用具有特征性的景物:碧云、黄花、西风、归雁、霜叶等,以景写情,情景交融,构成一种凄清哀婉的诗的艺术境界。下面〔滚绣球〕一曲,则是以主观的情感去驱遣客观的景物。柳丝、疏林,都是当时主人公所见的客观景象,但说长长的柳丝难于系住离人的玉骢马,疏疏的树林挂不住西坠的斜晖,使时间走得慢一些,就完全是出于当时莺莺独特的主观感受。这些描写,都是既富于诗情画意,又具有强烈的感情色彩,很有感染力。

作者一面采入前人的诗词成语,自然贴切,浑化无迹;一面又吸收富有生活气息的口语,生动活泼,晓畅流转。这就使得《西厢记》的语言亦雅亦俗,俗中见雅,华美典丽与通俗生动达到高度的统一。

另外,在这折戏中,夸张、对比、烘托等艺术手法的运用,也取得了很好的效果。例如"听得道一声'去也',松了金钏;遥望见十里长亭,减了玉肌";"泪添九曲黄河溢,恨压三峰华岳低";"遍人间烦恼填胸臆,量这些大小车儿如何载得起?"都是极夸张的句子,但因为它们都能充分地揭示出人物内心的痛苦和怨恨,因而显得真实动人。〔三煞〕所唱的"笑吟吟一处来,哭啼啼独自归。归家若到罗帏里,昨宵个绣衾香暖留春住,今夜个翠被生寒有梦知",从笑和哭、喜和悲、暖和寒构成的鲜明对比里,强烈地表现出人物孤寂难耐的离愁别恨。而整折戏里,从头到尾处处点染的西风黄叶、淡烟衰草、夕阳古道、衰柳长堤等种种凄清的物象,使整个环境和背景弥漫着一种悲凉的气氛,与人物的感情心境融化为一体,增强了戏剧语言的抒情性和艺术感染力。

第十章　元代散曲

第一节　散曲的兴起和体制

散曲是金元时期在我国北方兴起的一种新诗体。我们通常称的"元曲",是概括戏曲(杂剧)和散曲两方面说的,这两方面是既有联系又有区别的两种文学形式。元杂剧的主要部分曲词,是合乐歌唱的,性质跟散曲一样,但杂剧的体制和所表现的生活内容要比散曲复杂丰富得多。散曲的兴起比元杂剧要早,但成就不如杂剧。

散曲和词一样,都来自民间,都是合乐歌唱的长短句。词发展到南宋时期,在文人手里变得典雅化而走向衰落,而民间的"俗谣俚曲"却因跟人民生活紧密结合而得到发展。宋金对立时期,北方少数民族的乐曲和汉族北方地区慷慨粗犷的民间歌曲相结合,便逐渐形成了散曲这种形式。散曲是我国多民族文化融合的产物,也是文学形式推陈出新的结果。

散曲最初主要在市民中间流传,所以又称为"街市小令";但有些曲调可能是由农村传入城市的,如《采茶歌》《山坡羊》《豆叶黄》等。

散曲包括小令和套数两种主要形式。小令也叫"叶儿",套数又称散套。小令是单支的曲子,很像一首单调的词。词里也有小令,但词的小令单指一首五十八字以内的短调,而散曲中的小令则不限字数。小令有各种不同的曲调,如《山坡羊》《水仙子》《落梅风》等。各调的句式和字数不完全相同。小令是散曲的基本单位。但如果要表达的思想内容比较复杂,只用一支曲调不足以表达,就需要采用套数。套数就是将同一宫调中的若干支曲子联缀起来歌唱,曲调的联缀不是随意的,有一定的顺序和格式。套数可长可短,最短的可以只有两支曲调,最长的则可以联用三十多支曲调。还有一种称为"带过曲"的,是介于小令和套数之间的一种形式。把同一曲调重复几次连在一起的,称为"重头小令",又和"带过曲"不同。据清初李玉《北词广正谱》的记载,北曲共有四百四十七个曲调,其中有些是杂剧专用的,散曲(包括小令和套数)使用的不过一百六十七调。

散曲和词都是配合曲调歌唱的歌词,但两者在形式和艺术风格上却有明显的不同。散曲在艺术形式上的特点,主要表现在以下几个方面:

第一,散曲可以在曲调规定的字数之外,根据内容表达的需要增加衬字。例如〔南吕·黄钟尾〕开头两句按正格字数该是七、七,但关汉卿在〔一枝花〕《不伏老》套中却增加到五十三字:"我是(个蒸不烂煮不熟捶不扁炒不爆响珰珰)一粒铜豌豆,(恁子弟每谁教你)钻入(他锄不断斫不下解不开顿不脱慢腾腾)千层锦套头。"(括号内为衬字)衬字的运用有一定的规律,多数用在句首和句子的两个词组之间,句子中间大多用虚词。加衬字使作者有较大的自由去充分地叙写所要表现的内容,同时也很好地解决了生动活泼的口语和曲调固定字数之间的矛盾,增加了语言的生动性和曲词的表现力。

第二,散曲用韵较密,差不多每句都押韵。散曲以北方话为基础,没有入声字,平上去三声通押,这比之诗词里平仄韵要分开押的情况要灵活得多。但散曲要求一韵到底,不像诗词那样中间可以换韵。因而散曲在韵律声调上显得和美动听。

第三,字句的重复是诗词创作最要避忌的,但散曲却不避重复,有时甚至是有意追求重复以获得一种特殊的艺术效果。

第四,在句子形式上,散曲中的对偶特别多,不仅"逢双必对",而且常常三句排在一起互相构成对偶,称为"鼎足对"。如马致远〔双调·夜行船〕《秋思》中〔离亭宴煞〕一曲中有"密匝匝蚁排兵,乱纷纷蜂酿蜜,急攘攘蝇争血"以及"和露摘黄花,带霜烹紫蟹,煮酒烧红叶"。

散曲由于艺术形式上的以上特点,加上多采用口语,在表现手法上又多用赋而少用比兴,因而在艺术风格上显得质朴自然,明快泼辣,刻露而少含蓄,抒情状物,往往淋漓尽致。

第二节 几首散曲代表作简析

近人隋树森辑录的《全元散曲》,收入元代有姓名可考的散曲作者二百多人,小令三千八百五十三首,套数四百五十七套。这个数量比现存的唐诗宋词要少得多。估计有不少作品没有流传下来。

歌唱山林隐逸和描写男女恋情,是元代散曲的重要内容。前一类,往往慨叹世事的不平,表现出作者愤世嫉俗的情绪,有一定暴露现实的意义;但同时又流露出逃避现实和及时行乐的消极思想。后一类,表现了妇女对真挚爱情的大胆追求,反映了封建社会中男女的不平等以及妇女被玩弄、被遗弃的怨恨;但同时又往往染上勾栏调笑的习气,表现出追求色情的低级趣味。另有一些描写自然景物的作品,写得明丽清新,能给人以美的享受。只有少数作品接触到当时的社会问题,或者反映人民生活的痛苦,或者揭露统治阶级的罪恶。

元代散曲的发展约略可分为前后两期。前期从金末到元成宗大德年间(约1234—1307),代表作家主要有关汉卿、马致远、张养浩等。他们作品的风格质朴自然,比较接近民歌。后期从元武宗到元末(1308—1368),代表作家主要有张可久、乔吉、睢景臣等。他们作品的风格趋于典雅工丽,讲究格律辞藻,而内容则脱离现实。下面选出马致远、张养浩和睢景臣各一首(套)作品进行简要的分析。

一、马致远的〔越调·天净沙〕《秋思》

马致远(约1250—1321至1324间),号东篱,大都人。他在元代戏曲创作最繁盛的时期,曾参加大都著名的元贞书会,被推为"战文场曲状元"(见贾仲明吊马致远的《水仙子》)。他在杭州担任过一段时间浙江行省务官,晚年退居农村过隐居生活。他是一位著名的杂剧作家,与关汉卿、白朴、郑光祖齐名。作杂剧十三种,今存《汉宫秋》《青衫泪》《黄粱梦》等七种。他是前期散曲创作最著名的代表作家,作品流传也最多,近人辑为《东篱乐府》一卷,收小令一百零四首,套数十七套。他的散曲表现了怀才不遇、愤世嫉俗的思想感情;但他是一个道教徒,常常流露出浓厚的隐居乐道的消极思想。他也描写男女爱情和自然景物,在散曲题材的开拓上有一定的贡献。散曲风格豪放洒脱,语言本色清俊。〔越调·天净沙〕《秋思》是他最为人传诵的作品:

枯藤老树昏鸦,小桥流水人家,古道西风瘦马。夕阳西下,断肠人在天涯。

这首小令抒写的是一个漂泊天涯的游子思家而不得归的惆怅心情。写得自然、平淡,却很深沉,作者将他的思想感情浓缩到画面里,渗透到字里行间。读者读到它,会情不自禁地进入到诗人所创造的艺术境界,受到他的思想感情的感染。

前三句写景。第一句写干枯的藤,苍老的树,点染出萧瑟凄冷的秋色和秋意;而黄昏时正鸣噪归巢的乌鸦,则更能引动一个漂泊天涯、无所依归的旅人的一怀愁绪。写出这样的景象和气氛,不言愁已经是愁绪满纸。第二句突然转出一种色调明净的幽雅宁静的境界:清清的流水,精巧的小桥,幽静的人家。这画面给人暖意,使人联想到家人团聚的亲切和幸福,这就从反面牵动离人思乡的愁绪。在描写上深了一层,需要经过咀嚼,作者怀念家园而不得归的思想感情才能体会出来。第三句又写出三种景象,好像摄影师把拍摄的镜头推近了:荒凉的古道上,刮起阵阵萧瑟的西风,旅人骑着一匹瘦马,正无所归止地继续奔波。这里实际上已经由客观景象写到抒情主人公的自身了,但没有点破。画面上只写到马,而没有直接写到人,但实际上已经非常巧妙地表现了人,读者不仅可以由此想象出在古道上行进的旅人,而且可以体会出他奔波不息的艰辛、困顿和内心的悲愁。

最后两句:"夕阳西下,断肠人在天涯。""夕阳"二字画出薄暮时刻的景象,与下一句中"天涯"二字呼应,写出一种茫茫无际的阔大景象,正好传达出一种漂泊无依的凄凉之感。"断肠人"三个字在最后一句才出现,将弥漫于全曲的那种浓重的乡思,凝聚集中起来,推出人物,也点出了主题思想。

这首小令艺术构思十分巧妙。全曲重在抒情,却又主要写景,以景传情,客观的环境、景色与作者主观的心境、感受融合在一起,创造出一种充满凄清孤寂之感的艺术境界。王国维在《人间词话》中称赞这首小令说:"寥寥数语,深得唐人绝句妙境。"很中肯地评价了它的艺术成就。

二、张养浩的〔中吕·山坡羊〕《潼关怀古》

张养浩(1270—1329),字希孟,号云庄,山东济南人。初出仕,担任过监察御史、礼部尚书等官,后因直言敢谏,得罪了当权者,便弃官归隐。元文宗天历二年,他被征为陕西行台中丞,到关中治旱救灾,因勤劳公事,死于任所。著有《云庄休居自适小乐府》,简称《云庄乐府》。他的散曲从对隐居生活的讴歌中透露出对仕途险恶的不满;有一些作品表现了对人民疾苦的关怀并揭露了统治阶级的罪恶,在元代曲家中是很难得的。〔中吕·山坡羊〕《潼关怀古》是这方面的代表作。

这首曲词作于陕西的潼关。名为"怀古",却是着眼于现实。

"峰峦如聚,波涛如怒,山河表里潼关路。"开头三句写潼关地形险要,依山临水,气势雄伟。接下去切题中"怀古"二字,由眼前所见潼关景象转向与潼关有关的历史:"望西都,意踟蹰。伤心秦汉经行处,宫阙万间都做了土。"在潼关上遥望古都长安,不禁思绪起伏,悲从中来。为什么呢?因为追想到秦汉旧迹,当年无数华丽的宫殿都化作了尘土。"兴,百姓苦;亡,百姓苦。"作者俯仰今古,以深长的感叹结束这支曲。作者思想的可贵之处,在于他从历代王朝的兴亡替废,想到了人民的痛苦。这就揭示出前面所说的"意踟蹰"和"伤心"的根源和具体内容。前面写景、联想,显得沉郁雄健;后面议论,则显得明快尖锐。全曲在写景、抒情、议论相结合中,表达了对人民悲惨命运的同情。

三、睢景臣的〔般涉调·哨遍〕《高祖还乡》

睢景臣,字景贤,扬州人,生卒年不详,元成宗大德间在世。他曾写过《屈原投江》等三个杂剧,都没有流传下来。散曲也只保存下来三个套数和几句残句。这套《高祖还乡》达到了很高的思想和艺术成就,奠定了他在散曲史上的重要地位。

这是一篇尖锐泼辣的讽刺作品。作者对历史上声威烜赫的汉高祖,无情地揭破了他龙种不凡的神话,剥光了他至尊天子的外衣,还他以流氓无赖的本来面目。据《史记》和《汉书》上的记载,汉高祖刘邦在当了皇帝的第十二年的冬天,曾经威风凛凛地回到故乡沛县,志得意满,写了一首《大风歌》,炫耀自己是"威加海内兮归故乡"。套曲正是以这次回乡为题材,针锋相对地予以揭露,故意大煞他的威风。作者这样无所顾忌地挖苦嘲笑汉高祖,矛头显然不仅仅是指向这个早已死去的历史人物,更重要的是表现了他对封建皇权的至高无上地位的藐视,对在封建时代束缚人们思想的正统观念的背叛,是一种在当时十分大胆的进步思想的表现。

全曲用了四个曲调,即〔哨遍〕〔耍孩儿〕〔煞曲〕〔尾声〕,共八支曲子(其中〔煞曲〕用了五遍),有条不紊地将汉高祖还乡的过程和场面生动地表现了出来。〔哨遍〕写皇帝还乡前村里的忙乱景象和紧张气氛。从〔耍孩儿〕到〔四煞〕三支曲子,写乡民们欢迎皇帝的场面和皇帝仪仗队到来时的景象。〔三煞〕正面写皇帝到村时情状,他目中无人,傲视一切,威严无比。可是突然一下看出了他的"庐山真面目",于是笔势一转,一连用了三支曲子来揭他的老底,刻画出他一副流氓无赖面目。

整个曲词是以叙述主角用第一人称的语气进行叙写的,而这个人物却是一个见不多、识不广、没有文化因而也较少封建正统思想和等级观念影响的庄稼汉,他过去跟刘邦曾有交往,身份地位又曾比刘邦高,深知他的底细。选择这样一个身份地位的人物作叙述主角,所见、所想、所说,都由他的眼中、心中、口中写出,因而一切都显得那样荒唐可笑,造成了一种跟讽刺内容十分协调的嬉笑怒骂、幽默诙谐的艺术风格。

  这套曲词运用生动活泼的口语和夸张的艺术手法,叙事条畅严谨,描写逼真传神,讽刺辛辣尖刻,揭露痛快淋漓,不愧为元人散曲中的上品。钟嗣成《录鬼簿》中记载:"维扬诸公俱作《高祖还乡》套数,惟公〔哨遍〕制作新奇,诸公者皆出其下。"当不为虚传。

第四编　明清及近代文学

概　说

在元代已开始显露出来的正统诗文衰落、通俗文学繁荣的趋向,到明清两代并没有大的改变。明清两代诗文作家作品的数目并不少,但很难找出堪与前代如屈原、司马迁、陶渊明、李白、杜甫、白居易、苏轼、陆游、辛弃疾等光辉名字相媲美的伟大作家;与此相反,在中国文学史上相对晚熟的小说和戏曲,明清两代却大放异彩,我们可以排出一系列光辉的名字:汤显祖、洪昇、孔尚任、罗贯中、施耐庵、吴承恩、蒲松龄、吴敬梓、曹雪芹等,他们创作的许多作品,在中国文学史上占有重要的地位,在广大人民群众中产生了广泛深刻的影响。明清(尤其是清代)诗文词的创作成就超过元代,也有值得我们重视的作家作品,但作为一个时代来看,应该说明清文学的主要成就和特色是表现在小说和戏曲方面。

明代宋濂、刘基、归有光、袁宏道、张岱等人的散文,高启、于谦、陈子龙、夏完淳等人的诗歌,都有较好的作品,或者在思想上,或者在艺术上显示了自己的特色。清初归庄、顾炎武、吴伟业等人的诗歌,对动乱的社会面貌作了多方面的描绘,在不同程度上反映了当时的民族矛盾和人民的痛苦生活。清中叶袁枚、郑燮等人的诗歌,虽然主要还是抒发士大夫的思想情趣,但却表现出冲破传统思想束缚的可贵精神。桐城派散文家如方苞、姚鼐等人,也都有一些可读的作品传世。清代词人辈出,成就大大超过了元、明两代。陈维崧、朱彝尊、纳兰性德等人,都各有特点,取得了一定的成就。

1840年鸦片战争以后,由于帝国主义的侵略,中国沦为半封建半殖民地社会。史学家们把从1840年到1919年"五四运动"这段时期的历史称为中国近代史。这段时期,中国人民及其先驱者开展了广泛的反帝反封建的斗争,文学的发展与这一斗争紧密结合,表现出一些新的特点。杰出的诗人龚自珍和黄遵宪,在现实变革的影响下,用诗歌反映现实生活,参加并推动现实斗争,使诗歌回到现实主义和积极浪漫主义的道路上来,取得了突出的成就。旧民主主义革命家章炳麟、秋瑾等,在诗文中表现了他们崇高的革命理想和斗争精神。

明清两代的正统文学有两个突出的特点,一是作家和流派很多,二是理论批评著作很多。但从总的方面看,多为宗法前人,且着重于形式技巧方面,复古主义和形式主义占主导地位,很少创造性。这种情况直到近代才发生根本性的变化。适应于新的社会斗争的需要,近代文学在内容和形式上开始出现种种改良和革新。

明清时期短篇小说和长篇小说都取得了光辉的成就。小说的发展表现出两个值得注意的趋向:第一是由群众与文人的集体创作发展成为文人作家的独立创作。《三国演义》《水浒传》《西游记》,都是在长期民间传说和说书艺人创作的基础上,由作家整理、加工、再创作而最后成书的。明中叶以后,出现了由文人独立创作的署名兰陵笑笑生的长篇小说《金瓶梅》,短篇小说中也出现了许多文人模仿话本而创作的拟话本。清代的《聊斋志异》,虽然采集了不少民间传说和志怪故事,但基本上是作家蒲松龄经过熔铸创造的新创作。《儒林外史》和《红楼梦》则是完全由作家独立创作的皇皇巨著,鲜明地显示了作家的艺术个性和风格特色。第二是在内容上由历史题材发展为现实题材。《三国演义》《水浒传》《西游记》三部书,虽然虚构和想象的成分各不相同,但都是由真实的历史故事或历史事件发展演化而来;而《金瓶梅》《红楼梦》等作品,则以现实生活为题材,从对家庭日常生活的细致描绘中反映出重大的社会主题,显示了中国古典小说的现实主义发展到了更加成熟的阶段。

明清时期的戏剧,杂剧衰落,而在宋元南戏的基础上产生了传奇体制。明代传奇杰出的代表作是汤显祖的《牡丹亭》,表现了强烈的反封建的思想倾向和浪漫主义的艺术特色。清代前期则出现了洪昇的《长生殿》和孔尚任的《桃花扇》,它们吸收并融会了元明以来爱情剧和历史剧的创作经验,将政治斗争和爱情故事巧妙地结合起来,在思想和艺术上都取得了较高的成就。乾隆以后,杂剧传奇的作者脱离现实、脱离人民,片面追求格律词采,逐渐地被各地兴起的地方戏所代替。

明清正统诗文的衰落和小说戏曲的繁荣,有其社会历史和文学发展的原因。

明中叶以后,在封建社会内部逐渐产生了资本主义生产关系的萌芽,虽然在明末清初一度遭到统治阶级的严重摧残,而到了清代的雍正乾隆时期,又在新的经济条件下得到了恢复和缓慢地发展。新的经济因素必然要在包括文学艺术在内的社会意识形态中得到反映。为市民阶层喜闻乐见、最便于反映他们的思想感情和复杂的社会生活的通俗文艺形式——小说和戏曲,在新的时代条件下,便打破正统诗文一统天下的局面而得到长足的发展。

明清两代统治阶级对知识分子采用笼络和高压两手政策。一方面提倡程朱理学,实行以八股取士的科举考试制度,严重束缚人们的思想。许多知识分子热衷功名富贵,一生都在八股文上下工夫,思想僵化,脱离现实,文学创作的生命也就因之而枯竭。一方面又实行血腥镇压的恐怖政策。明清两代文字狱都十分严重,文人常因诗文中的一字一句而招致杀身之祸。在这种情况下,许多文人心有余悸,不敢在诗文创作中触及现实政治,这就大大地影响到正统诗文的发展。

明嘉靖、万历以后,以王艮、李贽为代表的进步思想家,批判程朱理学,反对"存天理,灭人欲"的反动说教。李贽又倡"童心说",认为表现童心的作品才是好作品。这些进步思想对小说戏曲的创作都产生了积极的影响,例如在《牡丹亭》和一些拟话本小说中就有鲜明的反映。明末清初顾炎武、黄宗羲、王夫之等人的进步思想,对《聊斋志异》《儒林外史》和《红楼梦》的创作也有不可忽视的影响。

从文学发展的历史看,中国古典小说经过唐宋元三代的酝酿、准备、发展,在艺术方法以及情节、人物塑造、结构和语言诸方面都积累了相当丰富的艺术经验,为明清时期小说的繁荣打下了坚实的基础。同时,小说、戏曲以其自身的创作成就,显示了它们不容忽视的社会作用和文学价值。明中后期就有一些文学家如李贽、袁宏道等人,打破传统的文学偏见,起来为一向被人轻视的小说戏曲争文学地位,作出极为崇高的评价,这就在理论上为小说戏曲的发展开拓了道路。

第一章 《三国演义》

在宋元讲史基础上发展起来的章回小说,是我国长篇小说的民族形式。《三国演义》原题《三国志通俗演义》或《三国志演义》,后出的通行本题为《三国演义》。《三国演义》是我国文学史上第一部章回小说。《三国演义》是以三国时期的历史为内容的一部长篇历史小说。它不同于历史,因为许多情节和细节出于想象和虚构,概括了比三国时期的历史要丰富和深广得多的历史内容;它也不同于一般的小说,因为作家的想象和虚构还须受到历史事实的约束,它所描写的基本的历史轮廓、重大的历史事件和主要人物的历史活动,都不能违背历史的真实。

第一节 《三国演义》的成书和作者

《三国演义》是民间作者和文人作家相结合的创作成果,它的成书经历了一个长期的演变过程。这部小说所依据的主要史料,是晋陈寿的《三国志》和刘宋时裴松之的注。裴注引用的材料中有一部分就来自民间的野史、杂说,带有明显的民间传说的成分。刘宋时刘义庆的《世说新语》,也辑录了一些民间传说的三国人物故事。至迟到唐代末年,三国故事已在群众中得到广泛流传,在民间艺人的口头上,人物形象已经达到非常生动的程度。在宋代说话的"讲史"一家中,有专门说"三分"(即三国故事)的艺人,可以想见三国故事的内容这时已相当充实,艺术上也有很大的提高。据苏轼在《东坡志林》中的记载,当时一些孩子听艺人说三国故事就听得入了迷,而且听到曹操吃败仗就大喜叫好,听到刘备遭受挫折就很不高兴,说明这时三国故事尊刘抑曹的思想倾向已非常鲜明,而且具有很强的艺术感染力。宋元时期各种戏剧形式,包括皮影戏、傀儡戏、南戏、院本等,都有以三国故事为内容的节目。元杂剧中见于著录的三国戏有四十多种。《三国演义》中的许多重要情节,在元杂剧中就已经有了。

在《三国演义》成书前,讲三国故事最重要而保存至今的一部书,是元代至治年间刊印的《全相三国志平话》。全书约八万字,上图下文,故事从桃园结义开始,到诸葛亮病死结束,大约是宋元时代讲史艺人的说话底本,经略加整理而成。它内容简单,文笔粗劣,但已粗具规模,是《三国演义》创作的重要基础。近年在日本发现的《至元新刊全相三分事略》,内容版式与《三国志平话》基本相同,两书可能即同一内容的不同刊本。《三国演义》的最后写定者就是在长期民间流传和说书艺人加工的基础上,参考各种历史资料,再熔铸进他本人的生活经验和思想感情,最后完成这部长篇小说的创作的。

《三国演义》的最后写定者一般认为是元末明初人罗贯中。关于罗贯中的生平事迹,保存下来的材料很少。他的朋友贾仲明在《录鬼簿续编》中说:"(罗贯中)太原人,号湖海散人。与人寡合。乐府、隐语,极为清新。与余为忘年交,遭时多故,天各一方。至正甲辰(1364)复会,别来又六十余年,竟不知其所终。"罗贯中生卒年不可考,大约生活于由元入明的14世纪中后期。他的籍贯也有太原、钱塘(今杭州)、东原(今东平)、庐陵(今江西吉安)等说,不能最后确定。据传他一生在政治上很不得志,但有杰出的文学才能,致力于通俗文学的创作,所作有曲词、杂剧和小说。杂剧三种,今存《宋太祖龙虎风云会》,也是写历史题材的,所歌颂的圣君贤相思想与《三国演义》相通。传说他曾写十七史演义,今存署名罗贯中的小说还有《隋唐两朝志传》《残唐五代史演义传》《三遂平妖传》等。

今见《三国演义》的最早刊本是明嘉靖壬午年(1522)的《三国志通俗演义》,二十四卷,二百四十则。明末一种本子合二百四十则为一百二十回,不分卷。清初康熙年间毛纶、毛宗岗父子,仿金圣叹评改《水浒传》例,修订加工了全书,题为《三国志演义》,加上评语,并对情节、回目、文字都作了一些修改,此后就成为最流行的本子。

第二节 《三国演义》的思想内容

《三国演义》描写的内容,是从汉灵帝中平元年(184)黄巾起义到司马炎统一全国(280)近一百年间的历史,其中着重描写的是大约半个世纪的魏、蜀、吴三国的纷争和兴衰过程。

《三国演义》集中描写了封建统治阶级不同政治集团之间的斗争,包括政治的和军事的斗争。各路诸侯在联合镇压黄巾起义的基础上,各怀野心,互相间钩心斗角、尔虞我诈,不惜采用种种阴谋诡计和卑劣手段。在这种斗争中所暴露出的统治阶级人物的丑恶面貌和反动本质,是对长期封建社会中统治阶级内部斗争的艺术概括,具有超出于三国时期具体历史生活的普遍的典型意义。

作者在曹操这个人物身上,集中了封建统治阶级人物所共有的一些基本特征:虚伪、奸诈、残忍。刘备是作者热情歌颂的人物,但从他的具体活动中我们仍然可以看出封建统治阶级的一些思想特点。他城府较深,不像曹操那样赤裸裸地宣扬自己的人生哲学;他在政治斗争中善于玩弄权术,尤其善用以屈为伸的韬晦之计。鲁迅曾指出《三国演义》"欲显刘备之长厚而似伪"。这说明小说客观的艺术描写常常跟作者的主观意图不完全一致,在总体上并没有违背历史真实。这对我们今天的读者认识封建时代的历史和封建统治阶级的本质,是有积极意义的。

《三国演义》真实生动地描写了统治阶级内部的政治斗争和军事斗争,尤其以描写战争为出色,艺术地概括了封建社会政治斗争和军事斗争的一些经验和规律。这部小说描写战争最突出的特点,是不停留在两阵对圆、双方一刀一枪的拼杀上,而是着重表现每次战争不同的条件、环境,双方力量的对比,战略战术的运用等等决定战争胜负的多种因素。尤其注意表现战争指导者主观指导的正确与否对战争胜败的重要意义,因而能真实地揭示出战争双方强弱转化的过程和胜败的原因,读后给人以深刻的启示。全书中带有全局意义的三次大战役:官渡之战、赤壁之战、彝陵之战,都是以弱胜强,而又各有特点,构成了一幅幅波澜壮阔、栩栩如生的宏伟战争图画。它所揭示的某些军事斗争的规律和经验,客观上符合军事辩证法,在今天也还有一定的借鉴意义。

通过人物形象的塑造,《三国演义》在一定程度上反映了人民群众的爱憎感情和愿望要求。这跟三国故事在民间长期流传是分不开的。例如刘备的宽厚爱民,张飞的憨厚豪爽、疾恶如仇,诸葛亮的聪明机智,关羽的义勇,以及黄盖和阚泽从大局出发的自我牺牲精神等等,都是人民群众所喜爱的。关羽、赵云等人的形象,明显地体现了古代人民的英雄主义理想。而曹操的虚伪奸诈、凶暴残忍,袁绍的刚愎自用、懦弱无能,周瑜的心胸狭隘、不顾大局等等,都是人民群众所憎恶的。这是这部描写统治阶级内部斗争的历史小说得到人民广泛喜爱的重要原因之一。

《三国演义》还反映了在长期分裂割据和军阀混战的局面下,人民群众所遭受的深重灾难,揭露了封建统治阶级屠杀和蹂躏人民的残暴罪行。这不是《三国演义》的重要内容,但也是它所反映的历史生活的一个不可忽视的重要侧面。

《三国演义》表现出鲜明的尊刘抑曹的思想倾向。这一思想倾向是在长期历史发展中形成的,包含了比较复杂的社会历史因素。首先跟三国故事流传加工的宋元时期民族斗争的历史背景有关。蜀汉集团被当作汉族政权的象征而加以强调,曲折地表现了在特定历史条件下形成的民族意识。其次跟作者的政治理想有关。《三国演义》的作者以儒家"天下归仁"的政治理想来概括三国时期的历史,不完全符合这个时期的历史实际,但却在一定程度上反映了处于战乱时代的人民群众反暴政的要求和期望过安乐生活的理想。最后,无可讳言,尊刘抑曹的倾向也反映了作者的封建正统思想,小说以是否忠于汉室作为判断是非善恶的标准。曹操就是被当作不忠于汉室的"乱臣贼子"来加以讨伐的。刘备一样想做皇帝,统一天下,因为他姓刘,是帝室之胄,就被肯定和赞扬。这方面表现了《三国演义》严重的思想局限。与此相联系,书中还表现了忠孝节义等封建伦理道德观念,还有一些鬼神迷信的描写,都是应该批判的消极落后成分。

第三节 《三国演义》的艺术成就

《三国演义》在艺术上取得了多方面的成就。

第一,在宋元"讲史"和民间传说的基础上,吸取了说书艺人讲故事的传统,故事性很强,情节曲折生动,惊心动魄,引人入胜。第二,塑造了众多栩栩如生的人物形象。全书写了四百多个人物,性格鲜明而能给读者留下较深刻印象的有几十个之多,主要人物如曹操、诸葛亮、关羽、张飞、赵云、周瑜等,都长期活在人民群众的心中。第三,在战争描写上,《三国演义》达到了很高的艺术水平。政治斗争和军事斗争结合,大小战争互相穿插,组织得主次分明,有条不紊。每次战争都各具特点,不给人以千篇一律的雷同之感。作者不是孤立地写战争,而是从错综复杂的矛盾斗争的发展过程来展示战争的全貌及其特色。第四,《三国演义》的艺术结构,既宏伟而又严密,将丰富多彩、曲折多变的情节,组织成一个脉络分明、前后连贯的艺术整体。情节的发展有张有弛,有平静舒缓的流水,也有波澜迭起的高潮,张弛缓急间又存在着内在联系。第五,《三国演义》运用浅近的文言进行叙述描写,又适当地吸收口语,形成"文不甚深,言不甚俗",简洁明快、雅俗共赏的语言风格。

下面选出几个精彩的片断进行具体分析,以见出《三国演义》在艺术表现上的一些特色。

一、《温酒斩华雄》

这段故事主要表现关羽的英勇和威武。前后不过一千多字,直接写到关羽的笔墨不多,却是生龙活虎,有声有色,颇能见出人物的精神风采。作者不用正面的直接描写,而是从人物关系中,通过映衬、烘托、对比等艺术手法,从侧面虚写,在读者自己的艺术想象中去完成这个形象的塑造。

在关羽未出场前,先写他的对立面华雄。对华雄是欲抑先扬,极力渲染他英勇善战、所向披靡。未开战先写他的体态身形非同寻常:"其人身长九尺,虎体狼腰,豹头猿臂。"又写他出言不逊:"吾斩众诸侯首级,如探囊取物耳。"接着写他英勇善战。他不仅一连斩了盟军的将领鲍忠、祖茂、俞涉和潘凤,而且率军夜袭孙坚的兵寨,将孙坚打得狼狈而逃,连头上的红头巾都丢掉了。这就给读者造成悬念:如此英勇而气焰又十分嚣张的华雄,关羽能够战胜他吗?

作者此时还不让关羽出场。他又从盟军一方的其他人物作进一步的烘托、映衬。在接连败兵折将、被挫动锐气的情况下,先锋孙坚伤感,主帅袁绍心惊,众诸侯束手无策,"并皆不语"。在这冷寂而又紧张的场面中,写刘、关、张三人立在公孙瓒的背后"冷笑"。这"冷笑"二字大有深意:不单笑那些身为将帅却对华雄束手无策的众诸侯,更是对那猖獗一时的华雄的藐视和轻蔑。这已使人感到这三个人非同寻常。就在华雄得意忘形、猖狂叫战,众将大惊失色、惶惶不安之时,作者让关羽出场了。

未见其人,先闻其声。只听得阶下一人大呼出曰:"小将愿往斩华雄之头,献于帐下!"这两句话平平常常,几乎每个武将在出战时都可能有类似夸耀武艺的豪言壮语,但在上述特定的情景和气氛之下,就显得很有分量而引人注目了。作者一下子就将他要着力表现的人物置于矛盾冲突的中心地位。这时,作者以精练之笔勾画出关羽的外形,有意跟华雄形成对比:"其人身长九尺,髯长二尺;丹凤眼,卧蚕眉,面如重枣,声如巨钟,立于帐前。"但是作者并没有马上让关羽跟华雄交手,而又故作顿挫,使情节生出波澜:袁术因关羽不过是刘备手下的一个弓马手而瞧不起他,怒喝"安敢乱言,与我打出!"这时,具有远见卓识而又十分爱才的曹操出来为他说情:"试教出马,如其不胜,责之未迟。"意想不到地,作者写关羽在这时主动立下了军令状:"如不胜,请斩某头。"这就将本来已经紧张的气氛渲染得更加紧张了:关羽能否斩华雄之头,不仅关系到盟军的胜败,而且关系到关羽本人的生死。作者在制造了这样紧紧地抓住读者的悬念以后,按理说他就该放开笔墨去有声有色地描绘这场紧张激烈的战斗了。但是出乎我们的预料,作者仍然避实就虚,不作正面描写,而继续采用侧面烘托和渲染的手法。他先借酒来点染。曹操"教酾热酒一杯,与关公饮了上马"。这杯酒在刻画关羽的形象上,可以说是起到了画龙点睛的作用。曹操酾这杯热酒,是为了预祝关羽胜利,鼓励他,寄希望于他,为他壮壮胆气行色。妙在关羽并不喝,他对曹操这片深情厚意的回答,只是简单的一句话:"酒且斟下,某去便来。"同样是普普通通八个字,几乎人人都能说得出,但在性命攸关、一场险恶的生死搏斗即将到来之前,由关羽的口里说出来,而且出语如此轻松安闲,从容不迫,确实是掷地有声,不同凡响。通过这杯酒,在关羽尚未出战之前,就十分自然、毫不费力地渲染出关羽那非凡的英雄气概。

接下去写战斗本身,只用了三十六个字。同样不是从正面直接描写这场战斗进行得怎样惊心动魄,而是从帐外天摧地塌的声响,帐内人们大惊失色的反应,作侧面烘托,让读者自己去想象。然后是:"鸾铃响处,马到军中,云长提华雄之头,掷于地上,其酒尚温。""其酒尚温"这四个字,使全篇故事精神百倍,顿生光彩。"温"字是说明时间之短,表明斩华雄之头,恰如探囊取物,轻而易举,正应了前面关羽所说"某去便来"四个字。一个"温"字,一以当十,以少胜多,启发读者自己去想象这场战斗之激烈和关羽之勇武,人物的精神风采见于笔墨之外。

二、《蒋干盗书》和《草船借箭》

这两段故事都见于赤壁之战。赤壁之战是决定三国鼎立局面的一次重大战役。魏、蜀、吴三方的风云人物,都汇聚到一个舞台上,人物众多,矛盾复杂,内容丰富,场面宏伟。作者倾注全力,以八回书的篇幅进行描写,充分显示了《三国演义》在组织情节、刻画人物、描写战争等多方面的艺术特色。

战争不单单是武力的较量,同时也是一个斗智和斗勇的过程。《赤壁之战》八回书中,写实际开战的不到两回书的篇幅,其余都是围绕决定战争胜负的多种因素,在广阔的生活幅度上,丰富多彩地展现出战争的进程。其间有不少斗智斗勇的动人场面。《蒋干盗书》和《草船借箭》就是其中十分精彩的两个片断。

赤壁之战是在长江中进行的一次水战,作者始终抓住并突出这一特点,来发展矛盾,组织安排故事情节。曹操兵精粮足,在军事上占有很大优势;但北军不习水战,又是一个致命的弱点。曹操看到了这一点,便采取措施,想克服这一弱点,以转化矛盾。他大胆地任用了荆州降将蔡瑁、张允任水军都督,因为他们"久居江东,谙习水战"。吴军主将周瑜暗窥曹军水寨,为北军布寨"深得水军之妙"而吃惊,当即确定破曹的关键在于设计除掉蔡瑁、张允二人。这就是"群英会蒋干中计"的背景,也是这段以从容闲暇之笔写出的富于戏剧性的情节所包含的重大矛盾,这是决定战争双方谁胜谁负的关键性矛盾。在写蒋干过江与周瑜相会之前,先写周瑜这一极有远见的重大战略决定,作者用笔是非常高明的。这不仅使前后的情节连贯,并将这段带喜剧色彩、看似轻松的情节置于紧张的气氛之下,而且突出了周瑜审势精细而又善于抓住主要矛盾果断地作出决策的杰出将才。这样,在这场斗智的回合展开以前,就使我们感到周瑜胸有成算,智慧过人,处于矛盾斗争的主导地位,因而胜券在握。

　　这场智斗是在一对"同窗交契"的老朋友蒋干和周瑜之间展开的。但作者着眼的却是两军对垒的主帅,上场的虽是蒋干,周瑜的实际对手却是曹操。曹操的失误在于不能"知己知彼"。他求胜心切,草率用计,把周瑜看成是派人劝说即可来降的人物,而又对实际平庸无能的幕僚蒋干估计过高。因此,曹操虽然只是在这段故事的一首一尾出现,他的思想性格却在与周瑜的对比中得到了表现。故事一开始,就使人从周瑜的精明果断中感到派蒋干过江是冒着很大的风险。

　　作者善于通过人物间微妙的关系,把情节组织得腾挪跌宕、变化多姿、充满喜剧性,而从中生动自然地展示出人物的思想性格。周瑜一听说蒋干到时,便"笑谓诸将曰:'说客至矣!'"说明他对曹操深有了解,事件的发展在他的预料和掌握之中。相见时,第一句话就先声夺人,点出蒋干为曹操作说客的来意,置对方于被动地位,让事态按自己的安排布置发展。然后写群英会,周瑜悉召江左英杰束装来跟蒋干相见,并授剑太史慈作监酒,宣布:"今日宴饮,但叙朋友交情;如有提起曹操与东吴军旅之事者,即斩之!"不仅使蒋干没有开口劝降的机会,而且主动向他显示东吴的军威;并再一次当众表示自己效忠东吴、毫不动摇的决心。在宴饮过程中,几次写到周瑜"大笑畅饮""佯醉大笑""舞剑作歌",而数番点染蒋干"惊愕,不敢多言","面如土色"等。这样两相比照,显示出:一边主动,一边被动;一边意气豪壮,一边委琐胆怯。情节发展到这里,蒋干已被逼进死胡同,没有机会也没有胆量开口劝降,势将一事无成,空手败兴而归。但如果到此为止,还不能充分地展示出周瑜超人的智慧。接下去写周瑜假醉,邀蒋干入帐同榻,抵足而眠,又使情节的发展"绝处逢生",进入了新的境界,而蒋干却在新的希望和喜悦中走向了更大的失败。此后是一方佯醉假寐,一方伏枕难眠,言谈动作,虚虚实实,真真假假,情节起伏变化,妙趣横生,充满了戏剧性。直到蒋干盗书逃跑,自以为得计,实际是落入了周瑜精心布置的圈套之中,情节便发展到了高潮。其间,蒋干盲目自信、颠顸愚蠢,周瑜机警沉稳、精明干练,也就得到了鲜明的表现。

《草船借箭》紧接在《蒋干盗书》之后,而矛盾却在孙刘联盟的内部展开。周瑜和诸葛亮的矛盾在赤壁之战中属于次要矛盾,但次要矛盾和主要矛盾不能分割,紧密相关。周瑜和诸葛亮的矛盾反映了孙刘联盟的关系,而孙刘联盟的巩固或破裂,又关系到这场战争的胜败。作者正是紧紧地围绕着主要矛盾来展开次要矛盾的。矛盾冲突十分紧凑,而用笔却从容不迫,张弛相间。

这段故事也同样运用了对比、映衬等艺术手法,成功地刻画了人物的思想性格。通过人物关系,作者将周瑜和诸葛亮的思想性格作了鲜明的对比:周瑜在斗争中看出诸葛亮的智慧超过自己,就心怀嫉恨,设计加害于他,表现出忌刻褊狭、目光短浅,为一己私利而不顾大局;诸葛亮则将计就计,不仅教育周瑜,而且削弱曹操,表现出胸怀坦荡、雍容大度,为了共同破曹的最高利益而不计私仇。作者写人物很有章法和层次。他写曹操跟周瑜斗,周瑜超过曹操;写周瑜跟诸葛亮斗,诸葛亮又超过周瑜。水涨船高,"山外青山楼外楼",对诸葛亮用笔并不多,却充分地写出了他在这次赤壁大战中举足轻重的地位和作用。我们看到,周瑜自作聪明,以造箭来陷害诸葛亮,不考虑曹操大军压境的严重局面,似智而实愚;诸葛亮欣然领命,还主动立下军令状,把交箭日期由十天缩短为三天,沉稳镇静,似愚而实智。在整个故事发展中,以忠厚而显得有些愚钝的鲁肃穿插其间,借他的行为态度,表现对周瑜的批评,对诸葛亮的赞美。取箭过程也一直由他陪同,以他的惊慌失措,反衬出诸葛亮的勇敢沉着。这段故事,表面上闲静舒缓,气氛却一直非常紧张。因为借箭的成败既关系到诸葛亮个人的安危,更关系到对曹作战的胜负。而结果,诸葛亮以他杰出的军事才干和过人的智慧,从曹操那里成功地借来十万支箭,既使周瑜的阴谋破产,又极大地挫伤曹军的实力,使曹操在水战中进一步陷于不利的地位。次要矛盾的解决,大大地推动了主要矛盾的发展。

第二章 《水浒传》

第一节 《水浒传》的成书和作者

跟《三国演义》相似,《水浒传》是一部由群众、艺人和文人作家共同创作的作品,它的成书经历了一个长期传说的演变过程。

《水浒传》描写的以宋江为首的农民起义,在历史上实有其事,发生在北宋末年宋徽宗宣和年间。但关于这次农民起义的历史记载非常简略。《宋史·徽宗本纪》载:"淮南盗宋江等犯淮阳军,遣将讨捕;又犯京东、江北,入楚、海州界;命知州张叔夜招降之。"《宋史·侯蒙列传》载:"宋江寇京东,蒙上书言:'江以三十六人横行齐魏,官军数万,无敢抗者,其才必过人。今清溪盗起,不若赦江,使讨方腊以自赎。'帝曰:'蒙居外不忘君,忠臣也。'命知东平府,未赴而卒。"其他还有一些记载,也都大同小异,语焉不详。因为历史上的宋江起义声势极盛,影响很大,就在民间产生一些传闻异说,逐渐流传开来,不断得到加工增饰。

南宋时期,水浒故事已开始在民间广泛流传,并引起士大夫知识分子的重视。由宋入元的画家龚开为宋江等三十六人画了像,并写了赞语。南宋时的"说话"中,有关于《水浒》故事的《石头孙立》《青面兽》《花和尚》《武行者》等许多名目,可惜没有流传下来。在水浒故事流传的过程中,必然会受到来自各个方面的思想影响,因而故事情节、人物的思想性格等,在不同时期和地域的流传中都可能出现某些歧异。这可能影响到《水浒传》思想内容的复杂性。

宋元间的《大宋宣和遗事》中有一段三四千字的梁山泊故事,可能出于南宋"说话人"的整理本。水浒故事已有了比较连贯完整的情节,包括花石纲、杨志卖刀、智取生辰纲、晁盖落草、宋江杀惜上山、九天玄女授天书以及招安征方腊等重要情节,是《水浒传》创作的重要基础。元杂剧中至少有二十多种水浒题材的剧目,今存六种。杂剧中起义军的根据地从太行山改为山东的梁山泊,人数也扩展为"三十六大伙,七十二小伙"。

《水浒传》就是在长期民间传说和艺人演唱的基础上由文人作家加工成书的。《水浒传》的作者一般认为是施耐庵,也有认为是由施耐庵写定后又经罗贯中加工修改的。关于施耐庵生平的可靠资料也非常少。传说他是钱塘(今浙江杭州)人,也有说是江苏兴化人的。大约生活在元明之际,可能比罗贯中稍早。有人说他曾参加过元末张士诚领导的农民起义,但没有确凿可靠的证据。

《水浒传》的版本比较复杂。现在比较容易看到的有三种:一、七十一回本。是采用明末清初人金圣叹的删改本整理而成的,没有七十一回以后招安和征方腊等情节,是流行最广的一个本子。二、百回本。在大聚义排座次以后,有受招安、征辽、征方腊的故事,一直写到全军覆亡。新中国成立后排印的是明代万历三十年(1602)前后杭州容与堂刊本,一般认为是一个比较接近《水浒传》原本面貌的本子。三、一百二十回《水浒全传》本。在征辽和征方腊之间加入了征田虎、王庆的故事,多出二十回,是明末书商为了赚钱加上去的。

第二节 《水浒传》的思想内容

《水浒传》在中国文学史上第一次大规模地直接地描写封建社会的主要矛盾——农民阶级和地主阶级的矛盾,描写了一次轰轰烈烈的农民革命斗争,展开了宏伟壮丽、波澜壮阔的斗争生活场面。它所取得的思想成就是前所未有的。

第一,《水浒传》深刻地揭露了封建社会的黑暗和统治阶级的罪恶,写出了"官逼民反""乱由上作",从而真实地揭示了农民起义的社会根源在于残酷的封建压迫和剥削,热情地肯定和歌颂了农民革命斗争的正义性。

《水浒传》中虽然较少正面地描写封建剥削的经济关系,但却以大量生动的生活图景,揭露了统治阶级对人民群众政治上的残酷压迫和经济上的野蛮掠夺。梁山英雄的第一次集体革命行动是"智取生辰纲"。作者不是把这次行动当作一般的"打家劫舍"来描写的,而是写得堂堂正正、光明磊落。通过刘唐之口说:"不义之财,取之何碍!"热情地肯定了他们反掠夺、反剥削的正义行动。同时还生动地表现出,穷苦渔民阮氏三兄弟热情向往并坚决地投身革命,根本原因在官军的残暴掠夺和政府的繁重科敛。

在作者的笔下,封建统治阶级中大大小小的代表人物,从高俅到张都监、蒋门神,到祝朝奉、毛太公、郑屠之流,构成了上上下下、互相勾结,由贪官污吏、土豪恶霸、泼皮流氓、衙役公差等组成的黑暗统治网,给劳动人民带来深重的灾难。在这个黑暗的封建统治网下面,凶残邪恶的坏人横行霸道,无辜善良的百姓惨遭迫害。小说通过生动真实的艺术描写,令人信服地告诉我们:农民革命斗争的烽火,就是在这样的社会压迫的背景之下燃烧起来的。

第二,《水浒传》热情地歌颂了农民起义英雄的反抗精神,表现了他们的优秀品质、英雄气概、斗争意志和伟大力量。小说塑造了一系列光彩照人的英雄形象,令人崇敬和热爱,如李逵、鲁智深、武松、林冲、三阮等,长期活在人民群众的心中。作者对这些被旧时代的统治阶级轻蔑仇视、看作"寇盗"的反叛人物,倾注了强烈的爱和饱满的热情,着意渲染和赞美他们的高贵品德,比统治阶级的人物高出许多倍。单是这一点,就表明了产生于封建时代的《水浒传》具有非常进步的历史观。

第三,《水浒传》描写了一支农民起义队伍从无到有、由小到大、由弱到强,由分散而聚合,由盲目行动而变为有明确的行动纲领,以及招安和最后失败的全过程。虽然其间包含的历史教训作者未必有自觉的明确认识,在招安的描写上表现了小说深刻的思想局限和历史局限,但它写出了一部在特定历史条件下完整的农民革命斗争的兴亡史,这就使得这部长篇小说具有极为宝贵的思想价值和认识意义。

第四,《水浒传》由于忠实地反映了农民革命斗争的生活,因而形象地概括了一些军事斗争和政治斗争的经验,尤其是农民战争战略战术的运用和斗争策略方面的经验,这也是我们认识这部长篇小说的社会意义时不容忽视的。毛主席在《矛盾论》和《中国革命战争的战略问题》中都曾引用过《水浒传》中的例子,以说明唯物辩证法和战略退却与进攻辩证关系的道理,这反映了《水浒传》在描写农民革命战争方面所取得的杰出成就。

关于《水浒传》的思想内容及其评价,历来都存在尖锐的分歧,分歧的核心主要在于小说对招安的描写。毁之者斥之为歌颂投降主义路线,誉之者则说它是通过投降后的悲剧结局,指出此路不通,是对投降主义路线的批判。我们认为,《水浒传》对招安问题的描写是表现了作者深刻的思想矛盾的,而这些思想矛盾的产生有其社会历史的原因。

作者将宋江这个人物置于全书艺术构思的中心。他的思想性格及其活动,关涉到整个义军的兴亡成败。小说一方面充分地写出他重义气和浓重的忠孝思想这种矛盾的性格(后一方面跟梁山农民革命事业格格不入),另一方面又千方百计地将他摆在梁山义军的"恩主"和当然领袖的位置上,写他所代表的思想路线,在大聚义以后占了上风,以致使义军队伍走向失败。从作者对宋江的歌颂态度(包括对他的忠孝思想在内)来看,从小说里将招安的实现写成梁山泊的盛大节日来看,从作者虽然写了反招安的斗争却并没有在思想上否定招安派,而仍然写反招安派(最典型的是李逵)支持和拥戴宋江来看,《水浒传》的作者都是明显地有意地描写招安并肯定招安的。但作者肯定招安,认为义军应该走这一条道路,却又并不认为这是一条最好的道路。他清醒地看到并以忠于生活的现实主义态度,写出了招安导致的悲剧结局。他是含着眼泪描写招安的。但他写出这个震颤人心的惨局,又并不是为了批判宋江的忠孝思想,批判他的投降路线,从而昭示来者:"投降是一条死路,走不得!"而只是怀着强烈的义愤,揭露和谴责"蒙蔽圣聪"的权奸们的阴险和狠毒。"可怜忠义难容世,鸩酒奸谗竟莫逃。"直到这出历史大悲剧演到底,宋江和李逵被毒死,作者仍然是肯定和同情宋江这种在我们今天看来是近于奴才思想的"忠义"的。如果说,悲剧结局是寄托着作者批判的意思的话,那么,批判的矛头不是对准宋江及其思想路线,而是对准当朝权奸的。小说结尾的挽诗里说:"早知鸩毒埋黄壤,学取鸱夷泛钓船。"他唯一对宋江不满的,就是在征方腊以后,没有像历史上的范蠡一样,功成身退。

作者满怀热情地歌颂梁山义军的造反精神及其革命事业的正义性,却又让他们招安;写招安,又不是写他们荣华富贵的结果,而是写出一个催人泪下的惨局,这反映了这部思想倾向十分鲜明的小说本身存在着深刻的思想矛盾。

形成这种深刻的思想矛盾的历史根源和社会原因是比较复杂的,主要有以下几个方面:

第一,农民阶级本身的认识局限,他们"只反贪官,不反皇帝"。虽然义军中不乏反皇帝的言论,但从一支革命队伍的总体来看,他们并没有形成反对皇帝的明确纲领,他们也不可能突破封建社会的历史条件带给他们的皇权主义的思想束缚。包括反对招安最激烈的李逵和鲁智深在内,都曾经说过现代读者感到讨厌的"皇帝至圣至明,只被奸臣蒙蔽"这样在书中重复过无数次的话。从历史的观点来看,这并不违背人物的思想性格和生活的真实。

第二,忠君思想的影响。统治阶级的思想就是统治的思想。"忠"是维护封建君臣关系的最高道德规范,不仅在统治阶级内部是一种牢固的观念,就是在被统治的普通老百姓中,也有着深刻而广泛的影响。因此,水浒故事的加工者们,包括无数的无名作者和最后写定的施耐庵在内,有这种思想,并将它带到作品里来,渗透到人物性格和艺术情节之中,是并不奇怪的。

第三,民族斗争历史背景的影响。水浒故事从口头流传到文人写定成书的整个宋元时期,都处于民族矛盾十分尖锐的历史背景之下。招安的描写,显然跟这一历史背景有关。南宋时期,北方的抗金义军愿意依附朝廷,共同对付外族入侵者。招安路线跟"平虏保国安民"的口号联系在一起,绝不是偶然的。

第四,封建统治阶级对农民起义实行招抚政策的影响。历史上就有张叔夜招降的记载。《水浒传》中关于义军被招安的描写,是封建统治阶级对农民的招降政策和历史上的招降事实在文学作品中的反映。小说中写到招安实现时的那首赞美诗:"一封恩诏出明光,伫看梁山尽束装。知道怀柔(即招安)胜征伐,悔教赤子受痍伤。"就明显地反映了统治阶级的招安思想。

尽管《水浒传》存在着由历史条件造成的严重的思想局限,但我们前面所说的它在思想上的杰出成就和积极意义却是主要的,不可抹杀的。因此,把《水浒传》说成是"农民革命的史诗"或"教科书",不免过分抬高;但说《水浒传》是肯定招安,是歌颂投降主义路线的,却也并不符合事实,是完全错误的。

第三节 《水浒传》的艺术成就

《水浒传》杰出的艺术成就,突出地表现在英雄人物的塑造上。小说塑造的不是一个两个,而是一系列性格鲜明、光彩照人的英雄形象。它写人物不简单化,有丰富的性格内涵。人物的思想性格,在矛盾斗争中合乎逻辑地得到显现。《水浒传》的人物塑造,在一定程度上体现了现实主义和浪漫主义的结合。像鲁智深、李逵、武松、林冲等写得最成功的形象,都带有明显的传奇色彩,在现实生活的基础上加以升华、提高,寄托了人民英雄主义的理想。但同时作者又没有将他们神化、定型化,而是严格地按照生活的逻辑,写出他们思想性格和环境遭遇的联系,而且随着环境和生活的变化不断发展。这是《水浒传》在艺术描写上高出于《三国演义》的地方,标志着中国古典小说现实主义艺术更加成熟。

在艺术表现上，比之《三国演义》的粗线条勾勒，《水浒传》更趋于细腻，细节描写更多、更丰富，在人物的性格塑造上起了很重要的作用。特别是性格化的行动描写，极为真实生动，能让读者由此窥见人物的精神世界。

《水浒传》是第一部用口语写成的长篇小说。它继承了宋元话本的优良传统，在民间口语的基础上，经过提炼加工，创造出一种通俗、简练、生动而极富表现力的文学语言。无论叙事、状物、写景、写人，都能惟妙惟肖，逼真传神。

《水浒传》表现出一种连环套似的结构特色。全书的主体部分，由相对独立的人物传记构成，前后勾连，互相衔接，从不同人物的生活道路、性格变化，反映出广阔的社会生活面，揭示出农民起义发生的原因及其发展过程。全书以梁山义军的发生、发展、壮大、招安、失败作为中心线索组织情节，结构也基本完整。

下面通过对两个片断的具体分析，看看《水浒传》艺术描写的杰出成就。

一、《风雪山神庙》

林冲逼上梁山的故事是《水浒传》中最有代表性的精彩章节之一。《林教头风雪山神庙》见于小说的第十回，写林冲在封建统治阶级的迫害下，完成思想性格的最后转变。故事着重表现了"逼上梁山"的这个"逼"字。林冲是在凶残的封建统治阶级的一步步紧逼之下，走投无路，才克服了思想性格中的弱点，造反上山的。因而林冲思想转变的过程，就是封建统治阶级日益暴露其黑暗与罪恶的过程；作者真实细致地描写了林冲的思想转变，也就深刻有力地揭露了统治阶级的罪恶。

林冲原是八十万禁军教头，一名中层军官，属于统治阶级营垒中的人物。他虽然不像上山前的杨志那样忠实地为统治阶级效劳，但社会地位决定了他必然要依附于封建统治阶级，千方百计要保住他的身份地位和美满幸福的家庭。作者从他一出场开始，就注意揭示出他对高俅一伙的迫害采取逆来顺受和委曲求全态度的社会根源。

高衙内为了抢夺林冲美丽的妻子，在高俅的支持下，逼得林冲妻离家破，并蒙上不白之冤，发配沧州。林冲虽然十分愤慨，但毫无反抗。到沧州以后，高俅一伙仍然不放松他，又派陆谦跟来，要谋害他的性命。林冲得知这一消息后，虽然在一怒之下去买了一把解腕尖刀，要寻机报仇，但三五日过去寻不到人，便又松懈下来，复归于平静。调他去管草料场，他虽然有疑心,但没有想到是敌人的阴谋诡计,应声便去,还想在那里苟活求生,好好地过平安日子。直到草料场火起,他躲在山神庙里亲耳听见陆谦等人得意洋洋地道出是奉高俅之命要烧死他,还要拾他一两根骨头回京请赏时,才在忍无可忍的情况下,愤然而起,杀了陆谦,毫不犹豫地走上了反抗斗争的道路。小说真实可信地写出了林冲性格转变的根据,也就揭示了他造反上山的社会原因,从一个独特的角度表现了"官逼民反"的中心思想。由于林冲是一个由统治阶级中分化出来的人物,他的思想性格的转变,最后投身于农民革命,反映了统治阶级内部的分化瓦解与农民起义事业发展壮大之间的深刻联系,因而他的形象具有别的英雄人物所没有的典型意义。

这段故事体现了《水浒传》在艺术表现上的几个特点。

第一,人物描写的性格化,是《水浒传》现实主义艺术的突出成就。而人物的性格特色及其发展转变,是通过丰富的细节,通过人物的行动、对话和内心活动的描写来表现的。这个特点在这段故事中有着极为鲜明的体现。作者通过丰富的细节,着意描写林冲在压迫者面前那种逆来顺受、忍辱苟安的思想性格,极力挖掘到他的灵魂深处。

林冲到了草料场,面对着在风雪中摇摇欲坠的草屋,想到的是天晴了要到城里去唤个泥水匠来修理;因天寒要到市井去买酒取暖,临行前细心地将火炭盖了,生怕引起火灾;出了门,将那已经破败、很不严实的草场门反拽上锁;路过古庙,还去向神明顶礼请求保佑;回来看见草厅被积雪压塌,第一个念头便是担心火盆内火种未灭,赶快探身去检查;到山神庙权且安身,走时只带一床絮被,准备住一夜便要回来;看到草料场火起,便马上要开门去救火,而丝毫没有想到自己会因此获罪,应该赶快逃走⋯⋯所有这一切,都写得十分细致生动,极其深入地表现了林冲精细谨慎的性格,表现了他虽然已经沦落到如此悲惨的境地,却仍然想苟安求生,平安无事地过日子的心思打算。

与此同时,作者又写到了林冲性格中不可忽视的另一面。在这回书的开头,作者特意安排了李小二这个人物,写了他跟林冲的关系,绝非闲笔。除了情节上的需要,便于后面写他夫妻二人听见陆谦等人的谈话向林冲报信以外,主要的是要表现林冲克己好义、扶危济困、正直善良的性格。这种性格,不仅与统治阶级的恶德形成鲜明的对照,而且决然容不得丧理背义、谋害无辜的邪恶行为。这是他后来终于走上了反抗道路的内在依据。在他的胸中最后升腾起熊熊燃烧的反抗烈火以前,作者早已写出了他深埋于心中的火种;他连续几天持刀到处寻找陆谦,已使我们看到在外力的拨动下火星的闪耀。这样,林冲的转变尽管艰苦而又曲折,却写得有根有据,入情人理,令人信服。林冲杀陆谦时,先用脚踏住胸脯,把那口刀搁在他的脸上,来一番义正词严的训斥质问而后才下刀,表明他杀得有理有据,陆谦死得罪有应得。这些行动言语,都是很有思想性格的。凡此,都是《水浒传》人物描写十分高明的地方。

第二,《水浒传》的艺术描写,处处从生活出发,符合生活的逻辑,因而真实动人。陆谦等人的罪恶活动不是从正面写,而是从其他人物的眼中耳中写出的,前后两次,情景很不相同,都写得非常真实。第一次,是写李小二夫妻的所见所闻。他们看见的,先是一个跟一个闪进店来,末后则又分两拨低着头走出店去;在店里要酒菜,打发李小二去请客,说起话来都是半吞半吐,没头没脑;李小二妻子到阁子后面去偷听,又只见交头接耳,听不见说什么。前前后后,只是断断续续、隐隐约约地听见"高太尉","都在我身上,好歹要结果他性命";只看见"一帕子物事""一封书",又恰好都是十分重要,能透露消息的。第二次,是草料场火起,林冲在山神庙里听到陆谦等人说话,竟将他们的全部罪恶阴谋毫无隐饰地和盘托出,而且一字一句,听得清清楚楚。作者这样写,自然是为了情节发展的需要,但又都非常切合特定的生活情景,人物的神态、语气,无不逼真传神。因为第一次,阴谋还在策划阶段,便处处小心提防,生怕被人识破,因而行动诡秘,鬼鬼祟祟,当然使人看不清、听不准。第二次,大火起来,陆谦等人以为阴谋已经得逞,只等回去邀功请赏,便得意忘形,无所顾忌,而根本没有想到山神庙里正藏着冤家对头林冲,因而一字一句,听得清清楚楚。这两段文字并不长,却前后呼应,真实而形象地刻画了统治阶级及其爪牙们阴险、狠毒和残忍的本性,在促使林冲性格的转变和发展情节上起了重要的作用。

第三,自然景物和环境描写极为出色,点染出浓厚的气氛,跟情节的发展和人物思想性格的展示和谐地结合在一起。回目是《林教头风雪山神庙》,随着情节的发展,作者一路点染,三次写到那场纷纷扬扬的漫天大雪。而妙在都仅寥寥数语,精练而又传神。严冬的大雪给人以清冷的感觉,自然使人更能感受到主人公的凄惨境遇。同时,没有大雪,林冲不会到市井去沽酒;没有大雪,两间草厅不被压塌,林冲便不会夜宿山神庙:自然景物又关联到人物的命运和情节的发展。这些描写都极简练生动,和人物情节紧密结合,显示了《水浒传》艺术描写的杰出成就。

二、《武松打虎》

《风雪山神庙》是写人与人的斗争,《武松打虎》是写人与野兽的斗争,但同样生动地展示了人物的思想性格和精神风貌。

《武松打虎》见于《水浒传》第二十三回。整个故事分为三个部分:第一部分写武松在上山打虎以前在酒店里喝酒,是为写打虎做铺垫;第二部分写打虎,是情节发展的高潮;第三部分写打死老虎以后下山,是高潮之后的余波。

故事的中心是写人虎相搏。在展开搏斗以前,先通过酒店喝酒的情形,对人和虎两个方面都巧妙地作了介绍和渲染,而主要是写武松,写他的思想性格,写他的英雄气概。具体地说,是写武松的豪爽、机警、暴躁、刚烈,表现他的力和勇。

第一部分酒店里的描写,看似闲笔,实际很重要,是为武松上山打虎作准备。首先是通过武松的酒量食量进行渲染。写酒店,先特意点出那面"三碗不过冈"的招旗,这是为了写出酒家出卖的是一种非同一般的烈酒,而下文武松跟酒家间一系列戏剧性的情节,都是围绕着这烈酒展开的。一般过往行客是"三碗不过冈",而武松是一气吃了十八碗"却又不曾醉"。武松数次斟酒,数次豪爽地连声称赞好酒。作者写酒是为了写武松,写吃酒是为了写打虎。英雄赞关好酒,好酒衬托英雄。单是通过他的酒量食量,一个"大碗喝酒,大块吃肉"的性格豪爽的打虎英雄便已出现在我们的面前。

其次是通过武松和酒家之间的矛盾冲突,来展示武松的思想性格。武松要痛痛快快地开怀畅饮,酒家却好心好意地只卖三碗,双方便发生了冲突。作者通过一系列戏剧性的情节,表现武松那种英武豪爽中又透出焦躁和粗鲁的性格特征。他毫无根据地说酒家不肯卖酒给他是怕不付给钱;酒家不敢继续替他斟酒,他便出口伤人,并以倒翻酒店相威胁;喝完了十八大碗后,站起来,自得而略带示威地说:"我又不曾醉!"他出店以后,酒家追出来好心告诉他景阳冈上有猛虎伤人,不可在此时单独过冈,他反说别人这是要的谋财害命的手段。他虽然焦躁粗暴,却又不全是蛮不讲理,他有他从生活经验里得来的自信和机智。这些性格特征跟后文的打虎是不可分割的。

再次是从酒家的眼中口中作渲染。别人是"三碗不过冈",武松喝完三碗,酒家看见的是"武松全然不动"。十二碗下肚以后还只顾要喝,这时酒家道:"你这条长汉,倘还醉倒了时怎扶得你住!"略一点染,武松那不平凡的气象、身手,便从酒家的眼中口中烘托出来了。

第二部分,景阳冈上打虎,是这段故事的主体和情节发展的高潮。写得惊心动魄,有声有色。而这一节又分成两段来写,很有层次。在老虎跳出来以前,着重写武松的心理活动及其变化,以及上山时的身姿步态,为老虎的出来预先布置浓厚的气氛。武松的心理活动写得细腻逼真。他先是不相信山上有老虎,然而对酒家的过分警惕却变成了对老虎的麻痹大意;待看到"印信榜文"(即官府加盖了公章的正式公告),便相信"端的有虎"了。这时,在进退问题上写了武松的思想斗争:不回去,有被老虎吃掉的危险;回去,又会被酒家笑话,算不得好汉。斗争的结果是硬着头皮决定上山。他甘愿去冒被老虎吃掉的危险,也要维护英雄好汉的名声。武松是小市民出身,个人意识很重,同样是英雄,都有豪爽的一面,但他跟李逵、鲁智深就很不一样。不过"明知山有虎,偏向虎山行",毕竟是英雄本色。写他上山时的身姿步态,则生动地传写出这位打虎英雄的精神面貌。他确有胆小心虚的一面,但乘着酒兴,却是直奔大虫出没的景阳冈上的乱树林来,这就透露出不同凡俗的英雄胆气。

经过充分的多层铺垫和渲染,作者才正面写到打虎。人虎相搏这种瞬息万变的紧张场面,作者写来从容不迫、井井有条、严整有法。老虎跳出来以前,先写风,后写声,既渲染了老虎的凶猛,也使武松有了警觉和准备。写人虎相斗过程,先写老虎进攻武松避让,次写人虎相持拼搏,再次写武松打虎,由防御转为进攻。老虎进攻是一扑、一掀、一翦,武松避让则是一连三闪;武松转入进攻,先是打折哨棒,出现波折,而后继之以脚踢拳打。整个过程从人虎两面着笔,一来一往,一笔人一笔虎,一丝不乱。

打虎高潮之后的余波,却着重描写了武松在另一种情景之下的另一面:无力、胆怯、困倦。且看武松从血泊里将那大虫拖下山去时,"手脚都疏软了,动掸不得"。既而是"一步步捱下岗子来","捱"字写出走路时很吃力的样子,与上山时"大着步,自过景阳岗来"形成鲜明的对照;突然看见从枯草丛中钻出两只大虫时,写武松失声叫道:"呵呀!我今番死也!性命罢了!"原来是猎户的伪装,竟将武松吓成这个样子。而最后,当众猎户设酒相贺,"与武松把杯"时,却又这样写:"武松因打大虫困乏了,要睡。"就此收束。这种实事求是的描写,显示了《水浒传》艺术表现的高明:以打虎后的无力、胆怯、困倦,去回映打虎时的勇和力。正因为打虎时用了大力气,打虎以后才没有了一点力气;因为用尽了力气,当再一次看到老虎时,才跟平常人一样感到胆战心惊。

武松打虎的故事,表现了《水浒传》在人物描写上现实主义和浪漫主义相结合的艺术特色。作者赋予人物以理想化的传奇色彩,进行了大胆的艺术夸张,但又不违背常情和生活逻辑。武松是一个威武豪壮、勇力过人的英雄,也是一个平凡的普通人,是两者的结合。

第三章 《西游记》

第一节 《西游记》的成书和作者

《西游记》是中国古典小说中一部以神魔为题材的浪漫主义作品。它同样是民间无名作者和文人作家共同的创作成果。

唐僧取经的故事经历了一个长期的演化过程。唐太宗贞观元年(627),青年和尚玄奘(602—664)只身一人赴天竺(今印度)取经,跋山涉水,历尽艰难险阻,到贞观十九年(645),取回梵文佛经六百五十七部,在长安设立译场进行翻译。玄奘取经创造了非凡的业绩,他的精神令人敬佩。由玄奘口述,弟子辩机写成的《大唐西域记》和由弟子慧立、彦悰写成的《大唐慈恩寺三藏法师传》,记录了玄奘西行取经史迹和一路见闻。以后取经故事便逐渐在社会上流传开来,不断地得到加工润色,传奇色彩也愈来愈浓厚。

唐人笔记《独异志》《唐新语》等书中,取经故事已带有浓重的神异色彩。北宋欧阳修的《于役志》载,扬州寿宁寺(原名孝先寺)藏经楼在五代时就有了玄奘取经的壁画。这个故事既已流布丹青,说明在当时已流传很广。两宋时期,取经故事成为"说话"艺术的重要题材。现存刊于南宋时期的"说经"话本《大唐三藏取经诗话》,是取经故事演变的重要阶段,它吸取了更多的神话传说,并使取经故事粗具规模。书中的猴行者化作白衣秀士,已是神通广大、降服精怪的能手,显然是《西游记》中孙悟空形象的雏形。深沙神是《西游记》中沙僧的前身,但还没有猪八戒。这本书最重要的特点,是猴行者已取代唐僧而成为取经故事的主角。

到了元代(至迟到元末明初),出现了一部更加生动完整的《西游记平话》(又叫《唐三藏西游记》),可惜全书已亡佚。《永乐大典》第一万三千一百三十九卷引了一段《梦斩泾河龙》的故事,约一千二百字,即采自《西游记平话》，内容与吴承恩《西游记》第九回（人民文学出版社校订本为第十回）前半部分基本相同。成书比《永乐大典》早的朝鲜汉语教材《朴通事谚解》中，也概括地引述了《西游记平话》中关于"车迟国斗圣"故事的片断，与吴承恩《西游记》相关的内容大体一致。书中还有八条注文，介绍了《西游记平话》的主要情节，也与吴承恩《西游记》非常接近。孙悟空的形象更加生动丰满，深沙神已演变为沙和尚，出现了黑猪精朱八戒。《西游记平话》很可能是吴承恩据以加工的一个重要底本。广东出土的宋元时代磁州窑唐僧取经瓷枕，画面上出现的是取经中的师徒四众，孙悟空处于中心位置，并表现出勇往直前的英雄气概。这也证明，至迟到元代，取经故事和有关的人物及其性格即已大致定型。民间创作已为吴承恩写作《西游记》打下了坚实的基础。

由宋至明，取经故事在戏剧舞台上也得到搬演。宋元南戏有《陈光蕊江流和尚》，金院本有《唐三藏》，都没有保存下来。元吴昌龄的《唐三藏西天取经》杂剧，仅存少数曲文。元末明初，有无名氏的《二郎神锁齐天大圣》杂剧和杨景贤的《西游记》杂剧，内容与吴承恩《西游记》相近，但孙悟空的形象还不突出，并且未脱妖气。

无支祁的传说对《西游记》的故事也有一定的影响。吴承恩的家乡，自古淮水为患，很早就产生了与治水有关的神话传说。无支祁就是大禹治水时收服的一个淮涡水神。他原是一个神通广大的猴精，后来被镇锁在淮阴龟山脚下。鲁迅先生在《中国小说史略》中指出，吴承恩创作《西游记》时，将无支祁"神变奋迅之状"移到了孙悟空的身上。

吴承恩就是在前代民间传说和平话戏曲的基础上，将无支祁的传说与取经故事结合到一起，并熔铸进他的生活体验和时代的现实内容，创作出这部规模宏伟的神话小说的。原来的宗教主题被改造成为反封建的社会主题。比之《三国演义》和《水浒传》，《西游记》表现出更为鲜明的时代特色和作家的创作个性。

吴承恩（约1500—1582），字汝忠，号射阳山人。先世江苏涟水人，后徙淮安山阳（今江苏淮安）。他出生在一个世代书香而没落为小商人的家庭。曾祖和祖父都曾做过小官。他的父亲因家境贫穷，以经营彩缕文縠为生，但学问渊博，为人正派，对时政不满，吴承恩受到他的积极影响。吴承恩性敏慧，又好学习，博览群书，年轻时即受到督学使者的赞扬，以文名著于当地。从小喜欢阅读野言稗史和唐人传奇，从中汲取营养。他屡试不中，功名很不得意，中年以后才补为岁贡生。以后曾在同乡名宦李春芳的"敦谕"下入京候选。由于家贫母老,迫不得已出任过长兴县丞,不久即辞官归。晚年退居乡里,放浪诗酒,贫老以终。吴承恩的一生疏狂自傲,不合时流。

吴承恩创作的诗、文、词数量不小,因无子嗣,辞世后大部分亡佚。后经人搜集,编订成《射阳先生存稿》四卷(凡诗一卷,散文三卷,附小词三十八首)。新中国成立后出版了近人刘修业重新辑校的《吴承恩诗文集》。

除《西游记》外,他还有一本仿唐人传奇的《禹鼎志》,全书已佚,仅存《自序》。序里说:"虽吾书名为志怪,盖不专明鬼,时纪人间变异,亦微有鉴戒寓焉。"由此可以看出《西游记》的创作意图,他虽然采用的是传统的神魔题材,却有现实的针对性,并在其中寄寓了自己的愤慨和理想。

第二节 《西游记》的思想内容和孙悟空的形象

《西游记》的内容分为三个部分:第一部分一至七回,写孙悟空的出身和大闹天宫的故事。第二部分八至十二回,写唐僧的身世、唐太宗入冥并交代取经缘由。第三部分十三至一百回,写孙悟空、猪八戒和沙僧共同护送唐僧到西天取经,路上跟妖魔和险恶的自然环境作斗争,经历了九九八十一难,终于取得了真经,师徒四人都修成了正果。

第一部分虽然只有七回,却写得非常精彩,生动地塑造了一个大闹三界、蔑视皇权、神通广大、敢于造反的理想英雄孙悟空的光辉形象,为后文的取经故事打下了重要的基础。第二部分在结构上起到一种过渡的作用,将大闹天宫的故事跟取经的故事连接起来,但在思想上却表现了浓厚的宗教迷信观念。第三部分取经故事,是全书的主体,由相对独立而又互相关联的四十一个故事组成,内容着重表现孙悟空一路上斩妖除怪、勇往直前的斗争精神。

孙悟空是取经故事的主角,也是作者倾注全力描写的一个主要英雄人物。不论是闹三界还是取经路上与妖魔作斗争,强烈的反抗意志和大无畏的斗争精神始终是这个形象的基本特征。孙悟空的形象寄托着人民群众反抗封建专制的社会理想,表现了人民反封建压迫和征服自然力的美好愿望。孙悟空在大闹天宫时提出的"强者为尊"和"皇帝轮流坐,明年到我家"的思想是极其大胆的,跟封建正统思想和封建等级观念根本对立,表现出一种具有鲜明时代特色的市民意识。孙悟空身上所表现出的那种积极乐观、勇敢无畏、不怕困难、敢于斗争的精神,显然深深地植根于中国人民传统的历史土壤之中,是中华民族优美品德和民族精神的艺术表现。而西天路上"济困扶危,恤孤念寡",疾恶如仇,为民除害等等,孙悟空身上的这些美好品德,又跟《水浒传》中的英雄人物有相通之处,显然是现实斗争中反抗英雄思想性格的集中和概括。

在《西游记》中,英勇无畏的孙悟空斩妖斗怪、去邪除恶,已成为小说的主要内容,宗教的色彩已大大减退,取经已变成故事的外壳。在神魔世界的斗争中,上天的神佛和阻碍取经的魔怪,都具有非正义的性质,因而孙悟空跟他们的斗争,博得了读者深切的同情和热烈的赞美。

除孙悟空外,猪八戒也是一个成功的艺术形象。这是一个有缺点却又令人喜爱的人物。他憨厚纯朴,能吃苦耐劳,在对敌斗争中虽然有时畏缩不前,但在敌人面前却从不屈服投降,是孙悟空跟妖魔作斗争的重要助手。但他嘴馋好色,自私偷懒;对取经事业不坚定,一遇到困难就提出要分行李散伙回家;他嫉妒心强,好拨弄是非。他好耍小聪明,却常常弄巧成拙,作者通过喜剧性情节对他进行善意地嘲笑批评。猪八戒的形象具有独特的社会意义,反映了现实社会中小私有者的性格特征;而在艺术表现上,它又是孙悟空的重要陪衬,使主要人物更加鲜明突出。

《西游记》借神魔题材,曲折地反映了明代的社会生活,寄寓了作者对黑暗现实的揭露和批判。天宫神权统治的腐朽,玉皇大帝的昏庸残暴,是人间社会封建统治的艺术投影。妖魔们的猖獗,是现实世界罪恶势力的折影。他们的贪婪自私、阴险狡诈、凶暴残忍等,是社会生活中贪官污吏、土豪恶霸共同特征的艺术概括。而孙悟空在跟魔怪斗争中所显示出的丰富的斗争智慧和斗争艺术,也是现实生活中人民长期社会斗争经验的形象总结。凡此,都是无数无名作者和吴承恩对这个传统的宗教故事进行成功的改造,熔铸进了丰富的现实生活内容的结果,也是《西游记》的社会意义所在。

《西游记》在思想内容上也还存在一些明显的糟粕,主要是:佛法无边的宗教思想;宿命论和因果报应等迷信观念,以忠和孝为主要内容的封建伦理道德等。

第三节 《三打白骨精》简析

《三打白骨精》的故事见于《西游记》第二十七回,是孙悟空在取经路上跟妖魔的一次斗争,在《西游记》中有一定的典型意义。

《西游记》善于通过生动有趣的故事情节,展开尖锐的矛盾冲突,从中刻画出人物的思想性格。《三打白骨精》的故事鲜明地体现了这一特点。

这次遇到的妖怪白骨精不是一个等闲之辈,它善于变化、十分狡猾。他先是变为"月貌花容的女儿";继而又"变作个老妇人",装成是被打死的女儿的母亲;再后又"变作一个老公公",装着是那个女儿的父亲,老妇人的老伴。一计不成,又生一计,目的是千方百计要吃唐僧的肉。可是猪八戒和唐僧两个人,虽然在这以前遇到过许多妖精,吃了无数苦头,却没有吸取教训。他们在妖精出来以前怕得要命,妖精来了却又麻痹大意。来的分明是个乔装打扮的妖精,他们却不认得,完全丧失了警惕性。孙悟空比他们高明的地方,不光因为他有火眼金睛,更重要的是他在对敌斗争中有高度的警惕性,善于透过现象看清本质。他有清醒的头脑,对敌情能作出实事求是令人信服的分析判断。例如来的那位漂亮女子说是送饭的,孙悟空从她的罐子里装的不是米饭,瓶子里装的不是面筋,就看出她原来是个妖怪。又例如,老妇人说她是被打死的女孩儿的妈妈,孙悟空从八十岁的老妇断不会有十八岁的女儿就断定来者是妖精所变。最可宝贵的是,孙悟空在斗争中能从取经事业的大局出发,不计较个人得失,充分发扬了勇敢战斗、除恶务尽的精神。他一发现是妖精,毫不留情,举棒就打,不怕师父的斥责,即使被念紧箍咒头疼难忍也不改变。作者不仅赞美他敢于斗争的精神,而且颂扬了他明大义、识大体、胸怀坦荡、公而忘私的崇高品质。孙悟空还善于总结斗争经验,表现出高度的斗争智慧。面对善于变化、本领高强的白骨精,两番未能将他打死,第三次就吸取了教训,叫来本地的山神土地跟他照应配合,终于取得了胜利。这些就是这个故事中表现出来的孙悟空的主要性格特征和优秀品质,同时也就表现出这段故事积极的思想意义。

唐僧和猪八戒的形象跟孙悟空形成了鲜明的对比。唐僧懦弱愚蠢,恪守佛教教义,以慈悲为本,是非颠倒,人妖不分,昏顽迂腐。猪八戒好色贪食,自私自利,不顾大局,搬弄是非。他们两人在思想性格上的这些缺点,客观上起到了保护妖怪的作用,给孙悟空跟妖怪作斗争带来了很大的困难。三人思想性格的不同,构成了取经队伍内部的矛盾冲突,而这种矛盾冲突的展开,既构成形象的比照,又推动了故事情节的发展。

这段故事体现了在孙悟空形象的塑造上神性和人性统一、幻想性和现实性统一的特点。他有火眼金睛,能够腾云驾雾,能挥动如意金箍棒打得妖精显出原形,这些都是他的超人之处,是他的神性的表现;但他对代表邪恶势力的妖怪充满刻骨仇恨,对师父十分敬爱,鲜明的是非观念和爱憎感情,以及对客观情况所作的科学分析和判断等,又都是现实的,合乎人之常情。由于这一特点,孙悟空的形象虽然有极大的夸张,十分奇幻,却仍然有浓厚的人间气息,读者能够理解、接受,并且感到亲切。

《三打白骨精》自成首尾,可以当作一个独立的故事来读。情节紧凑,条理清晰,结构完整。跟妖怪斗争的三个回合,构成情节发展中的三次小的高潮。情节的发展,以唐僧师徒跟白骨精之间的主要矛盾作为中心线索,同时又穿插组织进取经队伍的内部矛盾,相互依存,相互促进,使情节的发展摇曳多姿,丰富而不单调。

这段故事,由于情节的生动和人物形象的鲜明,以及它所包含的发人深思的训诫意义,受到了广大群众的喜爱。后来被改编成戏剧并搬上银幕,就产生了更加广泛的影响。

第四章 明代拟话本

第一节 明代拟话本创作概况

　　明代拟话本是在宋元话本的直接影响下发展起来的。宋元话本,因其内容反映了市民阶层的生活和思想,语言通俗,故事生动,因而深受广大群众尤其是市民阶层的欢迎,在社会上发生了广泛的影响。到明代,话本小说的社会作用和艺术功能逐渐地引起了文人的重视,有的甚至认为通俗话本比儒家的经典还有力量,"虽日诵《孝经》《论语》,其感人未必如是之捷且深也"(《古今小说》绿天馆主人序)。明中叶以后,一些文人便专门收集、加工、整理、刊印话本,如洪楩在嘉靖年间(1522—1566)辑印的《清平山堂话本》(原名《六十家小说》),全书六集,共收话本六十种(今仅存二十七种及一些残篇),就是规模较大的一种。万历年间(1573—1620)又有熊龙峰刊印的话本小说,今存四种。这些话本集的刊行,不但保存传布了宋元话本,并且促进了文人由编辑、加工话本进而模拟话本进行创作。这种由文人有意识地模拟话本而创作的白话短篇小说,称为"拟话本"。拟话本跟话本近似而又不完全相同:话本是在说话人说书的基础上整理加工而成的故事文本,虽也供人阅读,但基本性质还是供讲唱的口头文学的记录;拟话本则是纯粹的创作小说,是供人阅读的案头文学。从话本到拟话本,是由口头文学的记录和整理加工发展到书面文学的创作。

　　明代话本和拟话本的集子不少,最著名和影响较大的是著名通俗文学作家冯梦龙编辑、加工、刊印的《喻世明言》《警世通言》《醒世恒言》,合称"三言"。"三言"原拟总题为《古今小说》,分三集刻印,包括宋元话本(古)和明代话本、拟话本(今)两部分。刻二、三集时改名,所以《古今小说一刻》再印时即易名为《喻世明言》。每集收作品四十篇,共一百二十篇。其中宋元话本大约还不到三分之一。"三言"主要是编辑别人的作品,只有少数是冯梦龙本人的创作。在冯梦龙的影响下，凌濛初又编著了《初刻拍案惊奇》和《二刻拍案惊奇》，合称为"二拍"。"二拍"都是凌濛初自己的拟话本创作。每刻各收作品四十篇，但"二刻"中有一篇与"初刻"重复，又有一篇杂剧混入其中，二集实际共收作品七十八篇。此后，明末清初的拟话本集有几十种之多，但多数思想与艺术质量都比较低劣，优秀作品很少。

明代拟话本的思想内容，比较有意义的是以下三个方面。

一、描写市民生活（尤其是手工业工人和工商业者的生活）和反映市民思想感情的作品，表现出较鲜明的时代特色。如《施润泽滩阙遇友》（《醒世恒言》卷十八），通过施复发家致富的故事，生动地反映了明代江南地区丝织业的繁荣情况，肯定和赞扬了小手工业者依靠自己的劳动发家致富的生活道路。施复靠自己的辛勤劳动，不上十年，由一张织机，发展到三十四张织机，买房置产，有数千金之富。小说还歌颂了拾金不昧的诚实品德，歌颂互相帮助的诚挚友谊，这都是小手工业者在发家致富的过程中所需要的。又如《转运汉巧遇洞庭红》（《初刻拍案惊奇》卷一）通过华商出海贸易的故事，反映了明中叶后海外贸易的发展和商业资本的繁荣，绝妙地表现了资本主义生产关系萌芽时期野心勃勃的商人那种投机取巧的心理。"思量海外寻龟"，正是当时商人们希望暴发致富所产生的一种幻想。与此相近的还有《叠居奇程客得助》（《二刻拍案惊奇》卷三十七）。这也是一篇商人发财致富的故事，不同的是上一篇主人公靠的是时来运转，本篇主人公靠的是海神的帮助，但同是商人心理在文学上的一种反映，并都带有幻想的色彩。这类作品不仅将封建统治者和封建文人向来鄙视的手工业者和商人作为小说的主人公来描写，而且对经商这一行业表现出一种新的认识：将经商获利看作跟士子读书中举一样的"家传行业"。这样的题材内容和思想意识，在以前的小说作品中是不曾有过的。

二、描写爱情婚姻题材的作品。在明代拟话本中描写爱情婚姻的作品比较多。一方面继承了宋元话本的传统，同时也表现出新的思想特色。有一类反映了市民阶层在爱情婚姻问题上的新的观念和新的追求，例如《卖油郎独占花魁》（《醒世恒言》卷三）就是比较突出的代表。小说描写了一个卖油的小商贩秦重，凭着自己的诚实善良和对妓女的尊重体贴，终于获得了名妓花魁娘子莘瑶琴的爱情，鲜明地表现了突破金钱、门第、等级一类封建观念的新的爱情观。它所表现的一个重要思想，是反对对妇女（尤其是妓女）的侮辱和玩弄。秦重与莘瑶琴的纯洁真挚的爱情，是在秦重对她的人格尊重及真情体贴的基础上建立起来的。莘瑶琴也在贵族公子对她的凌辱迫害中,认识到了秦重爱情的真正意义。小说表现了一种初步的男女平等的民主思想。《满少卿饥附饱飏》(《二刻拍案惊奇》卷十一)中有一段议论,从爱情婚姻关系上男女不平等的角度来认识和评论由于男子的负心而造成的悲剧,也表现出同样新的思想色彩。《蒋兴哥重会珍珠衫》(《喻世明言》卷一)反映了市民阶层新的爱情观念和生活要求,重感情而轻贞操,表现了当时人在爱情问题上对牢固的封建传统道德观念的突破。

另一类是歌颂青年男女对自由爱情和幸福生活的追求,揭露和批判封建势力对美好爱情的阻挠和破坏。如《陈多寿生死夫妻》(《醒世恒言》卷九)、《白娘子永镇雷峰塔》(《警世通言》卷二十八)。最杰出的是《杜十娘怒沉百宝箱》(《警世通言》卷三十二),它通过激动人心的爱情悲剧,突出了"情"和"理"(封建礼教)的矛盾,揭露和控诉了封建制度和封建礼教对妇女的迫害,达到了新的思想高度。我们在下面将进行具体分析。

不过总的看来,拟话本中描写爱情婚姻的作品对封建制度和封建礼教的批判,除个别篇章外,多数不如宋元话本那样尖锐有力,不少作品以喜剧性的大团圆结局,冲淡了矛盾冲突的社会意义。

三、揭露封建统治阶级罪恶和反动本质的作品。一类是揭露封建统治阶级对劳动人民的掠夺和迫害的。如《灌园叟晚逢仙女》(《醒世恒言》卷四),对被迫害的花农秋先充满深切的同情,对恶霸地主张委进行了无情的揭露,并通过浪漫主义的幻想情节使坏人受到应得的惩罚,表现了小说作者鲜明强烈的爱憎。另一类,数量较多的是描写统治阶级内部斗争的,如《沈小霞相会出师表》(《喻世明言》卷四十)、《卢太学诗酒傲王侯》(《醒世恒言》卷二十九)等,都在不同程度上揭露了统治阶级中当权人物阴险凶残的本性,歌颂了敢于跟邪恶势力作斗争的忠直之士的斗争精神和崇高气节。前一篇以明代现实的政治斗争为题材,表现出主题思想的尖锐性,尤其值得我们注意。但这类作品又常常夹杂着忠、孝、节、义等封建思想的糟粕。

在艺术上,拟话本继承宋元话本的传统,而又表现出文人创作的特色:故事性强,情节生动曲折,注意在矛盾冲突中通过人物的行动和对话刻画人物;篇幅明显加长,描写趋于细腻,语言虽仍基本上采用通俗的白话,但文言成分增加,表现出典雅化的倾向。

第二节　《杜十娘怒沉百宝箱》简析

这是一个激动人心的爱情悲剧。小说不仅写出了一个崇高的美的灵魂,而且以深沉的悲悼和义愤写出了这个灵魂的被毁灭。

作者将一个处于生活底层、被人轻贱玩弄的妓女,描写成一个光彩四射的"女中豪杰"和"千古女侠"。这种认识在封建时代是卓特不凡的,本身就具有强烈的反封建意义。作者从跟周围污浊环境的对照中来刻画杜十娘美好的思想品德。老鸨的贪财无义,李甲亲友们的"说着钱,便无缘",反映了人情冷暖、世态炎凉。唯独杜十娘是"轻财好义",她"与李公子真情相好,见他手头愈短,心头愈热"。这就显出了这个被压迫、被污辱的下层妓女品质的高洁。

小说令人信服地描写和歌颂了杜十娘聪明机智的性格特征。这是她在同险恶的环境作斗争中产生和表现出来的。她有一颗单纯明净的心,但复杂冷酷的社会人事,使她逐渐对周围的环境保有一种清醒的认识和高度的警惕。单看她在贪得无厌而又凶狠险恶的老鸨身边,竟然能一点一滴地攒聚起来那样一笔惊人的财产,就不难想见她在对付周围险恶的环境上曾经花费了多少心思。她在为了求得生存和自由而跟环境进行的斗争中逐渐变得聪明起来。金钱成了她在特殊条件下争取自由幸福的一种斗争手段,她就是凭着长期积攒起来,凝聚着她的希望、理想和智慧的钱,才制服了"贪财忘义"的老鸨,跳出了火坑,顺利地迈出了走向幸福的第一步。对李甲她同样保有高度的警惕。小说写她"久有从良之心",可见是经过长期的比较和选择,才决定委身于李甲,将自己未来的命运和希望寄托在他的身上的。但即使在这种情况下,她对李甲仍有保留,没有放松警惕,表现出她在生活中每迈出一步都是深思熟虑的。小说写她不是痛痛快快地拿出钱来自付赎金,而让李甲艰难地四处乞求筹划,就是有意继续对他进行观察和考验。马上就要鱼水相依,美满地生活在一起了,却始终不肯将"百宝箱"的秘密向他吐露。生活把这个年轻的弱女子磨炼得如此老练、机警。杜十娘的性格产生于环境,又在跟环境的斗争中得到表现,这显示了小说在人物塑造上的现实主义艺术成就。

小说对杜十娘的反抗性格作了充分的描绘刻画。前面所分析的攒钱,跟老鸨作斗争,对李甲的观察考验,都是杜十娘为争取自由幸福而进行的特殊反抗,聪明机智可以说是她反抗性格的一个侧面。但最感动人的是"怒沉百宝箱"的高潮,十分突出地表现了杜十娘"宁为玉碎,不为瓦全"的抗争精神。凭着她手中那只价值万贯的"百宝箱",她要击败孙富,挽回李甲,也并非难事。但她从孙富的卑鄙和李甲的背义中,看到了自己长期日夜追求的理想的破灭。她要的不是李甲这个人,而是一颗能与她患难与共、生死相依的热烈的心。当她被李甲出卖,发现了这颗心原来是冰冷而僵死的时候,她那眼看就要实现的"方图百年"的欢乐与希望便一下子成了泡影,于是李甲和"百宝箱"对她都失掉了意义,陷入了一种极度的失望和悲愤之中。但生活铸就了这个弱女子的坚强性格,她此时并没有呼天抢地、号啕大哭,而只是冷笑,表现出一种异乎寻常的沉静、刚强和果决。她以沉箱和投江的壮举,对迫害她的封建势力提出了最有力的控诉。她以死来殉自己的理想,并维护了自己的纯洁和人的尊严。从艺术创作来说,形象在生命的毁灭中得到了升华,一个美丽、聪慧、纯洁、刚强的反抗妇女形象,光彩照人地出现在我们的面前。

  小说刻画了李甲和孙富这两个人物卑劣的灵魂,并对他们进行了愤怒的谴责,但作者并没有简单地将杜十娘悲剧造成的原因归结为他们个人的品质恶劣。小说巧妙而又令人信服地揭示了造成杜十娘悲剧的更为深刻的社会原因。孙富能征服李甲,夺走杜十娘,凭借的不仅仅是金钱,更重要的是社会上的礼教势力。他最终是利用了李甲对"拘于礼法""素性方严"的父亲李布政的畏惧心理,才将这位自私懦弱的贵族公子打倒的。李甲的负义行为,从本质上说,并不完全取决于他个人的意志,而主要是封建礼教势力和封建宗法制度对他影响的结果。杜十娘在投江以前,冷笑着斥责李甲是"发乎情,止乎礼"。这是非常深刻的认识,是她在爱情追求开始时并没有也不可能有,而后以爱情、理想和生命的毁灭为代价换来的认识。小说在"情"与"理"(封建礼教)的矛盾冲突中描写女主人公的爱情追求和悲剧命运,在悲壮的投江场景里完成了控诉礼教杀人的主题表现。

  小说的艺术构思具有独创性。决定李甲的行动并从而主宰杜十娘命运的,是封建礼教势力和封建宗法制度,而作为这一势力和制度的代表人物李布政,却始终没有出场。没有出场,却又始终存在,忽隐忽现,像幽灵一样,从头至尾游荡于这个美丽动人的爱情故事之中。作者通过不断的交代、点染,从李甲对他的畏惧和李甲的亲友对他的顾忌中,一再暗示给读者不能忽视这个人物及其所代表的社会势力的存在。惟其没有出场,却又能左右这个爱情故事的发展,决定杜十娘的命运,就愈加显示出这个人物及其所代表的势力的强大和可怕、可恨。对李布政这个人物的这种艺术处理,不仅表现了小说的构思非常巧妙,而且反映出作者对现实生活的体察和认识是十分深刻的。小说通过生动的故事情节和艺术形象显示给我们:封建礼教势力和宗法制度虽然看不见,却是无所不在,它可以轻而易举地就毁掉一个美的爱情和美的生命。

第五章 《牡丹亭》

第一节 传奇体制和汤显祖的生平

汤显祖的《牡丹亭》是明代传奇的代表作品,也是中国戏剧史上一部不朽的杰作。

传奇是一种不同于元代杂剧的戏剧体制,是在宋元南戏的基础上发展起来的。南戏是南曲戏文的简称,与北曲杂剧是相对的。南戏的前身,是大约在北宋末年开始在浙江沿海地区流行的所谓温州杂剧,南宋时在南方得到广泛发展,并趋于成熟。到元代,北曲杂剧占统治地位,但南戏在民间照样流传不绝。元末,杂剧开始衰落,而南戏则兴盛发达起来,产生了《荆钗记》《刘知远白兔记》《拜月亭》《杀狗记》(文学史上合称为"荆刘拜杀"四大传奇)和《琵琶记》等著名作品。南戏发展到明代,吸收了北曲杂剧的一些特点,就成为传奇。南戏在音乐上是采用南曲的,所以和采用北曲的杂剧不同,但明代传奇却参用北曲或南北合套,打破了南北曲的界限。在结构形式上,南戏与北杂剧一般为一本四折一楔子不同,一部作品可以分为几十出,容量较大,也不那么严格固定。明代传奇可长可短,在结构上更加灵活自由。杂剧只能由正末(男主人公)或正旦(女主人公)担任主角,全剧一般只能由主角一唱到底,其他角色只有宾白和科介(动作);南戏除主角主唱外,其他角色也可以唱一些曲子,不单有独唱,还有合唱、轮唱、对唱等,比较丰富而又显得生动活泼。在角色分配和曲词的采用上,南戏也比杂剧灵活自由,更能适应表现丰富复杂的社会内容。由于这些优点,在宋元南戏的基础上形成的传奇体制,成为从明初到清中叶中国古典戏曲的主要形式。

《牡丹亭》的作者汤显祖(1550—1616),字义仍,号若士,又号海若,别署清远道人。江西临川人。他从小就很会写文章,二十一岁中举。他为人正派刚直,不肯趋附权贵,因此得罪了宰相张居正和申时行等人,虽然博学多才,仕途却很不顺利。四十岁时任南京礼部祠祭司主事。他对明中叶黑暗腐败的政治十分不满,与早期东林党的领袖人物顾宪成、高攀龙等结为政治上的好友。他敢于仗义执言,批评时政,曾被人称为"狂奴"。他在广东和浙江担任基层小官时,能够接近人民,做了一些得到人民称道的好事。四十九岁时,出于对黑暗现实的强烈不满,他愤然辞官回归故乡临川。不朽杰作《牡丹亭》就创作于这一年。三年以后,被当权者以"浮躁"之名正式罢职。此后即在临川闲居,读书、创作并从事戏剧活动,成为当时蓬勃发展的江西戏曲界的领袖人物。

汤显祖受到当时进步思潮的明显影响。他的老师罗汝芳是泰州学派的创始人、进步思想家王艮的三传弟子。他在南京时曾跟罗汝芳讨论过学问。他非常敬慕和崇拜进步思想家李贽,赞美李为"畸人"(即不同流俗的卓特不凡的人物),并热切地寻求李贽的著作《焚书》。汤显祖崇尚真性情、反对假道学的思想,跟李贽是完全一致的。他又跟当时著名的禅师紫柏交好,紫柏是以禅学为武器批判程朱理学的一位思想非常激进的和尚。李贽和紫柏两人都被封建统治者指为异端而遭到迫害,先后死于狱中。汤显祖曾怀着深切的同情写诗哀悼他们。

汤显祖将人的自然具有的真"情"跟道学家们提倡的"理"对立起来,以"情"来反对"理",尖锐地批判道学家的"禁欲主义"。他在给达观禅师(即紫柏)的信中写道:"情有者理必无,理有者情必无。"这种带有民主色彩的进步思想,是《牡丹亭》创作的重要基础。但汤显祖的世界观是比较复杂的。他早年即受到佛道思想的影响,尤好研习佛学。晚年由于政治上的失意和生活上的不幸(爱子夭折),更滋生了消极出世的思想。这在他的戏剧和诗文创作中都有反映。

汤显祖一生创作了五个传奇剧本,除《牡丹亭》外,还有《紫箫记》《紫钗记》(系《紫箫记》的改本)、《南柯记》《邯郸记》。后三种加上《牡丹亭》,因为在剧中都写到了梦境,文学史上称为"临川四梦"或"玉茗堂四梦"("玉茗堂"是汤显祖在临川居所的堂名)。除戏剧外,汤显祖还有大量的诗文书札等作品,上海古籍出版社汇为《汤显祖诗文集》出版。

第二节 《牡丹亭》简析

《牡丹亭》又名《还魂记》,或称《牡丹亭还魂记》,是汤显祖戏剧创作中成就最高的一部作品。他自己曾说:"一生四梦,得意处唯在牡丹。"剧本通过贵族小姐杜丽娘和青年书生柳梦梅由梦生情,因情而死,死而复生,最后得以结合的曲折爱情故事,有力地揭露和批判了封建礼教的残酷和罪恶,热情地歌颂了青年男女真挚的爱情和追求自由幸福的斗争精神。

这部以贵族少女和青年书生的恋爱为内容的戏剧,在明代和后世都发生了广泛强烈的影响,直至今天,仍以全本或单折的形式在社会主义的舞台上不断演出。这是因为,《牡丹亭》虽然以爱情为题材,但它并不以表现男女性爱为限,而是揭示出丰富深刻的社会内容,反映了时代的脉搏,表现出强烈的反封建精神。《牡丹亭》的反封建主题及其社会意义,主要表现在以下几个方面。

第一,剧本对女主人公所生活的典型环境所作的富于时代特征的艺术描写。

男主人公柳梦梅在第二出《言怀》中就已登场,但是一闪而过,一直到第十出《惊梦》才再次出现。其间,剧本用了大量的篇幅去描写女主人公杜丽娘的家庭、身世、环境、教养等,并由此揭示出她的思想性格和内心世界。这样的艺术构思表明:作者不是孤立地写爱情,而是着眼于爱情产生的环境、条件,着眼于写出爱情与环境的矛盾。杜丽娘和柳梦梅的爱情是产生在一个不允许它产生和发展的社会环境之中。汤显祖非常出色地描写出一种与爱情对立而又统一的、不可分割而又极不和谐的社会条件和时代气氛,在我们面前展现出一个阴暗而又冷酷无情的世界。

构成杜丽娘的生活环境,并给予她的生活和思想以巨大影响的,都是一些满脑子封建思想并顽固坚持封建礼教的人物。杜丽娘的父亲杜宝是剧中封建势力的主要代表。他是一个正统的封建官僚,严格遵守封建礼教的一套规范,并按照这种规范的要求去塑造他的女儿杜丽娘。他是要将女儿培养成东汉的班昭和晋朝的谢道韫那样的封建淑女。他请来塾师陈最良,就是要教她用封建礼教来"拘束身心"。塾师陈最良则是一个迂阔而又顽固的腐儒。除了儒家的一套僵死的诗书教条,他别无所知,也别无所求。他按照孟夫子"求其放心"的教导来修炼自己,也用它来教训和管束杜丽娘。他的任务就是用从《礼记》和《闺范》一类书中搬来的教条,去铸造杜丽娘的灵魂,扼杀她的青春。杜丽娘的母亲杜夫人是一个深受礼教毒害的慈母形象。她对女儿管束极严,只准她规规矩矩地待在闺房里;连女儿裙子上绣着的成双作对的花鸟,也禁不住引起她的骇怪和警惕。就是这样,她还被杜宝指责为"纵女闲游"。由此我们不难想象出杜丽娘的身心所受到的严重的束缚和摧残。杜丽娘就是生活在这样的环境之中,她不仅被整天拘禁在绣房和书塾里,与社会隔绝,而且与大自然隔绝,连一丝春天的气息都呼吸不到。她甚至因刺绣累了大白天在自己的闺房里打一个盹儿,也被斥责为有背家教的越礼行为。杜丽娘不啻生活在一座人间地狱和精神牢笼里,她的内心世界十分空虚和痛苦。

汤显祖通过杜丽娘周围生活环境的描写,为我们展示了一个时代,一个没有人情味的令人窒息的时代,使我们感受到弥漫于当时社会的一种迫人的气压,看到了封建礼教对人的精神的压迫和摧残。

第二,剧本准确地、符合生活逻辑地刻画出杜丽娘的思想性格。

汤显祖怀着极大的热情刻画了杜丽娘的反抗性格,赞颂了她执着地追求个性自由和爱情理想的斗争精神。但他同时以惊人的笔力,揭示出杜丽娘的内心世界,揭示出那个跟她的身份和所处的环境极不和谐的灵魂深处的隐秘。他写出了杜丽娘思想性格的复杂性,而没有将她简单化。一方面表现她的空虚、苦闷和寂寞,另一方面又写她对贵族家教和风范的不满和怨恨,写她对自由生活和美的热烈憧憬与追求。她一听丫头春香说花园里有"流觞曲水"和"名花异草"的优美景色,竟忘掉了平日父母严厉的训诫,不禁发出了"原来有这等一个所在"的惊叹。她无限向往那种生机勃勃的三春好景,唱出了"可知我一生儿爱好是天然"的心声。到了花园里,迷人的春色跃动着生命的活力,清新的空气一下子注入了这个自幼因封建礼教的窒息而变得枯萎的贵族少女的心灵,唤起了她青春的觉醒。这样一个受封建礼教严格拘禁的贵族小姐,竟因《诗经》中爱情诗的启迪和大自然的呼唤,而有了个性和青春的朦胧的觉醒。她背着父母偷偷地伤春,甚至游园惊梦,跟一个邂逅相遇、实际上是渴望已久的青年男子发生了爱情,这在汤显祖的时代,简直是无视礼法的大逆不道行为。作者对杜丽娘那种对于正常人生活的自然而又合理的向往,在不允许产生爱情的土壤中产生的爱情,给予无限同情和热情赞颂,这本身就具有强烈的反封建意义。

汤显祖在描写杜丽娘反抗性格的同时,又充分地写出了家庭和时代带给她的沉重的精神枷锁。她的反抗是大胆的,甚至可以说是坚韧的,但却缺乏一种明快爽朗的色调,始终有一块由那个令人窒息的时代投在她身上的暗影。剧本通过一系列的情节,精细入微地揭示了杜丽娘充满矛盾的内心世界。她常常是心中有所向往而口中不愿说,或不敢说。她含蓄而近于矜持,娇羞而近于怯懦;她的朦胧的个性解放的追求,承受着封建礼教加给她的过重的精神压力。杜丽娘独具个性的反抗和追求,是在不断地克服封建礼教的影响和内心矛盾的过程中表现出来的。这样就更加深刻地揭露出封建礼教的罪恶。

第三,剧本鲜明地突出了"情"与"理"的矛盾。

在剧本中,"情"是作为"理"的对立面出现并被强调的。作者以浪漫主义的手法,赋予他所歌颂的"情"以一种异乎寻常的力量。这是一种令当事者为之生、为之死,出生入死、起死回生的天下之"至情"。强调并热情地歌颂这种天下之"至情",在"存天理、灭人欲"的虚伪残酷的理学占统治地位,人的合理的生活、正常的欲望和感情遭到限制、压抑和扼杀的明代,有着非常进步的时代意义。因此,剧本写的虽然是一个贵族小姐和青年书生间生死离合的爱情故事,但它对青年男女间真挚爱情的肯定和对封建礼教的批判,却表达了广大被压迫妇女的普遍愿望,代表了当时反理学的进步的时代潮流。

《牡丹亭》是一部浪漫主义的杰作。大胆奇异的想象是这部浪漫主义戏剧的主要艺术特色。但是,梦境、幽冥世界、鬼魂的出现以及死而复生等等奇幻的情节,并不是一种单纯的艺术手法的运用,也不是作者主观随心所欲的编造,而是由剧本所反映的特定的社会生活内容所决定的,是特殊历史条件下理想与现实的矛盾的一种反映。

在杜丽娘的生活中,除了顽固的父亲和迂腐的塾师陈最良,没有跟异性接触的任何机会,因而她的爱情追求就表现为一种比封建社会一般青年男女"一见钟情"更为特殊的形式——梦中相爱。在现实中没有机会相见,便在梦幻中发生爱情。杜丽娘因在现实中爱情不得实现,终于感病而死。人鬼间爱情的结合,表现了女主人公对爱情追求的执着。杜丽娘的幽魂与柳梦梅相爱是那样大胆、热烈、主动,复生以后就受到封建礼教的束缚。幻想世界与现实世界构成尖锐的矛盾,形成鲜明的对比。幻想世界的自由美好,映衬出现实世界的不合理和冷酷无情。《牡丹亭》积极的浪漫主义幻想,有着深厚的现实基础,表现出丰富的社会意义。

《牡丹亭》是一部出色的诗剧。它的曲词优美动人,具有抒情诗的特色。《惊梦》一出中,含蓄蕴藉、富有诗意的曲词,深微精细地揭示出杜丽娘复杂矛盾的内心世界,历来脍炙人口。游园以前,杜丽娘对镜梳妆,唱了一支《步步娇》曲子,曲词将大自然的景色和女主人公的思想感情融为一体,惟妙惟肖、逼真传神地写出了人物在特定情景下微妙奇特的心理活动。到园中一看,一片艳丽的春光,在赞美一句"不到园林,怎知春色如许"以后,唱了一首《皂罗袍》。这支曲词,以景写情,抒发了杜丽娘从内心深处发出的叹息和怨恨。而景物的变化发展,都从女主人公的眼里心中写出,因而真实生动地揭示了她由惊喜而转化为苦闷惆怅的复杂心理过程。

第六章 明代诗文

第一节 明代诗文发展概况

比起小说戏曲,明代的诗文创作数量虽然不少,但总体成就不高。

明初比较重要和有影响的作家是宋濂、刘基和高启。三人都是由元入明,经历了社会大动乱,对现实生活有一定的切身体验,所以写出了一些较有现实内容的作品。宋濂长于散文,高启长于诗,刘基诗文兼长。

明中叶以后,诗文创作是在复古主义和反复古主义的斗争中发展的,虽然总体成就不高,但部分作家也有一些可读的作品。以李梦阳、何景明为代表的前七子和以李攀龙、王世贞为代表的后七子,为了反对八股文和腐朽的为贵族阶级服务的"台阁体"文风,提倡"文必秦汉,诗必盛唐"。这种复古主义思潮,虽然有一定的积极意义,但却使文学创作走上模拟古人、脱离现实的道路,丧失了活的生命。

在复古主义风靡文坛时,先后有唐宋派、公安派、竟陵派等文学派别,起来反对前后七子的文学主张。唐宋派因主张学习唐宋散文而得名,提倡文章要写得"文从字顺""平易舒畅",代表人物有王慎中、唐顺之、茅坤等人,成就最高的是归有光。公安派以湖北公安人袁宗道、袁宏道、袁中道为代表,激烈地批评复古主义,反对模拟前人,主张文学要随时代的发展而发展,要表现作家的真性情,提出"独抒性灵"的口号。竟陵派以湖北竟陵人钟惺和谭元春为代表,文学主张跟公安派基本相同。公安派和竟陵派对复古主义文学思潮的斗争有着重要的意义,但他们只强调"性灵",没有解决文学反映现实的源泉问题。由于作家脱离现实,创作成就不高。其中,袁宏道的散文短小精悍,能写出真性情,比较清新而富于情韵,有一定成就。在三袁创作思想的影响下,明末小品文取得了较突出的成就,代表作家是张岱等。张岱由明入清,经历了社会动乱、历史的转折,因而题材范围比三袁等人有所扩大。

明末,在阶级矛盾和民族矛盾十分尖锐的条件下,出现了一批爱国作家,他们关心国家大事,积极参加抗清斗争,组织既是文学团体又是政治团体的文社如复社、几社、豫章社等,代表作家有张溥、陈子龙、夏完淳等。

第二节　明代前期诗文代表作简析

一、宋濂《送东阳马生序》

宋濂(1310—1381),字景濂,号潜溪,浦江(今浙江浦江)人。元朝时曾荐授翰林院编修,借口要奉养双亲,辞官不赴。后隐居青萝山十多年。元至正二十年(1360),他被明太祖朱元璋所征用,帮助平定天下,给太子讲经,给朱元璋论道,讲述《春秋左传》等。后总修元史,除翰林学士承旨,知制诰,兼修国史。他很得朱元璋的重用和赞赏,朝廷礼文大政他都参与制作裁定。朱元璋曾对他说:"朕起布衣为天子,卿自草莱列侍从,为开国文臣之首。"后因长孙宋慎获罪论死,受到牵连而被贬官至四川茂州,病死途中。

宋濂在元时曾从古文家吴莱、柳贯等人学习,在明初颇负文名。他自幼勤苦学习,读书很多。他的《送东阳马生序》就记述了他年轻时艰苦勤奋学习的情况,以劝诫后学。宋濂的思想是正统的儒家思想。他的散文学习唐宋时期的韩愈和欧阳修,文笔平易畅达。有《宋学士文集》。

《送东阳马生序》是宋濂写给他的同乡后辈太学生马君则的。序是古代的一种文体形式,分书序和赠序两种。这是一篇赠序。马君则是浙江东阳人,宋濂是浙江浦江人,同属金华府,所以算作同乡。马君则当时是一个太学生,在京师学习,要回家探亲,宋濂作为一个学问渊博、文名很高的长辈,临别时写了这篇文章来送给他。在这篇文章里,宋濂以他的亲身实践和体会告诉马生:学习必须勤奋刻苦,专心致志,不辞辛劳,才能取得好的成绩。虽然由于时代不同,学习的内容和目的在今天已有很大的差别,但他所讲的道理对我们仍然具有启发和教育意义。作者那种不怕艰苦,勤奋好学,安于贫贱,不慕富贵的精神和对后学热情关怀、谆谆教导的态度,也都是值得肯定的。

这篇文章在写作上有三点值得我们学习和借鉴。

第一,文章的观点鲜明集中,结构紧凑严谨。全文的中心思想是勉励后学不畏艰苦,勤奋好学。这个意思贯穿首尾,从不同的侧面和角度进行申说,条理井然、层层深入,显得十分鲜明突出。

全文可以分为三个大的层次。

第一个层次包括文章的前四个自然段,是写自己青少年时期虚心好学、刻苦读书的情景和学有所成的结果。是从作者自身一面着笔,而推及于赠序的对象,内容则着重表现学习的"勤且艰"以及由此带来的苦和乐。总的是写自己好学不倦、勤奋读书的精神。具体又分为四层来写,一段一层意思。第一段从读书的角度写,主要写借书之难,强调学习条件的艰苦。第二段从从师的角度写,主要写求师之不易,强调虚心好学的重要。第三段从生活条件的角度写,主要写行旅衣食之艰,强调要安于贫贱,不慕富贵。这一段在前两段的基础上,思想境界有所提高,写出了苦中之乐:读书能使人在精神上得到极大的满足,以致忘掉了吃穿条件的艰苦。第四段是对这一大层次的总结,也是对前面三段文章意思的补充和强调。只用了极简括的几句话,说明由于自己刻苦用功,终于学有所成,得到了社会的承认和天子的宠幸。显得前后贯通,结构严谨。

第二个层次是第五自然段。主要写现在的太学生学习条件非常优越,能否取得优异的成绩,关键在于学习专不专心。这一段在结构上和全文意思的表达上,起到一种承上启下的作用。上文写学习条件不好也能取得优异成绩,这段写学习条件优越也可能学无所成。一正一反,从不同角度强调了勤奋刻苦学习的重要性。这是承上文而来的。但这篇文章写自己不是目的,目的是以自己为榜样勉励马生。因此,在充分地写出所要强调的学习态度、学习精神以后,还必须由自身及于对方。因为马生是个太学生,所以不是马上直接讲到马生,而是先从警戒的角度讲一般太学生,有这样一层过渡,就使得语意含蓄,语气舒缓而不直硬。

第三个层次即第六自然段。明确地写到马生,点明"道为学之难"以勉励同乡后学的题意,结束全文。因为中心意思已在前面各段里申说得十分充足,所以这里便是水到渠成,顺理成章,用不着花费太多的笔墨,只是极简要地交代马生跟自己的关系以及著文缘由,全文便干净利落地结束了。

第二,这篇文章既没有居高临下地教训人,也没有抽象的说教,写得具体生动、平易近人,读来使人感到亲切,富于启发意义。取得这样的效果,主要是下面三个原因:

首先是作者对后学晚辈热情诚挚的态度。一个学问渊博、地位名望都很高的人,写文章教育晚辈,很容易出现的毛病就是板着面孔居高临下地教训人,而宋濂却将自己跟对方置于平等的地位,热情地跟他谈心,这就使人感到亲切。

其次,是作者以现身说法的方式,通过自己的实践,写出切身感受,有细节、有形象、有人物活动,生动感人。通篇将事实的叙述、形象的描写、精辟的说理结合起来,使文章既有说理力,又富于感染力。例如,第一段写借书之难,第二段写求师之不易,都是通过生动的细节描写和具体的生活画面来表现的。道理体现在形象的叙述描写之中,就给读者留下了鲜明深刻的印象。所以这两段文章的结尾,作者都只用了一句极简单扼要的话作结,就把意思非常鲜明地表达出来了。

再次,是作者在表达上注意了委婉含蓄,避免了直露生硬的弊病。全文的命意在劝勉后学应该努力学习,但这个意思始终没有直接明白地说出来,而是从自己曾经怎样学习一面来着笔,最后才从推奖勉励的积极方面说到对方。主(赠序的对象)宾(作者自己)两个方面,文章是以宾为主,先宾后主,这个总的布局就是非常婉转含蓄的。按文章的逻辑条理,在讲完了自己从学的情况和体会以后,就该对马生提出期望和要求了。但第五段却讲的是一般的太学生,用笔也是十分婉转含蓄的。这种婉转含蓄的写法并不会影响意思的表达,因为马生是个太学生,作者讲一般的太学生,实际上也包括了马生本人在内,至少也可以因为身份地位相同而从中得到启发。

第三,对比手法的成功运用,也是使文章文气贯畅,结构紧凑,中心思想鲜明突出的重要原因。文章的写法是先宾后主,由己及人,但在写宾的时候处处针对主,而写主的时候,又处处照应到宾,前后两部分有着紧密的内在联系。第五段写太学生们学习条件的优越,就不是一般地写,而是注意到与上文照应,以形成鲜明的对比。一优一劣,一易一难,在鲜明的对比中就将问题自然地归结到学习态度上,然后得出令人信服的结论:能否学成,关键不在学习条件的好坏,也不在天资的高低,而在学习的专心和不专心。

综上所说,宋濂的《送东阳马生序》不仅思想内容有积极意义,能给我们以启发;而且写得精练质朴,生动形象,观点鲜明突出,结构严谨细密,在写作上也很有特色。

二、刘基《卖柑者言》

刘基(1311—1375),字伯温,处州青田(今浙江青田)人。元末进士。任地方官时,为政严而有惠爱,得到百姓的拥戴。后因遭到当权者的排斥,愤而弃官归田里,隐居于青田山中。明初为朱元璋征用。他文武双全,与宋濂同为明代的开国功臣,朱元璋曾昵称"伯温,吾子房也",把他比作汉初的大功臣张良。曾任太史令、御史中丞、弘文馆学士等职。封诚意伯。有《诚意伯集》。

刘基诗文兼长。他的散文被人称为"气昌而奇"（见《明史》本传），即气势很盛而风格遒劲。写得较好而有影响的，是形象性较强的杂文。《卖柑者言》是为人传诵的代表作。他另有一部寓言体散文集《郁离子》，通过生动活泼的寓言故事和发人深思的议论，表达了他对社会政治问题的认识，其中有一些揭露统治阶级罪恶和同情人民疾苦的篇章。他的诗，入明以前所作成就较高，有一些同情民间疾苦的作品。王世贞《艺苑卮言》论明诗说："才情之美，无过季迪（高启）；声气之雄，次及伯温。"可见他在明初诗坛上的地位。

《卖柑者言》是一篇寓言体散文。借卖柑人的一段话，深刻地揭露了元末封建官僚"金玉其外，败絮其中"的腐朽本质。形式短小精悍，风格犀利泼辣。这篇文章的思想意义还不止于对封建官僚的揭露，它还具有更高的概括性，启示我们：世间一切表里不符的行为、事物，都是对人的欺骗。因此，古今一切欺世盗名或名实不符的人，都可以把这篇短文当作一面镜子，从中照出自己的本来面目。

全文分为三个部分。第一部分写卖柑的人善于藏柑，但卖的柑却是"金玉其外，败絮其中"。由此提出问题，引出下文的议论。第二部分记卖柑人的答话，对当世高官厚禄的封建统治者进行了尖锐的讽刺和揭露。第三部分写作者对卖柑人答话的思索，借以点出文章的命意。

按我们今天对文体的分类，这篇文章可以归入杂文。杂文的特点是以形象化的方法说理，生动活泼，尖锐泼辣。全篇文章以"金玉其外，败絮其中"作比喻，借卖柑者的话来表现自己的思想，比之由作者直接出面发议论，写成一篇庄重严肃的社会短评，更具有一种发人深思的启发意义。

下面谈谈这篇文章在艺术表现上的两个特点。

第一是构思比较巧妙。第一段由"玉质而金色"的虚有其表的柑，揭出一个"欺"字："甚矣哉为欺也！"下文就紧紧扣住这个"欺"字来发挥。这是一种由此及彼、由小及大的方法。开始只是一个比喻，一个引子，生动有趣，给人以启发，但真正要讲的道理是在下面。中间一段是全文的主体，借卖柑人的话，生发开来，扩大到社会政治领域，正面对封建官吏进行痛快淋漓的揭露和嘲讽。因为是由卖柑者以答辩的形式讲出来的，因而显得隽永而又辛辣。末段又由作者谈自己的感想，"愤世疾邪"、"托于柑以讽"，与文章开头呼应，揭出文章的手法和写作目的，启发读者去思索，强化了文章的主题。

第二是与揭露和讽刺的内容相适应,在句法上很有讲究。对那些"巍巍乎可畏、赫赫乎可象"的文臣武将们的骗人本质,用凝练而整齐的对句写出来,就显得格外鲜明而有力量。"今夫佩虎符、坐皋比者,洸洸乎干城之具也,果能授孙吴之略耶?峨大冠、拖长绅者,昂昂乎庙堂之器也,果能建伊、皋之业耶?"前面指武将,后面指文臣,以工整的对句写出,就收到引人注目的效果。反诘问句的采用也起到了很好的作用。不直接用确定的语气指出他们"不能授孙吴之略""不能建伊皋之业",而有意采用"果能……耶?"这种不确定的反诘问句,一则更符合卖柑人的身份和语气(第二段整段都是他的反问),二则反诘语气带有质疑的性质,更能发人深思。接下去是对这些徒有虚名的文臣武将进行揭露和斥责:"盗起而不知御,民困而不知救,吏奸而不知禁,法教而不知理,坐糜仓粟而不知耻。"连用五个结构相同的句子,排比写出,一气贯注,显得很有气势和力量。有了这样肯定、明确、斩钉截铁的回答,这才逼出他的结论来:这些"巍巍乎可畏、赫赫乎可象"的大官僚们,"又何往而不金玉其外,败絮其中也哉?"既鲜明肯定,毫不含糊,又发人深思。

三、高启《猛虎行》

高启(1336—1374),字季迪,号槎轩,长洲(今江苏苏州)人。元末张士诚据吴,他住外家吴淞江畔的青丘,因自号青丘子。明初,朱元璋召他修《元史》,授翰林院编修,后要提拔他做户部侍郎,他固辞不赴。朱元璋便借苏州知府魏观一案,将他腰斩于南京。有《高青丘大全集》。

高启在明代诗名很高,被称为"海内诗宗"。他的诗写得雄健有力,富有才情,开始改变元末以来纤秾缛丽的诗风。他学诗兼采众家之长,不主一家,避免了偏狭之病;但他从汉魏一直模拟到宋朝,实开明诗模拟之风,对前后七子的复古主义产生了一定的影响。不过他虽然死得太早,还来不及镕铸变化,创造出自己的风格,但毕竟有他的"精神意象存乎其间"(《四库提要》),写出了自己的性情面目。他反映现实、同情人民的诗作,写得质朴真切,富有生活气息。吊古或抒写怀抱的作品,寄托了较深的感慨,风格雄劲奔放,近于李白。

《猛虎行》是一首揭露暴政的诗。这首诗的妙处在于,意在言外,没有说破,很含蓄,却很尖锐。前六句极写猛虎的凶猛可怕,但目的并不在写老虎,老虎的凶猛只是作为一种映照、陪衬,所以到最后两句笔锋一转,点出主题思想。他说这样凶猛害民的老虎不但不可怕,而且是"可喜"的,因为它们只在深山里横行。诗人没有将他的意思明白说出来,但言外之意却很明白:凶狠残酷的官吏四处都有,老百姓无处可以躲避,是比老虎还要凶恶可怕的。将可忧之事说成"可喜"已别具含意;而又更翻进一层,含蓄地点出还有更可忧、更可怕之事。全诗从反面着笔,不直接点破,构思新巧,隽永婉曲,意在不言之中,读来发人深思。

第三节 明代中后期散文代表作简析

一、归有光《项脊轩志》

归有光(1506—1571),字熙甫,号震川,昆山(今江苏昆山)人。他三十多岁时考中举人,以后的功名却很不顺利,于是退居嘉定(今属上海市)安亭江上,读书论道,讲学著文二十余年,直到六十岁才考中进士。人称震川先生。他生活于明代前后七子之间,文坛上拟古主义成风。他与茅坤等人起来相率反对,崇尚唐宋古文,提倡变秦汉为欧曾(宋代的欧阳修、曾巩),力矫时弊。归有光是"唐宋派"古文家中成就最高、影响也最大的作家。他主张作文要有真实的感情。他的一部分抒写怀抱的记叙文,最富于文学意味。他最善于通过日常的家庭琐事,描写对生活的亲切感受,抒发内心的真挚感情,表现出一种与当时的复古派迥不相同的平易自然、清新淡远的艺术风格。《项脊轩志》是他这类散文中最有代表性的一篇。

这是一篇记叙性的抒情散文。"项脊轩"是作者青少年时代读书的书斋。这间小屋是作者家庭变异和身世遭遇的见证。作者通过对这间小屋一往情深的记叙,抒写了他的希望和梦想,喜悦和悲哀。

题目是《项脊轩志》,作者的目的却不在写轩而在写人。作者无限的感慨和情思,都是因人事而生的;他怀念的是人,是曾经爱过他、使他永远不能忘怀的人。但他意在写人却不从人落笔,而是借轩写人,借轩抒情,在艺术构思上很有特色。项脊轩成为绾合全篇人和事以及作者思想感情的一个纽结,因而使得这篇文章结构严谨、情致幽深、别具含蕴。

全篇文章分为正文和后记两大部分,凡七段。前五段为正文,写于作者十八岁时;后二段为后记,补叙了正文写成后十余年间的事情,作时当在作者三十一岁以后。时间相隔这样久,但通篇的思想感情却是一脉相承、一气贯注的,读来毫无阻滞松散之感。

首段落笔即写项脊轩。写它的来历和破旧、狭小、阴暗的特点。寥寥几笔,就渲染出一种衰败、阴冷的凄清气氛,既为全文的抒情提供了一个典型的空间背景,又为全文定下了一种感情的基本色调。但作者接下去不是写悲,而是写喜。项脊轩经过修葺整理后,作者竟在那里过着一种自得其乐的读书生活。但写喜不是目的,是为了映带下文更好地写悲。

第二、三两段才是文章的主体。一连写出了三件"可悲"的事情:叔伯父的分家而带来的大家庭的衰败零落,对先母的追念和对先大母的回忆。三件事,作者的感情由含蓄沉稳发展为奔泻强烈,很有层次。

第四段是补叙,写了一段小小的插曲,但不是闲笔。作者通过一些生活琐事的回忆,进一步写出了他对亲人和这间小屋的亲切深厚的感情。

第五段是正文的结尾。以议论来收束全文。从人生哲学的高度对上文进行了一个总结,寄托了很深的感慨,表现了作者复杂的思想感情。他认为历史上的蜀清之所以后来出了名,是因为"利甲天下",很有钱;诸葛亮能成为一代名相,是因为他生逢其时,幸遇明主。自己没有蜀清和诸葛亮的幸运和条件,似乎也并不羡慕他们。他感到自己是不幸的,但他以一种自得其乐、自我陶醉甚至是自我解嘲的态度来排解他心中的怨愤和不平。

第六、七两段是后记。着重写对亡妻的怀念。是正文部分的自然延续和补充。感情的抒发却更见深沉强烈。

全文以项脊轩起,以项脊轩结,以一间百年老屋做线索,将人物、事件紧紧地联系在一起,而作者的身世之感和思亲之情贯穿其间,使得看起来散漫琐碎的日常生活小事,构成一个严整紧凑的艺术整体。

善于通过具体形象的描绘来抒发感情,不流于抽象的感叹和空泛的议论,也是这篇散文突出的艺术特色。作者通过富有特征的典型细节,极简练地刻画人物的思想性格,展现人物关系,从而抒发内心的思想感情。封建家庭的离析和败落,是通过一种纷扰杂乱的景象和气氛的具体描绘表现出来的;慈母对儿女的关怀、爱抚,老祖母对孙辈的那种又是责备、又是疼爱、又是喜悦的复杂心理,都是通过精练、生动的动作和对话,栩栩如生地刻画出来的。写与亡妻的深挚情爱,只用十四个字,写了平平淡淡两件事,但是情见乎辞,十分生动感人。由于作者有极深切的生活感受作基础,又在艺术上进行了精心的提炼,因而收到了以少胜多、以简驭繁的艺术效果。

全篇以叙事为主,穿插写景和议论,写得质朴自然,毫无矫饰。不大张声势,不故作惊人之笔,甚至也不采用色彩强烈的辞藻来作恣意的渲染,而只是运用明净流畅的语言,平静而不露声色地叙写往事,字里行间,却处处渗透着作者的思想感情。言近旨远,辞浅义深,寓丰厚于单纯,于平淡中见浓郁,含蓄深沉,情思绵邈,是这篇散文耐读而受到人们喜爱的一个重要原因。

归有光的记叙散文,多写家庭琐事,生活面比较狭窄,缺乏现实内容,作者的思想境界也不太高,充满了封建知识分子的生活情趣和浓重的感伤情调。本篇主要抒发了一个出身于没落地主阶级家庭的不得志的知识分子,由于身世命运的不幸而产生的悲伤情怀。内容和风格与此相似而受到人们喜爱的,还有《先妣事略》《寒花葬志》等篇,都是以"无意于感人,而欢愉惨恻之思,溢于言语之外"(明王锡爵语)为特色的。

二、张岱《西湖七月半》

张岱(1597—1679),字宗子,一字石公,别号陶庵,山阴(今浙江绍兴)人。他原是一个大家子弟,一直过着富贵豪华的生活。他生性孤傲,一生没有做过官。明亡后,他隐居四明山中,放情山水,以著书为乐。晚年著作中充满国破家亡之感。有《琅嬛文集》和小品文集《陶庵梦忆》和《西湖梦寻》。

明末的小品文是在公安、竟陵派"独抒性灵,不拘格套"文学主张的影响下发展起来的。其中的优秀之作,大都直抒胸臆,信笔写出,叙事、写景、抒情、短小精悍,流丽清新,以平易流畅的语言极自然地表现作者的真情实感,富于诗情画意。张岱是明末小品文的代表作家,《西湖七月半》是他的代表作之一,收在《陶庵梦忆》卷七中。

《陶庵梦忆》写成于入清以后,主要记江南风物,广泛地将山水园林、风景名胜、人情习俗等,信手拈来,摄入笔底。特点是在山水风物的背景下写社会人事,在奇情壮采中寄寓着身世之感。他追忆往日的繁华生活,既有对故国的怀念,又有对往日享乐生活的贪恋。写得生动自然,富于真情实感。

《西湖七月半》是对昔日杭州人七月半游西湖的风习和情景的追忆。通过具体生动的描绘,表现了作者清高自傲的思想和风雅不俗的情趣。文章有景有情,情景相生,是记叙文,也是抒情文。

文章构想新奇,不落俗套。"西湖七月半",概括了文章要写的地点、时间。西湖为风景秀美的胜地,七月半是素月生辉的良夕,看来这该是一个写月景的好题目。但作者别出奇想,全文力避正面写看月而重点去写看人,却又妙在写看人而并未离开写看月:是在看月之夜看各色各样的看月或不看月之人;又是从写看人出发,最后还是归结到写看月上来。

"西湖七月半,一无可看,只可看看七月半之人。"第一句就干净利落地落到题目上,但却出人意外地撇开写看月而引入写看人。于是,作者在下文就放开笔墨去写西湖七月半的五类游人:第一类是达官贵人,是"名为看月而实不见月者"。第二类是富贵之家的"名娃闺秀",她们是"身在月下而实不看月者"。第四类是一帮衣冠不整、酒醉饭饱、嚎呼嘈杂的无赖子弟。他们看月也看人,什么都看,又什么都无心看、看不懂,所以属于"实无一看者"。只有第三、第五两类才是一些情志高洁的风雅之士,作者以赞美的态度写出了他们的闲静与雅洁。这两类都是真正看月的,情趣相近,却又并不完全相同:前者看月而不避人看他们看月,后者看月却不喜欢人看他们看月。这五类人有同有异,各有自己的特点,作者观察细致,写得具体、准确、生动。作者在对这五类人进行的客观生动的描绘中,不动声色地表达了自己爱憎褒贬的感情。他以懂不懂得看月作为标准,将第三、第五两类人引为同调,而对其他三类人则投以鄙视和嘲笑。

第二段以"一无所见"与第一段的"一无可看"相呼应,进一步以轻蔑的态度写杭州人七月半游西湖的情景。上一段是分类描写,这一段则总写热闹场面。他以"避月如仇"四个字,将全段描写的重点摆到那些只要看月之名,却一味追赶热闹,既无意于看月也不懂得看月的人们身上。他先从人的听觉方面渲染出一种与赏月极不协调的纷乱嘈杂的气氛,然后从视觉方面写出舟船拥挤,游人"肩摩肩,面看面"的熙熙攘攘景象。这一整段是有意撇开大自然的月景,而着意去描绘出一幅形形色色人物活动的风俗画。

最末一段才是看月正文。"吾辈始舣舟近岸。"一个"始"字,将笔墨调转到写看月上来。"吾辈"二字,则跟鄙俗不堪之辈划清界限,明显地表现出一种卑视尘俗的意味。由于有上两段文章作映衬,用笔不多,却生动地写出了看月之妙和赏月之雅来。人声鼎沸时的喧闹和人散月出时的清幽,两种境界,两种天地,两样情怀,形成鲜明的对照。全文直接写到月亮的不过两句,一句是从湖光山色写月亮的皎洁,一句是从人的感觉写月亮的清凉。寥寥数语,绘出了一幅充满诗情画意的西湖月景图。这样,虽然全文的重点是在写看人,而其立意却仍在写看月。是以他人之无意于看月和不懂得看月,来衬托自己以及跟自己同调的一群人领略湖光山色之美的清兴,进而抒写了鄙视庸俗之辈的清高雅洁的思想情趣。

文章采用寓情于景的手法,感情的抒发不浅不露、含蓄隽永。不靠绚丽的辞藻生色,而以清新明净的语言、精巧的构思和生动传神的描写取胜,写出了浓郁的诗情和优美的意境。作者对达官贵人和名娃闺秀一流人物,只图满足于声歌之娱和宴游之乐的庸俗趣味,投以轻蔑和嘲笑,具有一定的积极意义;但他据以自傲、感到沾沾自喜的,也不过是封建社会里不满现实却又找不到出路的所谓高人逸士的风雅情怀,在我们今天看来也是并不高明的。

第七章 《长生殿》

第一节 洪昇的生平

洪昇(1645—1704),字昉思,号稗畦,钱塘(今浙江杭州)人。他出身于生活优裕的仕宦家庭,从小受到较好的文化教育。他的外祖父黄机在清初曾任吏部尚书和文华殿大学士。他曾从学于著名学者陆繁弨、毛先舒等人。他学识渊博,又善于作诗、词、散曲,尤其是诗在当时的京师很有名。他曾努力求取功名,但很不顺利。从康熙七年(1668)到北京国子监肄业,到康熙二十八年被革去国子监生籍,二十年间没有得到一官半职。有时生计艰难,不得不以卖文度日。他性格孤傲,愤世嫉俗,"交游宴集,每白眼踞坐,指古摘今"(《长生殿·徐麟序》)。1689 年,因在佟皇后丧期内观优伶演唱《长生殿》而遭到迫害,连太学生也不能继续做下去了,便回到钱塘。1704 年在浙西乌镇不幸因酒醉落水而死。

洪昇的诗集有《啸月楼集》《稗畦集》《稗畦续集》。词集失传。剧作有十二种,今仅存杂剧《四婵娟》和传奇《长生殿》二种,其他如《天涯泪》《青衫湿》《闹高唐》《回文锦》《节孝坊》《长虹桥》等都没有保存下来。《四婵娟》是四个单折杂剧的总称,分别描写历史上四个著名的才女谢道韫、卫夫人、李清照、管夫人的故事。奠定洪昇在中国戏剧史和文学史上地位的,是他的传奇名作《长生殿》。

第二节 《长生殿》题材的演变

清代的戏曲理论家推崇《长生殿》为"近代曲子第一"(焦循《剧说》)。这部作品确是洪昇的精心结撰之作。他前后经过十几年时间,三次易稿才最后完成。最早的稿子剧名叫《沉香亭》,是有感于李白之遇而作;他的朋友毛玉斯认为戏的排场近于熟套,他就删掉了有关李白的情节,加上李泌辅助肃宗中兴的内容,剧名也改为《舞霓裳》;但他仍不满意,想到"情之所钟,在帝王家罕有",便再加修改,主要敷演李隆基和杨玉环的爱情故事。剧本吸取了唐代的民间传说,写杨玉环死后归蓬莱仙院和唐明皇游月宫的故事,表现他们的爱情悲剧在经过生离死别、刻骨相思之后,在天星女孙的撮合下重新团聚。为了突出"钗盒情缘",剧本也改以李杨二人七夕盟誓的"长生殿"为题名。

《长生殿》是一部历史剧,它以唐代安史之乱为背景,写唐玄宗和杨贵妃的爱情故事。这是自中唐以来流传很广、被写过多次的一个传统题材。作者在前代作品的基础上,加以总结,有继承,也有发展。写李杨爱情故事最早也是影响最大的,是唐代白居易的《长恨歌》和同时创作的陈鸿的《长恨歌传》。宋代的乐史根据唐代的笔记小说和传说等资料,写成《杨太真外传》二卷,内容最为详尽。无名氏的传奇《梅妃传》,主要写梅妃(江采苹)和杨妃间的妒恨争宠。宋元以来的戏曲演李杨故事的也不少,最著名的有元代白仁甫的杂剧《梧桐雨》和明代吴世美的传奇《惊鸿记》。洪升在《长生殿》的《自序》和《例言》中,批评《惊鸿记》"未免涉秽",又批评了明清以来传奇所演之文大都为子虚乌有,没有什么意义。他声明《长生殿》主要依据白居易的《长恨歌》和陈鸿的《长恨歌传》进行创作,而情节的敷演、点染,则主要参考《开元天宝遗事》(五代王仁裕著)和《杨太真外传》。

洪升在《长生殿》中不涉"秽迹",而强调李杨之间的真挚爱情。但李杨之间是帝王后妃关系,本来是历史上有名的"秽迹",这一点连正史的编者也并不回避。陈鸿在《长恨歌传》中并没有掩盖他们关系中污秽的一面,但同时也肯定了他们之间有深厚的爱情,全篇的主旨却在于讽刺,目的是"惩尤物,窒乱阶",批判多于同情。他把女人看成是祸水,将唐王朝的衰亡归结为杨玉环一人的罪恶,认识是片面的。白居易的《长恨歌》就有所不同,对李杨二人的"秽迹"多所隐讳。上半篇还有所揭露和批判,后半篇却极力渲染他们的爱情,同情他们生离死别的悲剧,把那种刻骨相思和绵绵无尽的长恨,渲染得悲切悽惨,令人同情。《梅妃传》则对唐玄宗、梅妃和杨贵妃都有较强烈的谴责。洪升彻底改变了女人是祸水的错误观点,经过改造加工,将杨贵妃处理为一个值得同情的正面人物,同时又融进了更多的政治内容,反映了丰富复杂的社会矛盾,表现了兴亡之感。

第三节 《长生殿》的思想内容和艺术成就

关于《长生殿》思想内容的积极意义,我们可以从以下三个方面来认识。

第一,借李杨故事,歌颂了真挚的、生死不渝的爱情,歌颂了一种美好的爱情理想。这在理学统治的清初,是具有时代的进步意义的。第一出《传概》中第一支曲子《满江红》,是讲剧本的创作缘起的,概括了剧本的中心思想,作者明确地提出了他所要歌颂的是一种"精诚不散,终成连理"的真挚爱情,主旨是"借太真外传谱新词,情而已"。

剧本的前半部,从《定情》到《密誓》,写李杨爱情的曲折发展,唐玄宗的感情由不专到专,最后于七夕在长生殿对牛郎织女双星发誓。接下去马嵬之变,两人生离死别。在《埋玉》一出,作者不仅对杨玉环之死寄予深切的同情,而且还肯定和赞扬了她甘愿牺牲自己的生命来解脱、调和唐玄宗与兵将的矛盾的精神品格。下半部仍然以两人的爱情关系为主线,写人间天上,互相思念,情意绵绵。《哭像》《雨梦》等出,都极力渲染出唐玄宗离开杨玉环以后那种相思寂寞的凄苦心情;而杨玉环虽然死后复登仙籍,仍然念念不忘与唐玄宗的爱情。如四十七出《补恨》中所唱:"位纵在神仙列,梦不离唐宫阙。千回万转情难灭。……双飞若注鸳鸯牒,三生旧好缘重结。又何惜人间再受罚折!"剧本里写他们这种未了的情缘,无休的离恨,竟使得"泥人堕泪","铁汉也肠荒"(《哭像》)。正是由于他们对爱情这样地执着真挚,才感动了天孙织女,申奏天庭,帮助他们在月宫重新团圆,永远结为夫妇。月中嫦娥这样唱:"只为他情儿久,意儿坚,合天人重见。"《重圆》一出,道士杨通幽这样唱:"情一片,幻出人天姻眷。但使有情终不变,定能偿夙愿。"这些唱词,鲜明地表现了作者通过月宫团圆的幻想情节,寄托着他愿天下有情人终成眷属的美好理想。这就是作者通过虚幻的情节,将现实中的爱情悲剧变成了神仙世界的爱情喜剧的积极意义。

洪升曾因有人将《长生殿》称为"一部热闹《牡丹亭》"而自喜。在突出并热情地歌颂生死不渝、执着深挚的爱情这一点上,《长生殿》确有跟《牡丹亭》相通之处。但汤显祖并不是抽象地强调"情",而是具体地描写了"情"与"理"的矛盾,因而具有鲜明强烈的反封建礼教的思想倾向。而《长生殿》则只是抽象地强调"情",并且将这种"情"硬嫁到本来缺少真挚爱情的帝王后妃的身上;而他们爱情悲剧的造成,也不像杜丽娘和柳梦梅那样,是由于封建势力的压迫,而是由于他们自身的错误和罪孽。因此,李杨爱情的悲剧及其最后的团圆结局,都既缺乏真实感,也缺少像《牡丹亭》那样的战斗性和动人力量。有人认为《长生殿》的词曲绮丽不下《牡丹亭》,而"性灵"则远逊临川。这种看法是完全符合实际的。

第二,剧本在描写和歌颂李杨爱情的同时,还触及到当时比较广泛的社会矛盾,对帝王后妃的奢侈享乐生活和朝政的腐败,作了一定程度的揭露和批判。作者没有将安史之乱的产生和唐王朝的衰败简单地归结为"女色误国";但剧本也在一定程度上真实地揭示了杨贵妃的得宠,唐玄宗的沉迷女色,陶醉于歌舞宴饮之中,与他昏庸失政、信用权奸,以致朝纲松弛,政治黑暗,统治阶级内部争权夺利、互相倾轧有一定的关系。

剧本的上半部,戏剧冲突主要在宫廷内展开:由于唐玄宗的荒淫好色,引起了杨贵妃对虢国夫人的嫉恨以及与梅妃间的争宠;而杨贵妃的得宠,使她的哥哥杨国忠拜为右相,三个姊妹尽封为夫人,一门荣宠,炙手可热。这引起了安禄山和杨国忠之间的矛盾,进而发展为安禄山与唐王朝之间的矛盾。郭子仪作为忠臣良将的代表,又跟权奸杨国忠和叛将安禄山之间存在着矛盾。这些矛盾的交错发展,一步步酝酿成日益严重的政治危机。《惊变》一出中,安禄山反叛消息传来,正当唐玄宗与杨贵妃在御花园中宴饮游乐之时,这种安排不是没有深意的。下半部《惊变》《埋玉》以后,悲剧产生,剧本又写杨贵妃忏悔生前的罪孽,并将"悔过"作为月宫团圆的重要条件。这都说明作者在同情和歌颂他们爱情的同时,对他们也确是有一定的揭露和批判的。在《献饭》《看袜》等出中,又通过普通老百姓郭从谨之口,明确地表达了对唐玄宗和杨贵妃的批判之意和怨恨的感情。在《禊游》《疑谶》《进果》等出中,对杨贵妃和杨氏兄妹穷奢极侈的享乐生活以及因此而带给人民的痛苦,作者都怀着强烈的义愤作了较真实的描写。

作者在这个爱情故事中自觉地写进了这样丰富复杂的社会矛盾和政治内容,是为了通过李杨的爱情悲剧来总结历史教训,以垂戒后人,这就是他在《自序》中说的:"且古今来逞侈心而穷人欲,祸败随之,未有不悔者也。"

第三,剧本还曲折含蓄地表现了作者的民族意识,表现了反对民族压迫和民族投降的思想倾向。关于《长生殿》是否表现了民族思想的问题,学术界有不同的看法。但从剧本的实际内容看,民族思想虽然不是剧本的主题所在,但确是有所表现的。安禄山叛乱,具有阶级矛盾和民族矛盾的两重性质,作者在描写时多方面地暗示和强调了民族矛盾的一面。在剧中,作者还满怀激情地歌颂了爱国志士,愤怒地谴责了卖国投降的人物。除郭子仪被刻画成一个安邦定国的英雄外,在《骂贼》一出中,作者集中地刻画了乐工雷海青的形象。赞扬他在"这血性中,胸脯内,倒有些忠肝义胆"。他面对凶恶的叛将安禄山,正气凛然,威武不屈,以琵琶击其首,大骂他的叛逆罪行,表现了崇高的民族气节。与雷海青形象形成鲜明的对比,剧本严厉地批判了那些没有骨气的投降派,借雷海青之口,深刻地揭露了他们的丑恶嘴脸:"武将文官总旧僚,恨他反面事新朝。纲常留在梨园内,那惜伶工命一条。""那满朝文武,平日里高官厚禄,荫子封妻,享荣华,受富贵,那一件不是朝廷恩典!如今却一个个贪生怕死,背义忘恩,争去投降不迭。只图安乐一时,那顾骂名千古。唉,岂不可羞,岂不可恨!"他还在〔上马娇〕一曲中唱道:"平日价张着口将忠孝谈,到临危翻着脸把富贵贪。早一齐儿摇尾受新衔,把一个君亲仇敌当作恩人感。嗏,只问你蒙面可羞惭?"联系到清初的具体历史条件,这些话是隐含了批判民族投降派的寓意的。另外,在《弹词》一出,通过李龟年弹唱亡国之哀,也分明寄托了作者的家国兴亡之感。这些动人的曲词,确实是"无端唱出兴亡恨,引得旁人也泪流"。

综上所说三个方面,我们可以得出这样的认识:《长生殿》虽然以李杨爱情为中心,但表现了丰富的社会历史内容,包括宫廷的荒淫腐朽,宰相的专权误国,皇亲国戚的奢侈淫靡,边将的骄横跋扈,投降官吏的卑鄙无耻,以及人民生活的痛苦不安等等,广泛地展示了当时的阶级矛盾和民族矛盾。因此,《长生殿》不是一部单纯的爱情戏,而是一部融进了现实政治内容的历史剧。但《长生殿》在思想内容上存在着较大的矛盾。作者对李杨真挚爱情的歌颂和对他们荒淫享乐生活的揭露和政治上的批判,没有能够很好地统一起来,作者企图以他们的悔过作为统一矛盾的条件,但目的并未达到。

在艺术表现上,《长生殿》吸取了前代作品的经验,一方面继承了《梧桐雨》的传统,通过爱情故事反映一代兴亡,在揭露和批判方面较多地采用现实主义手法;另一方面,又继承了《牡丹亭》的传统,通过幻想的情节表现理想的爱情,显示出浪漫主义的特色。第二十五出《埋玉》前写人间事,以写实为主;《埋玉》后主要写仙界事,以幻想为主。

《长生殿》的曲词,素来为人赞赏。一方面具有浓厚的抒情色彩,以景写情,情景交融;另一方面,作者精通音律,又有极高的文学修养,因而在曲律和曲文两方面都达到了很高的水平。曲文兼胜,因而"爱文者喜其词,知音者赏其律"(吴舒凫《长生殿序》)。曲词清丽流畅,既具有古典诗词精练、明丽的特色,又同时具有群众语言泼辣、通俗的风味。曲词和宾白富于个性,能表现出不同人物的不同性格特色,如杨贵妃的泼辣多嫉、唐玄宗的风流多情、郭子仪的沉郁雄壮、雷海青的激愤耿直、安禄山的粗鲁狡诈等。

《长生殿》的结构宏伟,情节交错穿插而线索分明。但上半部比较集中紧凑,下半部则显得冗曼松散。剧中常夹杂一些庸俗低级的插科打诨,以迎合市民的趣味,也是一病。

第八章 《桃花扇》

第一节 孔尚任的生平

孔尚任(1648—1718),字聘之,又字季重,号东塘,别号岸堂,自称云亭山人,晚年又称桃花词隐。山东曲阜人。孔子六十四代孙。

他在1684年以前隐居于曲阜县北的石门山中,闭门读书,爱好诗文,又努力学习礼乐兵农。他的父亲孔贞璠是一个有民族气节的人物,不肯与清廷合作,在家过着"养亲不仕"的生活,对孔尚任的思想有一定影响。康熙二十三年(1684),清朝统治趋于巩固,反清运动走向低潮;康熙于此时南巡。冬天回京时路过曲阜,行祭孔庙,孔尚任被推荐到御前讲经,受到康熙的褒奖,"不拘定例,额外议用",授给他国子监博士。第二年春天即到京赴任,开始了仕宦生活。先后担任过户部主事、户部广东司员外郎,都是地位和权力不大的小官。康熙三十八年,孔尚任完成了《桃花扇》的定稿,轰动一时,广泛传抄,连康熙也派人来要剧本,很快传入了内府。次年孔尚任即被罢官。罢官的原因不明,但很可能跟《桃花扇》的写作有关。罢官后他还在北京住了一个时期,到1702年冬天才回到故乡曲阜。此后,在家乡石门山重过隐居生活,直到1718年逝世。

康熙二十五年秋天,他被派随工部侍郎孙在丰到南方淮、扬一带,疏浚黄河,治理水患,历时三年多,到1689年冬天才回到北京。在南方的这段生活,对他创作《桃花扇》,无论在思想认识、生活体验、素材的积累等方面,都有很重要的意义。他亲眼目睹了官场的腐败,人民的痛苦生活。他游历了与《桃花扇》本事有关的一些地方,如南明王朝的故都金陵(南京),李香君的"眠香"旧院秦淮河,史可法困守的孤城并最后殉难的扬州,黄得功、高杰、刘良佐、刘泽清等四镇争战的江淮一带。他先后到扬州梅花岭凭吊史可法的衣冠冢,游览明故宫,拜谒明孝陵,等等。所有这些,都自然会唤起他的故国之思和民族感情。在《拜明孝陵》一诗中他写道:"萧条异代微臣泪,无故西风洒玉河。"(见《湖海集》)同时他还结识了许多明末遗老,如冒辟疆、许漱雪、邓孝威、僧石涛等人,这些人都熟悉弘光朝的史实,并具有强烈的民族意识。

孔尚任的诗文创作很多,有《湖海集》《岸堂稿》《石门集》《长留集》等,今人汪蔚林汇辑为《孔尚任诗文集》出版。戏剧创作除传奇《桃花扇》外,还有与顾彩合作的传奇《小忽雷》。

第二节 《桃花扇》的思想内容和艺术成就

《桃花扇》是孔尚任经过长期准备酝酿而完成的一部呕心沥血之作。早在1684年以前他隐居石门山时期,即已勾画出剧本的轮廓,此后他广泛搜集史料,经历十余年,三易书稿,于1699年6月最后完成。

《桃花扇》是一部以南明王朝的兴亡为内容的历史剧。剧本以复社文人侯方域和秦淮名妓李香君的恋爱故事为线索,表现了权奸(以阮大铖、马士英为代表)和清流(以复社文人侯方域、吴次尾、陈定生等为代表)之间的斗争,揭露了南明王朝政治的腐败,在广阔的时代背景上,反映了明末动乱的社会面貌。

剧本反映的内容很复杂,但作者的创作意图却是十分明确的,即"借离合之情,写兴亡之感"(见"试一出"《先声》)。他是通过侯方域和李香君悲欢离合的爱情故事,来表现南明覆亡的历史,并从而总结明朝亡国的历史经验。因此,全剧虽然以侯方域和李香君两人的爱情作为线索,但概括进了丰富复杂的社会历史内容,跟《长生殿》一样,它不是一部单纯的爱情戏,而是一部带有强烈的政治色彩的历史剧。

《桃花扇》所反映的社会矛盾是多方面的。以在野的复社文人侯方域、陈定生、吴次尾等与在朝的权奸马士英、阮大铖等人的斗争为主线,同时穿插了下层市民李香君、柳敬亭、苏昆生等跟权奸的斗争,又组织进统治阶级内部的斗争,其中既包括忠和奸的斗争,也包括权奸内部争权夺利的斗争。这些矛盾斗争的内容错综复杂地交织在一起,但全剧以对马士英、阮大铖等为代表的权奸们罪行的揭露和批判为中心内容。剧作者怀着强烈的愤慨,比较集中地揭露了包括弘光帝在内的南明王朝统治阶级的腐朽和罪恶。政治极端黑暗腐败:文官忙于"迎驾""选优";武将则争权夺利,自相残杀。马士英和阮大铖等人,置国家民族利益于不顾,借家危难之机,结党营私,残害忠良，卖官鬻爵，骄奢淫逸，祸国殃民。作者将南明的覆亡，归结到这些权奸们的罪恶上。他在《桃花扇小识》中说："桃花者，美人之血痕也；血痕者，守贞待字，碎首淋漓，不肯辱于权奸者也；权奸者，魏阉之余孽也，余孽者，进声色，罗货利，结党复仇，隳三百年之帝基者也。"尽管这样的认识和在这种认识指导下所反映的晚明社会的历史面貌，有很大的片面性，我们仍然应该肯定，剧本对权奸罪恶的揭露和批判，还是反映了这一时期历史真实的某些侧面。剧本对权奸形象的真实生动的刻画，概括了历史上野心家和阴谋家的共同特征，具有一定的典型意义。

但《桃花扇》更值得我们重视的，是作者以饱满的政治热情，塑造了一批与昏君和权奸对立的有思想、有气节、爱国而富于正义感的正面人物形象。

李香君是中国古典戏曲中罕见的一个光辉夺目的妇女形象。作者将这个身处社会下层，受凌辱、被歧视的秦淮歌妓，描写成一个聪明、美丽、正直、刚强，明大义、有气节的人物。她对侯方域执着坚贞的爱情，表现了在政治上鲜明的是非观念和强烈的正义感。她对爱情的选择，是建立在政治选择的基础之上的。对权奸马士英和阮大铖共同的仇恨和斗争，是她和侯方域爱情的共同基础。爱情与政治斗争的紧密结合，是《桃花扇》在思想和艺术上的重大突破。比之《西厢记》中的崔张和《牡丹亭》中的杜柳，在爱情关系的思想内涵上，都大大地提高和丰富了。

《却奁》一出，集中地刻画了李香君的形象，将她的思想、眼光、气节、性格都写得十分突出，光彩照人。为了摆脱政治上的困境，拉拢复社文人，权奸阮大铖通过杨龙友，给侯李二人的结合送来妆奁。杨龙友并未讲明是阮大铖所送，而李香君却从一开始就敏锐地感觉到其中有鬼，提出怀疑，表现了她不仅有思想，而且头脑冷静，警惕性很高。在知道了妆奁是阮大铖所送，目的是要纳交侯方域借以摆脱政治上的困境以后，杨龙友为阮大铖开脱求情。这时，侯方域表现得软弱动摇，李香君却愤怒地斥责侯公子"狗私废公"，并拔簪脱衣，唱道："脱裙衫，穷不妨；布荆人，名自香。"几句唱白，将这个下层女子的眼光、思想、胸怀、气节，十分鲜明地表现了出来。侯方域也禁不住赞美道："俺看香君天姿国色，摘了几朵珠翠，脱去一套绮罗，十分容貌，又添十分，更觉可爱。"作者写她卸去浓妆，却更加突出了她灵魂的内在美。

以后，剧本又分别以几出戏进一步集中地写李香君的气节和对侯方域爱情的坚贞。十七出《拒媒》，写她蔑视豪门权贵，忠于爱情的崇高品德。她唱道："可知定情诗红丝拴紧，抵过他万两雪花银。"二十二出《守楼》，写她对依仗权势、强娶逼婚的田仰的庄严抗争。先是坚持说理，"堂堂之论，谁能置辩"(《守楼》一出评语);继而顽强反抗,不惜毁容溅血。"一把诗扇,倒像一把防身的利剑。"表现了她心高志大,刚烈不屈。二十四出《骂筵》,写她面对权奸,无所畏惧,痛快淋漓地斥骂他们的罪行,一吐胸中之气。她将自己比作击鼓骂曹的"女祢衡"。令人敬佩的是,她并不是为了个人的冤苦和不幸而泄私愤,而是从国家民族的兴亡存废出发感到痛心疾首,表现出她开阔的胸襟和眼光。李香君的形象在这里升华到了一种更加崇高的境界。作者将一个在旧时代被人歧视的歌女写得如此坚强不屈,勇敢无畏,大义凛然,闪耀出夺目的光辉,是孔尚任的一个杰出的贡献。爱情描写突破了传统的郎才女貌、温情脉脉的俗套,而表现出强烈的政治内容,其意义是不能低估的。

剧本还生动地表现了说书的柳敬亭、唱曲的苏崑生等下层艺人的崇高品质,赞扬了他们高洁的人品,洒脱的胸襟,勇敢、机智、诙谐的性格,以及强烈的正义感和乐于助人的侠义心肠。对民族英雄史可法也作了热情的歌颂。通过《誓师》《沉江》等出,着意渲染和表现他的民族气节和爱国感情,写得十分悲壮。

复社文人侯方域是一个比较复杂的形象,作者对他的态度鲜明而又很有分寸。一方面热情地肯定和赞扬他跟阉党的斗争,他的正义感和对国家民族命运的关心;另一方面又善意地批评了他软弱、动摇和沉溺于个人爱情等等弱点。作者在真实的历史人物的基础上作了一定的艺术加工,集中概括了当时复社文人的某些典型特征。

《桃花扇》中所表现的鲜明的民族意识,是剧本思想内容的一个重要方面。剧本虽然没有正面描写,甚至是有意回避明末清初尖锐的民族矛盾和民族斗争,但对当时在汉族人民中普遍存在的民族意识和抗清要求,还是有所反映的。剧本通过对民族英雄史可法的崇敬和哀悼,对降清人物刘良佐、刘泽清以及阮大铖、马士英的揭露和讽刺,对亡明故国的追怀念惜,抒发了作者的亡国之痛和故国之思。

总之,《桃花扇》是一部是非观念明确、爱憎感情鲜明,有强烈的政治倾向的优秀历史剧。它通过侯李之间的离合之情,批判权奸误国,哀悼明朝灭亡,总结王朝兴废的历史经验,热情地歌颂了敢于跟权奸作斗争的高尚气节和爱国感情。

《桃花扇》也存在着明显的思想局限。这主要表现在:过分强调了"权奸误国"在明朝灭亡中的作用,因而不能真正全面深刻地总结出历史的经验教训。把李自成起义称为"流贼",表现了作者地主阶级的偏见,因而不可能对促使明王朝衰亡的阶级斗争作出正确的反映。剧末正面人物修真学道、遁迹山林，虽然表现了不愿与清朝统治者合作的值得肯定的态度，但毕竟是一种充满虚无主义情绪的消极反抗。民族意识跟封建的愚忠观念联系在一起，也包含着某种狭隘性和落后性。

《桃花扇》的艺术成就，突出地表现在人物塑造和艺术结构两个方面。

《桃花扇》的上场人物有三十多个，涉及广阔的社会生活面，上自皇帝、文臣武将，下至落魄文人、青楼歌女、说书艺人、唱曲先生等。作者从"借离合之情，写兴亡之感"的总的指导思想出发，在人物安排上，有一个细密的设计和构思，组织成一个人物形象的完整体系。作者在《桃花扇纲领》中，将人物分为左、右、奇、偶、经五部，人物的正反主次，都视主题思想和戏剧情节发展的需要，安排在适当的位置上。每个人物都在作者的总体构思中活动着，起着各自应起的作用，因而人物虽多，却杂而不乱、井井有条。

作者对人物的态度爱憎分明，但所爱所憎，各有不同的分寸和侧重点，并不千篇一律。如对李香君、柳敬亭、苏崑生、史可法，作者都是肯定和颂扬的，但对每个人赞美的方面却各不相同。对弘光帝和权奸马士英、阮大铖，作者都是十分憎恶的，但对他们揭露和批判的侧重点也有差别。

剧本刻画人物，注意从生活出发，写出人物性格的复杂内容，使形象达到了生活真实和艺术真实的统一。阮大铖作为一个权奸形象，并没有被简单化和脸谱化，他卑鄙狠毒，却又十分精明，颇有才干。杨龙友是个帮闲文人的形象，在剧中是个反面人物，但与马、阮又有区别。他八面玲珑，两面讨好，在复杂的政治斗争中表现得十分圆滑世故。他为了自己的私利而依附马阮集团，替他们奔走卖力；但他又能文善画，风流儒雅，交结复社文人，与下层歌妓也有交往。侯方域梳拢李香君，是他做媒；阮大铖要拉拢侯方域，又由他牵线；为讨好马、阮，他又将李香君说给田仰。而当阮大铖诬告侯方域与左良玉勾结图谋叛乱，有被逮捕的危险时，他又去向侯方域报信。这些复杂的性格内容，都是写得很有分寸而符合于生活真实的。

《桃花扇》的结构十分严谨。全剧从"借离合之情，写兴亡之感"的创作目的出发，始终以侯李两人的爱情为线索，着重描写和展开反权奸的斗争和南明王朝由腐败到灭亡的过程。作者在《凡例》中，将象征侯李爱情的桃花扇比作珠，将作者之笔比作龙，说："穿云入雾，或正或侧，而龙睛龙爪，总不离乎珠。"抓住离合之情，穿针引线，勾连缀合，就使得丰富复杂的戏剧内容线索清楚、严整紧凑。《媚座》一出的总批说："一生一旦，为全本纲领，而南朝之治乱系焉。"很好地道出了《桃花扇》艺术结构的特色。

第九章 《聊斋志异》

第一节 蒲松龄的生平和创作

《聊斋志异》的作者蒲松龄(1640—1715),字留仙,一字剑臣,号柳泉居士,山东淄川(今山东淄博)人。他出身于一个逐渐败落的地主阶级家庭。蒲氏在当地是一个大姓,累世书香,但功名不显。父亲蒲槃弃学经商,但他广读经史,学识渊博。因家贫不能延师,蒲松龄弟兄几人就由蒲槃亲自启蒙教读。蒲松龄自幼聪慧,"经史皆过目能了",最得蒲槃钟爱。十九岁时,连续以县、府、道三个第一考中秀才,得到山东学道、著名诗人施愚山的赏识,在诸生中颇有文名。二十岁时,与同邑人王鹿瞻、李希梅、张笃庆等人结为"郢中诗社"。诗友们年少气盛,宴饮相得,互相唱和,共抒豪情壮志,期望将来能"矫首跃云津",在功名上取得成就。二十三岁时,因家贫弟兄分家,生活比较困难。二十五岁时应邀到好友李希梅家读书。李家藏书千卷,蒲松龄在那里数年刻苦攻读,对他日后的学问文章都有不可忽视的意义。三十一岁到三十二岁,他应同邑进士新任宝应知县、好友孙蕙的邀请,到江苏扬州府宝应县去做幕宾(相当于私人秘书)。这是蒲松龄一生中唯一的一次离开山东农村的远游。时间虽然只有一年,而且蒲氏本人对这种替人捉刀的文牍师爷的地位和生活感到不满,但这次南游对他的文学创作却有很重要的意义。江南如画的自然山水,开阔了他的眼界,陶冶了他的性情。他有机会了解南方的社会矛盾和人民痛苦生活的情状;有机会广泛接触封建官僚和熟悉封建官府的种种内幕;在蓄妓养优、耽于声色之娱的孙蕙家中,有机会跟南方受封建思想影响很少而富有才情的歌女们接触,并跟她们结下深厚的情谊。所有这些,对蒲松龄创作《聊斋志异》都起到了很好的作用。南游归来以后,就到缙绅家坐馆,以教书为生。随后,大约从四十岁到七十岁,三十年间都在淄川西铺毕际有家坐馆。毕际有是故明户部尚书毕自严的儿子,做过江南扬州府通州知州,家中有园林之胜,藏书又极丰富。他跟毕家父子的关系很好,因而在这里设帐坐馆,既可以谋生计、习举业,又可以读书写作,可谓一举三得。七十一岁时撤帐归家,家庭经济情况有所好转,心境也较开朗,过了一段饮酒作诗、闲暇自娱的晚年生活。七十六岁时去世。

蒲松龄一生热衷功名,在进学以后,"日夜攻苦,冀得一第"(王洪谋《柳泉居士行略》)。但他始终没有考中举人,直到七十二岁时才援例补了一个岁贡生。因此,他对士子落第的痛苦和科举制度的腐败都有极为深切的体验,这是他在《聊斋志异》中写作许多抨击科举制度作品的生活基础。

蒲松龄从小喜欢民间文学,爱好搜集记述奇闻异事、演说精怪鬼魅的传说,从中吸取创作营养。他在《聊斋自志》中说:"才非干宝,雅爱搜神;情同黄州,喜人谈鬼。闻则命笔,遂以成篇。久之,四方同人,又以邮筒相寄,因而物以好聚,所积益夥。"《聊斋志异》是蒲松龄在广泛搜集民间传说的基础上穷几十年的精力写出的一部文言短篇小说集。大约二十多岁时即已开始创作,到四十岁时已初具规模,并结集成书,写了《自志》(序言)。以后又不断地补写、充实、修改、加工,直到晚年,才最后完成了这部近五百篇作品的辉煌巨著。

蒲松龄一生的创作十分丰富。除《聊斋志异》外,还有文集四卷,诗集六卷;杂著《省身语录》《怀刑录》《日用俗字》等多种;戏剧三种:《考词九转货郎儿》《钟妹庆寿》《闹馆》;通俗俚曲十四种:《墙头记》《姑妇曲》《慈悲曲》等。路大荒搜集编定的《蒲松龄集》,收入文四百多篇,诗一千多首,词近百阕,还有保存下来的杂著俚曲等。近年又有学林出版社出版盛伟编校的《聊斋全集》,辑入路编《蒲松龄集》之后陆续发现的蒲氏的一些佚作。

第二节 《聊斋志异》的思想内容和艺术成就

《聊斋志异》是一部具有独特思想风貌和艺术风貌的文言短篇小说集。多数小说是通过幻想的形式谈狐说鬼,但内容却深深地扎根于现实生活的土壤之中,曲折地反映了蒲松龄所生活的时代的社会矛盾和人民的思想愿望,熔铸进了作家对生活的独特的感受和认识。蒲松龄在《聊斋自志》中说:"集腋为裘,妄续幽冥之录;浮白载笔,仅成孤愤之书:寄托如此,亦足悲矣!"在这部小说集中,作者是寄托了他从现实生活中产生的深沉的孤愤的。因此我们不能只是看《聊斋志异》奇异有趣的故事,当作一本消愁解闷的书来读,而应该深入地去体会作者寄寓其中的爱和恨,悲愤和喜悦,以及产生这些思想感情的现实生活和深刻的历史内容。

由于《聊斋志异》是一部经历了漫长时期才完成的短篇小说集,故事来源不同,作者的思想认识前后有发展变化,加上作者世界观本身存在的矛盾,因而全书的思想内容良莠不齐,比较复杂。但从总体看来,优秀之作占半数以上,主要倾向是进步的,真实地揭示了现实生活的矛盾,反映了人民的理想、愿望和要求。歌颂生活中的真、善、美,抨击假、恶、丑,是蒲松龄创作《聊斋志异》总的思想和艺术追求。

从题材内容来看,《聊斋志异》中的作品大致可分为以下五类:

第一类,是反映社会黑暗,揭露和抨击封建统治阶级压迫、残害人民罪行的作品,如《促织》《红玉》《梦狼》《梅女》《续黄粱》《窦氏》等。

第二类,是反对封建婚姻,批判封建礼教,歌颂青年男女纯真的爱情和争取自由幸福而斗争的作品,如《婴宁》《青凤》《阿绣》《连城》《青娥》《鸦头》《瑞云》等。

第三类,是揭露和批判科举考试制度的腐败和种种弊端的作品,如《叶生》《于去恶》《考弊司》《贾奉雉》《司文郎》《毛子安》《二生》等。

第四类,是歌颂被压迫人民反抗斗争精神的作品,如《商三官》《席方平》《向杲》等。

第五类,总结生活中的经验教训,教育人要诚实、乐于助人、吃苦耐劳、知过能改等等,带有道德训诫意义的作品,如《种梨》《画皮》《劳山道士》《瞳人语》《狼》三则等。

《聊斋志异》在进步的思想内容中也夹杂着一些落后的成分,如封建伦理道德观念,鬼神迷信和因果报应思想,追求功名利禄的庸俗倾向等,是我们阅读时应注意分析批判的。

《聊斋志异》是我国古典短篇小说发展的高峰和总结。唐传奇以后,白话短篇小说兴起而文言小说趋于衰落,虽然代不乏作,数量可观,却很少传世名作。但《聊斋志异》独于文言小说衰歇数百年之后又重新崛起,在广大识字和不识字的群众中产生了极其广泛的影响,这跟它在艺术上的杰出成就是分不开的。

《聊斋志异》兼采众体之长,不仅继承了六朝志人志怪和唐代传奇的传统,而且还从话本小说、史传文学以及唐宋散文中吸取艺术经验,加以融汇创造,在艺术形式和艺术手法上表现出丰富多彩、绚丽多姿的特色。有的写作者的亲见亲闻,是简洁生动的素描;有的将叙事议论融为一体,短小精悍,类同笔记小品;有的则具有曲折生动的故事情节、完整的结构、活脱生动的人物形象,是现代意义的短篇小说。多数作品采用以一个人物为主体的传记体,小说也往往以主人公的名字命名,篇末多附有"异史氏曰",直接发表作者的议论见解,显然承袭和发展了《史记》等史传文学的传统。

鲁迅先生在《中国小说史略》中指出《聊斋志异》艺术表现上的一个突出特点是"用传奇法而以志怪",即用唐人传奇的创作精神和手法写志怪小说。一方面搜奇记异,广采民间传说;一方面又加以改造和再创作,融汇进自己的生活体验和实感。因而《聊斋志异》中的优秀作品,在艺术风格上,既有六朝志怪的简括明洁,又兼有唐人传奇的细腻丰赡。

幻想性和现实性相结合,是《聊斋志异》在艺术上的另一个突出特色。小说描写的人物多为花妖狐魅,他们活动的地方,或为仙界,或为冥府,或为龙宫,或为梦境,神奇怪异,五光十色。《聊斋志异》在我们面前展开的,常常是与现实生活迥异的幻想世界,其艺术想象之大胆、奇丽、丰富,在中国古典短篇小说中罕有其匹。但幻想的世界,乃是现实世界的艺术投影:皇帝的荒淫昏庸,官吏的酷虐贪鄙,土豪恶霸的阴险横暴,试官们的糊涂荒唐,士子们的庸俗虚妄等,无一不是现实生活曲折而真实的反映。神异而不荒诞,奇幻而不虚飘,超现实的幻想形式,却含蕴着非常现实的思想内容。那些幻化无穷的花精、鬼女、狐仙,尽管有超人的本领,却同时具有现实社会的人的思想品格。因此,读者读来不觉得陌生畏惧,而感到熟悉和亲切。真正吸引并强烈地感动读者的,主要还不是奇幻曲折的情节,而是绚丽美妙的艺术境界中所透露出的浓厚的人间气息。

《聊斋志异》对人物情态和生活景象的描写刻画,细腻委曲,逼真生动,读来如在眼前。《阅微草堂笔记》的作者纪昀曾经批评《聊斋志异》:"小说既述见闻,即属叙事,不比戏场关目,随意装点。……今燕昵之词,媒狎之态,细微曲折,摹绘如生。使出自言,似无此理,使出作者代言,则何从而闻见之?又所未解也。"实际上,纪昀批评的"细微曲折,摹绘如生",正是《聊斋志异》的成功之处,是蒲松龄对生活进行艺术典型化的创造性的表现。

情节的生动曲折、引人入胜,是《聊斋志异》在艺术表现上的又一突出特点。"文似看山不喜平",《聊斋志异》的情节发展从来不是平铺直叙的,总是曲折多变,令人悬念丛生,一波未平,一波又起,常于山穷水尽之处忽见柳暗花明。《聊斋志异》的情节艺术有三"妙":层出不穷之妙,出人意表之妙,入情入理之妙。

《聊斋志异》的语言也达到了很高的艺术水平。虽然用的是文言,但精练自然,生动传神,酣畅淋漓,具有很强的艺术表现力。在人物对话中,还吸取了口语成分,与典奥的文言结合在一起,逼真地表现出人物的声态语气。但作者常用一些冷僻字,用典也太多,增加了我们阅读的困难。

第三节 《聊斋志异》几篇代表作简析

一、《促织》

《促织》是《聊斋志异》中揭露封建统治阶级罪恶的代表作。小说描写了由于皇帝喜欢斗促织的游戏,下级官吏便逼迫老百姓交纳,并借此搜刮民财,使许多人家破人亡的事实。成名一家因交纳促织而经历的大悲大喜的故事,在封建社会具有很高的典型意义。

这篇小说在思想上有其独特的成就。首先是它把揭露和批判的矛头,指向封建社会的最高统治者皇帝。小说写诚实善良的成名,被逼得家破人亡,直接的原因是由于他不能向官府交纳一只善斗的促织,由于县令的"欲媚上官"和里胥的狡猾奸诈,但根本的原因却在于皇帝的享乐腐化。小说不仅在正文中清清楚楚地揭示出这一罪恶根源,而且在篇末的"异史氏曰"中鲜明地发表自己的看法:"天子偶用一物,未必不过此已忘,而奉行者即为定例。加以官贪吏虐,民日贴妇卖儿,更无休止。故天子一跬步,皆关民命,不可忽也。"虽然采用一种劝谏的语气,说得较为委婉含蓄,但问题是提得非常尖锐的。小说故事的背景写明是明代的宣德年间(明宣宗年号,1426—1435),这在历史上也确有根据,但作者是针对现实而发,而且是概括出了封建社会的普遍事实。"天子一跬步,皆关民命",可以说是一针见血地揭示出封建专制主义和等级制度的不平与罪恶。其次,小说对从抚军、县令到里胥罪恶的揭露也有其独到的思想意义,作者不仅一般地揭露出他们的贪婪和酷虐,而且写出他们是为了媚上求赏,为皇帝的声色之乐忠实地服务。这就不仅使我们看到了封建吏治的腐败,而且由此认识到封建官吏不过是皇帝压迫剥削人民的工具这一本质。第三,成名之子的灵魂化为促织,进献宫廷以后得到皇帝的喜爱,成名一家的命运由此从悲剧转化为喜剧,不仅从倾家荡产一变而为荣华富贵,甚至连抚臣、令尹也从中得到好处。这一情节完全出于幻想和虚构,但却包含了深刻丰富的含意:其一是使我们看到,以皇帝为代表的封建统治阶级不仅一般地压迫剥削人民,而且他们的精神上的享乐是建立在人民精神的极度痛苦之上的;其二,是使我们看到了,人民的生死存亡、悲喜穷达，都取决于封建统治者的喜好和享乐是否得到了满足。人民可以因此败家破产，而突然之间又可以因此而享受富贵荣华。这是多么的不平，又是多么的荒唐！

小说通过奇幻的情节，为无辜善良、备受压迫摧残的成名一家安排了一个喜剧的结局，这是蒲松龄用来表达他对被压迫者深切同情的一种方式。体现于其间的作者鲜明的爱憎是值得肯定的。但同时也表现出善良忠厚的人必有好报的宿命论思想，以及追求荣华富贵的庸俗倾向，这一面则是不可取的。作者说："天将以酬长厚者，遂使抚臣、令尹并受促织恩荫。"这里虽然包含着讽刺的意思，但在黑暗的旧时代，"长厚者"却并不是常常都能得到上天的酬报的。逆来顺受，任凭命运摆布，期待着不可知的上天赐予好的结局，这样的思想不可能给被压迫人民带来真正的希望。

小说在艺术表现上有以下一些特色。

第一，在作品的取材和主题的表现上，是以小见大。作者并没有从正面直接地描写和揭露皇帝享乐腐化的生活，甚至对直接欺压人民的下层官吏，也只是淡淡几笔带过，皇帝和官吏的罪恶，都是通过成名一家的悲惨命运及其变化来展现的。而成名一家的命运及其悲喜感情的变化又跟一只小小的促织联系在一起。小说的主要篇幅都是用来表现捉促织和斗促织这样生活中的细微之事，但从中却表现了深刻的思想内容和社会主题。能够即小见大，跟作者巧妙的艺术构思分不开。小说在开头和故事的结尾，前后呼应，点出这个曲折而又充满大悲大喜的故事是在皇帝喜欢斗促织的背景下发生的，犹如画龙点睛一样，小说的思想由此便鲜明地显示了出来。

第二，小说的情节曲折多变，如山重水复，层峦叠嶂，引人入胜。成名是在"薄产累尽""忧闷欲死"的情况下，受驼背巫的指引捉到一只"巨身修尾，青项金翅"的大促织的，因此使人有绝处逢生之感。而这个过程，关联到主人公思想感情的变化，也写得非常曲折。可大喜之际，突然出现大悲，情节由成名之子弄死促织而急转直下，产生一个大的波澜。以后成名子投井身亡，简直把成名一家推到了绝境，实际上又为后文成名一家的喜剧结局伏下一笔。重新得到小虫的过程也写得极为曲折，同样交织着悲和喜、希望与失望的感情变化。重新得到了促织，但矛盾并未解决，促织的优和劣还不得而知。因此展开了斗促织的场面。斗促织的过程，作者采用欲扬先抑的手法，写来波澜层叠、峰回路转、扣人心弦。最后以成名的促织"翘然矜鸣"，得胜告终。可读者的情绪才稍放松，情节又意外地出现一个大的波澜，这就是鸡和虫相斗的场面。作者通过这一曲折进一步渲染了成名所得乃是一头特异的促织,由此便写出了成名化险为夷的大转折。但这些曲折多变的情节,并非故作惊人之笔,而是出人意料又在人意中,有其生活的依据;而且通过这种动人心魄的情节安排,又生动而真实地展现了主人公复杂的思想感情。

第三,小说叙次井然,结构严谨。情节曲折多变而不显得松散冗长,始终紧紧抓住读者,十分紧凑,是因为全篇有两条线索贯穿:一条是暗线,即"宫中尚促织之戏",一切都是为了满足皇帝的享乐才发生的;另一条是明线,即一只促织的得失、生死、优劣。在这里,写促织就是写人物的命运,因而捉促织、斗促织的琐细过程,才显得那样紧张而激动人心。

第四,描写的生动细致、逼真传神,也是这篇小说突出的艺术特色。这表现了作者既熟悉生活,观察深入细致,又具有高度的语言技巧。

二、《红玉》

《红玉》热情地歌颂狐女红玉和虬髯侠客帮助被压迫者摆脱苦难、获得幸福的侠义行为和优美品德,同时深刻地揭露了土豪劣绅的罪恶和官府的黑暗腐败。有歌颂,有暴露,两方面的内容紧紧地结合在一起,鲜明地表现了作者的爱憎感情。

宋御史是一个因贪贿而被罢官居家的土豪恶霸,作者怀着愤怒的感情,尖锐地揭露和谴责了他抢占民妻的暴行。他在路上偶然看见冯相如的妻子卫氏长得漂亮,就想占为己有。用钱强买的阴谋没有得逞,便在光天化日之下到家里把人抢走,顷刻之间使得善良无辜的冯相如家破人亡。宋御史敢于如此横行霸道,为非作歹,是因为受到官府的支持和庇护。冯相如在惨遭迫害、失妻丧父的情况下,"抱子兴词",告到官府,但从上到下几乎告遍了所有的衙门,冤屈都无处可以申诉。在这种情况下,作者才写了一个锄强救弱的侠义之士替冯相如报仇,杀死了宋御史一家三人。虬髯侠客是一个现实人物,但具有传奇色彩,他的出现,跟《促织》中成名的儿子化为促织一样,是出于作者的艺术创造。这个形象的意义,不仅是为了惩办土豪恶霸,而且是为了揭露官府的黑暗腐败。弱小的百姓遭受残害只能靠侠客一类人物来保护、申冤,这就已经暗示出官府的黑暗了。而在宋御史被侠客惩罚以后,官府的态度却与对冯相如的诉告截然相反。"宋家具状告官,官大骇。"宋家一口咬定是冯相如所杀,官府便立即"遣役捕生",并施以酷刑。封建官吏黑白颠倒,是非不分,与地主恶霸相勾结,压迫残害百姓的罪行,在对比中被揭露得更加鲜明。作者对这样的官吏作了愤怒的谴责,在正文中写侠义之士对他的警告意犹未尽,还在篇末的"异史氏曰"中加以评论说:"然官宰悠悠,竖人毛发,刀震震入木,何惜不略移床上半尺许哉?"他以县令没有被侠客刺中为恨事。作者的爱憎感情是十分鲜明强烈的。

但狐女红玉才是这篇小说的真正主人公。她善良、纯朴、勤劳、富于正义感。作者在她身上集中了现实生活中许多普通妇女的优美品格,作了热情的歌颂和赞扬。她并非出于异性的吸引才爱上冯相如并最后和他结合成家的。她对贫苦而受迫害的冯相如充满同情,并给予无私热情的帮助。在她不能跟冯相如结合时,又主动为他介绍卫氏女,并资助聘金,使她建立起一个美满幸福的家庭。当冯相如家破人亡时,她又暗中替他抚养被抛弃在山中的儿子,以后又为他勤苦操持,创新家业,并帮助他取得功名,重新过上富裕幸福的生活。作者在"异史氏曰"中称红玉为狐"侠",说明小说热情歌颂的是她热心助人的侠义行为。

这篇小说的开头,表现了较浓厚的封建礼教和伦理道德观念,而且都是在作者肯定和赞颂的正面人物身上流露出来的。而故事的结尾,跟《促织》一篇近似,也是以冯相如获得功名富贵作结,在对被压迫者的同情中又流露出庸俗的思想倾向。这些都表现出小说的思想局限。

红玉是小说的主人公,是作者热情歌颂的对象,但着墨并不多,只在首尾部分出现,中间一大段都没有写到,而人物的美好品德和思想风貌却相当鲜明。这是因为小说在构思上突出了红玉出现的条件,都是在冯相如需要帮助的时候。中间一大段越是充分地写出冯相如的蒙冤受苦,就越能显出红玉助人于危难的侠义心肠。同时在人物描写上,宋御史和县令的横暴酷虐,虬髯豪士的仗义除暴,又从正反两面对红玉的形象作了映衬和烘托。因此,中间没有写到红玉,却有红玉的形象在,小说启发读者在想象中加以补充。

比起《促织》来,本篇的情节不算曲折,而人物的性格描写却相当突出。不仅女主人公红玉的聪明、美丽、勤劳、善良以及富于同情心和正义感等,表现得非常鲜明,就是冯相如父子也各有自己的性格特色。冯相如为人诚实正派,聪明而有心计,富于反抗精神。同样富于反抗精神的冯翁,却显得耿直而暴躁。父子两人的个性特征形成鲜明的对比。

三、《青凤》

这是一篇人狐间的恋爱故事。耿生是一个性格狂放的书生,他深深地爱上了美丽的姑娘青凤,后因受到有严重封建礼教思想的青凤叔父的阻挠而不得不分离。离别以后,耿生对青凤始终不能忘怀。后来偶然在路上救了一只被犬追逐的小狐狸,原来就是青凤。耿生不因为知道青凤是狐女就厌弃她,而仍然一往情深,于是两人实现了美满的结合。以后青凤的叔父遭难求救于耿生,耿生不计前嫌、慨然相救。于是,耿生和青凤一家建立起一种"如家人父子,无复猜忌"的融和亲切的关系。小说歌颂了真挚的爱情和人与人之间美好的关系。耿生和青凤的爱情经历的一段曲折,体现了一定的反封建礼教的意义。

耿生已有妻室而别求所爱,这在男女不平等和一夫多妻的社会里是很普通的事,但在今天则不足为训。耿生的行为大胆狂放,但有的地方近于轻薄,作者并无批判,也是不好的。

小说的人物形象,性格鲜明,栩栩如生。耿生与青凤相爱,两人都是多情的,但人物的性格和表达爱情的方式却决然不同。小说写耿生,突出一个"狂"字,着重表现他勇敢、热情、爽朗、直率的性格,有时近于放浪轻薄。写青凤,突出一个"娇"字,着重表现她文静、娇羞、含蓄、深沉的性格,有时近于胆小懦弱。两个人物的性格特点,都是在人物关系中,通过对话、行动以及神情意态的描写,随着情节的发展逐步地表现出来的。

小说对人物性格的表现,很有分寸。如写耿生,一方面表现他的大胆和狂放,另一方面又表现他的诚挚和多情。他第一次见青凤,先是"瞻顾女郎,停睇不转",接着是"隐蹑莲钩",再后是乘酒兴公然宣称要想娶她为妇。这些言行都显得太不严肃。但由于写出他对青凤确是真心相爱,离别之后不能忘情,为了再次见到青凤,竟不避险恶,只身入楼,遇见青凤叔父所化的厉鬼也毫不退缩,当青凤受到叔父斥责时他百般疼惜爱护等等,都使人感到他和一般玩弄妇女的轻薄浮浪子弟不同。因而他的"狂"是狂放,而不是轻狂。又如青凤,虽然"弱态生娇",显得娇羞怯懦,却以她独有的方式表达了对耿生的爱情。她发觉第一次见面的耿生目不转睛地看着她,只是低头不语。发觉耿生偷偷地踩她的脚,她赶快缩回来,却并不声张,亦无怨怒。这都实际上是在默默无言中向耿生传递了自己的感情。叔父为了避开耿生而决定迁居,她竟然一个人到大楼里去,明明是向耿生告别,可骤然看到耿生时,又"骇而却退,遽阖双扉",显出一副娇弱、羞怯而又多情的样子。直到最后,她才向耿生吐出自己的真情和顾虑:"惓惓深情,妾岂不知;但叔闺训严,不敢奉命。"不是不愿,而是不敢,生动准确地写出了一个受封建礼教束缚的多情少女的心理和神态。

这篇小说的故事情节,采用现实和幻想相结合的形式,变幻莫测,曲折有致,人物关系和人物性格都随着情节的发展变化,得到生动而又合情合理的展示。

四、《叶生》

《叶生》是一篇揭露科举考试制度弊端的小说,寄寓着作者蒲松龄沉痛的人生感叹在内。

小说对科举考试制度的揭露和批判,是通过两个方面来表现的。一方面是写叶生有才学而久考不中,揭露科举考试制度埋没人才。小说从几个方面突出表现叶生的才学出众:先是在介绍人物时称他"文章词赋,冠绝当时"。其次是写能识真才的县令丁乘鹤对他的器重和赞赏:见其文,称奇;召与语,大悦;读他考场中写的八股文,"击节称叹"。再次是写他教丁公子读书,公子因此在科举道路上一帆风顺,青云直上。小说借丁乘鹤的话,道出了科举考试制度的不合理、不公平:"君出余绪,遂使孺子成名。然黄钟长弃,奈何?"小说从正面充分地写出了叶生是个确有真才实学的士子,然后从反面作文章,写他屡试不中,落魄潦倒,以致忧愤而死,就自然地揭露出科举考试制度的不合理。另一方面写丁乘鹤是叶生的知己,这也含有深意。作为一个参加科举考试的士子,他的知己应该是主持考试的衡文的考官,但现实情况却是知己不在考场之内,而在考场之外。真正赏识、器重、关怀、帮助叶生的,是县令丁乘鹤。两相比较,就揭示出考官的昏庸糊涂,不能认识和选拔人才。

小说把叶生的屡试不第归结为"时数限人,文章憎命",也就是说是命运不好。这反映了蒲松龄本人的认识,这种认识当然是落后的,而且表现出一种无可奈何的情绪。但小说生动地概括了作者真切的亲身体验,是一篇渗透着作者痛切之感的血泪文字。小说主人公叶生说:"借福泽为文章吐气,使天下人知半生沦落,非战之罪也。"这话简直是作者自己的心声,也可以说是道出了这篇小说的创作目的。小说所描写的叶生落第归来时的那副形象和心理,即"嗒然而归,愧负知己,形销骨立,痴若木偶",也纯然是作者的自我写照。我们知道,蒲松龄在赴考落榜时曾填过一首《大圣乐》词,其中写道:"觉千瓢冷汗沾衣,一缕魂飞出舍,痛痒全无。……嗒然垂首归去,何以见、江东父老乎?问前身何孽,人已彻骨,天尚含糊。"意思和字句都极相似。冯镇峦评论说:"余谓此篇即聊斋自作小传,故言之痛心。"是很恰当的。通过这篇小说,我们能看出蒲松龄生活和创作的关系,看出他怎样将自己的切身体验熔铸创造成小说的艺术形象。

第十章 《儒林外史》

第一节 吴敬梓的生平和创作

《儒林外史》的作者吴敬梓(1701—1754),字敏轩,自号秦淮寓客,晚年又自称文木老人。安徽全椒(今安徽全椒县)人。他出身于一个官僚地主阶级家庭。曾祖和祖父两辈,大都由科举出身而做了大官。吴敬梓在《移家赋》中曾说:"五十年中家门鼎盛。"他的父亲吴霖起(也有人认为他的生父是吴雯延,是过继给吴霖起的,但尚有不同看法),功名却不高,只是一个"拔贡",做了一任江苏赣榆县的教谕,因而家道开始中落。吴霖起是一个比较正派的封建知识分子,具有正统的儒家思想。吴敬梓对父亲吴霖起十分敬重,认为他很有学问、为人正直、不追求钱财,而且是一个颇有孝行的人。吴霖起的才学、思想和为人,对吴敬梓都产生了明显的影响。

吴敬梓自幼聪慧,喜欢读书。从正统的"四书""五经",到各种野史笔记,他都广泛涉猎。二十三岁时父亲吴霖起去世,为争夺遗产,在家族内发生了一场纠纷。这次变故不仅影响到吴敬梓的生活,而且使他认识到族人中某些人谋财夺产的卑劣行径和丑恶灵魂。

吴敬梓是一个不会守业理家的大家子弟。他穷日歌酒,挥金如土;又轻财好义,乐于资助朋友,施与时不择对象,因此不到十年就将一份相当可观的遗产花光了。他这种轻财放浪的行为,为流俗所轻视,但他自己却并不为此感到难堪和惭愧。他在一首《减字木兰花》词中写道:"田庐尽卖,乡里传为子弟戒。"

吴敬梓三十二岁时移居南京,这时生活已经比较穷困了。为了和朋友一起集资修复南京雨花台的吴泰伯祠,他把全椒的老屋也卖掉了。以后生活便一天天陷入贫困,有时甚至不得不卖书换米,连衣服也典卖得差不多了。冬日苦寒,又无酒食,常常跟五六个朋友,夜间出城乘月绕行数十里,歌吟啸呼,相与应和,天明入城,大笑散去,称为"暖足"。最严重时甚至两天没有饭吃。但别人资助他钱,他又喝酒,很快花光。他生活虽然如此困顿落寞,亲友中为官富有者不少,但他很有骨气,安居穷困,不肯登门求助。他五十四岁时客居扬州,不久即在穷愁潦倒中去世,死后是由朋友们凑钱买棺安葬的。

由于家庭的教养和影响,吴敬梓的思想主要是正统的儒家思想。他崇敬先贤吴泰伯,晚年好治经,认为是"人生立命处"。但他又不为传统的思想所束缚,性格放浪不羁,喜欢和各种人物交朋友,除知识分子外,还有乐工、戏子、歌女等市井人物,因而他的思想行为又带有某种平民色彩。

对于科举考试,吴敬梓经历了一个由追求、失望到冷淡、憎恶的发展过程。他十八岁考取秀才,二十九岁时曾到滁州参加科试(参加乡试以前的预试),成绩不错,却不为试官所赏识,而秋天的乡试又告失败,使他非常失望。在次年写的《减字木兰花》词的第四首中他写道:"株守残编,落魄诸生十二年。"表现出他内心的不满。因他久负才名,三十五岁时经上江督学郑筼谷、江宁府学训导唐时琳的荐举,到安庆参加博学鸿词科的省试(博学鸿词科是清朝统治阶级为网罗人才而特设的一种考试);第二年春,安徽巡抚赵国麟又推荐他上北京应博学鸿词科的廷试,但他托病没有参加。他在生活中亲眼目睹了科举制度的腐败,因而功名仕进之心便逐渐淡薄。三十六岁以后不再应试,甚至连秀才的学籍也不要了,表明了他跟科举功名的决裂。他的诗赋文章写得都很出色,却不喜欢束缚人的思想、没有作者灵魂的八股文。据说他很讨厌做八股文的人,做得越好的他就越讨厌。

吴敬梓的诗、文、词创作,有《文木山房诗文集》十二卷传世,但今已大部分亡佚。今仅存四卷,新中国成立后又有少量诗文佚作发现。此外还有《诗说》七卷,亦亡。其遗著有黄山书社出版李汉秋点校的《吴敬梓吴烺诗文合集》,搜集较备。使吴敬梓成为中国文学史上的不朽作家的,是他的长篇小说《儒林外史》。

《儒林外史》是吴敬梓寄居南京时所作。大约从三十六岁时开始,到四十九岁前即已完成,前后经历了十多年时间。小说最初以钞本流传。吴敬梓死后十几年,有金兆燕的扬州刻本问世,但金本至今未见。现存最早的刊本是清嘉庆八年(1803)的卧闲草堂本,共五十六回。以后刻本不止一种,晚出的还有六十回本。新中国成立后人民文学出版社出版的,即以卧闲草堂本作底本校订而成,删去第五十六回,为五十五回,后又将五十六回作为附录。据他的朋友程晋芳的《文木先生传》记载,《儒林外史》为五十卷,但五十回本从未见过。第五十六回是否为吴敬梓原作,学术界看法不一致;六十回本的末四回为后人所妄加,则为多数人一致的看法。

第二节 《儒林外史》的思想内容

《儒林外史》以科举考试制度和功名富贵为中心内容,描写了形形色色的儒林人物(封建社会的知识分子),以及与此相关或由此派生出来的地主、豪绅、官僚、名士等人物的活动,广泛地揭露出世风的堕落和丑恶黑暗的社会面貌。作者以对功名富贵的态度为标准,来评价和褒贬他笔下的人物。他对热衷功名富贵的封建士子的空虚卑怯的灵魂投以讽刺和嘲笑,对依靠科举考试获取功名富贵而欺压百姓的豪绅官僚进行了无情的鞭挞和批判,而对鄙弃功名富贵的高洁之士则作了热情的歌颂。吴敬梓以他冷峻的现实主义笔触,真实生动地描绘出封建社会末期的腐朽和衰败,犹如用一把锋利的解剖刀,将封建社会已经开始腐烂的肌体解剖给我们看。

《儒林外史》首先是真实地写出了科举考试制度的腐败和不合理。在这方面,主要是通过追求功名富贵的封建知识分子的空虚丑恶的灵魂和他们悲剧性的命运来表现的。

因为科举考试是封建知识分子的一条"荣升之路",所以热衷科举考试、追求功名富贵就成为当时社会上的普遍现象。作者怀着悲愤的心情,以极其辛辣的笔调,描写出这种恶劣的社会风气及其形成的原因。第二、三、四回描写的周进、范进的故事具有典型意义。范进中举的故事我们将在下一节进行比较深入的分析,这里主要讲讲周进。周进从小读书,参加科举考试,一考几十年,六十多岁了还只是一个童生,连个秀才也没有考中。他生活穷困,旧帽破衣,黑瘦面皮,头发都花白了,在小镇薛家集上教馆谋生。年轻秀才梅玖嘲笑奚落他,王举人更在他面前居高临下、大摆架子。举人进餐,吃的是鸡鸭鱼肉,好酒好饭;周进却只是"一碟老菜叶,一壶热水"。早晨起来,还得昏头昏脑地替王举人扫那"撒了一地的鸡骨头、鸭翅膀、鱼刺、瓜子壳"等。周进后来连教馆也丢了,日食艰难,不得已进城去帮几个商人算账。因为考了几十年都不曾进学,所以特意到省城贡院(举行乡试的地方)去参观,一到那里,不觉悲从中来,一阵心酸,就一头撞在号板上,竟口吐鲜血,不省人事,差点连老命也送掉了。做买卖的姐夫金有余看他这样可怜,就约几个人凑钱替他买了一个监生,取得参加乡试的资格。周进感激涕零,跪在地上向恩人磕了几个头,称他们是"重生父母,我周进变驴变马,也要报效!"这一次时来运转,竟"巍然高中了"。真是"一进龙门,身价十倍",他的境况遭遇顿时大变:那"汶上县的人,不是亲的也来认亲,不相与的也来相与"。后来到京城会试,又居然中了进士,马上升官,做了御史(中央监察机关的高级官员),钦点广东学道。这时,从前曾经嘲笑奚落过他的梅玖,竟恬不知耻地在别人面前冒充是他的学生,还要观音庵里的和尚把周进当年所写、现时红纸早已贴白了的对联,小心地揭下来裱一裱,收藏起来。地位名声,荣华富贵,一下子全都来了。科举考试中与不中真有天渊之别:一个曾经被人轻贱、污辱的人下人,因为考中了,顷刻之间便飞黄腾达,变成了可以骑在百姓头上作威作福的老爷。通过周进的故事,小说以生动逼真的形象,揭示了封建士子们热衷于举业,即使"至白首而不得遇"(顾炎武语)也不肯回头的原因,也揭示出社会上追名逐利、精神堕落的原因,就在于不合理的科举考试制度。

马二先生二十多年科场不利,从切身体验中懂得了科举考试制度的精髓,他将古今举业概括为两个字:"做官"。他说"举业二字,是从古及今人人必要做的。就如孔子生在春秋时候,那时用'言扬行举'做官,故孔子只讲得个'言寡尤,行寡悔,禄在其中',这便是孔子的举业。……到本朝用文章取士,这是极好的法则。就是夫子在而今,也要念文章、做举业,断不讲那'言寡尤,行寡悔'的话。何也?就日日讲究'言寡尤,行寡悔',那个给你官做?孔子的道也就不行了"。鲁迅先生在《中国小说史略》中引用了马二先生的这段名言,指出这段议论"不特尽揭当时对于学问之见解,且洞见所谓儒者之心肝者也"。就因为习举业能做官,科举考试便成为当时利欲熏心的知识分子们毕生追求的目标。如这位马二先生赤裸裸地所说:"人生世上,除了这事,就没有第二件可以出头。"

《儒林外史》对科举制度揭露和批判的深刻性还在于,它生动地表现出,功名富贵的思想不仅影响和腐蚀封建士子,而且广泛地影响到社会的各阶层,渗透到社会生活的各个方面,形成了一种追名逐利、虚伪欺诈的普遍的社会风气。例如范进的丈人胡屠户,专为人说合田地买卖的兴贩行行头成老爹,童养媳出身的妓女聘娘,小香蜡店主人的儿子牛浦郎等人,本来跟读书中举没有什么关系,但为社会上的恶浊空气所习染,他们也满脑子功名利禄观念。或者趋炎附势,或者行骗作伪,或者梦想荣华,表现出灵魂的丑恶和空虚。不仅如此,封建社会中许多落后和丑恶的现象,例如测字抽签、风水迷信、说媒讨妾等等,在作者的笔下也往往跟社会上追求功名富贵的风气有关。

对科举考试制度本身,小说从八股文内容形式的陈腐僵化,到主考官的不学无术、昏庸无能,到科场中贿赂作弊成风等等,都作了广泛而深刻的揭露和批判。

《儒林外史》中还描写了科举考试制度造出的另一类畸形人物,这就是那些厚颜无耻、精神空虚堕落的假名士。他们表面上并不醉心于功名举业,实际上是追求功名富贵而不可得,最后又不得不依附由科举制度所产生的官僚地主阶级而生活的社会寄生虫。这些人大都假托名士风流,饮酒做诗,却到处招摇撞骗。例如杨执中,就曾参加了十六七次乡试也没有考中,后来替人当管账先生又亏了钱,进过监狱,却凭他的蒙骗手段,以诗人的身份成了附庸风雅的官僚子弟娄家兄弟的座上客。又如权勿用,他被杨执中吹捧为"有管乐的经纶,程朱的学问,此乃当时第一等人",实际上是一个足足考了三十多年连一次县考的复试也不曾取,后来堕落成为拐奸尼姑的大骗子。号称"侠客"的张铁臂,假设"人头会",以猪头冒充人头,一次就骗取了五百两银子。其他如景兰江、赵雪斋、支剑峰、匡超人等,各有特点,但都是以名士高人自居,而实际上是不务正业、以做诗骗人、品质恶劣的败类。作者勾画出他们丑恶的嘴脸、卑劣的灵魂,投以尖刻的嘲讽。

揭露和批判官场的腐败和政治的黑暗,是《儒林外史》另一方面的重要内容。科举时代的政府官僚,大多由科举考试选拔出来,吴敬梓极自然地将他的笔由科场扩大到宦场,为我们展现了一幅幅黑暗官场栩栩如生的图画。从上到下,大大小小的官吏差役,都是些昏庸无能、贪污腐化、欺压百姓、草菅人命的家伙。例如"须发皓白"才考中进士的王惠,就是一个贪财如命、鄙陋不堪的酷吏。他一出任南昌太守,就遵循"三年清知府,十万雪花银"的通行老例,肆无忌惮地搜刮民财。他的府衙门里有三样声音:戥子声、算盘声、板子声。"衙役百姓,一个个被他打得魂飞魄散。全城的人,无一个不知道太爷的厉害,睡梦里也是怕的。"又如高要县知县汤奉,在政府禁宰耕牛的时候,有回民老师夫送来五十斤牛肉,请求他在执行这一规定时放宽一些,但他听信了乡绅恶棍张静斋的一番混话,为了捞取"一丝不苟"的美名,达到指日升迁的目的,就采用极为残酷的手段,将献牛肉的回民活活枷死。由此引起了数百名回民聚众闹事,要揪出出坏主意的张静斋来打死,可是上级按察司不但进行包庇,而且对回民进行残酷镇压,以"奸民挟持官府"的罪名,将闹事的回民"拿几个为头的来尽法处置"。像这种是非混淆、黑白颠倒、公理不彰的情况,在封建衙门中是司空见惯的。对官吏的贪赃枉法、贿赂成风,小说也有很深刻的揭露,并引用民间的俗谚"钱到公事办,火到猪头烂"来加以概括。例如沈琼枝的父亲沈大年,因女儿被大盐商宋为富骗去做妾,便到江都县去喊了一状。宋家有钱,只叫小司客具了一个诉呈,打通了关节,知县便包庇了豪横霸道的宋为富,反将沈大年平白断为"刁健讼棍",强行押解回常州去了。

  书中还揭露,官府常常与豪绅巨商相勾结,狼狈为奸,共同欺压盘剥百姓。如五河县的方家和彭家,既是大地主,又是大商人、大恶霸,他们依仗官府的权势,无恶不作。"府里太尊、县里王公,都同他们是一个人,时时有内里幕宾相公到他家来说要紧的话。百姓怎的不怕他!"

  下层的役吏公差,地方上的乡绅土豪,他们欺压和敲诈百姓的罪行,书中也多有涉及。如写严贡生用极卑劣的手段讹诈农民的猪,还蛮横地打断别人的腿,没有借给别人钱却强要别人付利息,以云片糕冒充贵重药品,坐船不给钱还要大骂船家,等等,巧取豪夺,令人发指。衙门差头潘三,把持官府,包揽词讼,广放私债,残害良民,是一个十足的市井大恶棍。他地位不高,却很有威势派头,许多人一见到他就吓得屁滚尿流。

  对封建道德虚伪、残酷的揭露也是《儒林外史》的重要内容。作者写出封建伦理道德往往成为一些卑鄙小人丑恶行为的遮羞布。他们满口仁义道德,却干着见不得人的无耻勾当。最典型的是第五回《王秀才议立偏房 严监生疾终正寝》,写秀才王德、王仁兄弟,嘴里说:"我们念书的人,全在纲常上做功夫,就是作文章,代孔子说话,也不过是这个理。"可是因为各得了一百两银子,竟然灭绝人性,不顾亲妹妹还重病在床,就由"两人做主",立嘱画字,让严监生把小老婆赵氏立为正室。当严监生和赵氏拜过天地、祖宗,正在酒席热闹之时,亲妹子便在床上断了气。作者将他们取名为王德、王仁,"王"与"亡"谐音,"亡"同"无",王德、王仁就是无德、无仁的意思,这里表达了对他们的强烈憎恶和讽刺。秀才王玉辉的女儿自杀殉夫的情节,充分揭露了封建礼教的残酷本质,读后令人战栗。作者怀着极其沉痛的感情,不仅写出了节女殉夫的愚昧,而且写出了受封建礼教毒害因而支持女儿殉节的父亲精神的麻木以及在痛定思痛之后人性的复苏。

  《儒林外史》中还写了一些为作者肯定和歌颂的正面人物,以寄托他的社会理想。这些正面人物有两类,一类是儒林中人物,一类是市井小民。前一类如王冕、杜少卿、庄绍光、迟衡山、虞育德等人,他们最突出的特点是鄙弃功名富贵,不愿参加科举考试,不愿做官。他们思想行动的某些方面越出了封建礼教的束缚,但他们的基本思想却还是正统的儒家思想。作者是有意地创造一批真儒的形象来与假儒相对立,并寄托其以此挽救世道人心的希望。书中第三十七回以铺张的笔墨描写祭泰伯祠的场面,就是为了恢复"古礼古乐"以一助政教。但这只是一种不切实际的空想。这些人物的言行,在那个污浊的社会环境中虽然确实有他们高洁和可贵的一面,但也常常显得迂腐可笑。后一类人物如开小香蜡店的牛老儿和开米店的卜老爹,被赞誉为"颇多君子之行"的戏子鲍文卿以及穷秀才家庭出身的女中名士沈琼枝等,作者热情地颂扬了他们诚实、善良的思想性格和出众的才华。全书结尾处写了四个市井奇人,他们都是下层市民,却精于一般认为只有风雅的知识分子才会的琴棋书画,他们都有杰出的才能,却又不以此谋生,更不把这些本领当作猎取名利的手段。作者充分地肯定下层普通劳动者的聪明才智,热情地赞美他们清白高洁的品德,表现了进步的民主思想。但这些人在作者笔下多半带有清高名士的风雅气质,他把知识分子的情趣和理想赋予这些人物,显得并不真实。

综上所说,《儒林外史》以揭露和批判科举考试制度为中心,以儒林人物为主,却又不局限于儒林,旁及官僚、豪绅、恶霸、商人、流氓、恶棍、妓女、风水先生等等社会各阶层人物,广泛而真实地刻画了封建社会末期的社会世相,揭露出整个社会腐朽没落的倾向。作者企图以恢复古礼古乐来改变堕落的世风,把他的理想寄托在一批所谓"真儒"的身上,这种不切实际的幻想使得这部长篇小说的结尾充满了浓重的悲剧气氛。

第三节　从《范进中举》看《儒林外史》的讽刺艺术

《儒林外史》是一部杰出的讽刺小说,它的艺术成就主要表现在讽刺方面。鲁迅先生把《儒林外史》称为唯一的一部在中国小说史上堪称为讽刺小说的作品。讽刺的生命在于真实。吴敬梓从当时人们习以为常的普普通通的日常生活景象中,提炼出具有典型意义的艺术情节,用一种夸张的同时又是艺术的笔调,将他所批判的人物的种种可笑、可鄙、可憎或可悲的言行真实地揭示出来,从而使读者认识到产生这些人物的社会的丑恶和不合理。

《范进中举》的故事,见于小说的第三回,是《儒林外史》中写得最精彩的片断。《儒林外史》在结构上跟一般的长篇小说不同,它没有贯穿全书的中心人物和中心事件(情节),而是各以一个或几个人物的活动为中心,构成若干相对独立的故事情节,用揭露和批判科举考试制度的中心思想贯穿起来,加上形式上的前后勾连、衔接过渡,构成一部有着内在联系的完整的长卷。《范进中举》的故事,自成首尾,在结构上简直可以看作是一篇独立的短篇小说。但在思想和艺术描写上却不能跟全书分割。《范进中举》体现了《儒林外史》讽刺艺术的基本特色,这就是鲁迅先生精辟地概括的:"戚而能谐,婉而多讽。"

范进是这段故事的主人公。他从二十多岁开始应考,前后考了二十多次,直到五十四岁,头发都花白了,好容易才考中了一个秀才。接着去应乡试(在省里考举人),出乎他的意外又突然考中了。捷报传来,范进喜欢得发了疯。于是人们抢救、贺喜、送礼,巴结奉承,什么东西都送上门来。本来穷到了极点的范进,因为考中了举人,顷刻之间,钱、米、田产、房屋、银镶杯盘、细磁碗盏、绫罗绸缎,乃至奴仆、丫环等等,总之是凡富贵人家有的东西,几乎都应有尽有了。

《儒林外史》的讽刺艺术,突出地表现在作者善于以白描手法刻画人物上。这段故事,即不以情节的曲折和矛盾的激烈取胜,而以人物的活脱和讽刺的深刻见长。小说通过范进中举的前前后后,写了各类人物的表演,主要是通过他们自身言语行动的逼真描绘,真实生动地显现其真伪、善恶和美丑的本来面目,而且发掘到人物的灵魂深处。作者并不站出来说一句表示自己褒贬爱憎的话,而褒贬爱憎的感情已鲜明地体现在情节的发展和人物的描绘之中。

作者从人物关系着眼,把范进和周进对比起来写。周进是范进的主考官,却有一段跟范进相类似的伤心史。小说从周进的眼里写范进,写出他一副穷酸悲苦的可怜相,与周进的"绯袍金带,何等辉煌"形成鲜明的比照。这样就巧妙地通过人物的衣着形貌向读者展示出人物在科举考试中的不同命运:一个因长期落第而潦倒悲苦,一个则因巍然高中而飞黄腾达。这实际上已为后文写范进的中举发疯,初步揭示出社会环境和社会心理的因素。接着写周进看范进的卷子,一连看了三遍,竟看出"是天地间之至文!真乃一字一珠!"这显然不是写范进的文章真正做得好,而是表现主考官衡文判卷的毫无凭准,荒唐可笑。这就告诉我们:周进和范进都是几十年没有考中,而有朝一日又都莫名其妙地突然考中,就因为有这样迂腐糊涂的考官。这不单是对周进本人的嘲讽,而且是对不合理的科举考试制度的揭露。作者对周进这样简单几笔的描写,就揭示出范进突然中举虽出人意料,却绝非偶然,而是腐败的科举制度所产生的十分荒唐又是完全可以理解的结果。

范进中举发疯,是极端夸张的笔墨。但由于作者从围绕着范进的环境和人物上,充分地写出了他之所以会发疯的社会的和心理的因素,因而又显得非常真实。在某种意义上说,范进热衷追求功名富贵的心理和行动都是不由自主的,是受恶浊的社会环境和社会风习所支配的。在这里,胡屠户的形象有着突出的社会意义。胡屠户是一个恶俗不堪的势利小人。这个形象反映了在八股取士的时代,由科举考试所造成的"功名富贵热",就像病毒一样在整个社会上传布扩散,毒化人们的灵魂。不仅出入科场的士子,就连操刀宰猪的屠户,也都中毒很深。在范进中举前后,胡屠户对他的态度,经历了一个喜和怒、冷和热的根本变化。范进中了秀才时,他一边来祝贺,一边教训他、骂他,范进想到省里考举人,他嘲笑说是"癞虾蟆想吃天鹅肉"。而范进一旦真的中了举人,在他眼里马上就变成了天上下凡的"文曲星",称呼也立即从"现世宝穷鬼"改成了"贤婿老爷",连相貌也由从前的"尖嘴猴腮"变得品貌非凡了。这一百八十度大转弯的全部秘密就在于他说的一句话:"姑老爷今非昔比"了!这"今非昔比"四个字,写出了功名富贵在他心中的分量,一下子就挖掘到了人物的灵魂深处。

众邻里在这段故事中是一些连姓名也没有的人物,但他们的活动却十分重要,起到了一种从面上渲染烘托的作用。在范进中举以前,一家人穷得快要饿死,从没有一个人来关心帮助;而范进中举的消息一传来,他们竞争先蜂拥而出,贺喜、帮忙,送钱送米,献尽了殷勤。通过这些人物前后态度的变化,作者在科举考试制度的背景下,写尽了人情冷暖,世态炎凉。此外还写到了有钱有势的乡绅张静斋,也主动来登门"攀谈",并送来银子和房子。作者就是通过范进周围的人物在他中举前后态度的变化,十分真实地表现了整个社会艳羡、追求功名富贵的普遍倾向。正是在这种恶浊的社会空气所形成的看不见然而却是巨大的力量的引诱和挤压下,范进才那样舍身忘命、不顾一切地去追求举业的成功,穷几十年的精力,直到须发斑白也不肯罢手。这样,小说就十分真实地将范进热衷功名富贵,以及中举发疯的病态心理和病态表现,归结为由科举考试制度造成的社会环境。这种从人物关系和社会环境着眼去揭示人物思想性格的写法,表现了《儒林外史》讽刺艺术的现实主义特色。

小说从社会环境出发,一方面描写了范进由这种社会环境决定的辛酸悲苦的命运,另一方面又描写了他从这种辛酸悲苦的命运中产生出来的卑怯屈辱的性格。他每一次赴试都充满着希望和幻想,而每一次都是无例外地失望而归,积几十年的痛苦经验,他几乎已经完全陷入了绝望的境地。他热切地盼望能够考中,却又不相信自己会真的考中。小说通过生动的细节描写,将范进这种从生活经验里产生的、交织着希望和失望的复杂矛盾的心理状态,描写得细致入微、生动逼真。当他真的中了举,几十年梦寐以求的希望一旦变成现实时,他竟然不敢相信,还以为跟从前一样是别人在欺骗嘲笑自己。当他看到那张实实在在并非幻觉的捷报时,这从天而降的大喜,竟变成一种巨大的冲击力量,范进那颗因饱经折磨而变得老弱的心灵,便承受不住这巨大的刺激。于是,他"看了一遍,又念了一遍,自己把两手拍了一下,笑了一声道:'噫!好了!我中了!'"便发了疯。作者从范进几十年的辛酸悲苦,来描写这极度欢乐的一瞬,从而十分真实而又深刻地揭示出人物的内心世界。联想到他在出场时考场上那副冻得乞乞缩缩的可怜相,范进口里喊出的"噫!好了!我中了!"这六个字,这从痛苦与欢乐凝聚在一起的灵魂深处迸发出来的六个字,真是具有一种令人战栗的力量。小说对范进中举发疯的描写是极其夸张的,但由于充分地写出了他发疯的社会原因和心理依据,因而又是高度真实的。

由于作者不仅写出了科举制度外在的种种弊端,而且将他锐利的笔触深入到为科举制度折磨、毒害的人物被扭曲的灵魂深处,因而《儒林外史》对科举制度的批判就达到了前所未有的深度。作者现实主义的冷峻目光,始终不是只看见一些孤立的个别的人,而是投向整个社会的。他从社会环境来写人物的命运和性格,又从人物的命运和性格来表现病态的社会。因而,我们从范进中举的故事里,不仅看到了范进、周进、胡屠户等独具性格、面貌不同的人物,而且看到了一个腐朽堕落的时代种种光怪陆离的社会世相。作者对那个热衷功名富贵至于中了邪魔、被社会挤压得灵魂都变了形的卑微而可怜的范进,既作了无情的尖刻的嘲讽,又表现出深切的哀怜与同情。小说行文诙谐幽默、妙趣横生,而字里行间却时时流露出作者内心深处的悲愤和哀痛。《范进中举》跟《儒林外史》全书一样,是喜剧,也是悲剧,确切地说,是寓庄于谐,寓悲愤于嬉笑怒骂之中的亦悲亦喜的讽刺剧。通过这段故事,我们可以具体而深切地体会到鲁迅所指出的《儒林外史》"戚而能谐,婉而多讽"的艺术特色。

第十一章 《红楼梦》

《红楼梦》是中国古典小说现实主义艺术发展的高峰和总结,是思想和艺术上都取得了高度成就的伟大作品。作者曹雪芹,与《儒林外史》作者吴敬梓生活的时代大体相同而略晚。这个时代,中国的封建社会已走到了末期,濒于总崩溃的前夕,表面上的繁荣和稳定,已掩藏不住内里的黑暗和腐朽,尖锐复杂的社会矛盾日益明显地暴露出来。《红楼梦》通过对一个典型的封建贵族大家庭的深刻解剖,描绘出一幅封建社会末期腐朽、黑暗和丑恶的真实画卷,表现了深广的历史内容。《红楼梦》是时代的产物,也是作者曹雪芹天才的艺术创造。

第一节 曹雪芹的家世和生平

曹雪芹,名霑,字梦阮,号雪芹,又号芹圃、芹溪。生卒年有不同的说法,大约生于康熙五十四年乙未(1715),卒于乾隆二十八年癸未(1764)除夕。

曹雪芹的祖先本是汉人,但很早就加入了旗籍。他的远祖曹世选被后金的军队俘虏,给满族统治者多尔衮当家奴,属正白旗包衣("包衣"即满语"家奴"一词的译音"包衣阿哈"的简称)。清朝建立以后,设立"内务府",负责为皇帝管理财产、饮食、器用等各种生活琐事和宫廷杂务,曹家成为"内务府"的成员。曹世选的儿子曹振彦因建立军功,官至两浙都转运盐使司盐法道。从曹振彦的儿子曹玺(即曹雪芹的曾祖父)开始,曹家进一步得到皇帝的信任。曹玺和曹玺的长子曹寅,曹寅的长子曹颙和侄儿曹頫(他就是曹雪芹的父亲,在曹颙死后过继给曹寅为子),三代四人相继担任江宁织造达六十多年。织造的任务,主要为皇帝管理织造和采办宫廷用品,但除此而外,还同时担任替皇帝搜集情报的工作,曹寅就经常向康熙密奏南方各方面的情况,包括政治、经济、文化、思想、治安、民情等等。曹家几代人世袭这一职务,表明他们跟皇帝有一种特殊亲密的关系。康熙六次南巡,有四次是住在曹氏任职期间的织造府内。曹玺有较高的文化水平,他的妻子孙氏做过康熙的保姆,康熙南巡时还在江宁织造府内接见过孙氏,称她为"吾家老人"。曹雪芹的祖父曹寅小时曾做过康熙的伴读。曹寅在给康熙的奏折中自称"臣系包衣下贱"。这说明曹家具有一种特殊的地位:对皇帝来说是奴才,但对一般人来说,则是一个极为显赫的大官僚,是属于最高统治层中的成员。

曹寅有很好的文学修养,藏书极富,是当时一位有名的藏书家和刻书家。会作诗词,又兼作戏曲,有《楝亭诗钞》《楝亭词钞》《楝亭文钞》等著作。他曾奉旨主持刊刻了《全唐诗》和编纂《佩文韵府》等书。他和当时一些著名的诗人和作家如施润章、陈维崧、尤侗、朱彝尊、洪昇等都曾有交往。

曹雪芹出生在南京,少年时代过了一段富贵荣华的生活。雍正五年(1727),曹雪芹的父亲曹頫在江宁织造任上,因解送缎匹进京时骚扰驿站(向驿站多勒索银子)被人参奏,加上长期未能赔补亏空的公款,因而被革职抄家。雍正六年,曹家从南京迁回北京。这时的曹雪芹最多只有十三四岁。

曹家回到北京以后的情况,因为资料缺乏,不很清楚。乾隆即位以后,曹頫的亏空欠款曾得到宽免,家道可能稍有复苏。大约在曹雪芹二十多岁以后,曹家便彻底败落,曹雪芹便沦于穷愁潦倒的境地。他可能一度在西单石虎胡同的右翼宗学(清王朝为宗室子弟所设立的官学)里担任过文墨杂录一类的小职员,在那里他结识了宗室子弟敦敏和敦诚,成为知己。大约在乾隆十五年以后,曹雪芹便流落到北京西郊,传说他曾在香山正白旗一带住过。这段时期,生活十分困难,可能与劳动人民有过一些接触。他过的是"茅椽蓬牖,瓦灶绳床"和"举家食粥"的艰苦生活。他要靠朋友的接济和卖画得钱,才能勉强糊口。他多才多艺,工诗善画,性格豪放,喜欢饮酒。敦诚称赞他"诗笔有奇气",说他的诗风很像唐朝的天才诗人李贺(见《寄怀曹雪芹》)。他的画也十分出色,敦敏的《题芹圃画石》诗说:"傲骨如君世已奇,嶙峋更见此支离。醉余奋扫如椽笔,写出胸中磈礧时。"可以见出他虽然很穷,却很有骨气,孤傲不屈,对黑暗的现实表现了极大的蔑视和不满。

曹雪芹就是在这种穷困艰难的环境里,"披阅十载,增删五次",坚持写作他的不朽巨著《红楼梦》的。大约在乾隆二十五年(1760)以后,曹雪芹在生活上遭到多次打击(妻亡,爱子因病夭折),十分感伤,不久就得病去世。死后只有琴剑在壁,"新妇飘零",靠朋友们的帮助才得以草草埋葬。他留下了《红楼梦》前八十回的稿子(生前已传钞行世),八十回以后也有一些残稿(也有人认为基本上已经完成),但迷失不传。

第二节 《红楼梦》的成书和版本

曹雪芹大约于乾隆十年(1745)就开始了《红楼梦》的创作,到乾隆十九年(1754)已经写成了前八十回。随后又写了八十回以后的部分或全部三十或四十回的初稿,可惜没有流传下来。《红楼梦》又名《石头记》,在《石头记》以前曹雪芹大概还写过一本叫《风月宝鉴》的书,就是《石头记》的前身。现在通行本一百二十回《红楼梦》的后四十回,一般认为是高鹗的续作,也有人认为并非高鹗所作,而只是由他和程伟元在原已在社会上流行的四十回残稿的基础上修改补充而成。这种一百二十回的题名为《新镌全部绣像红楼梦》的本子,首次是在乾隆五十六年(1791)出版行世,书前有程伟元和高鹗的序。

高鹗,生卒年不详。字兰墅,一字云士,别署红楼外史,汉军镶黄旗内务府人。乾隆五十三年(1788)顺天乡试举人,乾隆六十年(1795)考中进士。先后做过内阁侍读、江南道御史、刑科给事中等官。著有《兰墅诗钞》《兰墅十艺》等书。后四十回大约是他在考中举人未中进士这段时期所续。

高鹗的续书根据前八十回的线索,完成了贾宝玉、林黛玉爱情悲剧的结局,使《红楼梦》成为一部首尾完整的小说,对促成它在群众中广泛流传是有功绩的。它基本上保持了前八十回的悲剧气氛,但故事的结尾违背了作者曹雪芹的原意,写贾府"沐皇恩""延世泽"、家业再振、兰桂齐芳,与全书开始时预示的"落了片白茫茫大地真干净"的结局很不相符。人物的性格也有很大的改变,贾宝玉和林黛玉的思想都有跟前八十回不一致的地方。艺术描写虽也不乏精彩的地方,但远远不及前八十回。

《红楼梦》的版本有八十回本和一百二十回本两个系统。在1791年一百二十回《红楼梦》刊本问世以前,《红楼梦》长期以八十回钞本的形式在群众中流传。这些钞本大多附有署名为脂砚斋的评语,所以简称为"脂评本"或"脂本"。"脂评本"共发现了十二种,比较重要的有以下六种:

1. 甲戌本《脂砚斋重评石头记》(乾隆十九年,1754),残存十六回。1962年中华书局上海编辑所影印出版,1973年上海人民出版社重印。

2. 己卯本《脂砚斋重评石头记》(乾隆二十四年,1759),存四十一回另两个半回。1980年上海古籍出版社影印出版。

3. 庚辰本《脂砚斋重评石头记》（乾隆二十五年，1760），存七十八回（缺六十四、六十七两回）。1955 年、1962 年、1974 年由文学古籍刊行社、人民文学出版社几次影印出版。

4. 戚蓼生序本《石头记》，八十回。原为乾隆时人戚蓼生所藏精钞本。1912 年上海有正书局石印出版大字本，1920 年又用大字本剪贴缩印为小字本。小字本于 1927 年又再版过一次。1973 年人民文学出版社据有正大字本影印出版。

5. 乾隆钞本《红楼梦稿》，一百二十回。扉页上有"兰墅太史手定红楼梦稿百廿卷"的题签。它的前八十回属脂评本，后四十回比程高本为简略，可能是程高续作《红楼梦》过程中的一个改本。1963 年中华书局影印出版。

6. 苏联列宁格勒藏本《石头记》，存七十八回，缺五、六两回，七十九回包括庚辰本的第七十九和八十两回。这个本子是道光十二年（1832）由来中国的俄国大学生库尔康德采夫带回俄国的，原本藏苏联科学院东方研究所列宁格勒分所。属早期钞本。1986 年中苏合作由中华书局影印出版。

钞本上所附的评语，评阅者署名不止一人，以脂砚斋、畸笏叟为最多，其他还有梅溪、松斋、立松轩、绮园、鉴堂、玉蓝坡、棠村等人。脂砚斋为何人，有人认为是曹雪芹的叔父，有人认为是曹雪芹的堂兄弟，众说纷纭，多系推测，不能确考。但可以肯定他是一个跟曹雪芹关系十分密切的人，十分了解曹雪芹的身世、生活，甚至与曹雪芹有共同的经历与感受，对曹雪芹创作《红楼梦》曾提出过自己的意见。因此，脂砚斋的评语对我们了解《红楼梦》的创作过程，特别是对生活素材的提炼、作者的创作意图、小说的艺术构思等，都提供了重要的线索。

另一个系统是一百二十回的印本系统，主要就是前面提到的由高鹗续补后四十回而成的一百二十回本，题为《红楼梦》，由程伟元以萃文书屋的名义，在 1791 年和 1792 年两次用活字排印出版。第一次印本称为程甲本；第二次印本对回目及内容作了调整和修订，称为程乙本。

新中国成立后，作家出版社和人民文学出版社从 1953 年到 1974 年多次印行的一百二十回本《红楼梦》，是以程乙本为底本，再参校其他版本整理而成。1982 年人民文学出版社出版的新校本，前八十回是以庚辰本《石头记》为底本，以其他九种脂评本参校，后四十回是以程甲本为底本，参校其他几种本子整理而成。

第三节 《红楼梦》的思想内容

《红楼梦》是封建社会末世宏伟的历史画卷,是一部对封建社会具有广泛批判意义的现实主义巨著。它以封建贵族青年贾宝玉、林黛玉和薛宝钗之间的恋爱婚姻悲剧为中心,描写了贵族之家贾府的日常生活及其内外错综复杂的矛盾,揭露了封建社会末期种种骇人听闻的黑暗和罪恶,揭掉了曹雪芹主要生活时期的乾隆时代所谓"盛世"的美丽外衣,对封建统治阶级和封建制度作了全面有力的批判,从而展示出这个阶级及其所寄生的封建社会已经腐朽,不可避免地正在走向衰亡。尽管曹雪芹本人在主观上未必清醒地认识到封建社会已经没落并行将崩溃,但由于他所描写的贾府这个封建贵族大家庭具有封建社会末期的典型特征,因而艺术形象所显示的社会内容和思想意义就远远超越了贾府本身,而具有更高的典型概括意义,使人们从中认识到封建社会必然走向覆灭的历史命运。极为可贵的是,《红楼梦》不仅揭露出封建制度的黑暗腐败和统治阶级的罪恶,而且还通过对封建贵族阶级的叛逆者和被压迫阶级的反抗者的热情歌颂,反映并肯定了现实生活中正在冲破封建黑暗统治而闪耀着光辉思想的生活中进步美好的一面,表达了作者新的带有民主色彩的朦胧理想,并通过对他们被迫害、被摧残的真实描写,对封建制度的罪恶提出了沉痛的控诉。

《红楼梦》对贾府腐朽、黑暗和衰败趋向的描写,是广泛的、多方面的,包含着极其丰富深刻的社会历史内容。大体说来,主要有以下几个方面:

第一,揭露了贾家凭借自己的财和势,交结官府,无恶不作,肆无忌惮地对下层人民进行经济掠夺和政治压迫。例如薛蟠打死了人,因为依仗了贾家的权势就可以一走了事。凭着贾府的关系而飞黄腾达的贾雨村,帮助贾赦夺走了石呆子家藏的二十把扇子,弄得石呆子家破人亡。就连贾府里的管家媳妇王熙凤,竟也能操持别人的生杀之权。她弄权铁槛寺,为了贪图三千两银子,就借官府之势,逼得大财主的女儿张金哥和长安守备的公子双双自杀,弄得张李两家"人财两空"。像这样的事,王熙凤是"恣意的作为",不可胜数。甚至贾府里的奴才,也能依仗主子的权势胡作非为。例如为贾府收地租的管家周瑞,他的女婿古董商冷子兴跟人打官司,通过周瑞的老婆向贾府"讨情分",周瑞老婆"把这些事也不放在心上,晚间只求求凤姐儿便完了"。可见这类令人惊心骇目的事,在贾府里乃是司空见惯的。

第二,揭露了封建贵族阶级穷奢极侈的享乐生活。在贾府里,上至老爷太太，下至少爷小姐，每一个人的饮食起居，都有几个至十几个老妈子、丫头或小厮侍候。贾府内的重孙媳妇秦可卿，从她卧室内的陈设，到她看病吃药，以及死后的丧礼，都是豪华无比，显赫异常，单看那出殡时的队伍，就"浩浩荡荡，压地银山一般"。为贾元春归省而兴建的大观园，亭台楼阁，山水花草，装饰陈设，无不极尽奢侈豪华，真所谓"金门玉户神仙府，桂殿兰宫妃子家"。连皇妃贾元春见了，都不禁再三感叹："太奢华过费了！"一张药方子要花上千两银子才能配成。吃一分茄鲞，单是配料就要用十来只鸡。连家境清寒的史湘云开诗社，一顿最普通的又"便宜"、又"不得罪人"的螃蟹宴，从农村里来的刘姥姥看了也大吃一惊，认为这够庄稼人吃一年了。而所有这些巨大的花销，都是从农民身上剥削压榨得来的。由于极度的挥霍糜费，在这种豪华气派的背后，已隐藏着贾府严重的经济危机，入不敷出，内囊空虚，后手不接的矛盾日益明显地暴露出来。

第三，揭露了贾府里末世子孙们的荒淫无耻，腐化堕落。在贾府，表面上极力维护封建的伦理纲常，等级名分，男女大防，十分森严，但实际上荒淫无耻的乱伦丑行层出不穷。如贾赦、贾琏、贾珍、贾蓉等人，都是一些腐化堕落的衣冠禽兽。所以柳湘莲说贾府是"除了那两个石头狮子干净，只怕连猫儿狗儿都不干净"。

第四，描写了被压迫者的反抗斗争。残酷的政治压迫和惨重的经济剥削，必然激起被压迫被剥削者的坚决反抗。曹雪芹没有直接正面地反映农民的反抗斗争，只从侧面隐约地透露出农民抗租、夺粮、夺地，社会矛盾十分尖锐的动乱情景。他主要是怀着深深的同情，描写和赞美了大观园里奴隶们的反抗斗争。这种斗争虽然还是自发的，而且分散孤立、单薄脆弱，最终未能逃出失败的悲惨结局。但他们的反抗是坚决的、勇敢的。金钏儿、鸳鸯、晴雯、司棋、尤三姐的被侮辱、被残害及其反抗斗争，在大观园这个污浊的世界里，显示出她们纯洁美好的思想品格；她们的抗争，是生气勃勃的，是在这个黑暗王国中透露出来的一线光明。她们的反抗行动和悲惨结局，是对统治阶级血腥罪行的大胆的抗议和血泪的控诉。

第五，描写了封建贵族阶级内部产生的具有叛逆思想的人物贾宝玉和林黛玉，热情地歌颂了他们带有民主色彩的新思想和反抗斗争。贾宝玉和林黛玉带有叛逆色彩的思想，是在封建贵族阶级走向没落的特定的典型环境中、在贾府内外错综复杂矛盾的推动下产生和发展起来的。他们共同的叛逆思想主要表现在：不愿意走历代地主阶级知识分子所走、也是贾府的统治者贾政等人所规定和期望贾宝玉走的读书做官的道路，也不愿意谈论仕途经济;对封建贵族家庭的种种黑暗和罪恶深感不满;无视森严的礼教规范和等级制度;初步的男女平等观念和个性自由的要求等。贾宝玉和林黛玉的叛逆思想,是封建贵族大家庭走向衰败没落的产物,也是这个大家庭已经衰败没落的标志,而这种思想的产生和发展,又进一步促进了它的衰败没落过程。贾府的统治者们本来想把贾宝玉培养成一个封建地主阶级的孝子贤孙,把中兴的希望寄托在他的身上,但贾宝玉的思想却使他们大失所望。贾宝玉和林黛玉是在共同的叛逆思想基础上产生的爱情,在他们身上体现了一种新的爱情婚姻观念。宝黛的爱情促进了贾宝玉叛逆思想的发展,构成了对这个已濒于衰败的封建贵族家庭的威胁,因而为统治者所不容。曹雪芹在前八十回里已令人信服地写出了这个爱情悲剧产生的必然性,后四十回大体不误地完成了这一悲剧结局。这不仅仅是一个关系个人前途和生死的爱情婚姻悲剧,而且是关系到一个大家族兴衰命运的具有深刻思想内容的社会悲剧。贾宝玉、林黛玉和薛宝钗之间的爱情婚姻纠葛,及其悲剧结局所显示的深刻的社会意义,是《红楼梦》杰出的成就之一。

第六,描写了封建统治阶级内部尖锐激烈的矛盾。在地主阶级走向衰亡没落的封建社会末期,统治阶级内部的尔虞我诈、钩心斗角、互相倾轧也就日趋剧烈。曹雪芹是把统治阶级的内部矛盾作为这个贵族大家庭走向衰败的典型特征来描写的。探春曾说:"可知这样大族人家,若从外头杀来,一时是杀不死的。这可是古人说的,'百足之虫,死而不僵',必须先从家里自杀自灭起来,才能一败涂地呢!"书中以极其生动的艺术描写,为我们展现了封建末世统治阶级内部互相欺骗、争夺、倾轧和残杀的生活图景,展现了剥削阶级中人与人之间的真实关系,暴露了他们的自私、贪婪、虚伪、阴险、残忍等等没落阶级的罪恶本质。无论父子、母女、兄弟姊妹、姑嫂妯娌、夫妻,以及嫡庶和宗族亲戚之间,表面上笑语声声,温情脉脉,暗地里却互相谋算,"一个个像乌鸡眼似的,恨不得你吃了我,我吃了你"(探春语)。而这一切,又都是围绕着权力和财产的再分配这个根本问题进行的。充满在贵族大家庭中的这种你争我夺,互相倾轧,甚至影响到奴隶中间,渗透到生活的各个角落。主子各自培植爪牙,一部分奴隶也被卷进去成为他们各自的势力和工具。七十四回所写的"抄检大观园",就是一次十分典型的事例。由小丫头傻大姐拾了一个绣春囊,就在大观园中掀起一场轩然大波,使平日的明争暗斗白热化。如凤姐所说"连没缝儿的鸡蛋还要下蛆呢",平日早怀恨在心,只是得不着机会整治报复凤姐的邢夫人,如今得了这个因由,便心怀叵测地派王善保家的送到王夫人那里去,并向王夫人和凤姐兴师问罪。

王夫人和凤姐派周瑞家的等心腹暗中访察,而邢夫人则遣王善保家的去打听消息,由此引出抄检大观园的行动。在抄检中王善保家的自恃是邢夫人的陪房,又抓住了王夫人和凤姐的缺失而趾高气扬、得意忘形。先是因掀探春的衣裳而吃一个嘴巴,讨个大没趣;接着又在她的外孙女儿司棋的箱里搜出情人潘又安送给她的情书信物,转胜为败,像泄了气的皮球。而一度陷于被动和紧张的凤姐,这时则得意地嘻嘻笑起来,对王善保家的劈头盖脸地冷嘲热讽。整个抄检过程,两方壁垒分明、剑拔弩张,而结果却是被压迫的奴隶受到更大的摧残。

《红楼梦》以贾宝玉、林黛玉和薛宝钗的爱情婚姻悲剧为中心,描写了存在于贾府内外错综复杂的矛盾,主要是贵族阶级的叛逆者和贵族统治者正统派之间的矛盾,压迫者与被压迫者的矛盾,封建统治阶级的内部矛盾。在这些矛盾的相互制约和发展中,描写了众多形形色色的人物,揭示了一个贵族大家庭一步步走向衰亡的历史命运。《红楼梦》描写了极其丰富复杂的社会内容,几乎触及封建社会末期从经济基础到上层建筑的所有重要方面,对腐朽的封建制度作了一个全面的总的批判。《红楼梦》以其对现实的反映所达到的深度和广度,把中国古典小说的现实主义推向了最高峰。

曹雪芹虽然有很进步的思想,但他毕竟是一个生活在 18 世纪,出身于贵族没落家庭的作家,在《红楼梦》中不可避免地也表现出时代的和阶级的局限。这些局限又往往跟他的进步思想纠缠在一起,是我们在阅读这部小说时应该注意加以分析的。这主要表现在以下两个方面:

首先,曹雪芹虽然揭露了封建制度的种种罪恶和弊端,但他并不否定封建制度;他对自己出身的那个贵族阶级,虽然充满愤激和怨恨,却仍是温情脉脉,怀着极深的留恋。他是带着深沉的哀痛和惋惜的心情,写出了一个封建贵族大家庭逐渐走向衰亡的命运,为它唱出了一曲无可奈何的挽歌。小说男女主人公的身上带着明显的地主阶级的烙印,他们反封建的思想是软弱的、不彻底的,在思想性格和生活上都表现出不少贵族公子和小姐的习性。爱情的追求虽然坚决执着,却同样是软弱和不彻底的。他们不满、反抗,却又找不到出路,内心里充满着矛盾和痛苦,表现出种种消极的思想,特别在林黛玉的身上表现出浓重的感伤主义情绪。爱情在他们空虚的生活中占有极重要的位置,几乎成了生活的主要内容和精神上的寄托;表达爱情的方式也是那样的别扭而不够爽朗。

其次,是书中充满了悲观失望的虚无主义情调和无可奈何的宿命论思想。曹雪芹看到了自己出身的那个封建贵族大家庭必然衰亡的趋势,却不知道败落的真正原因,也找不到挽救这衰亡趋势的方法和出路。他在对自己的阶级感到失望的同时,对整个世界和生活有时也失去了希望。因此,人生如梦、一切皆空等悲观失望和虚无感伤的情调,便充满全书。无可奈何的宿命论思想,"色、空、梦、幻"的唯心主义观念,就成了解释各种生活现象的法宝;而宝黛二人具有深刻社会意义的爱情悲剧,也成了前生欠下的"风流孽债",是为了"还泪"。于是,书中出现了"太虚幻境""空空道人""参禅悟道"一类的荒诞描写,很不协调地渗入到全书极其真实的现实主义的生活图景之中。这些都是曹雪芹世界观中没落贵族阶级思想的一种反映。这就不能不在一定程度上冲淡了作品的批判意义。

曹雪芹世界观中落后的因素在《红楼梦》中的表现,实际上是一个从封建贵族阶级中分化出来而又还没有、也不可能跟这个阶级彻底决裂的叛逆者的局限,也是18世纪上半期资本主义生产关系的萌芽还很幼弱的一种反映。这些局限虽然多少损害了作品的思想性和艺术性,但它毕竟是次要的,绝不能掩盖这部伟大的现实主义巨著的思想光辉。

第四节 《红楼梦》的艺术成就

鲁迅在《中国小说的历史的变迁》里说:"自有《红楼梦》出来以后,传统的思想和写法都被打破了。"就是说,《红楼梦》在继承中国古典小说艺术传统的基础上,有了很大的创造和发展,达到了中国古典小说艺术前所未有的高峰。

《红楼梦》在艺术表现上的一个总的特色是:它像生活本身一样的丰富复杂,又像生活本身一样的生动真实、浑然天成。乍一看,就像没有经过艺术加工,只不过按照生活原有的样子任其自然地写下去,那么朴素,那么真实,其实却又都是经过作者精心提炼和加工,高度集中和概括而创作出来的。《红楼梦》是保存生活的原生态保存得最好,而又充分地艺术典型化的一部作品,平凡而不肤浅,细腻而不琐碎。在普普通通的日常生活的描绘中,含蕴着极为丰富深刻的思想内容,具有强大的撼动人心的艺术魅力。

《红楼梦》在艺术上十分注意完整地表现生活。它是在生活的全部丰富性和复杂性的基础上,来表现贾宝玉、林黛玉和薛宝钗的爱情婚姻悲剧以及贾府的衰败命运的。小说描写了多方面的生活内容,这些内容是相互关联、相互依存、不可分割的。围绕着宝黛爱情悲剧和产生这一悲剧的典型环境,曹雪芹写出了一个时代,一个散发出腐朽气息而又处于新旧交替过程的时代。《红楼梦》的艺术在表现生活的整体性上焕发出自己的光彩。

《红楼梦》结构上的宏伟、完整和严密，超过了中国任何一部古典小说。那样错综复杂的矛盾，那样广阔纷繁的生活，那样众多活跃的人物，那样变化多端的故事情节，作者抓住了宝黛爱情及其悲剧结局作为中心情节，以叛逆者和封建统治者的矛盾发展为主要线索，以贾府的盛极而衰为背景，细针密线地把丰富复杂的内容组织进去，使全书浑然一体，天衣无缝，不可分割。譬如流水，时而为涓涓细流，时而又激起轩然大波，但都沿着预定的方向奔流向前。

《红楼梦》不同于《三国演义》和《水浒传》等作品，人物和情节都带有传奇色彩，以曲折紧张的故事引人入胜，而是通过平凡的日常生活的描写，表现重大的社会主题，因而在艺术表现上细节描写占有特殊重要的地位。《红楼梦》细节描写的丰富和深刻，也超过它以前的任何一部古典小说。

《红楼梦》的人物描写更是取得了惊人的艺术成就，体现了生活的全部丰富性和复杂性。全书中有名有姓的人物共有四百多个。活跃于大观园中的众多的人物，犹如我们在生活中看到的那样形形色色、丰富多彩。有的哪怕只是昙花一现，只说了几句话，然而寥寥几笔，人物的性格、面貌就鲜明突出，跃然纸上。曹雪芹没有把复杂的生活简单化，也没有把复杂的人物简单化，不是好人就是一切皆好，坏人就是一切皆坏。他把人物放到封建末世错综复杂的社会矛盾中去描写，通过人物的行动、语言来表现他的思想性格。他既写出人物突出的性格特点，又写出人物性格的复杂性。在曹雪芹的笔下，同一阶级的人物，具有不同的思想面貌和性格特征，如贾赦和贾政、尤三姐和尤二姐、袭人和晴雯；即使是思想或性格相近的人物，也具有各自不同的个性特征，如宝玉和黛玉、鸳鸯和晴雯、宝钗和袭人。他们都各有自己的音容笑貌、言谈举止、气质习性，等等。不论是细致的描写，还是粗略的勾画，都紧扣着人物的性格，各具面貌，毫无雷同之感。《红楼梦》的人物描写堪称为"化工之笔"。

《红楼梦》的语言，以北京话为基础进行了提炼加工。人物的对话多用口语，叙述语言则于口语中又熔进通俗的文言成分。它的基本特色是：准确、洗练、流畅、自然，具有极强的艺术表现力。语言风格跟整部作品的艺术风格相一致，显得朴素自然、明快流畅、含蓄深厚。不论是刻画人物、描写环境、叙述故事，很少用夸张的语言、华丽的辞藻，而是普普通通、平平淡淡、有的犹如家常絮语，却在普通中寓深刻，于平淡中见神奇，使读者如见其人、如闻其声、如临其境。这表现了曹雪芹语言艺术的卓越成就。

第五节 《宝玉挨打》简析

《宝玉挨打》见于《红楼梦》第三十三回。是《红楼梦》所描写的重要生活场景之一,也是全书情节发展的高潮之一。这段故事,通过暴怒的父亲贾政痛打儿子贾宝玉的日常生活事件,概括了深刻丰富的社会内容,具有很高的典型意义,读来令人有惊心动魄之感。

宝玉挨打是封建正统派的贾政和贵族阶级的叛逆者贾宝玉之间矛盾冲突激化的表现,也是这一冲突发展的结果。犹如表面上平静的流水突然掀起了巨大的波澜,实际上是经过长期的酝酿、积蓄而逐步形成的。

早在第九回,写贾宝玉上学,因为他不按照贾政的意愿好好读《四书》一类的书,就引起贾政极大的不满。贾政严厉斥责跟随宝玉上学的李贵说:"你们成日家跟他上学,他到底念了些什么书!倒念了些流言混语在肚子里,学了些精致的淘气。等我闲一闲,先揭了你的皮,再和那不长进的算账!"这可以说是宝玉挨打最初的种因。从艺术表现的角度看,曹雪芹在这里已经为三十三回写宝玉挨打伏了一笔。

但是,促成宝玉挨打的原因不单是不好好读书,还有多方面的内容,包含着错综复杂的矛盾冲突。首先是因为贾宝玉不愿跟"为官做宦"的人交往,最讨厌谈论"仕途经济"一类的"混账话"。三十二回,写贾雨村到贾府,贾政传话叫贾宝玉出去会见,宝玉听了心里好生不自在,说自己是个"俗中又俗的一个俗人",不愿跟当官做宦的"雅"人交往。这时史湘云就劝他:"还是这个性情不改。如今大了,你就不愿读书去考举人进士的,也该常常的会会这些为官做宰的人们,谈谈讲讲些仕途经济的学问,也好将来应酬世务,日后也有个朋友。"宝玉听了非常不高兴,就说:"姑娘请到别的姊妹屋里坐坐,我这里仔细污了你知经济学问的。"袭人这时插话提到,过去薛宝钗也曾用这一类话劝说过宝玉,宝玉竟当面给薛宝钗难堪。这些描写都是具有深刻意义的,它表明,贾宝玉的生活理想和思想情趣,跟封建正统派的薛宝钗和史湘云根本对立,跟贾政对他的教训和期望背道而驰。正是出于思想上的这种格格不入,才使贾宝玉在贾政要他出去会贾雨村时,心里很不高兴,不得已磨蹭了半天才出来;"既出来了,全无一点慷慨挥洒谈吐,仍是葳葳蕤蕤",因而引起了贾政对他的极大不满。显然,这种由思想上的对立而引起的不满,已经经过了长期的酝酿和积蓄,现在遇到新的机会又被引发出来。这种在人生道路根本问题上的对立,既关系到贾宝玉的前途,也关系到贾府的兴衰,带有一种尖锐的很难调和的性质。

其次是跟王夫人的丫头金钏儿的被迫害致死有关。三十回里,写金钏儿因跟贾宝玉说了两句玩笑话,就被王夫人打了嘴巴,骂做"小娼妇",说是"好好的爷们"都被她"教坏"了。下令要撵出贾府,金钏儿跪下苦苦哀求也不让留下。宝玉会见贾雨村回来,心里正老大不高兴,恰好传来金钏儿因悲愤而投井自杀的消息。他对金钏儿之死感到震惊,对她充满同情,十分悲痛。小说里写他"五内摧伤",恨不得为她"身亡命殒",因而精神恍惚,"茫然不知何往"。恰在这时,又跟贾政"可巧儿撞了个满怀"。宝玉因内心悲痛而唉声叹气,这已使贾政大为不满,问他话时,又神情"惶悚","应付不似往日",因此"原本无气的,这一来倒生了三分气"。一个小丫头被迫害投井而死,别人都不以为意,唯独宝玉十分悲痛,甚至为之丧魂失魄,这也具有非同寻常的意义。这表明,在对待被压迫者的态度上,他跟以贾政为代表的贵族统治者之间,也存在着尖锐的思想对立。

第三,正在这气氛十分紧张、大有一触即发之势的节骨眼儿上,偏巧贾宝玉私下结交出身低贱的优伶琪官的事发,忠顺亲王府派人来到贾府,盛气凌人地要宝玉交出琪官。来人气势汹汹,咄咄逼人。贾政一听说是贾宝玉在外交结优伶,惹了大祸,又吃惊,又气恼,便严厉地斥责宝玉:"该死的奴才!你在家不读书也罢了,怎么又做出这些无法无天的事来!那琪官现是忠顺亲王爷驾前承奉的人,你是何等草芥,无故引逗他出来,如今祸及于我!"和低贱的戏子交朋友,不仅触犯了贾政头脑里封建名分等级观念,还因为这件事得罪了权高势重的忠顺亲王府家,闯下了大祸。因而这件事气得贾政"目瞪口歪",喝令宝玉:"不许动!回来有话问你!"至此,贾政已是怒气冲天,挨打已是肯定无疑了。贾宝玉对当官的贾雨村连见个面也不愿意,却私下在外跟一般贵族阶级瞧不起的下贱的戏子做好朋友,这是一种十足的叛逆思想和行为。而这件事偏又跟贾府与忠顺亲王府间的矛盾联系在一起,使贾政处于十分被动的地位,因而一下子就被激怒了起来。

第四,贾政送客回来,偏又遇到了看见被淹死的金钏儿尸体的贾环吓得跑了过来。贾环乃赵姨娘所生的贾宝玉的庶出兄弟,为了争夺家族的继承权,平日最嫉恨宝玉,巴不得置之死地而后快。此时见贾政问话,便乘机恶意进谗,说金钏儿投井,乃是因为宝玉"强奸不遂"。早已怒火中烧的贾政,再经贾环的火上浇油,即刻被"气的面如金纸",大喝"快拿宝玉来!"随后又"一叠声'拿宝玉!拿大棍!拿索子捆上!把各门都关上!有人传信往里头去,立刻打死!'"于是,一顿鲜血淋漓的毒打就这样开始了。

在不长的篇幅里,作者以极其凝练、集中的笔墨,使情节的发展十分紧凑,一波未平,一波又起,重重矛盾,接踵而来,一步步合乎逻辑地发展,直到高潮的到来——宝玉挨打。作者在这一日常生活事件中,概括进了丰富复杂的社会矛盾和思想冲突。整个情节的发展,以父子之间封建正统派与叛逆者的思想矛盾为主体,又交织着压迫者与被压迫者之间的矛盾以及贾府内外封建统治阶级之间的内部矛盾。这些矛盾相互依存、促进,最后使得主要矛盾激化而构成情节发展的高潮。

这些矛盾不早不迟,正巧在同一个时间发生,这当然是出于曹雪芹的匠心安排。但是"无巧不成书",曹雪芹艺术地提炼、概括生活的功力就表现在:虽经作者的精心结撰、编织,却不露人工痕迹,是那样真实、自然,好像生活本来就该是这样。"无巧不成书",在曹雪芹笔下的巧,巧得自然,巧得合情合理,巧得符合生活的逻辑。在这里,我们从小说的艺术构思上看到了曹雪芹表现生活的杰出的艺术才能。

由上述构成宝玉挨打的矛盾冲突的内容我们可以看出,通过这一日常生活事件的描写,小说深刻地揭示了封建正统派的贾政和地主阶级叛逆者贾宝玉之间的真实关系及其本质。实际上,这是封建统治者为了挽救自己家族衰败的命运而对这个家族的叛逆者的一次暴力镇压。它完全揭破了封建正统派们所标榜并拼命维护的"父慈子孝"一类封建人伦关系的虚伪和脆弱。这场冲突,不只涉及贾政和贾宝玉父子两人,而且涉及整个家世的利益,涉及这个贵族大家庭后继有人无人及其盛衰荣辱的前途命运。贾政就明明白白地声明,他是为了"光宗耀祖"才这样狠命地打宝玉的。这就是说,宝玉挨打不只是父子两代的个人冲突,而且是包含着丰富深刻的社会内容的两种对立的思想和两条对立的人生道路的冲突。这就是父亲以体罚的手段教训儿子,矛盾冲突显得那样尖锐激烈,读起来令人有惊心动魄之感的根本原因。由此我们可以体会出,《红楼梦》善于从普通的日常生活事件中概括出深刻的社会内容和思想意义的惊人的艺术表现力。

通过细节描写来刻画人物性格,揭示人物的内心世界,蕴蓄着深刻的思想内涵,《红楼梦》的这一艺术特色在《宝玉挨打》这个片断中也表现得十分突出。这里试以对贾政的刻画为例。曹雪芹通过精心提炼的典型细节,对贾政复杂的内心世界挖掘得很深。在这场父子冲突中,贾政是打人的人,贾宝玉是被打的人;打人的人是强者,被打的人是弱者。从表面上看,贾政凶狠、残暴、声威无比,但曹雪芹以他那支锋利的笔,犹如一支解剖刀,由表及里,深刻地剖析了他的灵魂。透过他外表的凶暴和威势,揭示出他内在的虚弱、悲哀和绝望。这是一个处于封建末世却又极力维护封建制度、贵族家庭颓势日显却企图千方百计使它中兴的顽固派人物特有的思想和性格。

　　作者对贾政内心世界的剖析，主要是通过两方面的人物关系来完成的。一方面是跟贾宝玉的关系。在整个毒打宝玉的过程中，小说曾三次写到贾政流泪。这三次流泪的细节，颇含深意，耐人寻味。他为什么一边狠命地打宝玉，一边又流眼泪呢？在生活里，父亲打儿子因在盛怒之下一时手重，转而后悔心疼流下眼泪的事也是常有的。但贾政不是这样。贾政第一次流泪，是在"气的面如金纸"，下决心要打却还在将打未打之际："贾政喘吁吁直挺挺坐在椅子上，满面泪痕，一叠声'拿宝玉！拿大棍！'……"这里的"满面泪痕"当然不会有因心疼而哀痛的成分。贾政自己的话透露了他内心的秘密："今日再有人劝我，我把这冠带家私一应交与他与宝玉过去！我免不得做个罪人，把这几根烦恼鬓毛剃去，寻个干净处自了，也免得上辱先人下生逆子之罪。"原来，是他满心希望宝玉长大后继承"天恩祖德"，做一个地主阶级的"孝子贤孙"，而宝玉却成了一个不肖逆子，使他感到一切希望都落空了。他愤怒，同时又不能不感到绝望和悲哀。这才是他未打宝玉时就先流眼泪的真正原因。第二次流泪，是王夫人闻讯赶来，他越发逞威，要勒死宝玉，于是王夫人大吵大闹，说贾政是有意"绝"她，叫"快拿绳子来先勒死我，再勒死他。我们娘儿们不敢含怨，到底在阴司里得个依靠"。这时小说写道："贾政听了此话，不觉长叹一声，向椅上坐了，泪如雨下。"这里是毒打尚嫌不足，还要拿绳子来勒死，"以绝将来之患"，这眼泪也断乎不是为心疼宝玉而流。真实的原因从王夫人的话里透露了出来。关键就在王夫人"绝我"和没有"依靠"的话深深地触动了他。对他来说，宝玉成为不肖逆子，虽生犹死，虽有若无，甚至比死、比无还要可怕可悲，他于是也跟王夫人一样感到了"绝"和没有"依靠"的悲哀。第三次流泪，是王夫人哭贾珠，小说这样写："贾政听了，那泪珠更似滚瓜一般滚了下来。"贾珠是贾政短命而死的大儿子，跟宝玉不同，他听贾政的话，热衷科举，"十四岁就进了学"，当然是贾政的希望所在，不幸还不到二十岁就夭折了。这次流泪跟王夫人一样，不是哭活着的宝玉，而是哭死去的贾珠；而哭贾珠，实质上就是哭他希望的破灭。总观贾政这三次流泪，都是贾政在宝玉这个不肖逆子面前感到后继无人（也就是"绝"了）的一种绝望和悲哀的表现。他，一个力图使行将败落的贵族大家庭能够存亡继绝的封建统治者，在贾宝玉这个"冥顽不灵"的"孽种"面前，既愤怒、又悲哀，既威严、又虚弱，这样矛盾而又合乎逻辑地统一在一起的复杂的思想性格，表现了非常丰富的社会内容和深刻的思想意义。

再一方面是跟贾母的关系。王夫人的出场劝止,是"如火上浇油一般,那板子是越发下去的又狠又快"。王夫人"抱住板子"一哭,贾政反而"要绳索来勒死"。真正使贾政心怯、手软,感到打重了而有些后悔的,是老祖宗贾母的出场。贾政在贾母面前,始而含泪下跪,继而小心陪笑,再后是苦苦叩求认罪,最后是在贾母的怒斥声中悄声退出。这一系列的动作情态,都写得很细,也是极富深意的。在这里,使贾政在贾母面前如此低声下气,并因而促成整个局面化险为夷的主要原因,不是别的,而是贾政拼命维护的封建孝道。具有讽刺意味的是:贾政毒打宝玉是出于"孝道",用他自己的话说,就是"我养了这不肖的孽障,已不孝","为儿的教训儿子,也为的是光宗耀祖";而打的结果,又恰恰触犯了"孝道":因为贾母素日最疼宝玉,而他竟背着贾母毒打宝玉,结果惹得贾母生了很大的气,责骂他眼中没有母亲,使他感到做儿子的"无立足之地"。维护"孝道"而终于触犯了"孝道",使得贾政陷入了一种矛盾而又十分困难的狼狈境地。这暴露了封建伦理道德的虚伪和无能为力,而读者却又从中看到了贾政虚弱灵魂的另一个侧面。由此我们可以体会到,《红楼梦》细节描写所包含的丰富的社会内容,也可以看出《红楼梦》人物性格刻画所达到的思想深度。

第十二章 清初至清中叶的诗文词

第一节 诗 歌

清诗的成就不及唐宋,但却超过元明两代,作家作品的数量都很可观。近代徐世昌所编《晚晴簃诗汇》收清代诗人六千一百余家,远不完备,即已超过《全唐诗》收录的诗家近两倍。清诗虽不如唐宋两代佳作如林、名家辈出,但也有不少好的作品,或较真实地反映了现实生活,或在艺术上有一定的特色。

清初的诗坛,因社会动乱,阶级矛盾和民族矛盾都很尖锐,一些由明入清的遗民诗人,由于经历了时代的大变动,对现实生活有较深切的体验,写出了不少较有现实意义的作品,表现了爱国主义精神。如顾炎武、归庄、吴嘉纪、王夫之、屈大均等人,他们大多学习杜甫,反映现实,表现民族思想,而在艺术风格上又各有创造、各具特色。其中顾炎武是杰出的代表。

顾炎武(1613—1682),原名绛,字宁人,号亭林,江苏昆山人。年轻时即参加明末的进步政治团体复社。清兵南下时,他参加了江南一带的抗清斗争,失败后流亡各地。曾到明孝陵前去表示自己反清复明的决心。到北方,又考察祖国的山川形势,一直不忘民族斗争。他不把天下看作皇帝一家一姓的私产,提倡"天下兴亡,匹夫有责",激励人们的爱国思想和斗争意志。他是明末清初的一位著名学者和思想家,在学术上名声很大,诗文创作也有独特的成就。他在由明入清之际,对学风、文风和诗风的转变,都起到了很好的促进作用。在学术上,他主张经世致用,即研究实际有用的学问,反对宋明以来理学的空谈。他自己的治学范围极为广泛,政治、经济、历史、哲学、天文、地理、金石、音韵等都有研究,治学的特点是把读书和实地考察结合起来。他主张作文要有益于天下,反对模拟和复古。诗歌创作则主张

"言志",抒发性情,不务奇巧,推崇白居易"文章合为时而著,诗歌合为事而作"的主张。著作有《日知录》和《亭林诗文集》。

顾炎武的诗歌有充实的现实内容和强烈的时代感。由内容所决定,诗的风格特色主要是沉郁悲壮,很接近杜甫。反对民族压迫,表现抗清复明的顽强意志和崇高的民族气节,是顾炎武诗歌的主要内容。

《精卫》一诗,借精卫填海的神话故事,表现了诗人抗清复明、誓不屈服的坚强意志。诗中假拟和精卫对话,精卫的回答实际上是作者反清复明的誓言。诗末的感叹和议论,将自私自利的燕鹊跟精卫的远大理想和崇高气节作对比,对当时许多不顾国家民族利益而只谋求个人幸福的人物投以讽刺。全诗带有寓言性质,但诗意显豁,格调明朗。

清初不属于遗民诗人而在诗坛上有较大影响的是钱谦益和吴伟业,他们向来被称为开国宗匠。又和龚鼎孳合称"江左三大家",但龚的成就和影响都不能跟钱吴二家相比。三个人都在入清后做了官,因而为坚持民族气节的人们所不齿。这里介绍成就较高的吴伟业。

吴伟业(1609—1671),字骏公,号梅村,江苏太仓人。明末进士,官左庶子,弘光朝仕少詹事。早年曾参加过复社。明亡后曾与他的朋友魏禧约定宁死不做清朝的官,后由于清统治者的强迫,他入京任国子监祭酒,不久即以母病辞归,不再出仕。他因违背初愿,未能坚持民族气节,遭到人们的非议,内心十分悔恨。他在《自叹》诗中写道:"误尽平生是一官,弃家容易变名难。"

吴伟业的诗歌题材比较广泛。不少作品寄寓了他的身世之感。一部分作品较真实地反映了明末清初动乱的社会现实和人民的痛苦生活,有"诗史"之称。他的诗学盛唐诸家和元白。古体诗写得较好,尤擅长七言歌行,富于文采。他学元白的长庆体而有自己的创造,人称"梅村体"。由于他自感事清失节,思想感情极为哀痛消沉,"或歌或哭,欲死欲生",充满矛盾和苦闷。诗风清丽流畅而又华艳苍凉。有《梅村家藏稿》。

《捉船行》是一首七言歌行体诗歌,以叙事的手法,反映了清初官吏借口军运任务到处捉船,以敲诈勒索、搜刮民财的真实情景。诗人愤怒地揭露了暴官污吏的罪行,对在苛捐杂税沉重压榨下的贫苦船民寄予了深切的同情。

开头四句:"官差捉船为载兵,大船买脱中船行。中船芦港且潜避,小船无知唱歌去。"写出在官吏们捉船的暴行下,遭受灾难的只是下层贫苦的老实船民。接着正面揭露官差们的横暴:"郡符昨下吏如虎,快桨追风摇急橹。村人露肘捉头来,背似土牛耐鞭苦。苦辞船小要何用? 争执讻讻路人拥。前头船见不敢行,晓事篙头敛钱送。"府里征用民船的文书一下达,他们就火速地像老虎一样扑向船民,使人猝不及防。他们肆意抓人打人,目的并不在征用民船,那些小船对于军运原本无济于事,而是借此掠夺民财。诗人用四句诗:"船户家家坏十千,官司查点候如年;发回仍索常行费,另派门摊云雇船。"生动而十分尖锐地揭露了他们贪婪的嘴脸。最后两句:"君不见官舫嵬峨无用处,打鼓插旗马头住。"与开头呼应,揭露出"官差捉船为载兵"只是一种谎言,目的在于掠夺百姓,含意深永地揭示出全诗的主题。

在钱谦益和吴伟业之后,在清初至清中叶的诗坛上,相继出现许多诗派,提出各种诗歌创作的主张。从继承宗派来说,大体可分为尊唐和宗宋两大派别。尊唐一派多受吴伟业的影响,以王士禛为代表,被称为"南施北宋"的施闰章和宋琬也以学唐人为主,其他还有朱彝尊、赵执信和沈德潜等人。宗宋一派多受钱谦益的影响,主要有吕留良、宋荦、查慎行、厉鹗等人。从诗歌理论主张来说,主要有王士禛的"神韵说",沈德潜的"格调说",袁枚的"性灵说",翁方纲的"肌理说"等。但尽管宗派各异,主张不同,总的看来,不是局限于学古和流于形式主义,就是只强调表现诗人的个性而脱离现实,成就都不太高。

康熙时期主盟诗坛的领袖人物是诗人王士禛。王士禛(1634—1711),字子真,一字贻上,号阮亭,别号渔洋山人,山东新城(今桓台)人。顺治年间进士,官至刑部尚书,谥文简。有《带经堂全集》。他论诗标举神韵,创神韵一派。所谓神韵,就是追求一种语言之外的意趣和诗境,大体指一种冲和淡远和含蓄隽永的情致韵味。这种主张要求诗歌在表现上要含蓄,要力求创造出深远的意境,这对于克服诗歌创作中空疏浅露的毛病和宋以来好发议论、喜欢掉书袋的风习,有可取之处。但强调太过,就不免陷入神秘主义,导致脱离生活,产生消极作用。清初的诗风,从顾炎武到王士禛,开始由现实主义转变到形式主义。

王士禛的诗歌创作是他理论的实践。各体都写,但以绝句和律诗较为出色。内容大多为描写山水风景和友朋间的酬赠,缺乏现实内容。他的一些描写山水风景和咏怀古迹的绝句,写得委婉含蓄、格调清新、富有情韵。但毕竟格局太小、缺少气势。如《真州绝句》。

《真州绝句》是一组描写真州风景的小诗。作于康熙元年,时诗人在扬州做官。真州即江苏省仪征县。原诗共五首,这里选的是第四首:"江干多是钓人居,柳陌菱塘一带疏。好是日斜风定后,半江红树卖鲈鱼。"这首小诗,生动地描写了江边的风景和渔民的生活,代表他早年清丽澄淡的诗风。

起句点出所要描绘景物的总的环境特点。从"江干"和"钓人",我们知道诗人写的是一个渔民的村子。下面就紧扣住这个特点来描写。第二句承"江干"写,着重表现江边疏朗明丽的自然风景,有柳陌,有菱塘,绘出一种和谐喜人的画面和气氛。三、四句承"钓人"写,在风景宜人的背景里,展示出渔民们的活动。诗人以典型的生活场景来表现渔民们的日常生活。西下的夕阳,把江边的柳树和静静的流水都染成红色了,这是一天最好的时候,渔民们捕鱼归来,在江边出售刚刚打得的鲜美的鲈鱼。诗人没有直接写渔民们内心的喜悦,但通过充满诗情画意的生活画面,渔民们的思想感情便被充分地表达出来了。作者对这样的环境和生活,也没有一句赞美,但赞美向往之情却洋溢在字里行间。这首小诗,疏淡清隽,含蓄有味,言语之外确有一种诗人追求的意趣和情韵在。

对诗坛上的拟古主义和形式主义表示不满,超脱于尊唐和宗宋两派之上,而主张抒写诗人自己真性情的一位著名诗人是袁枚。

袁枚(1716—1798),字子才,号简斋,浙江钱塘(今杭州)人。乾隆年间荐举博学鸿词,又进士及第,授翰林院庶吉士,以后在江宁等地任知县。中年即辞官,退居江宁(今南京)小仓山的随园,因号随园。他酷爱山水园林,过一种自由清狂的生活,表现出封建士大夫的享乐主义。有《小仓山房诗文集》和《随园诗话》等。

袁枚论诗标举性灵,继承和发展了明代公安派袁宏道等人的论点,反对、抨击拟古主义和形式主义的诗风。他主张要在诗中写出诗人真实的思想感情和独立的个性,袒露诗人的真面目。他认为诗只有工拙之分,而无古今之分,尊唐宗宋的派别和争论都没有什么意义。"性情"才是写诗的根本。不论古今诗人,亦不论何种流派与风格,只要写出真性情就是好诗。他主张要自由抒写,打破清规戒律。他对当时各诗派几乎都提出了批评。他批评沈德潜的"格调说",认为格调只是空架子,不能在性情之外。他批评王士禛的"神韵说",认为追求虚无缥缈的"神韵",脱离真性情,一味修饰容貌,便只能写出假诗。他又批评翁方纲的"肌理说",反对以学问为诗,认为"填书塞典,满纸死气"。这些看法,对纠正当时诗坛上拟古主义和形式主义的不良倾向,起到了积极的作用。但只强调"性情""灵感"而不强调产生和决定"性情""灵感"的社会生活,也有很大的片面性。脱离生活,心灵空虚,单靠"真性情",写出的未必都是好诗。他自己的创作实践就是最好的证明。

他的诗由于生活范围狭小,内容浅薄,缺乏现实性和社会意义。一些描写自然风景和旅途见闻的诗,直抒胸臆,写得灵巧清新。他的近体诗技巧较高,选材别致,表现新颖,格律也严整妥帖。总的看,清新流丽是其长处,浮浅油滑是其短处。

《马嵬》是袁枚咏史诗的代表作。全诗一组共四首,这里讲的是其中的第四首,是诗人于乾隆十七年(1752)经陕西马嵬坡时所作。马嵬坡是唐代安史之乱时,杨贵妃被赐自缢的地方。从唐代白居易的《长恨歌》开始,历代以这一事件为题材的文学作品,大多对李隆基和杨贵妃的爱情悲剧表示同情。作者途经此地时,由杨贵妃自缢的马嵬坡想到白居易的《长恨歌》,再联想到杜甫的《石壕吏》,将眼光从帝王后妃的身上转向民间,做了翻案文章,表现了诗人对历史事件和前代文学作品的独到见解。

全诗只有四句,凝练集中,有理有情:"莫唱当年《长恨歌》,人间亦自有银河。石壕村里夫妻别,泪比长生殿上多。"首二句对白居易的《长恨歌》提出新的评价,并指出这一评价所依据的标准。历来脍炙人口的《长恨歌》,诗人认为值不得欣赏,劝人不要传唱。原因是老百姓中夫妻不能团聚的悲剧更值得同情。"人间"二字乃是全诗着眼处,诗人的目光是尖锐而深刻的。三、四句以杜甫的名作《石壕吏》作为具体的例证,说明老百姓遭受的灾难和内心的悲苦要比作为帝王后妃的杨玉环和李隆基深重得多。但这层意思诗人并没有直接说破,而只是说杜甫诗里所写的一对老夫妻的悲惨的眼泪,要比长生殿里的李杨二人多得多,诗人深刻的思想评价和鲜明的感情倾向,便含蓄而生动地表现出来了。在这首短诗里,诗人既评价了社会生活,也评价了反映社会生活的文学作品,表现了十分进步的历史观。这在袁枚的诗集中是难得的好诗。

乾隆年间,不标举诗派,而在创作上也以直抒性灵为特色的另一位值得注意的诗人是黄景仁。

黄景仁(1749—1783),字汉镛,一字仲则,号鹿菲子,江苏武进(今常州)人。他是一个身世凄凉、怀才不遇、多愁善感的才子。他一生只中过秀才,高宗东巡召试,他列为二等,后纳资为县丞,未补官而卒,死时才三十五岁。有《两当轩集》。他作诗不讲求声律格调,只是自然地抒发他内心的思想感情。他的诗多抒发穷愁悲凉的身世之感。哀怨感伤是其基调,有人概括他的诗歌的风格特色是哀猿叫月、独雁啼霜。一部分七言歌行写得较有气势,受到李白的影响。他生活于乾隆盛世,却从一个穷愁失意的封建知识分子的苦闷中,透露出一种衰败的信息。这是很有意义的。不过他的诗以抒写个人的不幸与悲苦为主,题材终嫌狭小,缺乏深广的现实内容。

《癸巳除夕偶成》原诗共两首,这里讲的是其中的第一首:"千家笑语漏迟迟,忧患潜从物外知。悄立市桥人不识,一星如月看多时。"癸巳是乾隆三十八年(1773),当时诗人二十五岁,做朱筠的幕客,从游安徽。这首诗是诗人从安徽回家过除夕时所作,抒发了他在千家万户欢度除夕之时一种孤寂苦闷的心情。诗人将周围的环境气氛跟自己的心境对比起来描写,千家万户笑语声声,更加衬托出诗人内心的寂寞和孤苦。他感受到一种潜在的为世人所不知、所难于体会的忧患。轻松的欢声笑语中,透露出的是诗人难以言传的深沉的悲哀。后两句从外在的形象写内在的感情。诗人静静地站立在市桥之上,没有人觉察他、理会他,漆黑的夜空没有月亮,他凝望着冷寂的星星,久久地出神。这里化无形为有形,没有言愁,却使人从诗人的形象中感受到愁情满纸。全诗的感情深厚凝重,写得凄哀感人。

第二节 散　文

清初至清中叶的散文,也出现各种创作流派和主张。清初的进步思想家顾炎武、黄宗羲、王夫之等人,学术上提倡"经世济用",反对空谈心性,作文则主张"须有益于天下"。因此他们的文章有充实的内容,既不像明代复古派那样一味模拟前人,也不像公安派、竟陵派那样脱离现实、抒写性灵,将散文的内容限制在一个狭小的范围之内。除了写作大量具有实用价值的学术论文而外,他们带有文学色彩的散文主要是些人物传记。如顾炎武的《吴同初行状》《书潘吴二子事》,黄宗羲的《张南垣传》《柳敬亭传》等,都写得精练朴实,表现了真挚强烈的思想感情。其他如王猷定、魏禧等人,也有一些写得较好的人物传记散文。他们将小说的笔法引进散文创作,在表现人物的思想性格时,颇多生动的细节描写。

清中叶出现了一个在清代影响最大的散文流派桐城派,代表人物是方苞、刘大櫆和姚鼐,被称为"桐城三祖"。因为他们都是安徽桐城人,所以称为桐城派。他们直接标举的是明代唐宋派散文家归有光,但归有光是继承从《左传》《史记》到唐宋散文大家的传统的,所以桐城派古文家也学习先秦两汉的散文和唐宋时期韩愈、欧阳修等人的散文。方苞最早提出作文要讲究"义法"。"义"指"言有物","法"指"言有序":前者属于文章的内容,后者属于文章的结构形式。但他所讲的"义",不过是封建的思想体系、程朱理学一类货色;"法"也不过是从《左传》《史记》以来传统散文中归纳出来的一些僵死的写作程式。他们在语言上又反对吸取新鲜活泼的口语,因而提出以所谓"雅洁"为标准。桐城派的"义法"说有其可取之处,不能全盘否定。首先他们强调"义"和"法"的关系,主张以"义"为经,以"法"为纬,依"义"立"法",由"法"见"义","义"与"法"相辅相成。这就比较正确地阐明了文章内容与形式的关系,既强调了二者的统一,又强调了内容对形式的决定作用。其次,在阐述"法"的内容时,提出要讲究谋篇布局,注意虚实详略和语言修辞;反对"义枝辞冗",提倡言简意赅,也都有一定的意义。

刘大櫆发展了方苞的理论,提出所谓"神气""音节"和"字句"的关系问题。大体说来,"神气"指文章的精神气韵,属思想内容问题;"音节""字句"指文章的语言声调,属形式技巧问题。他强调"义理、书卷、经济",认为是"行文之实",讲文章的内容比方苞具体。但他强调以神运气,以气行文,文法之妙只可意会,不可言传,未免显得神秘。他提倡模拟古人腔调作文,也容易陷入拟古主义。

姚鼐是桐城派中一位集大成的作家。他在方苞、刘大櫆的基础上,将一套作文理论发展得更加完备,提出将"义理""考据""辞章"三方面合而为一;从体会古人文章中的格律声色入手,进而模拟其神理气味。这就把文章的观点、材料和修辞章法等表现技巧结合起来,在一定程度上概括出文章写作的基本规律,有一定的意义。不过他讲的"义理",基本上仍是程朱理学的一套陈腐内容,并不是从现实社会中得来的活生生的材料和新鲜思想。因此,桐城派作家的散文理论虽不无可取之处,但他们的文章封建思想都较浓厚,清新之作不多。方苞的《左忠毅公逸事》和姚鼐的《登泰山记》写得较有特色,是桐城派古文家中为数不多被人传诵的名篇佳作。但这并不是按照他们提倡的"义法",而恰恰相反是挣脱了他们那套"义法"的束缚,从现实生活中汲取了新的思想、新的材料才创作出来的。

先谈谈方苞的《左忠毅公逸事》。

方苞(1668—1749),字凤九,号灵皋,晚号望溪,安徽桐城人。康熙朝进士,乾隆时官至礼部侍郎。有《方望溪先生全集》。

《左忠毅公逸事》是一篇生动感人的记人散文。左忠毅公就是左光斗,字遗直,明末桐城人。他是著名的东林党人,因和专权的宦官魏忠贤作斗争,被诬陷逮捕入狱,受酷刑,不屈而死。"忠毅"是他死后的谥号。这篇文章通过左光斗和史可法的关系,着重表现了左光斗公而忘私,以国家利益为重,将个人的生死荣辱置之度外的崇高品质和斗争精神,生动具体地描写了他的眼光(善于发现人才)、胸怀(能从国家利益和正义事业的需要出发爱护和选拔人才)和节操(跟邪恶势力誓死斗争的顽强不屈的精神)。文章主要写了左光斗两方面的事迹,一方面是他发现、爱护和选拔史可法,一方面是他在狱中临死不屈,坚持跟敌人进行斗争,并怒斥史可法,以国家天下大义来教育他,希望他将来能为挽救国家的危亡作出贡献。这两方面地点不同,具体的事迹不同,但所表现的人物的精神品德却是一致的,而且都跟史可法有关系,因而显得非常集中。

在左光斗与史可法两人的关系上,文章以左光斗为主,史可法始终处于从属和陪衬的地位,处处突出左光斗的思想品德和精神风貌。作者善于选取表现人物的角度,而且精于剪裁。他在狱中如何跟敌人坚持斗争,文章没有作正面描写,只是从史可法的耳闻目睹轻轻点出,但左光斗跟敌人斗争的场面和英雄主义的精神风貌就被间接地烘染出来了。而集中笔力正面直接描写的,是他怒斥和教训史可法的场面,从他强烈的爱和恨中,充分地展现出身处危难而不忘国家的崇高精神境界。后面写史可法在左光斗死后,在镇压张献忠农民起义中的表现,虽然由于作者在政治上的畏忌,不敢正面描写史可法在抗清斗争中的突出表现,但其意图是通过史可法的上不负朝廷、下无愧于老师的行为,写左光斗的精神后继有人。这是通过史可法而写左光斗,是对前文的必要补充。这些都表现了作者用笔挥洒而不拘谨,能从不同角度展开描写,却又能紧紧把握中心,使文章非常集中。

这篇散文运用典型的场面、细节来刻画人物性格,叙事简洁生动,语言精练含蓄等,也都是值得注意的艺术特色。总之,作者从生活中汲取题材、思想,有切身体验,有强烈的感情,而不死守所谓"义法",才获得了这样的成功。

再谈谈姚鼐的《登泰山记》。

姚鼐(1732—1815),字姬传,一字梦谷,因室名惜抱轩,世称惜抱先生,安徽桐城人。乾隆年间进士,曾担任过几任考官,参加了《四库全书》的修纂,官至刑部郎中。有《惜抱轩全集》。他编纂的《古文辞类纂》,是根据桐城派的观点选编并加以评点的一部古文选本,影响较大。《登泰山记》是他最有名的代表作。

这篇文章是姚鼐于乾隆三十九年十二月底(1775年1月)辞官归里,路过泰安,跟他的朋友朱孝纯一起登泰山时所作。

这篇文章介绍了泰山的地理形势、登山的路径、山上的建筑古迹等,具体生动地描绘了日暮登山时的种种优美景色,而全文的重点是写日观亭看日出,写出了一种神采飞动的壮美景象。

文章注意到了点和面的恰当结合,既有概括的介绍、简要的叙述,又有生动具体的描写。对泰山的地理形势、登山的路径,都写得很简括,但已给读者一种气势雄峻的总体感受。写日观亭看日出,则从日出前风、雪、云写起,对日出过程中自然景观的不断变化,从颜色和气象上作了细致逼真的描绘,给读者留下具体鲜明的印象。

写景能抓住特点,不一般化,并融进了作者的独特感受。作者是在十二月冒着风雪登泰山的,因而写景处处体现这一特点,多处写到风、雪、冰,无瀑水、无鸟兽音迹等,确是冬日泰山气象。写日出,则抓住动的特点。作者特别着眼于颜色,从人的视觉来显示瞬息之间的变化。颜色的不断变幻,加上种种奇特的景象,就烘托出了日出时所特有的壮美。

姚鼐提倡作文要义理、考据、辞章三者结合,从本篇可以看出这一特点。写泰山的地理形势、登山的路径,引述旧籍,并叙及古今的不同,显示了作者的学问和考据的功夫;语言简净、明洁,无废词冗句,而又描摹生动、色彩鲜明,见出桐城派散文家的语言风格。

桐城派以后,作为桐城派的一个分支而又与桐城派不同的是阳湖派,代表作家有恽敬(1757—1817)和张惠言(1761—1802),因为他们都是阳湖(今江苏常州)人,所以称为阳湖派。他们强调作者的才学和修养,不仅学习经史和唐宋诸大家,也学习诸子百家。眼光比桐城派开阔,作品也较有气势和文采。在散行中杂骈语,是阳湖派散文在表现手法上的一个显著特点。但他们同样强调作文要阐发"圣人之道",创作成就也不高,影响不及桐城派。

另外,乾嘉时期出现了一批骈文作家,他们大都是些学者,长于考据,写作时修辞用典都有依凭。代表作家有汪中、洪亮吉、孙星衍等人,其中以汪中的成就最高。他的骈文作品有充实的生活内容,写出了真情实感,语言也明丽自然,不像许多骈文那样流于形式主义的文字游戏。他的骈文名作《哀盐船文》很值得一读。

第三节　词

词到南宋而达于极盛。元明两代，散曲兴起，词便走向衰落。到了清代，词家渐多，出现了一些优秀的作家和作品，被人称为词的中兴。除创作外，清人对词学的探讨和词集的校勘整理，也都取得了很好的成绩。从清初到清中叶，重要的词派有：阳羡派，以陈维崧为代表；浙西派，以朱彝尊、厉鹗为代表；常州派，以张惠言、周济为代表。词人中成就较高的是陈维崧和不属于某一词派的纳兰性德。下面分别介绍他们的两首代表作。

陈维崧（1625—1682），字其年，号迦陵，江苏宜兴（古为阳羡）人。康熙十八年（1679）举博学鸿词科，授翰林院检讨，参加纂修《明史》。工骈文和词，以词名为显。有《湖海楼诗文词全集》，词集题《湖海楼词集》，又名《迦陵词》。他长调和小令都作，数量颇富，有一千九百多首，在清代首屈一指。他学习苏轼和辛弃疾，词风豪放，当时就有人称他为清代的苏辛，与朱彝尊齐名，并称朱陈，有二人合刻词集《朱陈村词》行世。因为缺乏苏辛那样的生活基础，词中虽多作壮语，内容实不如苏辛的深厚充实。"雄而不浑，直而不郁"，缺乏厚重蕴蓄的情致。

《点绛唇·夜宿临洺驿》是陈维崧从北京到河北河南一带游历时的作品，写他在临洺驿的所见所感。这首词的写法是寓情于景，作者所要抒发的感情没有直接说出来，而是通过对客观景象的描绘间接地表达出来。虽然不太容易把握，但仔细吟诵还是可以体会的。

上片写词人在临洺驿上所见："晴髻离离，太行山势如蝌蚪。稗花盈亩，一寸霜皮厚。"像女人头上的螺髻一样的山峰，像蝌蚪一样的太行山势，以及稗花和严霜，描绘出北国寒秋季节一种萧瑟清冷的境界。这是地理环境和自然景物给予词人的感受，但其中已暗寓着他的身世之感。

下片一开始就抒发感慨："赵魏燕韩，历历堪回首。悲风吼，临洺驿口，黄叶中原走。"但写得十分隐晦含蓄，感慨的具体内容词人并没有明确地写出来。"赵魏燕韩"是指自己漫游的河北河南一带地方。"历历堪回首"，是说种种情景都还可以清清楚楚地回忆起来。其间，既有对赵魏燕韩远古历史的追怀，也有对自己漫游踪迹的回忆，从抚今追昔中抒发他对漂泊无定生涯的感慨。结句以黄叶在骤起的悲风中滚动流走的飞动形象，进一步抒发出他的抑郁不平之气和爽俊豪迈的胸怀。这首词，设喻奇特，造语不凡，意境雄阔,气势豪迈。

纳兰性德(1655—1685),原名成德,字容若,因避太子嫌,改名性德,号楞伽山人。满洲正黄旗人,太傅明珠的长子。康熙时殿试赐进士出身,做过康熙的侍卫,很得宠信。有《饮水词》,一名《纳兰词》。他喜欢北宋词人的作品,写作以小令见长。清新自然,直抒胸臆,风格接近李煜。词作多为抒写个人的相思离别和哀感闲愁,缺乏现实内容。情调感伤低沉,凄婉哀怨。多用白描手法,真挚而不虚假,自然而不造作。婉丽凄清是纳兰词的主要风格特色。陈维崧评他的词说:"饮水词哀感顽艳,得南唐二主之遗。"

《长相思》(山一程),作于康熙二十一年(1682)词人随康熙出山海关时。一本题作《出塞》。上片写出塞时一路行程和夜里住宿军营的情景:"山一程,水一程,身向榆关那畔行。夜深千帐灯。"表现出路程的漫长和崎岖,以及塞外军营的开阔气象。下片:"风一更,雪一更,聒碎乡心梦不成。故国无此声。"抒写思乡之情。一夜风雪,辗转难眠,写出他的满怀愁绪。词人又从风雪之声的搅扰,追想到家中的恬静和温暖,更加强了他对家乡的思念。纳兰性德是作为康熙的侍卫随驾临时出巡关外,与久戍边关而不得归家的将士不同;又在皇帝身边,旅居条件也必然十分优越。如此短暂的离家之苦,他都不能忍受,作为一个过惯锦衣玉食生活的贵族公子,这首词中所表现的思想感情不能跟范仲淹《渔家傲》相比。尽管如此,在艺术上不尚雕饰,语言简淡朴素,而能将感情表现得深沉缠绵,还是有它的特色。

第十三章 近代文学

第一节 近代文学的社会背景和特点

1840年鸦片战争以后,由于帝国主义的入侵,中国社会发生了重大的变化,由封建社会沦为半封建半殖民地社会。帝国主义和中华民族的矛盾,封建主义和人民大众的矛盾,成为近代中国社会的主要矛盾。许多先进分子,从各方面探索真理,寻求中国的出路;广大人民群众,不断掀起反帝反封建的革命斗争。这个时期,先后发生了太平天国革命运动,资产阶级改良主义的戊戌变法,反帝反封建的义和团运动,以及资产阶级领导的旧民主主义革命运动。1919年爆发的"五四运动",是由无产阶级领导的一次彻底的反帝反封建的革命运动,它标志着旧民主主义革命时期的结束,新民主主义革命时期的开始。中国近代文学,就是在这样的社会背景下,与上述的社会矛盾和社会斗争紧密结合得到发展的。

这个时期的文学发展,表现出一些不同于封建时代文学的新的特点。

第一,民族资产阶级作为一支活跃的力量出现在文学领域,以新的资产阶级的文学思想,跟旧的封建主义的文学和帝国主义的文学作斗争。但由于这个阶级在政治上的软弱,他们在文学上的斗争和革新都是很不彻底的。例如戊戌变法时期出现的"诗界革命""文体革命""小说界革命"等,虽然在当时都起到一定的进步作用,但随着戊戌变法的失败,很快就失掉了进步意义。与此同时,腐朽没落的封建文学不甘退出历史舞台,不断地进行垂死的挣扎,因而新旧两种文学倾向的斗争表现得十分尖锐。

第二,尖锐激烈的社会矛盾和现实政治斗争,要求文学为它服务,因此近代文学突破了长期以来拟古主义和形式主义的束缚,反映了丰富的现实内容,带有鲜明强烈的时代色彩。反帝反封建成为中国近代进步文学最中心的主题。

第三,为适应文学内容的新变化,在语言形式、表现手法和艺术风格上,也相应地产生变化,并提出革新的要求。因此,新诗体、新文体应运而生,小说戏剧也吸收外来因素,出现翻译小说,产生了新的戏剧形式话剧。在文体风格上,总的倾向是打破形式格律的束缚,走向通俗化。这些革新虽不彻底,但为"五四"新文学革命作了必要的准备。

近代诗文的发展,大致可以分为三个时期:鸦片战争前后到甲午战争为第一期,主要代表作家有龚自珍、魏源、林则徐等;戊戌变法前后为第二期,主要代表作家有黄遵宪、康有为、梁启超等;辛亥革命前后到"五四"运动为第三期,主要代表作家有章炳麟、秋瑾、柳亚子等。

19世纪后半期,出现了一些描写妓女生活的狭邪小说和描写侠客的武侠小说,思想艺术都较平庸低劣,表现了古典小说的衰落。19世纪末到20世纪初,资产阶级改良派梁启超等人提倡小说界革命,拼命抬高小说的社会作用,创办了许多小说刊物,报纸上也开始连载小说,小说创作出现繁荣局面。取得较高成就而影响较大的,是以暴露社会黑暗为主要内容的"谴责小说"。

近代时期,地方戏继续得到发展,京剧成为全国性的大剧种,改编和演出了不少思想性艺术性都很高的传统剧目。戊戌变法时期,受社会思潮的影响,戏曲界也出现改良运动,从内容到形式都有所革新,但成就不大。19世纪末到20世纪初,话剧出现,一些戏剧团体成立,但有影响的成熟的话剧作品几乎没有。

下面简要介绍近代诗文和近代小说方面最重要的代表作家和作品。

第二节 近代诗文

一、龚自珍

龚自珍(1792—1841),字璱人,号定庵,又名巩祚,仁和(今浙江杭州)人。出身于官僚文士家庭,三十八岁中进士,担任过内阁中书、礼部主客司主事等小官。因政治抱负不得实现,四十八岁辞官归里,五十岁去世。有《龚自珍全集》(原署《定庵全集》)。

龚自珍是一位爱国主义者和进步的思想家,又是近代文学开风气之先的杰出作家。他在政治上反对封建专制统治,提倡"更法""改图",主张革新,反对因循守旧。在学术上重视现实,提倡经世致用,反对空谈,反对脱离实际的烦琐考据。他自己的学术研究就和现实社会问题紧密结合。作为一个思想敏锐的思想家和文学家,他深切地感受到封建制度的腐朽没落,尖锐地指出当时已是"日之将夕,悲风骤至"的衰世。在文学上,龚自珍反对拟古主义和形式主义,强调诗文要抒发作家的"感慨激愤";他认为诗歌应该有跟历史相同的作用,要对社会进行评论。他的诗文创作,有充实的现实内容,表现出新的进步思想。龚自珍诗文共同的思想特色是:对腐朽没落的封建社会和黑暗政治进行揭露和批判;反对帝国主义入侵,表现出昂扬的爱国主义激情;呼唤改革,对个性解放的朦胧理想表现出热烈的追求。龚自珍是在鸦片战争前夕为一个变革时代的到来而呼喊的启蒙思想家和文学家。

龚自珍年轻时的诗作大部分亡佚。今存诗六百多首,基本上是他三十岁以后的作品。《己亥杂诗》三百一十五首,是龚自珍诗歌中最重要的作品。这些诗用七言绝句的形式写成,内容互有联系,是一组规模空前的大型组诗。道光十九年(己亥,1839),龚自珍因抨击时弊,力主改革,并支持林则徐禁烟,遭到顽固官僚们的排挤打击,于四月辞官南归;九月十五日又北上迎接家眷,春节前五日回到南方故里。在南北往返前后八个月的时间里,他陆续写成了这组组诗。组诗的内容十分广泛丰富,涉及政治、经济、军事、文化、思想等各个方面,包括对自己生平经历的回顾、对师友的怀念、旅途上的见闻感想等。可以说是一组纪实兼抒情的自叙诗,真实生动地反映了我国封建社会处于解体和转折时期的社会面貌和诗人的进步思想。

我们所选的是《己亥杂诗》的第一百二十五首:"九州生气恃风雷,万马齐喑究可哀。我劝天公重抖擞,不拘一格降人才。"据作者自注,这首诗是他经过镇江时,正遇到那里的百姓在集会赛神,应道士请作"青词"而写。但这首诗并不是写给神灵的祝词,而是面对人间变革现实的呼喊。在诗里,诗人对清朝统治下社会上一片死气沉沉和因讲论资格而限制埋没人才的情况,表示了强烈的不满,热烈地呼唤风雷变幻的改革的到来,期待着社会上出现一种生气勃勃的新景象。全诗气格豪迈,激情洋溢,在理想的追求中寄寓着对现实的强烈不满和极深的感慨。

龚诗继承屈原、李白的传统,表现出鲜明的浪漫主义特色。热烈地追求理想,想象新奇,文辞瑰丽,风格奔放奇纵,不为格律所束缚。但有一些诗用典过繁,语言艰涩难懂。

龚自珍的散文大部分是学术论文和政论文,内容充实,同样表现出他关心时政和变革现实的积极思想。杂文很有思想锋芒,表现出强烈的战斗性。《病梅馆记》是他散文的代表作,写于1839年辞官南归以后。文章的思想跟《己亥杂诗》中"九州生气恃风雷"一首是一致的,但表现形式和艺术手法却不一样。这篇文章带有寓言的性质,全篇是一个总的比喻,表面上写的是梅花的被扭曲摧残,实际上表现的是社会上人才被压抑束缚乃至被摧残扼杀的情况,以及面对这种现实作者内心的悲愤。作者对黑暗不平的现实提出强烈的指责和控诉,并以治疗病梅为己任,表现了不怕诟骂、穷毕生精力以实现自己理想的坚强决心。文章表现出一种爱惜人才、保护人才、弃旧图新的进步思想,并表现出对个性解放的热烈追求。艺术表现上,构思新颖,比喻奇妙,寓意深微而又泼辣明快,富有战斗锋芒。

二、黄遵宪

黄遵宪(1848—1905),字公度,广东嘉应州(今梅县)人。官僚地主家庭出身。1876年中举,次年出国,此后十几年先后在我国驻日本、美国、英国、新加坡等国使馆任职。长期的外交生涯,使他有机会直接考察资本主义的政治制度,并广泛地接触资产阶级的政治和文化思想,尤其受到日本明治维新改良主义思想的影响,这对他变法维新的资产阶级改良主义政治思想的形成起了重要的作用。1895年回国以后,积极参加以康有为为首的资产阶级改良主义运动,在上海加入"强学会",创办《时务报》。在湖南任按察使时,积极协助湖南巡抚陈宝箴厉行新政。戊戌变法失败后,遭到清政府的迫害,放归故里。他的诗作有《日本杂事诗》《人境庐诗草》等。

黄遵宪是中国近代文学史上的一位著名诗人,是"诗界革命"的最早倡导者。他在年轻时就写诗反对拟古主义,提倡"我手写我口",即用当时的口语直接表现新的生活和新的意境,不受古人拘牵。他的诗在形式、手法、风格上"不名一格,不专一体",广泛地向前人学习,从汉魏唐宋直至晚近诸家,融汇创造,务求写出"我之诗"。黄遵宪的诗歌主张和实践,为资产阶级改良派的"诗界革命"奠定了重要基础。

黄遵宪是自觉地创作"新派诗"的一位诗人,以"旧风格含新意境"为他的追求目标。他运用现实主义的方法,反映近代史上的重大事变,特别是反映近代中国社会的主要矛盾,因而有"诗史"之称。黄遵宪的诗歌表现了强烈的爱国主义精神和对封建专制主义、封建学术文化和旧礼教的批判精神。他还运用诗歌直接为改良主义运动服务,宣传改良主义思想,宣传外国的科学文明。在艺术表现和艺术风格上,多写古体,常采用散文化的笔法,内容丰富,篇幅较长,热情洋溢,豪迈奔放,给人以博大宏深之感。

《书愤》是一组充满忧愤感情的爱国主义诗篇,作于光绪二十四年

(1898)。原诗共五首,这里讲的是其中的第一首。诗人怀着十分悲愤的心情,描写了帝国主义列强瓜分中国的历史事实:继德帝国主义强迫租借胶州湾以后,沙俄、法国等帝国主义国家纷纷起而效尤,强占中国的领土。同时对丧权辱国、腐败无能、任随帝国主义宰割瓜分的清朝政府,给予了尖锐的指责和批判。这首诗以其强烈的思想性和现实性显示了黄遵宪"新派诗"的新风貌。艺术上使事用典、引古喻今,但语言通俗易懂,并不艰涩,在平实的风格中表现出诗人深广的忧愤。

三、梁启超

梁启超(1873—1929),字卓如,号任公,别号饮冰室主人。广东新会人。他是康有为的学生,当时以康梁并称,同为戊戌变法的主要领导人。变法前,与康有为等人在上海组织"强学会",创办《时务报》等报刊,介绍西方的政治文化思想,宣传资产阶级改良主义。变法失败后流亡日本,继续进行宣传活动。资产阶级民主革命时期成为保皇派,以后又成为效力于北洋军阀政府的政客。著有《饮冰室合集》。

梁启超是资产阶级改良主义运动著名的活动家和宣传家,是"诗界革命"最有力的倡导者。"诗界革命"的口号就是由他和夏曾佑、谭嗣同等人在戊戌政变前提出的,以"鼓吹新学思潮,标榜爱国主义"为号召。目的是要使诗歌传播新思想、新知识,适应资产阶级改良主义运动的需要。但他们提倡的新诗体,主要着眼于语言形式,企图将新词语、新意境和旧形式、旧风格统一起来。实际上两者很难协调,这表现了"诗界革命"的局限性和不彻底性。不过在扩大诗歌的题材内容,促进诗歌与现实斗争相结合,以及新形式的探索方面都有它的进步意义。

梁启超的文学活动相当全面,除"诗界革命"外,还提倡"小说界革命""文体革命",在诗歌、散文、小说、戏曲等方面都取得了一定的成就。他在戊戌变法失败后才开始写诗,现存作品多为流亡国外时所作。主要内容为抒发被迫流亡的愤慨,反映日益深重的民族危机等。他采用新名词和口语入诗,明白自然、通俗易懂、热情奔放。他的主要文学成就在散文方面。为了宣传改良主义思想,他写作了大量的报刊政论文。立论新颖,文笔酣畅,在当时风靡全国,影响很大。

《读陆放翁集》原作共四首,这里选讲的是其中的第一首。光绪二十五年(1899)流亡日本时作。这首诗对南宋爱国诗人陆游作了极其崇高的评价,借此抒发了作者热烈的爱国感情,并发表了对诗歌创作的见解。他对近千年的诗歌发展史所作的总结和评价,虽不无片面之处,但他强调诗歌应该有战斗性,应该抒发爱国主义思想却是完全正确的。写得热情洋溢,很有气势,表现了作者不同凡俗的气魄和眼光,以及积极昂扬的战斗精神。

四、章炳麟

章炳麟(1869—1936),字枚叔,号太炎,后改名绛,浙江余杭(今杭州)人。他是旧民主主义革命的先驱者,又是一位具有爱国思想的著名学者,在经学、史学、音韵学、文字学等方面都有很深的造诣。年轻时曾从著名的学者俞樾学习经史,受到王夫之、顾炎武、黄宗羲等人进步思想的影响。曾一度与改良派有联系,参加过"强学会"和《时务报》的工作。戊戌变法失败后摆脱康梁改良主义思想的影响,积极投入资产阶级民主革命运动,参加了光复会。他的散文有很强的战斗性,得到鲁迅先生的高度评价。如《訄书》《革命军序》《驳康有为论革命书》等,都是批判封建主义、鼓吹反清革命的战斗文字。后两篇还引起了著名的"苏报案",作者因此而被捕入狱。1906年出狱后东渡日本,主编同盟会的机关刊物《民报》,继续写作鼓吹革命的政论文。辛亥革命后参加讨伐袁世凯的斗争,并支持北伐。"五四运动"以后,政治上趋于保守,陷入了复古主义泥坑。晚年在苏州讲学,愤慨于日本帝国主义的入侵,公开主张抗日,表现了爱国主义思想。著有《章氏遗书》初编、续编、三编。

章太炎的政论文,既有革命的思想,又有广博的学识,逻辑严密,文辞犀利,感情充沛,"所向披靡,令人神旺"(鲁迅语)。但他提倡魏晋文章,不愿通俗化,好用古字,有古奥艰涩之病。诗作不多,今仅存几十首,多为五、七言旧体,尤以五言为多。跟他的政论文一样,以反帝反封建和抒发爱国思想、革命情怀为主要内容。早年写的一些诗歌,语言通俗易懂,充满革命激情,《狱中赠邹容》是为人广泛传诵的一首。

光绪二十九年(1903),因"苏报案"作者与邹容同时被捕,这首诗即作于狱中。诗中表现了对罹难战友的深挚感情和为革命视死如归的革命英雄主义。这首诗语言明快流畅,风格质朴豪壮,很有鼓舞力量。

五、秋　瑾

秋瑾(1877—1907),字璿卿,号竞雄,别号鉴湖女侠,浙江绍兴人。她是一位觉醒很早,敢于冲破封建思想的束缚,表现出大胆反抗精神的资产阶级女革命家。出身于官僚地主家庭。年轻时由父母包办与官僚子弟王廷钧结婚，婚后住在北京，目睹国家民族的严重危机，受到资产阶级民主革命思想的影响，立志从事革命活动。1904 年毅然离家赴日本留学，次年参加"同盟会"。1906 年回国，在上海创办《中国女报》，宣传革命思想，鼓吹妇女解放。后回绍兴，主持大通师范学堂，与徐锡麟等人组织"光复军"，积极准备武装起义。1907 年，徐锡麟在安徽起事失败，秋瑾亦因起义计划泄露而被捕，坚贞不屈，英勇就义。有《秋瑾集》。

秋瑾少年时即工于诗词。早年诗作多孤寂感伤情调，投身革命后的作品则多忧时感事，抒发激昂慷慨的革命豪情，风格雄迈爽朗。《黄海舟中日人索句并见日俄战争地图》一诗大概作于 1905 年。诗人 1904 年夏天到日本留学，同年冬天回国，1905 年春再到日本，此诗可能是这次再赴日本的途中所作。诗中对 1904 年日俄两个帝国主义国家为了争夺中国的领土竟然在中国东北开战一事，表示了极大的愤慨，同时抒发了热烈的爱国感情和为祖国而献身的革命英雄主义。慷慨悲壮，气势磅礴，具有巨大的鼓舞力量。

六、柳亚子

柳亚子(1887—1958)，原名慰高，字安如，后改名人权，字亚庐，冉更名弃疾，字亚子。江苏吴县人。他是一个资产阶级民主革命的活动家和杰出的诗人。1906 年加入同盟会，1909 年与陈去病、高旭等人发起成立革命文学团体"南社"，成为"南社"的中坚力量和代表诗人。"南社"的宗旨是倡导民族革命，反对清王朝的种族压迫和专制统治；文学上提倡用诗歌抒写乱世亡国之痛，以激励民族精神，反对拟古主义和形式主义。"南社"的成立，标志着文学更加自觉地为资产阶级民主革命服务，加强了战斗性。1910 年开始出版社刊，总名《南社丛刊》，前后共出版二十二集。"南社"在 1917 年以后因内部分化而逐渐丧失了革命性。1923 年，柳亚子又和陈望道等人组织"新南社"。1924 年参加改组后的国民党，成为国民党左派，在共产党的领导下积极投身新民主主义革命活动。柳亚子一生从旧民主主义革命到新民主主义革命，再到社会主义建设时期，他都坚持进步，坚持革命。建国后被选为全国人民代表大会常务委员会委员。著有《磨剑室诗集》《磨剑室词集》《磨剑室文集》，均未刊行。1959 年人民文学出版社出版了《柳亚子诗词选》。

柳亚子的诗歌，揭露和抨击清王朝的专制统治，赞颂革命志士，抒发革命情怀，激发民族精神，具有强烈的战斗性，是"南社"革命诗歌的代表。他的诗格律工整，结构严谨，语言流转自如，风格苍凉悲壮。部分诗作带有忧郁感伤色彩。

《孤愤》一诗作于 1915 年。辛亥革命失败以后,"南社"中一些诗人变得消极颓丧,而柳亚子却仍然坚持战斗。《孤愤》就是一首战斗的诗,他对妄图恢复帝制的袁世凯和拥护袁称帝的"筹安会"的走卒们进行了愤怒的抨击,表现了自己坚定的斗争意志。这是一首抒情与讽刺相结合的政治诗,写得尖锐泼辣,痛快沉着。

第三节 近代小说

本节对谴责小说的四部代表作作一些简单的介绍和分析。

一、《官场现形记》

《官场现形记》的作者李宝嘉(1867—1906),又名宝凯,字伯元,别号南亭亭长,江苏武进(今属常州市)人。出身官僚家庭。曾以第一名考取秀才,但此后并不热衷功名。1896 年到上海,受到改良主义思想影响,先后创办《指南报》《游戏报》《世界繁华报》等上海最早的小报,被人称为"小报界之鼻祖"。在这些小报上,他"以痛哭流涕之笔,写嬉笑怒骂之文"。1901 年后致力于小说创作,抨击时弊,揭露社会黑暗。作品很多,主要有《庚子国变弹词》《官场现形记》《文明小史》《活地狱》《海天鸿雪记》《中国现在记》等,以《官场现形记》为最著名。

《官场现形记》最初于 1903 年 4 月至 1905 年 5 月在《世界繁华报》上连载;1906 年出版全书,共五编六十回。这部小说的题材内容非常集中,主要描写封建社会崩溃时期旧官场中的种种腐败、黑暗和丑恶情形。作者怀着深恶痛绝的感情,将旧官场上"鬼蜮百出"的一切腐败堕落、卑鄙无耻、龌龊丑恶的情状,赤裸裸地暴露在读者的面前。他撕下了封建官场冠冕堂皇的外衣,现出其"畜生世界"的原形。确如作者自己所说,这书里是"妖魔鬼怪,一齐都有"。

《官场现形记》一书,集封建官吏丑行恶德之大成,举凡旧官场中习见的昏庸腐败、徇私舞弊、权谋诈骗、钻营谄媚、草菅人命等等,都能在书中找到生动的例证。概括地说,小说主要描写了封建官吏的三个特点:贪、诈、媚。贪,是写他们爱钱的本性,贪得无厌地向老百姓榨取钱财,侵吞公款。贪的结果是使得"国衰而官强,民贫而官富"。诈,是写他们欺世盗名、玩弄权术、互相倾轧、钩心斗角。媚,是写他们逢迎谄媚、卑躬屈膝。他们既媚上司,又媚洋人。书中描写的官僚带有鲜明的半封建半殖民地社会的特征,昏官洋奴集于一身。总之,《官场现形记》写出了一个光怪陆离、无奇不有的"妖魔鬼怪"世界。

将封建官场上的种种黑暗现象一齐呈现在读者眼前,使之无可逃遁,暴露无遗,这是《官场现形记》在思想内容上的一个突出特点。但作者只是着眼于形形色色的官场人物本身,他的笔触未能深入到封建制度的内部去,因而显得比较肤浅,缺乏深刻的思想力量。在艺术表现上,多采用夸张的手法,使人物漫画化;多拼凑罗列现象而缺少必要的艺术提炼;有时刻画淋漓尽致,但直露浮泛而少含蓄蕴藉。所写又多官场惯技,颇近雷同,读来不免有千篇一律之感。

二、《二十年目睹之怪现状》

《二十年目睹之怪现状》的作者吴沃尧(1866—1910),又名宝震,字小允,号茧人,后又改号趼人。广东南海县佛山镇(今佛山市)人,因又自称我佛山人。出身于小官僚家庭。不到二十岁时到上海,先在江南制造军械局工作,1897年以后的五六年间,先后主持过《字林沪报》的副刊《消闲报》以及《采风报》《奇新报》《寓言报》等小报。1902年到武汉编辑《汉口日报》。这时梁启超创办《新小说》,他即开始从事小说创作,他的几种重要作品最初都连载于这个刊物。约在1903年冬,曾短期游历日本。1905年春,曾受聘到汉口担任美商英文《楚报》中文版的编辑,至五月即辞职。此后即定居上海,直至1910年逝世。其间1906年至1907年曾主编过《月月小说》,1907年冬曾主持过广志小学(初名广东旅学)。

吴沃尧受到改良主义思想的影响,有强烈的爱国思想和反侵略反汉奸倾向。但他反对革命,维护君权,鼓吹君主立宪。他对当时社会的黑暗十分不满,但又找不到出路,因而产生消极厌世的情绪。他的小说作品据说有三十多种,较著名的有《二十年目睹之怪现状》《痛史》《电术奇谈》《九命奇冤》《瞎骗奇闻》《新石头记》《活地狱》《糊涂世界》《恨海》等。除小说外,还有诗歌、传奇、笔记等,但成就不高。

《二十年目睹之怪现状》是他的代表作。全书一百零八回。这部小说跟《官场现形记》一样都是暴露晚清社会的黑暗和腐败的,但反映的社会面比后者广泛一些,除官场外,还写到了商人、买办、诗人才子、斗方名士,以及赌棍、讼师、道士、江湖医生、人口贩子等三教九流人物。小说对上海十里洋场上光怪陆离的生活景象作了尖锐的揭露。商场人物和官场人物的相互勾结、狼狈为奸,是这部小说的一个重要内容。官场的商业化,表现出近代中国半封建半殖民地社会政治腐败的特征。小说对统治阶级的卖国行为进行了激烈的谴责,表现了作者的爱国思想。书中写到1884年的中法战争和1894年的中日战争,领兵的武官们一个个畏敌如虎、卖国投降。作者以漫画的笔调,为洋奴买办画像,投以辛辣的嘲讽。小说里写了一些体现作者理想的正面人物,如九死一生、吴继之、蔡侣笙等,但都充满落后的封建意识,最后都以垮台失败告终,形象苍白无力、缺少血肉。

全书以九死一生这个人物的所见所闻作为线索,将许多相对独立的短小故事连缀起来,形成一个整体。因而这部小说的结构在晚清谴责小说中算是比较严谨的。但在艺术上浮浅直露而少含蓄,拼凑堆砌许多黑暗丑恶的社会现象,却缺乏思想深度,则与其他谴责小说相同。所以鲁迅先生批评说:"惜描写失之张皇,时或伤于溢恶,言违真实,则感人之力顿微,终不过连篇'话柄',仅足供闲散者谈笑之资而已。"(《中国小说史略》第二十八篇)

三、《老残游记》

《老残游记》的作者署名洪都百炼生,即刘鹗(1857—1909),字铁云,江苏丹徒(今镇江)人。他多才多艺,精通数学、医学、水利等,做过医生,经过商,又精于甲骨文的研究,作《铁云藏龟》,为中国甲骨学的最早著作。曾先后在河南巡抚吴大澂、山东巡抚张曜处做幕宾。1888年曾参加治理黄河,"短衣匹马,与徒役杂作",河治,并不居功。后被保荐以知府衔到总理各国事务衙门充职。八国联军侵占北京时,皇帝逃跑,都人苦饥,他从上海赶到北京,从占领太仓的沙皇侵略军手中以贱价购买大米赈济饥民。1908年以"私售仓粟"的罪名被流放新疆,次年病逝。

刘鹗的思想是比较复杂的。他关心国事,有富国养民的思想;他比较敏锐地感受到封建制度已面临风雨飘摇的局面。他的基本立场属于主张实业救国的洋务派。他主张利用外资来兴办矿业、铁路,以"获百世之利",但在腐败的清朝政府统治下,这只是一种梦想,结果只落得个"汉奸"的骂名。他对封建统治阶级也不满,但仅提出温和的批评,却掩盖他们反动没落的本质,维护封建制度。这些复杂的思想都反映在《老残游记》中。

《老残游记》写成于1903年至1907年间。本来打算写成三编六十回,但精力不专,未能终卷。现在流行的是初编二十回。续编写出约十六回,今存九回(通行本仅刊六回);外编则仅存卷一残稿。这本书最初是作者为资助他一个落难的朋友连梦青而作,但不是一时兴会所至的游戏笔墨,而是他有感于身世、家国、社会,寄寓哭泣的发愤之作。

小说第一回里写了一个大船将沉的象征性故事,反映了小说的基本思想倾向。作者认为国家的危机主要来自两方面:一是酷虐残暴的官吏,他们恣意妄为,残害百姓;二是起来造反的义和团和革命党,是他们破坏了所谓"天理""国法""人情"。在小说里,作者一方面尖锐地揭露社会黑暗,抨击酷吏;而另一方面,又以几乎同样的仇恨污蔑和痛骂"南拳北革"。作品揭露现实的部分有一定的积极意义,但它只写出了一些非本质的侧面,并没有能够真实地反映出近代中国社会的基本面貌。作者给小说主人公一个摇串铃的走方郎中取号补残,是想给病入膏肓的社会开一剂救世良方,但因为立场不对,他对社会病根的诊断和开出的处方便都是错误的。他反对酷吏暴官,以为只要有真正的好官来"化盗为民",天下就可以太平无事了。他还在书中宣扬儒、释、道三教合一的思想,甚至用佛家的轮回报应来诱导世人为善处公,都是十分荒唐可笑的。

小说对黑暗现实的揭露和抨击表现为有血有肉的艺术形象,这比前面提到的两部谴责小说显得高明。书中对玉贤和刚弼两个假清官、真酷吏的形象塑造,是《老残游记》的独特创造。作者自己以能"揭清官之恶"而感到十分得意。鲁迅先生也肯定这一点是他"言人所未尝言"。更兼他所写多是"亲自目睹",因而比《官场现形记》所写,显得较为深切而有特色。

《老残游记》的艺术描写历来为人称道。他描写世态、风俗、人情,摹绘自然、山川、风景,由于观察深细,感受真切,加上明净流畅的文笔,确如鲁迅先生所称赞的:"叙景状物,时有可观。"第二回写明湖居白妞说书,作者以生动自然的笔调,细致逼真地表现出大鼓书艺人白妞唱曲的精妙技艺,传达出曲音的深情远韵,创造了一种富有魅力的艺术境界,历来受到人们的叹赏。

四、《孽海花》

《孽海花》初印本作者署"爱自由者发起,东亚病夫编述"。爱自由者即本书的原作者金一(1874—1947),字松岑,又名天翮。江苏吴江人。他受资产阶级民主革命思想的影响,曾在上海参加过"爱国学社"。他于1903年写了《孽海花》的前六回。其中一、二回在日本出版的《江苏杂志》上发表。金一将前六回原稿寄给曾朴。曾朴即东亚病夫。曾朴认为题材很好,但过多地注重于主人公(一个妓女)个人的遭遇,相关的时事写得太少。于是两人共拟了全书六十回回目,交曾朴修改、续写。直到1930年,才断断续续写成三十五回。今通行本为三十回,三十一回至三十五回作为附录。

曾朴(1872—1935),初字太仆,后改字孟朴,又字小木、籀斋,江苏常熟人。出身于封建官僚家庭,二十岁中举,当过中书舍人。1895年入同文馆学习法文,以后受到洋务派和资产阶级改良主义思想的影响,随后又参加了江浙一带的"预备立宪公会"。辛亥革命后成为军阀门下的政客。1927年大革命失败后,在上海办《真善美》杂志,宣传资产阶级文艺。

《孽海花》在谴责小说中是思想最激进的一部。但由于是两位作者,前后又经历了漫长的创作过程,思想内容比较复杂。小说以金雯青和傅彩云(即名妓赛金花)的故事作为全书的线索,较广泛地反映了当时的社会生活,从宫廷的腐败、官吏的贪贿,到统治者对外国侵略者的屈膝投降,以及封建知识分子醉生梦死的生活等都有描写。书中穿插描写了不少官僚文人的琐闻逸事,从一个侧面反映了从同治初年到甲午战争失败约三十年间的社会政治和文化思想情况,因而小说的构思具有历史小说的格局。

小说描写朝廷的昏庸腐败,触及清朝的最高统治者慈禧和光绪,揭露和批判都极尖锐大胆。作者对科举考试制度的批判,与封建专制制度结合起来,达到了新的思想高度。(这些描写在改本中多被删掉)最值得注意的,是小说以同情赞美的笔调写到了革命党人,歌颂他们是"个个精神焕发,神采飞扬,气吞全球,目无此房"的英雄人物;但与此同时,作者又对洋务派、资产阶级改良主义甚至君主立宪等思想加以肯定和赞扬,企图将它们与民主革命的思想调和统一在一起,这在当时已是很落后的思想。书中多以同情欣赏的笔调写金雯青和傅彩云的关系,表现出庸俗的趣味。

艺术上,《孽海花》对士大夫阶级和知识分子装点风雅的种种丑态,作了生动精彩的描写。但"尚增饰而贱白描"(鲁迅语),不免常有夸大失实之处。小说的结构和语言也较有特色。全书人物二百多,情节也极复杂,但写来杂而不乱、井井有条、相当完整紧凑。作者注意遣词造句,语言流畅而富有文采。鲁迅赞扬它"结构工巧,文采斐然"。

后　　记

　　1986年，我们应邀担任中央广播电视大学《中国文学》课的主讲教师，编写了古代文学部分的两本教材《中国文学》（一）（孙静著）和《中国文学》（二）（周先慎著），由北京大学出版社出版。由于这套书和当时普遍使用的大部头的《中国文学史》教材不同，具有简明和对许多名篇佳作进行具体分析两个特点，因此受到较广泛的欢迎，除作为电大教材外，当时的许多大学本科学生（包括北大中文系的学生）和社会上的文学青年，也有不少人购买和阅读。但以后多年没有再版印行，长时期中时时有读者写信给我们，问是否还能买到此书。考虑到社会不同层次读者的需要，也包括一些专科学校中文系和大学本科非中文专业学生教材的需要，出版社决定将两书合并在一起，更名为《简明中国文学史》重新出版。在较短时间内，我们对原书作了一些必要的补充和修订，匆促中未能对读者的需求和意见进行调查，来不及作比较全面的修改。希望听到读者的批评和建议，以期将来有机会进行增补修订，使之成为一部比较完善和适用的教材和读物。

孙　静　周先慎
2001年8月7日于北大燕北园

再版后记

本书自 2001 年合两书为一编更名为《简明中国文学史》出版以来，又经过了 14 个年头。14 年中多次印行，说明它合乎文学教育和较广泛的读者群的需要。学术在不断发展，我们也不断地有一些新的体认。因此，出版这部修订本，以回报读者的厚爱和期望。

原书经过时间的考验，说明它的基本编写方针、主要内容都是比较适宜的，所以保留了原书的主要架构、体制和规模，即仍为"简史"，以便读者比较容易地掌握我国古代文学发展的历史及其精华。同时保留了原书受读者欢迎的两个基本特点，即一方面对中国文学发展的历史脉络，力求勾勒得简明清晰，一目了然，令读者读后对中国文学的发展历程有纵向的总体的把握；另一方面对重要作家与代表作品有比较具体的分析，以期读者读后能对中国文学的面貌、艺术创造和成就有具体深切的了解。

文学区别于其他学科的本质特点，就是它通过艺术形象的创造表现内容，树立和提高审美认知，认识并掌握这一特点，对了解文学的底蕴和创造，至关重要。本次修订进一步加强了对作家作品的艺术创造与特色的阐述；补写了不应该缺少的个别作家与作品；对作家作品的分析加入了我们的一些新的认识；补充了一些必不可少的文献资料；订正了一些讹误；在文字上也作了进一步的加工润色，以期表述得更加简练和准确。总之，丰富了内容，加深了分析的深度，提高了鉴赏性和可读性，希望能得到读者的喜爱。

学术的发展是没有止境的，对作家作品的艺术创造的体认也不断深入，热切希望读者能继续对本书提出批评、建议，以期日后有机会修改得更为完善。

孙　静　周先慎
2014 年 10 月 24 日